DOROTHY KOOMSON | Alles für dich

Über das Buch

Acht Jahre ist es her, dass Nova ihrem besten Freund Mal versprach, für ihn und seine Frau Stephanie ein Kind auszutragen. Doch mitten in der Schwangerschaft änderte das Paar seine Meinung und ließ die werdende Mutter mit ihren Ängsten und Sorgen allein. Damals, vor acht Jahren, war Stephanie begeistert, voller Hoffnung angesichts der Tatsache, Mutter zu werden. Doch dann fand sie eines Tages eine SMS ihres Mannes an Nova: »Gute Nacht, meine Schöne.« Voller Angst, Mal an seine beste Freundin zu verlieren, bedrängte Stephanie ihren Mann, jeglichen Kontakt zu Nova und dem ungeborenen Kind abzubrechen. Jetzt, Jahre später, sitzt Nova am Krankenbett ihres Sohnes und wartet voller Sorge darauf, dass Leo aus dem Koma erwacht, während Stephanie verzweifelt versucht, ihre brüchige Ehe zu retten. Ihre Lebenswege sind unterschiedlich, doch Nova und Stephanie haben Geheimnisse, die sie für immer vereinen …

Die Autorin

Dorothy Koomson wurde in London geboren und arbeitete als Journalistin, bevor sie sich ganz dem Schreiben widmete. In ihrer Heimat Großbritannien zählt sie heute zu den erfolgreichsten Autorinnen von Frauenromanen. Nach *Morgen fängt der Himmel an* ist *Alles für dich* der zweite Roman von Dorothy Koomson im Diana Taschenbuch. Mehr unter: dorothykoomson.co.uk

DOROTHY KOOMSON

Alles für dich

Roman

Aus dem Englischen von Elvira Bittner

Diana Verlag

Die Originalausgabe erschien 2008 unter dem Titel
Goodnight, Beautiful by Sphere, an imprint of Little,
Brown Book Group, London

FSC
www.fsc.org
MIX
Papier aus verantwortungsvollen Quellen
FSC® C014496

Verlagsgruppe Random House FSC-DEU-0100
Das für dieses Buch verwendete FSC®-zertifizierte Papier *Holmen Book Cream* liefert Holmen Paper, Hallstavik, Schweden.

Deutsche Erstausgabe 02/2013

Redaktion | Barbara Raschig
Umschlaggestaltung | t.mutzenbach design, München, nach einer Originalgestaltung von Bantam Discovery
Umschlagfoto | Getty Images/Digital Vision/Mark Weiss
Satz | Christine Roithner Verlagsservice, Breitenaich
Druck und Bindung | GGP Media GmbH, Pößneck

Printed in Germany 2013

ISBN: 978-3-453-35722-8

www.diana-verlag.de

Für Pebble

Prolog

Er weint die ganze Zeit.

Selbst wenn keine Tränen zu sehen sind, haben seine Augen den verlorenen Ausdruck eines Menschen, der innerlich schluchzt.

Ich möchte ihm helfen, aber er lässt mich nicht an sich heran. Er weint allein, eingeschlossen in das Zimmer, das einst das Kinderzimmer hätte werden sollen. Er schläft mit dem Rücken zu mir, wie eine feste menschliche Wand, die die Welt draußen hält. Er spricht in leeren Worten zu mir, in Sätzen, die keine tiefere Bedeutung haben. Einst hat er alles, was er sagte, mit den Fäden seiner tiefen Liebe verwoben. Jetzt spricht er nur mit mir, weil er muss. Jetzt ist alles, was er sagt, flach und bedeutungslos.

Der Kummer ist so uferlos, so unendlich, dass er sich darin verliert. Er schwimmt blind in einem tosenden Meer in der Nacht. Er schwimmt gegen die krachenden Wogen an und kommt nirgendwo hin. Jeden Tag wird er weiter hinuntergezogen, weiter in die Tiefe. Weg von der Wasseroberfläche. Weg vom Leben. Weg von mir. Alles, woran er sich festhält, ist der Verlust. Nichts sonst ist von Bedeutung. Ich möchte seine Hand nehmen, uns beide in Sicherheit schwimmen. Um ihn wieder ganz zu machen; um seine Wunden zu pflegen und ihm zu helfen, gesund zu werden.

Aber er wird meine Hand nicht ergreifen. Stattdessen schreckt er vor mir zurück und zieht es vor, allein zu bleiben. Er gibt mir die Schuld. Er gibt sich selbst die Schuld. Aber vor allem gibt er mir die Schuld.

Auch ich gebe mir die Schuld. Aber ich gebe auch ihr die Schuld. Ihr, Nova. Dies ist auch ihr Fehler, auch sie trägt Verantwortung. Wenn sie nicht gewesen wäre …

Am allermeisten aber gebe ich mir selbst die Schuld. Am allermeisten will ich, dass er aufhört zu weinen, dass er aufhört, so versehrt zu sein, zu leiden mit jeder Faser seines Herzens.

Ich verstehe den Verlust nicht, den er und Nova teilen. Ich bezweifle, dass ich das jemals tun werde. Aber ich verstehe meinen Mann. Und bald werde ich ihn verlieren. Genau das, was ich verhindern wollte, indem ich tat, was ich getan habe, indem ich sagte, was ich gesagt habe, wird geschehen. Aber diesmal werde ich ihn nicht an eine andere Frau und ihr ungeborenes Baby verlieren, nicht an sie und ihr Kind werde ich ihn verlieren, sondern einfach nur an sich selbst.

Ich kann zusehen, wie es geschieht: Er wird in seinem Kummer ertrinken, er wird so tief hinuntergezogen werden, dass er nicht mehr fähig ist, an die Oberfläche durchzubrechen. Er wird hinuntergezogen werden in diese trostlosen, grauen Untiefen und wird nie mehr anfangen zu leben. Und alles, was ich tun kann, ist an der Küste zu stehen und zuzuschauen.

Sie machte an seinen Schuhen herum, zog sie aus, und er sah zu, wie sie seine Socken herunterrollte, und dann war es kalt unter seinen Zehen. Wie im Bad, bevor er sich waschen sollte, kalt.

Und da war Wasser.

Ein großes, großes Bad.

»Das ist der Strand«, sagte Mummy.

»Strand!«, sagte er.

»Und das ist das Meer.«

»Meer!«

»Komm, wir machen unsere Füße nass.«

Er zeigte hinunter. »Zehen?«

»Ja«, sagte sie. »Zehen ins Meer.«

Sie nahm seine Hand, die ihre war warm wie immer. Ihre Hand warm, seine Zehen kalt. Sie ging mit ihm zum Meer.

»Jetzt wird's gleich kalt«, sagte sie.

»Kalt!«

Dann waren seine Zehen weg. Keine Zehen mehr, nur Meer.

»Brrr!«, schrie Mummy – ihre Zehen waren auch unter dem Meer.

»Brrr!«, schrie er.

»Brrr!«, schrien sie zusammen. »Brrr!«

Leo, 18 Monate alt

Erster Teil

1

»Hey, Marm.«

Es würde einer dieser Tage werden.

Ich hatte es schon gewusst, als ich am Morgen die Augen aufschlug. Da schon hatte ich dieses ganz starke, durchdringende Gefühl gehabt, dass alles irgendwie schieflaufen, irgendwie danebengehen würde. Dass ich mal wieder so einen Tag hinter mich bringen musste. Allerdings hoffte ich noch, dass ich Unrecht hatte, als ich duschte, als ich mich anzog, als ich das Radio anschaltete, damit es mir Gesellschaft leistete, während ich den Porridge anrührte und das Obst aufschnitt.

Aber Leo hat mir gerade die Bestätigung geliefert. Es würde tatsächlich einer dieser Tage werden. Nichts wird einfach gut laufen, die Stimmung wird gereizt sein, das Leben wird sich von seiner unangenehmsten Seite zeigen. Mein Siebenjähriger wird sich von seiner unangenehmsten Seite zeigen. Er wird es darauf anlegen, mir auf die Nerven zu gehen.

»Marm« nennt er mich nur, wenn er mich ärgern will. Er weiß genau, dass ich das nicht leiden kann; er weiß, dass er mich noch eher »Nova« nennen könnte als »Marm«. Er hat es in den amerikanischen Fernsehshows aufgeschnappt, diesen schrecklichen Tonfall, wenn sie »Mum« sagen. Ich kann es nun mal auf den Tod nicht ausstehen, wenn er so spricht, weil ich insgeheim befürchte, dass er tatsächlich anfangen könnte, mit diesem amerikanischen Akzent zu sprechen.

Ich stehe am Spülbecken, fülle den Porridgetopf mit

Spülwasser, und beobachte im Fensterglas, wie Leo hinter mir seelenruhig durch die Küche zu dem massiven Eichenholztisch schlendert und sich auf seinem Stuhl niederlässt. Er schafft es tatsächlich sofort, mich auf die Palme zu bringen. Nicht nur, dass er mich »Marm« genannt hat, nein, er trägt auch noch seinen Superheldenanzug. Dabei muss er gleich in die Schule!

Ich drehe den Wasserhahn zu und drehe mich vom Spülbecken weg, um meinen Sohn anzusehen. Ihn in seiner ganzen Pracht zu bestaunen: Der Anzug ist hellgrün mit abnehmbarem, rotem Cape, das gegenwärtig in einem seltsamen Winkel, nur mit einem kleinen Stück Klettverschluss befestigt, von seiner linken Schulter baumelt. Außerdem hat er die Maske aufgesetzt, die nicht nur dazu angetan ist, einen Teil seines Gesichts zu verbergen, sondern auch, seine große Augen mit den langen Wimpern zu betonen.

Ein gerade mal 1,20 Meter großer, sieben Jahre alter Superheld mit Beulen-Bizeps, Sixpackmuskeln, Waschbrettbauch und gemeißeltem Hintern.

Tief einatmen, denke ich. Tief ausatmen.

Ich schließe die Augen. Zähle bis zehn. Rufe mir ein paar der Momente in Erinnerung, die der Grund sind, dass ich ihn liebe: Mit zwei Tagen, wie er mich anlächelt, in meine Armbeuge gekuschelt. Mit achtzehn Monaten, wie wir zum ersten Mal am Strand stehen und zuschauen, wie die See schäumend an die Küste rollt und mühelos unsere Füße verschluckt. Mit fünf Jahren, wie er meine Hände in die seinen nimmt und ganz ernst zu mir sagt: »Du bist die beste Mummy der Welt!«, nur weil ich an seinem Geburtstag sein Lieblingsessen gekocht hatte.

Nur so schaffe ich es manchmal, mit Leo umzugehen.

Nur so schaffe ich es, mir ins Gedächtnis zu rufen, dass ich das nicht verlieren darf. Es gibt nur zwei Menschen auf der Welt, die durch sämtliche Schichten meines Seelenkorsetts dringen und alle Alarmknöpfe zum Schrillen bringen können; die mich dazu bringen können, zu schreien. Leo ist einer davon, und er tut es regelmäßig.

Ich öffne die Augen. Er trägt den Anzug immer noch. Es ist immer noch ein Schultag. Ich kann mich noch immer nicht dafür begeistern.

»Marm, ist das alles, was es zum Frühstück gibt?«, fragt er lang gezogen, indem er den Kopf auf die Seite legt und mich herausfordernd mustert.

Das Blut wallt in meinen Adern, die Hitze rast mir erst in die Kehle, dann in die Wangen. Sehr bald schon werde ich anfangen zu weinen. Wenn ich ihn anschreie, werde ich mich hinterher schrecklich fühlen und in mein Zimmer gehen und weinen. Wenn ich ihn nicht anschreie, werde ich wahrscheinlich irgendetwas anderes tun müssen, ihn zum Beispiel bis zum Wochenende nicht an die PlayStation lassen, was wiederum ihn zum Weinen bringen wird. So oder so werde ich also auch weinen – leise zwar, nur für mich, aber immerhin –, weil ich es einfach nicht ertragen kann, ihn weinen zu sehen.

»Leo, du musst jetzt gehen und dich fertig machen«, sage ich sehr ruhig. »Zieh deine Schuluniform an.«

»Ich bin fertig«, sagt er.

»Nein, bist du nicht.«

Er nickt, runzelt die Stirn. »Ich *bin* fertig«, insistiert er. »Ich werde so gehen.«

»Ich will nicht mit dir diskutieren, geh und mach dich fertig. *Jetzt!*«

»Ich werde so gehen. Ich *muss* so gehen.«

»Leo.« Ich beiße die Zähne zusammen, bevor ich fortfahre. »Bi…«

In dem Moment klingelt es. Leos dunkle Augen leuchten auf, als wäre es sein Geburtstag und er hätte die übliche Flut von Geschenken zu erwarten, die ihm vom Postboten ausgehändigt wird. Er ist schon vom Stuhl gerutscht und durch die Küchentür geflitzt, bevor ich überhaupt begreifen kann, was vor sich geht. Schließlich schicke ich mich an, mit einem »Wehe, du!« auf den Lippen hinter ihm her zu rennen.

Aber noch bevor ich die Worte ausgesprochen habe, tut er schon das, wovon er genau weiß, dass er es unter keinen Umständen tun darf. Er langt hinauf, schließt seine relativ breite, rundliche Hand um den Türgriff und zieht die Haustür weit auf.

Plötzlich ist der Gang mit Licht geflutet. Ein strahlendes, herrliches weißes Licht. Ich hebe den Arm, lege meine Hand über die Augen, um sie vor der Helligkeit zu schützen, die den ganzen Flur durchtränkt und alles um uns herum mit Licht übergießt.

Da ist kein Postbote auf der anderen Seite der Tür, im weißen Licht. Nur ein großer, ungewöhnlich hagerer Mann, der einen weißen Anzug mit weißem Hemd, weißer Krawatte und weißen Schuhen trägt. *Er* ist die Quelle des Lichts, das uns umgibt. Sein Haar ist schwarz und ordentlich gekämmt, mit einem kerzengeraden Seitenscheitel und einer kecken Locke, die ihm in die Stirn fällt; seine Haut ist weiß und sehr blass, was seine großen, walnussbraunen Augen betont; das Gesicht kündet von Lebenserfahrung, seine Züge sind freundlich und offen. Der Mann lächelt mich an, beruhigend und liebenswürdig, wendet dann aber seine

Aufmerksamkeit Leo zu, wobei sein Lächeln noch breiter und liebevoller wird.

»Bist du fertig, junger Mann?«, fragt er Leo. Er spricht, ohne die Lippen zu bewegen. Er spricht geradewegs in meinen Kopf, mein Herz hinein. Ich kenne ihn, wird mir jetzt klar. Ich kenne ihn, und er kennt mich, aber die volle Erinnerung an ihn ist außerhalb meiner Reichweite, und ich kann ihn nicht einordnen.

»Ja«, sagt Leo mit einem Nicken und einem Grinsen. »Ja, bin ich.« Leo bewegt sehr wohl die Lippen beim Reden.

»Was geht da vor sich?«, frage ich.

»Du siehst mir auch so aus, als wärst du bereit«, sagt der Mann zu Leo.

»Sie gehen *nirgendwo* mit ihm hin«, sage ich.

Der Mann hebt den Blick wieder zu mir, fixiert mich mit seinen warmen, freundlichen braunen Augen. Ein Blick, der nett ist, aber auch entschieden. Endgültig. »Es ist Zeit, Nova«, sagt er, wieder ohne seine Lippen zu bewegen.

Leo kommt zu mir gerannt, wirft seine Arme um meine Hüften, gräbt seinen Kopf in meinen Bauch, kuschelt sich einen Moment an mich, zieht sich aber dann zurück. »Ich vermisse dich, Mum«, sagt Leo, während er zu mir hochsieht, ein Lächeln auf dem Gesicht. »Ich vermisse dich sehr.«

Ich strecke meine Arme aus, um ihn zu halten, um ihn eng an mich zu drücken, aber ich greife in die Luft; was ich umklammere, ist das Nichts. Leo ist jetzt bei dem Mann, er hält die Hand des Mannes. Sie sind so unterschiedlich, aber sie ähneln sich auch. Ich weiß, Leo wird bei ihm in Sicherheit sein. Aber ich kann ihn nicht gehen lassen. Wie könnte ich ihn gehen lassen?

»Wo bringen Sie ihn denn hin?«, frage ich. »Er ist ja nicht mal angezogen. Wo bringen Sie ihn denn hin?«

»Es ist schon gut, Mum«, sagt Leo, »ich will ja gehen. Ich bin so weit. Ich hab dir doch gesagt, dass ich bereit bin. Ich werde so gehen. Ich bin so weit.«

Ich schüttle den Kopf. Nein. Er ist nicht bereit. Wie kann mein kleiner Junge bereit sein, ohne mich irgendwohin zu gehen? Wie? Er ist *nicht* bereit. *Ich* bin nicht bereit. »Ich komme mit«, sage ich.

Leo grinst, hebt die Hand und winkt. »Bye, Mum. Bye.«

»Nein …«

Meine Augen klappen auf, und für einen Moment bin ich noch ganz verwirrt und durcheinander, während mein Geist umhertastet und versucht, sich zurechtzufinden, und während ich versuche, mich zu erinnern, wo ich bin. Das Zimmer ist in künstliches Dunkel getaucht; in horizontalen Streifen kriecht die orangefarbene Straßenbeleuchtung durch die Jalousien herein, und vom Gang her fällt weißes Licht durch die quadratischen Sicherheitsglasscheiben in der Tür, sodass es nicht ganz schwarz im Zimmer ist. Ich habe wohl geschlafen, aber ich liege gar nicht im Bett. Meine Augen wandern durch den Raum, überall unbekannte Winkel und Formen.

Dann höre ich sie, die Piepstöne. Die rhythmischen Piepstöne im Hintergrund, die mich daran erinnern, wo ich bin, und schon fliegen meine Augen zum Bett.

Er ist immer noch da. Immer noch da. Immer noch in dem Bett. Ich beuge mich in meinem Stuhl nach vorn und schnappe nach Luft, als Muskeln und Nerven in meinem Rücken und Nacken vor Schmerz aufschreien. Ich wische den Schmerz beiseite und versuche zu sehen, ob es eine Veränderung gibt, ob Leo sich bewegt hat, während ich geschlafen habe.

Leo liegt immer noch auf dem Rücken, seine Augen sanft geschlossen, immer noch gefangen in jener Welt, die er jetzt bewohnt. Eine Zwischenwelt: nicht wach, aber auch nicht auf der anderen Seite. Ich rutsche weiter vor auf meinem Stuhl, damit ich sein Gesicht genau sehen kann. Der Traum war so realistisch. Er hat sich bewegt darin. Er ist gelaufen, hat geredet. Das muss sich doch auf die Gegenwart übertragen haben. *Nicht wahr?*

Seine Augenlider bleiben aufeinander liegen, sanft. Seine Lippen sind weich und ein wenig geöffnet. Seine Gesichtszüge sind glatt und ausdruckslos, nicht wie normalerweise, wenn er schläft. Ich kann mich in allen Details an die vielen Gesichtsausdrücke erinnern, die er hat, wenn er schläft, die Art, wie seine Züge sich beleben, seine Muskeln sich regen und zucken, während er ein Schlafleben durchlebt, das ebenso aufregend ist wie das richtige Leben. Dieser Schlaf hier … er will so gar nicht zu ihm passen: Es kommt selten vor, dass er lange stillhält, dauernd geschieht etwas, das ihn aufhorchen lässt, immer will er sprechen oder herumrennen. Er hält nie inne für so lange Zeit.

»Es ist schon gut, Mum. Ich will ja gehen.« Diesmal hat er die Hand des Mannes genommen. Im Traum war er diesmal wirklich im Begriff zu gehen.

Mein Blick wandert weiter über das Bett zu Keith; sein muskulöser, fast zwei Meter langer Körper ist in dem Stuhl auf der anderen Seite zusammengekauert, der rasierte Kopf im Schlaf auf die Schulter gesackt, er trägt immer noch seine Polizeiuniform. Er ist also direkt von seiner Schicht hierhergekommen und hat mich tief schlafend vorgefunden, ich bin nicht mal hochgeschreckt, als er hereinkam. Normalerweise bin ich wach, wenn er kommt, und er fragt mich dann, wie mein Tag war, bevor ich nach Hause und ins Bett gehe, aber heute war ich offenbar völlig weggetreten. Eine vage Erinnerung an seine Lippen auf meiner Stirn, seine Finger, die meine Wange streicheln, driftet durch meinen Kopf. Irgendwie habe ich seine Anwesenheit wohl doch wahrgenommen.

Ich wende mich wieder Leo zu und frage mich, ob er weiß, dass wir die ganze Zeit hier sind. Einer von uns ist immer da, sitzt neben ihm, schaut, wartet. Wartet.

Dringen die Geräusche der Maschinen zu ihm durch? Was ist mit den Begrüßungen, den Gesprächen, den Büchern, die ich ihm vorlese, dem Gutenachtgruß? Weiß er, dass heute Donnerstag ist? Sein zweiter Donnerstag hier? Rutschen diese kleinen Fetzen unserer Realität durch die Ritzen in seinem Schlaf und schenken ihm ein Bewusstsein von der Welt, die sich um ihn herum weiterdreht? Oder ist er von alledem abgeschlossen? Verborgen. Entfernt. Irgendwo ganz für sich. Ich könnte es nicht ertragen, wenn es so wäre. Wenn er ganz allein wäre und nicht wüsste, dass ich da bin und nur darauf warte, dass er zurückkommt.

»Ist schon gut, Mum. Ich bin bereit.«

Ich reibe mir mit dem Daumenknöchel die Augen, entferne die Schlafkörnchen, versuche, etwas Wachheit und Leben in mein Gesicht zu massieren.

»Ich bin bereit.«

Nach dreizehn Tagen in diesem Zustand hätte ich gedacht, dass mein Körper sich daran gewöhnt hat, stundenlang in diesem Stuhl zu sitzen; dass er nicht mehr so weh und steif wäre und nicht mehr mit Ächzen reagieren würde, jedes Mal, wenn ich versuche, mich zu bewegen. Ich stehe auf, trete ans Bett, ignoriere automatisch die Infusionsschläuche und Elektroden, die ihn an die Maschinen anschließen, und schaue auf meinen Jungen hinunter. Meinen Jungen. Er war der Anlass, dass ich Tag für Tag die Augen geöffnet habe und aus dem Bett geklettert bin in den letzten siebeneinhalb Jahren; auch wenn ich keine Lust hatte, habe ich es getan. Meine Welt hat angefangen, um ihn zu kreisen, seit dem Moment seiner Geburt, und jetzt ist sie aus dem Lot.

Ich streichle mit den äußersten Spitzen meiner Finger seine Stirn, ganz sacht. Sogar jetzt noch berühre ich ihn instinktiv nur sehr sanft, um ihn nicht zu stören. Und das, obwohl ich mir so sehr wünsche, dass er endlich aufwacht.

Sein Kopf ist kahl geschoren, ein schwarzer Flaum ist schon nachgewachsen. Das haben sie getan, sie haben seine schönen, dicken, schwarzen Locken abgeschnitten und wegrasiert, vor acht Tagen. Seine mokkacremefarbene Kopfhaut ist glatt, außer an der Stelle am Schädelansatz, wo sie ein Loch gebohrt haben, um drei Blutgefäße abzuklemmen, im Versuch, eine Blutung zu verhindern. Die Operation war ein voller Erfolg gewesen, hatten sie mir mitgeteilt.

Ich hatte den Chirurgen angestarrt, mit seiner grünen Haube auf dem Kopf, seiner Maske um den Hals, seinem grünen Operationskittel, der so überraschend sauber war.

»Erfolg?«, wiederholte ich.

Er nickte. Erklärte, dass das andere Aneurysma, um das sie sich Sorgen gemacht hatten, nicht aufgebrochen war, und jetzt keine Bedrohung mehr darstellte.

»Erfolg«, echote ich nochmals, meine Stimme weit weg und irgendwie entrückt. Keith legte seine Hand beruhigend auf meinen Unterarm. Dieses Wort hatte für den Chirurgen und mich eine ganz unterschiedliche Bedeutung, so viel stand fest. Mein Junge schlief noch, war immer noch mehr »dort« als hier, er redete nicht und lief nicht herum, seine Augen waren nicht offen, sein Gesicht bewegte sich nicht, aber trotzdem war es ein Erfolg gewesen. »Danke«, sagte ich, als sich Keiths breite, warme Hand um meine schloss. Es war nicht die Schuld des Chirurgen, dass er nicht verstand, was das Wort »Erfolg« in Wirklichkeit bedeutete. Es bedeutete, dass Leo wieder normal war. Oder wenigstens, dass sie mir endlich sagen konnten, wann er wieder aufwachen würde.

Ich kehre zurück auf meinen braun gepolsterten Stuhl und schlage die Beine unter, lege den Kopf zurück und beobachte Leo.

Dies ist die Welt, in der ich jetzt lebe. Eine Welt, in der »Erfolg« diese Bedeutung hat. Eine Welt, in der ich Träume habe, die aus einem Gefühl, einem Wissen geboren sind, das sich klammheimlich, aber entschlossen jeden Tag ein Stückchen mehr in mir breitmacht.

Das Gefühl, dass Leo vielleicht bereit ist.

Vielleicht werde ich zulassen müssen, dass er geht.

»Schau mal, der Bauch von der Frau!«, rief er.

Er sah, wie Mummy ihre Augen schloss, bevor sie »Pscht!« sagte und ihn auf den Kopf küsste, während sie ihn auf ihrem Schoß festhielt und wiegte.

»Schau mal, der Bauch von der Frau!«, rief er wieder. Er zeigte auf die Frau. Sie hatte wirklich einen dicken Bauch. Er war rund wie sein Fußball und groß wie Mummys großes, großes Kissen.

»Pscht!«, sagte Mummy. Sie nahm seinen Finger und küsste ihn.

»Mummy! Schau doch, der Bauch von der Frau!«

Mummy schaute nicht, sie drückte den Knopf, und es passierte wieder, dass diese Klingel klingelte, wie bei seinem Feuerwehrauto. Dann hielt der Bus an, wie immer. Mummy packte seinen Buggy und ihre große Tasche und ließ ihn jede einzelne Treppe hinunterhüpfen, bevor sie ausstiegen.

Sie klappte den Buggy auf und schob die Riemen zur Seite, damit er sich hineinsetzen konnte, aber er wollte nicht. »Laufen«, sagte er zu ihr. »Will laufen.«

Mummy schaute weiter in seinen Buggy, und als der Bus wegfuhr, stand sie auf. »Leo, warum musst du immer auf die Bäuche von anderen Leuten zeigen? Oder auf diesen kleinen Mann? Oder auf den großen Busen von dieser Frau? Oder auf die lustigen Haare von dem anderen Mann?«, sagte sie zu ihm. »Das ist das dritte Mal in zwei Tagen, dass du das getan hast. Ich werde noch Autofahren lernen müssen, weil ich einfach nicht mehr mit dir in einem Bus fahren will.«

Sie legte ihre Tasche in seinen Buggy. »Irgendwann wird mir jemand eine dafür runterhauen.«

»Mummy frech?«, fragte er. War Mummy etwa ein freches Mädchen, genauso wie er ein frecher Junge war, und würde dafür eine Ohrfeige bekommen?

Mummy starrte ihn mit zur Seite gelegtem Kopf an. »Ich frage mich manchmal, ob ich das in einem früheren Leben gewesen bin.« Sie fing an, den Buggy mit einer Hand die Straße runterzuschieben, denn in der anderen Hand hielt sie die seine. »Komm, wir haben noch einen weiten Weg vor uns.«

Eine Frau, die so alt war wie Grandma, lächelte ihn an. »Mummy frech«, teilte er ihr mit.

Die Frau schaute Mummy an. »Das glaube ich dir gern«, sagte die Frau und ging weiter.

Er lächelte Mummy an, aber sie sah es gar nicht – sie war damit beschäftigt, mit offenem Mund der Frau nachzusehen.

Leo, 2 Jahre alt

2

»Hast du gesehen, wie viel die Frau mit der 117 rennt?«

»Die Blonde?«

»Ja. Sie ist jeden Tag hier. Manchmal macht sie Yoga oder Pilates, dann läuft sie noch. Es ist echt verrückt!«

Ich hatte das Schließfach mit der Nummer 117. Ich wollte gerade die Toilettentür entriegeln, als ich die Frau über mich sprechen hörte. Jetzt verharrt meine Hand über dem Schloss, und ich weiß nicht, ob ich aufsperren und gehen oder drinbleiben soll. Ich bin schon ein wenig spät dran für meine Verabredung mit Mal, wir wollen zu einem Abendessen mit Freunden, und ich habe keine Zeit, hier festzusitzen und eine Gefangene ihres Klatschs zu sein.

»Das überrascht mich nicht«, erwidert die andere Frau.

Okay, im Moment gehe ich also nirgendwo hin. Ich lasse leise den Toilettendeckel herunter und setze mich darauf. Meine Hände zittern leicht, mein Mund ist trocken, mein Herz hüpft ein wenig in meiner Brust. Gedankenverloren spiele ich an dem Träger meines schwarzen Kleids, während ich warte, dass sie weiterreden.

»Hast du ihren Mann gesehen? Er ist ab-so-lut hinreißend. Ich würde jeden Tag meilenweit laufen, um ihn zu halten.«

»Ja ich weiß, ich habe ihn ein paarmal gesehen, als er sie abholen kam … Er ist wirklich zum Anbeißen!«

»Glaubst du, sie ist eine von diesen Frauen, die aufgehen wie Hefeteig, wenn sie nicht die ganze Zeit dagegenarbeiten?«

»O ja! Das sehe ich an ihrem Gesicht.«

Ihre Worte hallen wie ein Echo von den Marmorwänden wider. Ich erkenne ihre Stimmen, es sind die zwei Frauen, die alles miteinander machen: Sie sind immer gemeinsam an den Geräten, ihre Matten liegen in den Yoga- und Pilatesstunden immer nebeneinander. Wir kennen uns vom Sehen und grüßen uns flüchtig, und ich dachte eigentlich, sie mögen mich. Selbst wenn nicht, wäre ich nie auf den Gedanken gekommen, dass sie sich das Maul über mich zerreißen.

Dabei ist das meine größte Angst. Wahrscheinlich mehr als jeder andere vernunftbegabte erwachsene Mensch habe ich Angst, dass die Leute über mich reden. Mich heimlich auseinandernehmen, die Schutzschichten abschälen, die ich mit großer Sorgfalt und Akribie angelegt habe; ich habe Angst, dass die Leute sich eine Realität schaffen, die anders ist als die, die mein Leben tatsächlich ausmacht; die mit dem schönen Heim, dem perfekten Ehemann, den erfolgreichen Freunden, die mich auf ihre Dinnerpartys einladen.

»Ach, gönn es ihr doch, wahrscheinlich war sie ein ziemlicher Fettmops, als sie jünger war, und jetzt ist sie ganz gut in Form.«

Das war ich nicht!, will ich ihnen durch die Tür hindurch zurufen. Das war ich wirklich nicht. Ich war immer in Form, hatte immer schon meine Figur. Jetzt bin ich nur fester. Ich mache auf jeden Fall keinen Sport, um mir mein gutes Aussehen zu erhalten, Speckrollen abzubauen oder mich der Treue meines Ehemanns zu versichern. Ich brauche den Sport, um auf dem Boden zu bleiben. Um sicher zu sein, stabil. Um ich selbst zu sein.

Wenn ich nicht jeden Tag den Blutstoß spüre, der Endorphine und Adrenalin in Höchstgeschwindigkeit durch meine Adern jagt, fangen die Dinge an wegzurutschen. Mein Kontakt zur Realität wird dann stumpf, und es beginnt ein langsamer Niedergang, bis ich das Gefühl habe, die Kontrolle zu verlieren. Das ist der Grund, warum ich jeden Tag laufe – sogar am Freitagabend. Was ist wohl ihre Ausrede dafür, dass sie hier sind?

»Tja, da werden wir beide wohl nie hinkommen. Alan fragt mich immer, warum ich mich eigentlich im Fitness abmühe, wenn ich mich dann zu Hause immer gleich mit Heißhunger auf den Kühlschrank stürze.«

»Ja, das fragt Ian mich auch dauernd. Er würde Stielaugen kriegen, wenn er *sie* sehen würde.«

Als ich jünger war, haben die Leute oft über meine Familie getratscht, vor allem über mich. Es war eine Art Zeitvertreib in der Kleinstadt, in der wir lebten. Die Leute flüsterten miteinander, warfen uns missbilligende Blicke zu, verstummten, wenn einer von uns vorbeiging. Ich spürte jedes Wispern, jeden Stupser, jeden Blick. Das ist der Grund, warum ich so darauf bedacht bin, dass niemand Anlass hat, über mich zu tratschen. Ein toller Job, ein schönes Heim, ein attraktiver Ehemann, ein netter Freundeskreis. Warum sollte man sich darüber das Maul zerreißen? Neidisch sein konnte man vielleicht, aber sicher nichts Falsches daran finden.

»Hast du Lust auf ein Bier?«, fragt die eine der beiden Frauen auf der anderen Seite.

»Oh, klar. Ich habe den ganzen Tag schon über Salt-and-Vinegar-Chips fantasiert. Wenn ich nächste Woche mehr Gerätetraining mache, ist ein bisschen Sündigen doch nicht schlimm, oder?«

»Okay, ich sag jetzt mal Ja, damit du deinen Frieden hast. Fünf Minuten zusätzliches Training – und alles Extrafett schmilzt einfach weg wie durch Zauberei.«

»Du bist echt gemein, weißt du! Hey, sollen wir die, die so viel rennt, fragen, ob sie mitkommt?«

Ich sehe das Grinsen der anderen Frau förmlich vor mir, fies und hämisch, ein perfekter Ausdruck ihrer Schadenfreude. »Wahrscheinlich isst und trinkt sie grundsätzlich nicht.«

»Das glaub' ich auch!«

Meine Mutter hat solche Gemeinheiten immer mit Beten umschifft. »Der ohne Sünde ist, werfe den ersten Stein«, pflegte sie zu sagen, als ob das dem Spott der anderen Einhalt gebieten würde – oder auch nur den Schmerz in Grenzen halten konnte, den er verursachte. Wann immer meine Schwester Mary weinen musste wegen der Dinge, die sie zu hören bekam, sagte meine Mutter: »Schließe diese Leute in deine Gebete mit ein, Mary.« *Und vergiss auch nicht, Gott darum zu bitten, dass ihnen recht viele schlimme Dinge passieren!*, dachte ich dann, sprach es aber nie aus. Es geschah ihnen ja auch nichts Schlimmes, unseren Angreifern, nie, ob mit oder ohne Sünde, sondern sie warfen einfach immer weiter Steine nach uns; sie riefen mich weiterhin Schlampe oder Hure und jede Menge anderer Dinge, manchmal hinter meinem Rücken, manchmal auch ganz offen; sie schrieben es auf alle Wände, die sie auftreiben konnten. Beten half nicht; aber auch Weinen half nicht. Nichts half. Nichts machte dem Treiben ein Ende.

Die beiden Frauen sind inzwischen verstummt, jetzt hallen ihre Schritte wider, laut und deutlich, wie es vorher ihre Worte taten. Die Tür knallt hinter ihnen zu. Ich warte noch einen Moment, auch wenn ich wirklich schon ziemlich spät dran bin für meine Verabredung mit Mal, aber ich will sichergehen, dass sie wirklich weg sind. Dann entriegle ich die Tür und befreie mich aus meinem selbst auferlegten Gefängnis, trete in den Waschraum mit den Marmorwänden und den breiten Spiegeln über den Waschbecken, gleich gegenüber von den Toilettenkabinen.

Ich bleibe abrupt stehen, und im selben Moment setzt mein Herz aus: Sie sind noch da! Sie sind noch hier, und jetzt wissen sie, dass ich weiß, was sie gesagt haben. Dass ich in der Kabine gesessen und zugehört habe, wie sie mich in Stücke reißen.

Die eine der beiden, eine große Blonde, die ihre Haare hinter die Ohren gestreift hat, lehnt über einem Waschbecken und ist gerade damit beschäftigt, eine dicke Schicht Eyeliner aufzulegen; die andere, klein und brünett, kauert am Ende der Beckenreihe und dreht sich auf ihrem Oberschenkel eine Zigarette.

Unsere Augen treffen sich, und es wird unnatürlich, fast gespenstisch still im Raum, als sich eine tödliche Wolke aus bestürztem Schweigen über uns legt. Die eine hält inne mit Schminken und verliert alle Farbe, bis ihr Gesicht nur noch eine aschgraue Maske des Entsetzens ist; die andere hat aufgehört, sich ihre Zigarette zu drehen, und ist rot angelaufen, sie sieht jetzt aus wie eine reife, pulsierende Tomate.

Ich senke den Blick und setze mich in Richtung nächstgelegenes Waschbecken in Bewegung, drücke mir dann blaues Waschgel auf die Handfläche und reibe meine Hände unter dem sensorbetriebenen Wasserhahn. Eigentlich hatte ich vorgehabt, Lippenstift und Wimperntusche aufzulegen und mein Make-up aufzufrischen, bevor ich mich mit Mal treffe. Jetzt wage ich es nicht mal, von dem blauen Gel aufzusehen, das schäumend durch meine Finger quillt, um einen Blick auf meine Frisur zu werfen.

Ich trockne mir die Hände mit zwei kratzigen Papierhandtüchern, zerknülle sie in einer Hand und werfe sie in den Mülleimer unter dem Waschbecken. Ganz sicher können die beiden Frauen hören, wie das Herz in meiner Brust dröhnt und der Puls in meiner Kehle rauscht; das leiseste Geräusch wird hier drin verstärkt, und überdies haben sie beide keinen Mucks gemacht, seit sie mich entdeckt haben.

Die gehässigen Worte der einen klingen noch immer in meinen Ohren, als ich meine lange und abenteuerliche Reise zur Tür beginne. Jeder Schritt in ihre Richtung, noch dazu auf diesen gut fünfzehn Zentimeter hohen Absätzen, verursacht eine Geräuschexplosion.

Zu allem Überfluss schrillt jetzt auch noch mein Handy überlaut aus meiner Handtasche. Es ist Mals Klingelton. Wahrscheinlich will er fragen, wieso ich noch nicht da bin, wo ich ihn doch wiederholt gewarnt hatte, dass ich ihm die Haut am lebendigen Leib abziehen würde, wenn er auf die Idee käme, heute Abend länger zu arbeiten.

KLINGELINGELING!, insistiert mein Telefon, während ich meine Wanderung in Richtung Tür fortsetze. Natürlich kann ich nicht rangehen. Wenn ich auch nur für den Bruchteil einer Sekunde anhalte, wird etwas Schlimmes geschehen. Etwas noch Schlimmeres als das, was soeben geschehen ist. Ich weiß zwar nicht was, aber ich weiß, dass es geschehen wird.

KLINGELINGELING! Ich muss einfach nur hier raus. Raus aus dieser Toilette, raus aus diesem Fitnesscenter. Wenn ich das geschafft habe, wird alles gut.

KLINGELINGELING! Ich bin schon fast da. Nur ein einziger Schritt noch. Oder zwei höchstens. Dann habe ich es hinter mir.

KLINGELIN…! Das letzte Klingeln bricht abrupt ab, und die plötzliche Stille sorgt dafür, dass mir das Herz in die Kehle hüpft und meine Beine ganz kraftlos werden. Aber das macht nichts, ich bin schon da, an der Tür.

Ich drücke sie auf und trete hinaus, fühle den süßen Rausch der Freiheit, der wie eine Willkommenswoge über mir zusammenschlägt.

Ich weiß nicht, was nun passiert: Lachen sie sich krank, vergehen sie vor Scham oder beschließen sie, dasselbe zu tun, was auch ich tun werde – sich ein neues Fitnesscenter suchen.

3

Es ist schon 23 Uhr, und Keith ist nicht da.

Normalerweise kommt er um acht Uhr abends, manchmal um neun, aber so spät nie. Nicht ohne anzurufen.

Normalerweise würde ich mir keine Gedanken machen, auch wenn er nicht anrufen sollte, schlicht weil es sich um Keith handelt und er den Job macht, den er nun mal macht, und weil er am Ende doch immer auftaucht. Manchmal ein bisschen mitgenommen und nervös, manchmal hat er es einfach nicht an ein Telefon geschafft. Allerdings war das, bevor unser Leben anfing, um dieses Krankenzimmer zu kreisen, bevor wir hier abwechselnd »Schicht saßen«, um unserem Sohn Gesellschaft zu leisten, und bevor ich anfing zu glauben, dass selbst die winzigste Ungelegenheit in etwas Schreckliches und Irreversibles entgleiten kann. Es war, bevor ich feststellen musste, dass man seinen Sohn wegen einer Lappalie wie Nasenbluten ins Krankenhaus bringen kann, um dann herauszufinden, dass er eine Arterienerweiterung, ein Aneurysma hat, das in wenigen Stunden aufbrechen kann, und dass er eine lebensrettende Operation benötigt, die ihn anschließend ins Koma versetzt.

Jetzt mache ich mir Sorgen um alles und jedes.

Ich drehe das Buch herum, das ich gelesen habe, lege es aufgeschlagen auf meinen Schoß, versuche, nicht auf meine Uhr zu sehen.

»Wo ist dein Vater?«, frage ich Leo in Gedanken. Ich will ihn nicht beunruhigen, daher spreche ich es nicht laut aus. Vielleicht kann er alles hören, was um ihn herum vorgeht, und ich will verhindern, dass er in Panik gerät, weil er die Fragen nicht stellen kann, deren Antworten ihn beruhigen würden, ihm Gewissheit geben würden, dass alles gut ist. Es ist *meine* Aufgabe, mir Sorgen zu machen. Er muss sich einfach nur darauf konzentrieren, gesund zu werden. Es hängt jetzt alles von ihm ab.

Das medizinisch induzierte Koma, in das sie ihn nach der ersten Operation versetzt haben, hätte längst beendet sein sollen. Sie haben alle Sedierungsmittel abgesetzt, sie haben versucht, ihn aufzuwecken, er hat mehrere Kernspintomografien durchlaufen, von denen alle gezeigt haben, dass Gehirnaktivität vorhanden ist, aber er schläft noch immer.

Er schläft noch immer.

Was bedeutet, dass Leo, mein Siebenjähriger, der seinen Superheldenanzug am liebsten jeden Tag von morgens bis abends tragen würde, der Käsebohnen lieber mag als Brokkoli, aber weniger als Spinat, der immer noch zu beweisen versucht, dass Keith ein Geheimagent ist, dass dieser Siebenjährige von nun an selbst beschließt, wann er aufwachen wird. Sein Schicksal liegt in seinen eigenen, rundlichen, perfekt geformten Händen.

Ich nage an meinem Daumenknöchel; die Sorge ist wie ein mehrläufiges Sicherheitsschloss, bei dem jeder Lauf langsam und präzise in Position bewegt wird, bis er an seinen Platz schnappt und das Schloss gesichert ist. Todsicher, und nicht mal ein Schlüssel da, der es wieder aufsperren könnte.

23.03 Uhr zeigt mir meine Armbanduhr. 23.03 Uhr. Man sollte doch glauben, er würde anrufen. Wenigstens um mich zu beruhigen, dass alles in Ordnung ist, auch wenn das früher nicht notwendig war; oder auch einfach nur, um zu fragen, wie es Leo geht. Ob es eine Veränderung gegeben hat.

Sein Handy war ausgeschaltet, als ich vorhin versucht habe, ihn anzurufen. *Wirklich nur ausgeschaltet, oder liegt es vielleicht zertrümmert im qualmenden Wrack seines ausgebrannten Wagens?*, frage ich mich. *Wirklich nur ausgeschaltet, oder liegt es in seinem Spind in der Arbeit und wartet darauf, dass jemand es findet und seine nächsten Verwandten anruft, um ihnen die grausame Nachricht zu überbringen? Ausgeschaltet für den Moment oder für immer?*

Was würde ich tun, wenn ihm etwas zustieße? Wie würde ich damit zurechtkommen? Würde ich überhaupt damit zurechtkommen? Irgendwie schon, aber wie würde ich dann meine Zeit zwischen Leo und Keith aufteilen? Der Ehemann *und* der Sohn, wie stellt man es an, dass man bei beiden gleichzeitig sein kann?

So ist die Anatomie der Sorge: Man wird sehr schnell sehr irrational, spielt ein Szenario nach dem anderen durch, bis die Option der Normalität, die doch eigentlich die wahrscheinliche ist, immer fantastischer und unwahrscheinlicher erscheint.

Ich habe einen Abschluss in Klinischer Psychologie, ich sollte es besser wissen, ich sollte mich zusammenreißen. Aber das kann ich nicht. Nicht jetzt, in dieser Situation. Ich bin einfach nicht in der Lage dazu. Wenn ich mich innerlich auf das Worst-Case-Szenario vorbereite, dann wird mir alles, was nicht ganz so schlimm ist, vorkommen wie eine Lappalie, dann kann ich ganz lässig die Schultern zucken, kann mich in der Kunst des Zen oder in Stoizismus ergehen. Außerdem meinen meine Eltern sowieso, dass ich zu wenig aus meiner akademischen Ausbildung gemacht habe, weil ich mich dafür entschieden habe, ein Café zu führen.

Ich schaue wieder auf die Uhr, und im selben Moment steigt ein Summton aus meiner Handtasche auf. Endlich, mein Handy. Ich zerre es schnell heraus und gehe ran, ohne auf dem Display zu schauen, wer dran ist.

»Komm mal raus«, sagt Keith. Als hätte er mir nicht schon seit Stunden Sorgen bereitet, als wäre das die normale Art und Weise, ein Telefongespräch zu beginnen. Dennoch bin ich unglaublich erleichtert. Mein Herz beginnt wieder normal zu schlagen, meine Lungen weiten sich, ich spüre meine Muskeln wieder.

»Ich kann Leo nicht alleine lassen«, sage ich im Flüsterton, damit Leo es nicht hört.

»Es dauert nur ein paar Minuten, bitte komm heraus.«

Ich zögere. *Warum will er, dass ich herauskomme? Warum ist er nicht schon längst hier drin?*

»Hol eine Krankenschwester, die nach ihm sieht, aber komm jetzt raus.«

Er versucht etwas vor mir zu verbergen, weil seine Stimme so betont ruhig und gleichmäßig klingt: Da stimmt doch was nicht!

»Ist es wichtig?«, frage ich, während sich die Läufe des Sorgenschlosses in mir wieder zu drehen beginnen.

»Es geht um Leben und Tod«, erwidert er ernst.

Ich schnelle hoch, ignoriere meine schmerzende Wirbelsäule, ignoriere das Buch, das mit einem dumpfen Aufprall von meinem Schoß auf meine Tasche plumpst, ignoriere auch die Decke, die zu Boden gleitet und sich über meine Tasche und das Buch wölbt. »Wo bist du denn?«

»Am Haupteingang.«

Ich öffne die Tür von Leos Krankenzimmer und spitze hinaus, auf der Suche nach einer Schwester. Es geht gerade eine vorbei, die sich oft zu Leo setzt, wenn ich eine Pause brauche, um etwas zu essen oder auf die Toilette zu gehen. Ihr Name ist Melissa. Sie hat eine tolle Figur und ist sehr hübsch, mit einer roten Lockenmähne, die sie immer zurückgesteckt trägt, und einem schönen walisischen Akzent. Leo wäre völlig hin und weg von ihr; er würde ihr überallhin folgen und dauernd versuchen, sie zum Reden zu bringen, damit er ihren Akzent nachmachen kann. Schwester

Melissa mustert mich mit hochgezogenen Augenbrauen und wirft dann einen vielsagenden Blick auf das Schild mit dem durchgestrichenen Mobiltelefon, das im Gang an der gegenüberliegenden Wand hängt.

»Ich bin gleich da«, sage ich zu Keith und breche die Verbindung ab. Mein Herz ist schon wieder im Begriff, in dieser mir nun schon vertrauten, sehr ungesunden Art und Weise davonzugaloppieren, wie es das immer tut, wenn ich Angst habe. »Könnten Sie vielleicht für ein paar Minuten nach Leo sehen?«, frage ich Melissa. »Mein Mann braucht mich.«

Mit plötzlich sorgenvollem Gesicht nickt sie, zieht schnell ihren Plastikkittel aus und deponiert ihn im nächsten Sammelbehälter. Dann wäscht sie sich mit dem Gel von dem Spender an der Wand die Hände und tritt ins Zimmer. Eilig mache ich mich auf den Weg und bewege mich in Richtung Ausgang. Am Ende des Korridors, nach einer Linksbiegung, kommt die Stationstür. Ich kenne diesen Ort inzwischen so gut, dass ich ihn mit geschlossenen Augen durchqueren könnte. Tatsächlich komme ich mir oft vor wie eine Schlafwandlerin, weil ich kaum mehr als zwei Stunden schlafe, wenn ich zu Hause bin. Niemand weiß das, aber ich benutze meine ärztliche Ausbildung, um Zugang zu Online-Fachzeitschriften zu bekommen, und verbringe den Großteil der Zeit, die ich nicht im Krankenhaus bin, mit Recherchen über medizinische Themen wie Koma, Hämorrhagien und Aneurysmen. Ich versuche einfach, so viel wie möglich herauszufinden, damit ich Leo helfen kann. Keith sage ich nichts davon, weil er nur ungehalten wäre, dass ich mich unnötigem Stress aussetze, den Ärzten sage ich nichts, weil ich nicht möchte, dass sie denken, ich wolle ihnen ins Handwerk pfuschen, und meiner Familie sage ich nichts, weil sie noch gar nicht wissen, wie ernst die Sache ist.

Ich drücke ein wenig antibakterielles Gel in meine linke Handfläche und verteile die schlüpfrige Substanz über meine Hände. Endlich aus der Tür, bin ich schon im Flur mit den Aufzügen und haue unsanft auf den Knopf. Während ich auf den Aufzug warte, spielen sich in meinem Kopf alle möglichen Szenarien ab: Im Parkhaus hat jemand mein Auto angefahren; jemand ist ins Café eingebrochen, und Amy hat vergessen, die Tageseinnahmen mitzunehmen; Keith ist bei der Arbeit verletzt worden und will es mir nicht vor Leo sagen … *O Gott, was ist denn bloß passiert? Was blüht uns denn noch alles?*

Im ersten Stock fange ich an zu rennen. Den langen Korridor entlang, um die Ecke, eine weitere Treppenflucht hinunter – ich kann einfach nicht so lange warten, bis ein weiterer Aufzug kommt –, am Sicherheitsempfang vorbei und zum Haupteingang hinaus. Die Hitze trifft mich überraschend, als ich in die schwüle Mainacht hinauslaufe. In den letzten Jahren hatten wir im September oft noch solche Nächte. Es ist wirklich ungewöhnlich warm heute Abend.

Und es schneit.

Irgendwo brummt eine Maschine und die Luft ist warm und es schneit. Es schneit im Mai. Überall um mich herum fallen Schneeflocken vom Himmel und bedecken die Welt mit einem dünnen, weißen Film. Ich stehe ganz still und sehe zu, wie die Schneeflocken in der warmen Brise tanzen. Es ist ein Wunder. Ein reines, allzu vergängliches Wunder.

Ich liebe Schnee. Ich liebe die Art, wie er alles, was er berührt, weicher wirken lässt. Es gibt keine scharfen Kanten mehr, wenn Schnee gefallen ist; alles ist glatt und kuschelig.

Eine Straße ist dann nicht mehr lang und anstrengend, sondern samten und sehr einladend, und sie kommt einem viel kürzer vor. Ich hasse die Kälte, aber ich liebe den Schnee. Und jetzt habe ich alles auf einmal: Schnee, aber ohne Kälte. Ich strecke meine Hände aus und versuche, die Schneeflocken zu fangen. Ich drehe mich vor Freude um mich selbst, lege den Kopf zurück, um in den Himmel zu schauen, der jetzt nicht nur von den orangefarbenen Straßenlampen angestrahlt wird, sondern hell erleuchtet ist von zahllosen Sternen, die wie Nadelstiche darin verstreut sind, und vom Glitzern der fallenden Schneeflocken.

Der Schnee ist warm auf meiner Haut, er schmilzt nicht beim Kontakt, er bleibt auf meinen Händen liegen, und auch auf meiner übergroßen, cremefarbenen Strickjacke, meinen Jeans und meinem schwarzen Haar.

»Alles Gute zum Jahrestag«, sagt Keith, der nun neben dem Krankenhauseingang aus dem Schatten tritt. Er hat dort gestanden und mich beobachtet. Er kommt auf mich zu, während ich immer noch zusehe, wie die weißen Flocken auf mich herabschweben und den Boden bedecken, ihn weich und glatt machen. Ihn von dem harten Schmerzensweg, den ich jeden Tag zurücklegen muss, um meinen Sohn zu sehen, in etwas Schönes, Beruhigendes verwandeln.

»Hast *du* dir das ausgedacht?«, frage ich ihn, während er näher kommt, um mich in seine starken, muskulösen Arme zu schließen. Plötzlich bin ich von ihm umfangen, geschützt, in Sicherheit. »Für mich?«

Er nickt. »Alles Gute zum Jahrestag«, flüstert er in meine Haare.

Keith und ich haben in unserer Beziehungsgeschichte gleich mehrere Jahrestage aufzuweisen. Wir haben uns kennengelernt, als ich neunzehn war. Ihm gehörte damals eine Bar im Zentrum von Oxford, und ich habe dort gejobbt. Er war fast zehn Jahre älter als ich und würdigte mich natürlich keines Blickes. Zwei Jahre später, kurz nach meinem einundzwanzigsten Geburtstag, als ich schon gar nicht mehr in der Bar arbeitete, rief er mich aber dann völlig unerwartet an und fragte mich, ob ich mit ihm ausgehen würde. »Als du noch ein Teenager warst, durfte ich mich nicht an dich ranmachen«, hatte er erklärt. Wir hatten dann gleich zwei erste Dates. Beim ersten Mal war ich so nervös, dass ich mir ein wenig zu viel Mut angetrunken hatte und kurz nach dem Losfahren auf dem Beifahrersitz von Keiths Auto ohnmächtig geworden war, sodass er mich gleich wieder zurück nach Hause bringen und mich der Obhut meiner Mitbewohner anvertrauen musste. Das zweite erste Date – über dessen Zustandekommen ich sehr erstaunt war – war dann eine Woche später, und diesmal trank ich keinen Tropfen Alkohol. Später gab es jede Menge weiterer Tage für unseren Jahreskalender: Als wir uns zum ersten Mal trennten, weil ich dachte, er sei zu alt für mich; als wir bald darauf wieder zusammenkamen; als wir uns fünf Monate später wieder trennten, weil sein Bedürfnis nach Verbindlichkeit mich veranlasste, erneut das Weite zu suchen. Aber auch diesmal kamen wir wieder zusammen und trennten uns dann einige weitere Male über die Jahre hinweg, bis beim letzten Mal er mich verließ, das war vor acht Jahren. Vor drei Jahren schließlich kamen wir dann zum letzten Mal wieder zusammen, und diesmal waren es zwei besondere Tage: der Tag, an dem er zu mir und Leo zog, und der Tag unserer Hochzeit. Ich habe ein gutes Gedächtnis, und ich weiß ganz sicher, dass keiner der für unsere Beziehung wichtigen Jahrestage auf den heutigen Tag fällt.

»Es ist zwar nicht unser Hochzeitstag«, flüstert er jetzt, während eine seiner Hände sich hinunter zu meiner linken Pobacke bewegt. Er zieht mich ganz nah an sich, bis seine Lippen mein Ohr streifen und sein warmer, duftender Atem mir Wange und Hals kitzelt. »Es ist der Jahrestag, als wir zum ersten Mal miteinander gevögelt haben.« Er sagt es so, dass es gleichzeitig verführerisch und schmutzig klingt, romantisch und liebevoll, alles auf einmal.

»Von all unseren Jahrestagen, die zur Disposition stehen, ist es ausgerechnet dieser, den du mit einem solchen Brimborium feiern musst?«, frage ich lachend.

»Er ist eine Erinnerung daran, dass einem öfter mal ein Wunder geschieht.«

»Du willst wohl damit sagen, dass es ein Wunder ist, dass ich mit dir ins Bett gegangen bin?«

»Genau«, sagt er, indem er mir in den Hintern kneift.

Ich lächle ihn an. »Ich kann nicht glauben, dass du das für mich getan hast.«

»Für wen hätte ich es denn sonst tun sollen?« Er drückt mir einen Kuss auf die Stirn. »Aber natürlich habe ich vor allem meinem Hilfsteam zu danken – Peter, der sich aus dem Bett geschält und seinen Laden aufgemacht hat, damit ich die Schneemaschine holen konnte; meinen Kollegen, die sich selber übertroffen haben, um das Ding in Gang zu bringen; und natürlich dir, weil du so perfekt reagiert hast.«

»Danke«, sage ich zu ihm. »Es hat noch nie jemand ein Wunder für mich bewirkt.«

Wenn es in diesem Moment irgendwas gäbe, was ich mir wünschen würde, wäre es wirklich ein Wunder. Ein Wunder, das Leo umstimmt, ein Wunder, das mein Leben wieder in das verwandelt, das es einmal gewesen ist. Es müsste gar kein göttliches Wunder sein, das Leo zu mir zurückbrächte, sondern es dürfte ruhig auch ein menschengemachtes sein. Träume haben angefangen, sich in meinen Schlaf zu schleichen, jede Nacht ein anderer, und jeder scheint mich immer ein Stückchen weiter von ihm zu entfernen; ein Wunder ist genau das, was ich brauchen könnte.

»Lucks«, sagt Keith sanft, indem er mich enger an sich drückt. Ich höre ihn wie aus weiter Ferne, er benutzt den Spitznamen, den er mir gab, als wir uns zum ersten Mal in der Bar begegnet sind (Nova … Supernova … Glücksstern … Lucks).

»Lucks«, wiederholt er eindringlicher. »Hör auf damit, bitte. Hör einfach nur zwei Minuten auf, daran zu denken. Danach werden wir hineingehen und uns wieder damit beschäftigen. Wir werden zu allem zurückkehren. Aber jetzt im Moment sei einfach nur hier bei mir und genieße den Schnee. Okay?«

Zwei Minuten.

Zwei Minuten sind ein ganzes Leben. Jede Sekunde, die Leo schläft, ist ein ganzes Leben. Für mich bedeutet das, hundertzwanzig Leben zu leben, ohne dass mein Herz in meiner Brust schlägt, ohne dass mein Blut durch meine Adern rinnt.

Zwei Minuten sind ein Augenzwinkern. Sind der Zeitraum, in dem sich alles ändern kann. In diesen zwei Minuten könnte er aufwachen. Es könnte passieren, dass er dreißig Sekunden braucht, um zurückzukommen, und dass er dann eineinhalb Minuten damit zubringen muss, sich zu fragen, warum ich nicht da bin, um ihm Hallo zu sagen, wie ich es ihm versprochen habe, bevor er einschlief. Keith bittet nicht um zwei Minuten, er bittet gleichzeitig um ein ganzes Leben und um eine Nanosekunde; er bittet um die

Gesamtheit von Raum und Zeit. Er hat es für mich schneien lassen, und nun muss ich nichts weiter für ihn tun, als ihm die Gesamtheit von Raum und Zeit dafür zu schenken.

»Okay?«, wiederholt er. »Zwei Minuten. Für mich. Für uns. Lass uns einfach nur den Schnee genießen, diese zwei Minuten unseres Jahrestags genießen, und wenn wir das getan haben, dann werden wir stärker sein. Wir werden es einfacher finden, wieder hineinzugehen. Okay?«

Mein Blick wandert zu seinem Gesicht, und zum ersten Mal, seit wir dieses Leben begonnen haben, sehe ich meinen Ehemann. Er ist mir ziemlich fremd geworden. Seine schwarzen Augen, seine breite Nase, seine vollen Lippen, seine mahagonibraune Haut sind mir fremd. Auch ich bin wahrscheinlich eine Fremde für ihn, weil die Nähte unserer Beziehung im Begriff sind, sich aufzutrennen.

Ich weiß, dass der Verlust eines Kindes Paare oft auseinanderdriften lässt, aber es war mir nicht klar, dass auch eine Krankheit trennen kann, langsam und heimtückisch, aber genauso definitiv. In guten und in schlechten Zeiten, haben wir einander geschworen, aber es war uns nicht bewusst, wie mächtig die Machtlosigkeit ist. Wir gehen unterschiedlich mit Problemen um, Keith und ich. Er muss die Zeit aufteilen, um eine Krise zu bewältigen. Um es ertragen zu können, dass Leo zwischen Leben und Tod schwebt, muss er immer wieder einen Schritt zurücktreten, sich neu aufladen, bevor er weiterkämpfen kann. Ich hingegen muss in das Schicksal eintauchen. Ich muss es zu meinem Ein und Alles machen, muss ununterbrochen daran denken und wünschen und hoffen und wollen, dass alles wieder gut wird, weil ich weiß, dass genau in dem Moment, in dem ich mir eine Auszeit nehme, etwas Schreckliches geschehen wird.

Das ist der Grund, warum wir uns voneinander entfernen. Unsere Bewältigungsmechanismen sind nicht miteinander kompatibel; wir sind uns zwar bewusst, dass auch der andere leidet, aber wir können wenig mehr tun, als das einfach anzuerkennen. Das ist der Grund, warum sich das Gewebe, das uns ausmacht, immer mehr auflöst, Naht um Naht, Stich um Stich. Und das ist auch der Grund, warum Keith es für mich hat schneien lassen. Er will, dass ich es auf seine Weise versuche, dass ich prüfe, ob es nicht doch auch für mich funktioniert, und ob wir nicht doch noch aufhalten können, was mit uns geschieht.

Ich nicke. »Okay«, sage ich und schenke ihm ein Lächeln. »Okay.«

Zwei Minuten. Die kann ich ihm geben. Vielleicht funktioniert es ja. Vielleicht kann es uns retten. Es geht ja nur um zwei Minuten, die ich einfach dastehe, während ich den Maischnee genieße.

Er sah sie an, sie hatte den Kopf auf das Buch gesenkt, wo sie doch eigentlich fernsehen sollte.

Mummy hatte Bob der Baumeister *reingetan, jetzt musste sie ihn auch anschauen. Er war ganz zufrieden in seinem Zimmer gewesen, hatte mit dem großen Stift an die Wand gemalt, und da hatte sie ihn einfach hochgehoben, neben sich aufs Sofa gesetzt und* Bob der Baumeister *im Fernsehen angemacht. Er wollte gar nicht die ganze Zeit* Bob der Baumeister *anschauen, aber Mummy schon, die ganze Zeit machte sie ihn rein, dann musste sie ihn doch auch anschauen.*

»Mummy, Buch weg, Bob der Baumeister *schauen«, sagte er zu ihr.*

Sie sah ihn an. »Bitte?«, fragte sie.

Er schob das Buch weg. »Buch weg, Bob der Baumeister *schauen.«*

»Ich möchte nur noch dieses Kap…« Sie hielt abrupt inne, als sie seinen Blick sah. »Okay. Dann schaue ich mir eben Bob der Baumeister *an.« Sie legte das Buch weg und drehte sich zum Fernseher.*

Er tätschelte ihr Bein. »So ist es gut, Mummy. So ist es gut.«

Leo, 2 Jahre und 6 Monate alt

4

Ich brauche wirklich eine Zigarette.

Mehr als alles andere in der Welt brauche ich jetzt eine Zigarette. Sie wird mich runterbringen. Und der Rauch wird eine physikalische Barriere zwischen mir und Mal errichten, obwohl im Grunde schon die mentale Grenze, die uns trennt, während wir im Auto dahinfahren, erstaunlich wirkungsvoll ist. Ich bin mir nicht sicher, wer mit wem *nicht* spricht, wer auf wen wütender ist, aber eines ist klar: Es fällt kein Wort zwischen uns. Vor etwa fünfzehn Minuten haben wir die Dinnerparty verlassen, und die Fahrt ist bisher in völligem Schweigen verlaufen. Selbst das Schnurren des Motors und alles andere Klackern, das die Geräuschkulisse unseres Wagens ausmacht, werden erstickt von dem Ärger, der das Schweigen erzeugt hat. Wir haben noch mindestens ebenso lang zu fahren, bis wir zu Hause sind, und wir werden auch die weitere Fahrt über nicht miteinander sprechen. So viel ist klar.

Am meisten schmerzt mich – und die Tatsache bohrt sich

mir zwischen die Rippen und mitten ins Herz hinein wie ein stumpfes Messer, das eine fast verheilte Wunde zu finden sucht, um sie wieder zu öffnen –, dass er der Überzeugung ist, nichts Schlimmes getan zu haben. Er denkt tatsächlich, nichts Schlimmes getan zu haben.

Ich werfe ihm von der Seite einen verstohlenen Blick zu. Sein Kiefer ist angespannt, die Zähne zusammengebissen, sein Blick ist fest auf die Straße vor uns gerichtet. Sein Körper ist steif, wie versteinert, und die Knöchel seiner Hände sind ganz weiß, so fest hält er das Lenkrad umschlossen. Jedes Mal, wenn er einen anderen Gang einlegt, rechne ich damit, dass er den Hebel aus seiner Verankerung reißt.

Er hat uns vor allen Leuten bloßgestellt, und jetzt ist *er* sauer.

Ich brauche *wirklich* eine Zigarette.

Sehnsüchtig denke ich an die Packung, die ich unter dem Waschbecken im Badezimmer bei den Tampons versteckt habe, und stelle mir vor, wie ich eine Zigarette herausnehme, sie anzünde und gierig daran sauge. Mal weiß nicht, dass ich mehr rauche als nur gelegentlich mal eine, wenn ich ausgehe oder um meiner Chefin Gesellschaft zu leisten. Er weiß nicht, dass ich alle drei oder vier Tage ein neues Päckchen kaufen muss, dass ich in dem Gebüsch hinter dem Haus einen Glasaschenbecher versteckt habe und dass ich Atemspray benutze, um mich nicht zu verraten. Und er hat wahrscheinlich nicht die geringste Ahnung, dass nur die Zigaretten ihn wahrscheinlich davor retten, dass ich ihn heute Nacht mit dem Beil erschlage.

»Na, Steph, Mal, wann ist es denn bei euch so weit mit dem Nachwuchs?«, hatte Vince gefragt.

Wir hatten uns gerade zum Essen hingesetzt und bisher Vinces liebste Version der Partyunterhaltung – nämlich auf allen möglichen Leuten herumzuhacken – recht gutgelaunt überstanden. Vince und seine wirklich sehr nette Frau Carole waren nun mal die Gastgeber, und er meinte es nicht mal böse, er wurde einfach nur ziemlich streitsüchtig, wenn er trank. Nicht mal in seinen widerlichsten Momenten hatte er jedoch bisher gewagt, dieses Thema anzuschneiden. Genauso wie man nicht über unliebsame politische Themen redete, redete man auch nicht über unsere Kinderlosigkeit. Aber die Art und Weise, wie sich das Schweigen über den Raum senkte, nachdem er es ausgesprochen hatte, wie ein paar der Gäste die Köpfe senkten, um auf ihre Teller zu starren, und ein paar andere mit betont unbeteiligten Blicken die Lage zu meistern suchten, hatte mir sofort gezeigt, dass sie genau über dieses Thema gesprochen hatten, bevor Mal und ich gekommen waren.

Das ist immer die Gefahr, wenn man als Letzter bei einer Abendgesellschaft auftaucht: dass die anderen über einen reden. Dass sie sich über dich die Mäuler zerreißen, dein Leben, deine Beziehungen, dein Aussehen auseinandernehmen und dabei felsenfest überzeugt sind, alles über dich zu wissen. Sie wissen, wo man was falsch gemacht hat, was man hätte tun können, um es besser zu machen, wie man die Risse in seinem Leben wieder schließen könnte. Ganz offensichtlich hatten sie über Mal und mich geredet und waren sich einig, dass alles, was uns in unserem Leben noch fehlte, ein Baby war. Zehn Jahre Ehe hatten nichts zu bedeuten, ihrer Meinung nach, einfach nur, weil wir kein Kind hatten.

Sie kannten mich alle länger und besser als Mal, sie wussten, wie gerne ich Kinder mochte, und daher hatten sie fraglos beschlossen, dass unsere Kinderlosigkeit Mals »Verdienst« sein musste. Und als meine Freunde konnten sie nicht viel mehr für mich tun als Mal öffentlich zu beschämen, damit er vielleicht doch noch zu einem Einsehen kommen würde: Sie wollten ihm zeigen, dass sie alle von meiner Sehnsucht nach einem Baby wussten, und dass er sich endlich entschließen musste, zu handeln.

Keiner von ihnen kannte die Wahrheit. Nicht einmal Mal selbst. Aber daran dachte ich gar nicht. Daran durfte ich nicht denken. Wenn ich das tat, dann ... Mal wusste es nicht. Mal würde es niemals erfahren. Und auch von ihnen durfte es niemand erfahren.

Ich warf einen schnellen Blick auf Carole – sie gehörte zu denen, die den Kopf gesenkt hatten. Das tat sie oft, wenn es um ihren Mann ging: Er verkündete seine großmäuligen Parolen, sie duckte sich weg und schaute betreten zu Boden, offensichtlich nichts weiter wünschend, als dass der Strom hässlicher Beleidigungen, die über seine Lippen flossen, endlich versiegte. Ruth versuchte vergeblich, nur milde interessiert dreinzublicken, während sie mich anschaute, ihre Lippen zu einem unterstützenden Lächeln verzogen. Ruth gegenüber saß Graeme, ihr Mann, der an seinem Wein nippte und Mal ganz unverhohlen beobachtete. Dyan gehörte ebenfalls zu den Kopfsenkern – auch wenn ich ihr Gesicht nicht sehen konnte, wusste ich, dass ihre Wangen knallrot waren vor Verlegenheit. Sie hasste Vinces Verhöre. Sie und Dan, ihr Mann, waren in unserem letzten Jahr am College zusammengekommen. Dan und Vince waren immer die besten Freunde gewesen, daher unterstützte er nun Vince, indem er sich vorbeugte und mich anstarrte. Julian hingegen hatte sich der Kopfsenkergruppe angeschlossen, was aber wahrscheinlich auch damit zu tun hatte, dass er sowieso immer eher zuhörte, als sich aktiv am Geschehen zu beteiligen. Er liebte es, die Stimmlage der Leute zu studieren, zu prüfen, welche Worte sie besonders betonten und welche sie wegließen. Seine Freundin, Frankie, war hingegen intensiv damit beschäftigt, jedermann gutmütig zuzulächeln. »Hohl« war das Wort, das wir meistens für sie benutzten. Wir konnten einfach nicht verstehen, wieso der hyper-intelligente, leicht arrogante Julian seit sechs Jahren mit ihr zusammen war. Mir war die Neugierde in ihren Augen nicht entgangen. Sie hatte wie immer eine Locke ihrer langen, schwarzen Haare um ihren Finger gezwirbelt und starrte ausdruckslos ins Nichts, aber sie war doch anwesend und verfolgte gespannt, was vor sich ging. Sie mussten wirklich lange über dieses Thema gesprochen haben, wenn sie sogar Frankie dazu gebracht hatten, für etwas Interesse aufzubringen. Und schließlich und endlich waren da auch noch Nicole und Jeremy – das fünfte Paar –, die beide vage beteiligt dreinblickten und gespannt auf unsere Reaktion warteten.

Ich war seit Monaten nicht mehr Opfer eines typischen Vince-Verhörs gewesen. Das lag vor allem daran, dass ich normalerweise die Erste war, die bei solchen Treffen auf der Matte stand, sodass niemand überhaupt die Gelegenheit hatte, vorher über mich zu reden. Über *uns* zu reden. Zu meinem eigenen Pech hatte ich durch die Tatsache, dass ich mich vor diesen Frauen in der Toilette versteckt hatte, wertvolle Zeit verplempert. Auch teilten Vince und ich eine Geschichte miteinander, die es mit sich brachte, dass ich mehr über ihn wusste als die meisten anderen Leute am

Tisch. Wenn er die Sache übertrieb, konnte ich ihn daher mit einem einzigen Blick zum Schweigen bringen. Mit einer einzigen Erinnerung daran, dass ich Dinge über ihn wusste, die er sicher nicht mit anderen teilen wollte. Dinge, von denen nicht einmal Dan eine Ahnung hatte.

Ich senkte den Blick auf meinen Teller, starrte auf mein Essen und fragte mich, wie ich reagieren sollte. War ich zu defensiv, würden sie denken, dass es sich um ein Thema handelte, das der Vertiefung wert war. Reagierte ich zu locker, würde allgemein angenommen, dass ich nur so tat als ob. Ich musste mir genau überlegen, was ich erwiderte.

Indem ich die Augen zu Vince hob, zuckte ich ein bisschen die Schultern und setzte ein kleines Lächeln auf. »Ich weiß nicht. Vielleicht nie«, sagte ich, darauf bedacht, dass meine Stimme ernst klang, aber auch nicht zu glatt.

»Aber du wärst doch so eine tolle Mutter«, sprudelte es aus Carole heraus. »Ich kann mir gar nicht vorstellen, dass du keine eigenen Kinder kriegst, du hast so eine wundervolle Art, mit unseren zweien umzugehen.«

Unwillkürlich verzogen sich meine Mundwinkel zu einem breiteren Lächeln. Ich konnte gar nichts dagegen tun, so sehr freute ich mich über das Kompliment. »Danke«, gurrte ich. »Es ist wirklich schön, dass du das sagst. Eure Kids sind aber auch wundervoll.«

»Sie *lieben* dich. Dauernd wollen sie ihre Tante Steph sehen. Deswegen meine ich auch, dass ... Na ja, du wärst einfach eine tolle Mama.«

»Danke«, sagte ich nochmals, immer noch glücklich über das Kompliment. Währenddessen spürte ich, wie Mals Körper am anderen Tischende sich versteifte. Alle, die meine wahren Gedanken nicht kannten, nahmen natürlich an, dass ich mich über die Idee freute, eine tolle Mutter zu sein; sie waren sich nicht im Klaren darüber, dass ich Komplimente sammelte wie andere Leute Sauerstoffmoleküle, um zu atmen. Ich war verrückt danach, dass andere meinen Selbstwert bestätigten. Es besänftigte eine Stelle ganz tief in mir drin, wie kaum etwas anderes es vermocht hätte. Einem Außenstehenden musste es aber in diesem Moment so scheinen, als würde ich mich verzweifelt danach sehnen, ein Baby zu haben, verzweifelt danach sehnen, Mutter zu werden. Und Mal … Mal dachte offensichtlich, dass ich mich allein schon an dem Gedanken an eine Mutterschaft berauschte, dass ich vergessen hatte, was vor acht Jahren geschehen war.

Ich musste das Ganze beenden. Ich musste das Gespräch auf ein anderes Thema lenken, sonst würde es gleich einen Knall geben. Mals Explosionen waren zwar ruhig, eher unterschwellig, aber deswegen nicht weniger zerstörerisch. Er würde nicht schreien, er würde nicht rasen und toben, sondern er würde etwas viel Schlimmeres tun: Er würde aufstehen und gehen.

Ohne auch nur ein Wort zu jemandem zu sagen, würde er einfach aufstehen, das Haus verlassen und draußen im Auto auf mich warten. Er hatte das früher schon einige Male getan, und ich würde es einfach nicht ertragen, wenn er es heute Abend wieder tat. Am Ende würden unsere Freunde ihn für einen ungehobelten Kerl halten, der nicht in der Lage war, sich angemessen zu benehmen. Vielleicht würden sie sogar denken, dass sie sich Sorgen um mich machen mussten, und dass er mir vielleicht, nur vielleicht, eines Tages wehtun könnte. Körperlich weh. Obwohl er dazu natürlich überhaupt nicht fähig war. *Ich* wusste das zwar, aber hier am Tisch wusste es niemand.

»Du hast meine Frage nicht beantwortet, Stephie, meine Süße: Wann werden wir denn einen kleinen Wacken in unserer Mitte begrüßen dürfen?«, insistierte Vince. »Wie lange müssen wir noch warten?«

Aller Augen waren inzwischen auf mich gerichtet; sogar die Kopfsenker hatten sich jetzt auf mich konzentriert.

Ich kannte die meisten der Anwesenden, seit wir achtzehn oder neunzehn waren, aber wir waren nie wirklich eng befreundet gewesen. Wir waren ganz gern zusammen, aber ich würde keine der Personen, die um den Tisch versammelt waren, anrufen, wenn ich eine Krise hätte. Später vielleicht, um ihnen zu erzählen, was inzwischen eine lustige Anekdote sein würde, das ja. Aber währenddessen, vielleicht sogar, um einen von ihnen um Unterstützung, seinen Schutz zu bitten, niemals.

Ich öffnete den Mund, um zu wiederholen, dass wir vielleicht niemals Kinder haben würden – entschlossen, eine Festigkeit in meine Worte zu legen, die Vince dazu bringen würde, endlich den Mund zu halten, und die den anderen klarmachen würde, dass es mit dem Verhör ein Ende hatte.

»Ihr könnt einen Wacken in eurer Mitte begrüßen, wann immer ihr wollt«, sagte Mal unvermittelt. »Ich habe nämlich schon ein Kind.«

Jeder am Tisch fuhr zusammen, ein paar Leute schnappten kaum hörbar nach Luft. Innerlich tat ich das auch. Von allen Anwesenden war ich wahrscheinlich die, die am meisten schockiert war: *Niemals* hätte ich gedacht, dass er das sagen würde.

»Einen Sohn«, fuhr Mal fort, offensichtlich völlig unbeeindruckt von dem Entsetzen, das er ausgelöst hatte. Sogar

Vince, den anmaßenden, großmäuligen Vince, hatte er zum Schweigen gebracht.

Carole fand als Erste ihre Stimme wieder. »Aus einer früheren Beziehung?«, fragte sie, und es gelang ihr ganz gut, ihren Schock im Zaum zu halten. Sie hob die Hand und fegte eine braune Locke aus ihrem Gesicht, während sie Mal ansah und auf seine Antwort wartete. Ein ängstliches Schweigen senkte sich herab, während alle sich ihm zuwandten und warteten, was geschehen würde. *Lüg*, flehte ich ihn schweigend über den Tisch hinweg an. *Bitte, lüg. Tu es für mich, erzähl ihnen eine Lüge.*

»Er wird demnächst acht«, sagte Mal. »Er heißt Leo, falls es euch interessiert. Er hat schwarze Haare und braune Augen. Am liebsten trägt er seinen grünen Superheldenanzug, und er spielt am liebsten *Star Wars* an der PlayStation.« War das Stolz in seiner Stimme? Er war tatsächlich stolz. *Stolz.* Er hatte mir nichts von diesen trivialen Details erzählt, und wir waren doch eigentlich übereingekommen … Und jetzt enthüllte er unseren Freunden unsere unbekannten Geheimnisse! Und er war auch noch *stolz!*

Aller Augen wanderten zurück zu mir. Sie waren wirklich schockiert. Mein Ehemann hatte mir Hörner aufgesetzt, hatte meine Nebenbuhlerin geschwängert und schämte sich nicht mal dafür. Sogar die hohle Frankie war offensichtlich erpicht, mehr zu erfahren: Ihre kreisrunden Augen waren in ungläubigem Staunen aufgerissen, und ihr Mund stand offen, während ihr Blick zwischen Mal und mir hin und her wanderte in dem Bemühen herauszufinden, wen sie lieber anstarren wollte.

Ich versuchte mich zu sammeln und atmete ein paarmal tief ein und aus, bevor ich zu sprechen begann. »Es ist nicht so einfach, wie es sich bei Mal anhört«, setzte ich zur Schadensbegrenzungsprozedur an. »Eine Freundin von uns, die uns sehr nahe steht, wollte verzweifelt ein Baby haben. Es war wirklich zum Herzerweichen. Mal mochte sie sehr, und so wollte er ihr helfen. Daher hat er zugestimmt, Vater ihres Kindes zu werden.« Die absolute Wahrheit.

Mal starrte mich über den Tisch hinweg an. Seine Augen waren zwei Dolche, die mich gleich aufschlitzen und auseinanderreißen würden, um offenzulegen, wie ich es schaffte, zu lügen und doch wieder nicht.

»Seht ihr denn Mutter und Kind noch?«, fragte Frankie. Frankie, die normalerweise höchstens mal lieb lächelt und mit ihren Haaren spielt, war voll dabei und sogar in der Lage, Fragen zu stellen.

Mals Blick wurde noch intensiver, ich konnte ihn auf meiner Haut brennen spüren, und so zog ich es vor, ihn nicht anzusehen. Er wartete gespannt, wie ich mir einen Weg aus dieser Falle bahnen würde. Sein Blick war eine wortlose Anklage. Er stellte mich vor Gericht, und wir wussten beide, dass ich schuldig war. Natürlich war ich das.

»Nein«, sagte ich. »Sie ist weggezogen, bevor das Baby geboren wurde. Sie lebt jetzt an der Küste und kommt kaum noch nach London. Wir sehen sie praktisch nie.«

Geräuschlos schob er seinen Stuhl zurück. Geräuschlos ließ er seine cremefarbene Serviette auf seine halb gegessene Mahlzeit fallen. Die arme Carole hatte wahrscheinlich Stunden damit zugebracht, den Teig für den Lachs im Teigmantel eigenhändig zuzubereiten, die neuen Kartoffeln zu schrubben, den Ziegenkäse und das Chiligemüse zu backen. Und Mal hatte das Essen kaum angerührt. Und jetzt machte Mal kein Geräusch, als er das Esszimmer verließ. Der einzige Laut, der von seinem Abmarsch zu hören war, war das Klicken der Haustür, die hinter ihm ins Schloss fiel.

Ich starrte auf meinen Teller hinunter, während sich in meinen Augenwinkeln Tränen sammelten und in meiner Kehle ein Klumpen schwoll. Auch ich hatte mein Essen kaum angerührt, und dabei sah alles so schön aus. So schmackhaft. Trotzdem war gar nicht daran zu denken, dass ich auch nur einen Happen davon hinunterbringen würde. Die Kerzen brannten, und alle schwiegen schockiert und sahen mich an. Sie sahen mich an, und ich schämte mich so. Wegen jetzt. Wegen damals.

Ich schob meinen Stuhl zurück, sagte zu Carole, ich würde sie am nächsten Morgen anrufen, sagte allen, es sei schön gewesen, sie zu sehen, und ging. Zum zweiten Mal in kaum sechs Stunden musste ich einen Raum verlassen in dem Wissen, dass in der Sekunde, in der die Tür hinter mir zufiel, die Leute anfangen würden, über mich zu reden.

Mal marschiert ins Haus, ohne auch nur einen Blick zurückzuwerfen. Nachdem ich die Tür zugeknallt habe, renne ich die Treppen hinauf und sofort ins Badezimmer. Ich reiße das Badfenster auf, hole mir eine Zigarette und leere dann auf der Suche nach meinem Feuerzeug den Inhalt meiner Tasche auf den Fliesenboden. Kurze Zeit später ziehe ich an der Zigaret te, als ginge es um mein Leben, aus dem Fenster gelehnt, um den Geruch zu verjagen. Ich stecke mir auch noch eine zweite an und rauche gierig vier oder fünf Züge. Als ich fertiggeraucht habe und etwas ruhiger bin, wickle ich die Kippen in ein Stück Toilettenpapier und spüle die verräterischen Beweismittel weg. Aber das war dringend notwendig, denn jetzt kann ich wenigstens mit ihm sprechen, ohne zu schreien.

Er ist nicht im Wohnzimmer, aufs Sofa gefläzt, wütend alle Fernsehsender durchzappend, wie ich angenommen habe. Er ist auch nicht im Esszimmer und durchwühlt unsere CD-Sammlung, auf der Suche nach etwas Lautem, Wummerndem, das er in voller Lautstärke hören kann, um die Nachbarn zu ärgern und mir die Ohren vollzudröhnen. Er ist in der dunklen Küche, steht vor der offenen Kühlschranktür, sodass er vom Licht des Kühlschranks beleuchtet wird, und stürzt ein Bier hinunter, als wäre es Wasser.

»Ich kann nicht glauben, dass du das getan hast«, sage ich zu ihm.

Der Rest der fahl goldenen Flüssigkeit fließt aus der hellen Glasflasche und in die Kehle meines Mannes. Er knallt die Flasche zurück in das Kühlschrankfach, hart genug, um Flasche oder Fach zu zerbrechen, und langt nach dem nächsten Bier, dreht den Deckel auf, schnippt ihn zurück in den Kühlschrank, legt die Öffnung der Flasche an die Lippen, fängt an zu schlucken. *Er* ist es, der mich ignoriert. Im Auto hatte ich noch gedacht, dass ich ihn ignoriert hätte, aber jetzt ist es offensichtlich, dass es andersherum ist.

»Wage es nicht, mich zu ignorieren, Mal Wacken. Ich bin hier nicht im Unrecht.«

Er hält inne, als er die Flasche gerade wieder ansetzen will, senkt sie und wendet sich zum ersten Mal mir zu. Mit verschleiertem Blick sieht er mich an, also wolle er herausfinden, wie ich eigentlich ticke.

»Ich habe nichts Falsches getan«, stellt er fest. »Ich habe nur die Wahrheit gesagt.«

»Wir haben abgemacht …«

»Wir haben abgemacht, dass ich keinen Kontakt aufnehme«, unterbricht mich Mal. »Das ist alles, was wir abgemacht haben. Wir haben nicht gesagt, dass ich nicht über sie sprechen darf. Über ihn.«

Er hat natürlich recht. Nur weil wir nicht darüber sprechen, über sie, über ihn, über sie beide, hatte ich angenommen, dass er überhaupt nicht darüber sprechen würde. Mit niemandem. Nicht mit seiner Mutter (von der er all diese Informationen bekommen haben muss), nicht mit seinen Freunden, nicht mit seinen Arbeitskollegen, nicht mit unseren gemeinsamen Freunden. Die Welt mochte vielleicht alles über Mals Sohn wissen, aber wir waren völlig ahnungslos. »Aber du hättest das trotzdem nicht tun dürfen«, insistiere ich.

»Hast du niemals Schuldgefühle, Steph?«, fragt er plötzlich, wobei der Ton seiner Stimme sich auf ein Niveau senkt, das seine Worte in mir nachhallen lässt – wie wenn aus einem Lautsprecher ein tiefer Bass erklingt, der einem durch und durch geht. »Hast du nicht einen Riesenschuldenberg auf dir lasten, wie du jetzt hier vor mir stehst?« Er hält sein Bier an die Brust gedrückt. Unzählige Male hat er mich das schon gefragt, sowohl schweigend als auch ausgesprochen, und jedes Mal kommt mir dabei derselbe Gedanke in den Kopf: Du hast keine Ahnung, wie es sich anfühlt, ich zu sein. Du hast keine Ahnung, wie es sich anfühlt, wenn man sich die ganze Zeit so schuldig fühlt, dass man nicht sicher ist, wo die Schuld endet und man selber anfängt. »Ich habe dich nie zu etwas gezwungen«, erwidere ich, absichtlich vermeidend, seine Frage zu beantworten. Meine Schuld ist nicht wie ein Berg, sie ist ein kleiner, wild entschlossener, todbringender Parasit, der sich mir durch Kopf, Körper, Herz und Geist gebohrt hat. Meine Schuld hat mich ausgehöhlt und mich innerlich tot hinterlassen.

»Ich weiß. Ich hatte die Wahl.« Er hält die Flasche über seinem Herzen an sich gedrückt, ein Wahrzeichen seiner Schuld, genau wie mein Berg. »Und ich würde diese Wahl wieder treffen. Ich würde immer wieder diese Wahl treffen.«

Ich gehe durch den Raum auf ihn zu, meine Wut ist verflogen. Ich schlinge meine Arme um ihn, die Flasche, das Symbol seiner Reue, ist immer noch zwischen uns und trennt unsere Herzen.

»Da ist etwas, was ich dir vorhin schon sagen wollte«, sage ich zu ihm, im Versuch, den Graben zwischen uns zu überbrücken.

»Ja?«, fragt er, immer noch die Flasche umklammernd.

»Es ist ein bisschen seltsam, dass wir es beide vergessen haben«, sage ich.

»Was denn vergessen haben?«

»Heute ist unser Hochzeitstag.«

Er schließt die Augen, atmet lange aus. »O Gott, das hab ich wirklich vergessen. Mit der vielen Arbeit und allem … Es tut mir leid.«

»Ich hab's doch auch vergessen«, erinnere ich ihn. »Wenn das nicht so gewesen wäre, dann wären wir heute Abend nicht auf dieses Abendessen gegangen. Es ist mir erst eingefallen, als wir uns zum Essen hingesetzt haben.« Ich senke einen Arm, und meine Hand findet die Stelle seines Körpers, die nur für mich reserviert ist, die nur ich auf diese Weise berühren darf. »Wir könnten uns doch immer noch versöhnen.« Ich lege meine flache Hand noch fester gegen ihn, aber da ist keine Reaktion, sein Körper zeigt mir auf keine Weise, dass er will, was ich mit ihm tue. Ich rede weiter mit leiser Stimme auf ihn ein, ein verführerisches Lächeln auf den Lippen – wenn ich ihm eine Reaktion entlocken kann, dann wird alles gut. Alles mit uns wird dann wieder gut. »Du weißt doch, wie gut wir darin sind, uns zu versöhnen.« Nichts. Absolut keine körperliche Reaktion. Auch sein Gesicht zeigt nicht die leiseste Regung: Seine Augen starren ausdruckslos auf mich herunter, als wäre ich eine Person, die er nicht wiedererkennt, als spräche ich eine Sprache, die er nicht versteht und auch nicht erlernen will. Meine Finger finden seinen Reißverschluss und ziehen ihn langsam auf. Da rückt er ein Stückchen von mir weg. Nur einen Sekundenbruchteil, aber seine Antwort ist klar und eindeutig: Nein.

»Ich hab's wirklich vergessen«, wiederholt er, während er mit seiner freien Hand an seinem Reißverschluss fummelt, um ihn wieder zuzuziehen.

»Herzlichen Glückwunsch zum Hochzeitstag, Mal«, sage ich, und mit einer Kraft, von der ich nicht wusste, dass ich sie habe, halte ich das Zittern aus meiner Stimme und die Tränen aus meinem Gesicht.

»Ja, Steph, herzlichen Glückwunsch zum Hochzeitstag.« Seine Lippen sind kühl und distanziert, als er etwas auf meine Stirn drückt, das einem Kuss nahekommt. Dann entwindet er sich mir vorsichtig und lässt mich verschmäht und gedemütigt in der dunklen Küche stehen.

Meine Finger graben sich in meine Hände, meine Nägel bohren in die Handflächen, und ich schließe die Augen, um die Panik zu stoppen. Atmen. Alles, was ich zu tun habe, ist hier zu stehen und zu atmen. Es wird alles gut, es wird gut sein, wenn ich atmen kann.

Ich weiß, dass er es wirklich so meint. Ich weiß, dass er es so meint, wenn er sagt, er würde dieselbe Wahl wieder treffen. Wenn er noch mal die Wahl hätte zwischen Nova, seiner ältesten Freundin, und mir, würde er mich wählen. Wenn er noch mal die Wahl hätte zwischen seinem Sohn und mir, würde Mal mich wählen. Immer würde er mich wählen.

Ich weiß das. Aber ich weiß auch, dass Mal kein einziges Mal in den letzten acht Jahren gesagt hat, dass er die Wahl nicht bereut, die er mit jedem Stück seines schuldbeladenen Herzens getroffen hat.

»Warum weinst du?«

Mummy saß auf dem Sofa mit dem Kopf in den Händen und weinte. Sie weinte und weinte und weinte. Sie sah zu ihm hoch, und sie hatte ein nasses Gesicht und komische Augen und sie weinte weiter.

»Warum weinst du?«, fragte er.

»Weil ich müde bin, Leo. Ich bin wirklich, wirklich müde. Das Haus ist ein einziges Chaos, und ich weiß nicht, wo ich anfangen soll. Amy ist noch eine Woche im Urlaub, und jetzt muss ich das Café alleine machen, weil das Mädchen, das für sie eingesprungen ist, immer wieder Geld aus der Kasse gestohlen hat. Ich habe Angst, in der Nacht die Augen zuzumachen und zu schlafen, weil du dauernd aus deinem Gitterbett kletterst, und ich habe Angst, dass du entweder das Gas unten aufdrehst oder herausfindest, wie man die Kette an der Haustür abnimmt, und auf die Straße läufst. Und ich habe es einfach satt, alles alleine machen zu müssen. Ich habe es satt, niemanden zum Reden zu haben, niemanden, auf den ich mich verlassen kann, die ganze Zeit für alles da sein zu müssen. Darum weine ich, Leo, ich bin einfach schrecklich müde.«

Er starrte sie an. Arme Mummy. Dann zog er aus der Box, die auf dem Tisch stand, ein Tuch. Er legte es auf ihren Arm und hielt es da, wie sie es immer bei ihm tat, wenn er sich an-

gestoßen hatte und weinte. Er hielt es und hielt es, und dann nahm er es weg und küsste ihren Arm.

»Alles gut«, sagte er. »Nicht mehr weinen. Alles gut.«

Er nickte ihr zu. Alles gut jetzt.

Leo, 3 Jahre alt

5

»Er war ganz brav«, sagt Schwester Melissa, als wir in Leos Krankenzimmer zurückkommen.

Sie hat das Licht angeschaltet und war damit beschäftigt, in meinem Buch – *Methoden Experimenteller Psychologie* – zu blättern. Ich frage mich kurz, ob sie es interessant findet oder, was wahrscheinlicher ist, extrem langweilig.

»Danke, Melissa«, erwidere ich, als mir klar wird, dass sie nicht mit mir, sondern mit Keith gesprochen hat. Ich verdrehe die Augen, während ich Platz nehme und anfange, Leo auf irgendwelche – auch noch so kleine – Anzeichen zu untersuchen, die auf eine Veränderung hindeuten. Ich habe mich schon oft gefragt, ob Schwester Melissa deshalb so versessen darauf ist, auf Leo aufzupassen, weil sie auf meinen Mann abfährt. Eine unverhältnismäßig große Zahl von Frauen tut das, aber Schwester Melissa ist einen Tick plumper als die meisten.

Über die Jahre hinweg habe ich immer wieder beobachten dürfen, wie unzählige vernünftige und selbstbewusste Frauen völlig den Verstand und – um ehrlich zu sein – auch den Respekt vor sich selbst verlieren, wenn sie in Keiths Nähe sind. Es passiert andauernd, beim Einkaufen, auf der

Bank, im Restaurant, am Flughafen, in diesem Krankenhaus. Es ist wohl sein Aussehen, seine Größe, sein Beruf, seine Persönlichkeit, seine Präsenz. Er ist ein Bild von einem Mann. Wer mit ihm spricht und seine Stimme hört, dem werden die Knie weich, und ein Lächeln von ihm vermittelt jeder Frau das Gefühl, sie sei die Schönste auf der Welt. Auf Fotos erscheint er vielleicht nicht mal besonders gut aussehend, aber wenn er einem in Fleisch und Blut gegenübersteht, wird einem ganz wirr im Kopf. Ich weiß das so genau, weil ich mich nicht anders gefühlt habe, als ich am Anfang in der Bar mit ihm zusammengearbeitet habe. Ich war total verknallt in ihn, aber irgendwie kam ich dann über ihn hinweg. Als er mich dann zwei Jahre später fragte, ob ich mit ihm ausgehe, wurde die Fantasie zur Realität, die dann natürlich ganz anders war.

Als ich ihn das erste Mal nackt sah, an dem Tag, dessen »Jahrestag« wir gerade begangen hatten, war ich unwillkürlich zur Salzsäule erstarrt. Sein Körper war aus dem vollkommensten dunklen Mahagoniholz gehauen, jeder Quadratzentimeter glatt und makellos. Ich verlor die Nerven und konnte nichts dagegen tun, meine Augen suchten schnell im Zimmer nach den Kleidern, die ich schon abgelegt hatte, da ich spontan beschloss, nichts, aber auch gar nichts weiter auszuziehen. Es war mir einfach nicht möglich. Nicht, wenn er aussah wie eine Statue von Michelangelo, und ich einfach ganz normal war – wenn ich auch bisher noch nie etwas an mir auszusetzen gehabt hatte. Er nahm mein Handgelenk, sanft, aber bestimmt, und legte die Innenfläche meiner Hand auf seine Brust, an eine Stelle gleich links von der Mitte, und hielt sie dann einfach dort. Ich spürte sofort seinen Herzschlag: stark, gleichmäßig, schnell. Unglaublich schnell. »Du bist der einzige Mensch, der es je geschafft hat, mein Herz so schnell schlagen zu lassen, und dabei hast du es nicht mal darauf angelegt«, sagte er. »Verstehst du jetzt, warum ich dich liebe?« In seinen dunklen Augen, in seiner sanften Stimme lag Aufrichtigkeit. Schlicht, einfach, ehrlich. Statt einer Antwort lächelte ich ihn an, und er grinste zurück, und dann hatte ich plötzlich das Gefühl, Achterbahn zu fahren, hinaufgerissen zu werden und wieder hinunterzustürzen, und da wusste ich plötzlich, dass ich mich in ihn verlieben würde. Zu dem Zeitpunkt war ich es noch nicht, jedenfalls nicht so, wie er in mich, aber es würde passieren.

»Sie sind aber spät dran heute«, sagt Melissa zu Keith. Ich musste sie gar nicht ansehen, um zu wissen, dass sie eine Haarlocke um ihren Finger kringelt und ihre Brust durchstreckt, damit sein Blick sie nur ja nicht verfehlt, während sie etwas einfältig zu ihm hochschaut.

»Ja, kann sein«, erwidert Keith. »Ich hab gar nicht nach der Zeit geschaut.«

Ich gehöre zwar eher zum eifersüchtigen Typ Frau, aber ich weiß, dass es wirklich nicht notwendig ist, mich über die Frauen zu ärgern, die mit meinem Mann flirten. Er ist sich ihrer Aufmerksamkeit natürlich bewusst – immerhin ist er ja ein Mann –, aber er ist ganz einfach nicht interessiert. In seiner Zeit nach der Armee, als er in der Bar arbeitete, ging er mit jeder Frau ins Bett, die auch nur in seine Richtung schaute, und schämte sich nicht mal dafür. Er war wie einer, der süchtig nach Süßigkeiten ist und sich in einem Schlaraffenland den verschiedensten Kuchensorten ausgesetzt sieht, und er hielt sich nicht zurück. Er kostete, er genoss, verputzte jede einzelne Krume, die ihm vor die

Nase kam. So lange, bis irgendwann der Moment kam – ungefähr zu der Zeit, als wir zum ersten Mal miteinander ausgingen –, als er beschloss, sich von nun an anders zu ernähren – weniger süß vielleicht, aber dafür nährstoffreich und nachhaltig. Er hatte einfach den Geschmack an Zuckrigem verloren und war bereit, sich niederzulassen, zu heiraten, Kinder zu haben. Allerdings war ich das noch lange nicht, aber er war trotzdem willens, auf mich zu warten, bis ich bereit war.

Während der Trennungsintermezzos in unserer Beziehung rechnete ich immer damit, dass er wieder in seinem alten Fahrwasser schwimmen würde, aber das tat er nie. Und das war wohl auch der Grund, warum er auch jetzt nicht mit seinen Verehrerinnen flirtete.

»Kommen Sie von der Arbeit?«, fragt Melissa ihn.

»Ja«, murmelt Keith. Er spricht nicht gern über seinen Job – nicht mal mit mir. Ich weiß, dass er bei der Polizei ist und dass er manchmal Uniform trägt und Streife fährt. Ich weiß aber auch, dass er meistens keine Streife fährt. Einmal im Jahr schmeiße ich mich in Schale und begleite ihn zu dem jährlich in London stattfindenden Polizeiball. Aber ich könnte nicht sagen, welchen Dienstgrad er hat, und wenn mich jemand danach fragte, könnte ich keine Angaben darüber machen, womit er sich den lieben langen Tag beschäftigt. Zu Hause blendet er die Arbeit aus. Er weigert sich, all das Üble, was er gesehen und erfahren hat, mit in unser Leben zu nehmen. (Wegen dieser Geheimniskrämerei glaubt Leo fest daran, dass er ein Geheimagent ist.)

»Ob Leo auch Polizist werden will, wenn er groß ist?«, fragt Melissa. »Wird er auch in dieser Hinsicht nach seinem Vater schlagen?«

Keith schweigt einen Moment verwirrt, bevor er sagt: »Leo ist mein Stiefsohn, das wissen Sie, nicht wahr?« Sein Ton ist ernst und leicht betroffen. »Er mag sich manchmal so benehmen wie ich, aber er schlägt nicht nach mir. Nicht genetisch jedenfalls.« Ich spüre, wie er von ihr zu mir sieht. »Das stimmt doch, nicht wahr, Lucks, er schlägt nicht nach mir?«

»Bis auf seine Obsession mit der PlayStation und der Faszination für Furzen und schlechte Witze, nein, er schlägt nicht nach dir«, bemerke ich, ohne den Blick von Leo zu wenden.

»Wenn überhaupt, dann ähnelt er eher dir und deinem Dad, nicht wahr?«, fragt Keith weiter.

Er ist eher wie sein Vater, denke ich, während ich sage: »Ja, ich denke schon.«

»Nova würde niemals in die Armee gehen oder zur Polizei, und auch von ihrem Vater könnte ich mir das nicht vorstellen, daher bezweifle ich sehr, dass Leo zur Polizei gehen wird, weil er ja überhaupt nicht ist wie ich.« Keith ist sich nicht im Entferntesten der Tatsache bewusst, dass Schwester Melissa jetzt offensichtlich den intensiven Wunsch hegt, der Boden unter ihren Füßen würde sich öffnen und sie mit Haut und Haar verschlingen.

Wenn ich ihr gegenüber einen Augenblick vorher noch leicht gereizt war, so hege ich jetzt ehrliches Mitgefühl für sie, denn ich weiß genau, was jetzt gleich kommen wird: Ein ausufernder Vortrag über Keiths Theorien bezüglich der verschiedenen Typen von Menschen und Persönlichkeiten, wobei die einen es als ihre Berufung sehen, ihrem Land und der Gesellschaft, in der sie leben, zu dienen, während die anderen sich eher gezwungen fühlen, eine bestimmte Arbeit zu verrichten. Ich habe mir diese Theorie schon verschiedenste Male anhören müssen, und obwohl Schwester Melissa direkt vor meinen Augen mit meinem Ehemann geflirtet hat, beschließe ich, sie zu retten. Keine Frau hat diesen Vortrag verdient, wenn sie dann nicht mal dafür Sex mit ihm haben darf. »Danke, Melissa, dass Sie bei Leo geblieben sind«, unterbreche ich, »wir sehen uns später.«

»O ja, ja, bis später dann«, sagt sie eifrig und ist schon aus dem Zimmer geflitzt.

Keith nimmt seinen Platz auf der gegenüberliegenden Seite von Leos Bett ein. Wir sitzen immer auf denselben Plätzen, auch wenn der andere nicht hier ist; nicht im Traum würden wir uns auf den Platz des anderen setzen, genauso wenig, wie wir zu Hause im Bett auf der Seite des anderen schlafen würden. Es würde sich anfühlen wie eine Invasion, wie ein Übertritt in den Raum, der auf geheimnisvolle Weise dem anderen gehört.

»Schlägt er denn nach *ihm?«,* fragt Keith, indem er seinen Blick von unserem Jungen löst, um mich anzusehen. »Schlägt er nach seinem Vater?«

Er hat mich das noch nie gefragt, und eigentlich reden wir nicht darüber. Als wir das letzte Mal wieder zusammengekommen sind, nachdem wir fünf Jahre getrennt waren, habe ich ihm einfach gesagt, dass ich einen vierjährigen Sohn habe. Keith wusste sofort, wessen Sohn es war. Er war ja der Grund gewesen, warum er mich verlassen hatte: Als ich ihm gesagt hatte, was ich tun würde, hatte Keith sich von mir abgewandt. Es war etwas, das er einfach nicht verstehen konnte; er hätte niemals mit ansehen können, wie ich ein Kind austrug, nur um es dann wegzugeben, und so hat er mich verlassen.

»Ja«, sage ich zu Keith, »ich glaube, das tut er.«

Als wir wieder ein Paar waren, hat er nie gefragt, warum ich das Kind dann doch behalten habe. Er nahm wohl an, ich habe die Entscheidung getroffen, Leo zu behalten; ich sei einfach zur Vernunft gekommen und habe gemerkt, was er bei allen Frauen vermutet, die sich darauf einlassen, ein Baby für jemand anderen zu kriegen: dass man danach nicht mehr in Frieden mit sich selbst leben kann; dass die Schuld und der Verlust einfach zu groß sind und man sich nach Möglichkeit doch immer dafür entscheidet, das Baby zu behalten. Ich habe mich nie veranlasst gefühlt, ihn darüber aufzuklären, was wirklich geschehen ist.

Keith zuckt die Schultern. »Ich denke, das ist nicht so schlimm«, sagt er. »Leo könnte Schlimmeres passieren, als ihm nachzuschlagen. Er ist ein guter Mann.«

Ich nicke. *Das kannst du nur sagen*, denke ich, *weil du nicht weißt, was er getan hat.*

Sie sind fertig zum Start.

Er sitzt auf seinem Spezialsitz, sodass er alles sehen kann.

Vorwärts, ganz langsam. Drei … zwei … eins!

Das Wasser spritzt über ihr U-Boot. Überallhin! Es ist überall über ihnen und um sie herum. Sie sind ganz unter Wasser, und sie lachen beide wie wild.

RUMMS! Captain Leo springt in die Luft, als eine große Welle ihr U-Boot überspült. Sie lachen wieder beide wie wild.

»Voran jetzt!«, schreit Captain Leo, als sie von einer weiteren weiß schäumenden Welle getroffen werden.

»Aye, aye, Captain«, schreit sie zurück. »Voran.«

»Tauchen!«, schreit Captain Leo über das Spritzen des Wassers hinweg. »Tauchen! Wir müssen tauchen!«

»Ich kann die Gesetze der Physik nicht ändern, Captain«, gibt sie zurück.

»O doch, das können Sie!«, schreit Captain Leo. »Los, tauchen!«

»Gut, okay, dann sind wir so weit …«, sagt sie. »Drei … zwei … eins!«

Sie kreischen beide, als noch mehr Wasser über sie hinwegflutet, und dann lachen sie. Und kreischen. Und lachen. Und kreischen. Sogar noch, als sie aus dem Wasser kommen, lachen und kreischen sie immer weiter. Und am Ende sind sie frei. Sie sind wieder auf festem Boden, und ihr U-Boot funktioniert auch hier. Und er ist kein Captain mehr, und sie hat nicht mehr diese komische Stimme.

»Können wir das gleich noch mal machen?«, fragt er.

»Nein, mein Süßer. Erst nächste Woche wieder.«

»Okay«, sagt er und sieht hinaus aus dem Fenster und auf die anderen Leute, die bestimmt auch U-Boot spielen wollen. Aber keines von ihren Booten ist so toll wie seins. Und keiner ist ein so guter Captain wie er. Keiner.

Leo, 4 Jahre alt

Zweiter Teil

6

Ich hasse es, von ihm wegzugehen.

Jeden Abend, wenn Keith mich dazu überredet, heimzugehen und ein wenig zu schlafen, verharre ich noch eine Weile an seinem Bett, wünsche ihm eine gute Nacht, suche nach einer Veränderung, frage mich, ob ich nicht doch noch länger bleiben sollte. Aber ich muss tagsüber bei Sinnen sein und kann auch unmöglich jede Nacht auf der Pritsche schlafen, die man in seinem Krankenzimmer aus der Wand klappen kann. Jeden Abend, wenn ich ihm einen Gutenachtkuss gebe und ihm schweigend wünsche, dass er aufwacht, verlasse ich das Krankenhaus mit einem tiefen, pochenden Schmerz im Zentrum meiner Seele, den nur Leo lindern könnte, indem er wieder gesund wird.

Ich sitze im dunklen, ziemlich leeren Parkhaus bei geschlossenen Türen im Auto – Keith würde mich eigenhändig umbringen, wenn er wüsste, dass ich nicht erst überprüft habe, ob das Auto wirklich leer ist, bevor ich eingestiegen bin, und dass ich auch die Türen nicht sofort geschlossen habe. Aber ich starte die Zündung nicht. Ich lasse den Schlüssel im Zündschloss stecken und lege meine Stirn auf das ledergepolsterte Lenkrad.

Ich möchte ihn anrufen.

Ich möchte den Telefonhörer nehmen und ihn anrufen.

Er wird sehr wahrscheinlich nicht wach sein, er wird sehr wahrscheinlich nicht alleine sein, und er wird sehr wahrscheinlich nicht abnehmen, aber ich möchte ihn anrufen. Ich möchte seine Stimme hören, ich möchte an diesen warmen, gemütlichen Ort in der Welt versetzt werden, an den ich früher so gut zu passen schien, an dem er mit mir gesprochen hat und die verwirrendsten Dinge plötzlich einen Sinn ergaben.

Sogar jetzt noch, nach der ganzen langen Zeit, möchte ich ihn anrufen. Ich möchte ihm sagen, was geschehen ist, ihm von den Träumen erzählen, und ihm sagen, ohne dass ich es ihm sagen muss, dass er alles wiedergutmachen soll. Sogar jetzt noch, nach allem, was passiert ist, ist Mal, Leos Vater, der einzige Mensch, bei dem ich sein möchte. Obwohl ich ihn theoretisch hassen sollte, ist alles, was ich tun kann, meistens, ihn zu vermissen. Manchmal hasse ich mich selbst dafür.

Heute ist der Tag, wo Malvolios Daddy heimkommt. In echt.

Meine Mummy hat gesagt, dass er weit, weit weg von zu Hause gearbeitet hat und das der Grund war, warum wir ihn nie in echt gesehen haben. Malvolios Mummy, Tante Merry, hat viele Bilder, und die sahen wir dauernd an. Manchmal sah Malvolio wie sein Daddy aus, wenn er richtig finster dreinschaute.

Meine Mummy hat mir gesagt, dass Malvolios Daddy uns beide gesehen hat, als wir kleine Babys waren und gerade geboren – er ist ins Krankenhaus gekommen und hat uns angeschaut. Es gibt ein Foto von Malvolios Daddy, wo er Malvolio hält und ihn anschaut, statt in die Kamera zu schauen wie alle anderen auf dem Foto. Direkt hinter ihm ist ein Mann mit einem Hut und Kleidern wie ein Polizist zu sehen, der sehr böse schaut und einen großen Schnurrbart hat, der über die ganze Oberlippe geht. Als ich fragte, wer das ist, hat Tante Merry angefangen zu weinen, und Mummy hat gesagt, das ist ein Freund von Onkel Victor. Ich habe nicht verstanden, warum Tante Merry deshalb weinen muss, aber ich glaube, es war, weil sie nicht mag, dass Onkel Victor Freunde hat, die nicht auch ihre Freunde sind.

Meine Mummy sagt, es war vor fünf Jahren, dass Malvolios Daddy uns gesehen hat.

Ich durfte mein besonderes Sonntagskleid anziehen, das ich immer in der Kirche trug. Es war rot mit weißem Kragen und Knöpfen am Rücken bis ganz hinauf zum Hals. Und ich hatte weiße Socken an, von denen Mummy mir dauernd sagte, ich solle sie hochziehen – es war nicht meine Schuld, sie rutschten einfach immer wieder hinunter –, und meine schwarzen, glänzenden Lieblingsschuhe. Mummy hatte meine Haare in vier Zöpfe geflochten, wie ich sie am liebsten trug, und mir gesagt, ich solle sie nicht durcheinanderbringen. Wahrscheinlich mochte Onkel Victor es nicht, wenn Kinder unordentlich aussahen. Cordelia war erst zwei, aber sie hatte schon das gleiche Kleid wie ich, nur war ihres blau. Sie saß neben dem Tisch, den wir in Tante Merrys Wohnzimmer gestellt hatten, auf dem Boden und spielte mit Malvolios Lieblingsauto. Er hatte nichts dagegen. Er ließ Cordelia mit allen seinen Spielsachen spielen, weil er meinte, dass sie nur ein kleines Baby war und es nichts ausmachte. »Nicht Baby!«, sagte Cordelia dann immer. »Großes Mädchen.«

Auch Malvolio hatte seinen Kirchenanzug an, der dunkelblau war, und dazu ein weißes Hemd und eine rote Krawatte, die aussah wie zwei Dreiecke mit aneinandergelegten Spitzen. Er sieht richtig hübsch aus, hat Mummy gesagt, als er vorher heruntergekommen ist. Wie ein kleiner Mann. Tante Merry hatte irgend so ein Zeug auf sein Haar getan und es gekämmt, sodass es aussah wie das von seinem Daddy.

Mummy und Daddy und Tante Merry hatten auch alle ihre Kirchenkleider an. Und meine Mummy hat ganz viel Essen für Onkel Victor gemacht, und ich hab ihr dabei geholfen. Ich hab Rosinen in die Schüssel getan, damit Mummy ihre großen Rosinenbrötchen backen konnte. Und ich hab auch bei Mummys Kuchen geholfen, bei dem, der ihr Geheimnis ist. Das ganze Essen stand schon auf dem großen Tisch im Wohnzimmer, und da war auch ein weißes Tischtuch, das Mummy bestickt hatte. Wir durften aber nichts nehmen, nicht mal Kirschlimonade, bis Malvolios Daddy nach Hause kam.

Wir waren alle im Wohnzimmer und warteten, dass Malvolios Daddy endlich heimkam. Ich wusste nicht, wie spät es war, aber Mummy und Daddy sahen einander dauernd an. Ich weiß, dass sie sich Sorgen um ihn machten. Vielleicht hatte er ja den Bus verpasst. Manchmal, wenn das Auto von meinem Daddy nicht richtig funktioniert, muss er den Bus nehmen, und er wird böse, wenn er ihn verpasst, weil er dann zu spät zur Arbeit kommt. Malvolio saß neben seiner Mummy, und sie küsste dauernd seine Hand und sagte »Mein schöner Junge« und sah aus dem Fenster, um zu sehen, ob Onkel Victor endlich kam.

Ich musste dauernd auf die Sandwichs schauen. Ich hätte so gern eins gewollt. Mummy hatte Sandwich Spread von Heinz draufgetan. Das war mein Lieblingsaufstrich. Ich hatte solchen Hunger. Ganz langsam bewegte ich mich näher zum Tisch. Vielleicht konnte ich einen Bissen von einem Sandwich nehmen und es dann zurücklegen. Mummy und

Daddy und Tante Merry würden es gar nicht bemerken. Ich stand jetzt schon neben dem Tisch und legte langsam meine Hand in die Nähe der Sandwichs. Gleich würde ich einen Happen davon abbeißen. Mein Mund war schon ganz nass innen drin. Ich zog das Sandwich vom Teller und zu mir hin. Nur ein einziges Mal würde ich abbeißen, und dann würde ich es gleich zurücklegen. Nur einen einzigen Bissen. Ich leckte mir die Lippen und hob das Sandwich zum Mund.

»NOVA!«, rief Mummy. »Was tust du denn da?!«

Ich hatte solche Angst, dass ich das Sandwich fallen ließ. Meine Augen waren ganz groß, als ich Mummy ansah. Sie blickte mich sehr böse an. Ich hatte wirklich ein Problem. Wahrscheinlich würde ich gleich heim und ins Bett müssen. Oder mich in den Gang stellen und zur Wand schauen. Auch Daddy sah mich böse an. Tante Merry sah mich zwar an, aber nicht böse. Malvolio sah ängstlich aus, wie ich. Er wusste, dass ich in Schwierigkeiten war. Es war aber nicht meine Schuld, ich hatte einfach Hunger.

Plötzlich fiel richtig laut die Haustür ins Schloss. Wir sahen alle zur Tür, und da war Onkel Victor. Er war wirklich, wirklich groß. Größer als mein Daddy. Aber er sah nicht so aus, wie er auf den Fotos aussah. Er war viel dünner, dünn wie ein Hering, sagte Mummy über Leute, die so aussahen wie er. Groß und dünn wie ein Hering. Er hatte viele Linien in seinem Gesicht und einen Bart. Der Bart war dunkel und dick und überall um seinen Mund und seine Wangen und sein Kinn herum. Seine Haare waren nicht gekämmt wie die von Malvolio es jetzt waren, sie waren so, wie die von Malvolio normalerweise waren, nämlich ganz durcheinander. »Als wäre er auf dem Rücken durch den

Busch geschleift worden«, sagte Mummy immer, wenn sie die Zweige und Blätter aus Malvolios Haaren kämmte.

Onkel Victor sah mich an, und ich lächelte und winkte. Er sah Mummy an. Er sah Daddy an. Cordelia sah er ein wenig länger an, weil sie neu war. Dann sah er Tante Merry sogar noch länger an. Am längsten aber sah er Malvolio an. Er sah und sah und sah immer Malvolio an. Mein Daddy sah so immer seinen Totoschein an. Wenn er sagte, dass er zehn Pfund gewinnen würde, wenn er die Nummern richtig hingeschrieben hatte. Er wollte sich dann eigentlich freuen, aber dann war er wieder nicht sicher, ob er sich freuen sollte, weil er vielleicht die Nummern anders hingeschrieben hatte, als der Mann im Fernseher sie sagte. So sah auch Onkel Victor Malvolio an: Als ob er sich freuen würde, aber dann doch nicht sicher war, ob er das wirklich tun sollte.

»Ich möchte ein Bad nehmen«, sagte Onkel Victor dann und ging die Treppen hinauf. Niemand sagte was oder machte was, während Onkel Victor oben sein Bad nahm. Es war sehr still für eine lange, lange Zeit. Dann kam er wieder herunter. Er hatte andere Kleider an. Er hatte einen großen, dicken, blauen Pullover an, den er in seine schwarze Hose gesteckt hatte. Seine schwarze Hose schaute aus wie eine, die er normalerweise in die Kirche anziehen würde. Ich weiß nicht, ob Onkel Victor überhaupt in die Kirche ging. Seine Haare waren gekämmt, wie sie es auf den Bildern waren, und er hatte keinen Bart mehr. Er sah aus wie der Mann auf den Bildern, nur alt und dünn wie ein Hering.

»Hast du Lust auf ein Bier unten im Pub, Frank?«, sagte Onkel Victor zu meinem Daddy. Er sah diesmal niemanden von uns an, nur Daddy.

Daddy sah Mum an, und dann Tante Merry. Mein Daddy

ging nie in den Pub. Die Kinder in der Schule sagten immer, ihre Daddys gingen in den Pub, und als ich Mummy fragte, warum mein Daddy nicht in den Pub ging, sagte Mummy, Männer wie mein Daddy gingen nicht in den Pub; er passte nicht in einen Pub.

»Okay«, sagte Daddy. »Ich muss nur kurz zu Hause vorbei, um Geld zu holen.«

Daddy sagte Wiedersehen zu uns, Onkel Victor nicht.

Sobald die Tür sich hinter ihnen geschlossen hatte, fing Tante Merry an zu weinen, richtig laut. Sie sprang vom Sofa hoch und rannte aus dem Zimmer und die Treppen hinauf, weinend und weinend, Tränen überall in ihrem Gesicht.

»Du musst ihm Zeit geben«, sagte Mummy, während sie Tante Merry folgte. »Das ist alles neu für ihn.«

Malvolio blieb auf dem Sofa sitzen, schlug mit den Füßen gegen die Unterseite vom Sofa und starrte auf den Teppich. Ich ging zu ihm hin und setzte mich neben ihn. Ich machte das Gleiche mit meinen Füßen, bis wir beide es zur selben Zeit taten, sodass unsere Füße ein lautes Geräusch machten.

»Mein Daddy mag mich nicht«, sagte Malvolio.

Sein Daddy mochte ihn wirklich nicht. Mein eigener Daddy hatte mich oder Cordelia oder Malvolio nie so angesehen und war dann weggegangen in den Pub. Und mein Daddy mochte uns die ganze Zeit. »Du musst ihm Zeit geben«, sagte ich zu Malvolio. »Das ist alles neu für ihn.«

»Ich wollte, dass mein Daddy mein bester Freund wird, wenn er heimkommt«, sagte Malvolio. »Du bist meine besteste Freundin überhaupt. Und Cordelia auch. Ich wollte, dass mein Daddy auch mein bestester Freund wird.«

Ich tätschelte Malvolio die Schulter. Das war das, was man tun musste, wenn jemand weinte. Ich sah das immer bei allen: Mummy machte es mit Tante Merry, wenn sie weinte, und Daddy machte es mit Mummy, wenn sie weinte. Malvolio würde gleich weinen, daher musste ich seine Schulter tätscheln.

Währenddessen klappte Cordelia das Sandwich auf, das ich hatte fallen lassen. Sie tat ein wenig davon unter Malvolios Auto und fuhr mit dem Auto wieder und wieder darüber, sodass es nach kurzer Zeit ganz matschig war und am Teppich klebte. Sie versuchte, was davon zu essen, und ihr Gesicht glänzte von dem Sandwich Spread, orange und grüne und gelbe und rote Stückchen klebten überall in ihrem Gesicht. Ein bisschen davon war auch in ihren Haaren. Sie wedelte mit dem Auto in der einen Hand und ein wenig Sandwichpampe in der anderen.

»Ich werde echt Ärger kriegen«, sagte ich zu Malvolio.

Und weil er so traurig war, und weil sein Daddy ihn nicht mochte, war ich nicht mal sehr böse, als Malvolio zu lachen begann.

Es ist eine besondere Art von Stille, die mich trifft, wenn ich in unser Haus ohne Leo komme. Es ist wie ein kurzer, scharfer, eiskalter Windstoß, der mir in der Sekunde, in der ich über die Schwelle trete, den Atem raubt. Dann kriecht mir die gespenstische, unnatürliche Kälte langsam in Körper und Geist, während ich herumlaufe und Lichter anschalte, nach der Post sehe, die Nachrichten auf dem Anrufbeantworter abhöre und schließlich in der Küche lande, wo ich den Wasserkocher anschalte, um mir eine Tasse Nescafé zu machen, nur um irgendwann zu merken, dass er leer ist und ich wahrscheinlich gleich das Haus abbrennen werde, aber ich höre einfach weiter zu, wie er auf seinem Ständer brizzelt und sich bemerkbar macht, unfähig, mich zu bewegen. Unfähig, das zu tun, was notwendig ist, weil ich mich so machtlos fühle. In allen Dingen, erstarrt und machtlos. Unfähig, in irgendeiner Weise eine Veränderung zu schaffen.

Während das Prasseln des Kochers lauter wird, schnappt etwas in mir auf und ruft mich, und ich lange endlich hin und schalte ihn aus. Das wäre ja wunderbar, nicht wahr, wenn Leo heimkäme in eine schwarz verkohlte Ruine? Wahrscheinlich würde er wirklich denken, das sei cool. Wahrscheinlich würde er zu mir sagen, ich sei die coolste Mama der Welt, weil ich ihn in einem niedergebrannten Zuhause empfing – bis er bemerken würde, dass sein ganzes Spielzeug, seine Bücher und seine heiß geliebte PlayStation ein Raub der Flammen geworden waren. Er und Keith würden dann wahrscheinlich zusammenspannen und mich wegen eines Verbrechens gegen die Menschlichkeit anzeigen.

Ich massiere mir die Augen, ich kann Mal nicht aus meinen Gedanken verbannen. Vielleicht sollte ich ihn wirklich anrufen. Mein Blick wandert zur Küchenuhr: Mitternacht. Ja, vielleicht sollte ich anrufen, mir das verdatterte Schweigen am anderen Ende der Leitung anhören, dann ein mürrisches Gebrummel, schließlich den Ton, wenn er aufhängt. Vielleicht wäre ich dann in der Lage, mich auf etwas anderes zu konzentrieren. Vielleicht wäre ich dann in der Lage, mich hinzusetzen und darüber nachzudenken, wie ich meiner Familie beibringen sollte, dass Leo nicht nur zu einer Routinebeobachtung im Krankenhaus behalten wurde. Dass er tatsächlich sehr krank war. Dass, obwohl mir die

Ärzte das nicht direkt gesagt hatten, sie sehr besorgt um ihn waren. Vielleicht, wenn ich es schaffte, mir Mal aus dem Kopf zu schlagen, könnte ich mich den Dingen widmen, die zum gegenwärtigen Zeitpunkt getan werden müssen.

Als Mal, Cordelia und ich in unsere Straße einbogen und den Krankenwagen vor meinem und Cordelias Haus sahen, blieben wir alle miteinander stehen. Normalerweise stand der Krankenwagen vor Mals Haus. Aber diesmal stand er vor unserem. Ich fing als Erste an zu rennen, und dann Mal, der mich schnell einholte, weil seine Beine so viel länger waren als meine und er so viel stärker als ich. Cordelia, die sechs war, war ein gutes Stück hinter uns. Wir rannten und rannten, aber es dauerte immer noch eine Ewigkeit, bis wir unser Haus erreichten.

Als wir ankamen, sahen wir meine Mum, der jemand dabei half, hinten in den Krankenwagen zu steigen. Sie sah gut aus, fit und gesund. Es musste mein Dad sein. Ich konnte hundert Meter rennen in sehr kurzer Zeit, und es war normal, dass mein Herz hinterher raste, aber nicht so. So wie jetzt war es nie gerast.

Es gab viele Dinge, vor denen ich Angst hatte: die Dunkelheit, das Monster, von dem Mal mir gesagt hatte, dass es in dem Toilettenhäuschen draußen im Garten lebte, die Kuscheltiere, von denen ich Cordelia gesagt hatte, dass sie jeden Vollmond zum Leben erwachten, so überzeugend, dass ich selber Angst vor ihnen bekam. Auch hatte ich Angst davor, dass Tante Mer etwas zustieß. Aber nie zuvor hatte ich solche Angst gehabt wie jetzt. Angst, dass meinem Dad so etwas passieren könnte wie Onkel Victor und ich ihn dann nie wiedersehen würde.

Vor dem Krankenwagen blieben wir stehen und versuchten hineinzuschauen. Mein ganzer Körper zitterte. »Kinder«, sagte Dad. Hinter uns. Er stand hinter uns, vor unserem Haus. Wir wandten uns alle zu ihm um. Er trug den grauen Nadelstreifenanzug, den er immer zur Arbeit anzog, und ein hellblaues Hemd, seine blaue Krawatte war leicht gelockert. Ich wollte zu ihm rennen und ihn umarmen und sein Gesicht küssen und ihm sagen, dass ich froh war, dass er gesund war, und dass ich mich nie mehr gefreut hatte, ihn zu sehen, als jetzt, in meinem ganzen Leben nicht. Aber ich tat es nicht. Er hätte es nicht gewollt. Mein Dad war nicht so. In seinen Armen hielt er die dreijährige Victoria, Mals Schwester. Sie starrte auf den Krankenwagen, ihr Gesicht trocken, die Augen weit. Ihr Haar war säuberlich frisiert, mit einem perfekt gezogenen Mittelscheitel, so, wie Tante Mer es immer tat, wenn sie Stunden damit zubrachte, sie zu bürsten und zu bürsten, bis alles ganz glatt und eben war. Bis alles ganz sauber war. Wir alle wussten, dass das ein Zeichen war. Dass ihr nicht gut war. Dass wir Angst haben sollten.

»Kommt herein und esst euer Abendessen.« Wir schauten alle auf Dad, sodass wir alle zusammenzuckten, als die Rückseite des Krankenwagens zugeschlagen wurde.

Es war Tante Mer.

Wie immer war es Tante Mer.

Die Sirene auf dem Krankenwagen fing an zu heulen, und er fuhr los und die schmale Straße hinunter, die auf beiden Seiten von parkenden Autos flankiert wurde. Wir sahen alle zu, wie er die höckrige Straße hinunterpolterte und um die Ecke bog.

»Kommt rein«, sagte mein Dad jetzt strenger. Ich wusste

warum: Alle Nachbarn in unserer Straße standen vor ihren Häusern oder schauten zu ihren Fenstern heraus und beobachteten uns. Sie schauten immer. Manchmal dachte ich, wenn sie könnten, dann würden sie sich Stühle hinstellen und sich daraufsetzen und uns zuschauen, weil wir besser waren als Fernsehen. Besser sogar als jeder Kinofilm. Mum und Dad hassten das. »Als ob man ein Goldfisch wäre«, hatte Mum mal zu Dad gesagt. Es war gar nicht so, dass meine Eltern es den Leuten missgönnten, dass sie schauten, es ärgerte sie nur, dass es ihnen offensichtlich ein tröstliches Vergnügen war. Als würde die Tatsache, auf einem kalten, nassen Gehsteig zu stehen und zuzuschauen, wie anderen Leuten ein Unglück passierte, sie vor dem eigenen Unglück bewahren.

Mum hat uns oft gesagt, dass, als sie und Dad vor etwa elf Jahren in diese Straße gezogen waren, genau diese Nachbarn nicht mit ihnen geredet hatten. Die Frauen standen oft in Gruppen auf der Straße und tratschten, aber sie verstummten, wenn Mum vorbeiging; sie starrten sie nur an, wenn sie ihnen beim Einkaufen zulächelte; sie weigerten sich, Päckchen vom Postboten für sie anzunehmen. Für ein afrikanisches Paar, das es gewohnt war, Neuankömmlinge in ihrer Gemeinschaft willkommen zu heißen, war das ein äußerst seltsames Verhalten. Dieselben Nachbarn hatten auch Tante Mer und Onkel Victor gemieden, als sie sechs Monate später hergezogen waren, aber Mum war hinübergegangen und hatte ihnen Essen gebracht. So hatte ihre Freundschaft begonnen, und so hatten sich unsere Familien miteinander verbunden, und das war auch der Grund, warum Mum immer mit Tante Mer ins Krankenhaus fuhr.

Dad hatte ziemliche Mühe mit dem Zubereiten des Abendessens, weil Victoria nicht zuließ, dass er sie absetzte, und er nur mit einer Hand arbeiten konnte. Ich versuchte ihm zu helfen, wie ich das immer tat, wenn Mum Essen machte, aber er winkte nur ab. Er hatte Angst, aber er tat so, als wäre es nicht so. Wir merkten das alle, sogar Cordelia.

»Eure Mutter musste ins Krankenhaus«, sagte er, während er versuchte, eine Ladung Fischstäbchen auf einen Teller mit gekochten Kartoffeln und hellgrünen Erbsen zu bugsieren. »Es ist nur für eine kleine Weile«, sagte er zu Mal. »Ihr beide werdet hierbleiben, bis sie nach Hause kommt. Wir gehen später rüber und holen eure Schlafanzüge und ein paar Spielsachen für Victoria.«

Mal, Cordelia und ich saßen schweigend am Esstisch. Es war das tödliche Schweigen, in dem wir oft dasaßen. Das Schweigen von »danach«. Danach fühlte sich immer so an: steif, wund, sehr ruhig. Jeder Atemzug eine schmerzhafte Mahnung, was hätte passieren können.

Auch beim Essen sprachen wir nicht, jeder grübelte darüber nach, was geschehen war. Meine Mum und mein Dad sagten uns natürlich nichts, wir waren erst neun, Mal und ich, zu jung, um es von ihnen direkt zu hören. Stattdessen folgerten wir es aus dem, was die anderen Kinder in der Schule über uns sagten, und aus dem, was wir mitbekamen, wenn wir spät in der Nacht aus dem Bett krochen und die Gespräche meiner Eltern belauschten. So fanden wir heraus, dass Onkel Victor in den fünf Jahren, die er weggewesen war, gar nicht an einem weit entfernten Ort gearbeitet hatte, sondern dass er im Gefängnis gesessen hatte. Wir wussten aber immer noch nicht, warum, denn nach dem, was in der Schule erzählte wurde, konnte er alles verbrochen haben, von Mord bis zum Einbruch. Niemand wusste es *wirklich*. Und Mum und Dad schienen niemals darüber zu sprechen.

Ein paar Tage später redeten sie aber über Tante Mer, sodass ich wenigstens das erfuhr.

Sie hatte ihr bestes Kleid und den Pelzmantel angezogen, den Onkel Victor ihr vor vielen Jahren gekauft hatte, und sich sorgfältig die Haare gebürstet. Auch Victoria hatte sie die Haare gebürstet und ihr ihr Festkleid angezogen. Und dann hatte sie Victoria unten vor den Fernseher gesetzt, während sie oben Schlaftabletten geschluckt und sich die Pulsadern aufgeschnitten hatte, um sich anschließend aufs Bett zu legen und zu schlafen.

Onkel Victor war vor sechs Monaten gestorben, und seitdem ging Mum mehrmals täglich zu den Wackens: zum ersten Mal am Morgen, um zu schauen, ob Mal für die Schule fertig war und sein Mittagessen eingepackt hatte, und ob Victoria ihr Frühstück bekam; einmal zur Mittagszeit, um zu schauen, ob Tante Mer und Victoria gegessen hatten und ob sie einkaufen oder in den Park gehen wollten; dann noch mal am Abend, um zu schauen, ob Mal und Victoria zu Abend gegessen, Mal seine Hausaufgaben gemacht hatte und sie beide im Bett waren. An jenem Tag war Dad früher aus der Arbeit heimgekommen, sodass Mum beschloss, früher als sonst vorbeizuschauen, um nach Tante Mer zu sehen. Sie hatte einige Male angeklopft, dann hatte sie Angst bekommen und ihren Ersatzschlüssel zum Aufschließen benutzt. Der Krankenwagen hatte vor unserem Haus gehalten, weil sonst kein Platz zum Parken da war.

Das Krankenhaus wollte sie für eine Weile behalten, weil es diesmal schlimmer war als zuvor. Sie hatte es auch früher schon versucht, wir alle wussten das. Aber dieses Mal war es ihr ernst damit.

Als ich aufwache, ist das Küchenlicht noch an, auf meiner Backe hat sich die Holzfaser des Küchentischs abgedruckt, und auf meinem Handy sind fünf SMS-Nachrichten von Keith:

Alles gut hier. Liebe dich. K x

Geh ins Bett. Liebe dich. K x

Es ist mein Ernst, geh ins Bett. Liebe dich. K x

Und komm bloß nicht auf den Gedanken, dich noch an den Computer zu setzen. K x

Ich sagte Bett, nicht Küchentisch. K x

Keith denkt, dass ich an den Computer gehe, weil ich nicht schlafen kann oder weil ich nach alternativen Therapien suche, die Leo helfen könnten. Es ist ihm aber immer noch lieber, als wenn ich medizinische Fachzeitschriften lese, weil er nicht will, dass ich die wissenschaftlichen Fachbegriffe lerne oder über die Heilverfahren der Ärzte Bescheid weiß, weil er denkt, dass es mir danach noch schlechter geht. Er glaubt an den Segen der Unwissenheit und ist davon überzeugt, dass es das Beste ist, alles den Ärzten zu überlassen; ich kann mir zwar meine netten kleinen alternativen Therapien anschauen, die er sowieso für Unsinn hält, aber die richtige Arbeit soll ich gefälligst den Profis überlassen. Außerdem will er nicht, dass ich in einer Sprache spreche, die er nicht versteht, und er sich dann noch machtloser fühlt als ohnehin schon.

Ich kann verstehen, dass er so denkt. Wenn ich irgendetwas für ihn tun kann, dann ist es, seinen Schmerz nicht noch größer zu machen. Keith hat in seinem Leben immer die Kontrolle gehabt. Er ist immer stark und selbstbewusst gewesen, sein Gefühl für Richtig und Falsch hat ihm immer den Weg gewiesen. Und jetzt ist er an einem unbekannten Ort gelandet, an dem es nichts Handfestes zu bekämpfen gibt.

Wir drängten uns alle sechs um unseren Esstisch, weil Mum und Dad mit uns reden wollten. Es musste um eine ernste Sache gehen, denn es kam eigentlich nie vor, dass Mum und Dad uns alle zusammentrommelten, um mit uns zu reden. Sofort bin ich eine ganze Liste von Dingen durchgegangen, die ich vielleicht falsch gemacht haben könnte. Mir fiel aber absolut nichts ein, das schlimm genug war, dass wir uns alle so hinsetzen mussten. Mal und ich waren nicht wie andere Vierzehnjährige: Wir rauchten nicht, wir hingen nicht im Park herum, wir versuchten nicht, an Alkohol zu kommen, wir waren nicht »in« genug, um auf Partys eingeladen zu werden – und auch wenn wir es gewesen wären, würden meine Eltern uns gar nicht gehen lassen. Das Einzige, was mir einfiel, war, dass ich bei meiner letzten Schulaufgabe in Geschichte keine gute Note bekommen hatte.

»Wir wollen mit euch Kindern reden«, sagte Mum.

Mir fiel plötzlich auf, wie alt meine Mum aussah. Oder eher müde als alt. Sie war schön, meine Mum. Ihre Haare lagen in hübschen, großen, hüpfenden Locken um ihren Kopf herum, was davon kam, dass sie jede Nacht Lockenwickler trug; sie hatte wundervolle Wangenknochen und große, fast schwarze Augen, und wirklich, wirklich lange Wimpern. Früher hatte sie praktisch keine Falten auf ihrer dunkelbraunen, glatten Haut, aber jetzt waren um ihren Mund und ihre Augen herum ein paar aufgetaucht. Und das waren keine Lachfalten, wie ich sie schon in Zeitschriften gesehen hatte. Dads Haare waren im Begriff, weiß zu werden. Bisher hatte ich es nicht bemerkt, aber die Schläfen waren schon ganz grau und würden wahrscheinlich bald weiß sein, und die ehemals pechschwarzen Haare auf seinem Kopf waren auch schon bleicher geworden. Ich wusste zwar, dass er sich die Haare färbte, aber nun hatte er es eine Weile nicht getan. Und auch seine einst glatte, dunkelbraune Haut hatte ein paar Falten bekommen, vor allem auf der Stirn.

Meine Eltern waren nicht alt, aber sie waren erschöpft: Der letzte Vorfall mit Tante Mer hatte sie viel Kraft gekostet. Er hatte uns alle Kraft gekostet, aber vor allem sie. Abgesehen von allem anderen, fühlten sie sich wahrscheinlich auch noch schuldig. Sie hatten die Anzeichen nicht erkannt, niemand von uns hatte das. Oder vielleicht war Tante Mer einfach im Laufe der Jahre besser darin geworden, sie zu verbergen. Aber Tante Mer war im Moment nicht hier, und niemand von uns Kindern wusste, ob und wann sie zurückkommen würde.

Was so viel hieß wie, dass Mum und Dad im Moment vier Kinder aufzogen, obwohl sie doch vorgehabt hatten, nur zwei zu haben. Einer von ihnen beiden musste nachts immer bei Mal und Victoria schlafen, oder aber die beiden übernachteten hier – Cordy bei mir im Bett, Mal auf einer Matratze auf dem Boden in Cordys Zimmer, und Victoria in Cordys Bett. Mum hatte wieder angefangen, als Krankenschwester zu arbeiten, und Dad machte so viele Extraschichten wie möglich im Labor an der Uni, um uns alle miteinander durchzubringen und uns ein Dach über dem Kopf zu bieten. Ich hatte nicht bemerkt, dass sie einen hohen Preis dafür zahlen mussten, bis ich die Falten in ihren Gesichtern und die Traurigkeit in ihren Augen gesehen hatte.

»Wir haben beschlossen, dass Malvolio und Victoria in eine andere Schule gehen werden«, sagte Mum mit einem Flattern in der Stimme.

Dad legte seine Hand auf ihre Schulter, um sie zu beruhigen und ihr stillschweigend zu sagen, dass er das Wort übernehmen würde. Er sah Mal und Victoria fest an. »Der Bruder eurer Mutter in Birmingham hat gesagt, dass er sich um euch beide kümmern wird und dass ihr in den Ferien bei ihm wohnen könnt. Er wird die Kosten für ein Internat für euch beide übernehmen. Die beiden Schulen sind sehr nah beieinander, sodass ihr euch oft sehen könnt. Und in den Ferien könnt ihr dann bei eurem Onkel sein und seine Familie kennenlernen.«

»Ihr wollt uns trennen?«, fragte ich. In meine Stimme hatte sich ein wütender Unterton geschlichen, den ich gegenüber meinen Eltern sonst nie anschlug, aber ich konnte einfach nicht glauben, was ich da hörte.

»Malvolio kommt jetzt in die 10. Klasse, er muss sich konzentrieren, und Victoria hat in der Schule einiges nachzuholen.«

»Ihr *könnt* uns nicht trennen.« Ich war völlig außer mir. Es war einfach undenkbar. Morgens aufzuwachen und zu wissen, dass ich Mal oder Victoria nicht sehen würde, wäre genauso, wie wenn ich Mum, Dad oder Cordy nicht sehen würde. Es wäre wie aufzuwachen und festzustellen, dass die Sonne vergessen hat, aufzugehen. Eines der wenigen beständigen Dinge in unserem Leben war die Tatsache, dass wir sechs immer zusammen waren. Es konnte einfach nicht sein, dass sie das ernst meinten. »Ihr könnt sie nicht wegschicken. Was sollen Cordelia und ich denn dann machen? Wie könnt ihr uns trennen?«

Mums Schultern sackten herab, als sie den Kopf senkte. Sie würde gleich anfangen zu weinen.

»Nova, es ist nicht so, dass wir es tun *wollen*, sondern wir *müssen* es tun«, sagte Dad in beruhigendem Ton. Ich mochte zwar aussehen wie meine Mutter, aber eigentlich schlug ich nach meinem Dad. Ich hatte dasselbe Temperament, sagte Mum immer. Immer versuchte ich, vernünftig zu sein. Doch jetzt, wo ich damit konfrontiert war, meine Familie zu verlieren, war das anders. »Wenn jemand auf Malvolio und Victoria aufpasst, können wir uns besser um eure Tante Meredith kümmern.«

Das bedeutete wohl, dass sie bald aus dem Krankenhaus kommen würde. Ich fragte mich für einen Moment, ob sie schon wussten, wann. Ob sie Mal und Victoria wegschicken würden, bevor sie zurückkam, oder erst danach. Jetzt hatten wir Mai; im September würde die Schule beginnen. Würde Tante Mer dann schon zurück sein?

Als sie ihn das letzte Mal gesehen hatte, hatte sie Mal immer und immer wieder gesagt, dass sie nicht versucht hatte, sich umzubringen. Nicht diesmal. Sie hatte einfach nur etwas Schlaf gebraucht. Sie hatte die Schlaftabletten genommen, weil sie so lange wach gewesen war, dass sie unbedingt hatte schlafen müssen. Nichts, was sie tat, machte sie müde. Ihr Körper fühlte sich manchmal müde an, und dann war sie zu erschöpft, um aus dem Bett zu kommen, aber ihr Geist kam einfach nicht zur Ruhe. Sie hatte versucht, ihre Gedanken niederzuschreiben, um sie aus dem

Kopf zu bekommen, sagte sie, aber ihre Hand konnte nicht mit ihnen Schritt halten. Sie hatte versucht, ihre Gedanken in einen Kassettenrekorder zu sprechen, aber das Geräusch des sich drehenden Bands hatte sie abgelenkt. Sie hatte versucht zu lesen, aber sie konnte die Worte nicht aufnehmen. Sie hatte versucht, das Haus von oben bis unten zu putzen, aber danach hatte sie immer noch Energie. Sie hatte versucht, immer wieder im Garten im Kreis zu rennen, um müde zu werden, aber es funktionierte nicht. Nichts funktionierte. Sie wusste, dass sie verrückt werden würde, wenn sie nicht bald etwas Schlaf bekäme. Das war der Grund, warum sie zum Arzt ging und sich Schlaftabletten holte. Nur für den Fall, dass es zu lange so weiterging. Der Doktor war neu in der Arztpraxis und kannte sie nicht, und er war sehr mitfühlend und gab ihr die Tabletten. Er war ein Idiot, wütete ich innerlich, als Mal es mir erzählte. Wenn er einfach nur einen Blick in ihre Unterlagen geworfen hätte, hätte er gewusst, dass man jemandem mit Tante Mers Geschichte keine Schlaftabletten gab; man durfte es ihr nicht so einfach machen.

Tante Mer hatte Mal immer und immer wieder gesagt, dass sie eigentlich nur ein paar von den Tabletten nehmen wollte, wie es auf dem Flaschenetikett geschrieben stand. Sie dachte, dass sie schneller wirken würden, wenn sie sie mit ein wenig Wodka statt mit Wasser einnahm. Sie hatte so lange nicht geschlafen, dass sie beschloss, noch ein paar mehr zu nehmen, um ganz sicherzugehen, dass sie wirkten. Und dann hatte sie vergessen, wie viele sie schon genommen hatte, sodass sie eine weitere nahm, um sicherzugehen, dass sie genug genommen hatte. Und dann noch eine.

Dann konnte sie endlich schlafen. Dass sie zu viele Tabletten genommen und zu viel Wodka getrunken hatte, um sie hinunterzuspülen, hatte sie erst begriffen, als sie im Krankenhaus aufgewacht war und feststellen musste, dass sie wieder wegen Selbstmordgefährdung unter Beobachtung stand. Und auch dann hatte es noch eine Weile gedauert, bis sie kapierte, was los war, weil sie immer noch ganz benommen war von der langen Zeit ohne Schlaf.

Ich hatte vollstes Verständnis dafür, dass meine Eltern sich Sorgen um Mal und Victoria machten. Eines Nachts hatte ich sie darüber reden hören: Mal und Victoria sollten nicht darunter leiden müssen, dass ihre Mutter krank war, hatten sie gesagt. Allerdings war ich mir da noch nicht im Klaren gewesen, dass sie es für die beste Lösung hielten, uns zu trennen.

»Es ist einfach nicht fair«, sagte ich jetzt. »Wir müssen doch alle zusammenbleiben. Es ist nicht fair, wenn sie wegziehen müssen. Wir werden sie dann nicht mehr sehen, und das ist nicht fair. Wir haben nichts Schlimmes getan.«

»Niemand hat etwas Schlimmes getan«, sagte Dad. »Es ist einfach nur die beste Lösung.«

Ich machte den Mund auf, um zu widersprechen, als Mal, der neben mir saß, eine Bewegung machte und seine Hand auf meinen Unterarm legte, um mich zum Schweigen zu bringen. Ich sah ihn an, um den Grund dafür zu erfahren, und bemerkte, dass sein Blick auf Victoria gerichtet war. Sie hatte den Kopf gesenkt, ihre langen, welligen blonden Haare verbargen ihr Gesicht, jedoch nicht die Tränen, die auf dem Mahagonitisch eine Pfütze bildeten. Sie war erst acht, aber relativ groß für ihr Alter, und ihr leicht gekünsteltes Verhalten sowie ihre tief verwurzelte Traurigkeit ließen sie um einiges älter scheinen.

Mal schob seinen Stuhl zurück, ging um den Tisch herum und ergriff die Hand seiner Schwester. »Komm, wir gehen ein bisschen spazieren«, sagte er zu ihr. Er sagte das immer zu Cordy, wenn sie »schwierig« war, was so ziemlich immer der Fall war. Er sagte es auch zu Victoria, wenn sie beim Essen in Schweigen verfiel. Und er sagte es zu mir, wenn er etwas getan hatte, was mich ärgerte, und trotzdem noch mein Freund bleiben wollte. Aber es war neu, dass sein Gesicht so traurig und ängstlich aussah, wenn er es sagte.

Sie blieben etwa eine halbe Stunde weg, und in dieser Zeit hatte Mum sich selbst eine Tasse Tee gemacht, Dad eine Tasse Kaffee, und Cordy und mir jeder eine Tasse Ovomaltine. Cordy sang immer gern das Lied von der Ovomaltine-Werbung und das tat sie auch jetzt, und obwohl es extrem nervig war, vor allem weil sie die Passagen, von denen sie den Text nicht kannte, mit Geträller auffüllte, ermahnte sie niemand, damit aufzuhören.

»Victoria hat sich in Novas Zimmer hingelegt«, sagte Mal, als er sich wieder auf den Stuhl setzte, auf dem er schon vorher gesessen hatte. Er klang so erwachsen, dass ich ihn ein paarmal ungläubig anblinzelte. »Sie will nach Birmingham gehen. Sie will weggehen, in die andere Schule. Danke, Onkel Frank und Tante Hope, es ist genau das, was sie braucht. Sie will nicht mehr hier sein, aber sie will auch nicht, dass wir deswegen böse auf sie sind.«

»Niemand würde je böse auf sie sein«, sagte ich genau gleichzeitig mit Dad. Mum lächelte in sich hinein.

»Ich jedoch bleibe hier«, fuhr Mal fort. »Ich kann Mum nicht alleinlassen. Niemals könnte ich Mum alleinlassen.«

Die Worte, die er gewählt hatte, die Art, wie seine Stimme dabei klang, das leichte Schütteln seines Kopfes, mit dem er sie untermalte, all das sagte uns, dass es ihm Ernst war, dass niemand ihn je von seiner Mutter trennen würde.

»Dafür haben wir Verständnis«, sagte Mum.

»Ja, das haben wir«, sagte Dad.

Eine Stille senkte sich über uns, während wir alle zu verdauen suchten, was das für uns bedeuten würde. Wenn Victoria einmal weg war, würde sie nicht länger Teil unserer Familie sein. Wenn wir sie nicht mehr jeden Tag sahen, nicht mehr mit ihr unsere Erinnerungen und Scherze und Fehden teilten, würde es schwierig sein, die Verbindung mit ihr zu halten. Wir hätten eine andere Art von Vertrautheit miteinander. Egal, wie zahlreich ihre Besuche wären, sie würde woanders aufwachsen. An einem anderen Ort. Mit anderen Menschen.

»Ach«, sagte Cordy nach einer Weile, »wenn Malvolio nicht woanders hin zur Schule geht, kann dann vielleicht ich stattdessen gehen?«

Später, viel später, sagte Mal zu mir: »Ich wünschte, mein Dad wäre hier.« Wir hatten uns aus dem Bett gestohlen, saßen Seite an Seite auf der Treppe hinter dem Haus und sahen in den Garten und auf den Zaun, der an die Eisenbahngleise grenzte, die hinter unserem Haus verliefen. Mum und Dad wussten wahrscheinlich, dass wir hier draußen waren: Abgesehen von der Tatsache, dass Mal und ich beide die Anmut von stampfenden Elefanten hatten, schienen Mum und Dad so ziemlich über alles und jedes Bescheid zu wissen. Was wahrscheinlich der Grund war, nehme ich an, warum sie so wütend waren, dass Tante Mer es geschafft hatte, die Schlaftabletten und den Wodka in die Hände zu bekommen.

Mal sprach niemals über seinen Vater.

Wir waren stillschweigend übereingekommen, dass Onkel Victor ein Thema war, über das wir niemals sprachen. Es war daher neu für mich, dass Mal nicht nur an seinen Dad dachte – obwohl ich das immer vermutet hatte –, sondern ihn auch noch so sehr vermisste, dass er ihn jetzt hier haben wollte.

»Wirklich?«, sagte ich.

»Ich wünschte, er wäre hier, dann müsste ich da nicht alleine durch. Ich weiß, dass deine Eltern sich um Mum kümmern, aber eigentlich sollte Dad das tun. Und Victoria müsste dann auch nicht weggehen.«

Jetzt erst verstand ich, warum er Victoria gehen ließ. Er konnte sich nicht um beide kümmern, um seine Schwester und seine Mutter, und wenn ein Internat für Victoria bedeutete, dass man für sie sorgte und dass sie nicht wie er ständig durch Drangsal und Angst gehen musste, dann war das auch für ihn besser so. Er wollte seine Schwester nicht verlieren, aber wenn das der Preis war, den er zahlen musste, damit sie nicht denselben Schmerz durchmachen musste wie wir alle, jedes Mal, wenn seine Mutter wieder in die Psychose abstürzte, dann würde er ihn zahlen. Es war die Entscheidung eines Erwachsenen, die er zu treffen hatte. Er wusste, dass ich mit meinen Eltern gekämpft hätte, um uns alle zusammenzuhalten. Ich hätte allen Beteiligten das Leben zur Hölle gemacht, aber Mal hatte beschlossen, Victoria gehen zu lassen, um ihr die Chance zu geben, »normal« aufzuwachsen.

»Warum wir, Nova?«, fragte er. »Warum wir? Warum meine Mutter? Warum hat Gott meine Mum ausgesucht?« Ich nahm nicht an, dass er eine Antwort erwartete. Ich hätte auch keine gehabt. Ich wusste nicht, wer warum dafür auserwählt wurde, leidend durchs Leben zu gehen. Weshalb bestimmte Dinge geschehen mussten.

Vielleicht würde ich irgendwann erwachsen werden. Vielleicht wäre ich dann in der Lage, die Welt besser zu verstehen. Vielleicht würde ich dann wissen, warum manche auserwählt sind und andere nicht. Vielleicht war es das, was Erwachsensein wirklich bedeutete. Man bekam Einsicht in die Wahrheiten des Lebens. Vielleicht war es *das*, was Erleuchtung wirklich war. Vielleicht bedeutete es gar nicht, in weißen Gewändern im Schneidersitz dazusitzen, singend und sich eins mit der Welt fühlend, wie ich mal gelesen hatte; vielleicht bedeutete Erleuchtung einfach, dass man fähig war, zu verstehen.

Ich legte meinen Arm um ihn und war überrascht, dass er gegen mich zusammensackte wie eine Coladose, die jemand zerknüllt hatte. Aller Kampfgeist und alle Kraft waren aus seinem Körper gewichen, und mir wurde klar, dass ihn jetzt nur noch hielt, was doch nur eine Umarmung mit einem Arm war. Sein ganzes Körpergewicht lastete auf mir. Ich brauchte eine Weile, bis ich ihn von meiner Schulter gehievt und auf meinen Schoß gezogen hatte. Jetzt ruhte sein Kopf auf meinem Oberschenkel, während meine Augen sich nach und nach an die Dunkelheit gewöhnten und die verschiedensten Formen in dem kleinen Rechteck unseres Gartens ausmachen konnten, und in dem wild wuchernden Dickicht hinter dem Zaun, der den Garten von den Eisenbahngleisen trennte.

Mal war so oft über diesen Zaun geklettert, um unsere Fußbälle, Federbälle oder Tennisbälle zurückzuholen. Und auch als damals unser Wellensittich, Birdie, ausgebüchst war, war er hinübergeklettert, um ihn zu fangen. Er hatte ganz leicht sein T-Shirt über ihn gebreitet, um ihn am Wegfliegen zu hindern, während er wieder zurück über den Zaun gekraxelt war und den Vogel zurückgebracht hatte. Die wilden, stacheligen Gräser hatten ihm Rücken und Brust zerkratzt, aber er hatte sich gar nicht darum gekümmert, denn es ging ihm nur darum, den völlig verängstigten Wellensittich wieder nach Hause zu bringen.

Damals war er zehn. Mum hatte ihn angewiesen, nicht über den Zaun zu klettern, sondern zu warten, bis Dad zurückkam, sodass er die Leiter benutzen konnte. Aber er hatte in der Sekunde, in der sie zurück ins Haus ging, um nach dem Essen zu sehen, schon den Zaun erklommen, war auf der anderen Seite hinuntergesprungen und gleich weiter auf den Baum geklettert. Er hatte sich Mum nur widersetzt, weil es Tante Mer gewesen war, die den Vogel freigelassen hatte. Sie wolle Birdie fliegen sehen, hatte sie gesagt. Sie arbeite an einem Projekt für Menschenflügel, und daher müsse sie sehen, wie Wellensittiche fliegen. Es war ein Zeichen gewesen. Wir alle wussten das, wir wussten, dass bald ein Arztbesuch anstehen würde. Mal hatte zwar nicht bewerkstelligen können, dass seine Mutter gesund wurde, aber er tat, was er konnte. In diesem Fall also rettete er Birdie. Alles, was sie anrichtete, versuchte er, wiedergutzumachen.

Etwas Feuchtes rann über meinen nackten Schenkel, und ich sah instinktiv nach oben, ob es regnete. Der Himmel war in ein schönes, reiches, samtiges Blauschwarz getaucht, es waren keine Wolken zu sehen, und in der Luft lag auch nicht der schwere, moschusartige Duft nach Regen. Wieder kroch etwas Feuchtes über meinen Schenkel hinunter, und jetzt begriff ich auch, was vor sich ging. Ich hätte gern die eine Hand zum Trost auf seinen Rücken gelegt und die andere benutzt, um ihm die Tränen wegzuwischen. Ich wollte ihn so gern noch besser liebhaben, aber ich wusste, dass er das nicht wollte. Was er brauchte, war, dass ich so tat, als wäre nichts geschehen. Dass ich über die Tatsache hinwegsah, dass er nicht stark und weise war, weit über seine Jahre hinaus, sondern dass er sich tatsächlich erlaubte zu weinen.

Ich lehnte mich zurück, stützte mich auf die Ellbogen und starrte hinauf in den Himmel. Was er jetzt von mir brauchte, war, dass ich da war und ihn trotzdem in Ruhe ließ. Und so tat ich das eine, das ich am besten konnte – ich redete. Ich redete und redete und redete.

Die Tür zu Leos Zimmer ist offen. Ich widerstehe immer wieder der Versuchung hineinzugehen, an seinen Kleidern zu schnüffeln, mit den Fingern über die Möbel zu streichen, mich auf sein Bett zu legen. Das sind Dinge, die Hinterbliebene machen. Damit versuchen sie, sich an dem festzuhalten, was sie verloren haben. Aber bei mir ist das ja gar nicht so. Und es wird auch nicht so sein. Es handelt sich nur um eine Pause, eine Unterbrechung, bald wird er wieder gesund sein.

Ich war sehr verwöhnt mit Leo, wirklich. Ich hatte ihn so viele Jahre ganz für mich, dass ich darüber ganz vergaß, dass viele alleinerziehende Mütter ihre Kinder mit den biologischen Vätern teilen müssen. Dass manche Mütter gezwungen sind, die halben Ferien und Wochenenden ohne ihre Kinder zu leben, dass die Kinder zwei Familien haben und später über ein Erinnerungsmosaik verfügen, in dem die Mutter oft nicht vorkommt.

Bisher habe ich im Ganzen vielleicht zehn Tage ohne Leo verbracht. Beispielsweise, als er zu seinen Cousins nach

Crawley gefahren ist oder die Nacht bei meinen Eltern verbracht hat; aber abgesehen davon hat mein Leben sich immer um ihn gedreht, und seins immer um mich. Er ist sogar mit in unsere Flitterwochen nach Spanien gekommen. Einige Leute – meine Eltern, Cordy und Tante Mer eingeschlossen – hatten mich gefragt, ob ich nicht ein wenig Zeit alleine mit meinem neuen Ehemann haben wollte, Urlaub von allem, eine richtige Pause. Natürlich wollte ich das. Mit Leo. Keith war auch in sein Leben getreten, es war wichtig, dass er Keith kennenlernte. Außerdem, was ist ein Urlaub ohne Leo? Genauso gut könnte ich meinen rechten Arm zu Hause lassen.

Sein Zimmer ist ein geordnetes Chaos. Auf dem Boden liegen eine Menge Bücher, und jeder, der meinen Sohn nicht kennt, würde denken, dass er sie einfach zufällig dort hat liegen lassen. Aber im Gegenteil, Leo hat sie ganz bewusst dort platziert, um potenzielle Einbrecher zu foppen. Ein Buch zum Beispiel quietscht, sodass es Leo aufwecken wird, wenn der Einbrecher darauf tritt. Ein weiteres Buch ist mit einer Klingel verbunden und erfüllt so den gleichen Zweck. Auch die anderen Bücher und ein paar Spielsachen sind in einem ausgeklügelten Muster niedergelegt, sodass es nicht einfach ist, sich einen Weg durch das Zimmer zu bahnen. Bei uns ist noch nie eingebrochen worden, und Leo kennt auch niemanden, bei dem eingebrochen wurde; Keiths Beruf bringt ihn auf solche Ideen. Ich habe mir die Mühe gemacht, das Muster auswendig zu lernen und dann immer heimlich in der Nacht, wenn er schläft, ins Zimmer zu kommen und alles auf die Seite zu räumen, und bis zum Morgen, wenn er aufsteht, lege ich es wieder exakt auf den gleichen Platz. Er ist nämlich noch nie auf die Idee gekommen, dass er sich mit dem Auslegen der nächtlichen Fallen selbst ein Bein stellen, dass er stolpern und sich verletzen könnte, wenn er zum Beispiel aufwacht und zur Toilette muss, oder wenn er in unser Zimmer kommt, um uns all die wichtigen Dinge zu erzählen, die ihm im Traum eingefallen sind.

Seit Leo im Krankenhaus ist, habe ich die Fallen an ihrem Platz gelassen, sodass, wenn er aufwacht, ich ihm sagen kann, dass sein Zimmer sicher ist, dass keine Einbrecher da waren, weil seine Fallen alle noch vorhanden sind, in perfekter, harmlos aussehender Anordnung auf dem Boden liegend und nur darauf wartend, einem Ahnungslosen ein Bein zu stellen.

»Hast du etwas dagegen, wenn wir gehen?« Es war erst kurz nach Mitternacht, und der Abend in der Disko hatte gerade erst begonnen, aber Mal wollte schon gehen. Er war übers Wochenende nach Oxford gekommen, um mich zu besuchen, und hatte aus irgendeinem Grund Cordy nicht dabei. Die letzten beiden Male, als er hochgekommen war – drei Wochen nach Beginn meines Studiums und an Weihnachten, um mich über die Ferien abzuholen –, hatte er immer meine Schwester mitgebracht. Sie lebte noch bei meinen Eltern, und auch er war zu Hause wohnen geblieben, weil er sich entschlossen hatte, in London aufs College zu gehen.

Als er alleine aus dem Auto stieg, fragte ich mich, ob sie irgendetwas ausgefressen hatte und deswegen nicht mitdurfte; oder war er ohne ihr Wissen gefahren, während sie noch in der Schule war? Falls dem so war, dann beneidete ich ihn nicht, denn bei seiner Rückkehr würde er Cordys Wut sicher zu spüren bekommen.

Ich warf ihm durch die verrauchte Luft einen forschenden Blick zu und fragte mich, warum er sich wohl nicht amüsierte.

Er nahm meine Hand und hielt sie fest umschlungen. »Wir haben noch gar nicht richtig miteinander reden können«, erklärte er. »Ich möchte mit dir alleine sein.«

»Okay«, erwiderte ich mit einem Schulterzucken. Er hatte ja recht: Nach seiner Ankunft waren wir direkt in die Mensa gegangen und hatten früh zu Abend gegessen, dann, immer noch hungrig, waren wir in die Stadt gegangen und hatten Pizza gegessen und waren dann auf ein paar Freunde von mir gestoßen, die uns mit in den Club gezerrt hatten. Ich machte eine Bewegung, um meine Hand aus seiner zu lösen, weil ich mich auf die Suche nach meinen Freunden machen wollte, aber er ließ nicht los. Er hielt sich an mir fest, als wäre er besorgt, mich in der Menge zu verlieren. Als ich Rebecca und Lucy dann schließlich ausfindig gemacht hatte und ihnen Bescheid sagte, warfen sie fragende Blicke von mir zu ihm und verzogen dann die Gesichter zu einem breiten Grinsen. Es war offensichtlich, was sie dachten, dabei hätten sie falscher nicht liegen können. »Bis morgen dann«, riefen sie uns ziemlich betrunken hinterher, während wir uns einen Weg durch die miteinander verschmelzenden Leiber auf der Tanzfläche bahnten.

Er ließ meine Hand erst los, als ich die Tür meines Zimmers hinter uns zuzog – als wäre er erst jetzt einigermaßen sicher, dass ich nicht gleich verschwinden würde.

»Nimmst du den Schlafsack oder willst du in meinem Bett schlafen?«, fragte ich ihn, während ich nach meinem T-Shirt und meiner Schlafanzughose griff.

»Ich habe nichts gegen dein Bett«, sagte er. »Wenn das für dich okay ist?«

»Klar.«

Als wir wenig später in meinem schmalen Einzelbett nebeneinander lagen und unsere Körper nicht anders konnten als sich zu berühren, war plötzlich alles anders. Er war gar nicht mehr mein bester Freund, und auch nicht so was wie ein Bruder.

Sein Duft war ganz anders als sonst. Er roch jetzt wie die Jungs, mit denen ich geknutscht hatte, seit ich im College war: nach Hitze und Sehnsucht und körperlichem Begehren. Er roch nach etwas Namenlosem, das ich unbedingt haben wollte. Ohne noch darüber nachzudenken, kuschelten wir uns in meinem Bett aneinander, seine leicht gebeugten Beine passten perfekt hinter meine, sein Arm schlang sich wie von selbst um meinen Bauch, den anderen Arm hatte er unter seinen Kopf gebettet. Er bewegte sich leicht und presste unsere Körper dabei noch enger aneinander, hakte sein Kinn in die Kuhle an meinem Hals, wo seine noch recht unfertigen Bartstoppeln sanft meine Haut kitzelten, während sein Atem, langsam und tief, leicht über meine Wange strich.

Ich konnte spüren, dass er interessiert war, da unten. Ich hatte es auch gespürt, als ich andere Männer geküsst hatte, aber diesmal war es anders. Es war auch mehr, als nur einer von zwei Leuten zu sein, die sich einen Raum teilten, der eigentlich nur groß genug für einen war. Ich wollte, dass er mich küsste. Ich wollte, dass er mich berührte. Und wenn er damit anfing, würde auch ich es tun. Ich würde *es* tatsächlich mit ihm tun.

Ich wusste, dass ich an der Uni eher die Ausnahme war, weil ich noch nie mit einem Jungen geschlafen hatte. Niemand, nicht mal Rebecca und Lucy, konnte nachvollziehen, dass ich mit dem ersten Mal auf jemand Besonderen warte. Ich wollte es einfach mit jemandem tun, in den ich wirklich verliebt war und er in mich. Sie dachten wohl, ich hätte nur ein bisschen Angst vor Sex, dabei wollte ich tatsächlich einfach warten. Man bekommt nur ein einziges »erstes Mal« im Leben, und ich wollte später zurückschauen können in dem Wissen, dass es vielleicht körperlich nicht so toll, aber dafür mit der richtigen Person gewesen war. Bis zu diesem Moment, als wir uns in meinem engen Collegebett aneinanderschmiegten, hatte ich allerdings nicht gewusst, dass ich im Grunde auf Mal gewartet hatte.

Durch die Wände meines Zimmers konnte ich das Plaudern und Lachen meiner Mitbewohner hören, die wahrscheinlich gerade die Gemeinschaftsküche plünderten, von denen es auf jedem Stockwerk eine gab. Wahrscheinlich waren sie high und mussten nun ihren Heißhunger stillen. Auch Musik hörte ich. Das Mädchen im Nebenzimmer hatte ihre Stereoanlage ein wenig zu laut gestellt, und der Lärm drang durch die Backsteinmauer in mein Zimmer. Wie fast jeden Freitag war sie wahrscheinlich gerade erst nach Hause gekommen, hatte die Musik angeschaltet und war voll angezogen auf ihrem Bett eingepennt. Diesmal spielte sie Roxy Music. Die ganze Woche schon hatte sie es bis zum Abwinken laufen lassen, sodass alle inzwischen die Schnauze voll davon hatten.

Als jetzt die Anfangstakte von *Dance Away* einsetzten, wurde Mals Atem langsamer. Er schob sich ein winziges Stückchen näher an mich heran, zu nah, als dass ich hätte annehmen können, dass es unabsichtlich war. Er schob seine Hand unter mein T-Shirt und legte sie auf meinen Bauch. Automatisch schloss ich meine Augen. Seine Handfläche lag auf meiner Haut und leitete die Hitze seines Körpers, seines Begehrens, an mich weiter. Ich holte Luft, sog seinen Duft tief in mich ein und wurde ganz betrunken und etwas schwindlig im Kopf davon. Langsam streichelte sein Daumen über meine Nabelgrube.

Jetzt begann Bryan Ferry zu singen. Mal seufzte, als seine Hand sich nach unten bewegte, zum Rand meiner Schlafanzughose.

Etwas Vergleichbares hatte ich mit den anderen Männern, die ich geküsst hatte, nie gefühlt. Ein intensives Verlangen, das sich in meiner Brust zusammendrängte; ein fester Knoten der Sehnsucht, der sich zwischen meinen Beinen entrollte; eine erregende Begierde, die durch meine Adern wirbelte. Es war plötzlich vollkommen klar, dass Mal es sein würde, mit dem es zum ersten Mal geschah. Mit ihm würde ich es nie bereuen. Er war bei so vielen anderen ersten Malen da gewesen – beim ersten Zahn, den ersten Schritten, der ersten Schwärmerei für einen Fernsehstar, dem ersten Kuss mit Jason Butterworth auf dem Abschlussball – es war überhaupt keine Frage, dass er auch *dafür* der Erste sein würde.

Als sich seine Finger vorsichtig unter dem Rand meiner Hose weitertasteten, verließ die Luft meinen Körper in einem langen, spannungsgeladenen Atemzug. Ich spürte, wie seine Finger langsam über mein Schamhaar strichen, während sein Kopf zu meinem Nacken wanderte, und ich öffnete ein winziges Stück die Beine und wartete wie gebannt. Dann bewegte sich seine Hand noch tiefer hinunter, nach mir suchend, näher dorthin, wo er ein Teil von mir werden würde.

Als seine Lippen die Mulde in meinem Nacken erreichten, gab er einen kleinen, wie abgewürgten, kehligen Schrei von sich und zog schnell seine Hand weg, sodass das elastische Gummiband meiner Schlafanzughose unsanft wieder zurückschnalzte. Dann fuhr er ein gutes Stück weg von mir, zog seinen Kopf zurück und ließ ihn schwer auf die Ecke des Kopfkissens fallen, die ich ihm übriggelassen hatte.

Was war denn jetzt los?

Ich konnte ihn hinter mir schwer atmen hören, brachte es aber nicht über mich, mich umzudrehen. Ich wusste doch, dass er mich wollte, ich hatte es deutlich gespürt.

Was hatte ich falsch gemacht? Warum hatte er seine Meinung plötzlich geändert?

Sein Atem füllte den Raum und strich an meinem Nacken entlang, laut und schnell, als hätte er gerade einen längeren Sprint hinter sich.

Hatte er Angst, dass er zu unerfahren war? Oder hatte er es schon öfters getan und hörte deswegen auf? Weil er Angst hatte, mein erster Mann zu sein?

Er schlug die Decke zurück und glitt aus dem Bett. Es war zwar ziemlich düster im Zimmer, aber vom Gang her fiel Licht herein, ein grelles, hartes Dauerlicht, das es in den Zimmern nie ganz dunkel werden ließ.

Ist es vielleicht mein Körper? Ist er nicht so schön wie der von den anderen Mädchen, mit denen er vorher zusammengewesen ist?

Er ging hinüber zum Schrank in der Ecke, einem großen, breiten Monster aus Eichenholz. Hinter einer der Türen war Platz für meine Kleider und Schuhe; hinter einer anderen befand sich ein Waschbecken mit Spiegel. Ich hörte, wie er das Wasser aufdrehte und sich das Gesicht bespritzte, bevor er dann eine Weile bewegungslos in der Dunkelheit stand, sein Atem immer noch laut und unkontrolliert. Ich hatte nicht den Mut, mich umzudrehen und nachzusehen, was er tat. Stattdessen blieb ich mit dem Gesicht zur Wand liegen, zog mein T-Shirt über den Bauch herunter und kauerte mich, ganz langsam und vorsichtig, um ja kein Geräusch zu machen, so klein wie möglich im Bett zusammen.

Ich hörte ihn im Schrank herumkramen, dort, wo er seine Habe hingeworfen hatte, und dann vernahm ich das scharfe Reißen eines Klettverschlusses, der aufgezogen wurde, und das sanfte Wischgeräusch von Nylon, als er seinen Schlafsack auf den Boden warf.

»Es ist ziemlich eng im Bett«, flüsterte er, während er den Reißverschluss seines Schlafsacks aufzog.

Statt ihm zu antworten, schloss ich die Augen und begann tief zu atmen, als ob ich schon schlafen würde. Mit ihm zu sprechen machte für mich keinen Sinn; Verlegenheit und Demütigung hatten mich verstummen lassen.

Wie hatte ich auch denken können, dass er es gewollt hatte, ausgerechnet mit mir?

»Ich schlaf lieber auf dem Boden«, sagte er. »Gute Nacht.«

Die letzten Takte von *Dance Away* klangen herüber, dann wurde es still. Nicht mal ein Lied hatte das Geschehene überdauert. Wir waren uns so nahe gekommen, und dann …

Keiner von uns schlief sehr viel in dieser Nacht. Ich konnte es am Rhythmus seines Atems ausmachen und an der gespannten Stille im Raum, dass er, ebenso wie ich, den Großteil der Nacht hellwach dalag und ins Halbdunkel starrte. Keiner von uns beiden redete am nächsten Morgen davon. Wir verbrachten das Wochenende in geschäftiger

Normalität, als ob nichts geschehen wäre. Aber ich ertappte ihn immer wieder dabei, wie er mich ansah, als versuchte er, sich über etwas klar zu werden, als versuchte er, eine Entscheidung zu treffen.

Ich kannte Mal gut – ich wusste zwar nicht, warum er seine Meinung geändert hatte, aber ich wusste sehr wohl, dass es einen tieferen Grund gab für das, was falsch gelaufen war; einen, den er mir jetzt noch nicht erklären konnte.

»Cordy wird mich umbringen, wenn ich heimkomme«, sagte er, als er am Sonntagabend abfuhr.

»Stimmt, ich weiß gar nicht, warum du sie nicht mitgebracht hast.«

»Ich wollte dich ganz für mich haben, weißt du?«, erwiderte er. »Ich sehe dich sonst nie mehr ganz alleine.«

»Na, dann hoffe ich mal für dich, dass es das wert war«, sagte ich. »Sie wird sicher schon auf Rache sinnen, darauf kannst du Gift nehmen.«

Er schloss mich in die Arme, aber diesmal schmolz ich nicht in ihn hinein wie gewöhnlich, und er drückte mich auch nicht so fest an sich wie sonst. Wir redeten zwar nicht über das, was geschehen war, aber unsere Körper erinnerten sich noch gut.

»Klar war's das«, sagte er. »Jede Sekunde mit dir ist es wert, Ärger zu riskieren.«

Ich trat als Erste einen Schritt zurück, da ich es nicht mehr aushielt, so nah bei ihm zu stehen. »Sag das Cordy, ich bin sicher, sie vergibt dir«, grinste ich.

»Ja, ganz bestimmt.« Nachdem er die Autotür geöffnet hatte, hielt er nochmals inne und wandte sich mir zu. »Du fehlst mir, Nova«, sagte er, bevor er einstieg. »Wir sehen uns bald.«

»Ja«, erwiderte ich.

Während sein Auto auf der Straße nach London verschwand, wurde mir klar, dass ich ihm sagen musste, dass ich ihn liebte.

Ich habe nicht geweint.

Seit Leo im Krankenhaus in seinen langen Schlaf gefallen ist, habe ich nicht geweint. Ich glaube, die einzige Person, die das noch mehr überraschen würde als mich, ist Leo. Er denkt, ich weine die ganze Zeit, über die lächerlichsten Dinge. Und er hat recht, das tue ich auch. Aber andererseits tue ich es auch wieder nicht. Nicht wirklich. Er ist der einzige Mensch, der mich so oft weinen sieht, oder auch schreien, weil er so gut wie der Einzige ist, der mich dazu bringen kann.

Sehr wenige Leute schaffen es, mich zum Weinen zu bringen. Leo tut es oft, ohne es darauf angelegt zu haben. Als er vier Jahre alt und gerade in den Kindergarten gekommen war, gab es einen »Vorfall«. Die Kinder waren bei einer Gesprächsstunde gefragt worden, was ihre Mutter oder ihr Vater machten. Leo hatte zur Antwort gegeben: »Sie weint.« Die Erzieherin hatte daraufhin nachgehakt, und er hatte wiederholt: »Meine Mum weint. Die ganze Zeit.« Kurze Zeit später bekam ich eine Einladung zu einem Gespräch mit der Erzieherin. Bei dem Treffen war auch eine Krankenschwester dabei, die für den Kindergarten zuständig war, und es dauerte unglaublich lange, die beiden davon zu überzeugen, dass ich, ja, eine alleinerziehende Mutter war, aber, doch, trotzdem viel Unterstützung bekam und mich nicht isoliert und einsam fühlte; und, ja, Leo übertrieben hatte und ich gar nicht die ganze Zeit weinte. Und ich, natürlich, wenn ich deprimiert wäre oder auch nur ein wenig betrübt, mir sofort Hilfe suchen würde. Sie drängten mir die Nummern von mehreren exzellenten Beratern auf – offensichtlich waren sie sich nicht der Ironie bewusst, dass ich selber Psychologie studiert hatte – und baten mich, Kontakt mit ihnen aufzunehmen, wenn ich etwas brauchte. Ganz egal was.

Als ich Leo später fragte, warum er das gesagt hatte, sah er mich nur ganz verdutzt an und meinte: »Aber das stimmt doch, Mum. Du weinst wirklich die ganze Zeit.« Ich erzählte es auch meiner Mutter, und sie fragte mich, ob ich den Leuten gesagt hatte, dass ich promoviert war. Als ich verneinte, sah sie mich nur schweigend an, was wohl so viel bedeutete wie: »Na ja, dann brauchst du dich nicht wundern.« Mum denkt, dass mein akademischer Titel mich vor so ziemlich allem schützen kann, und dass ich ruhig ein wenig öfter damit herumfuchteln sollte. Als Cordy die Geschichte hörte, lachte sie so lange, dass sie den Telefonhörer fallen ließ. Ich bin sicher, dass sie dort in dem Kindergarten immer noch irgendwo eine Datei haben mit einer Notiz für die Angestellten, dass sie ein Auge auf mich haben sollen, weil ich weine. Und zwar die ganze Zeit.

Keith und ich haben vereinbart, dass wir uns vor Leo immer völlig normal verhalten. Wir reden, als wäre alles in bester Ordnung. Das bedeutet auch, nicht zu weinen. Ich will nicht, dass er sich Sorgen macht, weil ich mir sicher bin, dass er uns hören kann. Außerdem würde das Weinen um ihn herum die Energie im Raum verändern, sein Zimmer würde dann zu einem traurigen, schwermütigen Ort, an den Leo ganz sicher nicht zurückkehren wollte.

Aber auch wenn ich nicht bei Leo bin, weine ich nicht.

Ich spüre nicht mal die Neigung dazu, denn es würde für mich bedeuten, zuzugeben, dass ich Angst habe. Dass alles außer Kontrolle geraten ist. Dass die Möglichkeit besteht …

Aber er kommt zurück zu uns. Er kommt zurück.

Und wenn er das tut, wird er wieder das tun, was er am besten kann: mich zum Lachen bringen, mich in den Wahnsinn treiben, mich zum Schreien bringen, mich zum Weinen bringen.

Leo und ich sind uns so nahe, es ist nicht anders zu erwarten. Es sind die, die du am meisten liebst, die dich in einem Moment in den Himmel heben können, um dich im nächsten zu zerstören, ohne es darauf angelegt zu haben.

Mals Auto erreichte klappernd den Parkplatz am King's-Cross-Bahnhof, von wo ich den Bus zurück nach Oxford nehmen würde. Sein Auto war wirklich schrottreif, aber er hatte es von dem Geld gekauft, das sein Vater ihm hinterlassen hatte. Es war fast, als hätte sein Dad ihm den Wagen selbst geschenkt, so sehr liebte Mal das Auto. Angesichts der Tatsache, dass Mal immer behauptete, seinen Vater zu hassen, für alles, was er seiner Mutter angetan hatte, hielten alle es für seltsam, dass er es nicht aufgab. Es waren so viele Dinge daran kaputt, und er hatte es schon so oft reparieren lassen, dass unklar war, wie viel von dem Originalvehikel noch übrig war. Es war aber streng verboten, irgendetwas gegen das Auto zu sagen, vor allem durfte niemand den Hinweis geben, dass er sich schon längst ein neues Auto hätte kaufen können für den Betrag, den er inzwischen für Reparaturarbeiten ausgegeben hatte.

Als wir aus dem Auto gestiegen waren, nahm er meinen schwarzen Rucksack vom Rücksitz – der Kofferraum war aus irgendeinem mysteriösen Grund nicht aufgegangen – und hievte ihn sich über die Schulter. Ich war mit leichtem Gepäck hier angekommen, doch nun wog alles schwer, denn auch die vergangene Nacht kletterte mit uns aus dem Auto, sie begleitete uns, mit allem, was sie mit sich gebracht hatte – die ganze Fahrt hatte sie wie eine dritte Person zwischen uns auf der Gangschaltung gesessen, und jetzt beschloss sie offensichtlich, sich auch noch bis zur Busstation an uns zu hängen.

Noch nie waren Mal und ich so verlegen miteinander gewesen. Nicht einmal, als er an Weihnachten bei ihm zu Hause ins Badezimmer kam, als ich gerade dabei war, Slip und BH auszuziehen. Er hatte geblinzelt, einen kurzen Blick erst auf mein Gesicht und dann meinen nackten Körper geworfen, und sich anschließend schnell abgewandt und die Tür hinter sich zugeworfen. Und auch nach dem, was bei seinem letzten Besuch vor drei Wochen bei mir in Oxford passiert war, war die Stimmung nicht so komisch gewesen wie jetzt. Jedenfalls drängte die vergangene Nacht sich zwischen uns und hielt uns an sich gedrückt, um jeden von uns einen Arm geschlungen.

Am Freitagabend war ich von Oxford nach London heruntergereist – angeblich um meine Familie zu besuchen, aber in Wirklichkeit, um Mal zu sehen. Denn ich dachte, wenn ich ihn sah, würde ich wissen, was Sache war: Ob es richtig war, ihm zu sagen, dass ich ihn liebte, wie ich vorher beschlossen hatte, oder ob ich völlig den Verstand verloren hatte.

In den letzten drei Wochen hatte er mich jeden Tag angerufen, was sogar für uns ungewöhnlich war. Bei jedem Telefongespräch fragte er mich, ob ich irgendwelche neuen

Leute kennengelernt hatte, ob irgendjemand mit mir ausgehen wollte, ob es jemanden gab, der sich für mich interessierte. Immer, wenn ich verneinte, konnte ich die Erleichterung in seiner Stimme hören, meistens versteckt, aber sie war da, so klar und wahr wie der Klang einer Kirchenglocke.

Wenn ich ihn wiedersah, würde es offensichtlich sein, was ich zu tun hatte. Und als er mich am Samstag um acht Uhr morgens aus dem Bett zerrte, um »was zu unternehmen«, wusste ich, dass ich es ihm sagen musste.

Ich versuchte es ihm zu sagen, als wir auf dem gefrorenen Ödland von Wimbledon Common herumstolperten. Ich versuchte es ihm zu sagen, als wir bewiesen, wie erwachsen wir waren, indem wir bei den großen Häusern in Raynes Park Klingelputzen spielten und dann so schnell um die Ecke rannten, dass wir lachend und prustend nach Luft schnappen mussten. Ich versuchte es wieder, als er auf dem Rückweg an der Tankstelle Eis für uns kaufte. Dann versuchte ich, es ihm zu sagen, als wir vor meinem Haus standen und noch ewig quatschten – als würden wir nicht einfach nur reingehen, um zu duschen und uns umzuziehen, bevor wir uns in einer Stunde wiedertrafen, um den Abend miteinander zu verbringen.

Es war so einfach. Es war so leicht. Alles, was ich tun musste, war zu sagen: »Mal, ich habe mich in dich verliebt.« »Mal, ich bin verliebt in dich.« »Mal, ich liebe dich, aber nicht mehr einfach nur so.«

Aber jedes Mal, *jedes* Mal, wenn ich ihm in die Augen sah, wurde mein Kopf ganz leer. Jetzt, da ich wusste, was ich fühlte, konnte ich ihn nicht anschauen, ohne daran zu denken, was ich wollte. Was wir einander bedeuten könnten. Und ich wollte auch noch ein wenig Zeit haben, um das

Aufregende daran zu genießen. Die Aufregung, zum ersten Mal mit jemandem zusammen zu sein, in den ich wirklich verliebt war.

Wie es dann so geht, platzte ich schließlich einfach heraus damit. Wir waren irgendwann in einem Club gelandet, und als Mal von jemandem unabsichtlich angestoßen wurde, hatte sich sein Drink auf mein weißes T-Shirt ergossen. Es war klatschnass und ganz durchsichtig, und es klebte an den Spitzenrändern meines schwarzen BHs fest, den ich darunter trug. Mal schnappte sich an der Bar ein paar Servietten und fing an, mich abzutupfen, er entschuldigte sich pausenlos, als wäre ich irgendeine Fremde und nicht die Person, die er schon früher immer mit Essen beworfen hatte.

»Gott, es tut mir so leid«, sagte er gerade zum x-ten Mal, während er sehr beflissen auf meiner rechten Brust herumtupfte. »Wir müssen nach Hause, damit du dich umziehen kannst.«

Ich lächelte zu ihm hoch. Seine weichen, honigblonden Haare, seine dunklen Augen, die so ehrlich besorgt waren, sein schöner Mund.

»Ich liebe dich so sehr«, sagte ich ohne nachzudenken.

Er blinzelte, wie er geblinzelt hatte, als er mich nackt gesehen hatte. »Ich liebe dich auch«, sagte er.

Ich grinste, ganz erfüllt von der Hitze seiner leichten, unverzüglichen Antwort; schwindlig und schwummrig vor Glück.

»Du bist wirklich meine beste Freundin«, fuhr er fort. »Es ist lustig, irgendjemand hat mir letzthin von diesem Film erzählt, der kurz vor Weihnachten herausgekommen ist.« Er sprach schnell, ohne mir Zeit für eine Antwort zu geben. »Es geht darum, dass ein Mann und eine Frau nicht befreundet sein können, ohne dass der Sex ihnen dazwischenkommt. Ein Mädel aus meinem Seminar hat gemeint, dass das wirklich wahr ist, aber ich habe ihr gesagt, dass mein bester Freund ein Mädel ist und dass das nie ein Thema zwischen uns war. Und es auch nie sein wird. Denn nichts kann eine große Freundschaft schneller kaputt machen als Sex – auch wenn man nur dran denkt. Und nichts setzt ihr sicherer ein Ende, als auch nur mit einer Silbe Liebe ins Spiel zu bringen.«

Jetzt schwieg er, sah mich aber nicht an, sondern entschied sich stattdessen dafür, mit den durchweichten Servietten herumzufummeln, die er in seinen Händen zusammengeknüllt hatte. Ich sagte nichts, blickte nur auf seinen gesenkten Kopf und seine zappligen Hände.

»Wenn jemand sensibel ist, dann macht er das einfach nicht«, fuhr er schließlich fort. »Das habe ich dem Mädel auch gesagt, du weißt schon, die aus meinem Seminar, die alles besser wissen wollte. Ich würde das jedenfalls niemals tun. Ich könnte mich nie auf diese Weise für eine interessieren, mit der ich befreundet bin. Freundschaft und *diese* Art von Liebe würde ich einfach nicht durcheinanderbringen.«

Ich hatte plötzlich das Bedürfnis zu rennen. Blind hinaus auf die Straße zu preschen und erst stehen zu bleiben, wenn ich mich so weit wie möglich von hier entfernt hatte. Oder auch unter den nächsten Tisch zu kriechen und mich zu verstecken. Stattdessen sagte ich: »Ich muss aus diesem T-Shirt raus, bevor ich mir hier den Tod hole.« Was im Grunde dasselbe bedeutete, nur dass es weniger auffiel.

»Oh, klar, sicher.« Er warf die Servietten auf die Theke und wischte sich die Hände an seiner Hose ab. »Warte hier, ich geh und hol unsere Jacken.«

Wir nahmen den Nachtbus nach Hause, und wir versuchten es wirklich. Wir versuchten wirklich, normal zu sein. Wir zu sein. Aber die Magie, die unseren Tag mit Glück, Spaß, Lachen und Hoffnung für die Zukunft übergossen hatte, war einfach weg. An ihre Stelle war nach und nach die ungemütliche Kreatur getreten, die heute Morgen dann endlich ganz in Erscheinung trat und die sich selbst den Namen »Vergangene Nacht« gab.

»Du weißt, dass du immer meine Nummer eins sein wirst, ja?«, sagte Mal zu mir, als wir vor dem Bus standen, den ich gleich nehmen würde. An der Bushaltestelle herrschte hektisches Kommen und Gehen, aber wir beide standen uns still und verlegen gegenüber.

Ich stellte mich auf die Zehenspitzen und nahm sein Gesicht zwischen die Hände. »Und du wirst immer mein liebes, süßes Hundchen sein, ja?«, erwiderte ich, während ich seinen Kopf schüttelte, wie ich es bei einem Hund getan hätte. Ich hatte das früher immer getan, als meine Eltern klargestellt hatten, dass wir keinen Hund bekommen würden. »Wofür brauchst du denn einen Hund, wir haben doch Malvolio?«, hatte Cordy gesagt. Als sie das sagte, beschloss ich, dass er wahrscheinlich in einem früheren Leben wirklich ein Hündchen gewesen war: Ich konnte ihn mir lebhaft vorstellen, als großen, schlaksigen Labrador, der um dich herumspringt, um dich aufzuheitern, wenn du traurig bist; oder der betrübt an deiner Seite liegt, mit hängenden Gesichtszügen, um dir zu zeigen, dass er deine Betrübnis teilt – je nachdem, was in dem Moment eine größere Hilfe ist.

Wir sollten das Ganze einfach mit Humor nehmen. Ich hatte sein Verhalten falsch interpretiert, und wenn ich nicht vorsichtig war, könnte das am Ende noch einen Keil zwischen uns treiben. Es war nicht sein Fehler, wenn er nicht auf diese Weise für mich empfand. Wenn ich in seinen Augen nicht gut genug war. Wir hatten so viele andere Dinge – eine gemeinsame Geschichte, eine Familie, so viele Jahre zusammen –, die viel wichtiger waren als die törichte romantische Vorstellung, dass wir zusammenkommen könnten, dass wir für die nächsten zwei Jahre eine Distanzbeziehung führen würden, um dann … dann was, zu heiraten? In unserem Alter? Nein, er hatte recht. Freunde sollten keine Geliebten sein. Freunde sollten nicht mal im Entferntesten an so was denken.

Wenn ich das schaffte, wenn ich es schaffte, alles ganz vernünftig zu betrachten, dann wäre ich auf der sicheren Seite, jedenfalls bis ich London hinter mir gelassen hätte. Wenn ich es aber wagte, dort hinzuspüren, und sei es auch nur für den Bruchteil einer Sekunde, dann würde sich ein schmerzvoller Abgrund auftun und mich mit Haut und Haaren verschlingen. Ich musste alles ganz rational sehen. Logisch denken, um das größere Bild zu sehen. Um es mit Humor nehmen zu können.

»Steigst du noch in den Bus ein, Schätzchen?«, fragte der Fahrer.

»O ja«, erwiderte ich. Mal nahm meinen Rucksack von der Schulter und händigte ihn vorsichtig dem Fahrer aus. Er war ein korpulenter Mann mittleren Alters in einem weißen, kurzärmeligen Hemd und Krawatte, und er nahm meine Tasche in Empfang, als wäre sie der wertvollste Gegenstand, den man ihm je ausgehändigt hatte – nur um sie dann in den Gepäckraum des Busses zu feuern und sich seelenruhig an ein weiteres Pärchen zu wenden, das noch mit an Bord wollte. Empört schüttelte ich den Kopf und wandte den Blick ab. Die Fotos in ihren Rahmen, die Tante Mer mir mitgegeben hatte, würden zerbrochen sein, genauso wie die Limoflasche, die mir meine Mutter noch aufgedrängt hatte. Alles in allem wirklich tolle Mitbringsel, die ich da mit nach Oxford schleppte. Vergangene Nacht lachte so höhnisch, ich konnte es förmlich hören.

»Will denn der süße Hundi noch ein bisschen Apport machen, bevor ich fahre, oder will er mich lieber in den Arm nehmen?«, fragte ich mit meiner Dämlichkeitsstimme.

Er verdrehte die Augen und kam schließlich doch in meine geöffneten Arme. Wir drückten uns fest, und ich zählte die Sekunden, jede ein Leben lang, bis ich diesen Teil der Tortur beenden konnte. Ich musste das Spiel mitspielen. Normal sein. Wenn ich inständig genug versuchte, normal zu sein, würde alles wieder gut. Bald schon. Bald schon würde ich nicht mehr zweimal überlegen müssen, bevor ich ihn umarmte, ihn berührte, ihm in die Augen sah.

»Ich komm dich bald besuchen, ja?«, sagte er, als wir uns voneinander lösten.

»Nein, tu das nicht«, sagte ich.

Seine Augen suchten die meinen, anscheinend wirklich verzweifelt erpicht zu erfahren, warum ich ihn zurückwies.

»Ich weiß, was du denkst«, sagte ich mit einem großen Grinsen. »Und du hast völlig recht. Ich will nicht, dass du mich besuchst, weil sich dann kein Typ an mich rantraut, weil sie alle denken, ich sei gebunden. Und dann all die nervigen Zicken, die meine Freundin sein wollen, nur weil sie denken, sie hätten dann vielleicht Chancen bei dir. Ich brauch das nicht, um ehrlich zu sein.« Ich setzte ein Lachen hinzu, hohl und mitfühlend, aber notwendig. *Bitte gib mir*

Zeit, bat ich ihn damit insgeheim. *Bitte lass mich gehen und gib mir die Chance, darüber hinwegzukommen.*

Der Höcker seines Adamsapfels bewegte sich auf und nieder, während er schwer schluckte, und er hielt die Lippen fest zusammengepresst, als er nickte.

»Ich komme im Sommer nach Hause«, sagte ich. »Es ist schneller so weit, als du denkst.«

»Aber in ein paar Wochen ist doch Ostern«, hielt er dagegen.

»Vielleicht bleib ich mit ein paar Leuten hier in Oxford. Irgendjemand hat ein Haus für uns aufgetan, das über die Ferien frei ist. Da werden wir Ostern verbringen. Das wird bestimmt lustig.« Einen Moment lang dachte ich, er würde fragen, ob er mitkommen könnte, und so fügte ich hinzu: »Es ist aber nicht so viel Platz da. Wir sehen uns dann im Sommer, okay?«

»Sieh mal …«, begann er.

»Okay?«, insistierte ich.

Er presste wieder die Lippen zusammen, sodass sie ganz weiß wurden von dem Druck, während seine Augen sich verengten. Es war offensichtlich nicht okay. Langsam schüttelte er den Kopf, einmal, zweimal, dreimal. »Okay«, sagte er dann endlich.

Ich raufte ihm die Haare. »Guter Hund«, sagte ich. »Bist ein guter Mal, ganz lieb.«

»Ach, lass das!«, sagte er und wehrte meine Hände ab. »Irgendwann mal werde ich dich beißen, und dann kannst du dich gegen Tollwut impfen lassen. Dann wird es dir noch leidtun.«

»Aber dann müssten sie dich einsperren, und das würde dir noch mehr leidtun.«

Unerwartet, da wir uns ja eigentlich schon umarmt hatten, riss er mich in seine Arme und hob mich von den Füßen. »Du fehlst mir«, flüsterte er, sanft wie ein Engelsseufzen. »Du fehlst mir so sehr, dass es wehtut.«

Und warum liebst du mich dann nicht?, fragte ich innerlich. *Warum liebst du mich nicht?*

»Will noch jemand mit?«, rief der Busfahrer, wobei er seinen Fuß auf die untere Stufe der Treppe stellte, die in den Bus hineinführte. Er meinte mich, wurde mir plötzlich klar, denn er funkelte mich ungeduldig an. Ich warf einen schnellen Blick in den Bus: Jeder Fensterplatz schien besetzt, und niemand sonst lungerte noch draußen herum. Alle waren längst bereit, loszufahren. Außer mir, natürlich.

»O ja, ich!«, rief ich schnell.

»Ich wusste es«, grummelte er laut.

Ich wirbelte zurück zu Mal. »Wir sehen uns dann im Sommer«, sagte ich noch und beeilte mich dann, in den Bus zu klettern. Mal hob seine rechte Hand, die, mit der er vor drei Wochen unter das Band meiner Schlafanzughose gegriffen hatte, aber er winkte nicht, als ich oben an der Treppe nochmals stehenblieb, um ihm zuzulächeln.

Das nächste Mal, wenn wir uns wiedersahen, würde alles anders sein, beschloss ich. Ich würde keine Jungfrau mehr sein, so viel war klar. Ich würde jemanden finden, mit dem ich es tun würde. Es musste niemand Besonderes mehr sein, denn dieser besondere Mensch wollte mich nicht, liebte mich nicht, und niemand würde ihm gleichkommen; daher würde jemand herhalten müssen, der einfach nur nett war.

Ich würde neue Freunde finden müssen, jetzt, wo ich mehr Leute in meinem Leben brauchte, weil ich nicht mehr nach Lust und Laune nach London zurückflüchten konnte.

Am wichtigsten war, dass ich im Sommer, wenn ich Mal wiedersah, nicht mehr verliebt in ihn sein würde. Zumindest musste ich meine Liebe für ihn so gut verbergen, dass sie so gut wie gar nicht existierte. Ich hatte keinen Schimmer, wie ich das bewerkstelligen sollte, aber ich wusste, dass ich es wahrmachen musste, wenn ich wollte, dass er in meinem Leben blieb, dass unsere Freundschaft dies überlebte.

Einmal fand ich einen Zettel, den Leo geschrieben hatte. Ich weiß nicht, warum er ihn geschrieben hat, aber er schockierte mich so sehr, dass ich mich auf dem Bett niederließ und ihn wieder und wieder las.

ich habe zwai dads. einer ist ein schbion und lept in mein haus. der antere ist nicht tot. ich waiss nicht wo er lept. mum liept meine zwei dads. sie liept mich. tschüss Leo.

Er musste ihn schon vor einer ganzen Weile geschrieben haben, denn seine Rechtschreibung ist inzwischen viel besser, aber ich konnte mir nicht vorstellen, woher er so viel wissen konnte. Er hat immer gewusst, dass Keith nicht sein »richtiger« Vater ist, auch wenn er sich von Anfang an entschlossen hat, ihn Dad zu nennen. Ich hatte nicht gedacht, dass ihn das Thema, wer sein leiblicher Vater war, sehr beschäftigte. Oder dass er wusste, dass diese Dad-Person nicht tot war. Und dass er annahm, dass ich diesen anderen Dad liebte.

Ich war nicht sicher, was ich damit anfangen sollte. Leo hatte nie ein besonderes Interesse an seinem Vater gezeigt, hatte nie Fragen über ihn gestellt. Aber offenbar hatte er doch darüber nachgedacht.

Ich wollte nie, dass es so kommen würde. Ich hatte nie

geplant, dass er aufwachsen würde, ohne seinen Vater zu kennen. Bei seiner Zeugung war beabsichtigt gewesen, dass er zwei Elternteile haben würde, die ihn lieben und sich um ihn kümmern und ihn großziehen würden. Natürlich war es nicht beabsichtigt gewesen, dass *ich* einer dieser Elternteile sein würde: Ich würde die Tante sein, die Frau, die ihn geboren, die mitgeholfen hatte, ihm das Leben zu schenken. Aber es war überhaupt keine Frage gewesen, dass er seinen Vater kennen würde.

Und dann wurde ich seine Mutter, und Leo musste sich wohl oder übel die Frage stellen, wer eigentlich sein Dad war. Er musste wohl oder übel über diesen »anteren« nachdenken, ohne etwas davon zu sagen. Vielleicht dachte er, ich würde weinen müssen, wenn er mit mir darüber sprach. Vielleicht war er sich nicht sicher, ob ich es ihm sagen würde. Hätte er gefragt, ich weiß nicht, was ich ihm gesagt hätte. Es ist ja nicht so, dass ich sonst jemanden eingeweiht hätte. Meine Familie hat zwar eine Vermutung, aber niemand hat sich je zu fragen getraut, und so habe ich es ihnen auch nie gesagt.

Ich konnte ja Leo nicht einfach so von seinem Dad erzählen, um dann am Schluss leichthin zu sagen: »So, und jetzt kannst du hingehen und ihn kennenlernen, wenn du willst.«

Ich wusste damals nicht, was ich tun sollte, und so tat ich das, was ich immer tue, wenn ich nicht weiß, was am besten ist: Ich legte den Zettel dorthin zurück, wo ich ihn gefunden hatte, und verdrängte ihn, indem ich uns erst mal was zum Essen machte.

Nun stand ich auf der Schwelle zu Leos Zimmer und fragte mich, ob es noch irgendwelche anderen Zettel gab, die er geschrieben hat.

Sein Flugzeug war schon vor Stunden gelandet. Nun, es waren nicht wirklich Stunden, aber es fühlte sich so an. Jede Minute, die er in der Schlange stand, um durch den Zoll und die Passkontrolle zu kommen und dann darauf zu warten, dass sein Gepäck auf dem Förderband erschien (so viel konnte es ja nicht sein, wo er doch immer viel gereist war und bescheiden gelebt hatte), fühlte sich für mich an wie eine ganze Stunde.

Die Tatsache, dass ich ihn acht Monate, drei Wochen und vier Tage nicht gesehen hatte, war Erklärung genug für meine Ungeduld. Immerhin handelte es sich um Mal. Mal. Der Mensch, den ich mein ganzes Leben lang gekannt hatte. Ich konnte kaum an mich halten, hätte am liebsten die Absperrung überwunden und wäre durch die Doppeltüren in der Ankunftshalle gerannt, um dann einen Bocksprung über ein paar (bewaffnete) Sicherheitsmänner zu machen, während ich völlig von Sinnen seinen Namen schrie. Was, wenn er vielleicht seinen Flug verpasst hatte? Er hatte mich vor zwei Tagen noch angerufen, um sicherzugehen, dass ich zum Flughafen kam. Es sollte eine große Überraschung für unsere Familie werden; sie erwarteten ihn erst in frühestens fünf Monaten zurück, und ich sollte ihn abholen, und wir würden dann einfach so bei seiner Mutter hereinschneien. Der liebe Mal war nicht gerade der vernünftigste Mann der Welt, insbesondere wenn Frauen im Spiel waren. Es hätte mich nicht überrascht, wenn er am Abend vor seinem Abflug noch ein paar Biere gezischt hätte, in der Kneipe mit irgendeiner hübschen Australierin angebandelt und spontan beschlossen hätte, dass seine Zukunft in Australien lag und er daher auch gleich dableiben konnte. Und das nur, um eine Woche später dann doch wieder anzurufen, um mir mitzuteilen, dass er sich natürlich getäuscht hatte und er nun doch endlich heimkam.

So war das nun mal mit Mal: Wenn er eine Frau traf, die ihm gefiel, verliebte er sich im Handumdrehen, verbrachte dann eine mehr oder weniger lange Zeit mit Herumprobieren, ob die Beziehung irgendwie zu retten war, bis er schließlich entnervt aufgab und die Angebetete schnellstmöglich wieder verließ.

Zuletzt hatten wir uns auch hier am Flughafen gesehen. Das heißt, gesehen hatte ich ihn nicht wirklich, so sehr waren meine Augen in Tränen gebadet. Ich glaube nicht, dass seine Mutter so geweint hat wie ich, und sie, Victoria, Cordy, Mum und Dad hatten sich auch diskret im Hintergrund gehalten, während wir uns voneinander verabschiedeten. Er hatte schließlich seinen kleinen Rucksack abgestellt und mich in seine Arme geschlossen. »Bitte, hör auf zu weinen«, flüsterte er mir dabei ins Ohr.

Ich nickte, während mir die Tränen weiterhin in Fluten übers Gesicht strömten, trotz meiner tapferen Bemühungen, sie zurückzuhalten. »Wenn du so weitermachst, fang ich auch noch an zu heulen«, versuchte er mich zu trösten.

Seinen Plan, sich auf den Weg zu machen, um die Welt zu erkunden, hatte ich sowieso noch nie gutgeheißen. Was dachte er denn, wer er war, Christoph Kolumbus oder so? Captain Cook? Captain Kirk? Was sollte es da draußen schon zu sehen geben, was er nicht genauso gut hier in London finden konnte? Was war so toll an »der Welt»? Herrliche Strände, strahlender Sonnenschein, ein Leben in der freien Natur, atemberaubende Landschaften und die Chance, sich neu zu erfinden – ja, angeblich hatte Australien all das zu bieten, aber trotzdem.

Die Doppeltüren gingen auf, und ich spürte, wie der Erwartungspegel um mich herum ausschlug. Alle Anwesenden befanden sich in derselben Situation: Sie warteten sehnsuchtsvoll darauf, dieses eine Gesicht, diesen einen Menschen auftauchen zu sehen. Als würden wir einer Choreografie folgen, schoben wir, eine zufällig zusammengewürfelte Gruppe von Fremden, uns an der Absperrung nach vorne, als der Erste mit Koffern beladene Gepäckwagen durch die Türen stieß. Meine Augen flogen hoch, um den Menschen dahinter zu sehen. Es war ein Mann, groß, weiß, in den Fünfzigern, mit silberfarbenen, schütteren Haaren. Auch die Leute neben mir sackten enttäuscht ein paar Zentimeter herunter.

Das Schlimmste an seiner Reise war, dass wir sie ursprünglich zusammen geplant hatten. Ich war nie sehr abenteuerlustig gewesen, aber Mal hatte mich davon überzeugt, dass es genau das Richtige für mich war, um etwas Lebenserfahrung zu sammeln, bevor ich promovieren würde.

»Du musst doch auf Mum aufpassen«, sagte er dann am Flughafen zu mir, während er meine Tränen wegstreichelte.

Das war nämlich der Grund, warum ich nicht mitkonnte. Ich hatte das Geld schon zusammengespart, aber irgendwann fiel uns ein, dass wir nicht beide wegfahren und seine Mutter zurücklassen konnten. Wir hätten uns einfach nicht wohl dabei gefühlt. Es war sein Traum gewesen, die Welt zu sehen, er war derjenige, der während seines Studiums bei seiner Mutter gelebt hatte, um auf sie aufzupassen, er hatte niemals die Gelegenheit gehabt, ein Abenteuer zu erleben, zu tun, was ich getan hatte, als ich nach Oxford gegangen war. Ich wäre nur die Begleiterin gewesen, mit von der Partie, aber nicht so voll bei der Sache wie er, wie jemand, der nie die Freiheit kennengelernt hatte, die Unabhängigkeit, was es bedeutete, jung zu sein. Ich wusste, dass er sich Sorgen um seine Mutter machte, während wir Pläne schmiedeten, und so hatte ich am Ende zu ihm gesagt, dass ich meine Promotion doch schon dieses Jahr beginnen wolle, und da ich in London studieren würde, könnte ich dann ja auch ein Auge auf Tante Mer haben. Meine Eltern würden sich zwar sowieso um sie kümmern, das hatten sie ja immer getan, aber ich würde ihn regelmäßig wissen lassen, wie es ihr ging und was so los war.

»Versprochen?«, fragte er mich.

Ich schluckte den riesigen Gefühlsklumpen hinunter, der mir in der Kehle steckte. »Versprochen.«

»Danke«, erwiderte er mit einem Aufatmen und nahm mein Gesicht in beide Hände. Dann drückte er seine Lippen auf meine nasse Wange und zog mich fest an sich. Er roch so, wie ich dachte, dass Liebe sich anfühlen musste. Wahre Liebe. Er roch nach allem und nach nichts. Ihn einzuatmen, setzte mir innerlich ein Lächeln auf. Er erinnerte mich an jede gute Sache, die mir je passiert war. Als er sich schließlich von mir zurückzog, lag in seinen dunklen, rostbraunen Augen ein Glitzern. Ich schoss ein mentales Foto von ihm. Groß, nicht zu schlaksig, sondern muskulös, lange, geschmeidige Glieder. Seine honigblonden Locken hatte er sich kurz schneiden lassen, sodass er älter wirkte. Lange, geäderte Hände mit langen, kräftigen Fingern. Ovales Gesicht mit einer etwas zu langen Nase. Große, ehrfürchtige Augen. Er hatte sich nicht rasiert, obwohl seine Mutter es ihm aufgetragen hatte, und so standen um sein Kinn herum Bartstoppeln, die bis zu seinen Koteletten reichten.

Ihn zu berühren, war wie eine Erinnerung daran, dass ich in Sicherheit war, dass da draußen jemand war, der sich auf mich verlassen konnte und ich mich auf ihn. Immer. Ich legte meinen Kopf gegen seine Brust und lauschte auf sein Herz. Diesen Rhythmus, diesen Schlag kannte ich besser als den jedes anderen Herzens. Ich hatte ihn öfter gehört als meinen eigenen. Die Erinnerung daran würde mich am Leben halten, in den fünfzehn Monate, die er weg war: zwölf in Australien, bis sein Visum auslief, und dann noch drei Monate auf Reisen, bevor er dann wieder nach Hause kam.

»Ich muss gehen«, sagte er. Seine Stimme. Ich nahm seine Stimme ganz in mich auf. Fast hätte ich vergessen, dass ich auch ihren Klang noch speichern musste. Ich schmiegte mich noch fester an ihn.

»Huh, Nove, was hast du denn vor, willst du mir eine Rippe brechen?«, hechelte er.

»Ja, wenn dich das davon abhält, zu gehen«, gab ich zurück.

»Ich bin wieder zurück, bevor du überhaupt merkst, dass ich weg war«, erwiderte er. »Du wirst nicht mal Gelegenheit haben, mich zu vermissen.« Er klang so lässig, dass ich fast glaubte, er meine es ernst – bis er zurücktrat und ich wieder die Tränen in seinen Augen funkeln sah.

Er hob eine Hand, winkte unserer Familie zu und wandte sich dann erneut an mich. Ich sah, wie sein Gesicht bebte, wie er darum kämpfte, sich zu beherrschen; er legte Daumen und Zeigefinger in seine inneren Augenwinkel und drückte die Nasenwurzel zusammen, während er den Kopf senkte. »Wir sehen uns«, sagte er und nahm seinen Rucksack auf. »Wir sehen uns ganz bald wieder.« Als er sich abwandte, fing ich innerlich an zu zittern. Das war's. Er war im Begriff, aus meinem Leben zu verschwinden, und alles, was er dazu zu sagen hatte, war »Wir sehen uns ganz bald wieder«.

Als er zwei Schritte gegangen war, wandte er sich nochmals um, und sein ganzes Gesicht erstrahlte, als er mich angrinste. Ich wollte gerade zurückgrinsen, als er auf dem Absatz kehrtmachte und schon wieder vor mir stand, mich in eine große Umarmung riss, die mich ruckartig von den Füßen hob und wieder auf den Boden setzte. Dann küsste er mich auf den Mund. Zum ersten Mal überhaupt. Er küsste mich auf den Mund. Seine weichen, sinnlichen Lippen bedeckten die meinen und bewegten sich, seine Zunge drückte sanft in meinen Mund. Es schien für immer zu dauern. Dieses Gefühl, zu fliegen, dieses Gefühl, auf einer anderen Ebene zu schweben, mit dem Menschen, den ich mehr als alles liebte. Wir waren Freunde, beste Freunde, und dauernd fragten uns die Leute, ob nicht mehr zwischen uns war, was wir immer verneinten. Nach dem ganzen Herzschmerz vor vier Jahren hatte ich alle meine Gefühle für Unsinn erklärt, hatte mich selbst eine Idiotin gescholten. Und trotzdem küsste er mich auf den Mund, mitten auf einem überfüllten Flughafen in London, vor unserer versammelten Familie. Nach einer Ewigkeit riss er sich los. Zu früh, dachte ich. Seit wie vielen Jahren schon hatte ich mir gewünscht, dass das passieren würde? Seit jenem Wochenende, an dem er mir gesagt hatte, dass er mich niemals lieben könnte, und dabei hatte ich doch immer gewusst, dass es nie dazu kommen würde. »Und jetzt versuch mal, dem Haufen hier zu erklären«, sagte er mit einem Nicken zu unserer Familie hin, »dass wir nur Freunde sind und du dir nicht etwa das Herz aus dem Leib heulst, weil die Liebe deines Lebens wegfährt.«

»Du …«, setzte ich an, und mir wurde klar, was er getan hatte, und warum. Jetzt würden sie alle denken … »Du …«

»Mach's gut, Nova«, sagte er mit einem breiten, frechen Grinsen (das ich aufschnappte und sorgfältig in meinem Herzen verstaute, zusammen mit all den anderen Bildern, die ich von ihm hatte). »Viel Glück beim Erklären«, und weg war er.

Mehr und mehr Leute strömten in die Ankunftshalle. Der Geräuschpegel auf dem Flughafen war ohrenbetäubend: Die Leute kreischten und weinten, als sie ihre Liebsten wiedersahen; sie redeten laut und aufgeregt, im Versuch, einander alles im Zeitraffer zu erzählen, was während ihrer Trennung passiert war. Sie wollten die verlorene Zeit in den wenigen Sekunden wettmachen, die sie wieder vereint waren. Ich beobachtete Paare, die einander förmlich in die Arme hüpften, sich aneinander festklammerten, sich küssten und weinten und küssten, immer wieder stammelnd, wie sehr sie einander vermisst hatten. Familienmitglieder, die Tausende von Meilen voneinander entfernt wohnten und die einander jetzt freudig umarmten und hoch und heilig versprachen, beim nächsten Mal nicht so lange zu warten. Freunde, die umeinander herumtanzten, sich aneinander festhielten, so aufgeregt über ihr Wiedersehen, dass sie kaum zur Ruhe kommen konnten.

Und dann sah ich ihn. Er kam lässig durch die Doppeltüren gezottelt, einen großen, schwarzen, mit zahllosen Taschen besetzten Rucksack auf dem Rücken. Seine Haare waren lang und wild, sein Gesicht auch jetzt mit Stoppeln übersät. Er schien gewachsen zu sein seit dem letzten Mal, als ich ihn gesehen hatte. Trotz seiner Sonnenbräune war er vom Jetlag ganz grau im Gesicht und hatte dunkle Ringe um die Augen. Seine Kleidung – bestehend aus knielangen Surfershorts und einem pinkfarbenen T-Shirt unter dem weißen Überhemd – war ganz zerknittert.

Mal. *Mal.*

Als er mich sah, fing er an, schneller auf die Ankunftsschranke zuzugehen; ich bahnte mir einen Weg in seine Richtung, scheuchte die Leute zur Seite, als wären sie Fliegen. Er hatten schon den Rucksack abgeworfen und ließ jetzt auch seine Tasche fallen, um sich mit weit geöffneten Armen zu mir herunterzubeugen, während ich einen Satz auf ihn zumachte, mit dem ich jedem Olympiasieger im Stabhochsprung Konkurrenz gemacht hätte. Er fing mich auf, und ich schlang meine Beine um seine Taille, meine Arme um seinen Hals. Ich war zwar nicht gerade eine Fee, aber er war kräftig genug, mich zu halten. Kräftig genug, um mich auch noch weiter zu halten, während meine Sinne sich wieder mit ihm bekannt machten. Er roch nach Sonnenschein und Abenteuer; er fühlte sich fest und stark an; als ich mein Ohr an seinen Hals gedrückt hielt, klang sein Herz noch ganz genauso wie vorher.

»Du riechst so gut«, flüsterte er. Er hatte nicht etwa einen australischen Akzent angenommen, seine Stimme war noch die gleiche, die ich mir in seiner Abwesenheit immer und immer wieder vorgespielt hatte. »Du siehst so gut aus. Du fühlst dich so gut an.« Seine Lippen drückten sich in den Raum zwischen meinem Hals und meiner Wange, hielten dort zögernd inne. »Ich bin so glücklich, dass ich zurück bin.«

Ich konnte nicht sprechen. Ich war überwältigt, ihn wieder zu Hause zu haben. In Sicherheit. Er sah zwar ein bisschen lächerlich aus, aber er war hier. So viele Dinge waren passiert, seit er weggegangen war, Dinge, die ich ihm am Telefon nicht erzählen konnte. Dinge, die ich für den Moment noch für mich behalten hatte, mit denen ich selbst oft gekämpft hatte, aber die in Ordnung kommen würden, jetzt, wo er wieder da war.

»Du siehst lustig aus«, sagte ich, als er mich wieder auf den Boden setzte.

Er sah an sich herunter und richtete seinen Blick dann wieder auf mich. Er schien sich seines Aufzugs gar nicht bewusst gewesen zu sein, bis ich ihn darauf hingewiesen hatte. »Ich komme praktisch direkt vom Strand – von einer Party«, erklärte er. »Mein Flug war so früh, dass es keinen Sinn mehr hatte, schlafen zu gehen.«

»Du wirst hier erfrieren.«

»Ja, ich zieh mich lieber um.«

Ich sah mich nach einem Toilettenschild um und entdeckte eins gleich links hinter dem Autovermietungsschalter. Als ich mich zu Mal wandte, um ihn darauf hinzuweisen, sah ich, dass er gleich an Ort und Stelle seinen Rucksack geöffnet hatte und gerade anfing, darin herumzuwühlen. Er förderte Jeans zutage und den dicken blauen Pullover, den seine Mutter für ihn gestrickt hatte, als er sechzehn war. Völlig unbeeindruckt von den Leuten um ihn herum, die ihn offenen Mundes anstarrten, stieg Mal in seine Jeans und knöpfte sie zu. Dann kämpfte er sich in seinen Pullover, der viel zu groß für ihn gewesen war, als er ihn damals bekommen hatte, und der jetzt einen Hauch zu klein war. Er war die einzige Sache, die Tante Mer je zu

Ende gebracht hatte, und Mal konnte es offensichtlich nicht über sich bringen, sich von ihm zu trennen. Er kickte seine Flipflops weg und zog ein Paar Stiefel aus zwei großen Taschen an den Seiten seines Rucksacks. Eingerollt in die Stiefel befanden sich dicke Socken, die er anzog, bevor er die Stiefel darüberstreifte und sich dann in einer bewunderungsheischenden Geste aufrichtete. »Besser?«, fragte er.

Ich lachte. »Ja, besser.«

»Gut«, sagte er mit einem Lächeln. Dann trat er einen Schritt auf mich zu und sah auf mich herunter. Ich spürte, wie mein Herz hüpfte, mein Bauch tanzte. *Er ist zurück, er ist wirklich zurück.*

Er beugte sich herunter und küsste mich kurz auf den Mund. »Du schmeckst einfach unglaublich, nach Zuhause«, sagte er. »Du weißt nicht, wie froh ich bin, zurück zu sein.«

Ich berührte instinktiv meine Lippen. All die Nächte, die ich seinetwegen mit gebrochenem Herzen verbracht hatte, kamen zu mir zurückgeflutet. All die Jahre, als ich so überzeugt davon gewesen war, dass ich ihn liebte, dass wir Seelenverwandte waren, dass er meine Zukunft war und ich niemals einen anderen haben wollte, ergossen sich in meinen Kopf. Ich hatte es nie verstanden, warum er mich nicht gewollt hatte. Warum er mich als Freundin so offensichtlich liebte, mich aber trotzdem nicht attraktiv fand. Mich niemals hatte küssen wollen. Außer bei diesem einen Mal am Flughafen, um mich in Erklärungsnot zu bringen, und jetzt, ein kurzer Heimkommenskuss. Ich hatte mich immer danach gesehnt, dass er mich ansehen würde, wie er es jetzt tat. Aber auch dieser Blick hatte natürlich nur damit zu tun, dass er wieder zu Hause war. Er hatte sicherlich nicht zu bedeuten, dass er mich auf *diese* Weise wollte. Ich war wirklich froh, dass ich das alles hinter mir gelassen und keinerlei Erwartungen mehr an ihn hatte. Größtenteils.

Sein Grinsen wirkte durch die Sonnenbräune noch offener und leuchtender. »Du hast wohl die ganze Zeit am Strand verbracht?«, fragte ich, als ich das Bändchen mit Bruchstücken von Muscheln bemerkte, das er um den Hals trug. Wahrscheinlich würde Sand aus ihm herausrieseln, wenn ihn jemand mit dem Kopf nach unten hielt.

Er schüttelte den Kopf, sein Grinsen wurde noch breiter. »Nicht die ganze Zeit. Strand, Bars, Snowboarden, Wanderungen. Ich habe Erleuchtung gesucht.«

»Oh, dann glaubst du also gar nicht mehr, dass das alles Unsinn ist?«

»Habe ich je gesagt, dass es Unsinn ist? Wahrscheinlich wollte ich dich nur ärgern. Jedenfalls habe ich ein besonderes Interesse für Kristalle entwickelt.«

»Kristalle, wow, wirklich?«, erwiderte ich. Ich wartete auf die Pointe. Er machte das nämlich immer. Er tat so, als wäre er interessiert an dem »Esoterikzeug«, dem ich so leidenschaftlich anhing, aber eigentlich wartete er nur auf die Gelegenheit, seine Scherze mit mir zu treiben.

»Ich habe mich schlau gemacht, wofür sie benutzt werden. Zum Beispiel habe ich herausgefunden, dass Diamanten Steine der Reinheit sind. Sie festigen Bindungen und werden als ein Zeichen von«, er schloss ein Auge und ließ das andere nach oben wandern, als würde er angestrengt versuchen, sich zu erinnern, »Verbindlichkeit und Treue gesehen. Das ist auch der Grund, warum sie so oft für Verlobungsringe benutzt werden. Und Rosenquarz steht für Liebe und Romantik.«

Ich hob die Augenbrauen. Offensichtlich hatte er das

einstudiert, um Frauen ins Bett zu kriegen. Keine schlechte Anmache, denn sie schürte die Hoffnung auf Liebe und eine langfristige Beziehung – Dinge, die Mal der jeweiligen Dame dann wahrscheinlich nie geben würde, aber erst mal enthüllte er damit seine tiefgründige, gedankenvolle Seite und zeigte, wie intensiv er fühlte. Das tat er ja auch tatsächlich, aber man fand es eigentlich erst heraus, wenn man ihn Jahre kannte.

»Bist du nicht beeindruckt von dem, was ich gelernt habe?« fragte er.

»Sehr«, gab ich zu.

»Also, ich habe nämlich gedacht …«, wollte er gerade fortfahren, als plötzlich Keith neben uns auftauchte und uns unterbrach: »Hab ich euch endlich gefunden! Ich lerne es einfach nie, mich hier zurechtzufinden. Erst konnte ich keinen Parkplatz finden, der nicht schon halb auf der Autobahn ist, und dann konnte ich euch nicht finden.«

Mal war abrupt verstummt, während er vor Schock sichtlich erstarrte. Ich hatte ihm noch nicht gesagt, dass ich wieder mit Keith zusammen war. Dass wir uns nach einem Jahr der Trennung zufällig in einem Supermarkt über den Weg gelaufen und spontan einen Kaffee trinken gegangen waren, der zu einem Drink wurde, der zu einem Abendessen wurde, das dazu führte, dass wir wieder zusammenkamen, denn wir hatten uns ja nur getrennt, weil ich beschlossen hatte, dass er zu alt für mich war. Ich hatte es Mal noch nicht gesagt, weil ich immer den Verdacht gehabt hatte, dass er nicht glaubte, dass Keith der Richtige für mich war.

»Hey, Kumpel«, sagte Keith. Er nahm Mals Hand und schüttelte sie kräftig. »Gute Zeit gehabt da drüben?«

Mal nickte und zauberte ein Lächeln auf sein Gesicht, als er erwiderte: »Klar.«

Ich hatte gehofft, dass sich Keith bei ihm beliebt machen würde, wenn er uns am Flughafen abholte.

»Tja, wie du siehst, es ist alles beim Alten: Ich kann immer noch nicht Autofahren – obwohl ich ja eigentlich vorhatte, den Führerschein zu machen. Keith hat angeboten, dich mit mir zusammen abzuholen.«

»Danke«, sagte Mal monoton. Wahrscheinlich gefiel ihm nicht, dass ich meinem Freund von seiner Rückkehr erzählt hatte, wo nicht mal seine eigene Mutter es wusste.

»Okay, sollen wir gehen?«, sagte ich betont fröhlich, im Versuch, die gute Laune zu retten, die wir gerade noch gehabt hatten. »Ich habe ein ganzes Willkommensprogramm für dich geplant. Dein Lieblingsessen und ein paar Bierchen im Kühlschrank stehen schon bereit. Wir können dann ja später ein Taxi nehmen, um zu deiner Mum zu fahren, wenn du willst?«

Mal hievte sich seinen Rucksack auf die Schulter, wobei er immer noch wirkte wie ein mürrischer Kauz, der nichts mit uns zu tun haben wollte. Ich nahm seine kleinere Tasche hoch und schob meinen Arm unter den seinen. Keith würde nichts dagegen haben, er wusste über mich und Mal Bescheid; Mal hingegen schien sehr wohl etwas dagegen zu haben. Er wurde ganz steif bei meiner Berührung. *Na, das kann ja lustig werden*, dachte ich, während wir Keith zum Parkplatz folgten.

Während Keith sich auf den Weg in den Kampf mit der Menschenschlange am Parkscheinautomaten machte, warteten Mal und ich im Wagen.

Mal hatte seit den paar Worten, die er zu Keith gesagt

hatte, nicht mehr gesprochen. Es mochte ja angehen, dass er eher ein ruhiger Typ war, aber dies grenzte nun wirklich ans Lächerliche. Ich hatte keine Lust, böse auf ihn zu sein, aber wenn er so weitermachte, würde ich ihm eine Standpauke halten, sobald wir zu mir nach Hause kamen.

»Hör zu, es tut mir leid, wenn es dir nicht recht war, dass …«, begann ich.

»Ist er das, was du wirklich willst, Nova?«, unterbrach mich Mal.

Aha, es ging also tatsächlich darum, ob Keith der Richtige für mich war oder nicht. Er war älter als ich, aber ich fand ihn einfach unglaublich. Er sagte mir die ganze Zeit, wie sehr er mich anbetete. Wir lachten viel miteinander, wir mochten dieselben Dinge. Er hörte mir zu – nicht, wenn ich über Seelenkunde und Kristalle und dergleichen sprach, aber bei allem anderen. Und er war einfach wunderbar. Er war immer souverän, sah aus wie ein Filmstar und hatte das größte Herz der Welt. Ja, ich wollte ihn wirklich. Er zauberte ein Lächeln in mich hinein. Wenn ich allein war, konnte ich an Keith denken und lächeln. Und er war der Grund, warum ich meiner Obsession mit Mal (größtenteils) entwachsen war. Es gab noch jemand anderen auf der Welt, der mich zum Lächeln bringen konnte, wie Mal es immer getan hatte.

»Ich würde ihn morgen heiraten, wenn er mich fragen würde«, erwiderte ich.

Mal sog tief die Luft ein. Nickte. Ließ die Luft ebenso lange fahren, während er sich mit der Hand durch die Haare strich, immer noch nickend. »Okay«, sagte er dann endlich. Mit einem grimmigen Lächeln, aber immer noch nickend. »Okay, dann ist das für mich in Ordnung.« Sein

Ärger schien verflogen, und sein Gesicht strahlte wieder wie vorher in der Ankunftshalle. »Du hast meinen Segen, Kleines«, sagte er.

»Na, da bin ich ja vielleicht erleichtert«, gab ich mit einem sarkastischen Unterton zurück. Obwohl es stimmte. Es wäre schwierig für mich, mit jemandem zusammen zu sein, den Mal nicht guthieß. Ich würde trotzdem bei ihm bleiben, aber es würde sich anfühlen, als ob ich mir selbst was vormachte, als ob ich mir nur vorlog, dass ich wirklich in diesen Menschen verliebt war. »Warte nur, ich werde dafür sorgen, dass die Frau, bei der du dann irgendwann landest, eine wahre Herkulesaufgabe zu leisten hat, bevor ich sie für gutheiße. Du wirst schon sehen, ich werde sie erst auf die Suche nach dem Goldenen Vlies schicken, bevor sie dich kriegt.«

Ich lasse meine Kleidung in einem Haufen auf dem Boden neben dem Bett liegen und mache mir nicht die Mühe, mir meinen Schlafanzug anzuziehen. Es ist viel zu viel Arbeit, unter das Kissen zu greifen, um ihn hervorzuholen.

Vielleicht habe ich nie daran gedacht, Leo von Mal zu erzählen, weil ich ihn immer noch vermisse. Immerhin habe ich das in den letzten acht Jahren jeden einzelnen Tag getan. Vielleicht ist es doch so, dass Leo ihn vermisst. Leo kennt seinen Dad nicht, aber das heißt nicht, dass er ihn nicht vermisst. Dass er nicht wissen will, wer er ist, wie er ist, wie er in das große Puzzle passt, das Leos Leben ausmacht. Wenn er aufwacht, vielleicht kann ich dann mit ihm über Mal sprechen. Vielleicht kann ich ihm vermitteln, ohne es wirklich aussprechen zu müssen, dass sein Dad ihn sehr lieben würde, wenn er könnte. Er hätte gar keine andere Möglichkeit, wo doch Leo das Beste ist, was er je geschaffen hat?

7

»Augen auf, Steph«, sagt er.

Ich will die Augen nicht aufmachen. Mir kommt es vor, als sei ich gerade erst eingeschlafen, und ich will nicht an den Ort zurückkehren, den ich eben verlassen habe.

Denn da ist ein wütender Mal, und dem will ich nicht gegenübertreten. Es ist zu viel für ein Wochenende, für den Tag nach meinem zehnten Hochzeitstag. Ich will hierbleiben, halb schlafend, halb wachend, gleichzeitig nirgendwo und überall.

Hier, wo ich nicht träume, wie ich es tue, wenn ich wirklich schlafe, und mir keinen Kopf mache, wie ich es tue, wenn ich vollständig wach bin.

Letzte Nacht war er überraschend zur gleichen Zeit ins Bett gekommen wie ich. Aber anders als sonst, wenn wir immer noch ein wenig plauderten über das, was wir am nächsten Tag alles vorhatten, hatte er sich schweigend ausgezogen und mir den Rücken zugekehrt. Er stand auf seiner Seite des Betts und ließ jedes einzelne Kleidungsstück auf den Boden fallen, während er nach und nach seinen starken Körper mit den langen, geschmeidigen Muskeln unter der Haut aus heller Sahne enthüllte.

Ich hatte ihm dabei zugesehen, wie er sich vollständig nackt auszog und dann unter die Decke glitt, als wäre ich gar nicht da. »'Nacht«, murmelte er noch, bevor er sich zum Fenster drehte.

Dann hatte auch ich mich schweigend ausgezogen und mein Kleid, BH und Slip wie immer gleich in den Wäschekorb getan. Ich hatte es versucht, ich hatte es wirklich versucht, aber ich konnte es nicht. Ich musste auf Mals Seite des Betts gehen und seine Kleider aufheben. Ich bringe es nicht über mich, seinen Kleiderhaufen einfach auf dem Boden liegen zu lassen. Das Zimmer sieht dann schmutzig aus. Und wenn das Zimmer schmutzig ist, dann führt das dazu, dass sich *alles* schmutzig anfühlt. Es gehört nicht viel dazu, Dinge wegzuräumen, aber es passiert sehr schnell, dass Dinge entgleiten. Wenn man seine Umgebung unter Kontrolle hat, sicherstellt, dass alles perfekt ist, dann ist es weniger wahrscheinlich, dass einem etwas Schlimmes passiert. Wenn man die Dinge nicht entgleiten lässt, zerbrechen sie auch nicht. Und wenn doch, dann lassen sie sich leichter wieder richten, weil das Chaos in einer perfekt geordneten Umgebung nicht lange währen kann.

Eigentlich wusste Mal doch Bescheid – offensichtlich war die Tatsache, dass er die Kleidung auf den Boden geworfen hatte, seine Art, mich zu ärgern. Oder vielleicht hatte er es gar nicht bewusst getan, um mir eins auszuwischen, vielleicht hatte er einfach keine Lust gehabt, zum Wäschekorb zu gehen, der sich auf der anderen Seite des Schlafzimmers befand. Aber wir waren immerhin lange genug zusammen, dass er wissen musste, dass das für mich wie ein Schlag in die Rippen war.

Während ich über den Teppich lief, blieb ich kurz stehen, führte sein Kleiderbündel an meine Nase, sog den Geruch ein. Mal, seine Essenz, erfüllte meine Sinne. Es war einer meiner Lieblingsgerüche. Rein wie Rosmarin, beruhigend wie Thymian, scharf wie Zimt, unterlegt mit einer spritzigen Note wie von Orangen. Ohne wirklich darüber nachzudenken, ließ ich seine Jacke und Hose in den Korb fallen und knöpfte sein cremefarbenes Hemd dann über meinen nackten Körper. Es war ein ziemlich teures Hemd, eng gewebt aus dicker Baumwolle und mit festen Nähten, und es roch nach ihm. Ich wollte – musste – mit seinem Geruch an meinem Körper schlafen gehen, um so zu tun, als wäre er bei mir. So zu tun, als sei er in mir gewesen und läge nun zusammengekauert neben mir. So zu tun, als hätten wir nicht beide unseren Hochzeitstag vergessen, als wären wir nicht schon viele Male in dieser Situation gewesen – als hätten wir nicht schon längst den ersten Schritt auf dem Weg zur Scheidung getan.

Der Gedanke an dieses Wort war es gewesen, der die Schrecken der Nacht aus ihrem Versteck gelockt hatte. Große, reißende Wellen der Panik überfluteten mich jedes Mal, wenn ich mich fragte, ob es das jetzt gewesen war, ob er mich jetzt verlassen würde. Wann genau er mich verlassen würde.

Und eine ebenso reißende Flut krachte durch mich hindurch, wenn ich mich fragte, was aus uns werden würde, wenn er mich *nicht* verließ. Ob wir mit den großen, unausgesprochenen Wahrheiten zwischen uns weiterleben mussten. Schon längst hatte ich angefangen, mich zu fragen, ob er mich überhaupt noch liebte. Er blieb bei mir, ja, aber war er hier, weil er mich liebte, oder weil er es als seine Pflicht betrachtete, sich an mich gefesselt fühlte?

Irgendwann, als meine Ängste ihre Tentakel um jeden Zentimeter meines Geistes geschlungen und sich an manchen Stellen noch um sich selbst gewickelt hatten, war ich eingeschlafen. Und dann war ich wieder aufgewacht, aber eben nicht ganz. Genau so, wie ich es mag. Schwebend im Nichts, zu schläfrig, um zu denken, zu wach, um zu träumen. Einfach nur in der Leere dümpelnd.

Und jetzt versucht er, mich wieder an die Oberfläche zu holen. Warum er denkt, dass ich hierher zurückkehren möchte, weiß ich nicht.

»Komm schon, Baby, ich weiß, dass du nicht schläfst, bitte mach die Augen auf.«

Na ja, wenn er mich Baby nennt und so nett fragt … Langsam stemme ich die Augen auf. Es ist noch dunkel, noch mitten in der Nacht, denn die Sonne ist noch nicht aufgegangen, und die Vögel haben noch nicht ihr Morgenlied angestimmt.

Er sitzt auf seiner Seite des Betts, über mich gebeugt, ein Lächeln auf dem Gesicht, ein Glitzern in den Augen, ein völlig anderer Mensch als der, mit dem ich zu Bett gegangen war. *Was ist passiert, dass er in den letzten Stunden eine solche Verwandlung durchgemacht hat?*

Er streicht mir mit dem Daumen über die Wange, und ich beiße mir auf die Unterlippe und frage mich, warum er sich benimmt, als liebte er mich wieder. »Ich dachte«, sagt er, ohne seine Augen von meinem Gesicht zu nehmen, »wenn wir uns ziemlich schnell auf den Weg machen, gleich beim Morgengrauen, könnten wir nach Paris fahren.«

»Paris?«

»Klar. Wir packen einfach unsere Reisetasche und suchen uns spontan was Schönes zum Übernachten. Und falls wir nichts finden, kommen wir zurück und suchen uns ein Hotel im Zentrum von London.«

Ich runzle die Stirn. »Warum das denn?«, frage ich.

»Um unseren Hochzeitstag zu feiern.«

»Ich dachte, du musst heute arbeiten.«

»Nein, muss ich nicht, ich rufe vom Zug aus in der Arbeit an. Ich werde ansonsten nicht erreichbar sein.«

»Warum?«, frage ich wieder.

»Um unseren Hochzeitstag zu feiern«, wiederholt er. »Hast du keine Lust?«

Natürlich hab ich das. »Hmmm …«, sage ich. »Vielleicht.«

»Was soll das heißen, vielleicht?« Er klettert auf mich drauf und setzt sich rittlings auf mich, die Knie sanft gegen meine Schenkel gestemmt. »Ach, da fällt mir gerade auf, dass du ein Hemd von mir anhast.« Er greift nach dem obersten Knopf. »Und vielleicht solltest du dir schon mal überlegen, wie du das wiedergutmachen kannst.«

»Nein, das sollte ich überhaupt nicht«, sage ich, während er fortfährt, mein Hemd aufzuknöpfen. Lust pulsiert durch meinen Körper, als er es schließlich mit einer dramatischen Geste auseinanderreißt. Seine Finger bewegen sich sanft über meine Haut, als würde er versuchen, mich zu lesen, während mein Körper immer mehr aufwacht vor Erregung.

Plötzlich senkt er sich auf mich herunter, bohrt seine Nase in meinen Bauchnabel und fängt an, mich zu kitzeln. Ich kreische auf und winde mich, versuche vergeblich, ihm zu entkommen. Er hält mich zwischen seinen Beinen fest, und wir lachen und johlen beide wie Kinder, während jeder versucht, den anderen zu zwicken, zu schubsen, nach ihm zu grapschen.

Schließlich packen Mals große Hände meine Handgelenke und nageln jedes davon auf einer Seite meines Kopfes fest. »Gibst du auf?«, fragt er, sein Gesicht nur einen Zentimeter von dem meinen entfernt. Sein Atem geht schnell.

»Ja«, stoße ich hervor und schnappe nach Luft. »Ja.«

»Okay«, sagt Mal und lässt meine Hände los, während er sich aufsetzt.

Ich fahre blitzschnell hoch und stürze mich auf ihn, versetze ihm einen Stoß in die Rippen und werfe ihn um. »Du Luder!«, ruft er nur, als er auf dem Bett landet und ich auf ihn klettere und nun meinerseits seine Handgelenke gegen die Matratze presse.

»Ich kann nicht glauben, dass du drauf reingefallen bist«, ich lache, als ich auf ihn hinuntersehe. Seine Haare sind in letzter Zeit gewachsen und liegen ihm in dicken Locken um den Kopf. Seine rostbraunen Augen und sein Mund strahlen vor Heiterkeit, seine Haut ist von einer leichten Röte überzogen.

»Ich glaub's selber nicht«, gibt er zurück.

»Okay, jetzt kann ich dich mal was fragen: Willst du wirklich nach Paris fahren?«

»Ja. Es tut mir leid, dass ich dir das sagen muss, Babe, ich weiß, der Sex zwischen uns ist fantastisch, aber ich bin verheiratet. Und ich liebe meine Frau. Und wir sind noch nie zusammen in Paris gewesen, daher will ich mit ihr dorthin fahren.«

»Warum, o, warum sind die besten Männer immer vergeben?« Erregung und Glück flattern in meinem Bauch herum wie ein Vogel im Käfig. So hat es sich angefühlt, als wir uns kennengelernt haben. Ich habe mich schon so lange nicht mehr länger als ein paar Sekunden so gefühlt.

Mal nutzt den Moment meiner Zerstreutheit, in der sich mein Griff um seine Handgelenke leicht gelockert hat, um mich auf den Rücken zu rollen. Bevor ich reagieren kann, öffnet er meine Beine und dringt in mich ein. Mein Körper unter ihm kommt mir ganz knochenlos vor, wie ein Fluidum, das sich mit ihm bewegt, sich reibungslos in die Kurven und Linien seines Körpers einfügt. Als ich aufstöhne, gräbt er sein

Gesicht ins Kissen. Ich erinnere mich daran, wie er immer meinen Mund mit dem seinen bedeckt hat, wie er jedes Seufzen, jedes Stöhnen oder Ächzen von mir – einfach jedes Geräusch, das ich machte – in sich aufnahm, als wolle er alles von mir haben, was er nur bekommen konnte, wenn wir miteinander schliefen. Aber das ist nur eine kleine Sache. Ich kann mich nicht mal mehr erinnern, wann er damit aufgehört hat. Es ist nur eine kleine Sache, und es ist nicht von Bedeutung. Wir sind wieder zusammen. Richtig zusammen. Als Mann und Frau. Als Frau und Mann. Als Steph und Mal.

Und es gibt nichts, was schöner sein könnte.

Er fand die Bilder in Mums Schuhschachtel, in der untersten Schublade unten in ihrem Schrank. Es waren viele, und alle Leute darauf trugen seltsame Kleider. Und dann war da auch eines mit ihm drauf, aber er war es gar nicht.

Die Haare von dem Jungen hatten die Farbe von Kieselsteinen am Strand, und er war weiß wie Nana Mer, und die Krawatte von seiner Schuluniform hatte eine ganz andere Farbe als die seine. Schnell rannte er zu Mum in die Küche und zeigte es ihr.

»Wer ist das, Mum?« Er hielt ihr das Foto hin.

Mum wischte sich die Hände an ihrer Schürze ab und nahm ihm das Foto aus der Hand und sah es ganz lange an. Eine Ewigkeit und noch viel länger. Dann sah sie ihn an, und ihre Augen waren nass. Sein Bauch wurde ganz komisch, weil er wusste, dass Mum gleich anfangen würde zu weinen.

»Das ist ein Junge, mit dem ich aufgewachsen bin«, sagte sie. »Aber er ist zu einem Mann geworden, den ich nicht kenne.«

Mum gab ihm das Foto zurück.

»Warum sieht er aus wie ich?«

Sie machte diese Sache, wo sie neben seinem Kopf ihre Finger rieb, um dann sein Gesicht zu streicheln. »Weil Gott mir manchmal gern Streiche spielt«, sagte sie. »Und es sind nicht immer lustige Streiche.«

Leo nickte, aber er wusste, dass das nicht der Grund war. Er wusste, der Grund war, dass dieser Mann sein Dad war. Dad war nicht sein richtiger Dad, und er sah auch nicht aus wie er. Aber Mum sah aus wie Grandma. Und David sah aus wie sein Dad. Und Richard sah aus wie sein Dad. Er wusste, wusste *es einfach, dass dieser Junge aussah wie er, weil er später, wenn er groß war, sein Dad werden würde.*

»Okay, Mum«, sagte er und lächelte sie an. Er sagte nicht, dass er wusste, dass dieser Mann sein Dad war, weil er wusste, dass Mum dann weinen würde.

Er rannte hinauf in sein Zimmer und versteckte das Foto in der Bücherkiste unter seinem Bett. Es gefiel ihm, zu wissen, dass es da war.

Leo, 5 Jahre alt

Dritter Teil

8

In diesen letzten vier Tagen ist es mir gelungen, den zwei Frauen aus dem Weg zu gehen, die über mich getratscht haben.

Was sie gesagt hatten, war ja eigentlich ziemlich zahm gewesen, im Vergleich zu all den Halbwahrheiten und haarsträubenden Geschichten, die die Leute sich immer über mich erzählt haben; aber es war ein Schock, dass es mir jetzt in meinem Erwachsenenleben passiert. Wo ich mir doch endlich erfolgreich eingeredet hatte, dass an mir nichts verkehrt ist.

Ich programmiere auf dem Laufband eine Stunde bei steilem Anstieg ein und drücke den Startknopf. Ich muss laufen. Vor der Arbeit habe ich es nicht mehr geschafft, weil Mal aus irgendeinem Grund heute früh mit mir schlafen wollte. So verzweifelt von ihm begehrt zu werden, ist ein seltenes Ereignis, dem ich nicht widerstehen konnte. Am Samstag waren wir nicht nach Paris gefahren, sondern hatten den Tag mit DVDs und Junkfood im Bett verbracht. Nach diesem ersten Mal im Morgengrauen hatten wir uns nicht noch einmal geliebt; wir haben gekuschelt, das war auch schon alles. Aber heute Morgen hat er sich in der Sekunde, als der Wecker ging und ich die Augen aufschlug, auf mich gestürzt. Und zwar nicht nur einmal. Er kam mir vor, als hätte er ein Aphrodisiakum geschluckt. Zweimal haben wir es im Schlafzimmer getrieben, dann noch mal in der Dusche, dann hat er sich noch mal an mich herangepirscht, als ich gerade an der Küchentheke stand und die Zeitung las, während ich darauf wartete, dass mein Toast heraussprang. In der Hast hat er tatsächlich die Naht meines (sehr teuren) Lieblingsslips zerrissen. Und dann in der Dusche schon wieder. Fünfmal an einem einzigen Morgen, das ist krass. Und er hat nur aufgehört, weil sein BlackBerry gepiepst hat, um ihn an ein Meeting mit den Vorstandsmitgliedern zu erinnern, das er absolut nicht verpassen durfte.

Jedes Mal war der Sex schnell, hektisch und ungewöhnlich hart gewesen, sodass nachher ein vages Gefühl von Distanz zwischen uns zurückblieb. Wenn ich es nicht besser gewusst hätte, hätte ich gedacht, dass er eine Affäre hat, oder zumindest im Begriff ist, eine zu haben, und dass er mit dem Sex nur seine Schuldgefühle loswerden will.

Aber er hat keine Affäre. Ich weiß das inzwischen. *Jetzt*, wo es zu spät ist, weiß ich, dass er das niemals tun würde.

Das Gelände fängt an, sich unter meinen Füßen zu heben, und ich fühle, wie es kommt, meine Lungen stoßen den Atem fester aus, mein Herz schlägt schneller, das Blut in meinen Adern beginnt zu rasen. Ich liebe das. Die Steigerung. Das Anschwellen bis hin zur Ekstase.

Ich will mich ja gar nicht darüber beschweren, dass Mal so scharf auf mich ist. Manchmal scheint er monatelang überhaupt nicht zu wissen, dass ich eine Frau bin, geschweige denn eine, die ihn auch noch anturnen könnte. Und die wenigen Male, die er sich an mich erinnert, fallen meist mit Momenten zusammen, wo mir gerade nicht danach ist, und dann muss ich entweder die Augen schließen und ihn gewähren lassen, oder eine Entschuldigung finden, um mich zu entziehen.

Nicht, dass er was dagegen hätte, wenn ich sagen würde: »Mal, ich fühle mich nicht so hundertprozentig gut im Moment, kann ich einfach allein ins Bett?« Es wäre ihm wahrscheinlich lieber. Es würde bedeuten, dass ich ehrlich bin. Er würde sich dann gar nicht mehr die ganze Zeit zu fragen brauchen, ob es ein Symptom war, sondern einfach wissen, dass es eins war. Wahrscheinlich vertraue ich mich ihm nicht an, weil ich es nicht ausstehen kann, wie er sich dann verändert. Er versucht, es sich nicht anmerken zu lassen, aber ich merke es jedes Mal, wenn ich ihm die ganze Wahrheit erzähle.

Es ist die Art, wie er anfängt, den Medizinschrank zu überprüfen und nach Beweisen zu suchen, oder wie er Rasierklingen und Schmerztabletten verschwinden lässt, oder wie er auf der Arbeit aufkreuzt, um mich abzuholen, und hinter meinem Rücken mit meinem Arzt spricht. Da hat man nur mal ab und zu einen kleinen Hänger, und der eigene Ehemann verhält sich, als wäre man eine Verrückte. Wenn man doch eigentlich, wie jede andere Frau da draußen auch, einfach nur launisch ist. Ich habe einfach nur meine Launen.

Ich war ein launisches Kind.

Ich war ein launischer Teenager.

Ich bin eine launische Erwachsene.

Keine große Sache, wenn man mich fragt. Aber eine riesengroße Sache, wenn man meinen Ehemann fragt.

Während ich mich dem Gipfel meines Berges nähere, spüre ich, wie mir der Schweiß in Strömen herunterläuft, genau wie ich es mag. Ich fühle mich innerlich gereinigt nach dem Laufen, gezähmt und gereinigt. Alles Schlechte ist weggeschwitzt mit einem guten, altmodischen Workout.

Für die letzten paar hundert Meter lege ich an Geschwindigkeit noch zu.

Vielleicht hat er ja Schuldgefühle wegen Freitagabend. Weil er vor allen unseren Freunden über mich – über uns – geredet hat. Seitdem muss ich ständig ihren Anrufen und E-Mails aus dem Weg gehen. Ich wappne mich dafür, dass Carole oder Ruth irgendwann bei mir in der Arbeit aufkreuzen. Oder vielleicht versucht Mal, genau wie ich mit meinem Gerenne auf einen steilen Berg, mit dem Sex einfach nur die Tatsache zu verdrängen, dass er die ganze Zeit an sie denken muss.

Ich habe schon Stunden im Internet zugebracht und gesucht und gesucht. Ein paar Informationsfetzen habe ich auch gefunden. Sie hat dann doch nicht angefangen, als Psychologin zu praktizieren, wie sie eigentlich vorgehabt hatte, sondern in der Nähe von Brighton irgendein Esoterik-Café eröffnet. Aber ich habe keine Bilder von ihr gefunden. Und was noch wichtiger war, auch keine Bilder von ihm.

Als ich aus dem Duschraum komme, in ein Handtuch gewickelt, das Haar in wirren Knäueln ums Gesicht geklatscht, sind diese Frauen im Umkleideraum.

Mein Herz setzt automatisch einen Schlag aus, und ich bleibe einen Moment auf der Schwelle stehen und frage mich, ob ich kehrtmachen und wieder gehen soll, bevor sie mich entdeckt haben.

Aber da trifft mich schon der Blick der Brünetten. Wie letzten Freitag weicht alle Farbe aus ihrem Gesicht. Wenn ich jetzt verschwinde, wird es so aussehen, als wäre ich entweder feige oder als hätte ich etwas Falsches getan. Und wo sollte ich schon hin? Zurück in den Duschraum und dort herumschleichen, sodass andere Frauen denken könnten, ich spinne? Und so dafür sorgen, dass noch weitere Leute über mich reden?

Den Blick fest auf die Wand gegenüber gerichtet, betrete ich den Raum und gehe direkt auf mein Schließfach zu. Ich tippe den Code ein, ziehe die Tür auf und halte sie sperrangelweit offen, um mich ein wenig vor den Blicken der anderen zu schützen, während ich meine Unterwäsche herausziehe. Das Handtuch über die Schulter gehängt, ziehe ich Unterhose und BH an und mache ihn zu.

Ich weiß, dass sie noch da sind, dass sie mich wahrscheinlich beobachten und versuchen, weitere Dinge zu finden, die sie der Liste von Unkorrektheiten hinzufügen können, die sie über mich erstellt haben. Ich kann sie flüstern hören, ich kann spüren, wie sie einander anstupsen. Ich warte jetzt noch drei Sekunden, und dann fahre ich zu ihnen herum und sag ihnen, sie sollen mir endlich erklären, was sie an mir auszusetzen haben, und zwar direkt ins Gesicht.

»Es tut uns wirklich leid«, sagt da unvermittelt die eine. »Das mit letztem Freitag, es tut uns wirklich leid.«

Ich ziehe meinen Jeansrock hoch und knöpfe ihn zu, wobei ich so tue, als hätte ich nichts gehört.

»Wir wollten nicht, dass du alles mithörst«, sagt die andere, während ich mein Top überziehe. Normalerweise würde ich mir wenigstens die Haare trocknen, aber ich muss hier so schnell wie möglich raus.

»Es ist doch nur, weil wir neidisch sind«, sagt die Erste.

»Ja, du bist einfach so unglaublich sportlich, während wir hier dauernd unserem Idealgewicht hinterherhecheln und es doch nie schaffen, dahin zu kommen«, fügt die andere hinzu.

»Es tut uns wirklich leid.«

Ich ziehe meine Jacke über, hole meine Tasche aus dem

Schließfach, werfe meine Turnschuhe auf den Boden und schiebe in jeden einen Fuß hinein, ohne vorher Socken anzuziehen. Ich mache mir nicht mal die Mühe, die Hinterseiten runterzuklappen, sodass ich wohl oder übel herumschlurfen muss.

Ich bin wirklich sauer, es ist reine, ungefilterte Wut, die durch meine Adern rauscht. Was soll ich denn jetzt machen, ihnen sagen, dass es nicht so schlimm ist? Ihnen zustimmen? Soll ich wirklich dafür sorgen, dass sie sich besser fühlen, indem ich sage, dass es Schlimmeres gibt auf der Welt? Dass ich vollstes Verständnis für sie habe?

Wie konnte es nur dazu kommen, dass ihr schlechtes Benehmen zu meinem Problem wurde? Die Leute, die »verdammte Hure« oder »verrücktes Weib« über mich an die Toilettenwände schrieben, haben wenigstens nicht von mir erwartet, dass ich ihnen vergebe.

Ich schmettere mein Schließfach mit solcher Kraft zu, dass die ganze Reihe heftig schwankt und umzustürzen droht. Gleichzeitig wirble ich herum und nehme die beiden ins Visier, stehe eine Sekunde lang stocksteif da und banne sie mit meinem wutentbrannten Blick. Sie weichen beide ein wenig zurück. Wahrscheinlich beben meine Nasenflügel, meine Augen sind wild und zu Schlitzen verengt.

Die Hinterseiten meiner Turnschuhe bohren sich in meine Fußsohlen, als ich aus dem Umkleideraum zu marschieren versuche. Sekunden später mache ich kehrt und gehe mehr schlecht als recht nochmals zurück. Direkt vor den Frauen bleibe ich stehen.

»Nur weil man einen attraktiven Mann hat, ist man noch lange nicht perfekt«, sage ich. »Und schlank sein reicht nicht aus, um eine gute Ehe zu haben. Nur weil ein Mann gut aussieht, bedeutet das nicht, dass er nicht alle möglichen Macken hat.«

Ich trug Schwarz. Ich trug ein schwarzes Designer-Shiftkleid, das ich in einem dieser Charity-Secondhandläden im Zentrum Londons gefunden hatte, wo die Celebrities gern ihre abgelegten Klamotten hinbringen. Es war schon von letzter Saison, aber ich wusste, ich konnte es mir leisten, wenn ich es mit ironischer Lässigkeit trug: Wenn ich meine Haare in einen leicht schlampigen Seitenknoten legte und flache Schuhe dazu trug, würde es so aussehen, als hätte ich zwar die Kleider dieser Saison zu Hause, wäre aber hip genug, um tragen zu können, was ich wollte und wann ich wollte, weil ich wusste, dass ich immer noch gut darin aussah. Als ich mir das Kleid zugelegt hatte, konnte ich mir eine Woche lang nichts mehr zum Essen kaufen, aber ich musste es einfach haben. Bei der Frage nach Mode oder Essen muss man einfach klare Prioritäten setzen. Wenn mir etwas gut stand, dann musste ich es haben, egal welche Opfer ich dafür zu bringen hatte. Mein Selbstbewusstsein ließ ich mir einiges kosten, denn es war ganz einfach so, dass ich mich auch gut fühlte, wenn ich gut aussah. Manchmal war mein Aussehen, das gepflegte Auftreten nach außen, tatsächlich das Einzige, was mich innerlich aufrechthielt. Manche Frauen füllten ihre innere Leere mit Essen, Arbeit, Alkohol, Drogen oder schlechtem Sex – bei mir war es so, dass ich mich unter allen Umständen »zusammenhalten« musste. Jeden Morgen Joggen, perfektes Make-up, tolle Kleider – kurzum, ich musste passend zurechtgemacht sein, um meine Rolle überzeugend spielen zu können.

Ich saß seit zehn Minuten allein in der Bar und wartete

auf ein paar Kolleginnen aus dem Kanzleisekretariat, mit denen ich mich verabredet hatte. Immer wieder sah ich auf meine Armbanduhr und unterdrückte ein Seufzen, als der große Zeiger sich auf die Fünf schob: 20.25 Uhr. Um 19.30 Uhr hatten wir uns in dieser coolen Bar gleich hinter dem Marble Arch verabredet, und ich war extra erst kurz nach acht gekommen, weil ich wusste, dass es einfach angesagt war, zu spät zu kommen – wir taten das alle. Dieses Mal hatten wir uns allerdings selbst übertroffen. Da keine von uns damals ein Handy besaß, waren wir immer noch darauf angewiesen, Verabredungen zu treffen und uns daran zu halten, oder eine Telefonzelle zu benutzen.

Ich wollte nicht allein an einem Nischentisch sitzen, also stand ich mit einem Drink an der Bar und ließ meinen Blick über die anderen Gäste schweifen. Für diese Uhrzeit an einem Freitagabend war es sehr ruhig und leer. Vielleicht hatte Candace, die immer gut informiert war, ja etwas falsch verstanden, vielleicht war das gar nicht die angesagte Bar, die wir erwartet hatten. Es waren eigentlich gar nicht viele Männer da, und auch nicht die Art Frauen, die von den Männern üblicherweise angebaggert wurden. An den Tischen saßen ein paar Typen, die wohl gerade von der Arbeit kamen, aber ich konnte keinen sehen, der mich besonders interessiert hätte. Also wandte ich mich wieder der Theke und meinem Drink zu. Ich würde mir nur noch einen weiteren leisten können, und so versuchte ich, den Cocktail in die Länge zu ziehen, indem ich mit dem Strohhalm im Eis herumrührte, wie das üblich war bei Leuten, die sparen mussten. Ich war bekannt dafür, dass ein Drink bei mir die ganze Nacht hielt, insbesondere in der letzten Woche vor der nächsten Gehaltsüberweisung.

Als ich den Blick von meinem Glas hob, stand er da. Stand einfach so neben mir, aufgetaucht aus dem Nichts, oder jedenfalls kam mir das so vor. »Hallo«, sagte er. Ich hatte ihn vorher nicht gesehen – er wäre mir sicher aufgefallen, wenn er da gewesen wäre. Ich bin mir sicher, dass so gut wie jeder ihn bemerkt hätte. Er war groß und hatte dunkelblonde Haare, die an Honig erinnerten und ihm in jungenhaften Locken um den Kopf lagen. An seinem markanten Gesicht fiel der ausgeprägte Kiefer auf, und er hatte einen Körper, der mir vorkam wie gemeißelt; er trug einen blauen, sehr leichten Pullover mit V-Ausschnitt und ausgebeulte braune Cordhosen, die seine schmalen Hüften betonten. Am Handgelenk trug er eine Uhr, und das war's. Schlicht und einfach gekleidet, aber verheerend attraktiv.

Statt etwas zu erwidern, lächelte ich nur zurück, weil ich sprachlos war. Er hatte mich gemeint. Dieser Gott von einem Mann hatte mich gemeint. Ich wurde zwar die ganze Zeit von Männern angemacht, aber von keinem ... von keinem solchen. Er war nicht meine Liga, ganz bestimmt nicht. *Ganz bestimmt nicht.*

»Ich hab dich vorhin hier hereinkommen sehen, als ich gerade wegging, und da habe ich beschlossen, dass ich, wenn ich bei der U-Bahn-Haltestelle Oxford Circus immer noch an dich denken würde, zurückkomme und dich anspreche.«

Ich stellte im Kopf schnell ein paar Berechnungen an: Zu Fuß brauchte er zum Oxford Circus zehn, fünfzehn Minuten, dann noch mal dieselbe Zeit zurück; was also bedeutete, das er mir gerade weismachen wollte, dass ich ihm seit einer halben Stunde im Kopf herumspukte. Seit einer halben Stunde. Ich träumte doch nicht, oder? All die romantischen

Geschichten, die man aus Filmen und Büchern kannte, konnten also tatsächlich wahr werden: Da draußen ist jemand, der perfekt zu dir passt, und du wirst es vielleicht nie erfahren. Er hatte eine halbe Stunde an mich gedacht, nachdem er einen einzigen Blick auf mich geworfen hatte. So was war mir noch *nie* passiert. Und das bei so einem Typen. Bei *so* einem Typen.

»Na ja, nun hast du mich also angesprochen«, sagte ich schließlich. Ich bemerkte, wie schön seine dunklen, rostbraunen Augen waren. »Wie geht's jetzt weiter?« Ich klang unglaublich cool und gelassen, obwohl mein Herz in Wirklichkeit raste. Dann trafen sich unsere Blicke, und alle meine Gedanken verdampften. Nachdem sein Blick erst für gähnende Leere in meinem Kopf gesorgt hatte, bewegte sich seine Wirkung weiter zu meinem Herzen und brachte es dazu, so laut und heftig zu klopfen, dass es schmerzte.

Er schüttelte den Kopf, ohne die Augen von mir abzuwenden. »Ich habe nicht die geringste Ahnung.« Dann lächelte er, und ich dachte, mein Herz würde explodieren. »Mir hat mal jemand geraten, ich solle immer an den Kuss denken, wenn ich mit einer Frau spreche, die ich wirklich mag.«

»Den Kuss?«, hauchte ich, während mein Blick zu seinen Lippen huschte. Sie waren gut durchblutet und fest und passten sehr wahrscheinlich perfekt zu meinem Mund.

Er nickte. »Kurz, umwerfend, süß und sexy. KUSS.«

»Kuss«, wiederholte ich. Wir redeten also übers Küssen. Wir hatten uns gerade erst kennengelernt, aber schon lag ein Kuss auf unseren Lippen.

»Sie wird mich nicht mehr ausstehen können, wenn ich ihr das erzähle«, sagte er.

Sie?! Meine Gedanken an eine Hochzeit im Frühjahr wurden mit einem schmerzhaften Kreischgeräusch abgewürgt, als würde eine Nadel über eine Schallplatte kratzen. *Warum redete mein Zukünftiger über eine andere Frau? Weiß er denn nicht, dass sich das nicht gehört?*

»Von wem sprichst du?«, fragte ich, ein dünnes Lächeln auf dem Gesicht. Tapfer versuchte ich, mich dafür zu wappnen, was ich gleich zu hören bekäme: Dass er eine Freundin hatte und nur mit mir flirtete, weil ich einfach unwiderstehlich war. Ein klarer Euphemismus für: Du bist nur eine kleine Abwechslung für mich. Oder, schlimmer noch, vielleicht hatten sie eine offene Beziehung, und er durfte zwar mit anderen Frauen schlafen, allerdings nur unter der Prämisse, dass er immer mit ihr zusammenblieb. Oder …, ich fühlte, wie sich mein ganzer Körper vor Entsetzen sträubte bei der Vorstellung: Vielleicht waren sie Swinger. Ich hatte in verschiedenen Zeitschriften schon darüber gelesen. Sie machten Partnertausch oder hatten es womöglich auf einen flotten Dreier abgesehen. Vielleicht zielte er darauf ab.

»Von meiner besten Freundin, Nova. Sie hat mir sozusagen befohlen, dass ich heute Abend ausgehen soll, weil sie das Gefühl hatte, dass ich jemand Besonderen treffen würde. Sie hat öfters solche Vorgefühle. Heute hat sie mich sechsmal angerufen, um sicherzugehen, dass ich wirklich ausgehe. Sie sagte, ich würde es für den Rest meines Lebens bereuen, wenn ich es nicht täte. Ich habe ihr natürlich erklärt, dass es, wenn ich nicht ausgehe, ja gar keine Möglichkeit gibt, zu beweisen, dass ihre Theorie richtig war; und wenn ich doch ausgehe und dann niemanden treffe, dann würde sie das sicher damit erklären, dass ich einfach nicht am richtigen Ort war. Wie auch immer die Sache läuft, sie gewinnt immer … Allerdings bin ich froh, dass ich ihren Rat befolgt habe.«

Er lächelte wieder. Jeder Gedanke an diese Frau, diese Freundin, flog aus meinem Kopf wie Staubpartikel aus einem Zimmer fliegen, wenn plötzlich alle Fenster aufgerissen werden. Ich sah nur noch, wie die Linien in seinem Gesicht weich wurden, als er die Mundwinkel nach oben zog, um zu lächeln. In diesem Moment wusste ich, dass ich von nun an nie mehr von einem anderen Mann angelächelt werden wollte. Und ich wollte auch nicht, dass er irgendeinen anderen Menschen so anlächelte. Er sollte nur mir ganz allein gehören.

»Na ja, oder jedenfalls bin ich froh, dass ich ihren Rat befolgt habe, wenn ich deine Telefonnummer bekomme.«

»Du hältst mich vielleicht für altmodisch, aber ich bevorzuge es, den Namen eines Mannes zu kennen, bevor ich ihm meine Nummer gebe«, sagte ich. »Schon allein um zu wissen, wer dran ist, wenn man ans Telefon geht.« Ich war tatsächlich schlagfertig. Offensichtlich schien er diese Wirkung auf mich zu haben. In meinem ganzen Leben war ich nicht besonders geistreich gewesen, und nun plänkelte ich tatsächlich mit ihm herum. Einen Moment lang fragte ich mich schon, wem das Kleid wohl gehört hatte. Ob mir vielleicht, indem ich es trug, der Glamour irgendeiner Filmdiva anhaftete.

Sein kleines Lachen ließ seine sowieso schon leuchtenden Augen noch heller funkeln.

»Mein Name ist Mal. Und deiner beginnt mit einem S, stimmt's?«

Ich riss die Augen auf. »Woher weißt du das? Hat dir das etwa auch deine Freundin erzählt? Ist sie Hellseherin oder so?«

»Nein, nein. Manche Leute behaupten das zwar, aber davon hält sie nichts.« Sanft legte er seinen Finger unter das Grübchen in meiner Kehle. »Deine Kette.«

Meine Kette mit dem »S«! Ich spürte, wie mir die Farbe ins Gesicht stieg. Ach, wie peinlich! Er musste mich ja für eine Idiotin halten. »Oh. Ja. Stimmt. Mein Name beginnt tatsächlich mit einem S. Stephanie. Ich heiße Stephanie. Oder Steph.«

»Steph.« Mein Name fiel weich von seiner Zunge, eine kurze, süße Melodie. Obwohl er seinen Finger schon wieder von meiner Kehle genommen hatte, fühlte ich noch die Wärme von seinem Druck, wie einen leichten, kleinen Brand auf der Haut. »Du bist süß, wenn du rot wirst. Noch süßer.«

»Und du heißt Mal wie?«, erwiderte ich, seine Worte ignorierend, weil ich wusste, dass sie mich noch mehr zum Erröten gebracht hatten.

»Wacken. Ich heiße Mal Wacken. Genügt das, um deine Nummer zu kriegen?«

»Ich glaube ja.«

Meine Finger zitterten vor Aufregung und Fassungslosigkeit, als ich die Nummer des Münztelefons draußen vor meiner Wohnung – ein eigenes Telefon konnte ich mir nicht leisten – auf einen Zettel schrieb.

»Ich kann es gar nicht erwarten, Nova zu erzählen, dass ich die Nummer von der schönsten Frau Londons bekommen habe«, sagte er.

»Du kannst dir die Schmeicheleien jetzt sparen, du hast ja meine Nummer schon.«

»KUSS, weißt du noch? Kurz und umwerfend, Schmeicheleien sind mir viel zu elaboriert. Ich habe es ehrlich gemeint.«

Ich war inzwischen so rot, dass ich das Gefühl hatte, ich glühte unter meinem sorgfältig aufgelegten Make-up.

»Okay, Steph, ich muss jetzt gehen. Darf ich dich morgen anrufen, oder ist das zu früh?«

»Nein, das ist nicht zu früh«, erwiderte ich.

»Bis bald also«, sagte er mit einem Grinsen, aber ohne sich von der Stelle zu bewegen.

»Ja.« Ich nickte. »Bis bald.«

»Du hast vielleicht bemerkt, dass ich immer noch da bin«, sagte er. »Ich finde es schwer, mich von dir wegzubewegen.«

»Ich würde wirklich gern rangehen, wenn du anrufst«, sagte ich. »Aber ich werde es nicht tun, wenn du weiterhin so dick aufträgst. Vergiss nicht, was deine Freundin gesagt hat.«

Seine Augen hingen an meinen Lippen. »Kuss«, sagte er. »Bis morgen, Steph.«

»Bis morgen, Mal.«

In der Sekunde, als er das Lokal verließ, stürzten sich Candice und Liz auf mich.

»Oh, mein Gott!«, kreischte Candice. »Wer war das denn?«

Ich sah, wie er eine Hand hob, um zu winken, und ich winkte zurück, während er zur Tür hinausging. »Oh, niemand«, sagte ich, und meine Augen waren immer noch auf die Tür gerichtet, die hinter ihm zugefallen war. »Nur der Mann, den ich heiraten werde.«

»Und wisst ihr was? Nicht jeder kommt ins Fitnesscenter, um sein Traumgewicht zu erreichen oder gar dürr wie ein Supermodel zu werden. Manche Leute müssen Sport treiben, weil es sie am Leben hält und vor dem Wahnsinn bewahrt. Hier oben im Kopf. Wo es wirklich drauf ankommt.«

Er kannte meinen Körper. Er kannte jedes Muttermal, jede Pore, jede Falte, jede Unebenheit und jede Delle. Alles Perfekte und alles nicht Perfekte. Und er hatte die letzten beiden Stunden damit zugebracht, jeden Quadratzentimeter meines Körpers zu markieren, und zwar mit seinen Händen, seinem Mund, seiner Zunge, seinen Augen, seinem Leib.

Ich war immer scheu, wenn ich einen neuen Mann kennenlernte. Voller Angst, wie er reagieren würde, was er denken würde, wenn ich keine Kleider mehr anhatte und das Licht zwar gedämpft genug war, um so manchen Makel zu verschleiern, aber doch wieder hell genug, um darauf aufmerksam zu werden.

Mal hatte mich langsam ausgezogen, jedes Stück Haut küssend, das er bloßlegte, jedes Stück Haut berührend, das er enthüllte, jedes Stück Haut untersuchend, das sich seinem Blick bot. Es schien Stunden zu dauern. Stunden, in denen ich seine Konzentriertheit auskostete, bis ich kaum mehr atmen konnte vor Begehren. Er küsste mich überall, als ich nackt war. Er streichelte mich überall, als ich entblößt war. Er liebte mich zuerst mit den Augen, dann mit den Fingern, dann mit dem Körper.

Wir vögelten nicht miteinander. Sondern wir liebten einander. Es war der Ausdruck von dem, was ich für ihn empfand. Obwohl es erst zwei Monate her war, seit wir uns zum ersten Mal begegnet waren und wir in unausgesprochener Übereinkunft beschlossen hatten, bis jetzt zu warten mit dem ersten Mal, wusste ich, dass ich ihn liebte. Er war mein für immer. Ich hatte es gewusst, als ich ihn in der Bar getroffen hatte, ich hatte es jedes Mal gewusst, wenn wir uns wiedersahen und miteinander redeten. Und ich wusste es jetzt, wo ich zusammengerollt wie eine glückliche, selige, hochzufriedene Katze in seinen Armen lag.

Es machte nichts, dass wir auf einem alten, verklumpten, rückenfeindlichen Futon lagen, den ich geschenkt bekommen hatte, als ich in meine Wohnung eingezogen war. Wir hörten nicht den Wasserhahn, der im Spülbecken tropfte, und rochen nicht den muffeligen Schimmelgeruch, der aus jeder Zimmerecke wuchs und im Moment besonders intensiv war, weil es viel geregnet hatte. Nichts von alledem machte uns etwas aus. Wir waren zusammen. Und er liebte mich. Er hatte es nicht gesagt, aber die letzten paar Stunden hatten mir gezeigt, dass es so war.

»Ich muss dir was sagen«, flüsterte er, während seine Finger durch mein Haar strichen.

Ich antwortete nicht. Für einen Moment erwog ich, so zu tun, als schliefe ich, sodass er nicht sagen konnte, was er sagen wollte, und somit die heutige Nacht nicht neu definieren konnte. Sogar das von mir verzweifelt ersehnte »Ich liebe dich« wollte ich jetzt noch nicht hören. Ich wollte, brauchte möglichst viele Seifenblasen mit perfekten Erinnerungen darin. Das war wichtig für mich. Wenn die Geschichte eine schlechte Wendung nahm – was natürlich nicht passieren wird –, wollte ich so viele Szenen wie möglich haben, an die ich mich in meiner Erinnerung klammern konnte. Sie würden dann in meinem Kopf strahlen wie Leuchtfeuer, sodass ich mir immer einen Weg zurück zu glücklicheren Zeiten bahnen konnte. Und so wollte ich für den heutigen Tag die Erinnerung haben, wie wir uns zum ersten Mal geliebt haben. Und dann wollte ich eine weitere

Erinnerung haben, wie er mir sagte, dass er mich liebte. Sie sollten in einer Reihe stehen mit der Erinnerung daran, als ich ihn zum ersten Mal getroffen hatte. Und mit der Erinnerung an seinen ersten Anruf. Der Erinnerung an unseren ersten Kuss. Der Erinnerung, wie wir im Hyde Park kalte Fischstäbchen gegessen und warmes Ingwerbier getrunken hatten. Der Erinnerung, wie er zum ersten Mal auf der Straße meine Hand genommen und so der Welt gezeigt hatte, dass wir zusammen waren – zwei, die eins geworden waren. All diese Erinnerungen glitzerten wie Juwelen im Schmuckkästchen meiner Seele. Ich wollte nicht, dass sie zerstört wurden, von dem, was er mir vielleicht zu sagen hatte.

»Nova kann nicht glauben, dass ich es dir nicht schon längst gesagt habe.«

Die schon wieder. Wäre sie nicht gewesen, dann wäre er an dem Abend, als wir uns kennenlernten, nicht ausgegangen, und so gab es in meinem Herzen einen winzigen Splitter Dankbarkeit, der immer dort für sie leben würde. Aber wieso musste er ausgerechnet jetzt wieder mit ihr anfangen? Er sprach sowieso schon viel zu häufig über sie, warum musste sie auch bei unserem ersten Mal dabei sein? Ich drehte mich in seinen Armen um, sodass ich sein Gesicht sehen konnte. Dann fuhr ich mit dem Zeigefinger langsam die Umrisse seiner Lippen nach, die vom vielen Küssen ganz zerdrückt und rot wie überreife Erdbeeren waren. Es war ein Versuch, seinen Mund zu versiegeln, eine Erinnerung daran, warum man besser einschlief, nachdem man sich geliebt hatte.

Er nahm meine Hand sanft in die seine, größere, küsste meine Finger und drückte sie dann ans Herz. Offensichtlich schien er entschlossen, zu sprechen.

»Es ist wegen meines Namens«, sagte er.

»Du heißt gar nicht Mal Wacken?«, fragte ich, verwirrt und ein wenig erschrocken.

»Ja und nein.«

»O Gott«, sagte ich mit einem kleinen Stöhnen, »du willst mir doch jetzt nicht etwa erzählen, dass du früher mal eine Frau warst und Natalie geheißen hast oder so? Denn wenn das so sein sollte, dann würde ich den Rest meiner Tage lieber in seligem Unwissen zubringen. Die OP hat wirklich gut funktioniert, es sind keine Narben geblieben, alles Zubehör funktioniert wunderbar, lass uns daher einfach so tun, als ob du als Mann geboren wärst, dann sterbe ich als glückliche Frau.«

»Nein, es ist was ganz anderes. Mein Name, mein voller Name, ist Malvolio.«

Ich lachte, er war wirklich lustig. Kaum jemand würde diesen Witz kapieren, aber wir hatten uns am Abend des Zwölften kennengelernt. *Twelfth Night* von Shakespeare, *Was ihr wollt* – darin kam ein Malvolio vor. Ich kuschelte mich an ihn, während ich höflich über seinen Witz lachte. »Sehr angenehm, dich kennenzulernen, Malvolio«, sagte ich kichernd. »Ich heiße Steph, aber du kannst mich Sebastian nennen, wenn du Transvestiten magst.«

Er seufzte. »Deswegen hat Nova auch gesagt, dass ich es dir schon längst hätte sagen sollen«, fuhr er fort. »Sie wusste, dass du es für einen Scherz halten würdest.«

Das Kichern stockte in meiner Kehle, und mein Körper versteifte sich, während ich peinlich berührt die Augen schloss. O nein, ich hatte es für einen Scherz gehalten und über seinen Namen gelacht! Als ich es wagte, die Augen wieder aufzuschlagen und ihn anzusehen, sah ich aber keine

Spur von Verlegenheit oder Wut in seinem Gesicht. »Du heißt also wirklich Malvolio?«

Er nickte. »Ja, ganz ehrlich. *Was ihr wollt* war das Lieblingsstück meiner Mutter oder so.« Er zuckte die Schultern, nonchalant und ungeniert. »Keiner weiß so genau, wie sie draufgekommen ist, und angeblich haben alle versucht, es ihr auszureden. Novas Eltern sagten, sie hätten sie gebeten, mir das nicht anzutun, aber sie war einfach nicht davon abzubringen. Also wurde ich Malvolio getauft.«

»Bist du in der Schule wegen deines Namens gehänselt worden?«

»Ach, da gab's andere Dinge, warum sie mich in der Schule schikaniert haben«, sagte er, wobei seine Worte bitter klangen. »Aber die meisten Leute nannten mich sowieso nur Mal, seit ich etwa neun war. Nur meine Mum und Novas Eltern nennen mich Malvolio, und manchmal auch Novas Schwester Cordelia, wenn sie versucht, lustig zu sein.«

Ich wusste nicht, was ich sagen sollte. Ich fragte mich für einen Moment, ob ich es vorgezogen hätte, wenn der Sex zwischen uns alles verändert hätte. Dann hätte ich das mit dem Namen vorschieben können. Es war ja auch wirklich ein blöder Name … Allein das alberne Gekicher in der Kirche, wenn wir uns das Jawort geben würden – ich konnte mir nicht vorstellen, dass irgendjemand *nicht* lachen würde. Den Rest unseres Lebens würden irgendwelche Leute auf die Idee kommen, sich Witze über *Was ihr wollt* auszudenken. Ich hatte aber keine Lust, das Ziel solcher Witze zu sein und irgendjemandem Grund zu geben, sich über mich lustig zu machen. Es überraschte mich, als mir in diesem abgedunkelten Raum, in dem kein Geräusch zu hören war als das des tropfenden Wasserhahns und unseres Atems, klar wurde, dass Mal das überhaupt nichts auszumachen schien. Offensichtlich war er ein wirklich selbstbewusster Mensch. Nicht prahlerisch oder arrogant, einfach nur stabil. Sein innerer Kern war ruhig und unerschütterlich, wie es nur wahres Vertrauen möglich macht. Wenn man so war, konnte man jede Situation meistern, einfach weil man sicher war, dass man mit ihr umgehen konnte.

Mal, *Malvolio*, konnte mit allem umgehen.

»So, dann würde ich gern mal auf diesem Mann namens Malvolio reiten«, sagte ich, indem ich auf ihn kletterte und mir seinen festen Leib zwischen die Schenkel klemmte.

»Sehr gute Idee«, sagte er mit einem Lächeln. Seine großen, starken Hände schoben sich an den Seiten meines Körpers hinauf und blieben dann auf meinen Brüsten liegen, während ich mich nach hinten bog und mich sanft zu ihm hin bewegte, eine Aufforderung, unser Spiel weiterzutreiben.

Ich musste ihm von mir erzählen, das wusste ich. Ich hatte es von Anfang an gewusst. Die Sache mit seinem Namen sprach auf jeden Fall für ihn, dachte ich jetzt. Sie zeigte mir, mit wem ich es zu tun hatte, sie bewies mir, dass er die Kraft hatte, die er brauchen würde, wenn ich ihm die Wahrheit über mich erzählte.

»Und vielleicht ist es ja so, dass dein Mann zwar keine andere ansieht, aber sein Herz doch nie ganz bei dir ist. Und wie unterbindest du das? Wie unterbindest du es, dass er gleichzeitig dich liebt und jemand anderen? Wie? Indem du schlank bleibst? Ihr könnt mir glauben, das funktioniert nicht immer. Eigentlich nie. Wie kannst du ihn also daran hindern, sein Herz in zwei zu teilen und dir nur die eine Hälfte zu geben? Wenn du doch eigentlich die sein solltest, die es ganz bekommt, wie kannst du dich mit der Hälfte begnügen?«

Nova. Nova. Nova. Das war alles, was ich von ihm hörte. Jedes dritte Wort, das aus seinem Mund kam, war Nova. Warum heiratest du sie nicht einfach?!, war ich bei mehr als einer Gelegenheit versucht, zu sagen.

Was ist Nova überhaupt für ein komischer Name?, dachte ich, als Mal und ich das Kopfsteinpflaster in East London hinunter zur Pool Bar wanderten, um die unglaubliche Nova zu treffen.

Wer auf Erden heißt denn schon Nova? Würde nicht jeder vernünftige Mensch seinen Namen ändern, wenn er so heißen würde? Würde er nicht versuchen, sich den anderen Leuten anzupassen? Außer du willst auffallen, natürlich. Außer du willst, dass die Leute sich an dich erinnern. Außer du hältst dich für so besonders, dass du so einen lächerlichen Namen haben *musst.*

Zugegeben, Mal hatte einen genauso ungewöhnlichen Namen wie sie – oder vielleicht sogar noch ungewöhnlicher. Aber wenigstens machte er sich die Mühe, sich anzupassen, indem er ihn zu Mal verkürzte. Sie hingegen … Sie hatte das wohl nicht nötig.

Ich wusste schon im Voraus, wie sie aussah. Ich hatte sie noch nie getroffen, ich hatte keine Bilder von ihr gesehen, aber ich wusste genau, wie sie aussah: groß und gertenschlank, naturblonde Haare bis zur Taille, perfekt geschminkt. Sicherlich würde sie enge Jeans tragen – Marke Guess wahrscheinlich, weil sie es sich leisten konnte –, sodass sie ihren perfekten Hintern herzeigen konnte, wenn sie sich beispielsweise über den Billardtisch beugte, um die Kugel mit einem gekonnten Stoß ins Loch zu befördern.

Die Art und Weise, wie Mal ununterbrochen über sie redete, machte deutlich, dass er total auf sie abfuhr – und sie das auch wusste. Sie waren zusammen aufgewachsen, hatte er mir erklärt, aber sie waren nie ein Paar gewesen. Offensichtlich hätte er das aber gerne gewollt. Das konnte wirklich ein Blinder sehen. Schon die Art und Weise, wie er immer ganz lebhaft und aufgeregt wurde, ja, geradezu zum Leben erwachte, wenn er über sie sprach. Mir war auch klar, dass sie unglaublich selbstbewusst sein musste: Wer einen solchen Namen hatte, mit fünfundzwanzig Jahren schon Geschäftsführerin eines Cafés war und gerade seinen Doktor in Psychologie gemacht hatte, musste sich ja förmlich für ein Geschenk Gottes ans Universum halten. Und offensichtlich nutzte sie Mals Gefühle schamlos aus.

Es war die einzig mögliche Erklärung, warum ein so toller Mann wie er so lange Single war: Sie hatte es in Wirklichkeit doch auf ihn abgesehen. Wahrscheinlich war es so, dass er seiner Nova immer gleich erzählte, wenn er eine Frau kennenlernte. Nichts Böses ahnend stellte er die Neue dann irgendwann Nova vor, und Nova mochte nun mal die Idee nicht, dass sie im Begriff war, ihre Stellung als wichtigste Person in seinem Leben zu verlieren. Also schmiss sie sich kurzerhand in ihre sündhaft teure Spitzenunterwäsche, die sie für solche Fälle parat hielt, warf sich einen Regenmantel über und tauchte ganz unvermittelt in Mals Wohnung auf. Noch im Flur machte sie ihm dann kaltblütig ihr Angebot: »Lass die Frau sausen, dann darfst du mir an die Wäsche.« Vielleicht schaffte er es sogar noch für ein Weilchen, ihr zu widerstehen, vielleicht versuchte er ihr zu erklären, dass er diese letzte Freundin wirklich mochte, mehr als die anderen. Aber sie knöpfte dann einfach ihren Regenmantel auf und ließ ihn einen Blick auf die schwarze Spitze erhaschen, die ihre prallen, sahneweißen Brüste kaum zu halten vermochte, und die gerade eben noch ihre Scham mit dem schmalen Haarstreifen in der Mitte, den sie nach dem Rasieren übrig gelassen hatte, bedeckte, und er sank in sich zusammen wie ein Papiertaschentuch. Gierig grapschte er dann nach ihrer Unterwäsche, zerriss sie sogar vor lauter Ungeduld – es war ihr egal, sie konnte sich ja jederzeit neue kaufen – und vögelte sie gleich an Ort und Stelle im Stehen gegen die Flurwand.

Indessen wartete die arme, unbedarfte neue Freundin auf seinen Anruf und hatte keine Ahnung, dass sie verarscht wurde.

Die ganze Zeit, seit er vorgeschlagen hatte, dass ich *Nova* kennenlernen sollte, hatte ich mich innerlich darauf vorbereitet, dass ich schon bald aus seinem Leben verschwinden würde. Viermal hatte ich die Verabredung schon abgesagt, nur um noch etwas mehr Zeit mit ihm verbringen zu können. Damit ich sichergehen konnte, dass der Sex zwischen uns so toll war, dass er nicht an jemand anderen denken würde. Damit ich nicht meine Rivalin treffen und mich selbst als mangelhaft erkennen musste. Aber jetzt konnte ich nicht schon wieder absagen. Ich musste unbedingt dafür sorgen, dass ich ihn nach diesem Treffen nicht zu lange allein ließ, damit sie sich gar nicht erst an ihn heranwanzen und ihre Forderungen stellen konnte.

In der Bar waren nur drei Männer – zwei von ihnen spielten Billard am Mitteltisch, einer saß an der Bar und war in den Anblick seines Drinks versunken – und der Barkeeper zu sehen. Keine Spur von ihr. Wir waren ein wenig spät dran – was meine Schuld war, ich hatte Mal noch absichtlich in seiner Wohngemeinschaft zu einem Quickie verführt –, sie hätte also eigentlich schon da sein müssen. Mein Herz hüpfte vor Freude. Vielleicht war sie schon wieder gegangen, vielleicht hatte sie es nicht geschafft – was auch immer der Grund war, ich hatte jedenfalls eine vorübergehende Aussetzung der Zwangsvollstreckung erreicht. Wenigstens musste ich nicht gleich dieser *Nova* gegenübertreten. Wenigstens blieb mir mein Freund noch für einen weiteren Tag erhalten.

In diesem Moment ging auf der anderen Seite des großen, rauchgeschwängerten Raums mit seiner weiten, kreisförmigen Bar und den großen grünen Billardtischen die schwarze Toilettentür auf, auf der ein kleines Abzeichen in Form eines pinkfarbenen Billardtischs prangte, und plötzlich war sie da. Ich wusste sofort, dass sie es war. Sie lächelte uns zu, winkte ein wenig, und als wäre das die Initialzündung gewesen, spürte ich, wie Mal neben mir erstrahlte, während er ihr Lächeln erwiderte. Mir gingen in schneller Folge drei Dinge durch den Kopf, während ich nach einem nicht allzu unpassenden Lächeln kramte, das ich auf mein Gesicht zaubern konnte:

1. Er hat mir nicht gesagt, dass sie schwarz war.
2. Er hat mir nicht gesagt, dass sie so unglaublich schön war.
3. Es war alles aus zwischen Mal und mir.

Mal besorgte uns was zu trinken und ging dann mit dem Mann, der an der Bar saß, Billard spielen. Sie kannten einander flüchtig, und er wollte uns offensichtlich alleine lassen, damit wir uns beschnuppern und schnell Freundinnen werden konnten. Als ob das jemals möglich wäre.

Ich hatte zwar bemerkt, wie sie mich aufmerksam gemustert und mit Blicken geröntgt hatte, aber es war mir nicht gelungen, ihre Gedanken zu lesen. Darin waren Mal und sie sich ähnlich, sie konnten ihre Gedanken gut hinter einem ausdruckslosen Gesicht und einem wohlwollenden Lächeln verbergen. Ich trug das Kleid, das ich auch getragen hatte, als ich Mal kennengelernt hatte. Es war mein Talisman, mein Zaubermittel, das mir hoffentlich dazu verhelfen würde, die teuflische Bedrohung dieser »Freundin« zu bannen. Ich hatte es mit Jeans kombiniert und mit diesen tollen, mit Steinen besetzten Sandalen, die ich mir von Candice geborgt hatte. Und ich hatte Stunden damit zugebracht, mich so perfekt zu schminken, dass ich aussah, als wäre ich ungeschminkt. Ich wollte natürlich aussehen, lässig, wie eine Frau, die Klasse hat.

Es war deutlich, dass sie sich wegen des Treffens mit mir keinen derartigen Stress gemacht hatte: Sie trug keinen Hauch Make-up, aber ihre Haut leuchtete, und ihre braunen Augen waren riesengroß und mit den längsten natürlichen Wimpern ausgestattet, die ich je gesehen hatte. Ihre langen, schwarzen Zöpfe, hier und dort mit Strähnen von Braun und Blond durchflochten, umrahmten ihren Kopf, und auf ihrem mit perfekten Kurven gesegneten Leib trug sie ein graues Top, schlichte Jeans und eine kleine schwarze Strickjacke mit Perlenstickerei vorne drauf.

»Männer sind Idioten, nicht wahr?«, sagte Nova jetzt zu mir.

Ich rollte innerlich mit den Augen: Sie dachte offensichtlich, sie würde mich leichter kriegen, wenn sie ein wenig über Männer herzog.

»Oder, was ich eigentlich sagen will, ist: Dieser Mann«, sie zeigte auf unseren gemeinsamen Freund, »ist ein Idiot.«

Ich sagte nichts. Sie würde mich nicht dazu bringen, schlecht über meinen Liebsten zu reden, was er dann nämlich irgendwann in nicht allzu ferner Zukunft »zufällig« von ihr serviert bekäme.

»Mal redet ununterbrochen von dir«, fuhr sie fort. »Und da ich ihn kenne, nehme ich an, dass er auch ununterbrochen von mir redet.«

Arrogantes Luder, dachte ich.

»Es ist nicht schlimm, er denkt wohl nur, dass er dir nur ständig zu erzählen braucht, wie wundervoll ich bin, und mir nur ständig vorschwärmen muss, wie wirklich unglaublich du bist, damit wir fortan jede Minute, die wir gerade mal nicht mit ihm zusammen sind, miteinander verbringen wollen.« Sie setzte ein sehr breites, sehr offenes Grinsen auf, ein Grinsen, von dem ich mir vorstellen konnte, dass es die meisten Männer ganz verrückt machen würde – in etwa vergleichbar mit Julia Roberts in *Pretty Woman*. Es breitete ein Leuchten über ihr Gesicht und war zweifellos dazu angetan, das Lustzentrum im Gehirn jedes x-beliebigen Mannes in Alarmbereitschaft zu versetzen – und nicht mal nur im erotischen Sinne. Wenn man so dreinschauen konnte wie sie, war einem sowohl die freundschaftliche Sympathie als auch das heiße Begehren der Männer sicher, gar keine Frage. Kein Wunder, dass Mal von ihr besessen war.

»Natürlich hat es in Wirklichkeit genau den gegenteiligen Effekt«, plauderte sie weiter. Sie hatte wirklich erstaunliche Lippen. *Blowjob lips* hatte jemand – ich glaube, es war Vince – so volle Lippen mal genannt. Wie hätte irgendein Mann diese Lippen nicht auf den seinen spüren wollen, oder auch um seinen Schwanz geschlossen? Wer wollte sich diese höchst vorstellbare Ekstase entgehen lassen? Wie hätte Mal sich das nicht wünschen sollen? Schnell schrieb ich in meinem Kopf das Drehbuch um, in dem sie ihn zwang, seine neue Freundin zu verlassen: In der neuen Version vögelten sie nicht im Stehen an der Flurwand, sondern hatten den völligen Überflieger in Oralsex. Bei diesen Lippen! Erst als sie die Hand hob und zum Mund führte, um sich verstohlen die Mundwinkel zu reiben, wie ich es immer tat, wenn ich fürchtete, ich sei mit der Serviette nicht sorgsam genug gewesen, bemerkte ich, dass ich die ganze Zeit schon schamlos auf ihre Lippen starrte.

»Ich weiß, du magst mich nicht, Stephanie«, sagte sie. Diesmal grinste sie nicht. Es war ihr also ernst. »Ich wäre nicht überrascht, wenn dieser Idiot dir alle meine Tugenden in den schönsten Farben geschildert hätte. Dabei wäre es eine viel bessere Idee gewesen, nur schlecht über mich zu reden. Mal ist wirklich so dämlich, zu denken, dass ein Mensch für andere besonders liebenswert wird, wenn sie dauernd zu hören kriegen, wie wundervoll er ist. Ich weiß nicht, wie das bei dir ist, aber es ist nicht leicht, mit jemandem Freundschaft zu schließen. Und, Mal sei Dank, habe ich bei dir wahrscheinlich ganz schlechte Karten, falls ich jemals deine Freundin werden wollte.« Wieder grinste sie. »Ich würde dich aber trotzdem gerne kennenlernen, und vielleicht sind wir uns ja doch sympathisch. Du bist jedenfalls die erste Frau, die Mal anschleppt, die … Na ja, ich habe ihn noch bei keiner anderen so erlebt.«

»Nicht einmal bei dir selber?«, platzte ich heraus. Ich glaubte ihr einfach nicht.

»Bei mir?« Ihr Gesicht wirkte ehrlich überrascht. »Du glaubst, dass Mal und ich …?« Sie presste ihre Hand auf ihren beachtlichen Busen und beugte sich vor, scheinbar immer noch erstaunt. »Mal und ich?« Sie schüttelte ungläubig den Kopf, setzte sich wieder zurück und sah plötzlich gequält aus. Traurig. Niedergeschlagen. Der Ausdruck blieb nur kurz auf ihrem Gesicht, schien aber aufrichtig zu sein. Er war einfach über sie gekommen und dann wieder weggehuscht. So plötzlich, dass sie nicht mal die Zeit gehabt hatte, ihn hinter einem Pokergesicht zu verbergen, bevor ich ihn entdeckte.

»Du brauchst dir in dieser Hinsicht wirklich keine Sorgen zu machen«, sagte sie in dem Versuch, die heitere Haltung von vorher wiederzuerlangen. »Er hat nie …« Sie hielt inne und starrte ins Leere, als suchte sie nach den geeigneten Worten, mit denen sie es am besten ausdrücken konnte. »Ich war ungeheuer verknallt in ihn, als ich achtzehn war. Ich dachte, er wäre der einzig Wahre für mich. Aus lauter Verliebtheit, und weil wir uns so lange kannten und zusammen aufgewachsen waren, dachte ich, dass es ihm vielleicht genauso ginge. Irgendwann beschloss ich, ihm alles zu gestehen, aber er hielt mich davon ab, bevor ich etwas sagen konnte, und ließ mich wissen, dass er nie auf diese Weise für eine Freundin empfinden könnte. Also für mich. Wahrscheinlich ist es besser so. Inzwischen bin ich froh darüber, um ehrlich zu sein. Damals hat es mir das Herz gebrochen, aber wenn wir wirklich zusammengekommen wären und uns später wieder getrennt hätten, wären wir jetzt nicht mehr befreundet. Und Mal, na ja, ich brauche ihn einfach in meinem Leben. Er ist immer da gewesen, und es wäre eine Tragödie, wenn ich ihn verloren hätte. Was ich damit sagen will, ist: Nein, er hat nie auf diese Weise für mich empfunden. Nicht einmal ein kleines bisschen.«

Ihre Ehrlichkeit beschämte mich. Sehr sogar. Da kam ich daher und machte ihr alle möglichen Vorwürfe, für die es nur in meiner Fantasie einen Grund gab, und dabei lebte sie heimlich mit einem gebrochenen Herzen. Sie sagte zwar, sie sei froh darüber, wie die Dinge gelaufen waren, aber wer von uns kannte das nicht, dass ein kleines Stück vom Herzen für immer kaputtgeht? Wer wusste nicht, dass die Zeit es nie schaffen würde, nicht mit aller Zauberkraft der Welt, dieses Stück zu ersetzen?

Ich richtete meinen Blick wieder auf Nova, und diesmal kam sie mir sogar noch schöner vor. Vorher war es ihr Sex-Appeal gewesen, der ihr dieses besondere Etwas verliehen und sie für mich zur Rivalin gemacht hatte; jetzt war es ihre Ehrlichkeit. Die sie noch göttlicher erscheinen ließ. Es war ein wahres Mysterium, wie Mal sich nicht in sie hatte verlieben können.

Nova starrte wieder ins Leere, den Kopf leicht zur Seite gelegt, die Stirn etwas gerunzelt, als würde sie über etwas Bestimmtes nachdenken oder die Räume ihres Gehirns nach irgendeiner eminent wichtigen Information durchwühlen. Plötzlich kehrte sie aus ihrer Trance zurück und wandte sich mir zu. »Glaubst du, die anderen Frauen haben das auch gedacht?«, fragte sie, als hätten wir ein Gespräch geführt. Ihre großen, dunklen Augen sahen mich erwartungsvoll an, als könnte ich Auskunft darüber geben, was diese anderen Frauen gedacht hatten.

»Was gedacht?«, fragte ich.

»Dass Mal auf diese Weise für mich empfindet? Ich dachte immer, sie mochten mich nicht, weil er ihnen auf die Nerven ging mit diesem Zwang, dass sie mich auch lieben mussten, wenn sie ihn liebten. Jetzt erst kommt mir der Gedanke … Ich hoffe wirklich, sie dachten nicht, dass er und ich … Gott, sie müssen mich ja gehasst haben.« Ihr Blick wanderte zurück an den Ort, an dem sie vorhin gewesen war, und ging wohl nochmals die einzelnen Informationen durch, die dort über Mals Vergangenheit gespeichert waren. »Was, wenn sie dachten, dass es mit mir zu tun hatte, dass es nicht gutging mit der Beziehung?«, fragte sie sich laut. Dann weiteten sich ihre Augen plötzlich, und sie sah mich wieder an. »Was, wenn sie dachten, dass ich ihn dazu gebracht habe, mit ihnen Schluss zu machen? Dass ich vielleicht, nachdem ich sie kennengelernt hatte, bei Mal zu Hause auf der Matte stand und seine Gefühle für mich benutzte, damit er ihnen den Laufpass gab? Oder dass ich ihn gar mit erotischen Angeboten erpresst habe, um ihn dazu zu bringen, sie sitzen zu lassen?«

Wie peinlich! Mein Körper sank leicht im Stuhl zusammen, während meine Wangen puterrot anliefen angesichts der fiesen Gedanken, die ich gehegt hatte.

Ihre Augen traten förmlich aus den Höhlen, als sie meinen Blick trafen. Sie hatte mich nur angesehen, um Bestätigung zu erheischen, aber als sie mein feuerrotes Gesicht sah, verstand sie sofort. »Du hast das auch gedacht, stimmt's?«, fragte sie entsetzt.

Ich senkte den Blick und nahm mein Glas Wein, um mit hängendem Kopf daran zu nippen, während sie sich stöhnend die Hand vor die Stirn schlug und den Kopf schüttelte.

»Weißt du, was das Allerschlimmste an der ganzen Sache ist?«, fragte sie, immer noch die Hand vor Augen und Stirn, die Finger einen Spaltbreit geöffnet, sodass sie mich sehen konnte, während sie zu mir sprach.

Ich schüttelte den Kopf, zu beschämt, um das Wort an die Frau zu richten, über die ich beinahe die hässlichsten Dinge an eine Toilettenwand geschmiert hätte.

»Bis zu diesem Moment ist es mir nie, wirklich niemals in den Sinn gekommen, dass dies der Grund war, warum keine von Mals Freundinnen mich leiden konnte. Ich dachte tatsächlich, sie konnten mich einfach um meiner selbst willen nicht ausstehen, und auch, weil er ständig darüber redet, wie nah wir uns stehen.« Sie legte ihre Hände auf die Wangen und machte ein ganz hilfloses Gesicht. »Manchmal kann ich es einfach nicht fassen, wie naiv ich bin. Wie konnte ich nur so die Augen verschließen?« Sie seufzte tief und ließ ihren Frust fahren. »Kannst du mir das sagen?«

»Es ist ja eigentlich ein Kompliment, wenn man darüber nachdenkt«, sagte ich, ehrlich bemüht, etwas Tröstendes von mir zu geben.

»Wieso das denn?«, fragte sie.

»Du hast auf jede von ihnen Eindruck gemacht. Stell dir vor, wie beleidigend es gewesen wäre, wenn sie dich kennengelernt und gar nicht zur Kenntnis genommen hätten. Mal macht so ein Theater um dich, und dann stellen sie fest, dass du einfach langweilig bist und nicht hältst, was du versprichst. Das wäre doch schrecklich.«

Sie traktierte mich mit einem weiteren strahlenden Lächeln. »Du bist ja süß, aber mir wäre es ehrlich gesagt lieber, die Leute würden mich nicht aus den falschen Gründen hassen. Aber es war ein netter Versuch.«

»Nur weil ich mich schuldig fühle.«

»Jetzt, wo wir das geklärt haben, hoffe ich wirklich, dass du mir eine Chance gibst. Mal ist so wichtig für mich, und ich mag Leute, die ihn glücklich machen. Du machst ihn glücklich.« Sie zuckte freudig die Schultern. »Ich fände es schön, wenn wir versuchen würden, einander zu mögen.«

Ihre Aufrichtigkeit war nervtötend. Sie tat so, als wäre es völlig leicht und unkompliziert, so offen zu sein. Als wäre es nicht mit tausend Problemen verbunden. Bevor ich Mal getroffen hatte, und jetzt sie, hatte ich nicht gewusst, dass man so gedankenlos ehrlich sein konnte. Wie konnte man nachts noch schlafen, wenn man wusste, dass man den Leuten nicht seine Schokoladenseite präsentiert hatte? Die Seite, von der man wollte, dass alle Welt sie zur Kenntnis nahm?

Ich sah hinüber zu Mal: Er beobachtete seinen Gegner, studierte seine Haltung, versuchte alles zu sehen, was wichtig war, um das Spiel zu gewinnen. Dann kehrte ich mit meiner Aufmerksamkeit zu Nova zurück. Sie war Mals beste Freundin, sie war ein großer Teil seines Lebens. Meine Beziehung mit ihm würde viel glatter gehen, wenn ich sie auf meiner Seite hatte. Oder wenn sie überhaupt nicht da wäre.

Ich lächelte sie an. »Ja, lass es uns versuchen.«

Sie lächelte zurück, und in diesem Moment wusste ich, dass ihre Ehrlichkeit, ihre Offenheit, ihre Liebe zu Mal sie wahrscheinlich zerstören würden.

»Und noch was. Stell dir vor, du tust alles, was du kannst, damit alles perfekt ist zwischen deinem Mann und dir, du machst euer Leben so vollkommen und wunderbar wie nur irgend möglich – ein warmes, einladendes Zuhause, ein glückliches Leben voller Spaß –, denn alles, was du jemals wolltest, ist, dass dein Mann dich liebt? Was ist, wenn du ihn so sehr liebst, und du weißt doch immer, es ist nicht genug? Wahrscheinlich wird es nie genug sein, denn egal, für wie unglaublich toll dich von außen alle halten, du weißt doch, dass du im Inneren zerbrochen bist. Und dass er etwas Besseres verdient hätte. Er hätte die Frau verdient, der er die andere Hälfte seines Herzens geschenkt hat, aber du willst ihn so sehr, dass du ihn niemals freigeben wirst. Was machst du dann?«

»Ich muss mit dir reden«, sagte er am Telefon.

Meine Finger um den Hörer versteiften sich, aber ich konnte nicht richtig reden, weil ich in der Arbeit war. Ich wusste, dass er das ihretwegen sagte.

Mal hatte ihr meine Nummer gegeben, und in den letzten zwei Monaten hatten wir uns sechsmal zum Kaffee getroffen, und jedes Mal hatte sie mir etwas zu essen mitgebracht – einen Kuchen, Kekse, Pfannkuchen, Muffins, Brötchen, eine Pastete. Irgendwann fragte ich sie, ob sie mich für zu dünn hielt, und sie erwiderte, dass sie einfach nur gern für ihre Freunde buk. Dann fügte sie noch hinzu, dass sie mich nicht etwa beleidigen wollte, und dass sie natürlich aufhören würde, wenn mir das lieber wäre. Es war mir nichts anderes übrig geblieben, als zu sagen, dass sie es ruhig weiterhin so halten könne und ich mich darüber freue. Dabei war alles nur Schauspielerei. Genau wie, als ich sie zum ersten Mal getroffen hatte. Wie sie mir den Bären mit dem gebrochenen Herzen aufgebunden hatte: Der sorgfältig kaschierte Schmerz, der in ihren Augen lag, die gesenkte Stimme, das Starren ins Nichts, das Geheuchel, dass sie nicht gewusst habe, warum seine anderen Freundinnen ihr skeptisch gegenüberstanden. Alles nur Schauspielerei.

»Kann ich dich nach der Arbeit sehen?«, fragte Mal.

Ich willigte ein, wobei ich darum kämpfte, meine Stimme leicht und locker klingen zu lassen und alles Schrille daraus zu verbannen. Ich werde nicht ruhig und brav meines Weges ziehen wie die anderen, dachte ich währenddessen. Wenn es wirklich so weit ist, dann werde ich gegen sie kämpfen, Frau gegen Frau. Ich werde nicht zulassen, dass ich ihn verliere.

Als ich später an diesem Tag in den verrauchten Pub kam, stellte ich mich an die Bar und suchte ihn in der Menge. Wie immer stockte mir der Atem, und mein Herz setzte einen Schlag aus, als ich ihn entdeckte. Er schien in Gedanken versunken und hielt den Blick auf sein Bier gerichtet. Er wirkte heiter. Ich war nicht sicher, ob das ein Wort war, das zu Männern im Allgemeinen passte. Aber es passte zu ihm. Wann immer ich ihn heimlich beobachtete, bemerkte ich, dass er ganz ruhig wirkte. Nichts an ihm schien in Sorge zu sein. Falls er Momente hatte, in denen er schlecht gelaunt oder verärgert war, verbarg er das gut hinter einer perfekten Fassade der Ruhe und Gelassenheit.

Nova wird ihn nicht kriegen, so einfach ist das.

»Hi«, sagte ich, indem ich ein strahlendes Lächeln auf mein Gesicht zauberte, auch wenn ich innerlich zitterte, als ich ihm gegenüber Platz nahm.

Sein Gesicht kräuselte sich zu einem Lächeln, das all die Liebe, die ich für ihn fühlte, an die Oberfläche meiner Seele schwappen ließ. Ich konnte mir nicht vorstellen, ohne ihn zu sein, nicht für eine Minute. »Steph, hi.« Er stand auf und küsste mich auf die Wange, wo seine Wärme noch lange nachwirkte, während er an die Bar ging, um mir einen Drink zu holen.

»Hör zu«, begann er, als er wieder zurückkam, »ich werde gleich zum Punkt kommen. Wenn ich das nicht tue, schaffe ich es nicht zu sagen, was ich zu sagen habe. Und wie wir das schon bei meinem Namen festgestellt haben, ist das nicht der beste Weg nach vorn.«

Normalerweise trank ich nie mehr als zwei Gläser Wein. Als Teenager hatte ich viel Zeit damit verbracht, mich zu betrinken, hatte mir komplett die Birne zugedröhnt, bis ich irgendwann festgestellt habe, dass es das nicht wert war. Nicht mehr jedenfalls. Aber in diesem Moment hatte ich Lust, mein Glas Wein auf einen Zug zu leeren und dann noch ein paar mehr hinterherzukippen. Ich wollte in einem Zustand der Betäubung sein, wenn er sagte, was immer er zu sagen hatte. Mit zitternder Hand nahm ich das Glas Wein vor mir und kippte die Hälfte davon in einem Zug hinunter. Die zweite Hälfte hob ich mir auf, falls ich ihm den Wein ins Gesicht schütten musste, bevor ich das Lokal verließ. Ich würde ihm eine Ohrfeige verpassen, hinaus auf die Straße rennen, ein Taxi anhalten, zu Novas Restaurant fahren und ihr eine Abreibung verpassen. Entweder würde ich die Nacht dann damit zubringen, mich in den Schlaf zu weinen, oder ich würde mich im Krankenhaus erholen.

»Ich habe mit Nova gesprochen«, sagte er.

Nicht ich werde es sein, die ins Krankenhaus geht, sondern sie. Und zwar für eine lange, lange Zeit.

»Ich muss dir das einfach sagen. Es wird jetzt Ernst mit uns. Das heißt, ich empfinde es jedenfalls so, dass es Ernst wird, und ich will, dass du weißt, wer ich wirklich bin, bevor wir weitermachen. Ich glaube, es ist nur fair dir gegenüber, dass du es weißt, damit du siehst, ob du damit leben kannst.«

Der Wirrwarr aus Angst, Wut und Empörung in meiner Brust lichtete sich, als in mein sorgenbenebeltes Hirn durchsickerte, dass er nicht etwa davon redete, die Sache mit mir beenden zu wollen. Vielmehr schien es ihm darum zu gehen, bei mir zu bleiben, denn er redete, als ob es ganz und gar meine Entscheidung wäre, ob unsere Beziehung nach dem Gespräch weiterginge oder nicht.

»Ich, ich habe das noch nie einer Freundin erzählt. Deshalb wollte ich es auch zuerst mit Nova besprechen. Dies ist auch ihre Geschichte, und wenn ich das jemandem erzähle, dann betrifft es auch sie. Sie sagte, wenn ich denke, dass du für mich fühlst, was ich für dich fühle, dann sollte ich es ruhig tun – weil sie will, dass du bei mir bleibst.«

Ein Funken Schuld flitzte durch mein Bewusstsein: Ich hatte sie falsch beurteilt. Schon wieder. Aber die Schuld nahm keinen Raum ein, denn was eigentlich nur uns beide betreffen sollte, hatte schon wieder auch mit ihr zu tun. Warum musste er alles auf sie zurückführen? Wirklich alles und jedes? Gab es irgendeine Entscheidung in seinem Leben, die er nicht in Übereinkunft mit ihr getroffen hatte?

Seine Finger krochen langsam über den Tisch und verschränkten sich mit den meinen. »Ich liebe deine Hände«, sagte er, während er auf sie hinunterstarrte. Dann hob er die Augen und senkte sie in die meinen. »Ich liebe dich.«

Ich fühlte, wie mein Herz schier überkochte mit allen Gefühlen, die ich für ihn empfand. Er sagte es so leichthin. Er sagte es, als würde er es ständig sagen; als wäre es nicht das erste Mal.

Er legte seine Finger auf meine Lippen.

»Nein, sag nichts«, sagte er, bevor er seine Hand wegnahm. »Ich will nicht, dass du dich gezwungen fühlst, es auch zu sagen. Nicht, wenn du nicht alles weißt. Ich will nicht, dass du später denkst, du sitzt in der Falle und musst bleiben, nur weil du es gesagt hast.« Sein Gesicht wurde ganz knittrig, als er die Augen schloss und leicht den Kopf schüttelte. »Ich hab das noch nie jemandem erzählt. Alle, die es wissen, haben es immer gewusst, es hat ihnen niemand erzählen müssen.« Er fixierte mich mit seinem Blick und richtete sich auf, um zu sagen, was gesagt werden musste.

»Meine Mutter – ich hoffe, dass du sie eines Tages kennenlernst – ist manisch-depressiv. Man sagt heutzutage auch bipolare Störung dazu, aber wir haben es immer manische Depression genannt, und sie nennt es auch so. Das ist es, was ich dir sagen wollte. Es klingt nicht wie eine große Sache, wenn ich es ausspreche, aber natürlich ist es das. Es war ein Teil unseres Lebens, noch bevor wir alt genug waren, zu verstehen, was vor sich geht. Weißt du, was eine manische Depression ist?«, fragte er, als käme ihm plötzlich zu Bewusstsein, dass ich vielleicht keine Ahnung hatte, worüber er überhaupt redete.

Ich nickte. Ich wusste es.

»Aber sie ist nicht verrückt«, sagte er, plötzlich wütend. »Jeder, der das auch nur zu denken wagt …«

»Ich denke das nicht«, unterbrach ich ihn, indem ich den Druck meiner Finger verstärkte, um ihn aufzuhalten. »Ich würde das niemals denken. Niemals.«

»Du musst wissen, das sie für mich immer an erster Stelle stehen wird. Immer. Deshalb musste ich es dir jetzt erzählen, bevor wir uns noch mehr aufeinander einlassen. Ich will nicht, dass unsere Beziehung vorbei ist, aber es wäre dir gegenüber nicht fair, wenn du es nicht wüsstest. Verstehst du, was ich meine?«

Ich nickte. Ruhe strömte durch meinen Körper, floss Zelle für Zelle durch mich durch. Keine Angst, keine Panik, nichts als Ruhe. Und dann bildete sich etwas in meinem Innersten, breitete sich aus, begann zu blühen und zu wachsen wie ein Baby. Ich fühlte, wie es größer wurde, ein Eigenleben annahm, mich ganz erfüllte, bis mein Körper, mein Herz, mein Geist davon gesättigt waren. Es dauerte ein paar Momente, dann verstand ich, was es war – zum ersten Mal seit Jahren wusste ich, wie Hoffnung sich anfühlte.

»Ich weiß, es ist nicht gerade das, was man hören will, wenn man gerade eine Beziehung angefangen hat. Dass die Mutter an erster Stelle steht, meine ich. Aber so ist es nun mal. Ich musste zwar seit Jahren nichts weiter tun, und normalerweise sind es Novas Eltern, die als Erste da sind; aber wenn Mum mich braucht, lasse ich alles stehen und liegen, um bei ihr zu sein. Verstehst du das?«

Ich lächelte Mal an. Was er sagte, war genau das, was ich hören wollte: Es war der Grund, dass dieser Hoffnungssamen in mir aufgeblüht war.

»Ich will dir eine Geschichte erzählen«, sagte ich zu ihm. »Es ist eine wahre Geschichte. Eine Geschichte über mich. Wenn ich damit fertig bin, hoffe ich, dass du verstehen wirst, warum ich sie dir erzählen musste, und warum ich froh bin, dass du mir deine Geschichte erzählt hast.« Es klang dramatisch, aber das war gar nicht meine Absicht. Ebenso wie Mal war ich es nicht gewohnt, es jemandem zu erzählen, und so hörte es sich erst einmal dramatisch an. Die Leute sahen mich, sie stellten Vermutungen über mich an, sie tratschten über mich. Selten stellten sie Fragen, niemals erzählte ich, was mit mir los war.

Am Ende meiner Geschichte, wo normalerweise ein »… und sie lebten glücklich bis an ihr Lebensende« hätte stehen sollen, küsste er mich. Er küsste mich und machte mir ein Versprechen.

Wir machen alle Versprechen. Und ich glaube, wir haben auch alle vor, sie zu halten. Das, welches Mal mir gab, wollte er sicherlich halten, aber natürlich war ihm zu dem Zeitpunkt noch nicht klar – das war es wohl keinem von uns –, welchen Preis er dafür würde zahlen müssen.

»Es ist zwar schön und gut, dass ihr zwei euch entschuldigt und Erklärungen liefert, aber beim nächsten Mal, wenn ihr über andere Leute herzieht, dann solltet ihr euch vielleicht erst überlegen, dass ihr nicht alle Fakten kennt. Dass das Leben von anderen perfekt aussehen mag, aber dass es vielleicht tatsächlich ziemlich traurig und mit einer Vielzahl von Problemen belastet ist. Und ihr solltet euch auch Gedanken darüber machen, wie ihr euch fühlen würdet, wenn euch jemand in eurem Beisein in Stücke zerlegt. Ja, das solltet ihr wirklich, denn offensichtlich habt ihr zwei keinen Gedanken an die Gefühle anderer Leute verschwendet.«

Ich schieße einen weiteren fulminanten Blick auf das schweigende, schockierte Duo ab und marschiere dann wieder aus dem Umkleideraum.

Draußen auf dem Parkplatz steige ich in mein Auto und stecke meinen Schlüssel ins Zündschloss, aber ich drehe ihn nicht herum. Ich fahre nicht los. Ich sitze einfach da und starre aus der Windschutzscheibe. Ich muss mir nicht nur ein neues Fitnesscenter suchen, sondern auch noch ein neues Leben.

»Ich brauche einen Delfin.«

»Okay«, sagte Mum.

»Und wo würdest du den hintun?«, fragte Dad.

»Ins Bad«, sagte er zu Dad. Und wandte sich an Mum, weil Dad dabei war, das zu werden, was Mum »schwierig« nannte. »Ich brauche wirklich einen Delfin.«

»Okay«, sagte Mum.

»Was meinst du mit ›Okay‹?«, sagte Dad zu Mum.

»Was heißt ›Okay‹ deiner Meinung nach?«, fragte Mum zurück.

»Du willst ihm einen Delfin schenken?«

»Wenn er einen braucht, warum nicht?«

»Ich kann wirklich einen Delfin haben? Einen richtigen lebendigen Delfin?«

»Ja.«

Er lächelte Mum an. Sie war die beste Mum in der ganzen Welt.

»Wann?«, fragte er Mum. »Wann kann ich meinen Delfin bekommen?«

»Na ja, ich werde dafür sparen müssen, sodass es wahrscheinlich eine Weile dauern wird. Ich kann mir vorstellen, dass sie ganz schön teuer sind, denn ein Goldfisch kostet etwa 2,50 Pfund, und Delfine sind natürlich viel größer, daher werden sie auch viel teurer sein. Und sie werden mehr zu fressen brauchen. Und wir werden ein größeres Bad und noch ein weiteres Bad brauchen, weil wir den Delfin ja immer abduschen müssen und so. Aber, wenn du einen Delfin brauchst, will ich dir gern einen schenken. Aber wir brauchen natürlich

auch noch Geld für Essen und Kleidung und um unsere Rechnungen zu bezahlen. Ich denke aber, wir werden das schon schaffen, wenn wir eine Zeitlang nicht in Urlaub fahren, und vielleicht keine Computerspiele mehr kaufen, und stattdessen das ganze Geld für den Delfin sparen. Wie findest du das?«

Leo grinste und nickte. Er würde wirklich einen Delfin bekommen.

»Okay, jetzt ist es schon ein bisschen spät, aber morgen rufe ich dann gleich an und sage die Reise nach Portugal ab, die wir geplant haben. Wirklich schade, dass wir all die schönen Sachen da nicht zu sehen kriegen, aber der Delfin ist einfach wichtiger.«

»Wir können nicht nach Portugal?«, fragte Leo. Sie wollten mit dem Flugzeug fliegen. Und er wollte Richard und David und Martin die Bilder zeigen, von denen Mum gesagt hatte, dass sie sie im Flugzeug von ihm machen würde. Keiner von ihnen war schon mal mit einem Flugzeug geflogen. Und sie hatte ihm Fotos gezeigt, von dem weißen Haus, das sie dort gemietet hatten, und dem Swimmingpool im Garten. Er würde darin schwimmen können.

»Ich fürchte nicht, mein Herz. Wir sparen für den Delfin, hast du das schon vergessen?«

»Aber ich will nach Portugal.«

»Tut mir leid, wir können nicht beides machen. Na ja, du bist ja schon ein großer Junge, und das ist eine wirkliche Erwachsenenentscheidung, die du treffen musst. Entweder wir kriegen einen Delfin oder wir fahren in Urlaub. Warum gehst du nicht nach oben und denkst darüber nach, was von beidem du lieber möchtest? Mir ist beides recht.«

»Okay«, sagte er und ging wieder hinauf in sein Zimmer und zu dem Bilderbuch über Delfine. Tststs. Wenn man ihm

wirklich erlaubte, einen Delfin zu bekommen, würde er nächstes Mal gleich nach einem Hai fragen.

Die Welt war wirklich ungerecht.

Leo, 5 Jahre und 6 Monate alt

9

Keine Veränderung. Schon wieder sechs Tage vorbei und keine Veränderung.

Ich muss heute meine Familie informieren. Noch bevor ich den Hörer aufgelegt hätte, würde ein ganzer Convoy von Kumalisis und eine Wacken hier aufkreuzen, so viel war klar. Bis jetzt hatte ich gehofft, dass sich alles zum Guten wenden würde und ich ihnen immer noch alles sagen konnte, wenn Leo wieder aufgewacht wäre. Aber das ist nicht geschehen. Noch nicht. Es ist noch nicht geschehen. Weitere Menschen in diesen Zustand hineinzuziehen bedeutete, eine kleine Niederlage zu akzeptieren. Mir einzugestehen, dass hier etwas geschieht, was Keith und ich nicht allein tragen können. Wir brauchen Hilfe.

Das Café liegt in Dunkelheit, als ich es betrete. Ich eile schnell zur Alarmanlage, die hinten piepst wie der Countdown zum Jüngsten Gericht. Ich muss sie ausschalten, bevor die halbe Polizeibesetzung von East Sussex hier einfällt. Das ist schon mal passiert. Letztes Jahr waren Leo und ich nach dem Abendessen ins Café gekommen, um uns ein paar von den Törtchen zum Nachtisch zu gönnen, die ich vorher gebacken hatte, und aus irgendeinem Grund hatte ich dreimal die falsche Nummer eingetippt. Bevor wir noch Atem holen konnten, war die Welt draußen von blitzenden Blaulichtern erhellt, und ein ganzes Heer von Beamten kam hereingestürzt, um sich auf die fiesen Räuber zu stürzen, die es wagten, in unser kleines Café einzubrechen. Leo und ich waren völlig perplex über die rasche Reaktion und den personalen Aufwand, und während er sich schutzsuchend an mich klammerte, hielt ich ihn genauso fest an mich gepresst, nicht nur weil ich ihn verteidigen wollte, sondern auch, weil ich selbst in Panik geriet. Keith, der ebenfalls mitgekommen war, freute sich natürlich riesig, vor seiner versammelten Kollegenschaft zu erfahren, dass seine Frau nur zu dämlich gewesen war, ihren eigenen Code richtig einzugeben. Natürlich lachten uns alle aus, und wir mussten uns so manchen blöden Kommentar anhören. Leo fand es natürlich cool, als alle weg waren, aber wir hatten beide keine Lust mehr auf Kuchen. Stattdessen fuhr ich in einen Supermarkt in Kemp Town in Brighton, der spätnachts noch offen hatte, um Eis zu kaufen.

Als ich dann später Amy anrief, um ihr zu sagen, dass ich den Code ändern musste, sagte sie, dass sie das früher am Tag auch schon getan hatte, weil Keith angerufen hatte, um sie daran zu erinnern, dass es wieder mal an der Zeit war. Und wieso hatte sie mir das nicht gesagt? Und wieso hatte *er* mir das nicht gesagt? Und, oh, hat die Polizei dich wirklich ausgelacht? Und Keith hat dir auch nicht gesagt, dass du Glück hast, dass man dich nicht wegen fälschlicher Bemühung der Polizei belangt?

Hätte ich die beiden nicht besser gekannt, hätte ich gedacht, es sei ein abgekartetes Spiel. Aber Keith hat keinen

Humor in solchen Dingen, und es passt auch nicht zu Amy, solche Scherze zu machen.

Nachdem ich die Alarmanlage ausgeschaltet habe, werfe ich in dem kleinen Kabuff, das wir Büro nennen, meine Tasche auf den Schreibtisch. Meine Schlüssel rasseln laut in der Dunkelheit, sodass es draußen im Cafébereich nachhallt, wo auch die Theke und die Kaffeemaschine stehen.

Für einen Augenblick bin ich ganz geblendet, als ich die Küchenlichter anschalte und die Helligkeit sich in dem vielen Metall und den weißen Oberflächen spiegelt. Ich krempele die Ärmel hoch, nehme meine weiße Netzkappe aus dem Schubkasten und setze sie mir auf den Kopf, bevor ich mir die Schürze umbinde, die an einem Haken bei der Tür hängt. Dann gehe ich zu dem großen Metallspülbecken und schrubbe meine Hände sauber.

Ich will ein paar Kuchen und Plätzchen backen, während Keith bei Leo sitzt, damit Amy für die nächsten Tage keine bestellen muss. Die Arme hat den Laden jetzt seit mehr als zwei Wochen ganz allein geschmissen, und sie hat sich bisher mit keiner Silbe beklagt. Sie hat nicht mal erwähnt, wie müde sie ist, dass sie kaum mehr Vorräte hat, dass sie Geld braucht, um das Lager zu füllen. Sie hat einfach normal weitergemacht, sodass ich mir keine Sorgen zu machen brauche.

Ich saß mit Leo hinten in einem Café und sang ihm etwas vor. Leos große, dunkelrostbraune Augen starrten mich an, fasziniert, gespannt, während ich mich über ihn beugte und ihn knuddelte. Sein Mund öffnete sich zu einem Lächeln.

Er war erst drei Monate alt, und ich war nicht sicher, ob er etwas verstand, aber er schien das Lied zu mögen. Seine Mundwinkel kräuselten sich nach oben, und er gurgelte ein

Lachen hinaus, das eine Mutter vor Rührung fast ausflippen ließ. Ich hatte Glück, das wusste ich. Mein Sohn war ein Engel, ein frisch geborenes Wunder. Er schlief, wenn man ihn hinlegte, er trank seine Milch, er reagierte, wenn man mit ihm spielte. Ich sah so viele Mütter kämpfen, eingeschüchtert und völlig fertig vor Erschöpfung und Mangel an Unterstützung, dass ich wusste, dass ich gesegnet war. Ich wusste aber auch, dass das vielleicht nicht von Dauer wäre. Er konnte jeden Moment beschließen, dass ich es viel zu lange viel zu leicht gehabt hatte, und dass ich etwas über wahre Mutterschaft lernen musste, indem er sich in ein kleines Monster verwandelte. Ich fragte mich manchmal, ob er deshalb so pflegeleicht war, weil er schon längst begriffen hatte, dass es nur *ein* ungebärdiges Neugeborenes in unserer Beziehung geben konnte, und dass diese Rolle momentan noch von mir selbst ausgefüllt wurde. Ich lag nachts wach und weinte, weil ich mich so allein fühlte und mir Sorgen über unsere Zukunft machte. Ich hatte keinen Appetit, weil ich so unglücklich war, und musste das Essen doch buchstäblich hinunterzwingen, weil ich stillte und Leo die richtige Ernährung geben musste. Mehr als nach allem anderen sehnte ich mich danach, umarmt und umsorgt und verhätschelt zu werden. Ich sehnte mich nach jemandem, der mich aus der Wiege dieses Lebens nahm und mich sanft schaukelte.

Der Tisch, den wir gewählt hatten, stand im hinteren Teil des Cafés, das nicht weit von unserem Haus entfernt in einer Gegend von Hove lag, die Poets Corner genannt wurde. Die Straßen hier trugen alle die Namen von großen Dichtern, und ich lebte in der Rossetti Road, zu Fuß etwa zehn Minuten von der Küste entfernt. Für jemanden, der so jung war wie ich, hatte ich mit Wohneigentum bisher unglaubliches Glück gehabt. Die Wohnung im Londoner Viertel Forest Hill, für deren Kauf ich mit Mitte zwanzig mein ganzes Geld zusammengekratzt hatte, als noch keine Maus Interesse an dieser Gegend hatte, brachte mir beim späteren Verkauf zwei Monate vor Leos Geburt eine obszöne Geldsumme ein. Forest Hill war plötzlich ein hippes Viertel, jedenfalls für die, die es sich nicht leisten konnten, im überteuerten Dulwich zu wohnen. Für das Geld konnte ich mir in der Rossetti Road in Hove ein Haus mit drei Schlafzimmern und Garten leisten, und es war immer noch etwas übrig.

Als ich jetzt im Café saß und mit Leo spielte, dachte ich darüber nach, dass ich einen Job brauchte. Ich hatte viele Monate nicht gearbeitet, und meine Ersparnisse neigten sich ihrem Ende entgegen. Wir würden bequem noch ein gutes Jahr damit leben können, aber danach hätten wir nichts mehr. Und für die Zukunft hatte ich noch nichts zurückgelegt. Ich hatte daran gedacht, meine Ausbildung aufzufrischen und mich wieder an meinen ursprünglichen Plan zu machen, als Psychologin zu praktizieren – obwohl ich mich wahrscheinlich wie eine Betrügerin fühlen würde. Wie konnte ich anderen Leute zuhören, ihnen helfen, ihnen Ratschläge erteilen, wenn mein eigenes Leben so ein Chaos war? Ich war das beste Beispiel, wie man Dinge *nicht* tat. Aber andererseits: Konnte nicht gerade jemand, der selber aus dem Chaos kam, am besten sehen, wo jemand anders sich verrannte, und ihn vielleicht aufhalten? Konnte nicht jemand, der selbst den Schmerz kannte, anderen am besten helfen, ihn zu heilen?

Der Gedanke jedoch, dass ich dann eine Supervision

über mich ergehen lassen und jemand anderem meine Geheimnisse mitteilen musste, schreckte mich eher ab.

Die einzige andere Tätigkeit, für die ich noch qualifiziert war, war Kellnern. Was wiederum hieß, einen völlig verrückten Tagesablauf zu haben, den ich irgendwie um Leo herumbauen musste. Vielleicht hätte Mum nichts dagegen, ein paar Tage in der Woche herzukommen und bei ihm zu bleiben, dachte ich. Dann wurde mir klar, was für ein dummer Gedanke das war: Sie wäre im Handumdrehen in den nächsten Zug gestiegen, bereit, auf Dauer bei mir einzuziehen. Sie, Dad, Cordy und Tante Mer hatten ohnehin schon versucht, mich dazu zu bringen, zurück nach London zu ziehen.

»Suchst du vielleicht einen Job?«, fragte die große Frau mit den kerzengeraden, hüftlangen schwarzen Haaren, die mir den Kaffee serviert hatte.

Ich zwinkerte sie an. Hatte ich etwa laut gedacht? Sie ragte vor mir auf, eine riesengroße, wunderschöne Göttin. Ihre Haut war hell und cremig, ihre dunkelbraunen Augen leicht schräg geschnitten und ihr kleiner Mund perfekt geformt. Sie trug ein ärmelloses Top, das ihren flachen Bauch exponierte, und hautenge, ausgewaschene Jeans mit einer großen Gürtelschnalle, auf der »Diva« stand, was auch der Name des Cafés war. Um ihren Nabel herum befand sich ein verschlungenes Tattoo, das aussah wie eine Mischung aus Gothic-Elementen und japanischer Schrift.

»Und?«, fragte sie. »Suchst du einen?« Dabei schob sie sich die Haare hinters Ohr, womit sie eine ganze Reihe kleiner Ohrringe enthüllte.

»Nein«, sagte ich. Das Café hier war kaum halbvoll, und der Kaffee, der Kuchen und die Kekse, die ich probiert hatte, waren nichts Besonderes. Ich kam eigentlich nur hierher, weil ich in der Nähe wohnte und es das einzige Café in Poets Corner war, und außerdem schien die Göttin immer unglaublich erfreut, uns zu sehen, denn sie flippte immer so über Leo aus, als wäre er das schönste Baby, das sie je gesehen hatte. Wenn ich hier arbeiten würde, wäre nicht viel zu tun, und wahrscheinlich würde man mich schon nach ein paar Wochen wieder entlassen. Ich brauchte Stabilität.

»Du kannst dein Baby mit zur Arbeit bringen«, sagte sie. »Hinten haben wir noch ein Zimmer, wir werden uns einen Babymonitor zulegen. Und wenn nicht viel zu tun ist, kann er auch hier draußen sein.« Sie warf einen Blick durch das leere Café und wandte sich dann wieder mir zu. »Wahrscheinlich wird er die meiste Zeit hier draußen sein.«

»Danke für das Angebot, aber lieber nicht.«

Sie seufzte und kaute auf ihrer Unterlippe. »Na gut«, sagte sie.

»Warum hast du mir einen Job angeboten?«, fragte ich. Ich hatte ein paarmal die Teller von den Tischen geräumt, wenn sie – was selten vorkam – viel zu tun hatte und ich einen Sitzplatz wollte. Ich hatte sie ordentlich gestapelt und zur Theke getragen, und vielleicht hatte ihr das gezeigt, dass ich zuvor schon gekellnert hatte. Aber von dort bis zu einem Jobangebot war es noch ein weiter Weg.

»Okay«, sagte sie, indem sie sich einen Stuhl heranzog. Ich warf einen Blick auf Leo, der neben mir in der Babytrage lag, seine Lippen waren gekräuselt und seine Augenlider flatterten. Er war drauf und dran, einzuschlafen. Ich zog die Decke hoch zu seinem Kinn und strich ein paarmal über seinen Bauch. »Ich weiß, das klingt jetzt völlig verrückt, aber ich hatte einen Traum, und du bist darin vorgekommen. Du hast darin hier gearbeitet.«

Das klang wirklich verrückt. Aber mich hielten die Leute ja auch dauernd für verrückt, weil ich wegen irgendwelcher Träume und Vorgefühle bestimmte Dinge tat.

Sie lehnte sich mit verschränkten Armen zurück, als hätte ihr mein Schweigen gerade bestätigt, dass ich sie für völlig verrückt hielt. Tatsächlich aber schwieg ich, weil ich gespannt war, wie sie fortfahren würde.

»Mir passiert das dauernd. Das Gefühl, das jemandem dies und das passiert. Träume. Bei dir sehe ich eine ganz starke Verbindung zu Shakespeare.«

»Die meisten von uns haben eine starke Verbindung zu Shakespeare«, erwiderte ich. Ich war bei vielen Hellsehern gewesen über die Jahre hinweg, aber das hatte mir noch keiner gesagt. »Angesichts der Tatsache, dass wir dauernd seine Stücke in der Schule durchgekaut haben.«

»Nein, das ist es nicht. Bei dir ist es ganz stark. Da ist was mit grenzenloser Liebe und so, aber mit *Romeo und Julia* hat es nichts zu tun. Das wäre zu offensichtlich. Es ist wirklich stark. Und es hat auch was mit dem Kleinen da zu tun.« Die Göttin starrte für einen Moment in den Raum. »Ich bin nicht sehr gut darin, die Gefühle miteinander zu verbinden, die ich kriege, wie ich zugeben muss. Das ist auch der Grund, warum ich keine Kohle dafür nehmen könnte, ohne ein schlechtes Gewissen zu kriegen. Meine Freunde sagen mir oft, ich solle anfangen, Geld dafür zu nehmen, weißt du, meinen Lebensunterhalt damit verdienen; aber was mache ich, wenn mir jemand gegenübersitzt, und es kommt einfach nichts? Wie sollte ich mir dann noch selber in die

Augen schauen? … Zwölf!« Sie zeigte mit dem Finger auf mich. »Zwölf. Du hast eine Verbindung mit der Zwölf.«

»Ich war tatsächlich mal zwölf«, sagte ich. Ich weiß nicht, warum ich so harsch zu ihr war. Vielleicht, weil mir diese Frau so unverfälscht vorkam. Ich hatte immer wieder Leute in dieser Szene getroffen, die das gar nicht waren; die viel Geld verlangten und mir dann gar nichts sagen konnten. Sie hingegen war sich ihrer Gabe bewusst und wollte den Leuten kein Geld abknöpfen, weil sie Angst hatte, ihnen nichts bieten zu können.

»Zwölf? Der Zwölfte? Vielleicht ist es der Zwölfte. Hey, bist du Schauspielerin?« Ihre Augen leuchteten auf.

Na, das lief ja super! »Nein«, sagte ich.

»Oh, wie kommt es dann, dass ich dauernd *Old Vic* im Ohr habe?«

Mein Körper erkaltete, die Finger, die soeben noch Leos Bauch gestreichelt hatten, gefroren zu Eis.

»Old Vic, wie das Old Vic Theatre in London. Du hast eine wirklich starke Verbindung zu diesem Old Vic. Du weißt schon, Old Vic, Shakespeare … Gott, wenn ich ein bisschen mehr Hirn hätte, wäre ich wirklich gefährlich!« Sie lachte. Warf ihren Kopf zurück und lachte. »Kannst du dir vorstellen, wie ich meinem Steuerberater erzähle, dass ich eine angestellt habe, weil ich von ihr geträumt habe? Ich weiß nicht mal, ob du kellnern oder Kaffee machen kannst!« Sie lachte wieder. »Oder wie ich es meinem Dad erzähle! ›O Dad, weißt du, dieses Café, das du mir gekauft hast und das ich dabei bin, in den Bankrott zu treiben? Ich habe meine finanziellen Sorgen noch verschlimmert, indem ich irgendeine Frau aus meinem Traum angestellt habe. Wahrscheinlich habe ich einfach nur von ihr geträumt, weil sie meine treueste Kundin ist.‹ Ich kann mir sein Gesicht lebhaft vorstellen!« Sie lachte immer weiter, bis ihr sogar die Tränen übers Gesicht liefen.

Sie war ein Engel. Diese Göttin war ein Engel. Plötzlich war sie in weißes und goldenes Licht getaucht, direkt vor meinen Augen. Sie war so unglaublich schön, dass sie eine Aura hatte. Ich würde das nie zu jemandem sagen – nicht einmal zu ihr –, denn es klang tatsächlich verrückt. Meine Freunde hielten mich ja auch für verrückt, Cordy hielt mich für verrückt, und Mal behauptete, solche Dinge seien Unsinn.

»O Gott!« Der lachende Engel schnappte nach Luft. »Das ist doch wirklich absurd. Das erinnert mich an die Situation, als ich mal einer Kundin erzählte, dass ich auf den Sänger der Gruppe Dollar stehe und dass er in der Nähe von Brighton lebt, aber dass ich ihn noch nie gesehen habe. Und zehn Minuten später kommt der Mann tatsächlich zur Tür rein. David van Day, wie er leibt und lebt! Er war noch nie zuvor hier gewesen, und seither hab ich ihn auch nie mehr gesehen. Die Frau war total fassungslos und hat ihren Kaffee über den Tisch gespuckt. Und ich konnte ihn kaum bedienen, weil ich so lachen musste. Das war wahrscheinlich der Grund, warum er nie wiedergekommen ist.«

»Würdest du mir den Laden hier verkaufen?«, fragte ich sie.

Es gab Entscheidungen in meinem Leben, von denen ich ohne Zweifel wusste, dass sie richtig waren: Nicht mit Mal auf Reisen zu gehen; meinen Doktor zu machen; nach Hove zu ziehen; ein Café zu kaufen.

Ich sah alles ganz klar vor mir. Was ich verändern konnte. Wie ich es von oben nach unten kehren würde. Wie die

Göttin aus einem Käfig befreit würde, in dem sie nie hatte sein wollen, nur dass die Unfähigkeit, zu ihrer Familie Nein zu sagen, sie als Geisel gehalten hatte. Dies war meine Zukunft. Dies konnte ich machen und doch bei meinem Sohn sein.

Es mag der »versponnene« Teil von mir gewesen sein, der die Entscheidung gefällt hat, aber ich hatte auch eine geschäftstüchtige Seite, und auch die war sich sehr schnell im Klaren, dass es funktionieren würde: Das Café zu übernehmen bedeutete nicht nur mehr Geld, sondern auch körperliche Schinderei, sodass ich den Job um meine wissenschaftliche Arbeit herumbauen konnte. Dies war meine Zukunft.

»Ich muss erst meinen Vater fragen«, sagte sie vorsichtig.

»Ich würde dir einen fairen Preis dafür bezahlen. Und ich hätte gern, dass du weiter hier arbeitest, wenn das für dich möglich ist.«

Sie zog ein kleines Mobiltelefon aus ihrer Hosentasche. Wie sie es da überhaupt hineingekriegt hatte, war mir ein Rätsel. Sie klappte es auf und drückte ein paar Knöpfe. »Hey, Dad«, sagte sie, als er antwortete. »Ich hab eine tolle Neuigkeit für dich. Okay, okay …« Sie grinste mich über den Tisch hinweg an, verdrehte die Augen und begann dann, Japanisch zu sprechen.

Zwei Monate später war ich im Besitz eines Cafés, das ich Startruck nannte. Leo war beeindruckt, als ich ihm die Schlüssel zeigte: Er machte ein Bäuerchen und grinste vor Freude. Cordy fand es wundervoll, jedenfalls bis ich ihr von meinem Plan erzählte, die oberen Stockwerke so umzuwandeln, dass die Leute sich dort Tarotkarten legen und Horoskope ausstellen lassen oder auch Reiki, Kristallheilung und Massagen in Anspruch nehmen konnten. Schließlich meinte sie resignierend: »Ich nehme an, es gibt da draußen genauso viele verrückte Leute wie dich.« Mum und Dad waren weniger beeindruckt und schlugen vor, dass ich unter den neuen Namen des Cafés *EIGENTÜMERIN: DR. NOVA KUMALISI* setzen ließ, sodass jeder wissen würde, dass ihre Tochter sich einen Doktor erarbeitet hatte, nur um ihn anschließend in die Gosse zu werfen. Tante Mer dachte das Gleiche – ich spürte es, als sie zur Eröffnungsparty kam –, aber wenigstens sagte sie nichts.

Amy, die engelsgleiche Göttin, der das Café mal gehört hatte, war im siebten Himmel, dass sie keine Verantwortung für gar nichts mehr zu tragen hatte.

Als ich am Tag der Eröffnungsparty die Tür aufschloss, ergriff ich offiziell Besitz von meinem neuen Reich, und als ich später noch allein mit Leo im Café saß, hatte ich zum ersten Mal das Gefühl, dass ich mein Leben wieder unter Kontrolle hatte. Ich tat etwas, für das ich mich bewusst entschieden hatte, und lief nicht einfach nur mit etwas mit, weil es nun mal geschehen war und ich darauf reagieren musste. Zum ersten Mal seit längerer Zeit wusste ich, dass ich eine Zukunft hatte. Und offensichtlich hatte ich das Richtige getan, denn das war auch der Zeitpunkt, als Leo begann, sich wie ein Baby zu benehmen.

Backen ist genau das, was ich gebraucht habe. Ich stehe mitten in der Küche und überblicke das Ergebnis meiner Mühen. Überall stehen ungebackene Kuchen, Muffins, Bananenbrote, Pies, Kekse, Plätzchen und Rosinenbrötchen herum, die darauf warten, in den Ofen geschoben zu werden.

Wahrscheinlich habe ich zu viel gemacht, aber ich konnte nicht mehr aufhören. Es hilft mir, mich auf etwas zu konzentrieren, was ich gut kann, es gibt mir das Gefühl, wieder ein klein wenig Kontrolle über mein Leben zu haben. Ich werde einfach einen Teil davon einfrieren und Amy eine Nachricht hinterlassen. Ich stelle mir ihr Gesicht vor, wenn sie morgen früh hereinkommt und alles sieht.

Sie wird nicht sofort daraufkommen, dass ich es war – wahrscheinlich denkt sie eher, es seien Engel gewesen, die sich ihrer in Zeiten der Not erbarmt haben, oder auch Elfen, wie in dem Märchen von dem Schuhmacher, der eines Morgens aufwacht und seine ganze Arbeit getan vorfindet. Ich würde ihr erst nach einer Weile einfallen. Sie ist ein wunderbares Wesen, innerlich wie äußerlich, und sie befindet sich oft in einer ganz anderen Welt. Ich frage mich manchmal, wie Trudy, ihre Lebensgefährtin, die eine ziemlich bodenständige, pragmatische Frau ist und ebenso wie Keith die Meinung vertritt, alles Übernatürliche sei kompletter Unsinn, mit ihr zurechtkommt. Ich bin im Vergleich zu Amy geradezu moderat in solchen Dingen, auch wenn ich selber leidenschaftlich daran glaube, aber selbst ich treibe Keith manchmal zum Wahnsinn, daher kann ich mir gar nicht vorstellen, wie es ist, wenn man mit Amy zusammenlebt. Ich drohe Keith manchmal damit. Wenn er nervt oder »schwierig« wird, sage ich ihm entweder, dass ich ihn, wenn's so weitergeht, bei Ebay verkaufe, oder dass ich Amy dazu bringe, bei uns einzuziehen.

Ich nehme die Netzkappe ab und binde meine Schürze los. Ich brauche dringend eine heiße Dusche und ein paar Stunden Schlaf, bevor ich zurück ins Krankenhaus gehe und Keith ablöse. Vor einer Weile hat er mir ein SMS geschickt, um mir zu sagen, dass alles in Ordnung sei und es keine Veränderung gebe, und dass er mich liebe.

Nachdem ich das Startruck abgeschlossen habe, mache ich mich zu Fuß auf den Weg nach Hause. Meine Wohnung liegt nur drei Straßen weiter. Der Laden ist in den letzten paar Jahren super gelaufen. Wir haben alles komplett neu aufgezogen und auf die Tatsache gesetzt, dass es das einzige Café in der Gegend ist, in dem hausgebackene Kuchen angeboten werden und das besonders kinderfreundlich ist. Die Sache mit dem Kartenlegen und den alternativen Therapien hat dann das Übrige getan, insbesondere weil wir sehr diskret vorgegangen sind. Wir haben die Wände nicht tiefschwarz oder blutrot gestrichen, wir wollten keine Anlaufstelle für Esoteriker sein. Ich kleide mich nicht schwarz, ich bezeichne mich nicht als Schamanin, weil ich keine bin, und ich glaube nicht, dass jemand hellseherische Fähigkeiten hat, nur weil er das behauptet. Ich überprüfe die Wahrsager, mit denen ich zusammenarbeite, und wenn es irgendwelche Anzeichen gibt, dass jemand nicht anständig arbeitet, kündige ich den Vertrag. Ich habe viele Scharlatane gesehen über die Jahre hinweg – Leute, die einen Haufen Geld verlangen und nichts dafür bieten, Leute, die sich an deinen Reaktionen orientieren und dir dann sagen, was du hören willst –, und ich würde keinem von ihnen erlauben, meine Gäste übers Ohr zu hauen.

Ich weiß, dass es im Leben mehr gibt, als wir sehen können. Als ich acht Jahre, elf Monate und einundzwanzig Tage alt war, habe ich es selbst erfahren.

Mal, Cordy, Victoria und ich sollten draußen im Garten bleiben und spielen, während die Erwachsenen im Haus waren, miteinander plauderten und Tee tranken. Ich musste auf die Toilette, und jetzt, wo wir ein neues Badezimmer mit Toilette im Haus hatten, wollte ich die draußen im Freien nicht mehr benutzen. Mum sagte, die Farbe unseres neuen Badezimmers hieße Avocado, wie diese Dinger, die sie und Dad so gern aßen.

Als ich fertig war, wischte ich mich ab, stand auf, zog meine Unterhose hoch und betätigte die Spülung. Ich war immer noch fasziniert, dass der Hebel, mit dem sie ausgestattet war, dieselbe Funktion hatte wie die Kette im Außenklo, und ich sah ein paar Sekunden lang zu, wie das Wasser in der Schüssel herumwirbelte und verschwand. Nachdem ich auch noch beobachtet hatte, wie frisches Wasser den Boden der Schüssel füllte, drehte ich mich um und wollte hinausgehen – aber da blieb ich plötzlich wie angewurzelt stehen.

Vor der Tür stand Onkel Victor, Mals Dad. Es war seltsam, dass er ins Bad kam, obwohl ich schon drinnen war, aber noch seltsamer war es, dass ich ein paar Stunden zuvor zugesehen hatte, wie sein Sarg in die Erde hinabgesenkt wurde. Ich war sicher gewesen, dass Onkel Vic sich in dem Sarg befand.

Ich starrte ihn an.

Und er starrte mich an.

Ich schloss die Augen und fragte mich, ob ich mir das nur einbildete. Wie Mal immer sagte, wenn manchmal ein Fischstäbchen von meinem Teller verschwand, um dann plötzlich wieder aufzutauchen, wenn ich gerade nicht hinsah.

Bevor ich die Augen geschlossen hatte, hatte er ziemlich echt ausgesehen. Genauso echt wie ich. Er trug einen schwarzen Anzug mit einem weißen Hemd und einer schwarzen Krawatte dazu. Sein Haar war ganz glatt und gestriegelt, mit einem Scheitel auf der linken Seite, und seine Haut war gelblich und bleich wie beim letzte Mal, als ich ihn gesehen hatte, bevor er starb. Und das war schon eine Weile her. Er war die meiste Zeit, seit Mal und ich geboren waren, »weg« gewesen. Zwar war er für ein Jahr oder so zurückgekommen, als wir fünf waren, und in der Gegend geblieben, bis Victoria geboren war, aber dann war er plötzlich wieder verschwunden. Danach war er nur noch alle sechs Monate oder so zurückgekommen, und immer nur ein paar Tage oder Wochen geblieben.

Als ich die Augen wieder aufschlug, war er immer noch da. Er lehnte an der Tür, die Arme über der Brust gekreuzt. Ich hatte ihn zufällig in seinem Sarg liegen sehen, als ich in Mals und Victorias Wohnzimmer gegangen war, wo die Leiche aufgebahrt lag. Daher wusste ich so sicher, dass er tot war. Ich war schnell wieder hinausgerannt und hatte mich in Mals Zimmer versteckt, weil mir das, was ich gesehen hatte, Angst machte. Angst, weil ich Onkel Victor noch nie so still hatte daliegen sehen. Nicht einmal, wenn er nach dem Abendessen in seinem Sessel neben dem Kaminfeuer einschlief. Ich wusste, dass er tot war. Und doch stand er jetzt vor mir. Wahrscheinlich war er also ein Geist.

»Ich habe deinen Namen nie gemocht«, stellte er jetzt fest. Er hatte immer noch diesen komischen, rollenden Akzent – Mum sagte, er käme aus Yorkie-shire.

Ich starrte ihn an.

»Dieses Brutale daran. Stell dir vor, du nennst dein Kind nach einem Stern, der stirbt – der einfach so explodiert«, sagte er. »Von mir aus sagen die Leute, die Erde hat mit dem Urknall begonnen, alles Leben hat mit einem explodierenden Stern angefangen, aber ich sehe das nicht so. Ich find's einfach blöd, ein Kind so zu nennen.«

Ich hatte keine Angst mehr. Es war offensichtlich doch Onkel Victor.

»Aber Malvolio ist eigentlich noch blöder«, fuhr er fort. Er hob einen seiner dünnen Finger und fuchtelte damit vor mir herum. »Sie hat es wegen mir getan. Stell dir vor, ein Mann aus Yorkshire, der heimkommt und den Leuten sagen muss, dass sein Sohn Malvolio heißt. Ich könnte ihnen genauso gut erzählen, dass ich … na ja, du weißt schon«, sagte er, indem er den Kopf auf die Seite warf. Ich wusste nicht, was er meinte, aber ich war ganz fasziniert. Was es wohl sein mochte, was er den Leuten aus Yorkie-shire genauso gut erzählen konnte? »Es war das erste Stück, zu dem ich sie mitgenommen hab, als ich sie erobern wollte. Ich hab damals zu ihr gesagt, dass es mir leidtut um diesen armen Kerl, Malvolio, weil er ganz schön was abkriegt. Und da nennt sie tatsächlich meinen verdammten Sohn nach ihm! Aber wenigstens kann er seinen Namen abkürzen. Mal. Gar nicht so schlecht. Das Glück hast du nicht. Weißt du, dass dein Name von hinten buchstabiert Avon heißt? Am Ende wirst du noch dieses Zeug verkaufen.«

Ich starrte Onkel Victor an und fragte mich, warum er seinen Platz in der kühlen, feuchten Erde, in die er heute gesenkt worden war, verlassen hatte, nur um mich wegen meines Namens zu ärgern. Ist es das, was geschah, nachdem man diese Sache tat, die man Totsein nannte? Man kam zurück, um jemandem ganz genau zu erzählen, was man über seinen Namen dachte?

»Das geschähe deinen Eltern recht, wenn das alles, wozu du es jemals bringen würdest – eine Avon-Vertreterin wäre.«

Seine Augen musterten mich eingehend, von den zwei

ordentlich geflochtenen Zöpfen, die an den Enden mit einem gelben Band zusammengebunden waren, bis zu den glänzenden schwarzen Schuhen und den weißen Socken, die Mum mir angezogen hatte. »Nun, Mädchen, so sag doch was«, sagte er.

Mein Herz hüpfte in meiner Brust. Er wollte, dass ich mit ihm redete. Bis zu diesem Moment war es nicht nötig gewesen, etwas zu dem Gespenst Onkel Victor zu sagen. Auch wenn er ein Gespenst war, und auch wenn er nicht sehr nett zu mir war, war er doch immer noch ein Erwachsener, in anderen Worten also jemand, dem man gehorchen musste. *Sag was. Sag was.* »Unser Bad ist grün«, sagte ich.

Sein Gesicht wurde ganz runzlig, als er die Stirn in tiefe, leicht beängstigende Falten legte. »Euer Bad ist grün«, sagte er. »Euer. Bad. Ist. Grün.«

Ich nickte.

Er schüttelte den Kopf. »Ich wollte eigentlich gar nicht dich«, sagte er, in ungefähr dem Ton, den Mum benutzte, wenn sie einen Kuchen gebacken hatte, ohne die richtigen Zutaten im Haus zu haben, und der Kuchen dann eigentlich nur gut für den Mülleimer war. Für Onkel Victor war ich also offensichtlich ein Kuchen, der nur gut für den Mülleimer war. »Ich habe versucht, mit Hope und Frank zu sprechen, aber nein, da krieg ich dich stattdessen. Und dein grünes Bad.«

Ich begann, auf der Haut innen in meiner Backe herumzubeißen und dabei mit meiner rechten Schuhspitze kleine Kreise auf dem braunen Linoleumboden zu ziehen. Ich fragte mich, ob alle es komisch finden würden, dass ich von meinem Onkel Victor, von dem alle gedacht hatten, dass er tot war, ausgeschimpft würde. Wenn Totsein doch bedeutete, dass man niemals wieder aufwachen würde. Niemals wieder.

»Hör auf, so herumzuzappeln«, sagte er. »Bist du immer so ein Zappellieschen gewesen?«

Ich hörte auf, Kreise zu zeichnen, und stellte mich aufrecht hin, dann hörte ich auf, in meine Backe zu beißen, und dachte über diese Frage nach. War ich immer so ein Zappellieschen gewesen? Ich wusste, was Zappeln war, natürlich, aber tat ich das etwa mehr als andere? Ich wusste es nicht. Ich hatte das Gefühl, dass Onkel Victor noch übellauniger werden würde, als er sowieso schon war, wenn ich das zu ihm sagte.

»Wahrscheinlich bist du gar nicht so schlimm. Immerhin bist du die Einzige, die mich bemerkt hat«, sagte er, während er mich wieder von oben bis unten ansah. »Aber dünn bist du. Du musst mehr essen.«

Das konnte ich gern tun. Ich nickte. Wenn es bedeutete, dass er dann netter zu mir sein würde, konnte ich gern mehr essen.

»Was bist du, acht? Neun?«

Ich nickte.

»Ja, was denn nun, Kindchen, acht oder neun?«

»Ich werde neun in zehn Tagen. Genau wie Malvolio. Er wird neun in acht Tagen.«

»Oh. Ja. Na ja, das weiß ich schon.« Ich glaube, hier war Onkel Victor nicht sehr ehrlich. Ich glaube, er wusste es nämlich überhaupt nicht. Vor allem, weil er Mal niemals, wirklich niemals, eine Geburtstagskarte oder ein Geschenk gegeben hatte. Niemals. Obwohl Tante Mer immer so tat, als wären die Sachen von seinem Dad, wussten wir, dass sie es nicht waren.

»Du bist noch ein bisschen jung, aber ich nehme an, es gibt einen Grund, dass du mich sehen kannst, und dann ist es eben so. Also, ich will, dass du etwas für mich tust.«

Es schien mir eine komische Art und Weise, jemanden zu bitten, etwas für einen zu tun, wenn man erst sagte, dass man seinen Namen nicht mochte, und dann sagte, dass er zu dünn war, und dann auch noch sagte, er solle aufhören, herumzuzappeln. Aber ich war ganz Ohr, eifrig und willens, alles zu tun, was ich konnte, weil ich wusste, dass Erwachsene komische Geschöpfe waren. Sie konnten eine Sache sagen und eine völlig andere meinen, und dann schienen sie nicht mal zu bemerken, dass sie das getan hatten.

»Du sollst auf Malvolio aufpassen, hörst du?«

Auf Malvolio aufpassen. Auf Malvolio aufpassen? Mum passte immer auf Tante Mer auf, wenn sie krank war. Und als Mal Masern hatte und wir alle Windpocken bekamen, passte Mum auf uns auf. »Ist er krank?«, fragte ich.

Onkel Victors Augen weiteten sich für einen Moment, dann schüttelte er wieder den Kopf, als wäre ich eben dieser Kuchen, der nur für den Mülleimer gut ist, den er aber auf dem Weg zum Mülleimer auch noch fallen gelassen hatte, was hieß, dass er nun doppelt so viel Arbeit verursachte, obwohl er doch von vornherein ein Enttäuschung gewesen war. »Nein, Kind. Ich will, dass du von jetzt an auf ihn aufpasst, bis er es nicht mehr nötig hat, dass das einer tut«, sagte er. »Und auch dann sollst du ihm noch weiter beistehen. Du weißt schon, dafür sorgen, dass er in Ordnung ist. Dass er glücklich ist.« Ich muss verwirrt ausgesehen haben, denn er sagte: »Wenn du älter wirst, wirst du verstehen, was ich meine. Aber für den Moment denk einfach immer daran, dass ich will, dass du auf Malvolio aufpasst. Ich hab das nicht besonders gut hingekriegt.«

»Aber das war doch nur, weil du nie da warst«, sagte ich, um ihn zu trösten. Um ihm zu zeigen, dass ich erwachsener war als er dachte, weil ich wusste, dass er, wenn er da gewesen wäre, auf Mal aufgepasst hätte. Und auf Victoria. Und auf Tante Mer.

»Ach, danke, Kind, ich weiß.« Er klang nicht sehr getröstet. Er klang, wenn überhaupt, noch mürrischer. »Er ist ein guter Junge – ja, das weiß ich, auch wenn ich nie da war –, und er wird jemanden brauchen, der auf ihn aufpasst.«

»Was ist mit Victoria? Wird sie nicht auch jemanden brauchen, der auf sie aufpasst?«

»Sie ist ein Mädchen, irgendjemand wird immer auf sie aufpassen.«

Woher wusste er, dass irgendjemand immer auf sie aufpassen würde? Niemand hatte je auf Tante Mer aufgepasst, bis sie in unsere Straße gezogen war, so viel wusste ich aus dem, was Mum gesagt hatte. Und sie war ein Mädchen.

Meine Gedanken mussten sich wohl auf meinem Gesicht gespiegelt haben, denn er fügte hinzu: »Okay, Kind, dann pass auf sie beide auf. Du machst dir das Leben schwerer dadurch. Ich wollte dich eigentlich nur bitten, auf Malvolio aufzupassen. Jetzt will ich aber, dass du auf Malvolio *und* Victoria aufpasst.«

»Okay«, sagte ich, mit einem glücklichen Schulterzucken. Im Allgemeinen machte ich alles, was Erwachsene mir sagten. Es war einfacher so.

»Okay? War's das? Ich sage etwas sehr Tiefsinniges und Wichtiges, und alles, was du sagen kannst ist ›Okay‹?«

Oh, habe ich was Falsches gesagt? Ich überlegte fieberhaft.

Ich hatte gedacht, das war es, was er von mir wollte. »Okay, Onkel Victor?«, fügte ich versuchsweise hinzu.

»Ich hatte erwartet, dass du dich erkundigen würdest, was genau du machen sollst. Vielleicht auch, dass du Widerstand leistest oder so. Aber alles, was du sagst, ist ›Okay‹. Man hätte mir jemand Älteren geben sollen, den ich darum bitten könnte, ich wusste es ja.«

»Aber ich habe doch ›Okay‹ gesagt«, sagte ich ruhig. Ich verstand nicht, warum er nicht zufrieden war, wenn ich doch genau das tun würde, was er von mir wollte. Im Allgemeinen hatte ich festgestellt, dass Erwachsene böse wurden, weil man *nicht* das tat, was sie einem sagten, oder weil man ihnen Widerworte gab. Onkel Victor dagegen schien böse zu sein, weil ich sehr wohl das tat, was er mir sagte. Ich bekam so langsam den Eindruck, dass Onkel Victor einfach ein böser Mann war. Vielleicht hatte das Totsein ihn sogar noch böser gemacht.

»Stimmt, das hast du wohl getan. Nun, ich werde dich beobachten.«

»Von wo?«

Er zwinkerte mir wieder zu. »Wie meinst du das, von wo? Einfach von überall.«

»Gleichzeitig? Du wirst überall gleichzeitig sein?«

»Ja.«

»Bist du denn der liebe Gott?«

»Wie kommst du denn darauf?«

»Der liebe Gott ist überall gleichzeitig und beobachtet uns. Bist du der liebe Gott?«

»Sei doch nicht so verdammt dämlich.«

»Oh«, sagte ich. »Wirst du mich auch beobachten, wenn ich auf die Toilette gehe?«

»Natürlich nicht.«

»Oder wenn ich bade?«

»Nein, bestimmt nicht.«

»Dann wirst du mich also nicht die ganze Zeit beobachten?«

»Wohl eher nicht«, sagte er, jetzt wieder sehr böse.

»Aber wie wirst du wissen, wenn du mich nicht die ganze Zeit beobachtest, wann ich auf die Toilette gehe oder bade?«

»Das ist genau der Grund, warum ich dich nicht haben wollte«, sagte er, wobei er so böse klang, wie er aussah. »Du stellst zu viele Fragen. Ich werde dich einfach beobachten. Das muss dir genügen, damit du es glaubst.«

Man hatte mir schon öfters gesagt, dass ich zu viele Fragen stellte. Mum schickte mich oft zu Dad, damit er mir die Antwort auf meine Fragen gab. Dad schickte mich meistens zu einem Lexikon. Oder ins Bett, wenn das Lexikon mir keine Auskunft erteilen konnte. »Okay, Onkel Victor.«

»Jetzt lauf schon los«, sagte er, indem er mich mit seiner knochigen Hand zur Seite wedelte.

»Danke, Onkel Victor«, sagte ich.

»Danke?«

»Dass du mich besucht hast.«

Er sah überrascht drein. »Aha, na ja, gut …«

Ich lächelte ihn an, glücklich, noch eine Chance bekommen zu haben, mit ihm zu sprechen. Erleichtert, dass er das letzte Mal, dass ich ihn gesehen hatte, nicht der tote Mann im Sarg gewesen war.

»Wasch dir die Hände, Kind, sei ein gutes Mädchen.«

»Oh, okay.« Ich wandte mich unserem neuen grünen Waschbecken zu und rieb meine Hände unter dem Wasser, wobei ich völlig die Seife übersah, die am Badewannenrand lag. Als ich mich umdrehte, war Onkel Victor nicht mehr da.

Ich schlich mich hinaus, um das Spiel wieder aufzunehmen, das ich vorher gespielt hatte, und erzählte nie jemandem davon, dass ich Onkel Victor gesehen hatte. Ich bezweifelte keine Minute lang, dass ich ihn gesehen und dass er mit mir gesprochen hatte, aber ich kannte die Erwachsenen gut genug, um zu wissen, dass sie es nicht mögen würden, wenn ich es ihnen sagte. Tante Mer hatte die ganze Zeit geweint, seit Onkel Victor gestorben war, und der Doktor hatte ihr etwas geben müssen, damit sie schlafen konnte. Mum und Dad waren die ganze Zeit bei ihr, und sie würden nicht wollen, dass ich es sagte. Auch Mal und Victoria konnte ich es nicht sagen, weil sie sicher traurig wären, dass er mich besucht hatte und nicht sie. Und Cordy würde es sofort Mum und Dad erzählen.

Ich sah Onkel Victor danach noch ein paar weitere Male. Er sprach aber nicht mehr mit mir. Er war nur einfach manchmal da, zum Beispiel konnte ich ihn einmal im dunklen Küchenfenster sehen, als ich abspülte. Oder er stand einfach da, hinten im Garten. Einmal saß er auf dem Badewannenrand, als ich gerade auf die Toilette gehen wollte, aber er verschwand dann gleich, als ich ihm die Tür öffnete (die Toilette traute ich mich trotzdem für einige Stunden nicht zu benutzen, nachdem ich ihn gesehen hatte). Er wollte mich damit wohl an das Versprechen erinnern, das ich ihm gegeben hatte, glaube ich.

Als ich größer wurde, interessierte ich mich immer mehr dafür, was abseits der Realität unserer alltäglichen Erfahrungen lag. Was wir nicht sehen oder hören oder spüren konnten, was aber trotzdem da war. Was wir vielleicht sehen oder hören oder spüren könnten, wenn wir lernen würden, uns darauf einzustimmen.

Ich hatte ein besonderes Interesse daran, aufzudecken, was sonst noch um uns herum verborgen war, in den Räumen zwischen dieser Welt und der, wo wir hingingen, wenn wir gestorben waren. Und ich wollte auch herausfinden, was in uns selbst versteckt lag. Was wir alles wahrnehmen konnten, wenn wir wussten, wonach wir suchten, und wenn wir lernten, uns damit vertraut zu machen.

In den letzten paar Tagen ist Onkel Victor mir die ganze Zeit im Kopf herumgespukt, und zwar, weil ich begriffen habe, dass *er* der Mann im Traum gewesen ist, der gekommen war, um Leo mitzunehmen. Ich bin mir nicht sicher, ob es eine Bedeutung hat, oder ob ich die beiden nur miteinander verbinde, weil Onkel Victor der erste – wenn auch nicht der letzte – Geist war, den ich gesehen hatte. Ich wusste definitiv, dass er auf der anderen Seite war, und ich habe immer gedacht, dass einem das Verlassen dieses Lebens einfacher gemacht würde, wenn man einen geliebten Menschen hat, der einen dort drüben in Empfang nimmt. Und Onkel Victor hätte Leo geliebt. Natürlich hätte er das. Ich war versucht gewesen, meinen Sohn mit vollem Namen Leo Frank Victor Kumalisi zu nennen, aber das hätte alles auffliegen lassen. Es hätte dann jeder gewusst, wer Leo wirklich war.

Vielleicht habe ich diesen Traum nur heraufbeschworen, weil ich möchte, dass Leo sich jemandem anvertrauen kann. Wenn er wirklich bereit ist, zu gehen, wenn er wirklich will, dass ich ihn loslasse, dann wird er dort wenigstens nicht ganz alleine sein.

Ohne jede Vorwarnung fährt alle Energie aus meinem Körper, sodass ich mich vor meinem Haus auf die Treppe setzen muss, weil ich nicht mehr in der Lage bin, auch nur die Hand zu heben und die Haustür aufzusperren.

Er muss aufwachen.

Leo muss einfach aufwachen.

Ich bin nicht bereit, ihn das ohne mich durchstehen zu lassen. Er muss aufwachen.

Er muss aufwachen.

10

Meredith sitzt in meinem Wohnzimmer auf der Couch und trinkt Tee. Ich habe nie verstanden, warum die Leute solche Probleme mit ihren Schwiegermüttern haben. Carole zum Beispiel mied die ihre mit einem ganzen Strategienarsenal, das an eine Militärkampagne denken ließ. Sie benutzte ihre Kinder als Spione, um die Pläne ihrer Schwiegermutter zu eruieren, und war dann zufälligerweise nicht zu Hause, wenn sie vorbeikam, oder sie hatte für Weihnachten, Ostern und sämtliche Geburtstage einen Besuch bei ihrer Familie in Schottland organisiert. Dyan hingegen musste jedes Mal, wenn ihre Schwiegermutter wieder weg war, zusätzliche Besuche bei ihrem Therapeuten einlegen, weil ihr Selbstbewusstsein zerrüttet war.

Meine eigene Schwiegermutter dagegen war eine Heilige, in vielerlei Beziehung. Mal hatte für den Großteil seines Lebens nur sie als einziges Elternteil gehabt. Sie hatte ihm Verantwortungsbewusstsein beigebracht, sie hatte ihm gezeigt, was im Leben wichtig war. Wenn sie nicht gewesen wäre, wäre er vielleicht nicht bei mir geblieben. Er hätte nicht die Entscheidungen getroffen, die wir getroffen haben.

Dennoch ist unsere Beziehung von vielen komplizierten Fäden durchwirkt. Meredith, denke ich oft, ist meine eigene persönliche Warnung: ein Alarmsignal in Gestalt einer zierlichen, 1,60 Meter großen, weißhaarigen Frau. Wann immer sie mit etwas anderem beschäftigt ist, studiere ich sie, lasse meine Augen über die weichen Linien ihres Gesichts und Körpers wandern, in dem sicheren Wissen, dass ich, wenn ich nicht aufpasse, wenn ich mich nicht an Mal klammere, genauso werden würde wie sie. Ich könnte diese Frau sein, die sich auf die Freundlichkeit von geliebten und fremden Menschen gleichermaßen verlässt. Jedes Mal, wenn ich Meredith sehe und eine Zeit lang in ihrer Gesellschaft bin, verlasse ich sie fest entschlossen, mein eigenes Leben ganz alleine zu meistern. Niemals würde ich alleine zu Hause sitzen und darauf warten, dass jemand vorbeikam und mir die Erlaubnis erteilte, zu leben.

Nach der Dinnerparty, als mir bewusst geworden war, dass sie wahrscheinlich Mals Hotline zu Nova und … und allem anderen war, wusste ich, dass ich mit ihr reden musste. Ich hatte eigentlich zu ihr nach Hause gehen wollen, um dieses Treffen zufälliger und harmloser aussehen zu lassen als es tatsächlich war; aber sich nach East London zu wagen, in die Straße, in der sie wohnte, würde bedeuten, eine zufällige Begegnung mit Novas Eltern zu riskieren. Ich hatte die Kumalisis viele Male getroffen, auch bei meiner Hochzeit, und sie waren die nettesten Leute, die ich mir vorstellen konnte, und sie hatten mich ohne Zögern in ihrer Mitte willkommen geheißen – aber die Vorstellung, jetzt Smalltalk mit ihnen machen zu müssen, wenn … Nun, es gab tapferere Frauen in der Welt als mich. Ich habe zwar bisher noch keine getroffen, weil sie wahrscheinlich viel zu sehr damit beschäftigt sind, mit Krokodilen zu ringen und Tiger zu häuten, aber ich weiß jedenfalls, dass ich keine von ihnen bin. Inzwischen habe ich Novas Eltern seit acht Jahren nicht gesehen; seit dem, was passiert ist, hielt ich es für das Beste, mich von ihnen fernzuhalten. Mit Meredith hatte ich mich daher immer hier bei mir oder bei Victoria in Birmingham getroffen, einfach nur, um eine Begegnung mit den Kumalisis zu vermeiden.

Während ich damit beschäftigt bin, Tee einzuschenken, beobachte ich Meredith verstohlen, die seelenruhig auf meinem Sofa sitzt, die langen, weißen Locken streng aus ihrem immer noch mädchenhaften Gesicht nach hinten gekämmt und in einen Dutt gesteckt, die braunen Augen sanft und nachgiebig, der Mund eine dünne, rosafarbene Linie, die sich manchmal teilt, um Tee und Keksstücke aufzunehmen. Sie hat etwas Verschwommenes an den Rändern ihres Gesichts, fast als würde sie sich in ihre Umgebung einfügen, wie immer diese auch beschaffen sein mag, nichts wollend und nichts brauchend und immer darauf bedacht, nicht aufzufallen. Ein leichter Schauder durchläuft mich. Hier sitze *ich*. Hier sitze ich mit meinem zukünftigen Ich: Wie die meisten Frauen auf Männer stehen, die ihren Vätern ähneln, so hat Mal seine eigene Mutter geheiratet.

Die Ähnlichkeit zwischen uns bedeutet aber auch, dass ich sie jetzt, in dieser Situation, wo wir zwei hier alleine sitzen, alles fragen kann und sie es so ehrlich wie möglich beantworten wird.

»Hast du zufällig irgendwelche Fotos von Leo bei dir?«, lautet die Frage, die ich ihr stelle. Ich war natürlich immer neugierig gewesen, auch wenn ich das Mal gegenüber nie zugegeben hätte – alles Schall und Rauch und Ablenkungsmanöver. Aber da es mir nicht gelungen war, über das Internet etwas herauszufinden, war es nach und nach zu einer Obsession geworden.

Merediths Gesicht verändert sich leicht, ein sanftes Unbehagen, das über die sonst ausdruckslose Miene huscht.

O Gott, ich hätte sie nicht fragen sollen, denke ich. Sie hat mich all die Jahre toleriert, hat mich nie konfrontiert mit dem, was ich getan habe, aber sie hat mir auch nicht verziehen.

Immer noch sichtlich unbehaglich stellt sie Tasse und Untertasse von dem Teeservice, das sie uns zur Hochzeit geschenkt hat, vorsichtig nieder und greift nach ihrer Tasche, die auf dem Boden steht. Ich hatte ihr diese Tasche letztes Jahr zu Weihnachten geschenkt. Sie ist aus schwarzbraunem Wildleder, mit goldenen Beschlägen und Reißverschluss. Das gezwungene Lächeln, das sich beim Auspacken auf ihrem Gesicht niedergelassen hatte, war mir nicht entgangen, ich hatte sehr deutlich die höfliche – aber enttäuschte – Dankbarkeit gespürt, mit der sie mich auf beide Wangen geküsst hatte. Sie mochte diese Tasche nicht, und dies war wahrscheinlich das erste Mal, dass sie sie benutzte. Ebenso wie es das erste Mal war, dass ich das Teeservice benutzte. Wir sind beide hervorragende Schwindlerinnen und versuchen ständig, uns bei der anderen einzuschmeicheln.

Sie nimmt ihre längliche Brieftasche aus der Tasche und klappt sie auf. Ich erhasche einen Blick auf ein Bild von Mal und mir bei unserer Hochzeit, beide lachend und etwas zurückschreckend, weil die anderen um uns herum uns mit Konfetti bewerfen. In dem anderen Bilderfach steckt ein fast identisches Foto von Victoria, Mals Schwester, ebenfalls an ihrem Hochzeitstag. Schließlich greift sie hinter einige Banknoten und zieht drei Fotografien heraus.

Sie wirft einen kurzen Blick auf die Bilder und legt sie dann ganz sanft, als wäre er es selbst und nicht nur sein Abbild, auf den Tisch.

Mir stockt der Atem.

Er ist so schön.

Mein Herz zieht sich schmerzlich zusammen, in dem plötzlichen Schock, ihn zum ersten Mal zu sehen. Mir kommen die Tränen, und sein Bild verschwimmt vor meinen Augen. Aber wenn ich sie jetzt schließen würde, würde ich ihn immer noch vor mir sehen, mich immer noch an jede Linie und Kurve seines Gesichts erinnern können.

Er ist so schön.

Mein Herz beginnt sich in meiner Brust zu weiten, sich anzufüllen mit … mit etwas, was ich nur als Liebe beschreiben kann. Plötzliche, nicht eingeforderte Liebe zu diesem Jungen, den ich noch nie gesehen habe.

Er ist so wunderschön.

Ich rutsche vom Sofa und vor dem Teetisch auf die Knie und starre auf die Fotos, die vor mir liegen wie Tarotkarten – als wollten sie mir zeigen, was meine Vergangenheit, Gegenwart und Zukunft hätte sein können. Ich strecke die Hand aus, streiche sanft mit dem Finger über eines davon, sein erster Schultag, und noch immer habe ich Tränenschlieren vor den Augen. Wieder schwillt mir das Herz und zieht sich dann gleich wieder zusammen.

Mein kleiner Junge.

Er hat Mals große, ehrfürchtige Augen geerbt. Seine dunkle Mokkahaut ist wohl die Mischung aus den Genen von Mal und Nova. Der Mund – unglaublich voll für so einen kleinen Jungen – ist sicher von ihr, während die Form seines Gesichts, ein wundervolles, fülliges Oval, ganz offensichtlich dem von Mal gleicht. Die dunklen Haare liegen ihm in dicken Kringellocken um den Kopf herum, genau wie die von Mal, nur dass die seinen honigblond sind.

Mein kleiner Junge.

Er hätte mir gehören sollen. Er hätte mein kleiner Junge sein sollen.

Er grinst etwas verlegen, seine blau-grün-weiß-gestreifte Krawatte hängt ein wenig windschief, eine einsame Locke neben seinem Ohr steht leicht vorlaut heraus, und er scheint einen Tick in die falsche Richtung zu schauen, sodass das Bild leicht verrutscht wirkt. Ich frage mich sofort, was wohl so interessant ist, dass er nicht in die Kamera schaut. Ich erinnere mich, ein Foto von Mal gesehen zu haben, das mit diesem fast identisch ist. Auch er war darauf ungefähr sieben. Seine Krawatte war windschief, eine Locke stand von den anderen unabhängig neben seinem rechten Ohr, und seine Augen waren ganz ähnlich in die falsche Richtung gerichtet, als das Bild geschossen wurde.

Mein Finger bewegt sich weiter zum nächsten Foto, auf dem er ein grellgrünes Fantasiekostüm trägt. Es ist viel zu groß für ihn, hängt ihm über die Hände und bedeckt seine Füße, verleiht ihm dafür aber einen großen, fassartigen Brustkasten und einen beeindruckenden Waschbrettbauch. Er ist gerade damit beschäftigt, sich einen roten Gürtel um die Taille zu binden und sieht etwas verloren und verwirrt in die Kamera, fast als ob er die Person dahinter auffordern würde, mit dem Fotografieren aufzuhören und ihm stattdessen mit dem Gürtel behilflich zu sein. »Hilf mir doch lieber, was machst du denn da?«, scheint er zu sagen. »Wie kann ich ein Superheld sein, wenn ich meinen Gürtel nicht anbekomme?«

Auf dem dritten Bild ist er etwa vier und lacht von ganzem Herzen. Er hat wohl gerade den besten Witz aller Zeiten gehört, und er hat den Kopf auf die Seite geworfen, während er darüber lacht und lacht. Es ist dasselbe Lachen, das auch mein Mann lacht, auf dem Hochzeitsfoto in Merediths Brieftasche.

Ein paar Tränen kullern mit jetzt über die Wange, und eine davon löst sich und landet mit einem kleinen Platschen auf einer Ecke des dritten Fotos. Die Träne ruiniert sofort diesen Abschnitt des Fotos, indem sie die Farbe wegsaugt und einen Sprenkel hinterlässt. Ich raffe schnell eine Serviette vom Tablett, tupfe die Träne weg und hinterlasse so stattdessen einen anämischen Halbmond an der unteren linken Ecke. »O Gott, das tut mir leid!«, sage ich zu Meredith, während meine Augen zu ihr hochfliegen. »Es tut mir so leid. Ich habe es ruiniert. Ich habe es ruiniert!« Ich schlage schockiert die Hand vor den Mund. »Sieh nur, was ich getan habe. Ich habe es ruiniert. Es tut mir wirklich so furchtbar leid!«

Ihre Hand legt sich auf meine Schulter und will mich besänftigen. »Es ist schon gut«, erwidert Meredith ruhig. »Es ist doch nur ein Foto. Man kann es ersetzen. Ich kann leicht ein anderes dafür bekommen.«

Warum ist sie nur so liebenswürdig zu mir? Wenn ich doch ihr Foto ruiniert habe, und ihren Sohn davon abgehalten habe, ihren Enkel zu sehen, warum ist sie so freundlich zu mir? Wieder kommen mir die Tränen. Ich presse die Handflächen gegen meine Augen und versuche, sie zurückzuhalten.

Hör auf damit, sage ich zu mir selbst. Hör auf damit. Hör auf. Hör auf. Hör auf. Ich muss ein wenig Kontrolle zurückerlangen, sonst fange ich wirklich noch an zu schluchzen. Ich habe eine Ewigkeit nicht geweint, und dies wäre wahrscheinlich nicht der beste Moment, um damit anzufangen. Und um wen würde ich dann überhaupt weinen? Um Meredith? Um Mal? Um mich? Um das Stück von mir, das verloren ist, und das ich vielleicht in diesen Fotos wiederfinden könnte?

Wir sitzen ein paar Minuten schweigend da, während ich mich zu beruhigen, die außer Kontrolle geratenen Gefühle wieder in Zaum zu bekommen versuche. Ein paar tiefe Atemzüge, und ich spüre, wie sie sich zurückziehen und fortfließen, wie die Flut, die die Küste wieder verlässt.

Noch einmal atme ich tief ein, spüre, wie ich sogar noch ein wenig ruhiger werde, genug, um meine Hände wegzunehmen und meine Augen ganz trocken zu zwinkern. Wie peinlich! Dass mir das ausgerechnet vor Meredith passieren musste!

»Hasst sie mich noch?«, frage ich schließlich ruhig. Es ist wahrscheinlich nicht fair, das zu fragen, sie in das Ganze hineinzuziehen, aber ich muss wissen, ob Nova mich noch immer verflucht.

»Ob wer dich hasst?«, fragt Meredith.

Ich wende ihr das Gesicht zu und stelle fest, dass Unverständnis in ihren Augen steht, während sie mich ziemlich perplex ansieht.

»Nova. Hasst sie mich noch?«

Merediths Gesicht zerfurcht sich noch mehr und wirkt jetzt einigermaßen fassungslos. »Warum in aller Welt sollte Nova dich hassen?«, fragt sie.

»Weil …« Ich zeige auf die Fotos.

Ihre ergrauten Augenbrauen schießen vor Überraschung in die Luft. »Was, wegen Leo? Ich würde eher denken, dass es andersherum ist.«

»Wie bitte?«, gebe ich zurück.

»Ich mag nicht sehr gut im Rechnen sein, meine Liebe, aber ich weiß, dass du seit zehn Jahren verheiratet bist und Leo noch nicht mal acht Jahre alt ist.«

»Sie hat es dir nie gesagt, nicht wahr?«, sage ich, als mir plötzlich alles klar wird. »Nova hat dir nicht gesagt, was geschehen ist.«

Ich merke, wie sich die Haare auf Merediths Körper sträuben, und die Weichheit, die ich so gut an ihr kenne, plötzlich verschwunden ist. »Malvolio und ich mögen uns zwar sehr nahe stehen«, sagt sie scharf, »aber sein Intimleben geht mich nichts an. Ich würde ihn nie darauf ansprechen. Und auch nicht Nova.«

Ich höre nur teilweise, was sie sagt, der Rest von mir ist dabei, zu verarbeiten, was ich gerade entdeckt habe. Das ist wirklich typisch für Nova. Vor Jahren, als Mal und ich verkündeten, das wir heiraten wollten, war sie von sich aus zu mir gekommen, um mir zu sagen, dass sie nicht Brautjungfer werden wollte. Sie wollte nur einmal in ihrem Leben Brautjungfer sein, und das war für ihre Schwester, und daher wollte sie nicht auch meine Brautjungfer sein. Ich hatte das ein wenig unverschämt von ihr gefunden, denn ehrlich gesagt hatte ich nicht einmal vorgehabt, sie zu fragen. Nachdem sie dann gegangen war, fragte ich mich, ob sie nicht zum Brauttross gehören wollte, weil es zu schmerzhaft für sie gewesen wäre, Mal so nahe zu sein, wenn er einer anderen Frau das Eheversprechen gab. Dann hatte ich nicht mehr weiter an die Sache gedacht, bis ich den wahren Grund entdeckte: Mal ging völlig selbstverständlich davon aus, dass sie Brautjungfer sein würde. Erste Brautjungfer, natürlich. Er hatte das einfach vorausgesetzt. Sie wusste das, und sie wusste auch, dass ich sie gar nicht haben wollte, und so hat sie es mir leicht gemacht, meine Ablehnung zu begründen. Ich konnte ihm einfach sagen, dass sie nicht Brautjungfer sein wollte, und so die Feldschlacht verhindern, die zwischen Mal und mir entbrannt wäre, und in deren Verlauf ich ihm gegenüber meine dauerhaft ambivalenten Gefühle ihr gegenüber hätte zugeben müssen. Ich war nicht sicher, für wen sie es getan hatte, aber es hatte mein Leben auf jeden Fall einfacher gemacht. Und jetzt hatte sie es wieder getan. Nur dass dies jetzt viel, viel größer war. Sie hätte mich vor den anderen so leicht als das Monster zeichnen können, das ich damals gewesen war. Das Geschöpf, das ihr Leben zerstört und ihr den wertvollsten Freund weggenommen hat. Sogar eine mildere Version von dem, was damals geschehen war, hätte jedermann fest auf ihre Seite gestellt und mir die Rolle der Übeltäterin verliehen. Aber sie hat es nicht getan. Sie hat es niemandem gesagt.

Wenn Meredith es nicht weiß, dann hat Nova es nicht mal ihren eigenen Eltern gesagt – sie und Meredith stehen sich zu nah, um Geheimnisse voreinander zu haben. Wahrscheinlich wissen sie alle, dass Mal Leos Vater ist – nur ein Blinder könnte die Ähnlichkeit zwischen den beiden übersehen –, und wahrscheinlich nehmen es ihr alle ein wenig übel, weil er schon ein verheirateter Mann war, als sie schwanger wurde. Sie hat die Schande auf sich genommen, obwohl es dafür überhaupt keine Notwendigkeit gab. Das ist der Grund, warum Meredith mich so angesehen hat, als ich sie bat, ein Foto von Leo sehen zu dürfen. Und sicher ist das auch der Grund, warum sie sich mit mir immer so gut zu stellen sucht, warum sie mich behandelt wie ein rohes Ei, wenn sie in meiner Nähe ist: Sie denkt, man habe mir Unrecht getan, sie denkt, ich sei die betrogene Ehefrau. Wahrscheinlich fühlt sie sich auch noch schuldig, weil sie Kontakt zu ihrem Enkel hat und weil sie heimlich mit Mal über ihn spricht.

»Nova und Mal hatten keine Affäre«, sage ich zu Meredith, weil ich die Sache für Nova wiedergutmachen will. Um ihren Namen reinzuwaschen. Jahrelang war sie heimlich gebrandmarkt als lügnerische, intrigante Geliebte eines verheirateten Mannes, sogar vor den Menschen, die sie lieben. Sicher hatten sie alle ein wenig Mitleid mit ihr, sicher haben sie sich gefragt, wie sie so wenig Respekt vor sich selbst haben konnte, dass sie sich mit einem Mann einließ, der nicht zu haben war und der sie nicht mal genug lieben konnte, um ihretwegen seine Frau zu verlassen. Wie sie auch noch schwanger werden konnte von diesem Mann. Sie fragten sich wahrscheinlich, ob sie es mit Absicht getan hat, um ihn in Zugzwang zu bringen, oder ob es ein Unfall gewesen ist, für den sie jetzt den Preis zu zahlen hat. Sie alle liebten Leo, sie alle waren völlig vernarrt in ihn, aber darüber hinaus lag ein feines, beständiges Gefühl der Schande über allem, weil sie daran dachten, wie er entstanden war.

Wenn ich die Dinge richtigstellte, dann würde Nova

mich vielleicht weniger hassen. Und vielleicht würde sich dann diese Schlinge der Schuld, die sich um mein Herz gelegt hat, lockern. Vielleicht … Ich blicke wieder auf das Foto hinunter. Vielleicht …

»Sie haben nicht mal …« Ich hebe die Augenbrauen, verziehe ein wenig das Gesicht, es gibt auf dieser Welt keine angemessene Art und Weise, wie ich mit meiner Schwiegermutter über Sex reden könnte. Sie wird wohl von selbst verstehen müssen, was ich ihr sagen will. »Ich … ich kann keine … Kinder, weißt du? Ich kann das nicht. Nova hat eingewilligt, uns zu helfen.« Meine Augen werden förmlich durchstochen von denen des kleinen Jungen, der mich fröhlich angrinst. *Mein schöner kleiner Junge.* »Sie wollte das Baby für uns bekommen.«

Ich vermeide es, Meredith anzusehen, aber ich weiß, dass sie schockiert ist. Ich kann spüren, wie sich der Schock um uns herum ausbreitet wie eine Nuklearwolke, und mit jedem Wort, das ich sage, mit jedem Quentchen Wahrheit, das ich enthülle, wächst ihr Entsetzen, bis es den ganzen Raum erfüllt.

»Nova war unsere Leihmutter. Leo hätte eigentlich mein Sohn sein sollen.«

11

Keith sitzt auf dem Himmelbett, als ich nach dem Duschen in unser Schlafzimmer komme. Ein Tsunami des Schreckens rollt in meinem Innersten heran und kracht und wütet durch mich hindurch.

»Was ist passiert?«, frage ich, mein weißes Handtuch um mich festzurrend. Ich bin plötzlich ganz benommen, wie betäubt. Von den Haarspitzen bis zu den Zehennägeln bin ich wie erstarrt.

»Nichts«, sagt Keith. »Nichts ist passiert. Leo geht's gut.« Dann wird er sich bewusst, was er gesagt hat. »Sein Zustand ist unverändert«, berichtigt er.

Die Erleichterung lässt mich wieder atmen, erlaubt Blut und Gefühl, in meinen Körper zurückzukehren. »Warum bist du dann hier?«, frage ich Keith. Ich war doch gar nicht so lange weg. Höchstens drei Stunden, in denen ich die Kuchen gebacken habe, zehn Minuten ganz erfroren auf der Treppe gesessen bin und dann höchstens weitere zehn Minuten in der Dusche verbracht habe. »Wer ist bei Leo?«

»Melissa. Die Krankenschwester. Sie ist fertig mit ihrer Schicht, und sie meinte, sie würde bei ihm bleiben, bis wir wiederkommen.«

Ich weigere mich zwar, eifersüchtig zu sein auf die Beachtung, die mein Mann von anderen Frauen bekommt, aber ich habe etwas dagegen, wenn er die Tatsache, dass jemand für ihn schwärmt, für eigennützige Zwecke missbraucht. Vor allem, wenn es sich um etwas so Wichtiges handelt wie dies hier.

»Warum?«, frage ich mit zusammengebissenen Zähnen.

Er schwingt seine langen Beine vom Bett und setzt sich auf den Rand. Von dort aus mustert er mich von oben bis unten mit einem begehrlichen Blick. »Wir sollten etwas Zeit miteinander verbringen«, sagt er. »Wenn deine Familie herkommt, werden wir dazu nicht mehr kommen. Wir werden dann keine Minute mehr für uns allein haben.«

»Wir sind doch die ganze Zeit zusammen«, sage ich und

tue ahnungslos. Ich weiß natürlich, was er meint. Was er will. Was er wahrscheinlich auch braucht.

Keith erhebt sich vom Bett, kommt auf mich zu und umarmt mich. Normalerweise werde ich auf der Stelle zu Wachs, wenn er das tut, Lust und Begehren schwappen dann einfach über mich hinweg. Es dauert dann nur wenige Sekunden, bis wir ineinander verschlungen im Bett liegen – und manchmal schaffen wir es gar nicht so weit. Normalerweise muss Keith nichts weiter tun als seine Arme um mich legen, und ich fange schon an, mehr zu wollen: seine Berührung, seine Küsse, seinen Körper, seine Augen, die in den meinen versinken. Normalerweise ist das so. Jetzt ist aber nicht normalerweise. Ich bin wie erstarrt, während er seine Hände über meinen handtuchbedeckten Rücken bewegt.

»Du weißt, was ich meine«, sagt er.

Ja, ich weiß, was er meint.

Er fängt an, meinen Nacken zu liebkosen, und scheint gar nicht zu bemerken, dass ich nicht zerschmelze wie sonst. Ich habe aufgehört, auf Keith zu reagieren. Es hat nichts mit Leos Zustand zu tun, ich habe schon vor etwa drei Monaten aufgehört, auf ihn zu reagieren. Gleich nach »dem Gespräch«. Seitdem denke ich zuallerletzt an Sex. Er kommt mir erst in den Sinn, nachdem ich den Ölstand am Auto geprüft oder ich kontrolliert habe, ob die Dachrinne gesäubert werden muss, oder wenn ich die Suche nach widerstandsfähigeren Mülltüten abgeschlossen habe. Es liegt nicht an Keith, es liegt an mir. Es liegt daran, wie mir bei dem zumute ist, was er will. Er hat vor drei Monaten darauf bestanden, dass wir endlich darüber reden, was mit weiteren Kindern ist – »Wir werden nicht jünger, Lucks, und wir wussten doch immer, dass wir welche wollten« –, und danach konnte ich einfach keinen Sex mehr haben. Schon allein der Gedanke daran …

Ich habe immer drei Kinder gewollt, jedenfalls bevor das alles passiert ist. Die Situation hat sich grundlegend verändert, und vom Kopf her weiß ich sehr gut, dass sich das Geschehene so nicht wiederholen wird, aber in meinem Herzen sitzt eine maßlose Angst.

Und weil Keith nicht in allen Einzelheiten weiß, wie es dazu kam, dass ich Leo behalten habe, kann ich es ihm auch nicht erklären. Stattdessen habe ich seit unserem Gespräch jegliche Intimität gemieden. Nicht nur den Sex, sondern auch Umarmungen, Küsse oder Kuscheln, weil es ja immer zu mehr führen könnte.

Während Keith fortfährt, meinen Hals zu liebkosen, klappen meine Augen zu – vor Ekstase, denkt Keith wahrscheinlich. Ich versuche, mir selbst einzureden, dass ich es tun kann. Ich kann mich entspannen und es einfach geschehen lassen. Ich versuche auch, mich daran zu erinnern, wann ich zum letzten Mal die Pille genommen habe. Meine Gewohnheiten sind in alle Winde zerstreut, und ich kann mich nicht daran erinnern, dass ich in letzter Zeit eine aus ihrer Folienverpackung gedrückt und geschluckt hätte. Ich kann Keith schlecht bitten, mal kurz zu warten, während ich gehe und nachsehe, wie viele noch da sind. Und ich kann mich auch nicht erinnern, wann meine letzte Periode war. Ich kann ihn unmöglich bitten, ein Kondom zu benutzen.

Ich versuche, mich zu entspannen, ich versuche, mich gehen zu lassen. Ich werde mich fallen lassen, und dann hole ich später in der Krankenhausapotheke die Pille danach. Weil ich einfach nicht mehr schwanger werden kann. Ich kann einfach nicht. Nicht jetzt, und vielleicht nie mehr.

Seine Lippen – voll und wunderbar und einer der vielen Gründe, warum ich mich in ihn verliebt habe – drücken sich in einem weichen, liebevollen Kuss auf meinen Mund. Mein Herz sackt leicht enttäuscht nach unten. Er will also keinen Quickie. Er will das ganze Programm: zarte Liebkosungen, leise dahingesäuselte Worte, heiße Umklammerungen und Nägel im Fleisch, sehnsuchtsvoll-süße Küsse, zufrieden-träges Plaudern danach. Einen Quickie hätte ich vielleicht noch geschafft, alles andere ist zu viel.

Sein Mund bewegt sich jetzt zu meinem Hals, während er mich mit einem Arm fest an sich drückt; die Finger der anderen Hand lösen mein Handtuch und ziehen es weg, sodass es in einem Haufen zu Boden fällt.

»O Gott, Lucks«, flüstert er gegen meine Kehle, sein Begehren streicht über meine Haut. »Es ist so lange her.«

Er braucht es. Und er hat es für mich schneien lassen. Und er liebt mich. Und ich liebe ihn. Und wir brauchen etwas, das uns zusammenbringt und uns erdet.

Ich greife nach einem seiner Hemdknöpfe, aber meine Finger sind taub, und die Knöpfe scheinen geschrumpft zu sein, und ich kann sie mit den Fingern nicht greifen. Keith ist jetzt dabei, meine Schulter zu küssen, und ich hebe die Hand, versuche seinen Nacken zu streicheln, aber meine Finger sind immer noch taub und nehmen die Hitze und Glätte seiner Haut kaum zur Kenntnis. Ich werfe den Kopf zurück, das ist es, was er erwartet. Seine Hände bewegen sich weiter nach unten, packen mich fest.

Ich kann nicht. Ich kann nicht.

Er nimmt meine Hand, presst sie gegen sich, stöhnt. Ich bin immer noch wie betäubt. Mein ganzer Körper ist hart gegen alles außerhalb meiner selbst. Mein Blut ist erkaltet, mein Geist erloschen. Ich fühle nichts.

»Stopp, stopp!«, sage ich. In meinem Kopf schreie ich es, aber es kommt nur als Flüstern von meinen trockenen Lippen.

Keith hört nicht hin, sein Mund fährt fort, mich zu küssen, seine Hand schiebt sich zwischen meine Beine und seine Finger stoßen tief in mich hinein. Er stöhnt laut und packt mich fester.

»Bitte, Keith, hör auf!«, sage ich, und jetzt gelingt es mir, meine Stimme über ein Flüstern hinauszuheben.

Er hört sofort auf und fährt zurück. »Was ist denn los?«, fragt er.

Ich beuge mich hinunter, greife nach dem Handtuch, wickle es mir unbeholfen wieder um den Körper. »Es tut mir leid, ich kann nicht«, sage ich.

Seine Augen brennen noch immer vor Verlangen, seine Brust hebt und senkt sich in unregelmäßigen Abständen. »Was ist los mit dir?«, wiederholt er.

»Ich … Ich kann nicht. Es tut mir leid«, sage ich. Das Gefühl kehrt in meinen Körper zurück. »Bitte sei mir nicht böse.«

»Gott, ich bin nicht böse«, sagt er, während er wieder auf mich zukommt. »Ich mache mir nur Sorgen um dich.« Als er mich dieses Mal umarmt, liegt es nur in seiner Absicht, mich zu trösten. Er wiegt mich sanft, beruhigt mich.

Ich presse meinen Kopf gegen seine Brust, fühle seinen Herzschlag, beständig und regelmäßig. Wenn ein Herz so schlagen kann, beweist das, dass auch die Welt beständig ist. Nichts Schlimmes geschieht, nichts Gutes geschieht. Es ist alles beständig, gleichbleibend, erwartungsgemäß. Normal.

Das ist es, was ich will. Ich will, dass Leo aufwacht und alles normal ist. Ich will, dass er heimkommt und alles normal ist. Nichts soll außergewöhnlich sein, nichts soll sein, was des Feierns bedarf. Denn wenn etwas zu gut ist, dann muss vielleicht etwas Schlimmes geschehen, um es wieder auszugleichen. Ich will aber einfach nur, dass alles wieder normal ist. Ist das zu viel verlangt?

»Sag, dass er wieder gesund wird«, flüstere ich.

»Er wird wieder gesund werden«, erwidert Keith. »Okay? Es wird ihm besser gehen als je zuvor.«

Er versteht nicht. Ich will nicht, dass es ihm besser geht als je zuvor. Ich will nur, dass er gesund wird. Wir brauchen nicht mehr als das, wir brauchen nicht mehr als das Normale. Er soll nur gesund werden, sonst nichts.

»Ich gehe und mache Kaffee, während du dich anziehst. Und dann können wir zurück ins Krankenhaus fahren«, sagt er.

»Ja, das wäre toll.«

Er küsst mich auf den Scheitel und verlässt das Schlafzimmer. Statt zum Kleiderschrank zu gehen, setze ich mich schwer aufs Bett und ziehe das Handtuch noch fester um mich.

Meine Augen wandern zu dem blutroten Fleck, der neben der Frisierkommode auf dem beigen Teppich prangt. Leo hatte hier einen roten Eddingstift ohne Verschlusskappe fallen lassen, und ich hatte es erst Stunden später bemerkt, als der Fleck schon die Größe einer Zweipfundmünze erreicht hatte. »Machst du so was eigentlich, um mich zu ärgern?«, hatte ich ihn damals angefahren. Es war am Ende einer langen, anstrengenden Woche gewesen, und dies war der Tropfen gewesen, der das Fass zum Überlaufen gebracht hatte. »Oder magst du es etwa, wenn ich dich schimpfe?«

»Es tut mir leid«, hatte Leo gesagt.

»Das glaube ich dir nicht.«

»Es stimmt aber!«, flehte er. »Es tut mir wirklich leid!«

»Ja, mir auch«, gab ich zurück. »Es wird mich eine Menge Geld kosten, das reinigen zu lassen. Das heißt für dich, keine neuen Spielsachen mehr, vor allem keine Computerspiele. Vielleicht muss ich sogar die PlayStation verkaufen, damit ich das bezahlen kann.«

Leo war geflüchtet, und ich hörte, wie er in sein Zimmer rannte, wahrscheinlich um sich in der Nische zwischen seinem Schrank und dem Fenster zu verstecken. Dies war der Ort, wohin er sich zurückzog, wenn er weinen und am Daumen lutschen wollte, ohne dass ihn jemand dabei ertappte. Ich selbst war natürlich auch in Tränen ausgebrochen. Es war ja auch gar nicht der Teppich gewesen, über den ich so verärgert war. Angesichts der Tatsache, dass es so viel Wichtigeres gab, war er mir sogar ziemlich egal. Es war vielmehr die Tatsache, dass Leo etwas getan hatte, was ich ihm wieder und wieder verboten hatte: mit Eddingstiften in mein Schlafzimmer zu gehen. Er hatte mir nicht gehorcht. Was wohl dazugehörte zum Großwerden, denn Kinder wuchsen auf und entfernten sich von einem. Und das machte mir Angst. Er hatte sich bei allem immer auf mich verlassen, sich bei der Beurteilung von Richtig und Falsch ganz nach mir gerichtet, und jetzt fing er an, die Grenzen mehr und mehr auszuweiten. Aber das war normal. Ich wusste das. Ich wusste das damals, und ich weiß es jetzt. Und jetzt hatte ich nur noch den Wunsch, ihn einfach auf ganz normale Weise zu verlieren. Wie eben die meisten Mütter ihre Kinder verlieren, an die Zeit und das Erwachsenwerden. Alles, nur nicht so.

Ich will, dass alles wieder normal ist.

Ist das zu viel verlangt?

Vielleicht ist es das tatsächlich, denn die Art und Weise, wie Leo entstanden ist, war alles andere als normal. Vielleicht geschieht dies alles ja, weil Leo von Anfang an nie mir hätte gehören sollen.

»Wie kommt das Baby aus dem Bauch von seiner Mama heraus?«, fragte er.

Sie gingen gerade durch den Park. Es war ihm nicht mal kalt, obwohl Mum immer und immer wieder gesagt hatte, dass er seinen Spezialmantel anziehen sollte. Den mit dem Klettverschluss und dem Reißverschluss und den Knöpfen. Dabei gingen sie nicht mal zum Strand, wo es so richtig, richtig windig war und er sich manchmal an Mum festhalten musste, weil der Wind ihn sonst vielleicht weggeweht hätte. Er stellte sich das gern vor. Weggeweht zu werden. Weit aufs Meer hinaus. Aber nur, wenn Mum auch weggeweht wurde. Es wäre wie Fliegen.

Mum trug ihren Dufflecoat, was sein Lieblingsmantel an ihr war. Er war wie der von Paddington, dem Bären, und sie hatte einen gestreiften Schal ganz oft um den Hals gewickelt. Sie schob seinen Roller den Weg entlang.

Mum sah ängstlich aus, als er ihr die Frage stellte, wie wenn er von hinter der Tür hervorsprang. Diesmal schrie sie nicht auf und griff sich nicht an die Brust, aber sie sah ängstlich aus. Dann sah sie zu den Bäumen hoch, weil sie so tat, als könnte sie ihn nicht hören. Es war, wie wenn er sich die Hände auf die

Ohren legte, sodass er Mum nicht hören konnte, wenn sie etwas von ihm wollte.

»Wie kommt das Baby aus dem Bauch von seiner Mama heraus?«, fragte er wieder. »Weißt du das, Mum?«

Sie seufzte und blieb stehen, um sich auf seinen Roller zu lehnen. »Ja, das weiß ich«, sagte sie.

Seine Augen rissen ganz weit auf. »Wie denn?«, fragte er eifrig, bereit, sich jedes Wort zu merken, damit er es Richard und David und Martin am Montag ganz genau erzählen konnte.

»Sweetheart, ich will wirklich im Moment nicht darüber reden«, sagte Mum. »Dazu bist du noch ein bisschen zu klein.« Wenigstens ging sie nicht in die Hocke, während sie das sagte, denn dann hätte er sich noch viel schlimmer gefühlt.

»Ich bin schon sechs!«, sagte er.

»Ich weiß.«

»Das ist nicht klein.«

»Ich weiß.«

»Warum sagst du es mir dann nicht?«

»Ich weiß, du bist sechs, und ich weiß, du bist nicht mehr klein, aber ich möchte es dir trotzdem später erklären.«

Er überkreuzte die Arme vor der Brust und stampfte mit dem Fuß auf. »Das ist nicht fair!« Er sah Mum finster an, knüllte seine Arme sogar noch fester ineinander und senkte den Kopf, sodass er sie durch ganz eng zusammengekniffene Augen vorwurfsvoll anschauen konnte. Wenn er sich ganz stark konzentrierte, dann würden sie vielleicht Laserstrahlen losschicken, und dann würde Mum wissen, dass er alt genug war. Jemand, der Laserstrahlen losschicken konnte, war wohl ganz sicher alt genug.

»Ich weiß«, sagte Mum. Dann tat sie die schlimmste Sache

in der ganzen Welt, sie ging in die Hocke, sodass sie beide gleich groß waren. Er wusste, sie war größer als er, fast alle Erwachsenen waren das. Warum mussten sie sich dann kleiner machen, wenn sie das gar nicht nötig hatten? »Okay, lass es mich so ausdrücken: Ich bin nicht alt genug, um es dir zu sagen. Wie findest du das? Ist das besser für dich?«

Leo nickte.

Mum strahlte ihn an. Er mochte es, wenn sie lächelte. Wenn sie lächelte, sah sie aus wie die Sonne – groß und warm und schön. Dad sagte immer, dass Mums Lächeln seine Welt zum Leuchten brachte.

Als Mum aufstand, hörte er das Knacken in ihren Knien. »Whoa!«, stieß Leo aus. Es war cool, wenn sie das machte.

Sie gingen wieder weiter, in Richtung anderes Ende vom Park, um zu sehen, ob da Enten im Teich waren, und er durfte dann immer den ganzen Weg mit dem Roller fahren, weit voraus, und Mum lief dann nicht hinter ihm her, bis er wirklich, wirklich weit weg war. Solche Dinge ließ sie ihn machen, und es machte Spaß. Manchmal machte es besonders Spaß, wenn nur sie und er da waren. Dad war toll, aber noch toller war es, wenn nur Mum und er da waren.

Mum streckte die Hand aus und zog ihm zum Spaß die Kapuze vom Kopf. Er schüttelte sie ab und lachte. Dann gingen sie eine Weile weiter. Die Ruhe im Park war echt cool. Es waren nicht viele Leute draußen, weil es noch ganz früh und sehr kalt war. Mum musste ganz früh das Café öffnen, sodass sie ihren Spaziergang noch früher machten.

»Und wie kommt eigentlich das Baby in den Bauch von der Mama hinein?«, fragte er.

Leo, 6 Jahre alt

Vierter Teil

12

Ich vermeide es, Meredith anzusehen, aber ich weiß, dass sie schockiert ist. Ich kann spüren, wie sich der Schock um uns herum ausbreitet wie eine Nuklearwolke, und mit jedem Wort, das ich sage, mit jedem Quäntchen Wahrheit, das ich enthülle, wächst ihr Entsetzen, bis es den ganzen Raum erfüllt.

»Nova war unsere Leihmutter. Leo hätte eigentlich mein Sohn sein sollen.«

Es begann im Supermarkt, ausgerechnet. Im Gang mit den Waschmitteln. Man sollte eigentlich denken, es wäre der Anblick einer jungen Mutter gewesen, die ihr Kind zärtlich ansieht, der diesen Funken der Mütterlichkeit in mir entzünden würde, aber es war das genaue Gegenteil. Es fing an mit einem kleinen Jungen in blauem Anorak und Khakihosen, der sich auf den Boden warf, zappelte und sich wand wie ein Goldfisch, der versehentlich aus seinem Glas gehüpft war, und so herzzerreißend schrie, als würde man ihn soeben mit einer rostigen Metallsäge ermorden. Wie alle anderen Käufer, die sich gerade im selben Gang befanden, als dieser geradezu epische Wutanfall begann, stand ich da und sah ihm zu, entsetzt über das Spektakel und beeindruckt von der Hemmungslosigkeit dieses Kindes.

Ein paar Sekunden später bewegten sich meine Augen, ebenso wie die von den anderen Schaulustigen, hin zu seiner

Mutter. Sie stand stocksteif vor dem Regal mit den Waschmitteln, den halbvollen Einkaufswagen neben sich, den Blick fest auf die Waschmittel gerichtet und dem Anschein nach in jeder Hinsicht taub für den Lärm, den ihr Sohn machte. Der Anblick überraschte mich, weil sie offensichtlich nicht die leiseste Absicht hatte, verstohlen und hastig besagte rostige Metallsäge verschwinden zu lassen, mit der sie den Jungen gerade hatte durchsäbeln wollen. Der einzige äußerlich sichtbare Hinweis, dass sie tatsächlich zu ihm gehörte und dass sie ihn sogar hören konnte, waren die roten Flecken in ihrem Gesicht und die Tränen, die in ihren Augen glitzerten.

Erst da bemerkte ich, dass sie einfach versuchte, diesen Tobsuchtsanfall zu überstehen. Wenn sie nachgab, würde das zwar bedeuten, dass sie die heikle Situation für den Moment aus der Welt schaffte und die unfreiwilligen Zeugen von ihrem Unbehagen befreite, aber es hätte auch zur Folge, dass er es wieder tat. Und wieder. Und wieder. Er würde merken, dass schlechtes Benehmen in der Öffentlichkeit die schnellste und effektivste Weise war, das zu bekommen, was er haben wollte. Allerdings war inzwischen auch klar, dass ihre Strategie nicht aufging. Er war zäh, dieser kleine Junge, und sein lautes, entnervendes Heulen schien weit davon entfernt, am Abebben zu sein.

Ich erklärte mich instinktiv solidarisch mit ihr. Am liebsten hätte ich die Mutter umarmt und das kleine Monster am Kragen gepackt und in die Höhe gezerrt. Ich wäre gerne, so merkte ich mit einem Ruck, an ihrer Stelle gewesen. Denn ich wusste, dass ich es anders machen würde. Ich hätte schon längst nachgegeben, ich hätte ihm erlaubt, was immer er wollte, und ihm dafür später zu Hause etwas weggenommen. Ich hätte ihm nicht gestattet, mich in der Öffentlichkeit so in Verlegenheit zu bringen, sondern ich hätte ihn bestraft, wenn wir unter uns waren. Ich wäre gerne an ihrer Stelle gewesen.

Ich wollte eine Mutter sein.

Ich wollte ein eigenes Kind haben.

Ich ließ meinen Einkaufswagen im Gang stehen und flüchtete regelrecht aus dem Supermarkt, während das Weinen des fremden Jungen und die schreiend-schweigende Demütigung seiner Mutter mir das Wissen ins Herz rammten, was ich so gerne wollte und doch nicht haben konnte.

Alles war grau nach diesem Tag.

Grau und bedeutungslos. Langweilig. Alle Dinge hatten ihren Glanz verloren, jegliche Freude war aus meinem Leben getropft. Egal, wie schnell ich rannte am Abend oder wie sehr ich mich in die Länge dehnte, es war immer noch da. Die Wolke. Das Wissen. Das unendliche Grau, das mein Leben bestimmte. Meine Realität.

Ich habe Launen. Wie jeder andere Mensch habe ich Launen. Manchmal dauern meine etwas länger als die der anderen, scheinen ein wenig düsterer zu sein als die der anderen, aber das ist nur, weil ich die Dinge mit einer Tiefe empfinde, die die meisten Menschen sich nicht zu erfahren erlauben. Ich mache mir Sorgen, ich quäle mich, ich nehme mir Dinge zu Herzen und halte sie dort fest. Als unser Hund namens Duke starb – ich war damals dreizehn –, weinten wir alle, meine Mutter, mein Vater, Mary, Peter, ich. Aber sie alle kamen darüber hinweg. Sie alle konnten es hinter sich lassen. Ich liebte Duke mehr als sie, das war offensichtlich, denn Monate später weinte ich noch immer um ihn. Ich vermisste ihn noch immer. Es tat mir immer noch so weh, als wäre es gerade erst geschehen. Ich konnte Dinge spüren, mehr als die meisten Leute. Jetzt, nach dem Ereignis im Supermarkt, gab es nichts mehr zu spüren.

Es hatte keinen Sinn. Nichts hatte Sinn. Leben wir nicht, um zu erschaffen? Um uns fortzupflanzen? Ich konnte das nicht. Ich würde es niemals tun. Was hatte ich also für einen Sinn im Leben? Was hatte überhaupt einen Sinn?

Mit Mal sprach ich nicht darüber. Warum sollte ich auch? Es war allein meine Sache. Er konnte ja Kinder haben. Er war nicht der Fehlerhafte von uns beiden. Ich war die Fehlerhafte. Es war alles mein Problem, warum ihn also damit belasten? Als ich ihm am Anfang meine Geschichte erzählt hatte, was mir widerfahren war, warum ich keine Kinder haben konnte, hatte er es akzeptiert, wie er alles andere von mir akzeptiert hatte. Er akzeptierte, dass ich als Teenager als Schlampe abgestempelt worden war. Er akzeptierte, dass ich mit fünfzehn schwanger geworden war. Er akzeptierte und verstand, dass ich eine Abtreibung gehabt hatte und dass ich deswegen, wegen der Komplikationen, keine Kinder mehr haben konnte. Er begriff es als Teil von dem, was ich war. Er war unerschütterlich in seiner Unterstützung. Aber trotzdem konnte ich ihm nicht alles sagen. Nicht *alles*.

Und so konnte ich dies nicht mit ihm teilen. Es schmerzte ihn schon genug, dass er niemals Vater werden würde – er verbarg es zwar, aber ich wusste, dass er es gerne gewollt hätte. Warum sollte ich ihn also mit etwas belasten, das mein Fehler war und erst jetzt anfing, wehzutun?

Grau hat einen Klang, wusstest du das? Es hat einen Klang, und es hat ein Muster. Es klingt wie ein Geräusch, das so laut ist, dass man es nur hören kann, wenn man still ist. Es fühlt sich an wie dicke Baumwollballen, und es erstickt dich. Es füllt jede Körperöffnung und erstickt dich, sodass du auf trockenem Land ertrinkst. Es betäubt und ertränkt dich gleichzeitig.

Schwarz ist nicht so schwer auszumachen. Schwarz ist nicht so schlimm, wie die Leute meinen. Schwarz ist einfach nur dunkel. Grau hingegen ist die ganze Zeit da. Ob es draußen hell ist, ob es draußen dunkel ist, das Grau ist immer da und wartet darauf, langsam, sanft und gründlich über dich hinwegzukriechen. Damit du aufhörst, zu existieren. Du weißt nicht, dass es geschieht, bis es zu spät ist. Bis du nicht atmen kannst und nicht sehen kannst und nicht hören kannst und nicht fühlen kannst.

Mein Leben war grau.

Ich musste es stoppen.

Ich musste das Grau davon abhalten, die Kontrolle zu übernehmen.

Niemand verstand das, natürlich. Es geschah ihnen auch, ich sah das Grau, das die Ränder ihres Lebens umgab, aber sie bemerkten es nicht. Oder wollten es nicht. Sie taten so, als wäre alles gut. Sie standen am Kopiergerät, redeten und lachten und taten so, als könnten sie nicht spüren, wie das Grau hinter ihren Schultern hing. Ich hingegen konnte es sehen. Ich starrte sie an, wollte sie zwingen, es zu bemerken und etwas zu tun; ich starrte das Grau an und wollte es zwingen, wegzugehen. Es kontrollierte bereits mein Leben, ich wollte nicht, dass es sich noch mehr ausbreitete.

Ich sagte es ihnen nicht, aber ich musste ihnen helfen. Ihnen die beste Weise zeigen, wie man Dinge tat. Ich trug Rot und Gelb und Grün in der Arbeit. Ich trug blauen Lidschatten und roten Lippenstift. Ich trug mein rotes Kleid. Ich trug meine gelben Schuhe. Ich trug mein grünes Kopftuch. Es zeigte ihnen, dass sie dem Grau nicht nachgeben durften. Sogar ich, die von ihm durchdrungen war, konnte ihm vielleicht entkommen.

Ich passte nicht zu ihnen, anscheinend. Das war es, was sie mir sagten, als sie »mich freistellten.« Ich hatte fünf Jahre lang wundervoll das Büro geleitet, aber meine Interessen lagen offensichtlich anderswo, sodass sie mir einen Batzen Geld zahlten und mir Glück für meine zukünftige Laufbahn wünschten. Es machte nichts. Ich war sowieso dabei, den Kampf gegen das Grau zu verlieren. Zu Hause war ich in der Lage, mich ganz auf meinen Kampf zu konzentrieren.

Ich konnte gegen das Grau gewinnen.

Wenn ich mir keine Sorgen um andere Leute mehr machen musste, konnte ich mich daran erinnern, warum das Grau angefangen hatte, mich zu beackern, und konnte es entsprechend bekämpfen. Ich konnte gewinnen, wenn ich die Zeit zum Kämpfen hatte.

Es war viel Grau auf dem Friedhof.

Es zog sich meilenweit hin. Ich ging an diesem Ort herum und sah mir die Grabsteine an. Las ihre Inschriften. Sah, wer den Kampf verloren hatte. Wie der Kampf mit ein paar Worten wegerklärt wurde. Ein Leben, auf ein paar in Stein gemeißelte Worte reduziert. Es schien mir nicht richtig. Die Grabsteine hätten verkünden sollen, wie diese Leute gelebt hatten, wie sie gestorben waren, was sie in der Welt bewirkt hatten. Wie konnte es einen Sinn haben, es zu versuchen, wenn das alles war, worauf man am Ende reduziert wurde: Worte ohne Bedeutung, in Stein gemeißelt.

Ich blieb immer bei den Grabsteinen stehen, auf denen

»liebende Mutter« stand. Das würde ich nie sein, nicht wahr? Wenn das Grau gewann, würden sie das nie über mich sagen können. Was wollte ich denn, was sie über mich sagten? Wollte ich überhaupt, dass sie sich die Mühe machten?

13

Ich will, dass alles wieder normal ist.

Ist das wirklich zu viel verlangt?

Vielleicht ist es das tatsächlich, denn die Art und Weise, wie Leo entstanden ist, war alles andere als normal. Vielleicht geschieht dies alles ja, weil Leo von Anfang an nie mir hätte gehören sollen.

BUZZZZZZZZZZZZZZZZZZZZZZZZZZZZZZZZ!

BUZZZZZZZZZ! BUZZZZZZZZZ! BUZZZZZZZZZZ!

Meine Augen schnappten auf, ich war ganz plötzlich von etwas geweckt worden. Das große Licht im Zimmer war an, meine verschwitzte Backe lag gegen die Seiten eines Psychologiewälzers gepresst, von dem ich mir abends noch Notizen gemacht hatte, und die halbe Bettdecke lag auf dem Boden, während die andere Hälfte mit meinen Beinen verstrengelt war. Ich sah auf die Uhr: 2.07. War es ein Geräusch, das mich geweckt hatte, oder ein Traum? Manchmal machten meine Träume das, mich hinauf ins Wachsein zu zwingen, wo es dann eine Weile dauerte, bis ich kapierte, was los war.

BUZZZZZZZZ!, hörte ich wieder und setzte mich diesmal auf, die Augen geweitet vor Schreck. Ich entwand mich mit Mühe der Bettdecke, warf mir meinen Morgenmantel über, eilte in den breiten Flur meiner Wohnung hinaus und riss den Hörer der Gegensprechanlage hoch.

»Ich bin's«, sagte Mal.

»Oh«, erwiderte ich und drückte den Türöffner, um ihn hereinzulassen.

Mal hatte mich seit Jahren nicht mehr um zwei Uhr früh besucht, oder überhaupt spät am Abend. Seine Besuche zu unüblichen Uhrzeiten waren seltener geworden, seit er Stephanie kennengelernt hatte, und dann ganz verschwunden, als sie zusammengezogen und später verheiratet waren. Nicht unbedingt, weil er nicht mehr das Bedürfnis hatte, mich zu sehen, sondern weil ich ihm lang und breit erklärt hatte, dass Stephanie es nicht gut finden würde. Keith hatte nichts dagegen, wenn Mal vorbeikam, während er Nachtdienst hatte, weil ich dann nicht allein war. Aber Stephanie stand meiner Freundschaft mit Mal wesentlich skeptischer gegenüber als Keith. Auch jetzt noch hatte ich immer wieder das Gefühl, dass sie mich genauestens und mit großem Misstrauen beobachtete; manchmal spürte ich richtig, wie ihr Körper die Zweifel an meinen wahren Gefühlen für ihren Ehemann ausstrahlte.

Als sich die Tür öffnete, merkte ich sofort, dass Mal mich nicht einfach so zum Spaß besuchen kam.

Er konnte kaum aufrecht stehen. Die Haare standen ihm zu Berge, seine Krawatte war gelockert und hing schief um seinen offenen obersten Hemdknopf. Jacke und Hose seines Anzugs wirkten steif, und obwohl sie dunkelblau waren, konnte ich die dunklen Flecken darauf erkennen; auch das hellblaue Hemd war steif und dunkel gefleckt. Blut. Getrocknetes Blut. Innerlich wich ich unwillkürlich zurück, mein Magen machte Anstalten, sich von unten nach oben zu drehen.

»Steph hatte einen Unfall«, sagte er, seine Stimme nur ein gebrochenes Flüstern. »Sie ist im Krankenhaus.«

»Ich mach dir was zu essen«, sagte ich, während ich ihn eintreten ließ.

Ich wusste, er würde mir nicht mehr erzählen, weil er gar nicht mehr wusste. Wir hatten in solchen Situationen unsere eigene Sprache. Von den Vorfällen mit Tante Mer her wussten wir, dass wir die wichtigen Informationen so schnell wie möglich herausgeben mussten. Wenn er gewusst hätte, dass sie durchkommen würde, hätte er mir das gleich gesagt, als er mir mitteilte, dass sie im Krankenhaus war; und auch, wenn sie es nicht schaffen würde, hätte er es mir sofort gesagt. Er wusste nicht mehr als das, was er mir schon gesagt hatte.

Ich fragte nicht, was überhaupt geschehen war, warum da so viel Blut war oder ob er bei dem Unfall dabei gewesen war. Es war nicht wichtig. Er brauchte Trost. Und er brauchte etwas zu essen.

Während ich den Reis auf den Herd stellte, stand er gegen den Kühlschrank in der Ecke gelehnt in meiner Küche. Ich atmete die ganze Zeit durch den Mund, damit ich nicht diesen ekelhaften, schmutzig-metallischen Blutgestank einatmen musste. Ich nahm Tiefkühlgemüse aus dem Eisfach, öffnete Tomatendosen, briet Zwiebeln, gab die Tomaten dazu, drückte Tomatenmark drauf, und dazwischen redete ich. Ich redete über das, was ich gerade zu tun hatte, redete über Keith und wie ich mit ihm Schluss gemacht hatte, dann aber kurz darauf wieder mit ihm zusammengekommen war und mir nun schon wieder Gedanken darüber machte, ob ich nicht besser mit ihm Schluss machen sollte. Ich redete über meine Sorge, dass jemand von den Vorräten im Restaurant klaute. Ich redete und redete, weil ich einfach immer viel redete. Und ich redete viel, weil ich vor langer, langer Zeit schon gelernt hatte, dass das Letzte, was Mal in Zeiten der Krise brauchte, Schweigen war.

Wir aßen nichts.

Die Teller mit dem frisch gekochten Essen standen im Wohnzimmer auf dem hölzernen Beistelltisch, während ich auf dem Sofa saß und Mal zusammengekauert neben mir lag, seinen Kopf in meinem Schoß ruhend. Ich streichelte ihm mit der Hand übers Haar und ich redete und redete, bis wir beide einschliefen.

14

Seine Augen bemerkte ich zuerst. Überschattet, ein Sturm von Schmerz und panischer Angst darin. Wütend.

Da wusste ich sofort, dass etwas mit seiner Mutter geschehen war. Armer Mal. Ich machte eine Bewegung, um ihn zu trösten, um aus dem Bett zu klettern, meine Arme um ihn zu legen, mich auf seinen Schoß zu setzen, ihn zu streicheln und ihm meine Liebe zu zeigen. Ich konnte es nicht. Konnte mich nicht bewegen. Etwas hielt mich zurück. Zog mich hinunter.

Als ich den Kopf hob, um zu schauen, sah ich, dass meine

Unterarme durch Lederriemen gesichert waren, sie waren es, die mich zurückhielten und nach unten zogen. Auch um meine Handgelenke lagen Bandagen. Ich ließ den Kopf zurück aufs Bett sinken und starrte hinauf an die weiße Decke. Oh, seufzte ich. Stimmt ja. Das. Hier.

Sein Blick war immer noch auf mich gerichtet. Ich konnte spüren, wie er sanft auf meinem Gesicht ruhte.

Ich weiß nicht, warum du dir die Mühe gemacht hast, sagte ich in Gedanken zu ihm. Ich konnte es nicht laut aussprechen, sie hörten alles, was man hier sagte. Sie hörten zu, schrieben es nieder, machten eine große Sache daraus. Selbst flüchtig hingeschmierte Zeilen, über die man anderswo nur lachen würde, wurden hier so wichtig wie der Heilige Gral.

Ich wusste, was er dachte: Was?

Nicht: Warum, sondern: Was?

Er wusste, warum, aber er dachte: Was? Was war der Auslöser? Was hat mich dazu gebracht, es zu tun? Er wusste, warum ich es getan habe, aber nicht, was mich dazu gebracht hat. Jawohl, das war es, was mein liebender Ehemann wissen wollte: Nicht warum, sondern was?

»Ich habe die Schokolade gefunden. Und die Zigaretten«, sagte er. So wie er es sagte, klang es, als habe er harte Drogen gefunden oder so. Jede Frau brauchte Schokolade. Das war doch eine Selbstverständlichkeit. Es hatte nichts zu bedeuten. Und wenn ich nicht im Haus rauchte, in seiner Nähe, wenn ich ihn nicht zwang, den ausgestoßenen Rauch einzuatmen, was war dann so schlimm daran, dass ich rauchte? Es waren doch nur Zigaretten, kein Gras oder so was.

»Ich hätte es merken müssen«, sagte er jetzt. »Ich hätte die Anzeichen zur Kenntnis nehmen müssen. Ich war arbeitsmäßig so eingespannt und so darauf versessen, diese

Beförderung zu bekommen, dass ich gar nicht gemerkt habe, wie sehr du das Serotonin und das Nikotin gebraucht hast. Es tut mir leid.«

Warst du immer so dramatisch?, fragte ich ihn in Gedanken. Er tat ja wirklich so, als wäre es eine große Sache.

»Warum hast du mir nicht erzählt, dass du deinen Job aufgegeben hast?«, fragte er.

Ich habe es dir nicht erzählt, weil ich wusste, dass du so reagieren würdest. Dass du das mit dem Grau nicht verstehst. Dass du denkst, dass irgendwas nicht in Ordnung ist, und mich hierherbringst.

»Du hast sechs Wochen lang so getan, als würdest du jeden Tag zur Arbeit gehen, Steph. Ich verstehe nicht, warum. Wenn du dort nicht glücklich warst, hätte ich dich nicht gezwungen, zu bleiben.«

Nein, du hättest jede meiner Bewegungen verfolgt.

Meine Handgelenke pochten jetzt, wo ich ganz wach war, mich wieder völlig in der Welt des Bewusstseins niedergelassen hatte. Ich hatte es wieder mal nicht richtig hingekriegt. Sonst würde das jetzt nicht geschehen. Ich würde mich nicht zu allem Überdruss auch noch schuldig und wie eine Versagerin fühlen.

»Was kann ich tun, Steph?«, fragte er.

»Wasser«, krächzte ich. Bis ich zu sprechen versuchte, hatte ich nicht gemerkt, dass meine Kehle wund und ausgedörrt war. Wahrscheinlich hatten sie mir einen Schlauch in den Hals gesteckt, um meinen Magen von den unverdauten Pillen zu reinigen. Besonders sanftmütig waren sie ja nie. Ich hatte schon dabei zugesehen, anscheinend waren sie sich wirklich nicht bewusst, dass es sich dabei um eine heikle Sache handelte und dass die Kehle ganz rau wurde, wenn man dieses Ding so unsanft hinunterstopfte, wie sie es zu tun pflegten.

Das Geräusch des Wassers, das in das Glas gluckerte, kam mir dramatisch laut vor und bereitete mir Schmerzen an einer Stelle ganz tief innen drin in meinem Kopf. Ich wollte mir die Ohren zuhalten, aber die Fesseln ließen es nicht zu. Mal hielt den Strohhalm fest, sodass ich den Oberkörper heben und ein paar Schlucke nehmen konnte. Das Wasser war warm – Raumtemperatur –, aber es tat gut, denn ich fühlte mich so ausgetrocknet. Wie ein ausgedörrtes Blatt, das bei der geringsten Windböe wegwehen würde, oder auch nur, wenn Mal neben mir etwas zu schwer geatmet hätte.

»Hast du mein Tagebuch gelesen?« Ich ließ die Worte vorsichtig durch meine kratzige Kehle kommen. Wenn er die Schokolade gefunden hatte, meinen geheimen Vorrat, der mich am Laufen hielt, der mich einigermaßen glücklich machte, dann musste er auch mein Tagebuch gefunden haben. Ich hatte es im obersten Fach unseres Kleiderschranks in eine Schuhschachtel gelegt. Da sah er nie hinein. Er machte zwar gelegentlich eine Bemerkung über die vielen Schuhe, die ich besaß, aber bisher war ihm verborgen geblieben, dass sich in den zahllosen Kartons nicht nur Schuhe befanden, sondern auch Schokoladenriegel und Zigaretten, und in der mit den Stiefeln aus Leopardenleder auch mein Tagebuch.

Als er nicht antwortete, wandte ich den Kopf, um ihn anzusehen. Er hatte den Kopf gesenkt und spielte mit dem Strohhalm im Glas herum. Er mied meinen Blick, weil er sich schämte.

»Du hattest nicht das Recht dazu«, sagte ich zu ihm.

Er fuhr fort, mit dem Strohhalm zu spielen und mich zu

ignorieren. »Sie wollen, dass du zu einem Psychiater gehst«, sagte er irgendwann.

Ich runzelte die Stirn und schüttelte ungläubig den Kopf. »Es ist alles in Ordnung«, sagte ich. Ich hatte jedes Mal versucht, das den Ärzten und dem Krankenhauspersonal klarzumachen, wenn ich aufwachte und herausfand, dass ich eingesperrt und ans Bett gefesselt war, aber sie hörten mir einfach nie zu und ließen mich nicht in Ruhe. Es ist wirklich alles in Ordnung. Über die Jahre hinweg hatten sie immer wieder versucht, mir das Gegenteil einzureden. Alle miteinander, meine Mutter, meine Ärzte, und jetzt Mal. Sie alle hatten versucht, mich zu jemandem zu schicken, der mir unter dem Vorwand, mit mir reden zu wollen, mein Gehirn einschrumpfen und mich für verrückt erklären würde. Wenn ich das aber doch nicht war! Ich fühlte einfach Dinge. Das war alles. Jeder fühlt Dinge. Psychiater, Psychologen, Therapeuten, sie alle blasen das nur furchtbar auf.

»Sie werden dich nicht rauslassen, wenn du nicht mit jemandem sprichst«, sagte er.

»Sie können mich nicht gegen meinen Willen hier festhalten«, sagte ich. Meine Stimme, nicht nur, weil sie heiser war, klang schwach und unwirklich. Ich war wütend deswegen, aber ich konnte es nicht zum Ausdruck bringen. Ich war gefesselt. Und meine Stimme funktionierte nicht so, wie ich wollte.

»Ich hab dich hier angemeldet«, erklärte er. »Weißt du nicht mehr, du hast gesagt, das solle ich tun, wenn es wieder geschieht? Also hab ich's getan. Und ich will, dass du dich behandeln lässt. Ich weiß, dass du das auch wollen würdest. Wenn du klar genug sehen könntest.«

Eine Sache war sicher. Ich war hier gefangen. Festgezurrt.

»Wem hast du davon erzählt?«, fragte ich. Ich musste einen anderen Ausweg finden. Aber ich durfte Mal nicht mit einbeziehen. Für den Moment musste ich das Spiel mitspielen.

»Nur deiner Familie«, sagte er beiläufig.

Nur meiner Familie. *NUR* meiner Familie. »Oh, dann erschieß mich lieber gleich«, sagte ich. Meine Mutter würde herkommen und mir auf die Nerven gehen mit ihrem Geflenne und Gebete und Gejammere, was sie denn nur getan hatte, um das zu verdienen. Mein Vater würde denken, dass ich nur jedermanns Zeit vergeudete und dass ich ein böswilliges Gör war, das er als Teenager nicht oft genug verprügelt hatte. Mary würde hier sitzen und mich böse anstarren, voller Vorwurf, dass ich nicht reinen Tisch gemacht hatte und sie sich jetzt die Zeit nehmen musste, um mich zu besuchen, wo sie doch so ein geschäftiges Leben hatte. Als ob ich sie darum gebeten hätte! Und Peter würde erst in ein paar Wochen auftauchen, wahrscheinlich lange nach meiner Entlassung, und er wäre dann ehrlich überrascht, dass die Welt nicht gewartet hatte, bis er hinterherkam.

»Sie machen sich wirklich Sorgen um dich. Ich habe ihnen gesagt, sie sollen erst in ein paar Tagen kommen, wenn du dich schon etwas kräftiger fühlst.« Na ja, besser als nichts. »Ich rufe sie jeden Tag an und sag ihnen, wie es dir geht.«

»Hast du es Nova gesagt?«, fragte ich.

»Nein«, sagte er. »Außer deiner Familie habe ich es niemandem gesagt. Ich werde es sonst auch niemandem erzählen.«

»Okay«, erwiderte ich und fühlte, wie mein Körper sich entspannte. »Danke.« Es war komisch, jemandem zu danken, dass er nicht über mich getratscht hatte.

»Was ist mit mir, Steph?«, fragte er ruhig, seine Stimme so klein und schwach wie es die meine war. Ich wandte den Kopf, um ihn anzusehen. Er war ein wenig in sich zusammengesunken, und Kummer und Qual schienen sich plötzlich ganz tief in ihn hineingefressen zu haben. »Ich weiß, dass du in diesem Moment nicht mehr hier sein wolltest, aber was ist mit mir? Was soll ich ohne dich anfangen?« Er presste Daumen und Zeigefinger gegen seine Nasenwurzel und kniff fest die Augen zu. »Wie soll ich weitermachen, wenn du nicht mehr da bist?«

Ich legte den Kopf zurück, um an die Decke zu sehen, während seine Worte in mich hineinträufelten, wie es zuvor das Grau getan hatte. Mein Handeln war ihm gegenüber nicht fair. Aber es hatte mit ihm gar nichts zu tun. Es hatte mit niemandem etwas zu tun, außer mit mir selbst. Wie alle anderen konnte er das nicht begreifen. Er konnte es nicht verstehen. Man konnte das nie, bis man selber an dem Punkt war. Wo ich gewesen war. Wo das Grau so viel Raum eingenommen hatte, dass man es aufhalten musste. Und manchmal war die einzige Möglichkeit, es aufzuhalten, diesen langsamen, schmerzhaften Erstickungstod aufzuhalten, einfach wegzugehen. Durch die Tür mit der Aufschrift »Ausgang« zu gehen, in dem dankbaren Wissen, dass die Tür hinter dir zugehen würde.

Das war das Ende.

»Ich muss ein bisschen schlafen«, flüsterte ich und schloss die Augen.

Ich hörte, wie er aufstand und das Wasser auf den Tisch auf der anderen Seite des Zimmers stellte. Dann kam er zurück zu mir und drückte seine Lippen auf meine Stirn. »Ich liebe dich«, flüsterte er und ging hinaus.

Als ich wieder die Augen öffnete, sah ich zur Tür und fragte mich, wie ich es schaffen würde, hier herauszukommen. Er stand immer noch da. Groß, schweigend, stark. Er stand bei der Tür und starrte mich an. Dann lächelte er, die Lippen leicht hilflos und verlegen aufeinandergepresst, bevor er sich umwandte und hinausging.

15

Zwei Wochen lang machte ich ihm jeden Abend etwas zu essen. Ich legte meine Schichten um, sodass ich nur tagsüber arbeiten musste und ihm jeden Abend Essen kochen konnte. Es waren immer Gerichte aus Ghana: Rindereintopf, Reis mit Kidneybohnen, Kochbananen, Fischsuppe, Fufu, Gari, Kuhbohnenkrapfen, Jelofreis. Die Gerichte unserer Kindheit, die Gerichte, mit denen Mum uns versorgt hatte, in guten wie in schlechten Zeiten.

Ich tat das, weil ich es liebte, zu kochen. Und weil ich zusehen konnte, wie Geruch und Geschmack des Essens ihn entspannten. Ihn aus dem Nebel aus Angst zogen, der ihn umgab, wenn er in meine Wohnung kam, nachdem er bei Stephanie gewesen war. Er sagte mir nicht, was nicht stimmte mit ihr, und ich fragte auch nicht danach. Stattdessen aßen und redeten wir und schliefen dann auf dem Sofa ein.

Am sechzehnten Tag kam er nicht, und mir war klar, dass sie wieder zu Hause war. Ich wusste, dass es ihr gut ging.

16

»Ich will ein Baby«, sagte ich zu ihm.

Es war eine lange Zeit vor sich hin geköchelt. Es war der letzte Auslöser gewesen, und ich begriff, dass ich etwas dafür tun konnte, dass es nicht wieder geschah. Über diesen Auslöser zu reden, würde die ganze Sache weniger beängstigend machen. Er konnte dann versuchen, das Problem mit mir zusammen in Angriff zu nehmen, so wie er es gewohnt war. Oder natürlich konnte er das nicht, nicht wirklich; aber zu wissen, dass er zuhörte und verstand, bewirkte wenigstens, dass ich mich weniger allein fühlte.

»Ich werde dir nächste Woche eins vom Supermarkt mitbringen. Oder willst du, dass ich runtergehe zu diesem neuen Delikatessenladen? Da ist alles bio und ethisch vertretbar.«

Ich lachte, trotz allem, und dann knuffte ich ihn leicht in den Arm, um ihn zu bitten, mich ernst zu nehmen. »Ich meine es ernst«, sagte ich zu ihm. »Ich will ein Baby.«

Seine Schritte stockten auf dem Wanderweg, und er blieb abrupt stehen. Er sagte eine Weile nichts, starrte nur in die Landschaft – ein atemberaubendes Mosaik aus Grüntönen, wie es für die walisischen Berge typisch war.

»Wie lang hast du dieses Gefühl schon?«, fragte er.

»Sechs Monate, vielleicht ein Jahr.«

Es machte Klick in seinem Kopf, hinter seinen Augen: Das *Was*.

Verlust, eine Unterbrechung von Kontinuität, dies waren immer zwei große Auslöser für mich gewesen. Als ich dreizehn war, starb unser Hund Duke, und sechs Monate später zogen wir von London nach Nottingham. Ich fühlte mich da oben völlig verloren, fand es schwer, neue Freundschaften zu schließen, und ich vermisste Duke so sehr. Nichts war mehr so wie vorher seitdem.

»Ist das der Grund?«, fragte Mal.

»Ich glaube, ja. Einer der Gründe jedenfalls.«

Er sah wieder in die Landschaft, wahrscheinlich, um noch mal durchzugehen, was vor acht Monaten geschehen war, jetzt, wo er alles mit diesem Auslöser in Verbindung bringen konnte. Dann wandte er sich wieder zu mir und ergriff meine Hand. Wir begannen, weiter den holprigen Weg hinunterzuwandern.

»Welche Möglichkeiten haben wir?«, fragte er.

»Keine«, sagte ich. »Ich kann keine Kinder haben. Das ist alles. Ich habe es dir nur gesagt, weil ich nicht wieder anfangen will, dir zu entgleiten, nicht, wenn es hilft, darüber zu reden.« Die Zweige knackten unter unseren robusten Wanderstiefeln, während wir über den unwegsamen Pfad ausschritten. Es war unglaublich friedvoll hier oben, und die Vögel und andere Tiere störten die klare und reinigende Stille nicht, sondern bereicherten sie. »Weiß du, ich hatte bis vor Kurzem nicht verstanden, was du aufgegeben hast. Um mit mir zusammen zu sein, hast du dich der Chance beraubt, Vater zu werden. Das ist eine große Sache, und ich möchte dir dafür danken.«

»Willst du wirklich ein Baby, Steph?«, fragte er statt einer Antwort.

Wenn ich an Babys dachte, fühlte ich nur Leere. Ich konnte das nicht. Auch wenn ich es gewollt hätte. Es im Arm halten und ganz für mich haben. Ich wollte jemanden, um den ich mich kümmern, den ich lieben konnte. »Ja, das tue ich«, erwiderte ich.

»Dann werden wir eine Möglichkeit finden«, sagte er, während er seine Arme um mich schlang, mich an sich zog und seine Wärme und seine Kraft damit auf mich übertrug. »Okay? Wir werden eine Möglichkeit finden.«

Es kam immer wieder auf dasselbe zurück. Künstliche Befruchtung kam nicht infrage. Beim Nationalen Gesundheitsdienst gab es eine Warteliste, und privat würde es zu viel kosten. Außerdem war nicht klar, wie all die Hormone, die ich dann würde nehmen müssen, mit meinen anderen Medikamenten interagieren würden.

Auch ein Pflegekind war keine Alternative. Ich hätte es nicht ertragen können, wenn ich mich nur für eine bestimmte Zeit um ein Kind hätte kümmern dürfen.

Adoption war möglich, dachte Mal. Ich aber hatte Angst. Vor den Fragen, die man mir stellen würde, vor all den Dingen, die sie dann über mich wissen wollten. Wie genau man uns kontrollieren würde, wenn die Ämter von meiner Krankheitsgeschichte erfuhren. Was man von mir verlangen würde. Ich konnte förmlich vor mir sehen, wie man mich durch einen Reifen nach dem anderen springen ließ, damit ich ihre Kriterien erfüllte. Mal glaubte nicht, dass es so schlimm werden würde, und meinte, wir sollten uns wenigstens genauer erkundigen. Aber er war ja auch nicht derjenige, der immer »Ja« auf die Formulare schreiben musste bei der Frage, ob er regelmäßig Medikamente nahm, er war nicht derjenige, der regelmäßig zum Arzt musste, um einen Bluttest zu machen, und er war auch nicht derjenige, der vielleicht irgendwann die Kfz-Zulassungsstelle darüber informieren musste, dass er nicht Auto fahren durfte. Mal hatte nicht, was ich hatte, und so konnte er auch nicht verstehen, wie es sich anfühlte, ständig als »anders«, »gebrochen«, »beschädigt« aussortiert zu werden.

Und so kam es immer wieder auf dasselbe zurück: Wir mussten jemanden finden, der ein Baby für uns bekam.

»Victoria ist ganz offensichtlich aus dem Spiel«, sagte Mal. Wir hatten seit Wochen immer wieder darüber gesprochen, und das Gespräch nahm immer den gleichen Verlauf.

»Ich weiß nicht, zwei Wackens miteinander kombiniert, das gäbe ein sehr süßes Baby«, sagte ich.

»Hör auf damit, hör sofort auf!«, gab er zurück. »Es ist zu abscheulich, um auch nur Witze darüber zu machen.«

»Mary würde sagen, dass ich verflucht bin und das verdient habe. Es kommt überhaupt nicht infrage, sie deswegen anzusprechen«, sagte ich.

»Was ist mit deiner Cousine Paula? Sie war deine Brautjungfer, und sie hat schon zwei Kinder.«

Ich mochte Paula nicht besonders, und ich hatte sie nur gefragt, weil ihre Mutter die Schwester meiner Mutter war und ich mal bei ihnen gewohnt habe. Außerdem wurde es von mir erwartet. »Ja, vielleicht«, sagte ich ohne große Überzeugung.

»Oder deine Freundin Carole? Oder Ruth? Oder Dyan?«

»Sie sind nicht meine Freundinnen, nicht so.«

Da war noch jemand, natürlich, aber in keiner unserer Diskussionen erwähnten wir ihren Namen. Ich tat es nicht, weil er es auch nicht tat. Und ich war überrascht, dass er es nicht tat. Ich konnte mir nicht erklären, was der Grund dafür war.

An diesem Punkt verfielen wir dann normalerweise in Schweigen, bis einer von uns irgendwann sagte: »Wir müssen einfach mehr Leute kennenlernen.«

»Wir könnten jemanden dafür bezahlen, uns bei einer dieser Agenturen eintragen«, sagte er.

»Ja«, sagte ich halbherzig. »Aber ich weiß nicht, abgesehen von den Kosten wäre es einfach nicht dasselbe wie mit jemandem, den wir kennen. Ich weiß schon, man lernt die Leihmutter immer erst kennen, versucht sich mit ihr anzufreunden und alles … Aber ich glaube, ich möchte jemanden haben, mit dem ich jeden Tag reden kann. Bei der ich immer mal vorbeischauen, sie besuchen, mit ihr zusammen sein kann. Bei der ich Teil des alltäglichen Lebens bin, statt sie nur für diese Dinge wie den Ultraschall und die Geburt zu sehen. Verstehst du, was ich meine? Eine Freundin würde das zulassen, aber eine Frau, mit der ich nur zu einem bestimmten Zweck bekannt geworden bin, würde mich wahrscheinlich nicht so sehr an ihrem Leben teilhaben lassen.«

»Wenn wir über eine Agentur nach der richtigen Person suchen, könnten wir all dies mitteilen.«

»Wahrscheinlich schon«, erwiderte ich.

An diesem Punkt brachte er dann wieder die Adoption ins Gespräch, und ich musste erklären, warum ich das nicht wollte.

»Nova«, sagte er eines Tages statt »Adoption«.

»Nova«, wiederholte ich.

»Sie ist eine solche Freundin, sie wäre uns beiden nah, und das Baby würde bestimmt hübsch werden.«

»Und halb schwarz.«

»Na und …?«

Er verstand anscheinend wirklich nicht. »Ich weiß, Mal, in deiner wundervollen, regenbogenfarbenen, politisch völlig korrekten Welt sind solche Dinge nicht von Bedeutung, aber hier auf dem Planeten Erde sind sie es doch. Die Leute werden das Baby ansehen und sofort wissen, dass es nicht meins ist.«

Er machte eine Pause, dachte darüber nach, sagte dann: »Na und?«

»Na und? Mal, das Baby würde bei allen Familienfesten auffallen, es würde auffallen, wenn es die Straße entlanggeht, und es würde auffallen, wenn ich mit ihm im Park spazieren gehe … Es würde einfach immer auffallen, die Leute würden es bemerken und darüber reden.«

»Warum machst du dir Gedanken darüber, was andere Leute denken?«, fragte er. Er konnte das gut fragen, weil er ein großes Selbstbewusstsein hatte und sich keine Gedanken machte. Er hatte die Kraft, jeden niederzumähen, der irgendeine blöde Bemerkung über ihn und seine Lieben machte. Ich hatte das nicht.

»Ich weiß es nicht, aber es ist einfach so«, verteidigte ich mich. Nachdem ich von zu Hause fortgegangen war, hatte ich meinen Ruf wiederhergestellt und war jemand geworden, über den andere Leute nicht redeten. Ich war einfach angepasst, und dies wäre das genaue Gegenteil davon gewesen.

»Steph, die Dinge haben nur eine Bedeutung, wenn du sie ihnen zugestehst. Wir alle fallen auf viele unterschiedliche Arten auf. Das macht nur etwas aus, wenn du es zulässt.«

»Sagt der gut aussehende, weiße Mann aus der Mittelklasse mit seinem angenehmen Lebensstil. Wenn man eine privilegierte Stellung hat, ist es sehr einfach, zu sagen, dass die Dinge nur etwas ausmachen, wenn man es zulässt.«

»Ich komme ursprünglich aus der Arbeiterklasse«, sagte er mit einem breiten Grinsen. »Und ich weiß aus eigener

Erfahrung, dass die Dinge nur etwas ausmachen, wenn man es zulässt, weil die Leute sich all die Jahre über meine Mutter das Maul zerrissen haben, und auch über meinen Vater, weil er im Gefängnis war, und weil ich mich nie darum geschert habe, außer, wenn es Victoria etwas ausmachte. Wenn sie zum Beispiel Mum anpflaumte, dass sie ihr Leben zerstört hat, oder wenn sie die Kumalisis und mich bezichtigte, sie weggeschickt zu haben, weil wir sie nicht geliebt haben, das tat weh. Das machte etwas aus, weil es für mich wichtig ist, was sie denkt. Ja, in der Schule habe ich mich noch auf Kämpfe eingelassen wegen der Dinge, die sie dort über meine Familie sagten, aber als ich älter wurde, wurde mir klar, dass es ganz egal war. Sollen sie doch sagen, was sie wollen. Und wenn ihnen etwas nicht passt, dann können sie mich mal, es ist ihr Problem, nicht meins. Wenn jemandem die Tatsache nicht gefällt, dass mein Kind halb schwarz ist, dann kann er mich am Arsch lecken und aus meinem Leben verschwinden.«

»Ich kann nicht so denken. Ich bin nicht wie du.«

»Okay«, sagte er und lehnte sich in seinem Stuhl zurück. »Nimm mal an, ich wäre zuvor mit einer Inderin verheiratet gewesen und hätte ein Kind mit ihr gehabt, mich dann aber von ihr scheiden lassen. Sie bekommt das Sorgerecht, du und ich, wir kommen zusammen. Dann, eines Tages, beschließt sie, auf Weltreise zu gehen und das Kind bei mir zurückzulassen. Bei uns. Also, würdest du dann vielleicht sagen, wir könnten uns nicht um das Kind kümmern, weil wir damit auffallen?«

»Natürlich nicht, aber das wäre doch was völlig anderes.«

»Ja, gut. Weil du das Kind nicht im Arm gehalten hättest seit dem Tag seiner Geburt, weil du nicht gespürt hättest, wie es sich in der Gebärmutter bewegt, weil du dich nicht in dieses Kind verliebt hättest im Moment seiner Zeugung.«

Wenn er es so ausdrückte, klang es so einfach. Ein eigenes Baby.

»Nova«, sagte ich.

»Sie ist die richtige Wahl.«

»Wenn sie so perfekt ist, wie kommt es dann, dass du so lange gebraucht hast, sie zu erwähnen?«

»Weil du es nicht getan hast«, sagte er.

»Ich hab's nicht getan, weil du's nicht getan hast.«

»Du hast es nicht getan, weil du manchmal denkst, dass sie und ich uns zu nahestehen.«

»Nur manchmal.«

»Verständlich.«

»Lass mich darüber nachdenken«, sagte ich.

Drei Wochen lang dachte ich darüber nach, dann sprachen wir nochmals darüber, und es kam alles auf eine Sache zurück. Auf eine Person.

Nova.

17

»Wir wissen beide, dass ich dich nicht wirklich mochte, als ich dich kennengelernt habe«, sagte Stephanie.

Sie war drauf und dran, mich etwas zu fragen, das merkte ich. Es war die klassische Strategie, wenn man versuchte, jemanden dazu zu bringen, etwas für einen zu tun: Erst mal alle Karten auf den Tisch legen. Oder zumindest so tun als ob. Sie machte den Versuch, mich zu manipulieren, für den

Fall, dass ich noch irgendeinen Groll gegen sie hegte, wegen dem, was sie über mich gedacht hatte, bevor sie mich kennenlernte. Zuzugeben, dass sie mich nicht mochte, beinhaltete auch, dass sie sich dessen schämte, weshalb ihr das alles viel näher gegangen war als mir. Sie schämte sich, und ich sollte es ihr nicht krummnehmen, und es würde hoffentlich eine Zukunft für uns geben und einen Neuanfang, was dann wiederum beinhaltete, dass ich tat, was immer sie von mir wollte.

»Es lag natürlich gar nicht an dir, ich kannte dich ja gar nicht«, fuhr sie fort. »Ich war einfach unsicher.« Ihre meerblauen Augen klimperten nach oben, als ob sie sich an diese Zeit erinnerte, die in einer weit, weit entfernten Galaxie lag. Sie schüttelte leicht den Kopf, was die Wellen ihrer flachsblonden Haare zum Wippen brachte. Sie war nicht naturblond. Ich wusste das inzwischen. Ich wusste all diese Dinge über Stephanie, die Frau, die in den letzten paar Jahren dem Schein nach meine Freundin geworden war. Ich wusste, dass sie bei ihrer Haarfarbe nachhalf, ich wusste, dass sie vor etwas über einem Jahr einen schweren Unfall gehabt hatte. Ich wusste, dass sie zu der Zeit als Chefsekretärin in einer Anwaltskanzlei aufgehört hatte und jetzt Verkäuferin in einer Modeboutique war. Ich wusste, dass Mal ihr alle sechs Wochen die Augenwimpern und Augenbrauen färbte, weil sie sonst aussah, als hätte sie keine. Ich wusste, dass sie jeden Tag joggte – bei Regen oder Sonnenschein. Wenn das Wetter besonders schlecht war, ging sie ins Fitnesscenter und lief auf einem Laufband. Sie machte Yoga, sie rauchte – auch wenn sie dachte, dass weder Mal, noch ich wussten, dass es sich um mehr als eine heimliche Zigarette ab und zu handelte. Sie trank sehr wenig. Im College hatte sie mal eine andere Frau geküsst. Ihre linke Brust war eine halbe Körbchengröße kleiner als ihre rechte. Sie zupfte das Grau aus ihrem Schamhaar. Sie trug immer an beiden Handgelenken Armreifen und hatte vor Kurzem angefangen, noch mehr zu tragen.

Ich hatte viele irrelevante Informationen über Stephanie, aber wenn das Göttliche bei der Bekanntschaft mit einem Menschen im Detail steckt, dann hatten wir eine ziemlich gottlose Beziehung. Sie war eine Meisterin der Verstellungskunst; eine richtige Mata Hari. Sie nahm immer die Gestalt an, die zu der Person passte, mit der sie gerade redete, und verschmolz so perfekt mit ihrem Gegenüber, dass von ihr selbst nichts mehr übrig war. Mit mir zum Beispiel simulierte sie Offenheit. Weil ich viel mehr redete als gut für mich war, und weil ich immer versuchte, von den Leuten das Beste zu denken, versuchte sie bei mir, auch so zu sein. Sie merkte nicht, dass ich ihre Verstellung durchschaute, weil ich ihr nicht nur einfach zuhörte, sondern sie auch spüren konnte. Sie war verschlossen; ihre Aura war eine fest gewobene Energiemasse, mit sehr dezidierten, scharfen Rändern, die dich niemals weiter als bis zu einem bestimmten Punkt zu ihr vordringen ließen. Man konnte Stunden mit Stephanie verbringen und dabei sehr wenig über sie erfahren. Man konnte Jahre mit Stephanie verbringen und dabei sogar noch weniger über sie erfahren.

»Ich kann keine Kinder haben«, sagte sie. Ihre Finger enthüllten ihre Angst. Sie verschränkten sich ineinander, sie entwanden sich wieder, sie trommelten auf den Tisch, sie tappten aufeinander, sie drehten den Fuß ihres Weinglases auf dem Holztisch immer im Kreis.

»Oh, das tut mir leid«, sagte ich. Mal hatte mir das nie gesagt. Wie er mir auch sonst nichts über sie verraten hatte.

Ihre Hände bewegten sich zu der Tasche, die neben ihr

auf dem roten Kunstledersofa stand. Sie wühlte darin herum und zog eine Schachtel Marlboro Light und ein Feuerzeug heraus. »Hast du etwas dagegen, wenn ich rauche?«, fragte sie.

»Nein, gar nicht«, sagte ich.

Ihr Körper entspannte sich mit dem ersten Zug. Als sie den Rauch ausstieß, schien sie endlich etwas ruhiger zu werden.

»Wo war ich gerade? ... Oh, ja. Ich hatte dir mein großes Geheimnis enthüllt.« Ihre Zerstreutheit wirkte nicht sehr überzeugend auf mich. »Ich habe es Mal gesagt, bevor wir geheiratet haben, als die Dinge ernst zu werden begannen. Ich wollte nicht, dass er sich an mich bindet, ohne zu wissen ... ohne *das* zu wissen.« Sie presste die Hand gegen ihr Schlüsselbein, um ihre Ehrlichkeit anzudeuten, um zu zeigen, wie viel es sie gekostet hatte, einem anderen Menschen ihr Innerstes zu zeigen. »Es ist eine medizinische Sache«, sagte sie. »Ein Missgeschick ...« Tränen traten in ihre Augen. Das letzte – und erste – Mal, dass ich Stephanie weinen sah, war an ihrem Hochzeitstag gewesen. Sie war so von Glück überwältigt gewesen, dass Tränen ihre Fassade hatten bröckeln lassen. Die Tränen jetzt, das war mir klar, waren nicht so aufrichtig wie die an ihrem Hochzeitstag. »Es tut mir leid ... Manchmal komme ich mir vor, als wäre ich darum betrogen worden, eine richtige Frau zu sein.«

Ich nickte verständnisvoll und fragte mich, was sie eigentlich von mir wollte. Unter normalen Umständen hätte sie das keiner Menschenseele erzählt, geschweige denn mir. Und ihre Aura hatte sich überhaupt nicht verändert. Der scharf gezogene Rasierklingenrand war immer noch da: Wenn ich ihr zu nahe käme, würde sie mir ins Fleisch schneiden. Aber irgendwie schien sie etwas zu wollen, was sie nur von mir bekommen konnte.

»Wir haben uns wegen einer Adoption erkundigt«, sagte sie, »aber es ist unwahrscheinlich, dass wir ein Baby bekommen.«

»Wie, ein berufstätiges Paar wie ihr? Attraktiv, erfolgreich, noch alle eigenen Zähne im Mund? Das kann ich kaum glauben«, erwiderte ich. Ich kannte mich mit Adoption nicht aus, aber wenn ich den Auftrag bekäme, ein Werbekonzept dafür zu entwickeln, würde ich Mal und Stephanie zum Vorzeigepaar küren. Sie hätten nicht weniger perfekt aussehen können, wenn sie T-Shirts im Partnerlook trügen mit der Aufschrift: »Wir haben den Krebs besiegt, die Armut in der Welt erfolgreich bekämpft und machen jetzt große Fortschritte beim Aufhalten der Klimakatastrophe.«

»Na gut, vielleicht würden wir doch eins kriegen. Aber es würde viel Zeit beanspruchen. Sehr viel Zeit. Und wir müssten Berge von Formularen ausfüllen und hätten dauernd Leute an der Backe, die in jedem Quadratzentimeter unseres Lebens herumstöbern.«

»Das ist auch richtig so. Sie können ja nicht einfach irgendwem ein Baby aushändigen.«

»Nein, das stimmt … Aber wir möchten auch ein Baby, das genetisch mit uns verbunden ist.«

In diesem Moment änderte sich ihre Aura, die Ränder wurden weicher und streckten sich zu mir herüber. Ich fühlte, wie ein kalter Schauer seitlich meinen Kopf durchlief und meinen Nacken und meine Wirbelsäule hinunterwanderte. Ohne es zu wollen, lehnte ich mich ein wenig zurück. Sie würden doch nicht … Sie würden ganz bestimmt nicht …

»Wir sind alle Leute durchgegangen, die wir kennen,

und … wir schätzen dich so sehr … Es gab auch sonst niemanden, der passen würde und der selber auch nur einen Gedanken daran verschwenden würde. Was wir dich bitten möchten, ist, darüber nachzudenken. Nur das. Wirklich nur das.«

Sie würden. Sie hatten.

Sie zog gierig an ihrer Zigarette, eine Gebärde, die sie verhärtete: Ihr Gesicht und ihre Gesten waren jetzt wieder scharf umrandet. Sie war wieder verschlossen. Während sie den Zigarettenrauch ausstieß, fuhr sie sich mit der Zunge über die oberen Zähne.

»Wir finden dich wirklich wunderbar«, sagte sie mit einem breiten Lächeln. »Und wenn es irgendjemanden auf der Welt gibt, von dem wir wollten, dass er unser Kind austrägt – außer mir selber natürlich –, nun, dann wärst das du. Jede andere Möglichkeit, die wir besprochen haben, war nicht mal im Entferntesten so … na ja … du bist einfach am geeignetsten.«

Sie verbirgt etwas, schoss es mir durch den Kopf. Schnell gefolgt von: Sie lügt. Ich schob den Gedanken weg. Was gab es da zu lügen? Was gab es da zu verstecken?

»Ich – ähm – ich …«, begann ich, völlig ratlos, was ich sagen sollte. Ich war überrascht, dass es von ihr gekommen war, und nicht von Mal.

»Ich habe dich gefragt, weil ich nicht wollte, dass du Ja sagst, einfach nur, weil Mal es ist, der fragt«, sagte sie, als könne sie meine Gedanken lesen. »Ich weiß, wie ihr beide zueinander steht, ihr würdet alles füreinander tun, ohne auch nur einen Moment darüber nachzudenken. Dies ist aber eine große Sache, und ich – wir – wollen, dass du sehr gut darüber nachdenkst.«

»Oh, mach dir keine Sorgen, das werde ich«, versicherte ich ihr, griff nach meinem Weinglas und nahm einen großen Schluck. Natürlich würde ich es *nicht* tun. Es handelte sich hier nicht darum, ihnen Geld zu borgen für die Anzahlung auf ihr Haus (wovon sie immer noch nichts wusste), und auch nicht darum, sich alle erdenkliche Mühe zu geben für eine Person, von der ich mit Sicherheit wusste, dass sie mich hasste. Es handelte sich darum, ein Baby in mir wachsen zu lassen und es dann jemand anderem zu geben. Wer konnte so was tun? Ich wusste, dass Frauen das taten, aber *wer* waren sie? Wie brachten sie das über sich? Ich jedenfalls war keine von diesen Frauen, so viel war sicher. Und ich war überrascht, dass sie dachten, ich könnte so etwas tun.

»Es wäre eine ganz traditionelle Leihmutterschaft«, sagte Stephanie. Ihre Augen sahen mich fragend an. Sie hätte sich auf ihr Gefühl verlassen sollen, denn dann hätte sie gewusst: Die Antwort war Nein. »Also, wenn man das Sperma des Vaters in spe benutzt und das Ei der Leihmutter.«

Ich würde ihnen doch nicht das Baby geben, das in mir herangewachsen war, ich würde – ich nahm einen weiteren großen, sehr großen Schluck Wein. Auf keinen Fall! Auf gar keinen Fall!

Sie legte ihre Hand auf meinen Unterarm. »Bitte, denk einfach darüber nach«, sagte sie, ihre Stimme ruhig und besänftigend. Unsere Augen trafen sich, und zum ersten Mal war sie offen. Ich konnte das Gefühl in ihr sehen: Aufrichtigkeit. Ihre Rüstung, ihre Verstellungen, ihre Ablenkungsmanöver waren für einen Moment zur Seite gewichen, und sie war aufrichtig.

Wenn sie das getan hatte, wenn sie für einen Moment

aufgehört hatte, die Rolle der Stephanie zu spielen und stattdessen Stephanie *gewesen* war, dann war das wenigste, was ich tun konnte, darüber nachzudenken.

Einfach nur darüber nachzudenken.

18

Sie hat nicht Nein gesagt. Sie hat schockiert ausgesehen, aber sie hat wenigstens nicht gleich Nein gesagt. Sie hat überhaupt nicht Nein gesagt.

Sie war die Einzige, die infrage kam. Sie war perfekt. Das sah ich jetzt ein.

Und sie würde uns helfen.

Sie würde mir helfen.

Ich würde Mutter sein.

Ich würde die Familie haben, die ich immer gewollt hatte. Und das Leben, das ich immer gewollt hatte.

Alles würde perfekt werden. Ich *wusste* es einfach.

19

Von der Straße unter meinem Fenster tönte Musik herauf. Nicht von einem Autoradio, und auch nicht von einem zu laut gestellten Walkman. Ich erkannte die Melodie sofort. Die einleitenden Gitarrenklänge von *Somewhere Over the*

Rainbow. Die hawaiianische Version – weich, aber schneller als die von Judy Garland.

Ich ging zum Fenster und zog die Gardine einen Spaltbreit auf. Auf der Straße, unter meinem Fenster, stand Mal und spielte Gitarre. Sein Blick war auf mein Fenster gerichtet, und er grinste, als er mich sah. Es war das gleiche schelmische Grinsen, mit dem er mich immer bedacht hatte, als wir noch Kinder waren und Kekse aus dem Schrank gestohlen hatten, oder uns nachts heimlich aus dem Bett geschlichen hatten und auf der Treppe saßen und zuhörten, wie Mum und Dad im Wohnzimmer redeten. Es war das Grinsen, das die Dinge, die wir teilten, so besonders und unzerstörbar machte. Nur wenige Leute, die nicht von Anfang an dabei waren und wussten, wie lange wir schon zusammen waren, hätten das nachvollziehen können.

Als er jetzt zu singen begann, berührte das vertraute Timbre in seiner Stimme meinen innersten Kern – selbst durch das Fensterglas und die Wände hindurch. Als wir noch klein waren, sangen Cordy und er manchmal zusammen, und ihr Duett hatte immer allen Zuhörern ein Lächeln aufs Gesicht gezaubert. Ich hatte ihn seit Jahren nicht mehr singen gehört. Und nun um elf Uhr abends diese Serenade, mitten auf der Straße vor meiner Wohnung, mit seiner allersanftesten Stimme.

Wäre er nicht verheiratet gewesen, und hätten er und seine Frau mich nicht vor Kurzem gebeten, ein Baby für sie auszutragen, wäre das wahnsinnig romantisch gewesen. Ich wusste, warum er es tat: Wir hatten seit über einer Woche nicht miteinander gesprochen. Er war ein paarmal vorbeigekommen und hatte versucht, mich telefonisch zu erreichen, aber ich hatte immer »keine Zeit« gehabt. Ich konnte nicht mit ihm reden, nach dem, was Stephanie mich gefragt hatte, und so hatte ich begonnen, die beiden zu meiden. Mit dieser Aktion versuchte er nichts anderes, als mich einzuwickeln und zum Nachgeben zu zwingen.

Ich zog das Fenster auf. »Okay, ich hab verstanden«, rief ich ihm zu. »Hör jetzt auf damit.«

Als im Wohnzimmer der Wohnung unter mir das Licht angeschaltet wurde, schimmerte Mals Gesicht gelblich. Er sang völlig ungerührt weiter und war sich offensichtlich nicht der Tatsache bewusst, dass unter mir ein ehemaliger Bodybuilder und Rausschmeißer wohnte, der sich inzwischen als Elvis-Darsteller verdingte und der ihn gleich grün und blau schlagen würde, wenn er nicht aufhörte zu singen. »Schnell, komm rein!«, zischte ich ihm zu.

Mal machte unbeeindruckt weiter, immer noch dieses Grinsen auf seinem Gesicht. Er würde kein Einsehen haben, bis ich nach unten kam, um mit ihm zu reden.

Ich wich schnell vom Fenster zurück, raffte meine Schlüssel vom Seitentisch und rannte in den Gang hinaus. Unterwegs warf ich noch meinen Poncho über, um notdürftig zu verbergen, dass ich meinen Schlafanzug trug und nichts drunter. Immer zwei der mit Teppichen belegten Haustreppen auf einmal nehmend, kam ich schließlich unten an, riss die Haustür auf und rannte in die Nacht hinaus, zu der Stelle, wo er stand. Inzwischen waren in allen vier Wohnungen unseres Gebäudes die Lichter angegangen. Und wie bei einer La-ola-Welle im Fußballstadion folgten jetzt auch die Lichter in den anderen Häusern unserer Straße, eins nach dem anderen; auch waren an einigen Fenstern bereits die Vorhänge zur Seite geschoben worden und neugierige Gesichter erschienen. Es würde nicht mehr lange dauern, bis irgendjemand die Polizei rief oder sogar herunter auf die Straße kam, um Mal seine Gitarre um die Ohren zu hauen.

In einem Buch oder einem Film würde es schließlich so enden, dass alle Leute, die aus dem Fenster sahen, am Ende vor der ungeheuerlichen Romantik der Situation kapitulieren müssten: Die Frauen würden verzückt die Hände ringen und uns hingerissen beobachten, während ihre Männer sich zu Herzen nähmen, was man mit einem solchen Ständchen alles erreichen konnte, und sich am besten gleich selbst ans Werk machen. Und wenn Mal und ich dann endlich vor aller Augen die erlösenden Worte sprechen und uns leidenschaftlich küssen würden, wäre tosender Applaus zu vernehmen angesichts unserer tiefen, unerschütterlichen Liebe.

Im wirklichen Leben aber konnte Mal jeden Moment wegen Hausfriedensbruchs verhaftet werden, und meine Nachbarn waren wahrscheinlich drauf und dran, gleich morgen eine Mietergemeinschaft gegen mich zu gründen und mir ans Herz zu legen, so bald wie möglich auszuziehen.

»Hör jetzt auf damit, hör auf!«, flehte ich ihn an, indem ich meine Hand zwischen seine Finger und die Gitarrensaiten schob. »Genug jetzt. Ich bin hier, genug jetzt.« Ich lebte wirklich gern in dieser Straße.

Er ließ es sich nicht nehmen, seine letzte Zeile noch zu Ende zu singen, senkte dann die Gitarre und stellte den Fuß auf den Boden. »Gehst du mir aus dem Weg?«, fragte er mit zur Seite gelegtem Kopf und einer Entschlossenheit in den Augen, die Kampfbereitschaft signalisierte.

»Was hast du denn erwartet?«, erwiderte ich, wobei ich versuchte, meine Stimme zu dämpfen. »Wie kann ich noch mit dir sprechen, nachdem …?«

»Du hättest nur Nein zu sagen brauchen«, sagte er. »Du hättest mich nicht ignorieren müssen. Uns. Steph ist felsenfest davon überzeugt, dass sie unsere Freundschaft für immer ruiniert hat. Und du weißt doch, ich kann es nicht ertragen, wenn wir nicht miteinander reden. Es fühlt sich nicht richtig an.«

»Wie kann ich denn Nein sagen?« Ich fuchtelte mit den Armen in der Luft herum und fühlte, wie alle Verzweiflung, aller Frust und alle Schuld, die ich in der letzten Woche nur oberflächlich wahrgenommen hatte, in meinen Worten zum Ausdruck kamen. »Wie kann ich dir oder Stephanie gegenübersitzen und sagen, dass ich euch bei eurem Traum, Eltern zu werden, nicht helfen kann? Wie kann ich das tun? Wie könnte ich dir noch gegenübertreten, nachdem ich dich so enttäuscht hätte?«

»Es ist ja nicht deine Schuld. Wir würden einen anderen Weg finden. Wir würden jemand anderen finden.«

»Ach ja? Wen denn?«

Während ich auf seine Antwort wartete, wurde es allmählich wieder dunkel um uns herum. Jetzt, wo es mit der nächtlichen Ruhestörung ein Ende hatte, konnten die Leute wieder ins Bett gehen und in ihre eigenen Leben, ihre eigenen komplizierten Beziehungen zurückkehren.

»Ich weiß es nicht«, gab er zu. »Aber wir werden schon jemanden finden. Wir können deswegen doch nicht unsere Freundschaft opfern. Das wäre wirklich dumm. Ich kann mir einfach nicht vorstellen, dass wir beide keinen Kontakt mehr haben.«

»Okay. Aber du verstehst, warum ich das nicht tun kann, nicht wahr? Ich könnte niemals mein Baby weggeben. Ein Kind, das ein Teil von mir gewesen ist. Schau doch nur, wie traurig ich schon werde, wenn ein Goldfisch stirbt. Ich könnte nicht … Und wie könnte ich mit dir befreundet sein und dann immer deinen kleinen Jungen oder dein kleines Mädchen sehen und wissen, dass es zur Hälfte meins ist? Es würde mich verrückt machen. Ich wäre … Und was würden wir dem Kind sagen? Glaubst du, es würde verstehen, warum ich es aufgegeben habe? Nein, ich könnte das niemals tun.«

»Nein, das könntest du nicht, ich sehe das jetzt ein«, sagte er. »Wir hätten dich gar nicht fragen sollen.«

»Nein, nein, ich fühle mich sogar irgendwie geehrt, dass ihr mich gefragt habt. Es zeigt, wie viel ich euch bedeute. Und du weißt, dass ich fast alles für dich tun würde. Aber … nein. Es tut mir leid, nein.«

»Gut, ist ja gut. Ich kann das verstehen. Aber tu mir das nicht mehr an, ja? Ich funktioniere nicht mehr, wenn du nicht da bist. Schließ mich nie mehr aus, Nova. Ich kann damit nicht umgehen.« Seine Ehrlichkeit, seine unverblümte Offenheit waren entwaffnend. Mir fiel plötzlich die Zeit ein, als Stephanie im Krankenhaus gewesen war, die Nächte, die er in meiner Wohnung verbracht hatte, zusammengekauert auf dem Sofa, verängstigt und zerbrechlich. Ich wusste, dass er für sie den Tapferen gespielt hatte, sie glauben gemacht hatte, dass der Unfall – oder was immer es auch gewesen war – keine große Sache war. Aber wenn er dann mit mir zusammen war, war er zusammengebrochen. Bis zum nächsten Morgen, wenn er sich wieder zusammenreißen und weitermachen musste. Wenige Leute kannten den Mal, den ich kannte. Nicht einmal Stephanie, nehme ich an.

»Sei wieder meine Freundin, ja? Sei meine Freundin, immer.«

»Okay.« Ich nickte. »Okay.«

Er legte eine Hand an meinen Hinterkopf und küsste mich auf Stirn und Wange. »Gut. Danke.« Er küsste mich auf die andere Wange. »Gut, dann kann ich jetzt heimgehen und schlafen.«

»Ich kann es kaum erwarten, ein Dad zu werden«, sagte er.

»Damit du alle herumkommandieren kannst und allen sagen kannst, was sie tun sollen, und damit du richtig lange aufbleiben kannst?«, fragte ich.

»Ja, klar. Und damit ich für die anderen sorgen kann. Wie dein Dad. Mein Dad macht das nicht. Aber wenn ich selbst ein Dad bin, kann ich das tun. Wie wird man denn überhaupt ein Dad?«

Ich zuckte die Schultern. »Man muss ein Baby kriegen.«

»Wie die in den Kinderwägen, die immer vor den Geschäften stehen?«

Ich zuckte wieder die Schultern. »Ich glaube ja. Ich hab Mum mal gefragt, und sie hat so getan, als würde sie mich nicht hören. Und dann habe ich sie wieder gefragt, und sie hat mir gesagt, ich soll Dad fragen, und er hat mich ins Bett geschickt. Cordy hat mich ausgelacht. Da hat Dad sie auch ins Bett geschickt.«

Wir verfielen in Schweigen, während wir darüber nachdachten, wie man ein Baby bekam. »Es macht nichts, ich schaff das schon, ein Baby zu bekommen«, sagte Mal. »Und dann werde ich ein Dad sein. Du kannst die Mum sein, wenn du willst.«

Ich lächelte ihn an, entzückt.

»Okay. Du kannst der Dad sein, und ich werde die Mum sein.«

Ich musste es tun. Zwölf Tage nach Mals Serenade wachte ich auf und wusste plötzlich, dass ich es tun musste.

Derselbe Traum hatte mich immer wieder geplagt, die ganze Nacht, jede Nacht. Es war eine Erinnerung, die wiedergeboren war als Traum, und ich wusste, es waren mein Gewissen und mein Herz, die sich zusammenrauften, um mir zu sagen, dass ich es tun musste.

Mal hatte so oft schlechte Karten bekommen in seinem Leben, und er hatte jede so gut gespielt, wie er konnte, und er verdiente es jetzt, endlich mal ein gutes Blatt zu kriegen. Er und Stephanie waren glücklich miteinander, dessen war ich sicher. Er liebte sie, und sie liebte ihn. Ich war überzeugt, dass sie das Arsenal an Masken, das ihr zur Verfügung stand, dann – und nur dann – zur Seite legte, wenn sie mit ihm zusammen war. Egal wann sie ihm gesagt hatte, dass sie keine Kinder haben konnte, er würde sie nicht verlassen, niemals. So war Mal nicht gestrickt – wenn er jemanden einmal liebte, dann für immer. Es konnte sein, dass er die Person vielleicht nicht mehr mochte, aber die Liebe blieb. Seine Beziehung zu seinem Vater bewies das. Er hasste Onkel Victor für alles, was er getan hatte, aber er liebte ihn auch genug, um seine Uhr zu tragen, um an seinem Geburtstag zum Friedhof zu gehen und um seiner Mutter gegenüber niemals ein böses Wort über ihn zu sagen. Mal hatte es verdient, Vater zu sein. Er musste wenigstens die Chance dazu bekommen.

Und ich wagte gar nicht, mir auszumalen, wie es für Stephanie sein musste. Zu wissen, dass der Grund, warum man keine Kinder haben konnte, im eigenen Körper lag. Weil etwas in diesem Körper dich daran hinderte, das zu tun, was Millionen von Leuten in der ganzen Welt jeden Tag taten, ohne darüber nachzudenken.

Was war der Grund dafür, dass ich Psychologie studiert hatte? Ich wollte Menschen helfen. Dies war eine Möglichkeit, ihnen zu helfen, ihr Leid zu lindern. Ich wollte Leid lindern, wie der Therapeut, den Tante Mer aufsuchte und der ihr half, ihre Schwierigkeiten in den Griff zu kriegen. Diese beiden Menschen, die ich aufrichtig liebte, hatten ein großes Leid, und was ich tat, würde ihr Leben verändern. Es handelte sich nur um eine Schwangerschaft. Nicht mehr und nicht weniger. Frauen machten das andauernd. Neun Monate, und dann konnte ich ihnen das Baby geben. Sie würden glücklich sein, ich würde mich toll fühlen, weil ich zwei Leuten geholfen hatte, die mir wichtig waren. Es war nur ein Detail im großen Wurf des Lebens. Wenn man einen Schritt zurücktrat, die Gefühle wegließ und nüchtern darüber nachdachte, war es weniger bedeutend als einen Krieg zu beginnen, zum Beispiel.

Ich nahm den Hörer des Telefons ab, das neben meinem Bett stand, und wählte, während die Emotionen aus dem Traum noch um mich herumwaberten, und während ich doch genug Distanz hatte, um ohne den Schatten eines Zweifels zu wissen, dass ich das Richtige tat.

»Wir müssen uns auf Geschlechtskrankheiten testen lassen, und auf HIV«, sagte ich, als abgenommen wurde.

»Nova?«, sagte er.

»Und wir müssen uns zusammensetzen und alles durchsprechen. Was – und wann – wir es unserer Familie erzählen, und wie wir alles im Einzelnen machen wollen. Wir müssen über alles reden.«

Er schwieg.

»Und wir müssen schauen, ob wir es dem Kind erzählen, wenn es schon älter ist, oder doch besser, wenn es noch klein ist, sodass es von Anfang an Bescheid weiß und nicht mit einer großen Überraschung konfrontiert wird.«

»Okay.«

»Und wir müssen … Ich weiß nicht, da ist noch mehr. Wir brauchen einen gesetzlichen Vertrag oder so was.«

»Heißt das, du sagst Ja?«, fragte er, während sich Hoffnung und Aufregung auf leisen Sohlen in seine Stimme schlichen.

»Ähm, ja, ich denke, das tue ich, ja.«

Zum ersten Mal in meinem Leben hörte ich, wie Mal in Tränen ausbrach. Er hatte nur ein paarmal geweint in all den Jahren, die ich ihn kannte, und es waren immer stille, private Tränen gewesen, die einem nicht mal aufgefallen wären, wenn man ihn nicht gerade ansah. »O Gott, danke«, sagte er. »Vielen Dank … Ich sag's gleich Stephanie und dann kommen wir zu dir. Ist das in Ordnung?«

»Ja, sicher.«

»Danke«, sagte er. »Du weißt nicht, was uns das bedeutet.«

Ich wusste es. Und es bedeutete auch für mich die Welt.

Während ich hörte, wie er seine Tränen zurückschniefte, wusste ich, trotz des Unbehagens und der dunklen Vorahnungen, die sich mit dem zunehmenden Aufwachen heranschlichen, trotz des Grauens, das in die tiefsten Ausbuchtungen meines Herzens kroch, dass ich das Richtige getan hatte.

Es ging um Mal, immerhin. Natürlich hatte ich das Richtige getan.

20

Ich schloss mich ins Badezimmer ein und weinte.

Das einzige Mal, dass ich je so glücklich gewesen war, war bei meiner Hochzeit gewesen.

Ich kaufte ihr Blumen.

Ich kaufte ihr Schokolade.

Ich kaufte ihr eine Packung Folsäure-Tabletten.

Als ich sie sah, fiel mir sofort wieder auf, wie hinreißend sie war. Sie glühte vor innerer Schönheit. Sie war, was sie tat, und sie war schön, weil sie etwas Schönes tat.

Wir redeten und redeten und redeten, und sie sagte, ich könne sie besuchen kommen, wann immer ich wollte, wenn sie zu Hause war. Sie sagte, es würde mein Baby sein, und ich könne so viel an der Schwangerschaft teilhaben, wie ich wollte. Sie war im Begriff, mein Leben zu verändern.

Ich mochte nicht daran denken, dass es auch ihr Leben verändern würde. Aber ich würde mich um sie kümmern. Ich würde sicherstellen, dass es ihr gut ging. Sie tat etwas so Wundervolles für mich, das wenigste, was ich im Gegenzug tun konnte, war, mich um sie zu kümmern.

21

Drei Minuten. Einhundertundachtzig Sekunden. Das ganze Leben konnte sich verändern, im selben Zeitraum, den es kostete, ein weiches Ei zu kochen. Ich habe nie den Gedanken gemocht, man solle jede Sekunde so leben, als wäre sie die letzte – jedenfalls nicht, bis ich mit diesem tickenden Zeitmesser und einem Teststäbchen mit zwei Anzeigenfenstern dasaß und wartete.

Wartete.

Wartete, um zu sehen, ob mein Leben sich völlig verändern würde. Für immer. Auch diesen Gedanken hatte ich nie gemocht. Es würde bedeuten, dass ich viele Dinge nicht mehr »zum ersten Mal« machen würde. Zum Beispiel würde ich – wenn der Test positiv war – nie mehr zum ersten Mal schwanger sein. Auf Formularen würde ich bei der Frage, ob ich Kinder hatte, nie mehr ein Kreuz machen können, ohne mir darüber den Kopf zu zerbrechen, ob damit gemeint war, dass ich welche zur Welt gebracht hatte oder sie auch bei mir lebten. Falls ich später nochmals schwanger werden sollte, und falls mich jemand fragen sollte, ob es mein erstes Kind war, würde ich nie mit »Ja!« antworten können, ohne mich dabei zu fühlen wie eine Lügnerin und ohne an dieses erste Kind zurückzudenken.

Nach den medizinischen Untersuchungen – zu denen mich Stephanie begleitete, damit sie sich nicht ausgeschlossen fühlte – und dem Aufsetzen eines Vertrags durch ein paar ehemalige Arbeitskollegen von Stephanie übergaben sie mir die Spermaprobe. Ich hatte keine Ahnung, wie sie zustande gekommen war, und wollte es auch nicht wissen; aber sie wartete in einem Gläschen auf mich, eingewickelt in eine braune Papiertüte, als ich am vereinbarten Tag bei ihnen zu Hause ankam. Alles Weitere sollte sich dann bei mir zu Hause abspielen.

Bei meinen intensiven Recherchen zum Thema hatte ich erfahren, dass die Probe am besten bei Körpertemperatur aufbewahrt wurde, und so hatte ich sie mir in ein Körbchen meines BHs geschoben und meine Jacke übergehängt, bevor ich in das wartende Taxi eingestiegen war. Mal hatte zwar angeboten, mich nach Hause zu fahren, aber mir war es lieber, wenn ich mich der restlichen Prozedur alleine stellte. Als ich ihr Haus verließ, waren sie beide auf der Türschwelle gestanden und hatten mir nachgesehen, sie eng an seine Seite geschmiegt, er den Arm schützend um ihre Schultern gelegt, und sie waren mir vorgekommen wie ein Elternpaar, das ihr Kind zum ersten Mal alleine in die große weite Welt hinausschickt.

Im Taxi hatte ich meiner Fantasie freien Lauf gelassen und mir in allen Einzelheiten ausgemalt, was passieren würde, wenn das Taxi einen Unfall hatte: Man würde mich ins Krankenhaus einliefern und dort ganz nebenbei entdecken, dass ich eine Flasche mit männlichem Samen im BH stecken hatte. Ich konnte mir das Gesicht meiner Eltern lebhaft vorstellen, wenn die Ärzte ihnen erklären würden: »Es ist noch mal glimpflich ausgegangen für Ihre Tochter, aber leider hat sie Zweitverletzungen von einem Probenfläschchen, das ihr bei dem Aufprall die rechte Brust zerschnitten hat. Wie es aussieht, enthielt dieses Fläschchen eine ziemlich große Menge Sperma. Haben Sie irgendeine Vorstellung, Mr. und Mrs. Kumalisi, warum Ihre Tochter fast zwei Liter Samen mit sich führte?« Natürlich war das maßlos übertrieben, aber in meiner Vorstellung schwoll die Menge der weißlichen Flüssigkeit zu ungeahnten Ausmaßen an.

Dankenswerterweise schaffte ich es bis nach Hause, ohne dass mir auch nur ein Haar gekrümmt wurde, und nachdem ich mir ein Bad eingelassen hatte …

Ich hatte Mal eine SMS mit der Nachricht »Mission

accomplished!« geschickt und mir die ganze Sache dann aus dem Kopf geschlagen. Wenn ich mich darauf einließ, darüber nachzudenken, würden alle Zweifel, alle Sorgen und alle Ängste wieder an die Oberfläche schwappen. Ich hatte das Richtige getan, das wusste ich. Aber wenn ich auch nur einen Gedanken darauf verwandte, was vielleicht gerade in mir vor sich ging, bekam ich maßlose Angst.

Ich weiß nicht, ob das bei anderen Frauen, die schwanger zu werden versuchen, auch so ist – aber schon allein der Gedanke an die Folgen war erschreckend, sogar unabhängig davon, warum ich es tat. Ich war dabei, mich in völlig unbekannte Gefilde zu begeben. Ich stand im Begriff, mein Leben und meinen Körper einer großen Veränderung zu unterziehen. Keith hatte mich deswegen bereits verlassen, und ich hatte nicht mehr viel zu verlieren. Am besten war also, einfach so zu tun, als wäre nichts geschehen, jedenfalls bis meine Periode ausbleiben würde … Was sie auch tat. Darum hatte ich auch den Test gekauft.

Ich hatte zu Mal und Stephanie gesagt, dass ich nicht weiter darüber reden wollte, sondern sie einfach wissen lassen würde, falls ich eine weitere Probe brauchte. Inzwischen sollten auch sie versuchen, an andere Dinge zu denken, sodass wir alle – bis wir das gewünschte Resultat bekämen – so normal wie möglich weiterleben konnten.

Zehn Sekunden noch.

Zehn Sekunden, dann würde ich es wissen. Ich würde wissen, ob ich die ganze Prozedur wiederholen musste oder doch schon einen Schritt weiter war.

Jetzt war es so weit. Ich starrte auf das Stäbchen. Meine Hand zitterte, als ich sie ausstreckte, um es hochzunehmen. Ein Strich, nicht schwanger. Zwei Striche, schwanger, wiederholte ich in meinem Kopf. Ein Strich, nicht schwanger. Zwei Striche, schwanger.

Ein Strich würde bedeuten, dass ich die Chance bekam, mir alles noch mal anders zu überlegen und mich aus dem Ganzen zu verabschieden.

Zwei Striche … Zwei Striche …

Mein Atem ging sehr schnell und sehr flach, als ich realisierte, was ich sah.

Zwei Striche.

Schwanger.

Ich ließ den Test fallen, sah auf meinen Bauch hinunter, starrte ihn an, konnte ihn aber nicht berühren. Ich weigerte mich einfach, es zu glauben.

Ich habe ein Baby gemacht. Ich werde ein Baby haben.

Ohne es zu wollen, musste ich lächeln. Wir hatten es geschafft. Gleich beim ersten Mal. Beim ersten Versuch.

Ich werde ein Baby haben.

Mir stiegen Tränen in die Augen. Ich war plötzlich völlig überwältigt vor Glück. Vor Freude. Eine Lawine von Gefühlen überschüttete mich, sodass ich es fast vergessen hätte: Es war gar nicht meins.

Das Baby gehörte jemand anderem.

Stephanie trug ihre Arbeitsmaske. Sie hatte sich ihre blonden Locken auf dem Kopf aufgetürmt und mit vier knallbunt gemusterten Essstäbchen festgesteckt. Sie trug ein gelbes chinesisches Tunikakleid aus echter Seide – sonst hätte sie es wohl kaum angezogen –, das an der Seite bis zum Oberschenkel geschlitzt war. Dazu hatte sie schimmernde Netzstrümpfe und gelbe Stöckelschuhe an, die sie noch größer wirken ließen. Ihre Unterarme waren vom Handgelenk bis zum Ellbogen mit Armreifen beringt. Ich wunderte mich, dass sie – obwohl sie in einem Modegeschäft arbeitete – nicht zu merken schien, dass Gelb ihr nicht stand. Und zwar überhaupt nicht. Es wäre für die meisten Leute, die einen so blassen Teint hatten wie sie, ein Tabu gewesen, und im Laden gab es jede Menge Kleider, in denen sie viel besser ausgesehen hätte. Aber vielleicht war genau das der Punkt. Vielleicht wollte sie den Leuten zeigen, dass sie selbst noch in unvorteilhaften Kleidern attraktiv aussah. Kleider reflektierten für mich immer auch einen inneren Zustand. Und wenn ich sie nicht gekannt hätte, wenn ich nicht gewusst hätte, dass dies nur eine ihrer vielen Verkleidungen war, dann hätte ich gesagt, dass sie es zu sehr darauf anlegte, aufzufallen.

Auch als wir uns kennengelernt hatten, war sie verkleidet gewesen. Wie Mals andere Freundinnen betrachtete auch sie meine Beziehung zu Mal mit Skepsis, aber gerade weil er in Stephanie so verliebt war, wusste ich, dass es mit ihr besonders schwer werden würde. Und so hatte ich mir gar keine besondere Mühe gegeben, mich schick zu machen – was ja sowieso nicht meine Gewohnheit war. An der Art, wie ihre Augen abschätzig über mich hinwegglitten, als sie mich zum ersten Mal erblickte, erkannte ich sofort, dass sie meine mangelnden Bemühungen als persönliche Beleidigung auffasste: Während sie selbst wahrscheinlich Stunden vor dem Spiegel zugebracht hatte, um mühelos schön auszuschauen, hatte ich es offensichtlich nicht mal der Mühe wert gehalten, mich für sie herauszuputzen. Allerdings war mir auch klar, dass die einzige Möglichkeit, ihren Beifall zu finden, gewesen wäre, meine Bemühungen spektakulär zu vermasseln – sodass sie sich mir haushoch überlegen fühlen konnte.

Ich bahnte mir einen Weg um die Kleiderstangen herum,

nicht ohne zu bemerken, wie »individuell« die Kleidungsstücke waren. Und teuer. Außerdem fiel mir ein, dass ich es in ein paar Monaten schwierig finden würde, mich zwischen diesen Stangen zu bewegen.

»Hi«, sagte ich jetzt zu ihrem Hinterkopf.

Sie wandte sich um und grinste, als sie mich sah. Es war ein aufrichtiges Grinsen, eines der vielen, mit denen ich beschenkt wurde, seit ich zugestimmt hatte, diese Sache für sie zu übernehmen. »Hi!«, erwiderte sie, indem sie die *Vogue*, in der sie gerade geblättert hatte, niederlegte und zur Theke kam. »Ich wollte dich später auch noch anrufen und fragen, ob du Lust auf Chinesisch hast.« Sie breitete die Arme aus und machte eine kleine Pirouette. »Rate mal, warum!«

»Ja, das wäre schön. Ich arbeite heute nicht. Vielleicht könnten wir auch Mal fragen.«

»Nicht nötig, er kommt sowieso, ich habe ihm schon den Befehl erteilt«, witzelte sie.

»Du denkst aber auch an alles«, gab ich zurück, indem ich in meine Tasche griff und meine Hände um den Brotbeutel schloss, den ich vor dem Verlassen des Hauses behutsam darin verstaut hatte. Es kam mir vor, als würde ich Kronjuwelen in einer Tragtüte mit mir herumschleppen. Ich spürte dauernd den Impuls, die Tüte herauszunehmen und ihren Inhalt anzusehen. Nur um sicherzugehen, dass es wahr war, dass sich nicht alles plötzlich als Täuschung entpuppte.

»Und, kann ich dir irgendwie helfen?«, fragte sie, jetzt wieder zurück im Arbeitsmodus.

»Ich hab was für dich«, sagte ich. Ich zog die Tüte heraus und händigte sie ihr aus. »Ich dachte, es könnte dich interessieren.«

Sie sah mich mit gerunzelter Stirn an und nahm mit rasselnden Armreifen die Tüte entgegen. Als sie sah, was darin war, gingen ihr schier die Augen über.

»O MEIN GOTT!«, schrie sie laut auf. »O MEIN GOTT!« Sie warf sich über die Kassentheke und fegte dabei das rosa Einwickelpapier, die Bänderspule und die Tesarolle zur Seite, die darauf lagen, und warf ihre schlanken, solariumgebräunten Arme um meinen Hals, Ihre Armreifen klimperten laut in meinen Ohren. »O MEIN GOTT!«, rief sie immer wieder und drückt mich an sich, so fest sie konnte. »O MEIN GOTT!«

Sie ließ mich nur einen Augenblick los, umkreiste dann blitzschnell die Theke und schloss mich unter weiteren Freudenrufen in die Arme.

»Kann ich mal fühlen, kann ich mal fühlen?«, fragte sie. Vor lauter Aufregung veranstaltete sie kleine Luftsprünge.

Eine solche Reaktion hatte ich nicht erwartet. Ich wusste, dass sie sich freuen, sogar begeistert sein würde; aber es war mir nicht klar gewesen, dass sie jede Ähnlichkeit mit der Stephanie verlieren würde, die ich kannte. Ich *mochte* diese Person. Ich hatte sie richtig gern. Es war eine Schande, dass ich sie nicht schon früher kennengelernt hatte.

»Ja, klar, aber im Moment gibt es noch nichts zu fühlen.«

Sie fiel auf die Knie und schob ihre Hand in meinen Mantel. »Oh, mein Gott«, wiederholte sie von Neuem, während ihr die Tränen in die Augen stiegen und sie ihre Wange an den Stoff über meinem Bauch presste. »Hallo, Kleines«, flüsterte sie. »Hallo, Baby.«

Endlich wurde sie unterbrochen von der Ladenbesitzerin, die in diesem Moment auf der Bildfläche erschien. Sie hatte wohl das Gekreische gehört und war gekommen, um zu sehen, was hier los war. Ihre Aufmachung wirkte sehr viel nüchterner als die von Stephanie und bestand aus einfachen Jeans und einem cremefarbenen Twinset, und sie wirkte wie eine Frau, die Mode zwar mochte, aber sich nicht von ihr versklaven ließ. Als sie sah, wie ihre Assistentin vor einer Kundin kniete und ihr Gesicht gegen deren Bauch drückte, blieb sie abrupt hinter der Theke stehen.

»Was ist denn hier los?«, fragte sie. Ihre Stimme klang nach Geld. Wahrscheinlich war das der Grund, wieso sie sich eine Boutique leisten konnte, die nie Kundschaft zu haben schien.

Stephanie kam wieder auf die Füße und schenkte ihrer Chefin ein Lächeln, während sie sich bei mir unterhakte. »Das ist meine beste Freundin, Nova. Sie hat gerade erfahren, dass sie ein Baby bekommt«, sagte sie zu ihrer Chefin.

»Ich verstehe«, erwiderte die Eigentümerin. »Meinen Glückwunsch.«

»Danke«, sagte ich und kam mir vor wie eine Betrügerin. Außerdem war ich ziemlich perplex von dem, was Stephanie gesagt hatte: Ich, ihre beste Freundin. Ausgerechnet ich. Anscheinend war sie wirklich nicht mehr misstrauisch mir gegenüber und hatte begonnen, mich zu akzeptieren.

»Wir bekommen ein Baby«, sagte Stephanie, während ein breites Grinsen ihr Gesicht erleuchtete.

Die Eigentümerin schüttelte den Kopf. »Wie mir scheint, werden Sie wohl heute nicht mehr zur Vernunft kommen«, sagte sie. »Warum führen Sie Ihre Freundin nicht in ein Café und feiern bei einer Tasse Tee und Kuchen die tolle Neuigkeit?«

»Oh, danke!«, schoss es aus Stephanie heraus. »Ich hol

nur schnell meinen Mantel und meine Tasche.« Damit war sie schon in den hinteren Bereich geflitzt.

»Ist es Ihr erstes Kind?«, fragte mich die Eigentümerin inzwischen.

Ich nickte und kam mir schon wieder vor wie eine Betrügerin. Ich würde mich daran gewöhnen müssen. Bald würden alle sehen können, dass ich schwanger war, und sie würden dann sehr zu Recht annehmen, dass es meines war. Sie würden mich ausfragen über Geburtstermin, Namen, Geschlecht und all die anderen Dinge, die man von einer schwangeren Frau wissen wollte, weil man selbstverständlich erwartete, dass sie das Kind behalten würde. Ich hatte mir noch nicht überlegt, was ich dann sagen wollte. Weder zu Fremden, noch zu den Menschen, die mich kannten. Wie ich ihnen erklären würde, was ich da tat, und warum es das Richtige war.

»Oh, wundervoll. Ich glaube nicht, dass ich Stephanie schon mal so glücklich gesehen habe. Aber es kommt ja öfter vor, dass sich eine Frau so sehr über die Schwangerschaft einer Freundin freut, als wäre es ihr eigenes Kind.«

»Ja«, erwiderte ich, »das verstehe ich gut.«

Als Stephanie zurückkam, hakte sie sich wieder bei mir unter. »Vielen, vielen Dank, Arabella«, sagte sie zu ihrer Chefin, und dann zu mir: »Komm, lass uns gehen und es gleich Mal sagen.« Plötzlich blieb sie abrupt stehen und sah mich an, Verzweiflung und Angst in den Augen. »Oder hast du es ihm schon gesagt?«

Ich schüttelte den Kopf. Mein erster Instinkt war natürlich gewesen, ans Telefon zu gehen und ihn anzurufen, weil er und Cordy immer die Ersten waren, die ich anrief. Aber während ich seine Nummer wählte, fiel mir ein, dass ich es erst Stephanie sagen musste. Von uns dreien war sie diejenige, die bisher nichts mit dem Baby zu tun gehabt hatte. Sie war wie eine Fliege um die Flamme gesurrt, aber sie war nicht Teil der Flamme gewesen. Es ihr zuerst zu sagen, war eine gute Gelegenheit, sie ins Boot zu holen, sie zu versichern, dass dies alles auch mit ihr zu tun hatte. »Du bist die Erste, die es erfährt, nach mir natürlich.«

»Wirklich?«, sagte sie, während ihr die Tränen in die Augen schossen und sie sich auf die Unterlippe biss. Sie umarmte mich wieder. »Danke«, flüsterte sie mir ins Ohr. »Ich danke dir so sehr, dass du dies für mich tust. Ich weiß nicht, wie ich dir das je vergelten kann.«

22

Rosa, blau oder weiß? Ich hielt jeden der Strampelanzüge hoch und versuchte zu entscheiden, welchen ich kaufen sollte. Gelb war ausgeschlossen. Niemand sollte je etwas Gelbes anziehen, obwohl ich in der Arbeit manchmal dazu gezwungen war. Rosa, hellblau oder weiß?

Weiß war natürlich die sicherste Option, aber es hatte etwas so Unverbindliches. Wenn ich eine der anderen Farben kaufte, würde das mir und anderen vermitteln, dass ich wirklich an dies alles glaubte.

Obwohl wir erst in der elften Woche waren und es vielleicht Unglück bringen würde, jetzt schon Kleider zu kaufen, konnte ich einfach nicht anders. In jeder Mittagspause, und manchmal auch auf dem Heimweg von der Arbeit, ging ich Babykleidung kaufen. Mein Herz flatterte dabei, und mein Bauch tanzte, immer wenn meine Finger über den weichen Stoff strichen.

Außerdem genoss ich die Aufmerksamkeit. Die Selbstverständlichkeit, mit der andere Frauen annahmen, dass es mir ging wie ihnen, dass mein Bauch bald hervorstehen und sich unter dem Druck des darin wachsenden Babys runden würde, dass meine Knöchel anschwellen und ich vielleicht meinen Ehering an einer Kette um den Hals statt um meinen aufgeblähten Ringfinger würde tragen müssen. Niemand fragte mich, wann mein Baby denn kommen würde, aber ich merkte an den verstohlenen Blicken, die sie auf meinen Bauch und dann auf mein Gesicht und wieder zurück warfen, dass alle von meiner Schwangerschaft überzeugt waren. Ich gehörte dazu. Spontan beschloss ich, gleich alle drei Strampler zu kaufen. Später konnte ich dann immer noch den blauen mit einer rosa Schleife kombinieren, oder auf den rosafarbenen einen Fußballsticker nähen.

»Ich hatte an ›Malvolio‹ gedacht, wenn es ein Junge wird, und an ›Carmelita‹ für ein Mädchen«, sagte Mal in dieser Nacht. Unsere Beine waren miteinander verschlungen, wobei die breiten Muskeln seiner Glieder überraschend leicht auf den meinen lagen. Die Nachttischlampen hatten einen Teich aus Licht um uns herum erzeugt, und wir teilten das Bett mit einem Stapel Babybücher. Wir taten das beide mit Begeisterung, Elternratgeber kaufen und uns über die Farben im Kinderzimmer Gedanken machen. (Allerdings wusste Mal nichts von der Kleidung, die ich schon gekauft hatte, denn ich hatte sie in dem Zimmer, das später das Kinderzimmer werden sollte, versteckt.) Er hatte einen Wochenplaner aufgeschlagen auf seiner Brust liegen und liebkoste mit der einen Hand meine Schulter, während er mir mit der anderen über den Bauch streichelte.

»Warum das denn?«, erwiderte ich, ehrlich verwirrt. Ich wusste ja, dass er mit seinem eigenen Namen keine Probleme hatte, aber wieso um Himmels willen Carmelita?!

»Malvolio, weil es in der Familie bleibt, und Carmelita, weil ich den Klang mag. Carmie … Komm doch, Carmie, iss dein Gemüse!«

»In der Familie? Seit wann bist du denn so ein Traditionalist? Ich finde Männer, die ihre Kinder nach sich selbst benennen, sehr arrogant. Frauen machen das doch auch nicht. Du wirst ja auch keine Stephanie Wacken junior bekommen.«

»Wir machen das nur, um den Namen weiterzutragen.«

»Ist es denn nicht schon genug, dass normalerweise euer Familiennamen weitergetragen wird? Wenn das der Grund ist, sollten eher Frauen ihren Namen weitergeben. Da unsere Familiennamen durch die Heirat sowieso ausgemerzt werden, und da immerhin wir die Kinder bekommen, sollten wir wenigstens sicherstellen, dass unsere Vornamen gewürdigt werden, indem wir unsere erstgeborenen Mädchen so nennen.«

Er gab mir einen Stups auf die Nasenspitze, dem er einen Kuss folgen ließ. »Du machst dir Illusionen. Das wird sich nie durchsetzen.«

»Schade, aber wahrscheinlich hast du recht.«

»Außerdem ist Carmelita ein wundervoller Name.«

»Ja, ja, aber nicht für unsere Tochter … Kannst du das glauben? Wir werden vielleicht eine Tochter haben.«

»Nein, es ist ein Junge.«

Er sprach mit solcher Sicherheit, dass ich meinen Blick

hob, um ihn anzusehen. Er starrte ins Leere, ein glückseliges Lächeln auf den Lippen, das seine Gesichtszüge glättete und seine Augen matt schimmern ließ. »Oh? Weißt du da etwa was, das mir entgangen ist?«

»Nein, nicht wirklich jedenfalls. Nova hat mir nur gesagt, dass sie das Gefühl hat, einen Jungen zu bekommen.«

Für einen Sekundenbruchteil machte mein Herz einen Satz. Nur ganz kurz, nichts Besorgniserregendes. Es war nur ein momentanes Flattern, das sich schon einen Moment, nachdem es mein Herz berührt hatte, wieder auflöste. Warum hatte sie *mir* das nicht gesagt? »Wann hat sie dir das gesagt?«

»Ach, kürzlich. Ich habe sie gefragt, ob sie das Geschlecht feststellen lassen will, und sie hat gesagt, das sei nicht nötig, sie wisse sowieso, dass es ein Junge ist.«

»Aber wir waren doch übereingekommen, dass wir beim Ultraschall das Geschlecht nicht feststellen lassen wollen«, erinnerte ich ihn.

»Ich weiß, aber nur weil wir es nicht wissen wollen, heißt das ja nicht, dass Nova es auch nicht wissen will.«

Ich drückte mich von ihm weg und sah ihn an. Sein hübsches Gesicht mit den kräftigen, kantigen Zügen war immer noch weich von der glückseligen Stimmung, in der er sich befand, und er erwiderte meinen Blick arglos. Ich runzelte die Stirn. »Es ist nicht von Bedeutung, was sie will. Es hat nichts mit *ihr* zu tun, Mal.«

Nun war er es, der die Stirn runzelte und mich ein paarmal verdutzt anblinzelte. »Sie bekommt doch das Baby«, stellte er fest.

»Aber sie bekommt es für uns. Es ist unser Baby. Wir treffen die Entscheidungen, was den Ultraschall und das

Wissen drumherum betrifft. Sie bringt nur das Baby zur Welt. Es wächst in ihr. Aber wir werden die Eltern sein, und das heißt, dass wir es auch sind, die die großen wie die kleinen Entscheidungen treffen.«

Seine Stirn kräuselte sich noch ein wenig mehr. »Das klingt … ich weiß nicht, kalt«, sagte er.

Das Herzflattern kam zurück, und diesmal dauerte es länger. Nicht viel länger, nichts, wofür man einen zweiten Gedanken hätte verschwenden müssen. »Sie muss kalt damit umgehen, Mal. Verstehst du das nicht? Wenn sie anfängt, Entscheidungen zu treffen, wie etwa, das Geschlecht des Babys wissen zu wollen, wie kann sie es dann noch über sich bringen, ihn oder sie am Ende der Schwangerschaft uns zu geben? Je mehr sie sich darauf einlässt, desto schwieriger wird es für sie.«

Mal wälzte sich im Bett herum und schob mich sanft, aber entschlossen von sich weg, sodass er sich aufsetzen konnte. Dennoch hatte ich die Bewegung bemerkt, und sie enthielt eine leichte, aber deutliche Distanzierung. Doch er schob nicht mich weg, sondern den Gedanken, den er vorher nicht wirklich hatte zulassen und über den er sich nicht weiter den Kopf hatte zerbrechen wollen: Was all dies mit Nova anstellen würde. Er hatte einfach angenommen, es würde leicht für sie sein, einfach weil sie sich bereit erklärt hatte, es für uns zu machen. So war sie eben, und sie tat es für jemanden, den sie liebte, und das sollte genügen, um alle weiteren Komplikationen zu vermeiden.

»Daran hatte ich gar nicht gedacht«, gab er zu.

»Wenn sie anfängt, dieses Baby als irgendwas anderes zu sehen als als ein Wesen, das sie ausbrütet, dann wird sie es nicht aufgeben wollen«, sagte ich.

»Du redest ja, als hätte sie einen Scheidenpilz, den sie irgendwann loswerden muss.«

»Nein, nicht ich rede so, sondern *sie* hat sich das so zurechtgelegt. Ich weiß nicht, wie jemand das tun kann, was sie tut. Ich finde es wundervoll, und ich werde nie auch nur annähernd in der Lage sein, ihr dafür zu danken – aber ich könnte nie ein Baby aufgeben.«

Ein scharfer Blick, ein schnell weiterhuschender Gedanke tauchte kurz in Mals Gesicht auf. Der Gedanke an das Baby, das ich sehr wohl aufgegeben hatte, das nie zur Welt gekommen war.

»Das war etwas ganz anderes, Mal«, sagte ich, indem ich meine Knie zur Brust zog. Eines der Bücher purzelte vom Bett und landete mit einem lauten Plumps auf dem Läufer. »Ich wusste nicht mal, wer der Vater war. Es hätte einer von drei Männern sein können, und ich konnte mich nicht mal daran erinnern, wie es geschehen war.« Ich sprach schnell, laut und defensiv, darauf bedacht, ihm die Ausweglosigkeit meiner damaligen Situation vor Augen zu führen. »Ich war *fünfzehn* und sehr krank. Wäre ich gesund und fit und fähig gewesen, mich um ein Kind zu kümmern, dann hätte ich mich dafür entschieden. Aber ich hatte keine Wahl. Sie haben mich dazu gezwungen.«

»Ich weiß«, sagte er, indem er mich wieder an sich zog.

Ich versuchte, etwas Abstand zu halten: Ich wollte es ihm nicht zu leicht machen. »Nein, nichts weißt du«, erwiderte ich. »Du hast einfach nur gedacht, dass ich ein Baby aufgegeben habe. Als ob es dasselbe wäre wie das hier. Aber das war es nicht.«

»Ja, ich weiß, es tut mir leid, ich habe nur … Es war ein idiotischer Gedanke. Es tut mir leid.«

»Ich könnte niemals tun, was Nova tut. Ich verneige mich in Ehrfurcht vor ihr, ganz ehrlich. Ich habe Respekt vor jeder Frau, die das für jemand anderen tun kann. Aber ich bin keine von ihnen.«

Er nickte und rieb an dem Muttermal hinter seinem rechten Ohr. Er war beunruhigt. Er machte sich Sorgen um Nova – darüber, was dies mit ihr anstellen würde. Sie war kein Mensch, der sich einfach so von seinen Gefühlen abspalten konnte.

Meine Augen bewegten sich langsam über das hübsche, sorgenvolle Gesicht meines Ehemanns, und jeder Zug darin war eine Erinnerung daran, wie sehr und warum ich ihn liebte. Es war ihm einfach nicht in den Sinn gekommen. Nicht einmal, als er sie dazu gebracht hatte, wieder unsere Freundin zu sein, hatte er daran gedacht, dass sie auf Dauer Schaden nehmen konnte. Ich hatte immer gewusst, dass ihre Liebe zu Mal sie eines Tages zerstören würde.

»Wir müssen uns um sie kümmern«, sagte ich zu Mal. »Das ist auch der Grund, warum ich ihr immer Sachen vorbeibringe. Wir müssen dafür sorgen, dass es ihr gut geht. Nicht nur, damit es dem Baby gut geht, sondern auch um ihretwillen. Damit sie damit zurechtkommt. Und wir müssen darauf achten, dass sie nicht anfängt, sich selbst als Mutter zu sehen, denn das wird sie kaputt machen.«

Ich kuschelte mich an ihn und ließ jetzt auch zu, dass er seine Arme um mich legte. Ich hatte plötzlich Angst, dass er seine Meinung über alles ändern könnte, dass er entscheiden könnte, dass Nova wichtiger war, als ein Baby zu haben. Obwohl sie schon schwanger war, würde er ihr dadurch vielleicht die Gelegenheit geben, ihre Entscheidung rückgängig zu machen.

»Sie scheint aber ganz okay zu sein«, sagte ich.

»Ja, das ist sie«, stimmte er zu.

»Sie ist richtig aufgeblüht, abgesehen von der Übelkeit.«

»Ja«, hauchte er. »Es ist schon bizarr, dass es ihr die ganze Zeit so übel ist und sie dabei trotzdem aussieht wie das blühende Leben.«

»Und wir können ihr helfen, dass es auch so bleibt.«

»Ja.«

»Okay, also wie ich gesagt habe: ›Stephanie‹ für ein Mädchen, ›Angelo‹ für einen Jungen …«

Mal lächelte, und ich ignorierte das Flattern, das wieder über mich gekommen war, als er gesagt hatte, dass sie aussah wie das blühende Leben. Es waren nicht die Worte, sondern der leicht sehnsüchtige Blick in seinen Augen, als er es gesagt hatte.

23

Ich lag auf dem Sofa und hörte, wie Mal in meiner Küche herumging und mir Abendessen machte. Seit Kurzem tat er das regelmäßig, auf dem Heimweg nach der Arbeit.

Stephanie war schon früher am Tag vorbeigekommen und ein Weilchen geblieben. Sie rief immer vorher an, um zu fragen, ob es okay war, dass sie mich besuchte; Mal rief einfach nur an, um zu schauen, ob ich zu Hause war – genau wie er es früher schon getan hatte, bevor ich mich bereit erklärt hatte, ein Baby für sie zu bekommen. Stephanie brachte meistens Blumen mit, Schokolade, ein Buch oder irgendwelche ätherischen Öle, von denen sie dachte, dass ich sie mögen würde. Sie fragte dann immer, ob sie ihre Hand auf meinen Bauch legen dürfe, und ich sah das Glück, das ihr Gesicht weich und ihr Lächeln heller machte, da sie offensichtlich spürte, was sie spüren wollte.

Mal küsste mich auf die Wange, wenn ich die Tür öffnete, und dann bewegte sich seine Hand unverzüglich zu meiner Körpermitte, wie um noch einmal Hallo zu sagen, einmal zu mir, einmal zu dem Baby. Für gewöhnlich hatte er dann den Rest des Abends seine Hand auf meinem Bauch liegen.

Ich wusste nicht, was sie spürten, weil ich selber es vermied, meinen Bauch zu berühren. Instinktiv hätte ich meine Hand natürlich gern dorthin gelegt, um zu fühlen, ob die Haut fester war – sie sah jedenfalls fester aus –, oder auch wärmer, denn auch meine Körpertemperatur schien gestiegen zu sein. Mir war oft heiß, den Extrapulli, den ich sonst immer anzog, brauchte ich kaum noch, meine Jeans waren mir eng geworden und meine Brüste … In den letzten Monaten hatte ich sechs neue BHs gekauft. Ich war drei Körbchengrößen in die Höhe gegangen und spielte derzeit mit dem Gedanken an eine Spezialgröße. Mein Rücken war natürlich nicht breiter geworden, aber meine Brüste wurden immer schwerer. Ich widerstand tapfer dem Impuls, meinen Bauch zu berühren, und hatte die Gewohnheit angenommen, meine Finger unter dem Kinn oder hinter dem Kopf zu verschränken, wann immer mich das Bedürfnis überkam. Ich konnte es mir einfach nicht gestatten.

Ich durfte nicht Anteil nehmen an dem, was ich tat. Immer musste ich mir ins Gedächtnis rufen, dass ich das Kind für jemand anderen austrug. Wenn ich mir erlaubte, daran zu denken, auch nur für eine Sekunde … Ich war dann nicht mehr sicher, ob ich es wirklich schaffen würde.

In allen Büchern und Dokumentationen, die ich gesehen und gelesen hatte, hieß es, dass Frauen, die eine Leihmutterschaft übernehmen, selbst schon Kinder gehabt haben sollten; sie sollten die Familienplanung abgeschlossen haben. Wenn man ausgerechnet das erste Kind für jemand anderen bekam, konnte das ernsthafte Probleme hervorrufen: Die Angst vor der Trennung und der schmerzhafte Verlustprozess konnten sich auf das ganze weitere Leben auswirken. Viele brachten es am Ende nicht über sich, das Baby den beabsichtigten Eltern zu geben. Und, natürlich, konnte immer etwas schiefgehen, und dann konnte man vielleicht am Ende überhaupt keine weiteren Kinder haben. Es konnte dich zerstören.

Ich hatte nicht die geringste Vorstellung, wie sich der Trennungsschmerz umschiffen lassen würde, egal ob meine eigene Familie nun »komplett« war oder nicht. Aber ich tat dies für zwei Menschen, die mir wichtig waren, und nur darauf wollte ich mich konzentrieren.

Um das zu schaffen, musste ich mich distanzieren. Fern bleiben. Unbeteiligt. Auf keinen Fall der Versuchung nachgeben, mich vor den großen Spiegel im Schlafzimmer zu stellen und jede neue Entwicklung meines Körpers ganz genau unter die Lupe zu nehmen. Nicht einmal, als Stephanie bei dem Ultraschall in der zwölften Woche meine Hand genommen und die Luft angehalten hatte, als das Bild auf dem Schirm erschienen war, hatte ich hingesehen. Ich hatte an die Decke gestarrt, mir auf die Unterlippe gebissen und mich gezwungen, nicht den Kopf zu wenden, als die Ärztin den Kopf des Babys anzeigte, die Wirbelsäule, die Beine, die winkenden Arme, das Herz. Die Frau hatte mich gefragt, ob es mir nicht gut ginge, weil ich nicht hinsah, und ich hatte gemurmelt, ich müsse mich darauf konzentrieren, nicht den Inhalt meiner übervollen Blase zu entleeren. Stephanie war so im Freudentaumel gewesen, dass sie mich eine halbe Ewigkeit umarmt hatte, als ich von der Toilette zurückgekommen war. Sie fragte mich auch, ob ich das Foto sehen wollte, was ich verneinte, mit der Begründung, dass es ganz allein ihr gehöre. Ich konnte es nicht ertragen, dieses Wesen zu sehen, ich durfte diese Bindung nicht eingehen, weder geistig noch emotional.

In dem Moment, wo ich mich in irgendeiner Weise darauf einließ, wäre ich verloren. Ich würde in eine Fantasiewelt stolpern, in der ich am Ende der neun Monate ein Baby geschenkt bekam. In der ich mit dem Vater glücklich bis an mein Lebensende zusammenlebte. In der ich all die Dinge hatte, auf die ich vor ein paar Jahren so sehr gehofft hatte.

Ich konnte nicht umhin zu bemerken, dass Mal in den letzten drei Wochen unglaublich aufmerksam geworden war. Er kümmerte sich um das Abendessen, er kochte mir Tee, er bestand darauf, dass ich mich hinlegte, wenn ich zu lange saß. Er war schon immer fürsorglich gewesen, aber irgendetwas in ihm hatte sich verändert, das merkte ich. Ich war nicht sicher, was es war, aber er schien sogar noch besorgter, als er normalerweise schon war.

Ich fragte mich manchmal, ob er es spürte, dass ich mir vorgenommen hatte, für mindestens ein Jahr wegzugehen, wenn das Baby geboren war. Es war die einzige Möglichkeit, die mir einfiel, wie ich es schaffen konnte: einfach abreisen, in ein Flugzeug steigen und so viel von der Welt sehen, wie ich nur konnte. Ich würde Distanz brauchen – viel Distanz –, und die konnte ich vielleicht da draußen finden, in der großen weiten Welt. Bei meiner Rückkehr würde ich dann hoffentlich in der Lage sein, das Kind einzig und allein als das ihre anzusehen, und vielleicht hätte ich auch eine Möglichkeit gefunden, die Rolle, die ich bei seiner Einführung in die Welt gespielt hatte, beiseitezuschieben. Ich fragte mich, ob Mal das insgeheim erraten hatte und nicht wollte, dass ich wegging. Dass er deswegen für mich kochte und mir beständig versicherte, wie dankbar er mir war und wie viel ich ihm bedeutete.

Nachdem er mir dabei zugesehen hatte, wie ich ein Festmahl aus gedämpftem Brokkoli, Bohnen auf Toast mit Käse überbacken, gekochten neuen Kartoffeln, die nur so von Olivenöl trieften, und Pfirsich mit Naturjoghurt verspeist hatte, fragte er, ob er ein wenig dem Baby lauschen dürfe.

»Klar«, erwiderte ich, und schon krabbelte er auf allen vieren aufs Sofa, balancierte zwischen meinen Beinen herum, schob mein weißes T-Shirt hoch und legte sein Ohr auf meinen Bauch.

Ich blickte auf seinen Hinterkopf, auf seine blonden Locken, die sich in ein kreisförmiges Muster gelegt hatten. Ich hatte das Bedürfnis, die Hand auf seinen Kopf zu legen und mit meinen Fingern durch seine Haare zu fahren. Sie sanft zu streicheln, wie ich es all die Jahre hindurch gern getan hatte, in denen ich in ihn verliebt gewesen war. Ich wollte, dass er hochsah und sich unsere Blicke trafen, und dass wir uns mit den Augen umarmten. Ich sehnte mich danach, dass er sich aufsetzte, bis sein Gesicht ganz dicht vor dem meinen war, und dass er anfing, mir die Kleider vom Leib zu schälen. Ich schmachtete danach, ihn auszuziehen. Ich …

In einem plötzlichen Impuls warf ich den Kopf zurück und begann tief durchzuatmen, um meinen Gedanken zu helfen, sich von ihm zu lösen. Daran waren die Hormone schuld. Sie hatten mich furchtbar geil gemacht. Und sie hatten, wie ich befürchtet hatte, meine so lange weggeschlossenen Gefühle befreit und hinaus in die Welt gelassen. Sie waren gar nicht tot, diese Gefühle, sie waren nur in einen tiefen Kerker in meinem Herzen eingesperrt, denn was immer ich auch fühlen mochte, es war damals schon einseitig gewesen, und jetzt sowieso irrelevant, da wir beide eine Wahl getroffen hatten, mit der es uns gut ging. Zugegeben, Keith hatte mich verlassen, weil ich zugestimmt hatte, ein Baby für jemand anderen zu haben, aber davor war ich mit ihm glücklich gewesen. Und auch Mal war glücklich mit der Liebe seines Lebens.

Ich atmete nochmals tief ein und hielt den Sauerstoff in meinen Lungen in dem Versuch, meine unreinen Gefühle kräftig durchzuspülen. Ich dachte an Stephanie. Meine Freundin. Seine Frau. Die Frau, für die ich das tat. Die Frau, die alles dafür geben würde, schwanger werden zu können. Ich konnte sie nicht betrügen, indem ich mir erlaubte, mich wieder in ihren Ehemann zu verlieben.

An Stephanie zu denken, sie ins Bild zu holen, war normalerweise genug, um meine seelischen und körperlichen Bedürfnisse daran zu hindern, mit mir davonzugaloppieren. Und als Mal jetzt seinen Kopf wegnahm, traute ich mir zu, ihn anzusehen. Er lächelte meinen Bauch an, als hätte das Baby ihm gerade etwas wundervoll Einsichtsvolles mitgeteilt. Ich liebte es, wie das Lächeln sein Gesicht weicher machte und kleine Blitze in seine Augen zauberte. Wird das Baby sein Lächeln, seine Augen, seine Nase haben? Ich hatte mich das schon öfters gefragt, ohne es eigentlich zu wollen.

»Ich liebe dich, mein Baby«, flüsterte Mal, bevor er seinen Kopf wieder senkte und seine Lippen sanft an die Stelle unterhalb meines Bauchnabels drückte.

Mein Herz verstummte, es hörte tatsächlich auf zu schlagen. Alles um uns herum schien im selben Moment innezuhalten, aufgehoben wie in einer Blase.

Stephanie sprach oft mit dem Baby, versicherte ihm, dass sie es liebte, aber sie hatte nie meinen Bauch geküsst. Das würde sie auch nie tun, hoffte ich. Ich hatte nicht den Wunsch, so intim mit ihr zu sein. Auch Mal hatte das bisher noch nie getan – und auch mit ihm wollte ich nicht so intim sein. Es fiel mir im Moment schwer genug, mich zu schützen, und ich würde es ganz bestimmt nicht schaffen, wenn er entschlossen war, noch mehr Intimität zwischen uns herzustellen. Wenn er nicht einfach nur ein Freund blieb. Ich war ständig damit beschäftigt, meine Gefühle für ihn zu bekämpfen – aber wenn er anfing, sich so zu benehmen, würde ich verrückt werden. Ich würde dann anfangen zu glauben, dass vielleicht, möglicherweise … Und wenn dieser Gedanke anfing, in mir zu wachsen, würde ich schlicht und einfach verrückt werden.

Ich begann wieder zu atmen, langsam und regelmäßig, im Versuch, den Schmerz zu ignorieren, den mein Herz, das wieder zu schlagen begonnen hatte, mir bereitete. In meiner Brust klopfte es nun wie wild. Ich musste Mal irgendwie sagen, dass er das nicht mit mir machen durfte, allerdings ohne zu enthüllen, dass ich meine Gefühle nicht im Griff hatte. Ich wollte nicht, dass er etwas zu Stephanie sagte und sie es falsch aufnahm, und dass sie dann wieder begann, mich mit Misstrauen zu betrachten; mich bei jeder meiner Bewegungen mit Argusaugen zu verfolgen und mich für ihre schlimmste Rivalin zu halten. In der Zeit, als sie mir noch so feindselig begegnet war, schien sie nicht verstanden zu haben, dass ich ihr nie im Weg gestanden hatte, dass Mal erst zum Leben erwacht war, als er sie getroffen hatte, und dass ich mir völlig im Klaren darüber war, dass er mich oder irgendjemand anderen nie so lieben würde, wie er sie liebte.

Den Blick immer noch auf meinen Bauch gesenkt, sagte Mal jetzt: »Weißt du, was ich mir manchmal wünsche?«

»Nein, Mal, ich weiß wirklich nicht, was du dir manchmal wünschst, aber ich bin sicher, du wirst es mir gleich erzählen«, erwiderte ich, wobei ich mich fragte, wann ich ihn endlich bitten konnte, von mir abzurücken. Er war mir viel zu nah, viel mehr davon konnte ich einfach nicht ertragen, er erstickte mich durch seine schiere Gegenwart. Wenn ich ihn jetzt nicht dazu brachte, zu gehen, würde ich meinen Gefühlen erlauben, mich völlig zu überfluten. Ich würde Stephanie vergessen, ich würde vergessen, ihm Einhalt zu gebieten, und ich hatte schreckliche Angst davor, wo dies noch hinführen konnte. Nicht nur, weil ich dann anfinge, Mal für mich haben zu wollen, sondern auch, weil ich dann nicht mehr in der Lage wäre, mich von dem Baby zu distanzieren.

In diesem Moment hob er den Blick, und unsere Augen trafen sich, und zwar genau so, wie sie es in meinen hormongetränkten Fantasien oft getan hatten. Und jetzt lächelte er auch noch, sein Mund ein Halbmond wehmütigen Glücks.

»Was ist?«, fragte ich. »Warum siehst du mich so an? Und was ist es, was du dir manchmal wünschst?«

»Dass dies unser Baby wäre, dass wir das alles wirklich täten.«

Ich fühlte den inneren Knall, als mein Herz explodierte. Schnell legte ich die Hand auf die Brust, um den Schmerz zu mildern, während das Blut in meinen Adern gefror.

Mal war sich sofort bewusst, was er getan hatte. Er hievte sich hoch und rutschte zurück ans andere Ende des Sofas, wo er nun kauerte, ängstlich und mit aufgerissenen Augen, wie eins dieser Fratzenmännchen in gotischen Kirchen. »Ich hab das nicht so gemeint, wie es vielleicht geklungen hat. Ich, ähm … Du darfst es nicht Stephanie erzählen. Niemals.« Er sprach schnell, und in seiner Stimme lag wirkliche Furcht, während er wie in völliger Ergebenheit die Hände hob. »Es hat nichts mit ihr zu tun, ich schwöre. Es ist nur … Es gab mal eine Zeit, da dachte ich, wir würden ein Baby zusammen haben, das ist alles, und ich hätte es niemals sagen sollen, ich weiß. Aber es gibt niemanden sonst auf der Welt, zu dem ich es sagen könnte. Es tut mir leid. Lass uns einfach so tun, als hätte ich nichts gesagt.«

Langsam und vorsichtig ließ ich meine Füße auf den Boden gleiten, und genauso vorsichtig stand ich auf und nahm mir erst ein paar Sekunden, um zu prüfen, ob ich einen festen Stand hatte, bevor ich mich ihm zuwandte.

»Verschwinde«, sagte ich ruhig.

Mal schloss reuevoll die Augen, schüttelte den Kopf und verzog das Gesicht. »Nova, ich wollte nicht …«

»Es ist mein Ernst, verschwinde«, wiederholte ich. Ich zitterte, aber meine Worte kamen fest und sicher. »Verschwinde und komm niemals mehr hierher, jedenfalls nicht ohne deine Frau.«

Mal erhob sich. Ich bemerkte, dass er schwankte, während er seine Hemdsärmel herunterrollte und die Manschetten zuknöpfte. Er bückte sich, um seine hingeworfene Jacke aufzuheben, und zog sie über. Seine Lippen waren in seinem Mund verschwunden, die Zähne fest zusammengebissen. Ich ging ihm voraus, hinaus aus meinem Wohnzimmer und zur Haustür, meine Finger tief in die Handflächen gebohrt, um zu verbergen, wie sehr ich zitterte. Erst als ich den Griff der Wohnungstür umfangen hielt, wurde mir plötzlich klar, dass ich es nicht einfach dabei belassen konnte. Ich hatte mein Innerstes nach außen gekehrt, um mich von ihm zu distanzieren, und er hatte …

Ich drehte mich zu ihm um. Er wich einen Schritt zurück, als er meinen Blick sah. »Du hast mich nie … Du hast mich nie gewollt. Du hast es all die Jahre klar gezeigt, dass du mich nicht wolltest, dass du nie in dieser Art und Weise an mich gedacht hast, obwohl du genau wusstest, wie ich für dich gefühlt habe. Wie kannst du nur so grausam sein und das jetzt zu mir sagen? Weil ich dieses Kind für dich austrage? Denkst du, es ist in Ordnung, so etwas zu mir zu sagen? Und was soll ich deiner Meinung nach darauf erwidern? Was soll ich bitte schön tun, wenn du und Stephanie einen auf glückliche Familie machen? Was meinst du, wie ich mich dabei fühle? Hast du auch nur die geringste Vorstellung, wie schwer das für mich ist? Wie ich mich ständig daran erinnern muss, dass es nicht *mein* Baby ist?« Ich schüttelte den Kopf. »Ich verstehe nicht, warum du das gesagt hast, Mal, warum du denkst, dass es okay ist, etwas so Grausames zu sagen. Aber ich kann dich ohne Stephanie nicht wiedersehen, wenn ich sicher sein will, dass sich so etwas nicht wiederholt.«

Ich musterte ihn von oben bis unten und versuchte dabei, alle Gründe zu vergessen, warum ich ihn liebte.

Er schwieg.

»Komm nicht ohne Stephanie wieder, okay?«

Widerwillig, die Lippen immer noch zusammengepresst, den Blick irgendwohin neben mich gerichtet, nickte er. Der Tag am Busbahnhof, der Morgen, nachdem er mich abgewiesen hatte und ich ihn indirekt gebeten hatte, mir Raum zu lassen, um in Frieden über ihn hinwegzukommen, trat plötzlich vor mein geistiges Auge. Lebhaft und klar. Sein Zögern damals, als er eingewilligt hatte. Und meine Erleichterung, dass er mich gehen ließ, mich meinem eigenen Leben überließ.

Ich öffnete die Tür weit und ging zurück in die Wohnung; ich wollte nicht zusehen, wie er ging.

Vor dem Sofa im Wohnzimmer blieb ich stehen und spürte, wie mit den Bildern aus der Zeit damals auch der Schmerz wieder an die Oberfläche kam. Wie groß er war, war mir damals klar geworden in dem Moment, in dem ich im Studentenwohnheim meine Zimmertür hinter mir geschlossen hatte. Ich hatte den Mantel noch angehabt und war völlig kopflos im Zimmer auf und ab gerannt, hatte die Hände gerungen und gespürt, wie der Schmerz immer mehr wuchs, bis ich zur Toilette rennen musste, um mich, als wollte ich mich körperlich reinigen, zu übergeben. Dann hatte ich mich vor mein Bett gekniet, Gesicht und Hände in die kratzige Waffeldecke gegraben und angefangen zu weinen. Ich weinte, weil ich tief gedemütigt war. Weil ich wusste, dass ich nie mehr so lieben würde. Und weil ich keine Ahnung hatte, was aus mir werden sollte, wenn dieser eine Mensch auf Erden, der mich hätte lieben sollen, es nicht tat.

Auch jetzt ging ich vor dem Sofa auf und ab, rang die Hände und spürte, wie alles wiederkam. Ich hatte nicht geglaubt, dass es wieder so wehtun würde wie damals, aber dieser dahingeworfene Satz, gesagt wie nebenbei, als wäre es nichts Wichtiges, brachte alles zurück. Wie konnte jemand, dem ich auch nur ein klein wenig wichtig war, so etwas sagen, wenn ich sowieso schon so verletzlich war? Und man musste wirklich kein Genie sein, um zu sehen, dass ich verletzlich war, also wie hatte er das sagen können?

Mein Bauch sackte ab, als ich das Klicken der Haustür hörte. Ich wollte ihn nicht mehr sehen. Mit oder ohne Stephanie, ich wollte ihn nicht mehr sehen. Wie das ganz normal ist unter Freunden, ging er mir manchmal auf die Nerven, und das wusste er, aber jetzt hatte er sich entschlossen, mir das Herz brechen. Ich wollte ihn nicht mehr sehen.

»Warum glaubst du, dass ich dich nie gewollt habe?« Ich zuckte gleich zweifach zusammen: einmal, weil er noch hier war, und dann, weil er so wütend klang.

Ich blieb stehen und sah ihn an. Er schien wirklich wütend zu sein: Es stand deutlich in seinem Gesicht und seinen brennenden Augen zu lesen.

»Warum glaubst du, dass ich dich nie gewollt habe?«, wiederholte er.

»Du hast es mir selbst gesagt.«

»Ich hab es dir gesagt?« Mal sah ehrlich verwirrt aus. Seine Augen schienen eine Zeitreise zu machen und seine Erinnerungen zu durchsuchen nach den Worten, die er damals geäußert habe sollte. »Wann soll ich das gesagt haben?«

Ich blinzelte. Hatte ich es mir etwa nur eingebildet? Jeder, der seine Verblüffung sah, würde das denken. »Es war, als ich in meinem ersten Jahr in Oxford nach Hause kam, weißt du noch? Wir sind abends ausgegangen, und ich habe versucht, dir zu sagen, was ich für dich fühlte, dass ich dich liebte, und du hast mich einfach unterbrochen und gesagt, dass du dich nie für eine Frau interessieren könntest, die deine Freundin ist. Freunde sollten nichts sonst füreinander sein, hast du gesagt. In einer Freundschaft sollte man nicht an Sex denken, geschweige denn an Liebe. Weißt du das nicht mehr? Das war drei Wochen, nachdem du mich in Oxford besucht hattest, zum ersten Mal ganz alleine, und wir fast … Du hast mich damals zum ersten Mal so berührt, und dann hast du es dir anders überlegt und konntest nicht weitermachen. Und dann hast du das gesagt, dass du dich nicht für eine Frau interessieren könntest, die deine Freundin ist. Also warst du es doch, *du* hast mich auf die Idee gebracht, dass du mich nicht wolltest.«

»Das ist aber doch viele Jahre her«, gab er zurück. »Ich war damals achtzehn, meine Güte. Ich hatte gerade erst angefangen, Sex zu haben. Ich wurde zum ersten Mal in meinem Leben von Mädchen bemerkt, und ich war am Herumexperimentieren. Mit dir hätte ich nie herumexperimentieren können, dafür stand einfach zu viel auf dem Spiel.« Seine Hände flatterten aufgeregt auf und ab. »Aber es war zum Verzweifeln, denn eigentlich wollte ich nichts anderes als *dich*. Jedes Mal, wenn ich etwas mit einem Mädchen hatte, fragte ich mich hinterher, ob es mit dir besser gewesen wäre. Es machte mich ganz verrückt, weil ich jedes Mal nach dem Sex anfing, an dich zu denken, obwohl du doch nur eine Freundin warst. Ich kapierte lange nicht, was los war, weil ich ja vorher nie auf diese Weise an dich gedacht hatte. Und an diesem Wochenende … Ich *wollte* ja, Gott, ich wollte wirklich. Genau aus diesem Grund habe ich dich ja ohne Cordy besucht. Als ich dich damals nackt im Badezimmer gesehen hatte, war ein Schalter bei mir umgeklickt, und plötzlich warst du ein Mädchen, eine Frau für mich. Ich verstand jetzt, warum ich so durcheinander gewesen war. Aber damit fing meine Obsession erst richtig an. Ich habe sogar ein paar Leuten erzählt, dass ich mit dir geschlafen habe. Also kam ich zu dir nach Oxford, um es hinter mich zu bringen. Um zu sehen, ob du interessiert warst, und im Grunde um …, na ja, ich wollte dich.«

Er schwieg einen Moment und fuhr dann fort: »Aber dann hab ich's doch nicht gekonnt, weil ich wusste, dass es mit dir keine Sache für eine Nacht werden würde. Wenn wir das taten, dann würden wir für immer zusammen sein, und dazu war ich noch nicht bereit. Daher konnte ich auch nicht zulassen, dass du mir sagst, dass du mich liebst. Ich wollte dich weder anlügen müssen und sagen, dass ich nicht dasselbe empfand, noch dir meine wirklichen Gefühle gestehen. Damals jedenfalls noch nicht. Aber das heißt nicht, dass ich dich nicht wollte. Wer weiß mit achtzehn schon, was er will? Wer trifft mit achtzehn eine Entscheidung, die für den Rest des Lebens gilt?«

»Okay, Mal, das war, als wir achtzehn waren. Aber was war seitdem? Du hast mir auch später kein einziges Mal gezeigt, dass du etwas für mich empfindest. In all diesen Jahren – zehn, elf? – nichts. Nicht ein einziges Zeichen, dass du interessiert warst. Du warst nicht mal mit Frauen zusammen, die mir geähnelt haben. Kein einziges Mal. Jede Einzelne von ihnen war dünner oder dicker, kleiner oder größer, hübscher oder hässlicher, aber keine war wie ich. Ich musste mich mit ihnen arrangieren – und vergessen wir nicht, dass alle mich unweigerlich gehasst haben –, und das, obwohl sie mich immer daran erinnerten, warum du mich nicht liebst.«

Ich schüttelte den Kopf. »Und dann gehst du hin und heiratest eine Frau, die so anders ist als ich, dass sie nicht mal versuchen könnte, mich nachzuahmen. Wir sind so gegensätzlich, dass es mir vorkommt, als hättest du sie ausgesucht, um mich zu kränken; um nochmals zu beweisen, dass du es nie ertragen könntest, mit jemandem wie mir zusammen zu sein. Erzähl mir daher bitte keine Geschichten, wenn es von deinen Handlungen her völlig klar ist, was du wirklich fühlst.«

»Maria hatte dein Lächeln, aber nicht deine Augen. Angeli hatte deine Augen, aber nicht deine Nase. Julie hatte deine Ausdrucksweise, aber nicht deinen Witz. Claire hatte deinen Ehrgeiz, aber nicht deinen Charme. Alice hatte in etwa deinen Duft, aber nicht dein Lachen. Jane hatte deine Hände, aber nicht deine Arme. Willst du, dass ich weitermache? Denn ich kann von jeder Frau, mit der ich zusammen war, auflisten, in welcher Weise sie war und nicht war wie du. Und, ja, ich habe Stephanie geheiratet, weil sie völlig anders ist als du. Es war das Ende meiner Qualen. Endlich. Endlich hatte ich jemanden gefunden, der mich nicht an dich erinnerte, wegen all der Dinge, in denen sie nicht du war. Mit ihr konnte ich völlig neu anfangen. Ich konnte lernen, was Liebe bedeutet, ohne dass es alles auf dich zurückkam.«

Ich sagte nichts, gleichermaßen perplex und misstrauisch. Es klang plausibel, und dann auch wieder nicht. Wir hatten uns oft fast täglich gesehen, wie hatte er es da in all der Zeit geschafft, sich nichts anmerken zu lassen? Und warum hatte ich es nicht gespürt? Weil ich mir nicht mehr die Mühe gemacht hatte, zu versuchen, Mal zu entziffern? Er war so ein Fixpunkt in meinem Leben gewesen, dass ich immer angenommen hatte, ich wüsste, was er fühlte, und vielleicht hatte ich mir daher nicht mehr die Mühe gemacht, die ich mir mit anderen Leuten machte, nämlich zu versuchen, jede Facette von ihm wahrzunehmen.

»Von meiner Australienreise bin ich früher zurückgekommen, weil es wieder angefangen hatte. Diese Besessenheit von dir. Ich lernte Frauen kennen und fragte mich, ob es mit dir besser wäre. Und ich vermisste dich. Es machte mich ganz verrückt, aber ich wusste, es war, weil ich jetzt bereit war. Also kam ich zurück, bereit, mich niederzulassen. Zu heiraten, Kinder mit dir zu haben. Ich ... Ich kann nicht glauben, dass ich dir das jetzt erzähle, nach all diesen Jahren. Ich hatte einen Ring anfertigen lassen, Platin, eingelegt mit Diamanten und Rosenquarz. Jemand hatte mir gesagt, dass Rosenquarz der Stein der Liebe ist, und ich wusste, dass du dich für diese Dinge interessierst, daher habe ich diesen Ring machen lassen. Das war auch der Grund, warum ich dich bat, mich am Flughafen abzuholen. Ich hatte vor, dort in der Ankunftshalle vor dir auf die Knie zu fallen und dich zu fragen, ob du mich heiraten willst. Als ich dich sah, wusste ich ohne jeden Zweifel, dass es genau das war, was ich wollte. Ich hatte den Ring in der Hand, mein Herz steckte mir noch in der Kehle, aber ich war bereit. Ich würde es tun. Und dann – dann kam dein Freund daher.«

Ich befand mich plötzlich wieder dort am Flughafen: Der Lärm in der Ankunftshalle, die Hitze, die Aufregung der Leute, die wieder miteinander vereint wurden. Ich erinnerte mich, wie er mich eng an sich gedrückt hatte, an seine Lippen, die auf meinem Hals verweilten, an seinen Blick, nachdem er mich auf den Mund geküsst hatte, an den Schock und das Entsetzen, das sein Gesicht überlief, als er Keith erblickte. Plötzlich war alles klar, und ich verstand. Ich hatte immer gedacht, dass ein entscheidendes Stück fehlte in dem Puzzle, das diese Erinnerung in meinem Kopf darstellte, und jetzt begriff ich.

»Erinnerst du dich, was ich dich gefragt habe, als Keith kurz wegging, um das Parkticket zu bezahlen?«, fragte Mal.

Wir waren wieder auf dem Parkplatz und standen neben Keiths altem Audi. Mal, muskulöser als vor seiner Abreise, grau vom Jetlag, unrasiert und zerzaust; ich, völlig aufgelöst vor Freude darüber, dass er wieder zu Hause war.

»Erinnerst du dich, was ich dich gefragt habe?«, wiederholte Mal.

Ich nickte. Ich erinnerte mich. Natürlich erinnerte ich mich.

Mal kam auf mich zu, nahm mein Gesicht in seine Hände, hob meinen Kopf und zwang mich, ihm in die Augen zu sehen. »Erinnerst du dich, was ich dich gefragt habe?«, fragte er zum dritten Mal.

»›Ist er es, den du wirklich willst?‹«, sagte ich.

»Und erinnerst du dich auch, was du geantwortet hast?«

Ich nickte.

»Was hast du geantwortet?«

Ich wollte es nicht wiederholen. Ich wollte die Worte nicht wiederholen, die alles kaputt gemacht haben.

»Was hast du geantwortet?«, insistierte er.

Ich holte tief Luft. »›Ich würde ihn morgen heiraten, wenn er mich fragen würde‹«, flüsterte ich. Ich hatte es nicht mal ernst gemeint. Keith und ich waren gerade erst wieder zusammengekommen, und wir steckten noch mitten in der

Phase der leichtfertigen, lustvollen Verknalltheit. Wenn er mich gefragt hätte, wäre ich auf und davon gegangen. Ich hatte es gesagt, weil ich wollte, dass Mal Keith akzeptierte. Ich wollte, dass er glücklich war, und das würde er nur sein, wenn er auch mich glücklich wusste.

»Ich war so dumm gewesen zu glauben, dass du warten würdest, bis ich endlich den Hintern hochkriegte. Aber als du das gesagt hast, wusste ich, dass es vorbei war. Du wolltest mich gar nicht mehr.«

»Ich habe es nicht so gemeint. Ich dachte doch nur, dass du Keith nicht magst. Und ich dachte, wenn du glaubst, dass er und ich es ernst miteinander meinen, dann würdest du dich für mich freuen. Ich dachte …« Wir hatten es versemmelt. Wir hatten alles versemmelt. »Ohhh!«, hauchte ich.

Er verstärkte den Druck seiner Hand auf meinem Gesicht, und auch ich hob die Hände und umfasste seinen Kopf, den er senkte, bis wir nur noch ein kleines Stück voneinander entfernt waren. Wenn einer von uns sich jetzt bewegt hätte, und sei es auch nur ein wenig, wären unsere Lippen miteinander verschmolzen. Wir hätten uns geküsst. Und es wäre nicht mehr nur ein schnelles Hallo oder Auf Wiedersehen, es wäre kein Gealber vor unserer Familie gewesen, sondern ein echter, liebevoller Kuss. Ich hatte mir nie so sehr von jemandem gewünscht, dass er seine Lippen auf die meinen legte, wie ich es mir in diesem Moment von ihm wünschte. Und ich hatte mir noch nie so von jemandem gewünscht, dass er mich *nicht* küsste, wie ich es mir jetzt von ihm wünschte.

Seine Augen schlossen sich, als er seine Stirn gegen die meine lehnte.

Nichts konnte geschehen. Nichts würde je geschehen

können. Wir hatten unsere Wahl getroffen, und nichts würde je geschehen können.

»Nova«, flüsterte er, während auch ich die Augen schloss.

So standen wir da, unfähig, einander gehen zu lassen, unfähig, zusammenzukommen, Gefangene unserer eigenen Unehrlichkeit.

24

»Wo bist du gewesen?«, fragte ich Mal mit einem Flüstern.

Vor einigen Minuten hatte ich die Haustür gehört und angesichts der Uhrzeit erwartet, dass er gleich herauf ins Bett kommen würde. Aber nichts war geschehen, keine Schritte auf der Treppe, nicht einmal das Geräusch, wenn er den Fernseher anmachte und sich noch hinsetzte, um die Fußballberichte anzuschauen, die ich für ihn aufgenommen hatte (ein sicheres Zeichen, dass er betrunken war). Heute nichts. Ein paar Schrecksekunden lang hatte ich mich gefragt, ob es sich um einen Einbrecher handelte und nicht um meinen Ehemann, hatte das aber gleich wieder verworfen, weil ich ja gehört hatte, dass die Haustür mit einem Schlüssel aufgesperrt worden war. Ich fand ihn schließlich in der dunklen Küche. Er stand da, über die Anrichte gebeugt, und starrte auf das dicke hölzerne Schneidebrett hinunter, als ob ihm dieses gerade eine wichtige Lektion über die Evolutionstheorie erteilen würde.

»Bei Nova«, erwiderte er ruhig.

»Die ganze Zeit?«, fragte ich. »Hätte sie nicht schon vor Stunden ins Bett gehen sollen?«

Er wandte mir das Gesicht zu, verwirrt, verdutzt. »Wieso? Wie spät ist es denn?«

»Drei Uhr.«

Er runzelte die Stirn. »Morgens?«

Ich nickte, besorgt jetzt. Er schien ehrlich überrascht. Nicht nur, dass er den Überblick über die Zeit verloren hatte, sondern er schien sich in weiter Ferne zu befinden, als wüsste er nicht mehr, wer er war, wo er war, was er war.

»Es war mir nicht klar«, sagte er, indem er sich wieder dem Schneidebrett zuwandte, »dass es so spät ist.«

Ich musterte meinen Ehemann scharf, wie er dastand mit gesenktem Kopf, wie im Gebet niedergebückt, und ich suchte in der Dunkelheit nach dem, was sich an ihm verändert hatte. Er trug immer noch den Anzug, den er heute Morgen getragen hatte. Sein Hemd steckte ordentlich in der Hose, er hatte keine Krawatte um und der oberste Hemdknopf stand offen, auch seine Haare sahen aus wie immer. Aber irgendetwas war anders als sonst. Irgendetwas hatte sich verändert. Er stank. Das war es, was anders war, sein Geruch. Er stank nach ihr. Nach Nova. Nicht nach Sex, nicht nach etwas Körperlichem, aber er war völlig durchtränkt von ihr; ich konnte förmlich vor mir sehen, wie sie über ihn hinwegfloss, wie ein mächtiger Wasserfall in Zeitlupe, jeden Quadratzentimeter von ihm übergießend mit ihrem Wesen. Eigentlich war es ja Nova, die immer redete über Auren und Energiefelder und wie wir Schwingungen abgeben und wie leicht es geschehen konnte, dass jemand nur durch seine Nähe deine Aura und auch deine Stimmung spürbar verändern konnte. Was der Grund war, warum man auf bestimmte Leute – ob nun in positiver oder in negativer Weise – so stark reagierte. Warum man etwa zu leuchten schien, wenn man sich frisch verliebte.

Sie hatte mir beizubringen versucht, wie man Leute las, wie man hinter ihre Worte schaute, wie man sie ansah nicht durch die Augen, sondern indem man sich in sie einfühlte und zu erspüren suchte, welche Wirkung sie auf einen hatten. Ehrlich gesagt hatte ich damit immer meine Probleme gehabt, denn im Grunde hielt ich das Ganze für ziemlichen Unsinn, auch wenn ich ihr das niemals sagen würde.

Jetzt allerdings verstand ich, ich wusste nun, wovon sie gesprochen hatte. Mal roch nach Nova. Sie war überall um ihn herum. Sie umgab ihn wie eine Haut: Nova. Nova. Nova. Die Frau, die sein Kind trug. Die Frau, die die eine Sache tat, die ich nicht tun konnte.

»Du weißt, dass ich dich liebe, nicht wahr?«, sagte er, indem er sich plötzlich zu mir umwandte.

Es war wie ein spitzes, unsichtbares Messer, das ins Zentrum meines Herzens glitt. Er hatte nicht gesagt: »Ich liebe dich«, wie sonst immer. Es war eine Frage, und zwar eine, die eigentlich überflüssig war. Natürlich wusste ich es. Wir wären nicht zusammen, wenn ich es nicht wüsste. Aber seine Frage klang wie eine Präambel dafür, dass er mich verlassen wollte: »Du weißt, dass ich dich liebe, nicht wahr? Aber sie bekommt mein Kind. Und sie ist die, die ich immer gewollt habe.«

»Was ist passiert?«, fragte ich mit bebender Stimme.

Er streckte die Arme aus und riss mich förmlich in seine Arme, wo er mich eng an sich gedrückt hielt. So eng, dass ich spürte, wie die Knöpfe seiner Jacke durch den dünnen Stoff meines Nachthemds in meine Haut drückten. Erst nach ein paar Sekunden merkte ich, dass er seinen Gürtel losschnallte, seinen Hosenreißverschluss öffnete und mich dann zu Boden zog, mich stützend, bevor ich auf dem

Rücken aufkam. Das hatten wir seit Ewigkeiten nicht getan. Warum sollten wir auch, wo wir oben drei Schlafzimmer zur Verfügung hatten? Und ein bequemes Sofa im Zimmer nebenan. Selbst der dicke Teppich im Gang war bequemer als dies hier. Früher mal, kurz nachdem wir hier eingezogen waren, hatte es Spaß gemacht, immer und überall Sex zu haben. Jetzt war es dämlich. Vor allem, da ich diejenige war, die auf dem kalten Linoleumboden lag, ohne so erregt zu sein, dass es mir egal war, wo wir es taten, Hauptsache, wir taten's. Aber als sein Mund dann den meinen suchte und seine Zunge sich hineinbohrte, war es zu spät, um den Standort zu wechseln … Ich schloss die Augen, bog den Körper durch und versuchte, mich zu entspannen. Es zu genießen als das, was es war – ein unerwarteter Moment der Leidenschaft. Die Art von Sex, die frisch Verliebte die ganze Zeit hatten und verheiratete Paare oft nicht mehr zustande bekamen. Wenn das Baby da wäre, hätten wir sowieso nur noch selten die Möglichkeit, es zu tun.

Er war ein anderer geworden. Ich konnte es spüren. Er war weit weg, und doch hier bei mir. Als ich die Augen aufschlug, war der dunkle Blick seiner rostbraunen Augen nicht auf mich gerichtet, sondern durch mich hindurch. Er sah mich gar nicht. Er war gar nicht bei mir. Er war … Ich wusste, wo er war. Mit wem er zusammen war.

»Du weißt, dass ich dich liebe, nicht wahr?«, sagte er danach wieder. Wir lagen Seite an Seite und starrten an die Decke, warteten, dass unser Atem sich wieder normalisierte.

Ich sagte nichts, fühlte stattdessen, wie das unsichtbare Messer sich drehte, um die Mitte meines Herzens zu treffen.

Als er sich auf die Seite wälzte, hing sein Hemd ganz verzwirbelt um die Hüfte und sein Glied baumelte aus der offen stehenden Hose. »Nicht wahr?«, fragte er, indem er mir eine Haarsträhne aus dem Gesicht strich.

Ich hätte ihm gleich an Ort und Stelle sagen können, dass ich es wusste. Dass ich seinen Gesichtsausdruck gesehen hatte, dass ich sie um ihn herum gespürt hatte. Dass ich wusste, dass er im Begriff war, sich wieder in sie zu verlieben. Aber ich tat es nicht. Ich rollte ebenfalls auf die Seite, um ihn anzusehen.

»Klar«, sagte ich. »Klar weiß ich das.«

25

Ich war völlig erschöpft, aber ich brachte es nicht über mich, einfach die Augen zu schließen und zu schlafen. Mein Kopf schwirrte immer noch von all den Dingen, die wir gesagt hatten, was ich entdeckt hatte, was er entdeckt hatte, wie wir beide, obwohl wir uns so nah waren, es tatsächlich geschafft hatten, das zu verpassen, was wahrscheinlich für jeden außer uns völlig offensichtlich gewesen war.

Er hatte noch ganz benebelt gewirkt, als er schließlich gegangen war, und ich war in voller Montur ins Bett geklettert, weil ich zu müde war, um mich auszuziehen, und hatte versucht, zu schlafen.

PIEP-PIEP. PIEP-PIEP, tönte mein Mobiltelefon auf dem Nachttisch jetzt.

Ohne mir die Mühe zu machen, das Licht anzuschalten, nahm ich es auf und rief die SMS ab, schon im Voraus wissend, wer der Absender war.

Gute Nacht, meine Schöne.

Es war vorbei.

Wir würden nicht mehr darüber reden. Ich würde dieses Baby bekommen und dann verreisen, und sie würden es aufziehen, und Mal und ich würden nie mehr über dies alles reden. Wir würden es einfach vergraben. Ich klappte mein Handy zu, steckte es unter mein Kopfkissen und hielt es weiterhin umklammert, wie ein kostbares Juwel, das ich gefunden hatte, aber an seinen rechtmäßigen Besitzer zurückgeben musste. Morgen früh würde ich die Nachricht löschen. Morgen früh, wenn es Tag geworden war, würde ich das wertvolle Juwel dorthin zurückgeben, wo es herkam. Aber jetzt in diesem Moment würde ich mich noch festhalten daran, dass Mal mich zum ersten Mal in meinem ganzen Leben schön genannt hatte.

26

Es ist viel schwieriger, nach Beweisen für eine Affäre zu suchen, die es in körperlicher Hinsicht gar nicht gibt. Da ist kein verräterischer Lippenstift am Hemdkragen, kein Parfümduft, keine ungeklärten Abwesenheiten und kein plötzlich besonders gepflegtes Auftreten. Wenn es sich darum handelt, dass jemand im Herzen und in Gedanken untreu ist, ist das viel leichter zu verbergen; und daher auch viel schwieriger zu entdecken.

Ich fing an, ihn zu beobachten: Auf die Momente zu

achten, in denen er geistesabwesend zu sein schien, und ihn dann sofort zu stören, indem ich ihn etwas über Nova und das Baby fragte. Ich wollte sehen, ob er rot werden oder alarmiert oder schuldbewusst dreinblicken würde, bevor er mir eine Antwort gab. Manchmal tat er das, und dann wusste ich, wo er sich gerade befunden hatte. Andere Male wieder war keine Spur von Schuldbewusstsein oder Erröten zu erkennen, und dann hatte ich die relative Sicherheit, dass er gerade nicht bei ihr gewesen war. Wenn wir uns liebten, hielt ich die Augen offen, immer wartend auf den Moment, wenn sein Blick sich trübte, weil er sich für ein paar Sekunden in den Gedanken an eine andere Frau verlor. Er kam aber immer zu mir zurück, und kam mit mir, aber ich konnte es trotzdem sehen, wenn seine Gedanken zu ihr abschweiften.

Auch bei ihr merkte ich, dass etwas vorgefallen war. Ich sah es sofort an ihrem Gesicht, gleich als sie mir die Tür öffnete, als ich sie zwei Tage später besuchen kam. Sie lächelte mich an und sagte, es sei nett, mich zu sehen, wie sie es immer tat, aber jetzt – da meine Sinne dafür geschärft waren, jemanden zu durchschauen, ohne ihn anzusehen – konnte ich spüren, dass ihre Aura sich verändert hatte. *Sie* hatte sich verändert. Sie roch nicht nach Mal, wie er nach ihr gerochen hatte, aber sie war durchtränkt von Schuld.

»Geht's wieder?«, fragte ich jetzt, nachdem sie sich zum dritten Mal übergeben hatte, seit ich eine halbe Stunde zuvor bei ihr angekommen war.

»Ja«, sagte sie, indem sie ihr zu Zöpfen geflochtenes Haar hinter die Ohren strich und sich neben mich aufs Sofa sinken ließ. Sie sah nicht sehr gut aus in diesem Moment. Ihr Gesicht war verkniffen, ihre Haut nur noch ein blässlicher

Schatten ihres normalen Dunkelbrauns. »Weißt du noch, wie ich dir erzählt habe, dass der Begriff Morgenübelkeit irreführend ist, weil mir eigentlich zu jeder Tageszeit und immer völlig unvorbereitet übel wird?«

Ich nickte.

»Nun, das ist das Problem«, sagte sie. »Ich fühle mich wie ein ausgewrungener Waschlappen. Und je müder ich bin, desto öfter wird mir übel. Es ist wirklich nicht so toll, wenn eine Restaurantchefin dauernd aufs Klo rennt, um zu kotzen. Die Leute haben dann kein Vertrauen ins Essen mehr. Ich hätte gedacht, es sollte inzwischen vorüber sein, aber davon ist keine Rede. Im Gegenteil, es kommt mir so vor, als würde es immer schlimmer.«

»Ich würde viel dafür geben, wenn ich das erleben dürfte«, sagte ich. Ich weiß, es war gemein, das zu sagen. Aber ich musste es wissen. Musste sehen, wie sie reagieren würde, wenn ich diesen Knopf bei ihr drückte. Ich hatte das vorher noch nie versucht und hatte auch nicht gedacht, dass es nötig war. Aber jetzt würde es wirken wie ein Lügendetektor.

Ich sah, wie sich ihr wieder der Magen umdrehte und wie die Energie um sie herum aufleuchtete: Schuld. Pure, konzentrierte Schuld. Ich wusste alles über Schuld. Und ich erkannte sie, wenn ich sie sah.

Sie schlug sich die Hand vor den Mund und rannte wieder zur Toilette. Ich stand auf, ging in die Küche, schob zwei Scheiben Brot in den Toaster, setzte den Wasserkessel auf, nahm eine der weißen Tassen aus dem Schrank und ließ einen Beutel magenberuhigenden Ingwer-Zitronen-Tee hineinfallen.

Während ich wartete, dass der Toast braun wurde und das Wasser im Kessel zum Kochen kam, stand ich mit gekreuzten Armen da und fragte mich, wie oft sie meinen Ehemann wohl geküsst hatte. Wie oft sie ihn gestreichelt und liebkost hatte. Wann sie vorhatte, mit ihm zu schlafen. Auf wie viele Weisen sie ihm gesagt hatte, dass sie ihn liebte. Wie oft sie gehört hatte, dass er es zurücksagte.

Und während ich den Teebeutel mit kochendem Wasser übergoss und das geröstete Brot aus dem Toaster sprang, fragte ich mich, wie ich sie dafür zahlen lassen würde.

Ich hasste mich dafür, aber ich musste seine Sachen durchsuchen, es gab keine andere Möglichkeit. Seine Taschen, sein Auto, seinen Schreibtisch zu Hause. Ich fing damit an, unerwartet bei ihr zu Hause aufzutauchen, sowohl wenn ich wusste, dass er da war, als auch wenn er mir gesagt hatte, dass er sich irgendwo anders befand. Nichts. In drei Wochen: nichts. Wenn ich bei ihr auftauchte und er war da, sah keiner von ihnen beiden überrascht drein. Sie wirkten auch nicht so, als hätten sie sich gerade wieder in ihre Klamotten gekämpft, oder als hätten sie gerade vorgehabt, sich diese vom Leib zu reißen. Sie legte dann immer meine Hand auf ihren Bauch, ebenso wie die seine. Und wenn ich doch mal unversehens bei ihr auftauchte, weil er angekündigt hatte, er würde bis spät arbeiten, dann war er tatsächlich nie bei ihr – sondern arbeitete bis spät.

Trotzdem wusste ich, dass etwas vor sich ging. Er war immer noch oft geistesabwesend und driftete in Gedanken in ihre Arme, wenn er mit mir schlief. Und sie trug ihre Schuld immer noch wie ein metaphorisches Büßerhemd, wenn wir alleine waren.

Diese Affäre existierte einfach. Ebenso wie mir ein weiterer Gedanke, der mir schon eine ganze Weile im Kopf herumspukte, mit jedem Tag, der vorbeiging, realer erschien: Sie hatten vor, mein Baby für sich zu behalten. Sie warteten nur den richtigen Augenblick ab; sie warteten, dass das Baby geboren war, und dann würden sie zusammen weglaufen. Oder in mein Haus einziehen. Er, sie, mein Baby, mein Heim.

Sechsundzwanzig Tage, nachdem mir klar geworden war, dass sie hinter meinem Rücken Pläne schmiedeten, vergaß er sein Handy. Er rief mich in der Arbeit an, um zu fragen, ob ich nachsehen konnte, wenn ich nach Hause kam, denn wenn es nicht da war, müsste er sich ein neues kaufen. Tatsächlich lag es auf seinem Nachttisch, glatt, schwarz und glänzend. Hüter seiner Geheimnisse. Ich setzte mich aufs Bett, nahm es in die Hand und rief ihn an, um ihm zu sagen, dass ich es gefunden hatte.

»Gott sei Dank«, seufzte er.

»Dank lieber mir«, erwiderte ich. »Ich bin diejenige, die es gefunden hat.«

»Okay, dann danke ich eben Gott im Allgemeinen und *dir* im Besonderen, Stephanie, Licht meines Lebens, Hüterin meines Herzens.«

»Schon besser«, gab ich zurück, und fragte mich, wie oft er *sie* wohl schon so genannt hatte.

Dann legte ich das Handy weg und ging ins Badezimmer, um mir die Zähne zu putzen. Ich tat das oft in angespannten Situationen. Während ich mir mit der Zahnbürste über Zähne und Gaumen schrubbte, stieg ich nervös von einem Fuß auf den anderen und vermied es sorgfältig, in den Spiegel zu schauen. Bei allen anderen Dingen, die ich durchsucht hatte, konnte ich die besten und vernünftigsten Motive vorschieben: seine Kleider vor dem Waschen oder bevor ich sie in die Reinigung gab, sein Auto, bevor ich es saubermachte. Aber sein Handy zu durchsuchen, das er normalerweise die ganze Zeit bei sich hatte, bedeutete, eine Grenze zu übertreten. Ich gestand mir damit selbst ein, dass ich wirklich an seine Untreue glaubte. Ich spürte sie, wusste von ihr in vielerlei Hinsicht, aber wenn ich sein Telefon durchsuchte und etwas fand … dann würde ich auch zugeben müssen, dass ich gesucht hatte. Dann würde er unweigerlich erfahren, dass ich ihm nicht traute.

Vielleicht solltest du es einfach gut sein lassen, sagte ich mir.

Aber ich werde allein sein, wenn er sich wieder in sie verliebt, antwortete ich.

Vertrau ihm, sagte ich mir.

Sein Gesicht, als er mit mir geschlafen hatte, in der Nacht, als all dies begonnen hatte, trat mir blitzartig in den Kopf: Seine Augen anderswo, seine Seele verbunden mit einer anderen. Er hatte mich als ein Gefäß benutzt, um mit ihr Liebe zu machen; meinen Körper benutzt, um sich mit *ihrem* Herzen zu verbinden.

Ich nahm das Telefon auf und drückte sekundenschnell ein paar Knöpfe. Die Anrufe, die er verpasst hatte, waren fast alle von mir. Und auch die erhaltenen Anrufe. Ich öffnete den Ordner mit den kleinen Umschlägen, SMS nannte er diese Nachrichten, sie waren ein wenig wie E-Mails, aber auf dem Telefon. Ich hatte kein Mobiltelefon. Ich wollte es so lange wie möglich vermeiden, jederzeit erreichbar zu sein. Oder schlimmer eigentlich: Was wäre, wenn mich keiner anrief? Oder wenn mich jemand anrief und ich nicht mit ihm sprechen wollte? Mir war das alles zu anstrengend.

In seinem Eingangsordner befand sich nichts Ungewöhnliches. Keine Nachrichten von Nova, nur ein paar von den

Jungs, mit denen er zusammengewohnt hatte, bevor er mich getroffen hatte. Nichts. Einfach nichts. Ich legte das Telefon wieder hin. Mein Herz raste noch, meine Handflächen waren nass vom Schweiß, und mein Atem ging kurz. Als wäre ich drauf und dran gewesen, dem größten Schreck meines Lebens gegenüberzutreten. Aber es war alles gut. Es gab nichts, das bewiesen hätte, dass er etwas mit Nova hatte. Dass sie sich liebten und ein Leben ohne mich planten.

Plötzlich kam mir aber noch ein anderer Gedanke: Sie hatte *ihm* zwar nichts geschickt, aber …

Langsam und vorsichtig nahm ich das Telefon wieder auf, ging wieder auf den Ordner mit den Nachrichten, nur diesmal auf die Ausgangsbox. Es waren sieben Nachrichten da, und eine davon war an sie gerichtet. Sie war in jener Nacht gesendet worden. Ich öffnete sie, während mein Herz mir in unregelmäßigen Schlägen in den Ohren dröhnte. Und ich las:

Gute Nacht, meine Schöne.

27

Nachdem Meredith gegangen ist, setze ich mich auf die Hintertreppe und rauche drei Zigaretten hintereinander weg; die einzige Pause dazwischen sind die Momente, wenn ich eine ausdrücke und die nächste anzünde.

Mal arbeitet bis spät an einem Projekt, sodass ich das Haus für mich alleine habe.

Ich habe Meredith Unrecht getan. Sie ist gar nicht die schwache, zerbrechliche Person, die heimliches Mitleid verdient, für die ich sie gehalten hatte. Sie ist stark, ruhig, fair. Wahrscheinlich habe ich wie alle anderen angenommen, dass jemand, der seelisch krank ist, irgendwie ein schwächerer Mensch ist. Jemand, der einem einfach nur leidtut. Das ist auch immer meine Furcht gewesen, der Grund, warum ich nicht will, dass jemand über mich Bescheid weiß. Ich will einfach nicht mit einem Stempel versehen werden.

Ich zünde meine vierte Zigarette an und reibe mir die Augen. Ich hatte wirklich nicht erwartet, dass sie so reagieren würde. Ich rufe mir den Moment noch mal in Erinnerung: Sie hatte ein paar Minuten gewartet, nachdem ich zu Ende gesprochen oder vielmehr meine Beichte abgelegt hatte. Dann hatte sie mir ihre Hand auf die Schulter gelegt und gesagt: »Es muss sehr schwierig für dich gewesen sein.« Ich hatte ihr die ganze Wahrheit gesagt, sogar die Dinge, von denen nicht mal Mal etwas weiß. Ich hatte ihr erzählt, was ich getan und gesagt hatte, und wie ich es für Mal unmöglich gemacht hatte, seinen Sohn zu sehen – und ihre erste Sorge hatte mir gegolten.

Ich hätte nie gedacht, dass ich mich noch schlechter fühlen könnte, als ich das in all diesen Jahren getan habe, aber es ist so. Wenn die Leute um mich herum nicht so verdammt nobel und nett und arglos wären, würde ich mich vielleicht besser fühlen. Vielleicht hätte ich dann nicht diese maßlosen Schuldgefühle.

Ich inhaliere den Rauch der Zigarette tief und halte ihn dann noch ein wenig in meinen Lungen, mit angehaltenem Atem, wie ich es tun würde, wenn ich im Bad untertauchen würde. Ich habe das früher öfters getan, als ich jünger war, es war mir ein Bedürfnis, vor allem, nachdem meine Mutter mich für längere Zeit zu ihrer Schwester geschickt hatte, damit dort getan wurde, was getan werden musste, ohne dass mein Vater es herausfand. Meine eigene Schwester Mary fand es natürlich unglaublich unfair, dass man mich auch noch auf »Urlaub« schickte, wo ich doch nur Schmerz und Tratsch und Schande über die Familie gebracht hatte. Selbst nachdem meine Mutter ihr erklärt hatte, dass ich auf bestimmte Weise krank war, missgönnte sie es mir noch. Als ich dann von meiner Tante zurückkam, war der einzige Ort, wo ich wirklich allein sein konnte, das Badezimmer. Ich ließ mir oft ein Bad ein, schloss die Tür und tauchte ganz im Wasser unter. Ich fühlte mich dann schwerelos, als würde ich im Raum schweben, und es gäbe kein Geräusch, keine Gefühle, kein klaffendes Loch in meinem Inneren, wo etwas, das einst existiert hatte, gegen meinen Willen ausgerissen worden war. Ich hätte diese Entscheidung wahrscheinlich auch selbst getroffen, aber niemand – nicht einmal die Ärztin, die ansonsten so nett gewesen war – hatte mich je gefragt. Sie hatten es einfach getan. Sie hatten einfach über meinen Kopf hinweg entschieden.

Ich wurde sehr gut im Atemanhalten. Im Schwerelossein und Nichtexistieren. Bis mein Vater eines Tages die Tür aufbrach, weil es schon so lange still im Badezimmer war. Dann wurde ich aus dem Wasser gerissen, da waren Rufe und Geschrei, und das Wasser war rot, und ich landete zum ersten Mal an einem dieser Orte.

Ab da durfte ich nie mehr eine Tür hinter mir abschließen. Ich lebte wie eine Gefangene, man hielt mich bei geöffneten Türen als Geisel.

Als ich später endlich zu studieren begann, brauchte ich eine Weile, bis ich tatsächlich glaubte, das ich im Studentenwohnheim sowohl meine Zimmertür als auch die Badezimmertür hinter mir schließen durfte.

Ich drücke die Zigarette in dem massiven Glasaschenbecher aus.

Ob ich den Jungen sehen darf? Wird Nova das zulassen?

Ich greife wieder nach meinen Zigaretten.

Immer, wenn ich die Augen schließe, kann ich die leichte Schwingung seines Lächelns vor mir sehen, das intelligente Glitzern in seinen Augen.

Ich würde ihn so gern treffen. Vielleicht wird sie es zulassen. Nova ist so ein Mensch. Sie ist fair. Inzwischen weiß ich das. Heute. Ich weiß, dass sie niemals …

Vielleicht lässt sie mich auch nicht, aber dafür Mal. Und wenn er ihn sieht, dann erzählt er mir vielleicht von ihm. Ich werde ihn kennenlernen, durch Mal.

Ich halte inne, als ich im Begriff bin, mir die nächste Zigarette anzuzünden, und stecke sie wieder zurück ins Päckchen. Ich stehe auf, leere den Aschenbecher in die Mülltonne und verstecke ihn dann sorgfältig hinter dem immergrünen Busch und dem angelnden Gartenzwerg, den Novas Schwester uns zum Einzug geschenkt hat. Mal hörte gar nicht mehr auf zu lachen, als er den Zwerg sah, für mich unverständlich. »Es gibt eigentlich gar nichts zu lachen«, hatte er gesagt, »aber es ist einfach ein scheußliches Ding, und sie weiß genau, dass ich ein Geschenk niemals verschwinden lassen würde.« Immerhin hilft mir der Zwerg jetzt, mein Geheimnis zu verbergen. *Eines* meiner Geheimnisse.

Ich frage mich manchmal, ob andere Leute auch so sind

wie ich. Ob andere Leute auch so viele Geheimnisse haben, dass sie nicht immer ganz sicher sind, wer sie wirklich sind.

»Ich, ähm, ich glaube nicht, dass ich damit weitermachen kann«, sagte ich zu ihm.

»Womit weitermachen?« Er sah von seinem Wanderstiefel auf, den er sich gerade zugeschnürt hatte, und sah misstrauisch zu mir hoch. Er konnte sicher am Ton meiner Stimme hören, dass ich nicht die Wanderung in den Hügeln des Lake District meinte.

»Das Baby. Ich glaube nicht, dass ich weitermachen kann. Es war mir nicht bewusst, wie schwer es ist, dabei zuzusehen, wie jemand anderes etwas für dich tut, was ich selbst nicht tun kann. Ich glaube nicht, dass ich damit weitermachen kann.«

»Sie tut es nicht für mich, sie tut es für uns.«

»Ich glaube nicht, dass es *uns* noch geben wird, Mal«, sagte ich. »Nicht mit diesem Baby. Ich finde, du solltest hingehen und mit ihr zusammen sein. Und mit deinem Baby.«

Er richtete sich auf, seine Schnürsenkel immer noch ungeschnürt. Seine Stirn war gerunzelt. »Es ist *unser* Baby. Sie bekommt es für uns. Und ich will mit *dir* zusammen sein.«

Ich schüttelte den Kopf, überrascht, wie ruhig ich war, angesichts dessen, was ich mir vorgenommen hatte. »Das tust du nicht. Du liebst *sie*. Du willst ein Familienleben mit ihr haben. Nicht mit mir.«

Er starrte mich an, fassungslos, als hätte ihm jemand mit einem großen, harten und sehr stabilen Gegenstand direkt zwischen die Augen geschlagen und ihn so außer Gefecht gesetzt. »Ich liebe dich. *Dich*. Ich will mit dir ein Baby.«

»Das ist ja genau der Punkt, du kannst mit mir keins haben. Aber mit ihr schon.«

»Hör auf mit diesem Unsinn, Stephanie. Okay? Hör einfach auf damit.« Er beugte sich hinunter, um mit seinen Schnürsenkeln zu Ende zu kommen, aber ich konnte sehen, wie seine Hände zitterten. Es funktionierte, ich war dabei, zu ihm durchzudringen.

»Was, wenn ich dem Baby was tue?«, fragte ich.

»Du wirst dem Baby nichts tun.«

»Aber was, wenn doch? Es ist nicht meins. Es passiert jeden Tag, dass Frauen ihren eigenen Babys wehtun – woher willst du wissen, dass ich nicht einem Kind wehtun werde, mit dem ich keine genetische Verbindung habe? Es wird dein Baby mit einer anderen Frau sein. Was, wenn … Was, wenn ich ein wenig … Was, wenn ich ihm wehtue?«

»Das wird nicht geschehen«, sagte er hart. Er hatte seinen linken Wanderstiefel jetzt fertig geschnürt, aber er fummelte noch daran herum, sodass er mir nicht in die Augen sehen musste.

»Das kannst du doch nicht wissen. Du weißt nicht, wozu ich fähig bin. Du hast nie gewusst, wozu ich fähig bin.«

Er richtete sich wieder auf, und diesmal zielten seine Augen wie Laserstrahlen auf mich. »Worüber sprichst du eigentlich wirklich?«, fragte er.

»Wirklich?«

Er nickte. »Ich weiß, der Grund ist nicht, dass du Angst hast, du könntest dem Baby wehtun. Du würdest das niemals tun. Worüber sprichst du wirklich?«

»Ich will nicht das Kind einer anderen Frau aufziehen. Oder besser: Ich will nicht *ihr* Baby aufziehen.«

Jetzt war es raus, ich hatte es ausgesprochen.

»Es wäre unser Baby. Sie bekommt es für uns. Sie ist nur unseretwegen schwanger geworden. Es wäre unser kleiner Junge oder unser kleines Mädchen. *Dein* kleiner Junge oder *dein* kleines Mädchen.«

»Aber ich kann nicht mal so tun, als wäre es meins. Alle würden es wissen. Und sie würden denken, dass du eine andere gevögelt hast, und dass ich so rückgratlos war, es dir auch noch durchgehen zu lassen. Oder ich würde lügen müssen und sagen, es sei etwas Genetisches in unserer Familie. Aber alle würden mich ansehen und wissen, dass es nicht wirklich mein Baby ist.«

»Warum machst du dir andauernd Gedanken darüber, was andere Leute denken?«, fragte er entnervt.

»Ich weiß nicht. Ich tu's einfach. Ich weiß nicht warum, aber es ist wichtig, was andere Leute denken. All die Blicke auf der Straße, vor allem, wenn wir drei zusammen sind. Und ich kann mir gut vorstellen, wie meine eigene Familie reagieren würde. Ich will das nicht alles durchmachen müssen.«

»Das ist ein dummer Grund dafür, das Baby nicht zu wollen.«

»Ich wusste, dass du mich für dumm halten würdest, das war auch der Grund, warum ich es dir nicht sagen wollte.«

»Ich halte dich nicht für dumm, und ich habe auch nicht gesagt, dass ich das tue. Es ist aber trotzdem ein dummer Grund, unser Kind nicht zu wollen. Ich sehe nicht, wo das Problem liegt.«

»Nun, das musst du auch nicht, nicht wahr? Es ist dein Kind. Du kannst ja Kinder haben. Ich kann es nicht.« Ich fühlte, wie mir die Tränen hochstiegen, und fing an zu blinzeln, um sie loszuwerden.

»Steph, ich versteh das nicht. Wir haben vorher darüber gesprochen. Sogar bevor wir sie gefragt haben …«

»Und du hast mich dazu überredet. Du hast gesagt, es würde alles gut gehen. Aber das glaube ich nicht, Mal. Ich habe nicht geahnt, dass ich mich so fühlen würde. Auf der einen Seite kann ich nicht umhin, eine Bindung zu diesem Kind zu spüren, aber meistens fühle ich mich einfach nur leer. Ich habe Angst, dass du jederzeit mit ihr weggehen könntest. Ich würde immer am Rand des Abgrunds leben, mich immer fragen, wann sie ihr Baby vielleicht zurückfordern wird.«

»ABER ES IST UNSER BABY!«, schrie er, und seine Worte schallten hinaus und über die Hügel hinweg, sodass es Sekunden später »Baby, Baby, Baby« zu uns zurückhallte.

»NEIN, IST ES NICHT!«, schrie ich zurück und wartete, bis das *»nicht, nicht, nicht«* verhallt war, bevor ich meine Stimme senkte, um normal weiterzusprechen. »Es ist deins. Es ist ihres. Es ist nicht unseres.«

Er starrte zu Boden, als würden seine Augen auf der Erde etwas suchen. Genau wie er es in unserer dunklen Küche getan hatte, in jener Nacht, als ich merkte, dass hinter meinem Rücken etwas vor sich ging.

»Vor dem Gesetz habe ich nicht einmal eine Klageberechtigung. Auch wenn wir diesen Vertrag unterzeichnet haben, kann sie mich einfach fallen lassen, wenn sie ihre Meinung ändert!« Ich schnippte mit den Fingern. »Ich habe keine wirkliche Beziehung zu dem Baby. Und vom Gefühl her … Vom Gefühl her kann ich nicht über die Tatsache hinwegkommen, dass es niemals meines sein wird. Deines immer, aber nie voll und ganz meines.«

»Hast du deine Tabletten genommen?«, fragte er. Ein

Schlag in den Bauch. Unerwartet. Mal tat das nie, er hatte das nie gegen mich benutzt.

»Ob ich sie nehme oder nicht, wird nichts an der Tatsache ändern, dass ich nie in der Lage sein werde, dieses Kind zu lieben, als wäre es mein eigenes.«

»Das kann ich nicht glauben.«

»Es ist die Wahrheit, Mal«, sagte ich. »Es ist, was ich fühle. Und daher glaube ich auch, es wäre besser für alle, wenn du zu ihr und deinem Baby gehen würdest. Ich weiß, dass ein Baby genau das ist, was du wirklich willst. Ich will nicht, dass du deine Chance jetzt fahren lässt, daher geh und fang mit ihr zusammen ein neues Leben an.«

»Ich habe immer gesagt, es macht mir nichts aus, keine Kinder zu haben.«

»Es ist schon in Ordnung, ich weiß, dass es nicht dein Ernst war.«

»Es war mein Ernst. Genauso wie es dein Ernst war, in all diesen Wochen, wo du bei Nova vorbeigeschaut hast, um das Baby zu besuchen. Um ihm zu sagen, dass du es liebst. Du hast all diese Bücher gekauft. Und ich weiß, dass du Kleidung gekauft und sie versteckt hast. Ich weiß, wie aufgeregt du über alles warst. Und deswegen glaube ich dir nicht. Ich glaube, dass du nur momentan Zweifel hast und es dir wieder anders überlegen wirst.« Er nickte, als wolle er sich selbst von seinen Worten überzeugen. »Wir fühlen jetzt beide einen Druck auf uns lasten, und ich bin sicher, dass alle Eltern sich so fühlen, bevor ihr Baby geboren wird. Sie machen sich Sorgen und haben Ängste, wie es ihnen damit ergehen wird. Ob sie in der Lage sein werden, damit fertigzuwerden. Wir haben den zusätzlichen Stressfaktor, dass wir in ein paar Wochen unsere Familien über die Situation in

Kenntnis setzen müssen. Diese ganzen Dinge. Wenn einmal alles vorbei ist, wirst du zurückschauen und dir wirklich dumm vorkommen, dass du dich so gefühlt hast. Wir beide werden das. Weil natürlich auch ich meine Zweifel habe, und ich werde mich noch schlimmer fühlen, weil ich dich angeschrien habe.«

Ich fixierte ihn mit meinem Blick. Dem Blick, mit dem ich früher für gewöhnlich die Anwälte und ihre Partner in der Anwaltskanzlei bedachte, die ein paar irregeleitete Sekunden lang angenommen hatten, meine Rolle als Chefsekretärin bedeute, ich sei ein minderwertiger Mensch und sie bräuchten daher nicht höflich zu mir zu sein. »Du missverstehst mich«, sagte ich betont ruhig. »Ich werde dieses Baby nicht in meinem Leben haben, geschweige denn in meinem Haus. Wenn du damit weitermachen willst, ist das in Ordnung. Das ist deine Entscheidung. Aber es wird bedeuten, dass ich auch dich nicht mehr in meinem Leben habe.«

»Du zwingst mich, zwischen meinem Baby und dir zu wählen?«

»Nein, Mal, die Wahl ist schon getroffen. Ich will das Baby nicht, und ich will dich nicht.«

»Du willst mich nicht mehr?«, fragte er entsetzt. Ich sah den kleinen Jungen, der er in seinem tiefsten Inneren war, ängstlich und allein. Zutiefst erschrocken über das, was er soeben gehört hatte. In Furcht vor dem Monster, das vor ihm stand und dabei war, seine Ehe zu beenden.

»Nicht, solange es da draußen ein Kind gibt, das deines ist, nein«, stellte ich fest.

Er versuchte, sich zusammenzunehmen. Heranzukrabbeln, auf der Suche nach Schutz und Trost. »Ich liebe dich«, sagte ich, indem ich mich entschloss, ihm eine Zuflucht anzubieten. »Mehr als mein eigenes Leben. Ich will nicht, dass du diese Chance verpasst. Ich habe beschlossen, zu akzeptieren, dass ich nicht dazu bestimmt bin, Kinder zu haben. Du aber bist dafür bestimmt, und du bekommst ja auch eins. Ich werde das nie mit dir teilen können. Nicht voll und ganz jedenfalls. Und auch du wirst immer zwischen uns hin und her gerissen sein. Aber wenn ich unsere Beziehung jetzt beende, dann wird auch das aufhören. Dann wirst du diese Wahl nicht mehr in ein paar Jahren treffen müssen.« O Gott, ich muss heulen, merkte ich. Es war härter, als ich gedacht hatte. In der letzten Woche hatte ich diese Rede unzählige Male im Kopf eingeübt, aber dies war das erste Mal, dass sie mich zum Weinen brachte.

Es war nicht das »Ich liebe dich« gewesen, das mich an Mal gebunden hatte, als wir zusammengekommen waren. Es war nicht der tolle Sex oder die schönen Urlaube und das Reden bis spät in die Nacht; es war nicht, neben ihm zu liegen und ihn atmen zu hören, wenn er schlief, und zu wissen, dass er am nächsten Morgen noch da sein würde. Sondern es war, als er mir von seiner Mutter erzählt hatte. Von ihrer Krankheit. Diese Vertraulichkeit war es gewesen, die es mir erlaubt hatte, mich ihm hinzugeben. So voll und ganz, wie ich konnte. So voll und ganz, wie ich es noch nie mit einem anderen Menschen getan hatte.

»Ich habe versprochen, dass ich dich nie verlassen würde«, sagte er.

»Es ist schon in Ordnung, ich werde nicht zerbrechen ohne dich. Es wird mir gut gehen.«

Mal schloss die Augen. Er kam mir vor wie ein batteriebetriebener Spielzeugsoldat, der plötzlich aufgehört hatte, lustig weiterzumarschieren, weil seine Batterie leer war. Es war keine Energie mehr vorhanden, die ihn weitergetrieben hätte, und alles, was er tun konnte, war stillzustehen. Schweigend und leer.

»Ich werde Nova sagen, dass wir das Baby nicht mehr wollen«, sagte er, nachdem zehn Minuten in Schweigen vergangen waren, in denen er so still und regungslos dastand wie die Berge, die wir hatten besteigen wollen.

»Aber …«

»Gleich wenn wir heimkommen, werde ich es ihr sagen«, sagte er. »Ich werde ihr sagen, dass wir es uns anders überlegt haben, dass wir diese Verantwortung jetzt nicht übernehmen können. Ich werde es ihr sagen.«

»Du musst das nicht tun, Mal. Ich sage dir doch, dass du frei bist, zu ihr zu gehen. Dein Baby zu haben. Sie zu haben.«

»Ich habe dir versprochen, dass ich dich nie verlassen werde. Nova wird das verstehen.«

Das wird sie nicht. Natürlich nicht. Wie konnte irgendjemand das verstehen? Nicht einmal Nova, die verständnisvollste Frau, die ich je getroffen hatte, würde das in ihren Kopf kriegen.

»Aber was wird sie dann tun?«, fragte ich. »Du kennst sie besser als sonst jemand auf der Welt. Was, glaubst du, wird sie tun?«

Er zuckte die Schultern. »Ich weiß es nicht.«

»Glaubst du, sie wird das Baby abtreiben?«

Ich sah, wie das Messer sich in seinen Gedärmen umdrehte bei dem Gedanken. Das war auch der Grund, warum ich eine ganze Woche dafür gebraucht hatte, die richtigen Worte für mein Vorhaben zu finden. Ich hatte Zeit gebraucht, um den Gedanken selbst anzunehmen. Um diese

Möglichkeit und auch diese Verantwortung zu akzeptieren. »Mal, tu das nicht. Nicht für mich. Geh zu ihr, bekomm dein Baby.«

»Vielleicht wird sie abtreiben«, sagte er, als hätte ich nicht gesprochen. »Vielleicht wird sie ihn auch behalten.«

»Wenn sie es behält, dann …« Ich machte eine Pause, da ich plötzlich Angst hatte, weiterzusprechen. »Dann sind wir wieder bei dem Thema, dass du deine Wahl treffen musst. Und deswegen will ich nicht, dass du das tust, Mal.«

»Was meinst du damit?«, fragte er müde.

»Wenn … Wenn sie es behält, dann …« Ich brach wieder ab. »Wenn du mit mir zusammenbleiben willst, dann darfst du sie nicht mehr sehen. Wenn sie wirklich beschließt, das Baby zu behalten, dann darfst du mit keinem von beiden Kontakt haben.« Ich hielt inne, beobachtete ihn, versuchte, ihn ohne meine Augen zu sehen. Versuchte, seine Energie zu lesen, seine Aura, irgendwas. Aber ich konnte es nicht. Ich war plötzlich blind gegen ihn, jedenfalls in dieser anderen Hinsicht, und musste wieder meine Augen benutzen, wie ich es getan hatte, bevor ich Nova getroffen hatte.

»Sie ist Teil meiner Familie«, erklärte er.

»Deswegen will ich ja auch nicht, dass du bei mir bleibst. Weil das eine schreckliche Entscheidung ist, die du treffen musst. Wenn sie das Baby behält und weiterlebt, dann wirst du immer wissen, dass er oder sie da draußen ist, aber du wirst keinen Kontakt aufnehmen können. Ich bin nicht sicher, ob du das schaffst, Mal. Und ich bin auch nicht sicher, ob ich überhaupt will, dass du es schaffst, weil es einfach nicht zu dir passt. Ich will nicht, dass du dich so veränderst, nicht wegen mir.«

»Du kannst ruhig damit aufhören, so dick aufzutragen,

Steph«, sagte er ruhig. »Wir wissen beide, dass ich deiner Bedingung zustimmen werde. Meine Entschluss steht fest. Ich habe mich für dich entschieden, okay? Für dich.« Er tauchte kurz bei offenstehender Hintertür in das Auto ab, zog seinen Rucksack heraus und schulterte ihn. Dann schlug er die Autotür zu und machte erste Schritte in Richtung Wanderweg.

Ich hatte vorhin zu ihm gesagt, dass er nicht wüsste, wozu ich in der Lage war. Ich hatte mich getäuscht, wahrscheinlich wusste er es sehr wohl. Wahrscheinlich hatte er die ganze Zeit gewusst, dass ich mir während dieses Gesprächs immer im Klaren war, was ich wann zu sagen hatte, um sicherzugehen, dass dies das Ergebnis wäre.

Wahrscheinlich wusste mein Ehemann sehr wohl, dass ich, wenn es darum ging, ihn zu halten und eventuelle Rivalinnen zu eliminieren, jede Waffe benutzen würde, die mir zur Verfügung stand – ich war zu allem fähig.

28

Vier Dinge, die ich liebe:

Den Strand.

Den in Rot, Gold und Orange leuchtenden Himmel bei Sonnenuntergang.

Musik anmachen und Ausdruckstänzerin spielen.

Den Geruch von frisch gekochtem Kaffee.

Zu meinem Leidwesen bereitete mir in den letzten vier Monaten der Geruch von Kaffee, Zigarettenrauch, Bleichmittel und

Benzin Übelkeit. Ich liebte Kaffee und litt darunter, ihn nicht mehr genießen zu können, vor allem während der Arbeit. Mit sehnsüchtig neidischen Blicken sah ich den Gästen zu, die ihn tranken, stellte mir den reichen, rauchigen Geschmack vor – manchmal von Milch, manchmal von Zucker gemäßigt –, wenn er durch ihre Kehlen floss. Sich einen Weg durch ihren Körper bahnte. Die Art, wie mir das Wasser im Mund zusammenlief, wenn ich in der U-Bahn Leute mit weißen Kaffeebechern aus Pappe anstarrte, grenzte ans Obszöne – ich wunderte mich manchmal, dass mich noch niemand wegen Erregung öffentlichen Ärgernisses belangt hatte.

Mal hatte mich gebeten, ihn in unserem Lieblingscafé in West London zu treffen, wo ich mich nach draußen setzte, um dem Geruch nach frischem Kaffee zu entgehen. Er und Stephanie waren auf einem Wanderurlaub gewesen, und er hatte es nach ihrer Rückkehr offensichtlich sehr eilig gehabt, mich anzurufen.

Dies war jahrelang unser Lieblingsort gewesen. Wenn ich mich recht erinnere, sind wir eines verregneten Tages zufällig hier gelandet und dann immer wieder. Das Café war nicht groß, aber gemütlich, und auffällig hübsch in seiner Einfachheit. Es hatte Eichenfußböden, reinweiße Wände und Chromarmaturen. Im hinteren Raum hatte sogar ein hellbraunes Ledersofa Platz gefunden, und ansonsten war es mit kleinen, runden Säulentischen und Hockern eingerichtet. Das Personal war immer gut gelaunt und plauderte mit den Gästen, während es an der Bar zugange war. Wann immer Mal und ich uns dort niederließen, überkam mich die Lust, meine Schuhe wegzukicken und die Beine unterzuschlagen. Dies war wirklich unser Ort – schon lange bevor er sie kennengelernt hatte. *Wir* sie kennengelernt hatten, sollte ich wohl besser sagen. Und auch später hatten wir – ohne sie – viele Stunden hier verbracht, einfach nur redend und lachend und Kaffee trinkend.

Draußen vor dem großen Panoramafenster standen ebenfalls runde Säulentische mit Holzplatten und Chromstühlen, und an einem von diesen saß ich, während ich wartete. Ich nippte an einem Pfefferminztee und versuchte, mich nicht zu ärgern, dass ich nicht drinnen auf dem Sofa saß und mich an einem Cappuccino gütlich tat.

Mir ging nochmals seine Stimme am Telefon durch den Kopf. Mein Herz machte unfreiwillig einen kleinen Satz. Er hatte so ernst geklungen. Vielleicht wollte er mir erklären, was mit Stephanie los war. In letzter Zeit war sie in jeder Hinsicht seltsam gewesen. Immer, wenn sie bei mir zu Hause über die Schwelle trat, wirkte sie angespannt und misstrauisch; als fühlte sie sich in die Enge getrieben. Das war genau der richtige Ausdruck: in die Enge getrieben. Als stünde sie mit dem Rücken zur Wand und wartete nur darauf, sich auf mich zu stürzen, um sich zu befreien. Es war ermüdend für mich, mit ihr zusammen zu sein. Bei meinen vielen esoterischen Studien hatte ich viel über sogenannte »psychische Vampire« gehört: Leute, die einem – meist ohne Absicht – die Energie aussaugten, genau wie jene untoten Kreaturen das Blut, und die einen dann erschöpft und schlechtgelaunt zurückließen. Für gewöhnlich ließ ich es nicht zu, dass jemand das mit mir machte, aber aus irgendeinem Grund funktionierten meine üblichen Verteidigungsmechanismen und Distanzierungsversuche bei Stephanie nicht. Sie zapfte meine Energie ab, und immer wenn sie wieder ging, fühlte ich, wie sich eine große Wolke von mir hob und ich mich nur noch hinlegen konnte. Die Glücksgefühle der vorangegangenen Wochen schienen verdampft zu sein. Es war nur noch ein schwarzes Loch übrig geblieben, in das alles Positive hineingesaugt und zerstört wurde.

Hoffentlich würde Mal mir erklären, was los war, und die Dinge wieder in Ordnung bringen. Ich schloss die Augen und genoss das Gefühl der warmen, tröstlichen Sonne auf meinem Gesicht. Es war wenig Verkehr auf der Straße, und nur ab und zu gingen Leute vorbei. Ich konnte das Geräusch der Luft hören, die an mir vorbeiflirrte. Nächstes Jahr um diese Zeit, wenn ich in Australien ankäme, würde es Winter sein – und viel Sonne würde ich dann wahrscheinlich erstmal nicht abkriegen.

»Hi«, sagte er.

Langsam bildete sich ein Lächeln auf meinem Gesicht, und ich nahm mir Zeit, die Augen zu öffnen. »Hi«, gab ich zurück. Aber die Freude, das ich verspürt hatte, welkte in der tiefsten Ausbuchtung meines Herzens schlagartig dahin, als ich ihn ansah.

Ich kannte sein Gesicht gut. Jetzt trug es den Ausdruck, den es hatte, wenn er im Begriff war, mir zu sagen, dass Tante Mer einen Rückfall erlitten hatte: Ein tiefer Schmerz lag darin.

»Hast du dir schon was zu trinken bestellt?«, fragte ich.

Er schüttelte den Kopf. Langsam, sachte, räusperte er sich. »Ich bleibe nicht lang.«

»Was ist los?«, fragte ich, während ich mich auf meinem Sitz kerzengerade aufsetzte.

Er fuhr sich mit einer Hand durch die Haare und presste die Lippen in den Mund, um sie zu befeuchten. »Du weißt, dass ich dich liebe«, begann er. »Du bist meine beste

Freundin, und niemand in der Welt könnte mir näherstehen als du.«

Wären wir ein Paar gewesen, hätte ich ohne den Schatten eines Zweifels gewusst, dass er dabei war, mir den Laufpass zu geben. Aber Freunden gab man doch nicht den Laufpass, oder? Wenn man eine Freundschaft beenden wollte, dann ließ man sie langsam sterben, man hörte auf, anzurufen, man hörte auf, sich zu sehen, man zog sich so sehr zurück, dass es beim nächsten Wiedersehen wäre, als hätte man sich seit Jahrzehnten nicht gesehen und als gäbe es nichts Bedeutungsvolles mehr zu sagen. Man ließ einen Freund nicht an einen Ort in der Öffentlichkeit kommen, um ihm zu sagen, dass alles aus war. Oder?

»Ich … Du bist all die Jahre über so wunderbar zu mir gewesen. Auch dann, wenn ich es wirklich nicht verdient hatte. Wir haben unser ganzes Leben zusammen verbracht. Aber jetzt muss ich ein ganzes Leben mit Stephanie verbringen. Dazu habe ich mich verpflichtet, als wir geheiratet haben. Und ich habe erst in der letzten Zeit gemerkt, dass ich das nicht kann, wenn du noch in meinem Leben bist.«

Offensichtlich ließ man Freunde doch an einen Ort in der Öffentlichkeit kommen, um ihnen den Laufpass zu geben.

»Wir haben in den letzten paar Wochen, und noch mehr in den letzten paar Tagen, unser Gewissen erforscht, und es ist uns bewusst geworden, dass wir nicht bereit sind, ein Kind zu haben. Wir haben nicht genug Zeit zusammen gehabt. Nur Stephanie und ich. Ich war lange Zeit hin und her gerissen, wegen meiner Gefühle zu dir, genug jedenfalls, um mich nicht hundertprozentig auf sie einzulassen. Es ist nicht fair ihr gegenüber. Es ist nicht fair unserer Ehe gegenüber. Ein Kind in diese Situation zu bringen, wäre unfair für alle. Wir sind als Paar einfach noch nicht bereit für diese Art von Verantwortung. Wir wollen das Baby nicht mehr.«

»Die Sache ist die, Malvolio: Wenn es sich um eine Mahlzeit in meinem Restaurant handeln würde, die inzwischen kalt geworden ist, dann würde ich verstehen, wie du sagen kannst: ›Ich will das nicht mehr.‹ Aber es handelt sich hier nun mal um ein Baby. Du *kannst* es dir nicht anders überlegen. Du kannst dieses Kind nicht ungeschehen machen.«

»Es tut mir leid«, sagte er, indem er seinen Blick auf die Tischoberfläche senkte.

»Es tut dir leid?«, fragte ich. »Ich bekomme dein Baby, du hast es dir anders überlegt, und du sagst, es tut dir leid?«

»Ich kann nichts anderes sagen.«

»Doch, das kannst du, du kannst mir zum Beispiel sagen, warum.«

»Ich habe es dir schon gesagt.«

»Du hast nur wirres Zeug geredet. Du hast mir nicht wirklich gesagt, wieso du es dir anders überlegt hast, bei einer Sache, die mich so viel gekostet hat. Und ich habe nur zugestimmt, weil ich wusste, dass ihr beide das Kind unbedingt wollt. Bevor ihr in Urlaub gefahren seid, konnte ich eure Hände nicht von meinem Bauch fernhalten – also entschuldige bitte, wenn ich der Überzeugung bin, dass du nichts von dem meinst, was du gesagt hast.«

Mal sah mich an, sein Gesicht unbewegt, die dunklen Augen starr; es war klar, dass er nichts weiter sagen würde.

»Was soll ich nun mit dem Baby anfangen, Mal?«, fragte ich ruhig. Sie hatten vielleicht besprochen, dass ein Baby nicht in ihr Leben passte, aber wahrscheinlich hatten sie sich keine weiteren Gedanken gemacht, was nun geschehen sollte. Und darum kamen sich nicht herum.

Er senkte den Blick wieder auf die Tischoberfläche. »Du … du könntest … eine Abtreibung …« Seine Stimme war so leise, dass ich mich vorbeugen und mich bemühen musste, um ihn zu verstehen. »Das wäre das Einfachste.« Er fing an, sich angestrengt um eine Stelle hinter seinem rechten Ohr zu sorgen; das tat er immer, wenn er in Panik war. »Das wäre das Beste.«

»Das Einfachste? Das Beste?«, wiederholte ich. »Was weißt du denn bitte schön davon?«

Er hielt seine Augen gesenkt. »Stephanie hatte eine, als sie fünfzehn war. Und wie es scheint, geht es ihr gut.«

Gut? Stephanie? Wollte er mich verarschen? »Es ist ein Unterschied, ob man eine Abtreibung hat, wenn man jung ist und ungeplant schwanger wird, oder wenn man Ende zwanzig ist und sich alle Mühe gegeben hat, schwanger zu werden.«

»Dann behalte es.«

»Gut, und was erzähle ich den anderen? Dass du der Vater bist? Und nichts mehr mit mir zu tun haben willst? Ach, macht euch keine Sorgen, ich habe ihn und seinen verheirateten Arsch nicht gefickt, um ihn abzuzocken, nein, nein, ich habe eine Bratenspritze benutzt, weil ich das Baby für ihn und seine Frau haben sollte. Nein, sie haben mir keine Drogen verabreicht, ich habe es freiwillig getan, weil ich die beiden ja ach so lieb habe …«

»Das habe ich ja damit gemeint, dass es einfacher wäre.«

»Nein, Mal, was einfacher wäre, ist, wenn ihr das Baby wie geplant nehmen würdet.«

»Das können wir nicht, es tut mir leid.«

»Sieh mir wenigstens in die Augen, wenn du das sagst, ich werde dir nämlich sonst nicht glauben«, bat ich ihn.

Er hob jetzt wieder die Augen, und als sie die meinen trafen, sah ich, dass er gar nicht da war. Er war aus der Situation ausgestiegen. In meiner klinischen Ausbildung hatte ich damit schon Bekanntschaft gemacht. Menschen trennten sich in einer bestimmten Situation von sich selbst ab, damit sie etwas tun konnten, was sie nicht tun wollten, damit sie eine traumatische Situation überleben konnten. Er war ausgestiegen, um mir das hier sagen zu können.

Ich hatte das schon einmal erlebt. Wir waren damals elf. Mal war zwar groß und kräftig, aber er war sehr ruhig und immer mit Mädels zusammen – meist mit mir oder Cordy –, und so hielten viele der anderen Jungs ihn für einen Schwächling. Billy Snow, der ein richtiger Brocken und breit und bullig war, saß in Mathe hinter Mal und mir, und eines Tages nannte er Tante Mer eine »Bekloppte«. Er hatte es nur geflüstert, in dem Wissen, dass unser Lehrer es zwar nicht hören würde, er damit aber Mal so richtig treffen konnte. Wahrscheinlich wollte er ihn damit nur schikanieren, wie so oft. Mal war von seinem Stuhl hochgeschossen und hatte sich auf Billy Snow gestürzt, bevor irgendjemand reagieren konnte – am wenigsten Billy Snow selbst. Er schubste seinen Gegner nach hinten von seinem Stuhl und sagte kein Wort, während er Billy Snows Gesicht mit den Fäusten bearbeitete. Alle in der Klasse – einschließlich des Lehrers Mr. Belfast – waren so geschockt, dass sich eine allgemeine Lähmung breitmachte, und wir alle sahen entsetzt dabei zu, wie Billy Snows Gesicht zu einer blutigen, breiigen Masse wurde. Irgendwann war dann wieder Leben in Mr. Belfast gekommen, und er hatte Mal von dem unglücklichen Möchtegern-Tyrannen zurückgerissen. Mals Augen waren nicht wild und mörderisch, wie man hätte annehmen können, sondern blank und leer. Zum ersten Mal in meinem Leben hatte ich Angst vor Mal. Er war nicht mehr der Junge, den ich kannte, sondern eine Person, die in der Lage war, jemanden ernsthaft zu verletzen – und dabei ganz leer auszusehen.

Ich hatte mich seither nie mehr vor Mal gefürchtet. Nicht bis zu diesem Moment. Die Tatsache, dass er sich dissoziieren musste, um etwas Schwieriges zu tun, hieß, dass sie das Baby nicht wollten und dass er auch mich nicht mehr sehen wollte.

»Es tut mir leid«, sagte er. »Wir hätten es von Anfang an lassen sollen, aber es ist besser, wir sagen es dir jetzt als in ein paar Monaten, wenn es noch viel schwieriger wäre.« Er streckte die Hand aus und legte sie auf die meine. Er hatte meine Hand so viele Male gehalten über die Jahre hinweg, und dies war das letzte Mal, wollte er mir damit sagen.

»Pass auf dich auf, ja?« Er stand auf und ging weg, nichts hinterlassend als den schwachen Duft seines Aftershaves und dem Gefühl seiner warmen Hand auf der meinen.

29

Er öffnete die Tür, etwa zwei Stunden, nachdem er weggegangen war, und ließ sie ruhig hinter sich ins Schloss fallen. Sein Schlüsselbund rasselte, als er ihn auf den Tisch im Gang fallen ließ, und er steckte nicht seinen Kopf ins Wohnzimmer, um Hallo zu sagen, sondern ging gleich in die Küche.

Ich hörte, wie die Kühlschranktür auf und zu ging und

wie ein Stuhl unter dem Tisch herausgezogen wurde. Ich wartete ein paar Minuten, weil ich ihm Zeit geben wollte, um zu entscheiden, ob er sich gleich dort niederlassen oder zu mir kommen würde, um mit mir zu reden. Als er nicht kam, ging ich zu ihm.

Er lümmelte mit dem Gesicht zum Fenster auf dem Stuhl, ein Bier in der Hand, und starrte in den Garten hinaus. Vor ihm standen vier Flaschen Sol-Bier, und der Flaschenöffner lag auf dem Tisch. Er hob das Bier in seiner Hand zu den Lippen und kippte den Inhalt mit einem Rucken des Kopfs hinunter. Normalerweise zwang ich ihn, aus einem Glas zu trinken, aber in diesem Moment schien es mir nicht angeraten, ihn daran zu erinnern.

»Wie ist es gelaufen?«, fragte ich ihn von meinem Platz in der Tür aus. Die Traurigkeit, in die er fest eingehüllt war, hielt mich von ihm fern.

Er antwortete nicht, sondern hörte einen Moment damit auf, sein Bier hinunterzustürzen, womit er mir zeigte, dass er meine Frage zwar gehört hatte, aber nicht vorhatte, sie zu beantworten.

»Was hat sie gesagt?«, fragte ich nochmals.

Er stellte die leere Flasche nieder, griff nach der nächsten, öffnete sie, schnippte den Kronkorken weg und begann zu trinken.

Ich wagte es, den Raum zu betreten, denn ich wollte ihn in meine Arme schließen. Ihm meine Liebe zeigen. Es musste schwer für ihn gewesen sein, aber es war am besten so. Mit der Zeit würde er das verstehen. Diese Sache wäre immer zwischen uns gestanden. Auch wenn sie gar nicht geplant hatten, das Baby für sich zu behalten, hätte ich mir immer Gedanken darüber gemacht, ob es ihnen nicht doch lieber wäre, und das wäre für unsere Ehe Gift gewesen. Außerdem hätte es sich schlecht auf das Kind ausgewirkt, weil ich ihm immer die Schuld dafür gegeben hätte, dass er sich wieder in sie verliebt hat.

Ich berührte ihn, in der Hoffnung, dass er aufstehen und in meine Arme fallen, dass er sich von meiner Liebe umfangen lassen würde; ich wollte ihn besänftigen und unterstützen. Ich wollte ihn begleiten auf dem Weg, dies alles hinter uns zu bringen.

Sein Körper zuckte voller Abscheu vor mir zurück. Ich nahm meine Hand weg, wich einen Schritt zurück, tief gekränkt von seiner Reaktion.

»Ich habe getan, was du wolltest«, stellte er fest.

Da wusste ich, dass wir nicht mehr darüber reden würden. Er würde die Einzelheiten nicht mit mir teilen. Er hatte es getan. Punkt.

Als er aufstand, sah ich sein Gesicht. Die Qual brannte in jeder Pore. Dieses Bild brannte sich in mein Herz und meinen Kopf, eine dauerhafte Wunde, die mich immer daran erinnern würde, wozu ich ihn gezwungen hatte. Ich würde es niemals wieder vergessen. Er riss ein weiteres Bier vom Tisch, nahm den Flaschenöffner und ging hinaus in den Garten, wobei er die Tür hinter sich zuschlug. Er wollte alleine sein.

Es würde Zeit brauchen. Mehr, als ich zuerst angenommen hatte. Ich hatte unterschätzt, was ich ihm damit antat. Aber die Zeit würde die scharfen Ränder des Schmerzes stumpf machen und die zerborstenen Bruchstücke glätten. Es würde alles gut werden. Wir würden wieder glücklich sein.

30

Mal blieb ruckartig stehen, als er aus der Drehglastür seines großen Bürogebäudes kam und mich warten sah. Etwas flackerte über sein Gesicht. Irritation? Angst? Ich hatte es noch nie vorher in seinem Ausdruck gesehen, wenn er mich ansah, und es bestürzte mich sehr. Immer, wenn sein Blick auf mich fiel, hatte er so ausgesehen, als würde er sich freuen, mich zu sehen. Selbst wenn wir Streit miteinander hatten, wenn er mich dazu brachte, ihn anzuschreien und zu schimpfen und zu zetern, hatte er doch nie so … unbehaglich ausgesehen. Das war es. Er sah unbehaglich aus.

Indem er tief einatmete, kam er auf mich zu, nicht ohne vorher einen harmlos freundlichen Blick auf sein Gesicht zu kleistern. Sehr erfreut. Als ob er gleich mit einem Kunden sprechen müsste, den er lieber loshaben wollte. Der Blick, den auch ich auf mein Gesicht zauberte, wenn ich mit einem wütenden Gast über das Essen oder den Service debattieren musste: ein notwendiges Übel, das man aussitzen musste, weil es nun mal zum Job gehörte.

»Hi«, sagte er, während seine Augen über mich hinwegflogen, um sich in der Ferne zu verlieren.

»Hi«, sagte ich mit bebender Stimme, schon bei diesem einen Wort, weil ich meine Beklemmung nicht verbergen konnte. Mein Stolz hatte mir verboten, herzukommen, ich sollte es dabei bewenden lassen und selbst entscheiden, was ich zu tun hatte, und dann mit der Entscheidung weiterleben. Aber mein Stolz war nicht schwanger, allein, und, alles in allem, zu Tode erschrocken.

Ich wartete, dass er noch etwas sagte. Dass er die Konversation fortsetzte. Ich hatte gedacht … Ich hatte gedacht, wenn er mich sähe, würde ihm bewusst werden, was er angerichtet hatte. Dass er es unmöglich so gemeint haben konnte. Selbst wenn sie es sich mit dem Baby anders überlegt hatten, konnte es unmöglich sein Ernst sein, dass er mich nicht wiedersehen wollte. Aber er hielt mit der einen Hand fest seine schwarze Aktentasche aus Leder umklammert, genau die, die ich ihm zu seinem ersten Arbeitstag geschenkt hatte, und schob seine andere Hand in die Hosentasche. Er hatte mir nichts zu sagen. Alles war gesagt worden, schon vor zehn Tagen. Deshalb hatte er auch nicht angerufen.

»Können wir reden?«, fragte ich ihn, plötzlich unsicher, ob dies eine gute Idee gewesen war oder ob ich doch auf meinen Stolz hätte hören sollen.

Er zuckte zusammen, dann senkte er den Blick auf den Boden. »Worüber?«, fragte er schließlich.

Ich blinzelte überrascht. »Brauche ich einen Grund, um mit dir reden zu dürfen?«

Er zuckte halb die Achseln, ohne den Blick zu heben.

»Okay, *Malvolio«,* sagte ich, indem ich meine Arme vor der Brust kreuzte und mein Gewicht auf eine Hüfte verlagerte. »Du bist mein allerbester Freund in der Welt, daher muss ich dir von diesem Problem erzählen, das ich gerade habe. Ich bin schwanger. Keine Sorge, es war geplant, und ich liebe den Vater sehr. Aber jetzt hat dieser Typ mir gesagt, ich solle das Kind loswerden. Ich weiß nicht, was ich machen soll, weil er nicht mit mir spricht, aber ich hoffe doch sehr, dass er seine Meinung ändern wird. Daher frage ich mich gerade, ob du, als mein allerbester Freund in der Welt, nichts dagegen hättest, seinen Meinungsänderungsprozess etwas zu erleichtern, indem du ihn dir schnappst und ihm für mich etwas Verstand einprügelst?«

War das ein kleines Lächeln, das um seine Lippen spielte? Es musste wohl so sein, denn er sagte: »Lass uns auf einen Kaffee ins Carlitto's gehen.«

»Ich brauche eigentlich ein Glas Wein«, sagte ich.

»Wein? Du darfst nicht trinken«, sagte er.

»Warum?«

Er runzelte die Stirn. »Na ja, du bist ...« Seine Stimme verebbte, und er verzog etwas den Mund, als wäre er verärgert, dass er sich so leicht über den Tisch ziehen ließ.

»Na gut, dann eben kein Wein«, sagte ich.

Ich wandte mich in Richtung Carlitto's, einer italienischen Cafébar, in der wir uns oft zum Mittagessen getroffen hatten.

»Und, wie ist es dir so ergangen?«, fragte er, nachdem wir ein paar Schritte in angespanntem, ungemütlichem Schweigen nebeneinanderher gegangen waren.

»Was glaubst du denn?«

Er machte für eine Sekunde ein schmerzerfülltes Gesicht, während seine Augen in die Ferne flackerten – wohl um kein Gefühl zu mir aufkommen zu lassen –, bevor sie dann wieder zurück in die nächste Umgebung kamen.

»Und wie ist es dir ergangen?«, fragte ich, als klar war, dass er nicht auf meine nicht-rhetorische Frage antworten würde.

»Gut«, sagte er. »Wir planen gerade einen Urlaub. Wir hatten an Zelten in Südfrankreich gedacht. Vielleicht mit der Fähre übersetzen und dann mit dem Auto weiter.«

Konnte es wirklich sein, dass er wie nebenbei über einen Urlaub redete, wenn dieses Kind in mir wuchs? Ich musterte ihn verstohlen von der Seite und fragte mich, wer er überhaupt war. Er sah sogar ein wenig verändert aus: Der Höcker über seinem Nasenrücken schien mehr hervorzuspringen, was sein Gesicht aussehen ließ, als wäre es irgendwie aus dem Lot. Seine Augen kamen mir enger zusammenstehend vor, schmaler, böser. Sein einst weicher, breiter Mund schien sich zu einer dünneren Linie verhärmt zu haben.

»Steph kriegt vielleicht drei Wochen frei, aber sie ist noch nicht sicher. Sie hat ihre Chefin in letzter Zeit oft im Laden vertreten, und das hat sie sehr genossen. Es hat ihr wirklich gutgetan, diese Verantwortung zu tragen. Es hat ihr gezeigt, dass sie etwas kann. Hoffentlich gibt ihr die Eigentümerin so lange frei, wenn sie zurückkommt. Ich habe noch ein paar Tage vom letzten Jahr offen.«

»Ich dachte, ihr wollt beide keine zusätzliche Verantwortung tragen«, sagte ich. »Ich dachte, das sei der Grund, warum ihr das Baby nicht mehr wollt.«

»Das habe ich gesagt, richtig«, sagte er, während sein ganzer Körper sofort auf Abwehr ging, »aber es ist ja wohl ein himmelhoher Unterschied zwischen der Leitung eines Geschäfts und der Sorge für ein Baby.«

Als wir am Café ankamen, mussten wir feststellen, dass der Außenbereich von Tischen und Stühlen freigeräumt, der Rollladen vor der Glastür heruntergelassen und die Fenster mit Metallgittern versehen waren. Was eigentlich nicht weiter überraschend war, denn nur wenige Cafés hatten so spät noch offen – diese Uhrzeit war Restaurants und Bars vorbehalten.

»Jetzt müssen wir wohl in den Pub gehen«, sagte ich. »Dann trink ich einen Orangensaft oder so.«

Ein Gemisch aus Unbehagen und Irritation flitzte wieder über sein Gesicht, als er sein Handgelenk hob und auf die Uhr sah. Die Uhr seines Vaters. Er hat das nie jemandem gesagt, nicht einmal Stephanie, nehme ich an. »Ich muss gleich weg«, sagte Mal. »Wir sind bei einem Freund zum Abendessen eingeladen.«

»Meinst du nicht, das ist wichtiger?«, hielt ich dagegen. Warum war er nur so kalt? Bei jedem anderen Menschen hätte es mich nur geärgert; bei Mal tat es so weh.

»Nova, ich weiß nicht, was du von mir erwartest. Ich habe dir unsere Entscheidung mitgeteilt. Ich weiß nicht, worüber wir sonst noch reden sollten.«

»Über das Warum vielleicht?«, fragte ich laut. Ein paar Köpfe wandten sich zu uns um, und ich senkte die Stimme und ging ein paar Schritte näher auf ihn zu.

»Ich hab dir schon gesagt, warum«, sagte er.

»Nein, hast du nicht. Ich kenne dich, du hattest noch nie in deinem Leben Angst vor Verantwortung. Du lebst jeden Tag damit. Ich glaube nicht, dass du mit der Verantwortung für ein Baby nicht umgehen kannst«, erwiderte ich.

»Kannst du dir nicht vorstellen, dass das der Grund ist? Dass ich immer Verantwortung hatte, dass ich mich mein ganzes Leben um Leute gekümmert habe, und dass ich es deswegen nicht mehr tun kann?«

»Nein, das glaube ich nicht, weil es Unsinn ist, und du weißt das. Geht das alles von Stephanie aus?«

Er starrte mich an, ein Muskel an seinem Kiefer zuckte.

»Das ist es, nicht wahr? Es ist Stephanie. Ich hätte es wissen müssen. Sie war so seltsam in den letzten paar Wochen, ihre Energie war überall im Raum und gab so beunruhigende Schwingungen von sich …«

»Ahh, fang doch nicht mit *diesem* Quatsch an«, unterbrach er mich entnervt. »Glaubst du wirklich, dass ich ihr bei einer solchen Sache die alleinige Entscheidung überlasse?«

»Ja, das tue ich«, erwiderte ich. »Ich kenne dich, du selbst würdest so etwas nicht tun. Es muss von ihr kommen.«

»Vielleicht kennst du mich nicht so gut, wie du denkst«, sagte er schlicht.

Tiefer Schmerz stirbt nicht. Die Zeit mag die Wunde so weit heilen, dass es aussieht, als sei sie nicht mehr da, aber der Schmerz stirbt nicht. Ich hatte immer gewusst – nach dem, was damals passiert war, als ich versucht hatte, Mal zu sagen, dass ich ihn liebte –, dass es nur deshalb so wehtat, weil Mal mir wirklich wichtig war. Weil es ihm gelungen war, einen Pfad zum Zentrum meines Seins zu legen. Und nun kehrte der Schmerz mit voller Wucht zurück.

»Mal, das bist nicht du, der das sagt.«

»Ich bin es sehr wohl, und das weißt du.«

»Und was soll ich nun damit anfangen?« Ich presste eine Hand auf meinen Bauch und zwang Mal, mich anzusehen. Die Stelle anzusehen, von der er die letzten Monate kaum die Hände hatte lassen können. Als er den Blick auf meinen Bauch heftete, wusste ich, *ich wusste es einfach,* dass er nicht tun wollte, was er tat. Daran klammerte ich mich, als ich einen Schritt vortrat, seine Hand ergriff, um sie zu meinem Bauch zu führen. Er wehrte sich nicht, erlaubte mir, seine Hand über den Abstand zwischen uns hinweg zu bewegen – aber bevor seine Finger meinen Körper berührten, riss er den Arm plötzlich zurück.

»Nova«, sagte er ruhig, indem er irgendwo über meinen Kopf hinwegsah, »bitte, tu das nicht. Wir werden unsere

Meinung nicht ändern. Das ist die Wahrheit. Wir hätten das nicht tun sollen, und ich kann mich nur dafür entschuldigen.«

»Du kannst dich nur dafür entschuldigen? Ich bin schwanger. Es ist nicht, als hättest du aus Versehen meine Lieblingsvase zerschmettert, ich bekomme ein Kind von dir. Ich tue es für dich!«

»Du musst es nicht bekommen. Nicht mehr«, sagte er.

»Okay«, sagte ich, indem ich gegen das Bedürfnis ankämpfte, an Ort und Stelle zusammenzubrechen. »Wenn ich *das* tun soll, dann musst du mich begleiten. Wenn du willst, dass ich das durchziehe, dann musst du kommen und mir dabei zusehen.«

»Ich kann nicht«, sagte er, immer noch über meine Schulter starrend.

»Siehst du, siehst du?«, gab ich zurück. »Du kannst den Gedanken nicht ertragen, dass ich es tue. Du willst dieses Kind immer noch.«

»Nein, Nova. Aber wenn ich mit dir mitkomme, wirst du bist zum letzten Moment denken, dass ich dich aufhalten werde. Und das wird dir nicht guttun. Du musst dich alleine vorbereiten, ohne zu hoffen, dass ich auf einem weißen Hengst dahergeritten kommen werde, um dich zu retten. Denn das werde ich nicht tun. Ich kann nicht.«

Ich löste mich auf. Alle Kraft in mir bröckelte weg. »Bitte, tu das nicht, Malvolio. Bitte. Bitte!«, schluchzte ich, während mir die Tränen über die Wangen rannen. »Bitte.« Ich beugte mich nach vorn, schlang meine Arme um den Schmerz, der sich in mir auszubreiten begann. »Bitte, Mal. Bitte!«

Ich hörte seine Aktentasche zu Boden krachen, Sekunden

bevor seine Arme mich umfingen, mich hoch und an sich zogen. »Bitte, weine nicht«, sagte er. »Ich kann es nicht ertragen, dich weinen zu sehen.«

»Ich habe Angst. Ich habe solche Angst. Ich kann das nicht alleine machen. Bitte, verlass mich nicht. Bitte.«

»Es tut mir leid«, flüsterte er in meine Haare. Als Nächstes küsste er die Spitze meines Kopfs, und dann war er weg. Er nahm seine Aktentasche auf und ging davon, ließ mich weinend auf der Straße stehen, ohne auch nur einen Blick zurückzuwerfen.

Ich traf mich danach noch vier Mal mit ihm. Ich dachte, dass, wenn ich ihm nur zeigen könnte, was er mir antat, und wenn ich nur lange genug mit ihm sprechen könnte, er seine Meinung ändern würde. Er würde begreifen, dass er mich nicht bitten konnte, abzutreiben. Sein Kind nicht zu bekommen. Es hatte mich zuerst so viel gekostet, dies hier zu tun, er konnte nicht erwarten, dass ich auch das noch für ihn tun würde.

Jedes Mal – immer im Abstand von drei oder vier Tagen – kam ich zu ihm in die Arbeit. Entweder zum Mittagessen oder nach Feierabend. Jedes Mal war er ein wenig distanzierter, ein wenig irritierter, ein wenig weniger bewegt von meinem Schmerz. Beim letzten Mal dann, als er mich unten auf dem breiten Gehweg hatte stehen sehen, wandte er sich kurzerhand um und ging wieder zurück ins Büro. Ich wartete eine Stunde, aber er tauchte nicht mehr auf. Als ich nach Hause kam, hatte er eine Nachricht auf meinem Anrufbeantworter hinterlassen: »Nova, bitte hör auf, zu mir zu kommen.« Er klang kalt, abgeklärt, hart. »Ich habe dir nichts mehr zu sagen. Ich werde nichts von dem sagen, was du hören willst. Lass mich in Ruhe.«

31

Als sie dann endlich aus unserem Leben war, dachte ich, es würde leicht sein. Leichter jedenfalls. Aber das war es nicht. Es hatte ja nicht nur mit Nova zu tun. Sondern auch mit unserem Baby.

Ich hatte nicht nur Kleidung und Bücher gekauft; auch ein paar Rasseln, drei Teddybären, ein Musikmobile für die Wiege. Und eine Wickeltasche, quadratisch und weiß, mit rosa, blauen, gelben und grünen Entchen gemustert. Sie war so süß, dass ich sie immer wieder herauszog, sie öffnete und mir vorstellte, wie ich sie mit Windeln und Wischtüchern und Babycreme und Spielzeug füllte, um das Baby beschäftigt zu halten, während ich es wickelte.

Ich hatte alles in unserem zweiten Schlafzimmer aufbewahrt, das eigentlich auch das Kinderzimmer hätte werden sollen, und jetzt musste ich alles wegpacken.

Ich hätte die Sachen weggeben könne, aber das wollte ich nicht. Sie waren für *mein* Baby bestimmt gewesen. Oft hielt ich einen der Strampelanzüge an mich gedrückt und stellte mir vor, wie die molligen Glieder meines Babys darin steckten, ja, ich meinte sogar, das Heben und Senken der kleinen Brust zu spüren mit dem sanften Ein und Aus seiner Atemzüge. Ich war mir sicher, dass es ein Junge war.

Nachdem ich so weit war, verstaute ich alle Strampler in der Wickeltasche, bis dort kein Platz mehr war. Dann holte ich meine Designer-Reisetasche heraus. Sie war das teuerste Ding, das ich je besessen hatte – sie hatte sogar mehr als mein Auto gekostet –, und ich hatte sie jahrelang gehütet wie meinen Augapfel, nur um dieses kleine Stück Designgeschichte zu besitzen. Dort steckte ich alles hinein. Es passte irgendwie zusammen: Erinnerungen an das Wertvollste, das ich nie haben würde, aufbewahrt im wertvollsten Ding, das ich je besessen hatte.

Dann wagte ich mich auf den Dachboden, der mir immer Angst eingeflößt hatte, und steckte sie so weit nach hinten, dass sie nicht mehr zu sehen war. Womit sie mir nicht aus dem Kopf war, natürlich.

Aus dem Kopf war sie mir nie.

32

Ich landete schließlich in Brighton. Ich musste einfach weg, weil ich es in London nicht über mich gebracht hätte. Nicht in der Stadt, in der ich wohnte. Ich konnte mir nicht vorstellen, jeden Tag daran vorbeigehen zu müssen, immer in dem Wissen, was sich dort abgespielt hatte. Oder auch nur auf dem Stadtplan oder in einem Zug- oder U-Bahn-Plan den Namen des Orts zu lesen. Den Ort in London, wo … ich diese Sache getan hatte.

Zweimal in meinem Leben hatte ich Angst gehabt, ich könnte schwanger sein, beide Male wegen eines gerissenen Kondoms, und beide Male hatte ich ohne Zweifel gewusst, was ich tun würde, wenn es wirklich so wäre. Der Gedanke daran war zwar schlimm gewesen, aber ich hatte beide Male gewusst, dass ich nicht in der Lage gewesen wäre, Mutter zu sein. Ich hätte das einfach nicht durchziehen können. Aber ich hatte beide Male Glück gehabt.

Dieses Mal war in vielerlei Hinsicht anders, auch und vor allem, weil ich ja tatsächlich schwanger war.

Ich hatte das Hotel gebucht, nachdem ich … nachdem mir das alles widerfahren war. Ich wollte einfach ein paar Tage ganz für mich haben. Auch früher schon war ich immer – selbst als ich mit Keith zusammen war – einmal im Jahr allein verreist, irgendwohin ans Meer. Manchmal hatte es mich auch ganz spontan gepackt, ich war dann einfach am Morgen aufgewacht und hatte beschlossen, wegzufahren. Ich wollte einfach raus aus London, zog mich an und stieg in den nächsten Zug nach Brighton. Dort lief ich am Strand entlang, atmete die salzige Luft ein, genoss das Rauschen des Meeres in meinen Ohren und das Gefühl der Kieselsteine unter meinen Füßen. Wenn ich abends zurückfuhr, fühlte ich mich ruhiger und wieder eins mit mir selbst. Als hätte ich die Chance gehabt, für eine Weile aus meinem Leben auszusteigen.

Und jetzt würde ich diese sechstägige Pause benutzen, um …

Ich hatte mir einen Termin geben lassen, gleich als ich hergekommen war, und in zwei Tagen würde es so weit sein. Danach, wenn alles vorbei war, würde ich dann nichts mehr weiter wollen als einfach nur dazusitzen und aufs Meer zu schauen. Mehr als alles andere würde ich dann das Bedürfnis haben, meine Gedanken in der Bewegung des Meeres zu verlieren. Es würde mich aus mir selbst herauslösen, und ich wäre dann wieder fähig, mein Leben aufzunehmen, die Einzelteile meiner Existenz zusammenzufügen, bevor ich schließlich zurück nach London fuhr, zurück zu meiner Arbeit, zurück zu meiner Wohnung, zurück zur »Normalität«.

Das Hotel – vier Sterne, so gut wollte ich zu mir sein – war grauenhaft. Die Bilder, die man mir im Reisebüro gezeigt hatte, hatten ein makelloses, elegantes Gebäude in wunderbar altmodischer Ausstattung gezeigt, das einen nostalgischen Charme zu verströmen schien. Das Zimmer, das man mir dann schließlich zugewiesen hatte, bot einen ganz anderen Anblick: Die Tapeten warfen Blasen oder lösten sich an manchen Stellen ganz von den Wänden ab, die Rahmen der Original-Sprossenfenster waren von der salzigen Seeluft verrottet und gesprungen, und der Wind pfiff erbarmungslos durch die Lücke zwischen der neuen Doppelverglasung auf der Innenseite. Die Dusche hatte keine Temperaturkontrolle, der Fernseher fand nur drei Sender, beziehungsweise ermutigte den Zuschauer zu bezahltem Pornofernsehen, der rot gemusterte Teppich war größtenteils zerschlissen oder schmutziggrau.

Doch alle Defizite wurden gemildert durch die ungehinderte Sicht aufs Meer. Ich legte mich aufs Bett, ignorierte die verdächtigen Flecken auf dem Bettbezug und sah aus dem Fenster, um mich in den Anblick der rollenden und schäumenden Wellen zu vertiefen. Mir fiel plötzlich ein, dass Mal immer gesagt hatte, dass er nachts am Meer sterben würde. Es gab keinen Anlass, davon auszugehen, und er konnte auch nicht erklären, was er in der Nacht am oder im Meer überhaupt zu suchen hatte, aber er glaubte es mit einer unerschütterlichen, geradezu glühenden Sicherheit. Es war nichts, das er sich erst hatte einreden müssen, sondern er wusste einfach, dass es so war. Obwohl er mein Interesse für diese Dinge, mein Wissen oder meinen Glauben immer abgelehnt hatte, hielt er selbst an dieser Eingebung fest.

Ich beobachtete einen alten Mann, der auf der Bank eines

grünblauen Bushäuschens saß, dessen Glaswände vom Meersalz ganz verkrustet waren. Der Wind pfiff um ihn herum, er zerrte an seinen weißen Haaren und seinem beigen Anorak. Aber der Mann saß still und fest wie ein Fels. Seine Hände, zu Fäusten geballt, ruhten auf den Oberschenkeln, und er starrte vor sich hin. Ungeniert und unberührt von den schmetternden Elementen.

Was ist deine Geschichte?, fragte ich ihn in Gedanken. Warum bist du allein? Warum scheinst du den Dingen gegenüber, die um dich herum vorsichgehen, so taub zu sein?

Er antwortete natürlich nicht. Ich führte meinen Blick weiter den Horizont entlang zu der grauen See, die weiß und wild schäumte und einen Kampf gegen sich selbst führte, den sie nicht gewinnen konnte.

Als ich in Gedanken zurück ins Zimmer kehrte, merkte ich, dass ich meine Hand auf meinen Unterleib gelegt hatte. Die Haut war straff und warm, ich konnte das Blut unter meiner Hand fließen spüren. Als Mal und Stephanie das immer getan hatten, hatte ich mich dagegen gewehrt, es selbst zu tun. Ich wusste, wenn ich mich mit ihm verbündete, eine Beziehung mit ihm einging, wie konnte ich dann noch fähig sein, es seinen Eltern zu geben? Jetzt aber berührte ich es.

Und übermorgen würde ich diese Sache tun.

Meine Hand glitt über die warme Haut, und ich spürte es jetzt. Die Bewegung. Leicht, flüchtig, aber ganz tief drinnen war eine Bewegung zu spüren. Ich riss förmlich meine Hand weg, als ich merkte, dass sich all die widersprüchlichen Gefühle lösten, die sich in mir zu einem festen Ball zusammengepresst hatten.

Ich bin schwanger.

Mit Malvolios Baby.

Ich bin schwanger von dem ersten Mann, den ich je geliebt habe.

Es war nicht das Baby von irgendjemandem. Es war kein Mann, mit dem ich ein paar Wochen lang locker zusammen gewesen war. Es war nicht Keith, von dem ich mich gerade getrennt hatte. Es war Mal. Ich kannte ihn ein Leben lang. Wenn wir ehrlicher zueinander gewesen wären, dann hätten wir dies geplant und gemeinsam getan.

Aber er wollte das Baby nicht, und ich hatte nicht vorgehabt, an diesem Punkt meines Lebens ein Kind zu kriegen. Ich war nicht mehr sechzehn, aber ich war auf mich allein gestellt.

Ich war ein neunundzwanzigjähriger, ungewollt schwangerer Teenager. Und ich hatte nicht mal Sex gehabt, um mich in diesen Zustand zu bringen. Ich konnte einfach kein Baby haben. Ich konnte kein Baby allein großziehen.

Aber ich konnte auch nicht das einzige kleine Stück von Malvolio hergeben, das ich noch hatte.

Ich bewegte meine Hand wieder zu meinem Unterleib. Spürte es wieder. Tief drinnen, ein Vibrieren, ein kleines, winziges Flattern. Langsam traten mir Tränen aus den Augen, während ich darauf wartete, es ein drittes Mal zu spüren. Nur ein einziges Mal würde ich es noch spüren, dann würde ich damit aufhören. Dann würde ich wieder auf Distanz gehen.

Ich musste eine Ausbildung beenden, eine Forschungsarbeit fertigschreiben, eine Weltreise machen.

Ich konnte das nicht tun. Ich konnte nicht ganz allein ein Baby haben.

Ich konnte nicht. Das war alles, was es dazu zu sagen gab. Ich konnte nicht.

33

Zu dem Zeitpunkt, als der Geburtstermin des Babys nahte – ein Tag, der mir ins Gedächtnis gebrannt war –, hatte sich Mal vollständig von mir zurückgezogen. Und er weinte die ganze Zeit. Selbst wenn keine Tränen zu sehen waren, hatten seine Augen den verlorenen Ausdruck eines Menschen, der innerlich schluchzt.

Ich wollte ihm helfen, aber er ließ mich nicht an sich heran. Er weinte allein, eingeschlossen in das Zimmer, das einst das Kinderzimmer hätte werden sollen. Er schlief mit dem Rücken zu mir, wie eine feste menschliche Wand, die die Welt draußen hielt. Er sprach in leeren Worten zu mir, in Sätzen, die keine tiefere Bedeutung hatten. Einst hatte er alles, was er sagte, mit den Strähnen seiner tiefen Liebe verwoben. Jetzt sprach er nur mit mir, weil er musste. Jetzt war alles, was er sagte, flach und bedeutungslos. Der Kummer war so uferlos, dass er sich darin verlor. Er schwamm blind in einem tosenden Meer in der Nacht. Er schwamm gegen die krachenden Wogen an und kam nirgendwo hin. Jeden Tag wurde er weiter hinuntergezogen, weiter in die Tiefe. Weg von der Wasseroberfläche. Weg vom Leben. Weg von mir. Alles, woran er sich festhielt, war der Verlust. Nichts sonst war von Bedeutung. Ich wollte seine Hand nehmen, uns beide in Sicherheit schwimmen. Um ihn wieder ganzzumachen; um seine Wunden zu pflegen und ihm zu helfen, gesund zu werden.

Aber er wollte meine Hand nicht ergreifen. Stattdessen schreckte er vor mir zurück und zog es vor, allein zu bleiben. Er gab mir die Schuld. Er gab sich selbst die Schuld. Aber vor allem gab er mir die Schuld.

Auch ich gab mir die Schuld. Aber ich gab auch ihr die Schuld. Nova. Dies war auch ihr Fehler, auch sie trägt Verantwortung. Wenn sie nicht gewesen wäre …

Am allermeisten aber gab ich mir selbst die Schuld. Am allermeisten wollte ich, dass er aufhörte zu weinen, dass er aufhörte, so versehrt zu sein, zu leiden mit jeder Faser seines Herzens.

Ich verstand den Verlust nicht, den er und Nova teilten. Ich bezweifelte, dass ich das jemals würde. Aber ich verstand meinen Mann. Und bald würde ich ihn verlieren. Genau das, was ich verhindern wollte, indem ich tat, was ich getan habe, indem ich sagte, was ich gesagt habe, würde geschehen. Aber diesmal würde ich ihn nicht an eine andere Frau und ihr ungeborenes Baby verlieren, nicht an sie und ihr Kind würde ich ihn verlieren, sondern einfach nur an sich selbst.

Ich konnte zusehen, wie das geschah: Er war im Begriff, in seinem Kummer zu ertrinken, er war im Begriff, so tief hinuntergezogen zu werden, dass er nicht mehr fähig wäre, an die Oberfläche durchzubrechen. Er würde hinuntergezogen werden in diese trostlosen, grauen Untiefen und würde nie mehr anfangen zu leben. Und alles, was ich tun konnte, war an der Küste zu stehen und zuzuschauen.

34

Ich setzte mich im Bett auf, erschöpft, wund, schwankend zwischen tiefer Verzweiflung und überschäumender Euphorie. Alle paar Sekunden warf ich einen Blick auf das helle Kinderbettchen neben meinem eigenen Bett. Einen Blick auf ihn. *Ihn.* Das lebendige, sanft gluckernde Wesen, das – eingewickelt in eine weiße Decke – einen halben Meter von mir entfernt lag. Ich hatte viel Blut verloren, hatten mir die Ärzte gesagt, daher sollte ich noch einen Tag länger im Krankenhaus bleiben. Jedes Mal, wenn ich ihn ansah – sein Gesicht nach oben zur Decke gewandt, seine faltigen Augenlider aufeinander ruhend, sein Mund ein winziges Stückchen geöffnet, seine Wangen wie rötlicher Mokka –, fragte ich mich, was ich getan hatte.

War das der größte Fehler meines Lebens?, fuhr es mir immer wieder durch den Kopf. *Hätte ich das tun sollen, was ich vorgehabt hatte, als ich nach Brighton gefahren war?*

Als ich den Blick von dem kleinen Jungen abwandte, stand sie an meinem Bettende. Obwohl die Besuchszeit vorbei war und meine Familie gerade gegangen war (die bedauernswerte, überlastete Krankenschwester hatten vergeblich versucht, dafür zu sorgen, dass nur zwei von ihnen länger blieben), war sie zurückgekehrt. Sie stand da in ihrem schwarzen Mantel, ihren blauen Schal um den Hals drapiert, ihre schwarze Tasche über der Schulter.

Sie weiß es, dachte ich plötzlich. Tante Mer weiß es. Der Gedanke an ihren Blick durchzuckte mich, als sie ihn zum ersten Mal gesehen hatte: ein kurzer Schock, schnell abgelöst von Stolz und Freude.

»Als Malvolio geboren wurde, waren seine Wangen auch so rot«, sagte sie, während sie meinen Sohn ansah und sich dabei an den ihren erinnerte. »Und er hatte diese dicken, dicken Locken. So blond.« Unendlich sanft streichelte sie mit ihrem Zeigefinger über die Spitzen der dunklen, lockigen Haare meines Jungen. »Dein Vater ist den ganzen

Weg zum Krankenhaus gelaufen, um mich zu besuchen, am Tag nach seiner Geburt, weil keine Busse fuhren. Auch deine Mutter hatte eigentlich mitkommen wollen, aber sie stand kurz vor deiner Geburt und konnte sich kaum bewegen.«

Sie wandte den Blick von dem kleinen Jungen ab und sah mich an. »Er ist so schön.«

Ich nickte, langsam, vorsichtig. »Du kannst ihn halten, wenn du möchtest«, sagte ich zu ihr. Von allen, die gekommen waren, war sie die Einzige gewesen, die ihn nicht gehalten hatte. »Ich bin zu zittrig«, hatte sie gesagt; jetzt wusste ich, der Grund war vielmehr, dass sie sich damit vielleicht selbst und damit auch mich verraten würde.

»Danke, nein. Ich möchte ihn nicht stören.« Ihr Gesicht, weich und sanftmütig, faltete sich in ein tiefes Lächeln, als sie jetzt wieder ihren Enkel ansah. »Als Malvolio geboren wurde, brauchte man ihn nur einen Tick zu lang oder zu ernst anschauen, und schon wachte er auf.«

»Dieser Zwerg hier liebt seinen Schlaf«, erwiderte ich.

»Schön für ihn«, sagte sie. »Und für dich natürlich auch.«

»Ja, schön für mich.«

»Ich habe Malvolio gesagt, dass du dein Baby bekommen hast und ich dich heute besuchen würde«, sagte sie, während ein leises Bedauern über ihre Weichheit glitt. »Wenn ich gewusst hätte …«

»Es ist in Ordnung, Tante Mer, du kannst ihm sagen, was immer du möchtest. Ich habe wirklich nichts dagegen. Und wenn du es nicht getan hättest, dann hätten Mum, Dad oder Cordy es getan.«

»Weißt du schon, wie du ihn nennen wirst?«, fragte sie.

»Ja. Aber ich möchte es erst zwischen uns beiden ausprobieren, bevor ich es jemandem sage?« Ich hatte es als Frage formuliert, damit sie nicht beleidigt war.

»Ich erinnere mich noch, als ich Malvolio Malvolio nennen wollte. Alle versuchten, es mir auszureden. Aber ich wusste immer, dass, wenn ich einen Sohn hätte, ich ihn so nennen würde.«

»Weil das das erste Theaterstück war, zu dem Onkel Victor dich mitgenommen hat«, sagte ich, bevor ich meine Zunge bezähmen konnte. Ich hatte es in den vergangenen zwanzig Jahren keiner Menschenseele gesagt.

»Woher weißt du das?«, fragte sie, und sie sah dabei ein wenig verstimmt aus. Unsicher. Furchtsam. Tante Mer mochte es nicht, wenn man sie überraschte. Und wenn ich ihr die Wahrheit erzählte, Gott weiß, wie sie dann reagieren würde.

»Ich habe es irgendwie erraten, über die Jahre hinweg, dass es eine besondere Bedeutung gehabt haben muss. Es ist ein so ungewöhnlicher Name.«

»Bei solchen Gelegenheiten vermisse ich Victor am meisten«, sagte sie mit einem traurigen Lächeln. »Ich weiß, wie gern er hier gewesen wäre. Es scheint vielleicht nicht so wichtig, aber er war wirklich traurig, dass er Malvolios Geburt verpasst hat. Auch die Tatsache, dass er bei Victorias Geburt dabei war, war kein Ausgleich für ihn. Er hatte die Gelegenheit verpasst, seinen Erstgeborenen in die Welt kommen zu sehen. Das ist schwer auf ihm gelastet, ich weiß das.« Ihr Lächeln wurde breiter. »Und offensichtlich hatte es auch zur Folge, dass er mich nicht daran hindern konnte, ihn Malvolio zu nennen.«

Ich lachte.

Viele Leute – Mal eingeschlossen – glaubten nicht, dass Onkel Victor Tante Mer geliebt hat; aber ich habe das immer geglaubt. Und auch Tante Mer. Der Grund ist vielleicht einfach nur, dass Tante Mer und ich immer hoffnungslos romantisch waren; wir glaubten fest an die grenzenlose, erlösende Kraft der Liebe.

Onkel Victor war ihretwegen im Gefängnis gewesen. Wir waren noch nicht mal geboren, als er ins Gefängnis kam. Man hatte uns gesagt, er säße wegen Betrugs, aber Jahre später fanden wir heraus, dass es etwas sehr viel Ernsteres war: schwere Körperverletzung mit Tötungsabsicht. Jemand hatte Tante Mer eine Irre genannt und gesagt, man solle sie besser einsperren als schwängern. Da ist Onkel Victor ausgeflippt. Mehrere Zeugen hatten ausgesagt, dass dieser Mann Onkel Victor (der im Grunde ein gutmütiger Mensch war) seit Wochen gereizt hatte, und erst am Ende auf diesen besonderen Knopf gedrückt hatte. Onkel Victor landete letztendlich im Gefängnis, weil er keine Reue zeigte. Sein Anwalt riet ihm, sich bei dem Mann zu entschuldigen, vor Gericht, und sich der Gnade des Richters zu überantworten, indem er hoch und heilig versprach, dass so etwas nicht mehr vorkommen würde, vor allem da ja ein Kind unterwegs war. »Lieber gibt man mir die Todesstrafe als dass ich mich entschuldige, denn es tut mir kein bisschen leid«, hatte Onkel Victor geantwortet. (Ich hatte gehört, wie Mum und Dad viele Jahre später darüber geredet haben.)

Das Ende vom Lied war, dass er fünf Jahre bekam; jedes einzelne davon war eine Bewährungsprobe und zeichnete ihn schwer, körperlich wie seelisch, aber er bereute nie, was er getan hatte. Weil niemand über oder mit Tante Mer sprechen durfte, als wäre sie nichts wert.

Allerdings blieb er auch nie bei ihr. Das war das Traurigste überhaupt. Er liebte sie, aber er konnte mit ihrer Krankheit nicht umgehen und musste in regelmäßigen Abständen flüchten. Er war Bauarbeiter gewesen, bevor er in den Knast gekommen war, und am Anfang hatte man uns gesagt, dass er nur in eine andere Stadt zum Arbeiten gegangen war. Aber als die örtliche Gerüchteküche immer weiterköchelte, teilte man uns mit, dass er wegen Betrugs im Gefängnis war und wir nicht auf das hören sollten, was die Leute sagten. Als er dann später aus dem Gefängnis kam, beschloss er, wegzugehen, um Arbeit zu finden. Alle in unserer Gegend wussten, was er getan hatte, daher würde ihn niemand anstellen, und so reiste er im Land umher, lebte in fremden Städten, schickte Geld nach Hause und kam ab und an heim – meistens in den ruhigeren Wintermonaten –, um eine Zeit lang mit Mal, Tante Mer und Victoria zu leben. Die kalte Jahreszeit war ruhiger in vielerlei Hinsicht, denn der dunkle Himmel, das Wetter und die allgemeine Dürftigkeit des winterlichen Lebens beruhigten auch Tante Mer. Sie war viel depressiver im Winter, aber für Onkel Victor bedeutete das, dass sie leichter zu haben war.

Er musste dann gut auf sie achten, denn die Wahrscheinlichkeit stieg, dass sie das Unaussprechliche tun würde. Doch damit kam er zurecht. Viel besser als mit den Hochphasen jedenfalls. Die machten nämlich fast einen anderen Menschen aus ihr. Sie war dann immer noch Tante Mer, aber sie redete viel schneller als sonst, tat ungewöhnliche Dinge, verprasste das Geld, das sie hatten, und das, das sie nicht hatten noch dazu, putzte wie eine Verrückte, kam mit fantastischen Plänen daher (wie etwa mitten in der Nacht den Garten umgraben zu wollen, um nach archäologischen Schätzen zu suchen), schlief nicht, aß nicht.

Onkel Victor liebte Tante Mer, davon war ich felsenfest

überzeugt, aber er konnte nicht über längere Zeit mit ihr leben. Er war einfach nicht stark genug. Körperlich schon, aber nicht emotional. Früher hatte ich gedacht, dass er es nicht ertragen konnte, sie leiden zu sehen und doch zu wissen, dass er nichts tun konnte, um sie zu trösten; ich hatte gedacht, er hasste sich dafür, dass seine Liebe nicht stark genug war, um Tante Mer in guter, stabiler Stimmung zu halten. Aber ich war eine alte Romantikerin. Später musste ich natürlich entdecken, dass alle Beziehungen ihre geheimen Nischen und Schlupflöcher haben, und dass niemand außer den Beteiligten selbst je wirklich wissen kann, was in ihnen verborgen liegt.

»Ich sollte besser gehen, Liebes, ich habe deinen Eltern gesagt, dass ich die hier vergessen habe.« Sie griff in ihre Tasche und holte ihre blauen Wollhandschuhe heraus. »Ich schwindle nicht gern, aber ich wollte dir sagen, dass er sehr schön ist.«

Ich lächelte sie an.

»Wirklich …« Die Stimme verebbte ihr in der Kehle, ein stiller Schluchzer, denn es gelang ihr, ihn zurückzudrängen, »… schön.«

»Glaubst du, dass ich das Richtige getan habe?«, fragte ich, bevor sie sich abwandte. Jetzt, da sie jedenfalls teilweise Bescheid wusste und sie wahrscheinlich dachte, dass Mal und ich eine Affäre gehabt hatten, musste ich sie das einfach fragen. Ich war immer noch nicht sicher, ob ich nicht doch die andere Alternative hätte wählen sollen.

Ihr Gesicht wurde ganz weich und erstrahlte in dem schönsten Lächeln, das ich seit Jahren an ihr gesehen hatte. »Absolut«, erwiderte sie. »Ich könnte mir die Welt nicht ohne ihn vorstellen. Du etwa?«

Ich sah hinüber zu meinem Sohn. Meinem Sohn. Heiliger Herr im Himmel! Mein Sohn.

»Nein«, antwortete ich, während eine wahre Sturmflut an Muttergefühlen durch mich hindurchbrandete. »Nein, könnte ich nicht.«

35

Mal und ich brauchen Urlaub.

Ich spüle das Teeservice ab, das Meredith uns geschenkt hat, und fühle mich schon etwas besser. Eine Verschnaufpause von allem. Wir müssen mal weg aus diesem Mief und dieser Last, die ganze Zeit hier zu sein, immer nur wir beide allein, alles immer dasselbe.

Das ist es doch, was man von kinderlosen Paaren erwartet: ständig und ganz spontan in den Urlaub in ferne Länder zu jetten, zu jeder Zeit und an den verrücktesten Orten Sex zu haben, Unmengen von Geld für überflüssige Dinge auszugeben. Wir müssen die Spontaneität nutzen, die uns die Kinderlosigkeit erlaubt. Es ist unsere Pflicht.

Spanien? Portugal? Dublin? Mailand? Paris? Timbuktu! Es wird ein toller Urlaub sein, wo auch immer wir hinfahren. Solange wir nur zusammen sind.

Und wenn wir dann beide unendlich entspannt und vollkommen glückselig sind, dann werde ich ihn fragen, ob wir nicht versuchen sollten, Leo zu sehen. Ich werde vorschlagen, dass er mit Meredith redet. Sie könnte mit Nova reden und fragen, ob wir ihn sehen können. Sie liebt Mal noch immer, immerhin hat sie ihren Sohn nach ihm benannt.

Das würde natürlich nur jemand bemerken, der ihn so liebt wie ich: Leo, Malvo*lio*. Sie muss immer noch Gefühle für ihn haben. Was heißt, dass sie Mal vielleicht zurück in ihr Leben lässt, ihm erlaubt, an Leos Leben teilzunehmen. Und mich dazu. Aber alles zu seiner Zeit. Mal zuerst.

Das würde ihn glücklich machen.

Und das ist es, was ich will. Ich will so sehr, dass er wieder glücklich ist. Dass er aufhört, Nova zu vermissen und Leo.

Eine Teetasse rutscht mir aus den Fingern und fällt ins Spülbecken. Sie fällt nicht weit, aber mein Magen dreht sich um bei dem unangenehmen Knacken, als sie auf etwas trifft, das im Seifenwasser nicht zu sehen ist. Dieses Teeservice ist sehr wertvoll. Alt, antik, rar. Es hat Meredith viel Geld gekostet. Ich finde es nicht besonders schön, aber ich weiß es zu schätzen, dass sie mir etwas so Wertvolles schenkt. Es hätte unser ganze Leben lang halten sollen. Ich hebe den Henkel hoch, und als er aus dem Wasser kommt, hängt nur noch die halbe Tasse daran. Ohne nachzudenken, suche ich mit meiner linken Hand nach der anderen Hälfte, und der Schmerz schießt durch meinen Daumen, als ich mich an dem gezackten Rand des zerbrochenen Porzellans steche. Ich reiße meine Hand aus dem Spülbecken und halte sie unter den kalten Wasserhahn.

Es hat nichts zu bedeuten, sage ich mir, während ich meinen verletzten Daumen an den Mund führe, ohne einen Blick auf die Wunde zu werfen.

Ich bin nicht Nova, ich sehe nicht überall Zeichen, daher hat dies wirklich nichts zu bedeuten.

Fünfter Teil

»Und, hast du einen besten Freund, Leo?«, fragte Mum.

»Ja«, antwortete er.

»Und wer soll das sein?«

Er drückte auf seinem Controller den Pausenknopf, damit er Mum ansehen konnte, ohne das Spiel zu verlieren. Sie lächelte ihn erwartungsvoll an, als würde sie die Antwort auf diese Frage nicht kennen.

Leo musterte sie stirnrunzelnd. Manchmal war sie wirklich eine dumme Mum.

Er wandte sich wieder seinem Controller zu, ließ den Pausenknopf los und setzte wieder Master Windu auf Darth Sidious an.

»Du natürlich«, sagte er.

Leo, 6 Jahre und 9 Monate alt

36

Cordy, in Kniestrümpfen und knielangem Flanellnachthemd, tigert auf den Holzdielen meines Gästezimmers auf und ab und telefoniert auf ihrem Handy. Ihre Haare sind unter einem blauen Satinschal verborgen. Sie sieht ziemlich gestylt aus für jemanden, der im Begriff ist, ins Bett zu gehen.

Sie hat ihr kleines silbernes Handy auf Freisprechfunktion gestellt, und am anderen Ende der Leitung hört man eines ihrer vierjährigen Zwillingskinder, dem Klang nach Ria, laut plärren, während ihr Bruder Randle leidenschaftlich auf einem metallischen Gegenstand herumhämmert. Über den Lärm hinweg versucht Jack, Cordys Mann, mit seiner Frau ein Gespräch über Rias vermisste Decke zu führen.

»Hast du wirklich überall nachgesehen?«, fragt Cordy, während sie vor dem Spiegel stehen bleibt, um sich selbst eine Schnute zu ziehen. Ich sitze im Bett und sehe ihr zu.

»Ja doch!«, schreit Jack frustriert.

»Ich werde unser Haus wirklich vermissen, J«, sagt sie traurig.

»Was?«, gibt er verständnislos zurück.

»Ich sagte, ich werde unser Haus wirklich vermissen«, wiederholt sie lauter.

»Was meinst du damit? Was soll das denn jetzt?«, fragt er.

»Na ja, wenn du deinen Job bei der Fluggesellschaft aufgibst, werden wir es uns nicht mehr leisten können und uns was Kleineres suchen müssen.«

»Wieso sollte ich meinen Job aufgeben?«

»Wir waren uns immer einig, dass die Kinder beide Eltern kennen sollten. Es ist nicht ihr Fehler, dass ihre Eltern dumm genug waren, sich so hohe Kosten aufzuhalsen, und wenn du nach ganzen vier Stunden, die du mit ihnen alleine verbringst, schon keine Peilung mehr hast, dann kennst du sie offensichtlich nicht gut genug, und sie kennen dich auch nicht. Also: weniger Kosten, mehr Zeit mit den Kindern.«

Abgesehen von dem Weinen und Scheppern herrscht Schweigen am anderen Ende der Leitung. Dann sind Geräusche zu hören, die auf hektisches Herumwühlen und Schritte schließen lassen, die von einem Zimmer ins andere gehen.

»Gefunden!«, ruft Jack schließlich triumphierend aus, und Ria hört wie durch Zauberhand schlagartig auf zu weinen.

»Dacht' ich's mir doch«, sagt Cordy. »Gib den Kindern einen Kuss von mir.«

Cordy klappt ihr Telefon zu und setzt sich aufs Bett, kommt aber nicht unter die Decke zu mir. Mum und Dad sind für ein paar Nächte in meinem Schlafzimmer untergebracht, bis sie entschieden haben, wie lange sie bleiben, und Tante Mer liegt auf dem Schlafsofa unten im Wohnzimmer; Cordy und ich haben uns hier zusammen einquartiert. Keith hält gerade im Krankenhaus die Stellung und gibt mir, wie immer, in halbstündigen Intervallen Bescheid über Leos Zustand.

Ich hatte gedacht, es würde mir zu viel werden, wenn sie alle hier wären, aber stattdessen hat sich seit ihrer Ankunft ein Gefühl der Klarheit und Gelassenheit auf uns gesenkt. Mum und Tante Mer haben Großputz gemacht, waren aber sehr darauf bedacht, nichts zu verräumen, was Leo hat herumliegen lassen; als ob sie instinktiv wussten, wie wichtig es mir ist, dass er bei seiner Rückkehr alles wie gehabt vorfindet. Abgesehen davon aber haben sie mein Haus einer Generalüberholung unterzogen. Es hätte mich vielleicht gestört, wenn ich nicht akzeptiert hätte, dass dies ihre Art ist, mit den Dingen fertigzuwerden. Mum hat den Nachmittag damit verbracht, auch noch groß aufzukochen und alles, was über ist, einzufrieren. Sie können im Krankenhaus nicht behilflich sein, also tun sie es an anderer

Stelle. Dad hat in aller Seelenruhe Mums zahlreiche Anweisungen befolgt und ist einkaufen gegangen, hat mein Auto gewaschen, ist zum Wertstoffhof gefahren und hat den Rasen gemäht. Jetzt herrscht Ruhe im Haus, und ich fühle mich viel besser so. Weniger allein.

Es ist nicht so, dass Keith mir nicht zur Seite steht, aber meine Familie war in Ausnahmesituationen schon immer eine perfekte Erste-Hilfe-Truppe. In Zeiten der Krise landet sie notfalls auch mit dem Fallschirm, um die jeweilige Katastrophe in Grund und Boden zu putzen und zu kochen. Dieses Mal ist es nicht anders.

Ich habe die Vorhänge offen gelassen, und so erhellt das Mondlicht den Raum, als ich nach Cordys Telefonat das Licht ausmache.

»Wo ist eigentlich Malvolio?«, fragt sie wie aus heiterem Himmel.

Ich muss unwillkürlich an diese *Wo-ist-Walter?*-Wimmelbücher denken, die ich Leo geschenkt habe, als er fünf war. Er hatte mir schonend beigebracht, dass es ihm völlig egal sei, wo Walter sich befände, weil jemand, der so eine blöde Mütze trägt, sich sowieso besser vom Acker macht. Und zwar für immer.

Wo ist eigentlich Malvolio? »Ähm, in London?«, frage ich.

»Mach keine Witze«, sagt sie.

»Und du sprich nicht mit mir, als wäre ich jünger als du«, gebe ich zurück.

Durch das Mondlicht fällt ein blauer Schatten auf meine Schwester, der weiche Streifen auf ihr Haar und ihre rechte Gesichtshälfte zeichnet. Sie sieht geradezu magisch aus, als wäre sie irgendein Engelswesen, das die Erde besucht und für das menschliche Auge nur durch das Licht des dicken

Mondmannes sichtbar wird. Allerdings würde sie es nicht schätzen, wenn ich ihr das sagen würde.

Sie schiebt sich unter die Decke und stupst mich zur Seite, sodass sie sich umdrehen und ihren Kopf ans Fußende betten kann. Aber statt sich hinzulegen, setzt sie sich dann noch mal, auf ihr Kissen gestützt, auf.

»Von den anderen sagt keiner was, obwohl sie es alle denken, daher muss ich das übernehmen«, fängt sie an. »Wo ist Mal? Warum ist er nicht hier?«

Ich zucke die Schultern. »Ich weiß nicht«, erwidere ich. Und ich weiß es ja wirklich nicht. Ich habe es nie gewusst, ich habe nie verstanden, warum er sich entschloss, zu tun, was er getan hat, und daher weiß ich auch nicht, warum er jetzt nicht hier, nicht mehr Teil meines Lebens ist. Es ist einfach nur offensichtlich, dass es so ist.

»Aber er gehört zur Familie. Er ist immer der Erste gewesen, den du angerufen hast, wenn irgendwas war. Warum jetzt nicht? Warum ist er nicht hier bei uns?«

Natürlich hatten alle in unserer Familie bemerkt, dass Mal und ich keinen Kontakt mehr hatten, aber Cordy war die Einzige, die es zur Sprache brachte. Das letzte Mal an dem Weihnachten, als Leo elf Monate alt war. Wir waren nach dem Mittagessen im Wohnzimmer unserer Eltern versammelt und hatten gerade unsere Geschenke ausgepackt, als Cordy sagte: »Warum sprichst du nicht mehr mit Malvolio?«

Alle – Tante Mer, Mum und Dad –, die sich im Wohnzimmer zusammengedrängelt hatten, hörten schlagartig auf fernzusehen oder sich mit ihren Geschenken zu beschäftigen, und starrten mich an. So etwas wie Diskretion gab es in unserer Familie nicht, wenn etwas mal laut ausgesprochen war: wohl das Ergebnis der Tatsache, dass wir ein Leben lang traumatische Momente vor der gesammelten Nachbarschaft ausgelebt hatten.

»Wer hat denn gesagt, dass ich nicht mit Mal spreche?«, hatte ich gefragt, während ich versuchte, den Blick nicht auf Leo zu richten, der neben dem Sofa in seinem Kinderbettchen lag und schlief.

»Na ja, er selber wohl nicht!«, informierte mich Cordy. »Ich habe ihn letzte Woche auch danach gefragt, und er sagte nur: ›Wer hat denn gesagt, dass ich nicht mit Nova spreche?‹, um dann das Thema zu wechseln. Aber schon seit deiner Schwangerschaft haben wir euch beide nicht mehr zusammen im selben Raum gesehen.«

»Es ist nicht so, dass wir nicht miteinander sprechen«, druckste ich herum, auf der verzweifelten Suche nach den richtigen Worten. »Wir haben nur beide sehr viel zu tun. Er ist verheiratet, ich habe ein Kind und das Café, wir haben einfach nicht mehr so viel Zeit füreinander.«

»Wem willst du denn das weismachen?!«, quietschte Cordy. »Ihr hattet einfach immer Zeit füreinander. Die meisten von uns mussten zurückstecken, wenn es um euch beide ging! Ist es seine Frau? Ist sie vielleicht eifersüchtig? Hat sie eure Freundschaft vermasselt? Ist sie euch etwa dahintergekommen?«

Ich weiß nicht, wie das kommt, aber meine ungezogene kleine Schwester hatte tatsächlich die Frechheit, überrascht zu sein, als ihr Hinterkopf mit Mums Handfläche Bekanntschaft machte.

Sie mochte zwar schon siebenundzwanzig sein, aber dennoch musste sie daran erinnert werden, dass sie hier über Tante Mers Sohn und seine Frau sprach. Und zwar in Tante Mers Anwesenheit.

»Au!«, schrie sie auf und rieb die Stelle, wo Mum sie getroffen hatte. Warum hast du das getan?!, wollte sie wohl hinzufügen, ließ es dann aber bleiben. Keiner von uns wagte es, unseren Eltern oder Tante Mer Widerworte zu geben.

Mum half uns schließlich aus der Patsche, indem sie Cordy bat, mit ihr in die Küche zu kommen und ihr bei den Mince Pies zu helfen – wahrscheinlich mit dem Hintergedanken, sie dort ungestört ausschimpfen zu können. Das war das letzte Mal, dass das Thema in meiner Gegenwart angeschnitten worden war. Indirekt hatte Cordy mit ihrem Vorstoß alle anderen gehindert, unbequeme Fragen zu stellen, und während wir durch die Jahre gingen wie durch eine lange, kurvige Straße, war ich ihr insgeheim dankbar dafür. Ich selbst war damit erst mal raus aus den Erklärungsnöten, und ich hatte die begründete Hoffnung, dass Cordy – die Mal vergötterte – ihn selbst nicht weiter darauf ansprechen würde. Aber jetzt hatte sie offensichtlich das Gefühl, dass es an der Zeit war, die Sache wieder mal auf den Tisch zu bringen.

Ich starre meine Schwester an; sie starrt zurück. Der Kampf zwischen zwei äußerst eigenwilligen Geschöpfen beginnt. Wer wird als Erste einlenken? Sie denkt wahrscheinlich, wenn sie lange genug wartet, werde ich ihr die Antwort geben, die sie haben will. Es ist wohl ihr Pech, dass ich seit sieben Jahren einen Sohn habe, der schon als Kleinkind äußerst stur war, weshalb ich mir einen ungewöhnlich langen Atem antrainieren musste, um ihn irgendwann dann doch dazu zu bringen, das zu tun, was ich wollte. Manchmal habe ich gefühlte Stunden auf der Treppe gesessen und dort ausgeharrt, bis er sich endlich bequemte, seinen Mantel anzuziehen, damit wir in den Park gehen konnten. Dies hier ist im Vergleich ein Klacks für mich. Aber ich weiß auch, dass es nicht immer die beste Methode ist, stoisch abzuwarten. Manchmal hilft es auch, das sture Kind wie einen gleichwertigen Partner zu behandeln. Auch jetzt werde ich daher nicht der Verlierer sein, wenn ich als Erste den Mund aufmache, solange ich mir nur gut überlege, was ich sage.

»Min niem«, stelle ich fest.

Cordys Lippen verziehen sich zu einem Schmollmund. Auch Leo hat das manchmal gemacht. *Macht* das manchmal. Leo macht das manchmal. Meine Schwester will mich dafür tadeln, dass ich mich über sie lustig mache, aber damit hat sie keinen Erfolg. Das Schmollen, der finstere Blick machen Cordy wieder zu dem kleinen Mädchen, das mich immer wütend anfunkelte, wenn ich sie nicht mit meinen Spielsachen spielen ließ – bis Mal mich schließlich schimpfte und mich überredete, mit ihr zu teilen. Er teilte immer mit Cordy – sein Essen, seine Spielsachen, seine Zeit, sogar schon, als er noch wirklich klein war. Sie war ein Baby, seiner Meinung nach, und daher musste sie behütet werden.

»Was schaust du so?«, frage ich sie. »Ich dachte mir, ich spreche lieber Ghanaisch, vielleicht verstehst du dann besser: Ich weiß es wirklich nicht.«

Sie schüttelt den Kopf und sieht plötzlich bekümmert aus. »Was ist mit dir und Mal passiert?«, fragt sie traurig. »Wir haben euch beide so lange nicht zusammen gesehen. Du bist nicht mal auf Victorias Hochzeit gegangen …«

»Weil Leo eine Woche vorher die Windpocken gekriegt hat«, stelle ich klar.

»Aber du hast dich auch geweigert, Brautjungfer zu sein, und wolltest lieber das Catering machen, damit du dich verstecken konntest. Mal ist auch nicht auf Leos Taufe gekommen, weil er ganz plötzlich in Urlaub fahren musste. Und bei meiner Hochzeit habt ihr … Ich weiß nicht, es gibt kein einziges Foto von euch beiden zusammen. Niemand kann sich erinnern, euch zusammen gesehen zu haben. Dasselbe bei deiner eigenen Hochzeit. Wir verbringen Weihnachten nicht mehr alle gemeinsam. Wenn ich mit ihm rede, ist sonnenklar, dass er seit Ewigkeiten nicht mit dir gesprochen hat. Ich weiß nicht, es ist, als wärt ihr zwei Fremde geworden.«

Ich starre sie an und frage mich, was ich sagen soll. Sie nimmt ihr Handy zur Hand und fängt an, es immer wieder auf und zu zu klappen.

»Weißt du, was ich kürzlich herausgefunden habe?«, fragt sie dann.

Ich schüttle den Kopf. »Nein, Cordelia, ich weiß nicht, was du kürzlich herausgefunden hast.«

»Nachdem Jack Dad um die Erlaubnis gebeten hat, mich zu heiraten, und Dad Ja gesagt hatte und alles, ist Mal zu ihm gegangen, um mit ihm zu reden. Zu Jack, meine ich. Mal ist den ganzen Weg zum Flughafen gefahren und hat auf Jacks Flug gewartet und hat sich dann mit ihm hingesetzt und ihm gesagt, dass ich seine kleine Schwester sei, und falls er je auch nur leise mit dem Gedanken spiele, mir wehzutun, solle er besser seine Identität ändern und das Land verlassen. Er war dabei wohl ganz freundlich, wirkte aber sehr entschlossen. Mein großer Bruder.« Cordy legt ihr Handy zur Seite, zieht die Knie an die Brust und schlägt die Arme darum. »Ich habe immer gehofft, dass ihr beide ein Paar werdet, sodass er wirklich mein großer Bruder wäre. Ich habe immer gedacht, dass du ihn heiraten würdest.«

Meine gesamte Familie – Tante Mer eingeschlossen – hatte das wohl gedacht, und alle hatten immer wieder Andeutungen in der Richtung gemacht, bis er sich schließlich mit Stephanie verlobt hatte.

»Ich dagegen bin immer davon ausgegangen, dass ich Keith heiraten würde«, sage ich.

»Wirklich?«, fragt sie überrascht.

»Immer, seit ich ihn getroffen habe.«

»Warum?«

»Weil niemand mich je so geliebt hat wie er. Er ist immer sehr klar gewesen bezüglich seiner Gefühle zu mir. Und wenn jemand dir so offen und deutlich zeigt, was er für dich empfindet, ist es einfach, sich gehenzulassen und ihn ebenfalls zu lieben.«

»Ihr habt euch hundertmal getrennt.«

»Und wir sind immer wieder zusammengekommen. Wie ich sagte, niemand hat mich je so geliebt, wie er es tut.«

»Nicht einmal Mal?«

»Niemand hat mich je so geliebt, wie Keith es tut.«

Cordy nickt und fängt an, sich leicht zu wiegen, während sie versucht, all ihren Mut zusammenzunehmen. Sie fixiert mich mit einem entschlossenen Blick, als sie schließlich sagt: »Mal … ist er …« Sie hält inne. Offensichtlich war sie entschlossen, die Frage der Fragen zu stellen, aber jetzt ist sie nicht mehr sicher, ob sie es kann. Ich weiß, sie wollte es über all die Jahre hinweg wissen, ebenso wie Mum und Dad. Jedes Mal, wenn Leo seinen Kopf zur Seite wirft und lacht, jedes Mal, wenn er an dem Flecken hinter seinem rechten Ohr reibt, jedes Mal, wenn er sie beim Zuhören ansieht mit seinen großen, ehrfürchtigen braunen Augen, jedes Mal, wenn er etwas tut, das er ganz offensichtlich von seinem

Vater geerbt hat, haben sie die Frage stellen wollen: Ist Mal Leos Vater? Aber sie haben es nie getan. Sie haben immer den Mund gehalten, weil sie wussten, was es bedeuten würde, was es über mich und über ihn aussagen würde, was er seiner Frau angetan hat. Sie würden dann schlecht über uns denken müssen, und das würde meine Familie niemals tun wollen. Es war daher besser, bei dem zu bleiben, was ich ihnen sagte, als ich im sechsten Monat schwanger war: Der Vater ist nicht mit von der Partie, aber ich bin wirklich glücklich und mehr als fähig, auf mich selbst aufzupassen.

»Ist er …«

Wenn Cordy mich jetzt fragt, werde ich es ihr sagen. Das ist die Abmachung, die ich mit mir selbst getroffen habe: Wenn jemand mich fragt, werde ich es sagen.

»Ist er glücklich?«, fragt sie, während sie ins Bett zurücksinkt und auf dem Kissen aufkommt. »Ist er glücklich mit seinem Leben? Ich weiß, ich sehe ihn ja oft, aber ich frage mich trotzdem, ob er wirklich glücklich ist.«

»Das letzte Mal, als ich mit ihm gesprochen habe, schien er es zu sein«, sage ich, indem auch ich mich hinlege.

»Gut«, sagt sie. »Gut. Aber er sollte hier sein. Er sollte hier sein.«

BLIEP-BLIEP. BLIEP-BLIEP klingelt meine Handy. Ich reiße es hoch und rufe die SMS auf.

Alles gut. Keine Veränderung. Liebe dich. K x

Ich schreibe ihm zurück, dass ich ihn auch liebe, erleichtert, dass ich eine halbe Stunde schlafen kann.

»Meine einzige Sorge ist im Moment Leo«, sage ich.

»Ja, natürlich«, stimmt Cordy ein. »Natürlich.«

Es war das tollste Wheelie von der ganzen Welt!

Sogar Mum sagte das. Sie lachte und klatschte und rief, er sei der Wheeliekönig, als er auf dem Hinterrad gefahren war.

Das war, bevor das Rad angefangen hatte zu wackeln und das Vorderrad zu schnell nach unten ging und er über den Lenker geflogen war. Es war nicht sehr weit gewesen und auch nicht sehr hoch, aber jetzt wusste er, wie es war, zu fliegen. Und er liebte es.

Aber Mum würde es ihn nie mehr tun lassen, natürlich. Niemals mehr. Sie würde wahrscheinlich anfangen zu weinen, wenn es erst mal aufhörte zu bluten. Aber wenn sie ihm sein Fahrrad wegnehmen wollte, würde er sie nicht lassen.

»Ich weiß nicht, was ich sonst noch machen soll«, sagte Mum. Sie legte ihm noch ein großes Stück Stoff unter die Nase und dann noch so ein kaltes Ding auf den Nasenrücken. »Ich kann das Blut nicht stoppen.«

Es machte ihm nichts aus. Nicht wirklich. Es tat nur ein bisschen weh.

Aber er flog. Er flog tatsächlich. In der Luft.

Mum starrte in an und hielt das kalte Ding auf seiner Nase fest. Sie sah besorgt aus. Sie war immer besorgt. »Halt mal«, sagte sie und legte seine Hand auf das kalte Ding. Sie ging in den Gang und als sie zurückkam, hatte sie ihren Mantel an, ihre Tasche über der Schulter und ihren Autoschlüssel in der Hand. »Wir fahren ins Krankenhaus.«

Fliegen und *Krankenhaus. Das war der beste Tag überhaupt! Vielleicht würden sie eine Operation bei ihm machen. Wie Martin einmal eine hatte, um seine Mandeln loszukriegen. Danach bekam er dann Eiskrem und Wackelpudding zu essen.*

»Es wird wahrscheinlich nicht lange dauern, ich möchte nur

sicher sein«, sagte Mum. »Kannst du gehen?«, fragte sie, während sie ihm von dem Hocker herunterhalf.

Er nickte. Aber als seine Füße den Boden berührten, fühlten sie sich weich an wie der Badeschwamm, und er wäre fast hingefallen. Mum fing ihn gerade noch rechtzeitig auf.

»Ist schon okay, Kleiner, ich hab dich schon.«

Sie hob ihn hoch, wie sie es immer getan hatte, als er noch ein Baby war. Und er hatte nichts dagegen, nicht wirklich. Es war schön. Mum roch meistens nach dem Café. Kaffee und Kuchen und Kekse. Aber wenn man so nahe bei ihr war, wenn sie den ganzen Tag noch nicht im Café gewesen war, dann roch sie, wie sie wirklich roch. Sie roch nach Garten, nach Puder und Regen und Sonnenschein, alles gleichzeitig. Sie roch nach ihr.

Sie setzte ihn sanft in seinen Kindersitz hinten im Wagen. »Wir sind gleich im Krankenhaus, okay?«, sagte sie.

Er nickte. Er war müde. Er wollte schlafen.

Sie nahm das rote Stück Stoff weg und gab ihm ein großes, großes Handtuch, das er sich unter die Nase halten sollte. Er schloss die Augen, als sie die Tür zumachte und vorn einstieg.

»Wir sind wirklich gleich da.«

Leo, 7 Jahre und 5 Monate alt

37

»Ich vermute, es liegt in seinen Genen begründet«, sagt der Arzt zu meiner versammelten Familie.

Er war ursprünglich in Leos Zimmer gekommen, um

mich um ein Gespräch unter vier Augen zu bitten, nicht wissend, dass – sobald wir eine Krankenschwester bei Leo sitzen hatten – »unter vier Augen« bedeutete, es mit sechs Leuten zu tun zu haben. Wir drängten uns alle im Gesprächszimmer zusammen, Mum und Tante Mer saßen zu meiner Rechten, Keith zu meiner Linken, und Dad und Cordy standen hinter uns, als der Facharzt zu sprechen begann.

Wohl wissend, was ich mit meinen Worten auslösen würde, zögere ich einen Moment, bevor ich sage: »Sein Großvater von Vaterseite starb vor etwa zwanzig Jahren an einer Gehirnblutung. Ein Aneurysma, das aufbrach und in einen tödlichen Blutsturz resultierte.«

Mum stößt einen kleinen, zerbrechlichen Seufzer aus; mein Vater legt seine Hand auf ihre Schulter, um sie zu trösten oder sich zu wappnen, ich bin nicht sicher, was von beiden. Cordy holt tief, tief Luft und atmet dann laut aus. Keith macht sich stocksteif bei der Reaktion meiner Familie – es ist ihm bis zu diesem Moment nicht klar gewesen, dass keiner Bescheid weiß. Er hat immer angenommen, dass wir nicht über Leos Vater reden, weil ich meine Meinung über die Leihmutterschaft geändert habe und Mal das verletzt haben muss, und nicht, weil ich ihnen alles verschwiegen habe.

Ich bin keine skrupellose Lügnerin, und wenn ich etwas nicht eingestehe, habe ich das Gefühl, als hätte ich gelogen. Die letzten acht Jahre mit diesem Pakt zu leben, dass ich es nur sage, wenn jemand mich direkt danach fragt, ist schwierig für mich gewesen und hat schwer auf meinem Gewissen gelastet. Ich wollte es gern erzählen, aber ich konnte nicht, denn sie hätten dann so lange Fragen gestellt, bis auch das mit der Leihmutterschaft herauskam.

Und dann hätten die Diskussionen kein Ende mehr genommen – die Vorwürfe, die Schuldzuweisungen, die stillschweigende Übereinkunft aller, dass ich wirklich dämlich gewesen war, überhaupt zuzustimmen. Anschließend hätte ich ihnen dann sagen müssen, warum ich das Baby dann doch behalten habe. Sogar nach dieser langen Zeit war für mich das, was er getan hat und wie er es getan hat, zu schmerzhaft, um auch nur daran zu denken, geschweige denn darüber zu reden. Ich hatte gesehen, wie hart er geworden war, unempfänglich für alles, fest entschlossen, durchzuziehen, was er sich vorgenommen hatte. Ich wollte es nicht noch einmal erleben und auch meine Familie nicht damit belasten.

Und wie ich Mum und Cordy kannte, würden sie es nicht auf sich beruhen lassen, nachdem sie die ganze Geschichte gehört hatten. Sie würden es besser wissen; sie würden versuchen, mit Mal zu reden. Sie würden versuchen, uns wieder zusammenzubringen, in der Überzeugung, dass dies alles mit ein wenig Einlenken, ein paar versöhnlichen Worten und einer Erinnerung daran, wie viel wir einander doch bedeutet hatten, gekittet werden konnte. Ich wusste, dass das nicht stimmte, ich hatte alles versucht: Ich hatte mich mit ihm getroffen, ich hatte versucht, mit ihm zu reden, ich war vor ihm zusammengebrochen, und nichts davon war von Bedeutung gewesen. Mal und seine Frau wollten Leo nicht; Mal wollte nichts mehr mit mir zu tun haben. Und ich wollte diesen verhärteten, nicht unbedingt liebenswerten Mal, mit dem ich Bekanntschaft hatte machen müssen, nicht vor Mum und Cordy vorführen. Es war eine Entscheidung, die ich getroffen hatte und die am besten für alle Betroffenen war. Ich hatte im Grunde den

Weg einer Unterlassungslüge gewählt, obwohl ich die ganze Zeit gewusst hatte, dass es allen umso mehr wehtun würde, wenn sie später die Wahrheit erführen.

Ich habe die Leute verletzt, die mich am meisten lieben, indem ich versucht habe, sie zu schützen.

»Und sein Vater?«, fragt der Arzt. »Hat er schon mal einen Blutsturz erlitten?«

»Vor etwa zehn Jahren hatte er eine Hirnszintigrafie«, erwidere ich. »Sie haben nichts gefunden.«

Tante Mer weiß wahrscheinlich mehr darüber, aber ich wage es nicht, sie anzusehen. Ich will nicht, dass meine Eltern und Cordy sich noch mehr betrogen fühlen, weil sie merken, dass Tante Mer immer mehr wusste als sie.

»Es geht ihm gut«, sagt Tante Mer. »Er hat die Untersuchung letztes Jahr wiederholt, weil er oft Kopfschmerzen und eine verschwommene Sicht hatte, aber sie haben nichts gefunden.«

Ein weiterer, fast unhörbarer Japser von Mum, ein physisch spürbarer Schock bei Dad und Cordy. Ich hasse es, ihnen dies anzutun. Ich wollte nie, dass sie es auf diese Weise erfahren.

Der Facharzt, den ich nicht kenne und den ich wahrscheinlich auch nicht wiedersehen werde, macht mit seinem teuer aussehenden Füller eine Notiz auf seinem Klemmbrett. Er schreibt dieses neue Stück medizinischer Information nieder, und fügt wahrscheinlich hinzu: »Kaputte Familie, die Hälfte von ihnen weiß nicht mal, wer der Vater des Kindes ist. Die Mutter hat offensichtlich allen was vorgemacht.«

Die sandfarbenen Haare des Arztes liegen leicht auf seiner Stirn, und ich bemerke jetzt erst, wie jung er ist. Ich hätte nie gedacht, dass gewisse Dinge plötzlich eine Rolle spielen würden, wie zum Beispiel das Alter des Arztes, in dessen Händen das Leben meines Sohnes liegt. Er ist keine siebzehn mehr, aber auch kaum älter als ich. Sollte er nicht ein paar Jahre mehr zählen, um in der Lage zu sein, eine so schwerwiegende Diagnose zu stellen? Sollte er nicht etwas mehr Lebenserfahrung haben, um sich hier hinzustellen und mir zu erzählen, was falsch lief?

Denn genau das wird er natürlich tun.

Er hat mich von Leo weggeholt, um dieses Gespräch zu führen. Wenn er mir erzählen wollte, dass Leo bald aufwachen würde, dann hätte er mir das in Leos Anwesenheit gesagt, in dem Bewusstsein, dass es dem kleinen Jungen helfen würde. Dass es irgendwie zu ihm durchdringen und ihm genau sagen würde, was er zu tun hat. Mich wegzuholen hieß, dass das, was er zu sagen hatte, nur für erwachsene Ohren bestimmt war.

Das war auch so gewesen, als ich Leo wegen des Nasenblutens ins Krankenhaus gebracht hatte. Sie hatten die Blutung gestoppt, aber dann hatten sie mich ins Gesprächszimmer geführt, um mir mitzuteilen, dass sie ihn einer Kernspintomografie unterziehen mussten, weil ich angegeben hatte, dass es eine Familiengeschichte mit Blutstürzen gab und dass Leo öfter mal über Kopfschmerzen und Sehstörungen geklagt hatte. Dann hatten sie mich informiert, was sie bei dem Scan gefunden hatten, und dass sie operieren mussten, weil eines der Beerenaneurysmen in Leos Kopf kurz vor dem Aufbrechen war. Sie hatten mir dies nicht in Leos Anwesenheit mitgeteilt, als handelte es sich um Informationen, die er besser nicht hören sollte.

Der Arzt hat den Kopf immer noch auf sein Klemmbrett

gesenkt, hebt ihn jetzt aber und sucht über den Raum hinweg meinen Blick. Seine Augen sind tief dunkelblau und bergen eine alte Seele. Er ist jung, aber er hat gelebt. Vielleicht macht es das mit einem, wenn man Tag für Tag sieht, wie Menschen zwischen Leben und Tod schweben; vielleicht altert man innerlich, auch wenn das nur die erkennen, die nahe genug hinsehen.

»Mrs. Kumalisi«, sagt er, indem er sich aufsetzt und mir gerade in die Augen sieht.

»Ja?«, antworten Mum, Cordy und ich alle miteinander.

»Doktor Kumalisi«, versucht es der Arzt nochmals, nachdem er Mum und Cordy einen demonstrativen Blick zugeworfen hat, wie um sie ohne Worte zu fragen: *Warum zum Teufel sollte ich mit einer von euch beiden sprechen?*

»Ja, bitte?«, erwidere ich, wobei ein winziges Bruchstück meines Gehirns ihm unweigerlich recht gibt: Wessen Sohn liegt denn in diesem Krankenhaus?

»Wir haben den Zustand Ihres Sohnes in den letzten vier Wochen genauestens überwacht.«

»Ja.«

»Er hat nicht viel Besserung gezeigt.«

»›Viel‹ heißt überhaupt keine, nicht wahr?«, erwidere ich.

Ich spüre, wie Mum, Dad und Tante Mer sich versteifen: Er mochte zwar jung sein, aber er war noch immer ein Arzt, und sie konnten nicht gutheißen, dass ich mit ihm redete wie mit einem x-beliebigen Menschen.

Ein leichtes Glitzern des Respekts entzündet sich in den Augen meines Gegenübers. Ich nehme an, die meisten Eltern hängen sich an jedes seiner Worte, in der Hoffnung, dass er ihnen sagen wird, was sie hören wollen, auch wenn sie insgeheim wissen, dass sich ihr Wunsch wahrscheinlich nicht erfüllen wird. Auch ich klammere mich an die Hoffnung. Aber ich kann nicht so tun, als hätte ich ihre Wiederbelebungsversuche nicht gesehen, die wiederholt gescheitert sind, oder die Gesichter der Ärzte. Ich weiß, dass sein Zustand sich nicht gebessert hat.

»Der Behandlungsverlauf scheint nicht so effizient zu sein, wie wir gehofft hatten. Ihn im Koma zu halten war nicht als Langzeitplan gedacht. Dennoch haben Versuche, ihn aus dem Koma zu holen, sich als erfolglos erwiesen.«

Er rekapituliert die Ereignisse für meine Familie, denke ich, damit sie verstehen, dass man nicht einfach hingewartet hat, sondern dass sie wirklich alles versucht haben.

»Mrs. Kumalisi …«

»Ja, bitte?«

Während seine Augen die meinen festhalten, entsteht eine außergewöhnliche, fast intime Art des Verstehens zwischen uns.

»In Wirklichkeit ist es so, dass Leos Zustand sich verschlechtert.«

Mum und Cordy fangen beide schweigend an zu weinen. Keith streckt die Hand zu mir herüber und drückt schützend die meine. Dad macht ein paar Schritte in eine Ecke des Raums. Tante Mer ist die Einzige, die so reagiert wie ich: Sie wird völlig starr.

»Es gibt keine Verbesserung, und sein Zustand ist auch nicht stabil«, fährt der Arzt fort. »Wir können nicht sagen, wie lange es noch dauern wird, aber im gegenwärtigen Moment scheint es nur eine mögliche Schlussfolgerung zu geben.«

Langsam komme ich auf die Füße. Das Weinen, das Schweigen, der Versuch meines Ehemanns, mich zu trösten, es ist mir alles zu viel. Es erdrückt mich. Es kracht mir in die Kehle, die Lungen, die Arterien, in jedes Blutgefäß meines Körpers.

Einmal hat Leo einen Stein auf einen Regenwurm geworfen, weil er sehen wollte, was dann passieren würde. Er hatte mich hinaus in den Garten gerufen, um mir das zerschmetterte Tier zu zeigen. Als ich ihm sagte, dass es tot war und dass Totsein hieß, dass der Wurm nie mehr aufwachen und sich bewegen würde, starrte er mich in völligem Entsetzen an. »Es tut mir leid, Mum«, stammelte er, den Tränen nahe. »Es tut mir wirklich leid. Bitte lass ihn nicht für immer tot sein. Bitte mach, dass er wieder aufwacht.«

Um ihn einigermaßen zu beruhigen, hatten wir dem Regenwurm zusammen ein Begräbnis ausgerichtet, mit einer Streichholzschachtel als Sarg, und ihn hinten im Garten beerdigt. Zwei Jahre später besuchte Leo das kleine Grab noch immer, um den Regenwurm um Verzeihung zu bitten.

Alles, was ich will, ist, dass Leo wieder gesund wird. Es ist nur eine kleine Sache. Angesichts der Ewigkeit ist der Wunsch, dass ein braver, netter, hübscher kleiner Junge, der nie jemandem etwas zuleide getan hat, wieder gesund wird, doch keine große Angelegenheit.

Es gibt Millionen von nicht sehr netten Leuten da draußen. Es gibt sogar Tausende und Abertausende von Leuten, die richtig widerlich sind. Und es gibt Hunderte von Leuten, deren Bösartigkeit erschreckend ist. Und sie alle sind gesund. Aber dieser Junge hier, mein Junge, mein Leo, wird nicht mehr gesund werden. Das ist es wohl, was dieser Mann mir sagen will. Ein süßes, liebes, hübsches Kind wird nicht wieder gesund.

Keith steht auf, wahrscheinlich um mich zu begleiten.

»Ich will mit Leo alleine sein«, sage ich, um ihn aufzuhalten.

Er nickt, setzt sich wieder hin.

Der Arzt starrt jetzt wieder auf sein Klemmbrett hinunter.

»Sie täuschen sich, wissen Sie«, sage ich zu ihm, während ich auf die Tür zugehe. »Das wird nicht geschehen. Nicht mit meinem Jungen.«

38

Als die Tür zu Leos Krankenzimmer aufgeht, wappne ich mich, um den Eindringling wegzuschicken, wer immer es auch sein mag. Ich will mit meinem Sohn alleine sein, ich will allein mit ihm reden und bei ihm sitzen, so wie es all die Jahre gewesen ist, als nur er und ich da waren.

Der Geruch nach frischen Lilien und Palmolivseife sagt mir, dass es Tante Mer ist. Ich entspanne mich ein wenig, denn wie alle bin auch ich unfähig, sie schroff zu behandeln. Der einzige Mensch, der manchmal frech oder zornig zu ihr ist, ist Victoria, denn sie hat ihren eigenen ungeheilten Schmerz und will, dass Tante Mer das nie vergisst. Ja, sie will sogar, dass Tante Mer die Hölle, die sie Mal und ihr bereitet hat, so oft wie möglich nacherlebt. Verständlich, nehme ich an. Trotz all unserer Bemühungen, ihr zu helfen, klammert sich Victoria an ihren Schmerz und denkt, nur Tante Mer kann ihn lindern, indem sie sich in jedem Moment von jedem Tag für den Rest ihres Lebens schuldig fühlt. Niemand schafft es, sie von etwas anderem zu überzeugen.

Wir anderen, Mal eingeschlossen, haben Tante Mer immer verteidigt, und wir würden nie so harsch mit ihr umgehen, wie wir es manchmal miteinander tun, würden es nie wagen, vorlaut oder unfreundlich zu ihr zu sein. Ich frage mich – zum ersten Mal –, ob ihr das etwas ausmacht. Ohne das eigentlich zu wollen, behandeln wir sie ständig, als wäre sie aus Porzellan, als würde jedes falsche Wort sie zerbrechen. Ist das nicht genau das Gleiche wie das, was Victoria tut? Wir machten das natürlich nicht, um sie zu verletzen, aber es erinnerte sie ja ständig an ihre Krankheit und machte sie zu einer Außenseiterin. Es ist mir nie zuvor in den Sinn gekommen, dass es sie verletzen könnte.

»Alle sind ziemlich fertig mit den Nerven«, sagt sie, indem sie zu mir tritt und sich hinter mich stellt.

»Wegen dem, was der Arzt gesagt hat, oder wegen dem, was sie erfahren haben?«

»Beides«, erwidert Tante Mer. »Deine Mutter und Cordy sind immer noch in Tränen aufgelöst. Dein Vater versucht, sie zu trösten, und Keith ist spazieren gegangen. Ich bin hierher gekommen.«

»Um ehrlich zu sein, Tante Mer, ich wäre jetzt lieber allein«, sage ich, den Blick immer noch auf Leo gerichtet. Ich bin dabei, sein Gesicht wie eine Landkarte abzutasten, nach Anzeichen zu suchen, wie er sich im letzten Monat verändert hat, was gleich geblieben ist. Seine Haare sind nach der Operation wieder ein wenig gewachsen und stehen wie feine Borsten auf seinem Kopf. Seine Nase scheint ein wenig breiter, sodass sie noch mehr der meinen gleicht. Sein Mund ist unverändert. Auch die Knitterfalten in seinen Augenlidern sind wie immer. Aber die dunklen Ränder unter seinen Augen sind tiefer geworden.

Der Arzt hat natürlich unrecht. Leo schläft nur. Man braucht ihn doch nur anzusehen: Seine Augen sind geschlossen, weil er schläft. Wie jede Nacht seit seiner Geburt schläft er. Er ruht sich aus. Nimmt sich eine Auszeit. Wird wieder gesund. Kommt dann zurück.

»Ich weiß, dass du allein sein willst«, sagt sie. »Ich wollte nur … Du musst es ihm sagen.«

Ich muss nicht fragen, wen sie meint. Auch wenn wir es niemals offen ausgesprochen haben, sondern immer um den heißen Brei herumgeredet haben, wusste ich doch immer, dass sie Mal die ganzen Jahre hindurch auf dem Laufenden gehalten hat. Trotzdem haben wir nie offen ausgesprochen, dass er Leos Vater ist. Allerdings habe ich sie einmal gebeten, mir kein Geld und keine teuren Geschenke für Leo mehr zu geben. Ich wusste ja, dass Tante Mer, ebenso wie meine Eltern, wenig Geld hat; die größeren Summen, die sie mir immer wieder zustecken wollte, kamen also offensichtlich von Mal, und ich wollte sie nicht. Vielleicht hätte ich sie gebraucht, aber ich wollte sie nicht. Es war ein ewiger Kampf, denn auch vorher schon hatte ich zu Mal gesagt, statt mir Geld zu geben, solle er lieber ein Konto für Leo eröffnen, auf das er Zugriff bekommen würde, wenn er achtzehn war. Ich wollte kein Bargeld annehmen, denn das würde für mich heißen, dass ich stillschweigend billige, was er getan hat. Nicht einmal über seine Mutter wollte ich Geld von ihm bekommen.

»Es gibt nichts zu sagen«, erwidere ich. »Er wird wieder gesund.« Die Leere meiner Worte hallt noch ein wenig nach, ich höre sie laut und klar in meinen Ohren. Tante Mer legt ihre Hand auf meine Schulter, genau wie Dad es vor ein paar Minuten bei Mum getan hat. Stille und Ruhe fließen durch mich hindurch, geleitet von der Berührung ihrer Hand. Frieden. Milde. Tante Mer hat immer eine stürmische Seele gehabt; solange ich denken kann, hat sie immer gegen ihre inneren Gegensätze gekämpft, und ich hatte nicht gewusst, dass sie in ihrem innersten Kern diese … diese Heiterkeit hat. Ich hatte nicht gewusst, dass sie sein konnte wie das Meer, dass sie das gleiche Gefühl von Leichtigkeit und Ausgeglichenheit in mir hervorzaubern konnte wie das Meer, wenn ich einfach dasaß und schaute.

»Er würde es wissen wollen«, sagt sie. »Er muss es wissen.«

»Mal hat sich seit Ewigkeiten nicht um mich geschert«, sage ich.

»Das ist nicht wahr«, erwidert sie. »Ihr beide wart so eng miteinander. Ich habe nie zwei Leute gekannt, die so vertraut miteinander waren. Frag deine Eltern oder Cordelia, sie werden dasselbe sagen.«

»Waren. Wir *waren* eng. In acht langen Jahren hat er nichts mit mir zu tun haben wollen, wieso sollte er sich jetzt Gedanken machen?«

»Natürlich hätte er gern mit dir zu tun gehabt, aber er konnte nicht.«

»Ja, ich weiß, weil ich sein Baby bekommen habe. Aber was sollte er jetzt von mir wollen?«

Tante Mer sagt für einige Momente nichts, und ich merke, dass sie mit sich kämpft. Sie weiß nicht, ob sie etwas aussprechen oder für sich behalten soll. »Letzte Woche habe ich Stephanie gesehen«, sagt sie.

Jeder Nerv in meinem Körper hüpft protestierend auf. Schon dieser Name … Es ist, als würde jemand mit seinem langen, scharfen Fingernagel eine Tafel hinunterkratzen, oder als würde mir jemand mit einer glühend heißen Klinge den Rücken durchbohren. Jedes Mal – *jedes* Mal –, wenn ich diesen Namen höre, geht mein Körper in Habachtstellung; meine Muskeln spannen sich an und ich beiße die Zähne fest zusammen.

Diese Frau hat mich beraubt. Sie hat mich meiner Schwangerschaft beraubt. Der Gelegenheit, die Zeit am Anfang meiner Schwangerschaft zu genießen. Mein Baby zu berühren, über sein Wachsen zu staunen, zu wissen, dass die ständige Übelkeit, die geschwollenen Knöchel, die Erschöpfung, die Panik vor einem Abgang die Mühe wert wären, weil ich am Ende ein Kind haben würde. Ich war so krampfhaft darauf bedacht gewesen, keine Verbindung zu knüpfen, mich nicht hinzugeben, nicht an das Baby zu denken als mein eigenes, weil ich es am Ende seinen »wahren« Eltern geben würde, und so hatte ich diese ganze erste Zeit verpasst. Selbst später noch war ein kleiner Teil von mir auf Distanz geblieben, weil ich immer noch dachte, dass Mal und sie ihre Meinung ändern würden. Sie hatte mir all das weggenommen. Ich weiß, dass sie es war, die es sich anders überlegt hat. Mal hätte ihr Spiel nicht mitspielen dürfen, aber sie war die Urheberin. Ich brauchte keinen Hellseher, um das zu wissen.

Sie hatte es getan, weil sie mich nie in ihrer Nähe gewollt hat. Als sie mich zum ersten Mal traf, hat sie den Entschluss gefasst, mich loszuwerden, und trotz all meiner Anstrengungen hat sich daran nie etwas geändert. Ich kann mir den Moment lebhaft ins Gedächtnis rufen, weil ich ganz deutlich merkte, wie es geschah: Ich hatte zu ihr gesagt, dass ich mich freuen würde, wenn wir versuchten, Freundinnen zu sein, und statt mir zu antworten, hat sie einen Blick auf Mal geworfen. Es beunruhigte mich, jagte mir einen kalten

Schauer über den Rücken – genau wie den, den ich spürte, als sie mich später bat, ein Baby für sie beide zu bekommen. Aber ich hatte es als Paranoia abgetan. Ich hatte mich selbst der Dummheit bezichtigt. Was ich nicht tat, und doch tun hätte sollen, war, mich vor ihr zu schützen. Sie wollte Mal für sich allein, und sie hasste es, dass ich einen wichtigen Platz in seinem Leben einnahm. Ein wenig Zuneigung hatte sie mir entgegengebracht, als ich einwillige, diese Sache für sie durchzuziehen – und auch hier, das wusste ich jetzt, so viele Jahre später, war der wirkliche Grund gewesen, dass sie mich im Grunde besser durchschaute als Mal es tat. Sie wusste, dass ich nach der Geburt des Kindes nicht fähig wäre, noch lange in der Nähe zu bleiben, dass ich für lange Zeit verschwinden würde und ihnen vielleicht nie mehr so nahekäme wie zuvor. Mich zu bitten, ein Kind für sie zu bekommen, war die perfekte Möglichkeit, genau das zu bekommen, was sie wollte: ein Leben mit Mal und einem Baby, ohne dass ich dazwischenfunkte. Ich weiß nicht, was sie am Ende veranlasst hat, ihre Meinung bezüglich des Kindes zu ändern, aber sie bekam das Resultat, das sie haben wollte: Mal hat mit mir Schluss gemacht.

Die Ironie war natürlich, dass ich sie trotz der Tiefe ihrer Abneigung gegen mich immer irgendwie gemocht hatte. Ich konnte nichts dagegen tun. Nicht nur, weil sie Mal glücklich zu machen schien, wie Jack Cordy glücklich machte, sondern weil ich wusste, dass unter all den Verkleidungen und Masken gute Anlagen verborgen waren. Ein Mensch mit einem guten Herzen und einer zwar aufgewühlten, aber schönen Seele. Jetzt dachte ich das natürlich nicht mehr. Nachdem sie mich meiner Schwangerschaft beraubt, mir meinen engsten Freund genommen, mich fast in eine Abtreibung gezwungen und mich dazu gebracht hatte, meine Familie und mich in ein Netz aus Lügen oder unterlassenen Wahrheiten zu verwickeln, empfand ich nichts als Abneigung für sie.

Manchmal glaube ich, dass ich sie hasse.

Auf jeden Fall habe ich nicht die geringste Lust, über sie zu reden oder von ihr zu hören.

Tante Mer umfasst mit der Hand meine Schulter, fährt mit dem Daumen an den Rändern meiner Schulterblätter entlang und versucht, die Anspannung, die der Klang des Namens mir verursacht hat, wegzustreichen. »Sie … sie hat mir alles gesagt. Was du für sie gemacht hast. Und was sie dir angetan haben.«

Sie hat Tante Mer *nicht* alles gesagt. Wie könnte sie auch? Sie hat ihr nicht gesagt, dass ich Mal angebettelt habe, dass ich allen Selbstrespekt verloren und solche Angst hatte, dass ich ihn angefleht habe, nicht zu tun, was er getan hat. Sie hat ihr nicht gesagt, dass ich fast Ernst gemacht hätte mit der Abtreibung. Es war nicht etwa so, dass ich spürte, wie das Baby sich bewegt hat, und dann meine Meinung über einen Abbruch schlagartig geändert habe. Ich bin tatsächlich in die Klinik gegangen, habe den Kittel angezogen und sollte gerade die Betäubung bekommen, als ich sie endlich bat, damit aufzuhören. Sie hat Tante Mer nicht gesagt, dass ich manchmal – noch Monate nach Leos Geburt – Abstand von ihm genommen habe, weil die Gehirnwäsche, die ich mir selbst verpasst hatte, so perfekt funktionierte, dass ich manchmal immer noch glaubte, er sei in Wirklichkeit *ihr* Sohn. Sie hat ihr sicherlich auch nicht gesagt, dass ich manchmal mitten in der Nacht hinunter an den Strand gegangen bin, mit dem Kinderwagen und dem schlafenden Leo darin, und dass ich dann dasaß und Rotz und Wasser heulte, weil mein Leben ein einziges Chaos war – nur weil ich versucht hatte, etwas zu tun, das ich für richtig hielt, für jemanden, den ich liebte. Dass ich Angst vor dem Alleinsein hatte und dass ich Mal so sehr vermisste, dass ich physischen Schmerz empfand. Sie hat Tante Mer auch nicht von dem Abgrund erzählt, der sich in meinem Inneren auftat, als ich mir der Tatsache bewusst wurde, dass es mit der Liebe nicht so weit her sein konnte, wenn jemand, den ich liebte, fähig sein konnte, das zu tun, was Mal mir angetan hat. Dass ich in dem Moment, als ich mir dessen bewusst wurde, für lange Zeit aufhörte, an die Liebe zu glauben. Sogar noch, als ich dann wieder mit Keith zusammenkam, rechnete ich jeden Moment mit dem Beweis, dass er mich nicht liebte.

In Wahrheit hat sie Tante Mer so gut wie nichts gesagt.

»Sie hasst sich selbst für das, was sie getan hat«, sagt Tante Mer. »Als ich ihr Bilder von Leo zeigte, fing sie an zu weinen.«

Die Vorstellung, dass sie ihr meinen Jungen gezeigt hat, behagt mir nicht. Es sind Bilder, die ich Tante Mer gegeben habe, weil sie ist, wer sie ist. Es sind private Erinnerungen unserer Familie, die nicht Hinz und Kunz gezeigt werden dürfen. Und *sie* ist Hinz und Kunz.

»Um ehrlich zu sein, Tante Mer, habe ich jetzt ganz andere Dinge im Kopf«, sage ich, um diplomatisch zu sein. Ich will damit eigentlich sagen, dass es schmerzhaft für mich ist, nicht sagen zu können, wie ich mich wirklich fühle, weil ich weiß, wie viel Mal und sie Tante Mer bedeuten.

Ich spüre, wie sie tief Luft holt vor Enttäuschung. Ich weiß, dass sie damit angefangen hat, weil sie nur das Beste will für ihren Sohn; mir ginge es genauso, wenn es sich um

Leo handelte. »Du kannst es Mal ja sagen, wenn du willst«, sage ich, um sie zu besänftigen.

»Das könnte ich nicht, Liebes«, sagt sie. »Er muss es von dir hören. Und du musst auch sehen, wie er reagiert.«

»Warum?«

»Weil du dann verstehen wirst, wie sehr er dich immer noch liebt, und wie sehr er auch diesen kleinen Jungen liebt.« Sie hält inne. »Und auch Malvolio muss das verstehen.«

Er musste operiert werden!

Mum sagte, es hat nichts mit seiner Nase zu tun, sondern es ist in seinem Gehirn. Echt cool! Und er musste ein Weilchen schlafen. Und jetzt war es gerade wirklich schon spät, aber er musste nicht ins Bett. Das war wirklich der beste Tag seines Lebens.

»Krieg ich Eiskrem und Wackelpudding, wenn ich aufwache?«, fragte er Mum.

»Natürlich«, sagte sie.

Das war ja noch besser als eine blöde Mandelentzündung. Es war in seinem Gehirn! Gleich würde die Krankenschwester kommen und ihm den Kopf rasieren und so. Und Dad kam extra früher von der Arbeit, damit er Leo noch sehen konnte, bevor sie ihn schlafen ließen.

»Ich bleib hier bei dir und sehe die ganze Zeit nach dir«, sagte Mum. Sie hatte nicht angefangen zu weinen, daher wusste er auch, dass es nichts Schlimmes war. Mum weinte nur, wenn es etwas Schlimmes war. Oder wenn sie böse auf ihn war. Er hatte das nie verstanden. Warum musste sie weinen, wenn sie ihn schimpfte? Aber jetzt weinte sie nicht, und daher hatte er keine Angst.

Leo, 7 Jahre und 5 Monate alt

39

An der Tür der Pebble Street Nummer 11 hat sich in den letzten zwei Stunden nichts getan. Ich weiß das, weil ich sie beobachtet habe. Sie sind zu Hause, aber sie wissen nicht, dass ich in meinem Auto sitze und sie beobachte. Auf den Moment warte, in dem ich es über mich bringe, die Straße zu überqueren und zu ihnen zu gehen.

Das letzte Mal, dass ich mit Mal gesprochen habe, war vor etwa fünf Jahren. Ja, vor fünf Jahren, sechs Monate nach Cordys Hochzeit. Ich war mit dem Zug nach London gekommen und hatte mir den Weg in sein Büro erschwindelt, indem ich mich als Cordelia ankündigen ließ. Es schmeichelte mir für einen Moment, dass ich den Eindruck hatte, ein kurzes Strahlen auf seinem Gesicht zu bemerken, als er mich in sein Büro treten sah; aber falls er wirklich etwas fühlte, versteckte er es gleich wieder erfolgreich hinter einer Maske der Vorsicht. Offensichtlich hatte er Angst, ich würde wieder zusammenbrechen und mich ihm zu Füßen werfen.

»Ich habe mich schon gefragt, warum Cordy mich besuchen kommt«, sagte er, indem er aufstand. »Setz dich.«

Auf dem niedrigen Aktenschrank hinter ihm und unter dem großen, mit Jalousien bedeckten Fenster stand eine ganze Heerschar von Fotos: seine Frau mit einem strahlenden Lächeln auf der Hochzeit; Victoria und ihr Mann bei ihrer Hochzeit; Cordy und Jack bei ihrer Hochzeit; Tante Mer, Mum, Dad und Cordy vor einem üppig geschmückten Weihnachtsbaum im Haus meiner Eltern. Keine Bilder von ihm, keine Bilder von mir und, natürlich, keine Bilder von Leo.

»Bitte, hör auf, mir Geld zu geben«, sagte ich sachte, während ich mich auf den Stuhl gegenüber von seinem Schreibtisch niederließ. Ich war zu ihm gekommen, weil seit Cordys Hochzeit jeden Monat Geld auf meinem Konto auftauchte. Wenn ich das Geld zurücküberwies, tauchte es auf dem nächsten Kontoauszügen wieder auf. Ich wollte sein Gesicht sehen, wenn ich ihm sagte, dass er das lassen sollte; ich wollte, dass er mir in die Augen sah und wusste, dass es mir Ernst war.

»Es ist für …« Er brach ab, unfähig, den Namen seines kleinen Jungen auszusprechen. Stattdessen starrte er auf den Stiftköcher aus Drahtgitter, der in der äußersten linken Ecke seines Schreibtischs stand.

»Wenn du zu Leos Erziehung beitragen willst, dann eröffne ein Konto für ihn, zu dem er Zugang bekommt, wenn er achtzehn ist. Oder kauf ihm von mir aus Prämienanleihen, begrab sie irgendwo und schick ihm dann eine Schatzkarte. Aber hör auf, es mir aufs Konto zu überweisen.«

»Du könntest es doch für ihn sparen«, sagte Mal zu dem Stifthalter.

Meine Augen wanderten wieder zu der Fotogalerie hinter ihm, staunend, wie leicht es ihm offensichtlich gelungen war, mich aus seinem Leben zu entfernen. Früher war ich sehr wahrscheinlich auch dabei gewesen, zusammen mit dem Rest der Familie, aber jetzt war ich verschwunden. Ausradiert – und leicht vergessen?

Mein Schweigen zwang ihn, mich anzusehen, zu prüfen, ob ich noch da war.

»Bitte hör auf, mir Geld zu geben«, wiederholte ich, im Ton ebenso ruhig wie vorher. »Ich will nicht finanziell an dich gebunden sein, und ich will auch nicht, dass Leo finanziell an dich gebunden ist, bis er alt genug ist, für sich selbst zu entscheiden.« Absichtlich machte ich meine Stimme jetzt sogar noch weicher. »Es ist das, was du gewollt hast, also verarsch uns nicht.«

»Okay«, sagte er.

»Danke.«

Unsere Blicke trafen sich und blieben länger aneinander haften als notwendig. Schlagartig blitzten alle möglichen Erinnerungen vor meinem inneren Auge auf, von unserem gemeinsamen Leben, unserem gemeinsamen Aufwachsen. Vor allem, wie wir gelacht haben. Wie wir uns die Bäuche gehalten und gelacht haben, uns aneinander festgehalten und gelacht haben. Das war es, was wir verloren hatten. Wir hatten nicht nur einander, sondern auch das Lachen verloren. Ich hatte nie mit einem anderen Menschen so viel gelacht, wie ich es mit ihm getan hatte. Leo brachte mich oft zum Lachen mit den verrückten Dingen, die er tat, und ich brachte ihn auch zum Lachen, aber an diesen Punkt mussten wir erst noch kommen, dass wir uns einfach nur anzusehen brauchten, damit sich ein alter Witz neu entzündete und uns innerhalb von kürzester Zeit ein Lachkrampf völlig schachmatt setzte.

Ich konnte ein Lächeln nicht unterdrücken, als mir einfiel, wie Mum uns immer geschimpft hatte, weil wir so oft alle wachhielten in der Nacht, mit unserem ständigen Gekicher. Oder Dad, der in unser Zimmer marschiert kam, weil wir wieder mal so laut herumalberten, dass es durch alle Wände zu hören war, und der in aller Strenge verlauten ließ, wir sollten jetzt endlich schlafen, »denn sonst …« Ich bekam fast Seitenstechen, weil ich krampfhaft versuchte, bei der Erinnerung nicht plötzlich loszuprusten, und auch seine

Schultern fingen an zu beben. Aber plötzlich tauchte sein Gesicht vor mir auf, in dem Moment, als er mir gesagt hatte, dass er mich nicht mehr sehen wollte, und die Erinnerung versetzte mir einen Schlag in die Brust und raubte mir den Atem. Schnell wandte ich den Blick ab.

Ich stand auf, ohne ihn noch mal anzusehen. »Danke für dein Verständnis«, sagte ich, und meine Stimme klang angespannt und klein.

»Hast … hast du Bilder von ihm?«, fragte Mal, als ich die Tür erreichte. »Ich will sie nicht behalten, einfach nur zum Anschauen.« Gott weiß, dass ich bei dieser Frage normalerweise im Handumdrehen die Brieftasche herauszog, um die Leute mit Bildern von Leo zu bombardieren, aber nicht bei ihm. Ich schüttelte den Kopf und ging hinaus, ohne noch zu erklären, dass ich nicht mal wütend war, dass ich ihn nicht bestrafen wollte, sondern dass ich ihn vielleicht sogar eher beschützte. Warum sollte er sich damit quälen, wie sehr sich Leo in dem halben Jahr seit Cordys Hochzeit verändert hatte. Er hatte beschlossen, Leo nicht mehr sehen zu wollen, und auch wenn das schwierig sein mochte, musste er damit klarkommen.

»Okay, steig jetzt aus dem Auto, Nova«, sage ich mir jetzt in der Gegenwart.

»Nein«, erwidert die kleine rebellische Stimme in meinem Kopf. »Keinen Bock. Will nach Hause.«

Ich bin hier, weil Tante Mer recht hat. Nachdem sie ihren Teil gesagt hatte, kündigte sie an, sie würde jetzt zurück zum Rest der Familie gehen und ihnen alles erzählen, sodass sie verstehen würden, wieso ich es vor ihnen verheimlicht hatte. Ich selbst beschloss, nicht mehr weiter darüber nachzudenken, denn ich schuldete ihm nichts.

Als er mich verlassen hatte, hatte er gesagt – und mehr als deutlich gezeigt –, dass er nichts mehr mit mir zu tun haben wollte. Dass alles, was mit mir geschah, und mit dem Kind, das ich trug, nichts mit ihm zu tun hatte. Also brauchte er auch jetzt nichts zu wissen. Ende der Geschichte.

Dann waren mir aber doch Bedenken gekommen: Mal interessierte sich für Leo. Die Tatsache, dass er ihm Geld geben wollte, sagte etwas aus. Und nachdem Leo geboren war und ich die Geburt registrieren lassen wollte, schickte ich Mal eine SMS mit der Adresse des Standesamts und um welche Uhrzeit ich da sein würde. Er erschien tatsächlich, was mich nicht überraschte. Wir sprachen nicht miteinander, nicht einmal, um Hallo zu sagen, wir saßen nur Seite an Seite da und brachten die Prozedur hinter uns, unserem Sohn einen Namen zu geben, und trennten uns dann, ohne uns zu verabschieden. Die ganze Zeit, als wir da saßen, bemerkte ich immer wieder, wie sein Blick zu Leo wanderte, der frisch gewickelt in seinem Kinderwagen lag. Ich bemerkte, wie seine Finger zuckten, als wären sie am liebsten die Gesichtszüge seines Sohnes nachgefahren. Ich bemerkte, dass er gern in den Kinderwagen gegriffen und sein Baby hochgenommen hätte. Und Mal wusste sicher nicht, dass ich ihn später auch noch dabei beobachtete, wie er in sein Auto stieg und sofort das Sonnenvisier herunterklappte, um in den Spiegel zu sehen, sicherlich um sein eigenes Gesicht zu untersuchen und zu prüfen, welche Ähnlichkeiten und Unterschiede zwischen ihm und dem Kind vorhanden waren, dem er gerade seinen Namen gegeben hatte.

Ich hatte damals das deutliche Gefühl, dass er gleich zu Eis erstarren würde. Dass er in seinem Auto sitzen, ins Nichts starren, sich wahrscheinlich fragen würde, ob er die richtige

Wahl getroffen hatte. Mal hatte eine Art Pakt mit seiner Frau geschlossen, mich und seinen Sohn aus ihrem gemeinsamen Leben zu verbannen, aber das bedeutete nicht, dass er nicht in irgendeiner Weise beteiligt sein wollte.

Tante Mer hatte recht, ich musste es ihm sagen. Unter diesen Umständen würde er Leo jetzt sehen wollen. Es ging nicht darum, was ich empfand, es ging darum, was richtig war. Ich hatte Mum, Cordy, Tante Mer und Dad im Krankenhaus zurückgelassen, damit sie abwechselnd bei Leo saßen.

In den letzten zwei Tagen sind sie alle sehr reserviert gewesen mir gegenüber, haben mich mit heimlichen Blicken gemustert, als wären sie unsicher, was sie empfinden sollten, jetzt, da sie alles wissen. Sogar Cordy, die normalerweise haufenweise Fragen stellt, sagte kein Wort. Ich wusste, sie wollen wissen, ob ich mein Baby, *ihr* Baby, wirklich weggegeben hätte. Denn Leo gehört nicht nur mir, er gehört auch meiner Familie. Er wäre dann zwar immer noch ein Teil unserer Familie gewesen, aber anders. Während mir noch all diese ungestellten Fragen auf der Haut kribbelten, hatte ich mich kurzerhand entschlossen, nach London zu fahren. Zwar blieb ich zwischendurch noch eine halbe Stunde bei einer Tankstelle stehen und musste mich selbst dazu überreden, nicht umzukehren und wieder heimzufahren. Aber am späten Nachmittag war ich schließlich angekommen.

Seitdem sitze ich hier. Seine Frau war als Erste heimgekommen und eilig ins Haus gegangen – früher, als ich gedacht hatte, aber vielleicht arbeitete sie ja gar nicht mehr in der Modeboutique. Sie war praktisch hineingerannt, die Haare flatternd, mit federndem Schritt. Zehn Minuten später kam dann er. Ich hielt unfreiwillig den Atem an, als ich ihn sah. Ich hatte ihn seit drei Jahren nicht gesehen. Seit ich Mum und Dad mit Leo besuchen wollte und ihn zufällig aus dem Auto steigen sah, um in Tante Mers Haus zu gehen. Ich bin damals einfach weitergefahren, denn ich fürchtete, meine Eltern würden Tante Mer anrufen und beide einladen, herüberzukommen. Leo hat mich den ganzen Heimweg gelöchert, was denn passiert sei, und ich habe ihm was vorgeflunkert, von wegen ich hätte den Ofen zu Hause angelassen. Als wir dann heimkamen, rief er sofort seine Großeltern an, um ihnen alles zu erzählen, und in seiner Stimme lag dabei ein Ton, als würde er sagen: »Mum ist verrückt geworden.«

Mein Puls ging schnell, noch lange, nachdem ich beobachtet hatte, wie er ins Haus gegangen war.

Ich sitze jetzt seit Stunden hier und versuche, mir Mut zu machen. Ich hätte es ihm nicht am Telefon sagen können. Es wäre einfach zu abstrakt, zu distanziert gewesen.

Ich schaute. Ich wartete.

Dies ist eine sehr bürgerliche Gegend, es ist ein Wunder, dass bisher niemand die Polizei gerufen hat. Aber vielleicht hat das ja doch jemand getan, und während ich noch hier sitze, werde ich schon von einer Polizistentruppe überwacht, die nur darauf wartet, dass ich eine Bewegung mache und eventuell ein Stück Papier auf den noblen Boden hier fallen lasse, sodass sie mich ein Leben lang einbuchten können.

Ich war immer beeindruckt, dass sie es sich leisten können, in einer so hübschen Straße zu leben. Aber das war wohl das Werk seiner Frau. Ein halbes Jahr lang war sie jeden Tag losgezogen und hatte die Straßen hier in der Gegend abgeklappert, hatte sich manchmal schon in aller Herrgottsfrüh vor den Türen der Immobilienmakler postiert, um als Allererste die neuen Angebote an Land zu ziehen. Damals war das Internet noch nicht so weit verbreitet. Sie wollte unbedingt in dieser Gegend wohnen, keine Mühe war ihr zu groß gewesen. Wie immer hatte sie auch hier alles in ihrer Macht Stehende getan, um zu bekommen, was sie wollte.

Und jetzt sitze ich also in meinem lila Micra hier draußen, klammere mich am cremefarbenen Leder des Lenkrads fest und starre auf das Haus. Warte, bis ich genug Mut gesammelt habe.

Irgendwann geht die Haustür auf und Mals Frau kommt heraus. Sie hat die Haare zu einem Pferdeschwanz gebunden und trägt einen schicken schwarzen Trainingsanzug mit weißer Paspelierung, dazu silberfarbene Turnschuhe. Unter einem Arm trägt sie eine blaue Yogamatte.

Ich sehe zu, wie sie mit der Fernbedienung ihren schnittigen Wagen aufklickt und rutsche in meinem Sitz herunter, als sie sich hinters Steuer klemmt und mit mir auf einer Höhe ist. Wenn sie jetzt einen Blick diagonal über die Straße wirft, sieht sie direkt in mein Auto. Dann wird sie mich unweigerlich entdecken. Wir würden wohl beide zu Stein erstarren, wenn das geschähe.

Das letzte Mal haben wir uns in der U-Bahn gesehen. Auf der Victoria Line zwischen Pimlico und Oxford Circus. Ich war im siebten Monat schwanger und wirklich schon ziemlich dick, und ich befand mich gerade auf der Fahrt zu einem Finanzberater in der Stadt. Wir hatten einander ein paar Sekunden lang angestarrt, zwei intime Fremde, zusammengepfercht in einer Blechdose. Ich hatte plötzlich den Gedanken, dass eine Sardine sich genau so fühlen musste, wenn sie mit einer anderen Sardine eingelegt war, die sie nicht leiden konnte – der wahre Horror, zu wissen, dass man einander auf unabsehbare Zeit auf Gedeih und Verderb ausgeliefert ist. Sie war es gewesen, die den Blick zuerst gesenkt hatte, und während ich meine Dinge zusammensammelte, um bei der nächsten Haltestelle auszusteigen und sie endgültig fahren zu lassen, hatte ich beschlossen, niemals mehr Sardinen zu essen. Und ich beschloss, aus London wegzugehen. Ich hatte meine Wohnung sowieso schon fast verkauft, und statt mir eine neue Wohnung in London zu kaufen, würde ich einfach woanders hinziehen. Die Vorstellung, vielleicht immer wieder auf sie treffen zu müssen, war einfach zu viel. Sie war mir schließlich zuvorgekommen. Sie stand auf, ging zur Tür und war beim nächsten Halt aus dem Wagen.

Jetzt startet sie ihren Wagen, und ich lasse endlich das Lenkrad los, sodass ich komplett aus der Sicht rutschen kann, während sie wegfährt.

Meine Finger funktionieren offensichtlich unabhängig von meinem Gehirn, das nur den Wunsch hat, nach Hause zu fahren, und öffnen die Autotür. Dann übernehmen meine Beine und tragen mich unaufgefordert aus dem Wagen, bevor meine Hände die Autotür zuschlagen und mit einem Knopfdruck die Türen schließen. Immer noch wie ferngesteuert gehe ich über die Straße und auf die Haustür zu. Ich höre fast das Rascheln der Gardinen und das leise Rasseln der Jalousien, die von einem Dutzend Leuten weggeschoben werden, um mich neugierig dabei zu beobachten, wie ich auf die schwarze Tür zugehe.

Jetzt sind es wieder meine Hände, die sich heben, um auf auf die Klingel zu drücken, sich dann zur Faust ballen, um zu klopfen, und dann nach dem Messingklopfer greifen.

Am Ende tun sie nichts von alldem, nichts, was ihn wissen lassen könnte, dass ich da bin.

Ich kann es ihm nicht sagen. Denn dann müsste ich die Aussage des Arztes wiederholen. Jene Worte müssten dann unweigerlich meinen Mund verlassen und wahr werden. Wenn man eine Lüge, oder eine Ungenauigkeit, wiederholt – egal ob einmal oder öfter –, kann sie anfangen, sich anzufühlen wie die Wahrheit. Wie »das Unvermeidliche«. Sobald ich es ausspreche, sage ich der Welt damit, dass irgendein kleinwinziger Teil von mir es glaubt. Jener Teil von mir, der Worte formuliert, der mit der Außenwelt kommuniziert, gesteht damit ein, dass ich es für möglich halte. Wie eine Krankheit wird es sich dann in meinem ganzen Kopf, meinem Herzen, meiner Seele ausbreiten. Wenn ich aber nicht jedes Quäntchen meiner Existenz und meine ganze Willensanstrengung darauf verwende, ihn gesund werden zu lassen, wie kann er es dann schaffen? Die Tatsache, dass ich hierhergekommen bin, heißt, dass ich aufgegeben habe. Ich habe nicht nach meiner Überzeugung gehandelt. Ich habe Leo betrogen. Und ich habe mich selbst betrogen.

Ich hätte nicht herkommen sollen.

Ich hätte den Zweifeln, den Worten des Arztes keine Chance geben sollen. Ich hätte nicht herkommen sollen.

Mein Körper wendet sich ab, bereit, zurück nach Hause zu fahren, zurück in die Vorhölle, in der wir seit einiger Zeit leben.

»Hallo?« Seine Stimme bewegt sich durch mich hindurch wie kleine Kräuselwellen auf einer Wasseroberfläche. Ich bleibe auf dem Weg stehen.

Ich kann mich nicht umdrehen, aber ich kann auch nicht weggehen.

»Kann ich Ihnen helfen?«, fragt er.

Mal und Leo, die Verbindung zwischen den beiden entspult sich vor meinen Augen wie ein Zwirnrolle: Mal, der seine Lippen auf meinen schwangeren Bauch presst; Mals Augen, die im Standesamt zu Leo wandern; Mal, der ihn bei Cordys Hochzeit durch den Saal hinweg anstarrt; Leo, der mir ein Bild von einem jungen Mal zeigt und mich fragt, warum er so aussieht wie er; Onkel Victor, der Leos Hand hält und ihn mitnimmt, denn: »Ich bin bereit zu gehen, Mum.«

Das ist es, warum ich hergekommen bin. Seinetwegen. Leos wegen.

»Nova?«, fragt Mal.

Ich hatte es fast geschafft, mir einzureden, dass es Mals wegen war, weil es richtig ist, es zu tun. Aber das ist nicht der wahre, eigentliche Grund, warum ich hier bin. Ich bin für Leo gekommen. Weil er zwei Väter hat. Einer ist ein Spion und lebt in seinem Haus. Der andere ist »nicht tot«.

Der andere steht hinter mir und Leo hat die Chance verdient, ihn kennenzulernen. Egal, wie kurz ihre Bekanntschaft ist.

Ich wende mich um und sehe ihn an.

Er ist wohl im Begriff, zu verreisen. Er hält einen pinkfarbenen Koffer in der einen Hand und trägt eine große, schwarze Reisetasche mit vielen Extrataschen über der Schulter. In der anderen Hand hält er einen ebenfalls pinkfarbenen Kosmetikkoffer. Als er mich sieht, verzieht sein Gesicht sich zu einem Lächeln, das mit einer Mischung aus Ungläubigkeit, Freude und Überraschung durchwirkt ist.

Einen wortlosen Herzschlag später hat er schon in meinem Gesicht gelesen. Der Kosmetikkoffer rutscht ihm zuerst aus der Hand und klappert laut auf den mit schwarz-weißen Rauten gemusterten Weg. Der Koffer macht nicht so viel Lärm.

»Ist es Mum?«, fragt er, die Augen voll von plötzlichem, nacktem Entsetzen.

Ich schüttele den Kopf. »Leo«, höre ich eine Stimme sagen, die die meine sein könnte.

Mal weicht einen Schritt zurück, als könnte er so dem entgehen, was jetzt kommen wird. Er mustert mich argwöhnisch, während ich spreche, und ich spreche, ohne mir bewusst zu sein, dass ich dabei meine Lippen, meine Kehle, meine Worte benutze. »Leo liegt im Koma. Die Ärzte … Ich will, dass du ihn siehst. Er muss wissen, wer du bist, bevor es zu spät ist.«

Dad sah aus wie Dad, als er ihn besuchen kam, bevor er schlafen ging. Er brachte ihm das neue Star-Wars-*Spiel. Es war gerade erst herausgekommen, und Dad hatte gesagt, dass er es nur bekäme, wenn Mum damit einverstanden wäre. Aber jetzt hatte er es. Das war wirklich der beste Tag überhaupt. »Wiedersehen, Dad, bis später«, sagte Leo, als sie begannen, sein Bett auf die Tür zuzuschieben. Er musste nicht mal zu Fuß gehen, dahin, wo sie ihn operieren würden.*

Dad küsste ihn auf die Stirn. »Du bist ein tapferer Junge«, sagte er. »Bis später dann.«

Dad war bei der Armee gewesen, also wird er es wohl wissen, wenn er Leo für tapfer hielt.

Mum ging neben seinem Bett her, hielt seine Hand und lächelte ihn an. Es war nicht ihr großes, ganz großes Lächeln, aber es war das, welches sie nur ihm schenkte. Dad lächelte sie nie so an, oder Grandpa, oder Grandma oder Nana Mer, oder

Tante Cordy oder Amy oder Randle oder Ria. Niemals. Es war ein ganz spezielles Lächeln nur für ihn.

An der Schwelle zu dem Raum, wo sie ihn operieren würden, blieben sie stehen.

»Ich bleibe hier und warte auf dich«, sagte Mum, während sie sich über ihn beugte. »Und ich sorge auch dafür, dass der Wackelpudding und die Eiskrem bereitstehen, wenn du aufwachst, okay?«

»Okay.«

Sie küsste ihn auf die Stirn und dann auf die rechte und dann auf die linke Wange. Dann streichelte sie mit der Hand über sein Gesicht. Immer noch lächelte sie ihr spezielles Lächeln.

»Gute Nacht, mein Schöner«, sagte sie dann.

Leo, 7 Jahre und 5 Monate alt

40

Wir könnten es immer noch schaffen. Wenn er jetzt gleich durch den Flughafen gerannt kommt und der Frau am Check-in-Schalter sein Gepäck hinwirft, und sie ihn in Rekordzeit kontrolliert, und wir sofort zu Gate 15 rennen, könnten wir es schaffen.

Aber dann muss er jetzt kommen. Jetzt sofort.

Ich drehe mich auf dem Absatz im Kreis, untersuche die Menge, die Urlauber, die Geschäftsreisenden, die Reinigungskräfte, die Leute, die andere Leute herbringen, und die, die auf das Auftauchen von wieder anderen Leuten warten. Sie alle haben ein Ziel, sie alle wissen, wo sie hingehören. Sie alle wissen, wo die Reise hingeht.

Sie sind nicht wie ich, im Stich gelassen von einem Ehemann, der einfach nicht auftaucht.

Ich drücke die Wiederwahl auf meinem Handy, und wieder springt sofort die Mailbox an. Er schaltet sein Telefon immer aus, wenn er Auto fährt. Oder vielleicht ist er auch in der U-Bahn. Wie auch immer, er muss auf dem Weg sein.

Er sollte doch eigentlich mit öffentlichen Verkehrsmitteln herkommen. Ich war nach dem Yoga hergefahren und hatte meinen Wagen in einem Parkhaus für Langzeitparker abgestellt, sodass wir damit heimfahren konnten, wenn wir aus dem Urlaub zurückkämen. Jetzt, wo ich darüber nachdenke, hätte ich eigentlich das Gepäck gleich mitnehmen können, aber aus irgendeinem Grund schien es logischer, wenn Mal es nahm. Und jetzt ist weder er noch das Gepäck da.

Ich drücke noch einmal auf Wiederwahl.

Mailbox.

»Mal, ich habe keine Ahnung, wo du dich herumtreibst, aber du solltest dir besser einen sehr guten Grund überlegen, wieso du nicht hier bist. Und wenn dieser Grund nicht gerade damit zu tun hat, dass du aus vielen Wunden blutend im Krankenhaus liegst, dann könntest du von mir einen Tritt in die Eier bekommen.«

Wie ich ihn kenne, hat er einen Anruf aus der Arbeit erhalten – der Gedanke, dass er fünf Tage und zwei Wochenenden mal ausnahmsweise nicht zur Stelle ist, scheint ein paar Leute in seinem Büro richtig ins Schleudern zu bringen. Wahrscheinlich war er auch noch so dämlich, diesen Leuten aus der Patsche zu helfen und hat es deswegen nicht zum Flughafen geschafft.

Noch einmal Wiederwahl.

Mailbox.

Es ist jetzt sowieso zu spät.

Gate 15 ist geschlossen.

Wir machen also keinen Urlaub. Unser Neustart, meine Chance, Wiedergutmachung zu leisten, wartet gegenwärtig auf den Abflug, ohne dass einer von uns dabei wäre.

»Du Mistkerl«, sage ich zu seiner Mailbox. »Du absoluter Scheißmistkerl.«

Unheimlich.

So fühlt sich das Haus an, als ich heimkomme. Wir hatten vorgehabt, wegzufahren, daher lagert überall diese Extraschicht von Sauberkeit, diese Extraformalität von Reinlichkeit. Alle Geräte außer dem Kühlschrank sind ausgesteckt. In meinem tiefsten Inneren wächst die Angst. Unser Gepäck ist nicht da.

Es ist keine Nachricht auf dem Anrufbeantworter.

Ich wähle Merediths Nummer, aber es nimmt niemand ab. Sie hat ihr Handy immer ausgeschaltet, außer ab und zu, wenn Mal ihr sagt, sie soll es anschalten. Victoria würde sowieso nichts wissen.

Ich versuche es wieder auf Mals Handy. Mailbox.

Ich hätte diese Nachricht nicht hinterlassen sollen, denke ich, während ich auf der dritten Treppenstufe sitze, mein Handy in der Hand.

Ich zittere. Die Kühle eines wirklich leeren Hauses hat sich auf mich niedergesenkt.

Ich habe das starke Gefühl, dass ich Mal nie wiedersehen werde.

41

Er lehnt an der Küchentheke, sein Hemd in die schwarze Nadelstreifenhose gesteckt, der oberste Hemdknopf offen. Die Knöpfe seines Hemds, bemerke ich, sind mit Stoff überzogen, und würfelförmige silberne Manschettenknöpfe halten seine Ärmel am Handgelenk geschlossen. Es ist ein teures Hemd. Ich weiß nicht, wieso sich mir dies ins Gedächtnis prägt, aber das tut es.

Schweigen senkt sich zwischen uns wie ein scharfes Messer, das in zartes Fleisch schneidet und sogar den Rhythmus unserer nicht aufeinander abgestimmten Atemzüge durchtrennt.

Er ist in meinem Haus. Meinem Heim.

Ich atme seine Gegenwart tief ein. Es ist komisch, so anders als die Art und Weise, wie Mum, Dad, Cordy und Tante Mer die Energie des Hauses verändert haben, als sie hergekommen waren. Sie waren gekommen, um zu helfen, und damit haben sie das Haus erfüllt. Cordy hatte schon wieder abreisen müssen, weil Jack unerwartet einen Flug zu betreuen hatte, und die anderen waren inzwischen in einem Hotel untergebracht.

Mal ist hier, um seinen Sohn kennenzulernen. Er hatte Verständnis, dass es besser war, wenn er nicht gleich mitkam, als ich vorhin im Krankenhaus Zwischenstation gemacht habe. Aber jetzt ist er hier, und die Energie im Haus ist leicht hysterisch. Gezwungen. Da ist ein unerwartetes Gefühl von Dringlichkeit, das uns umgibt. Wir wollen beide, dass er das durchzieht. Obwohl wir nicht wirklich sicher sind, wie es funktionieren wird, ist die Dringlichkeit vorhanden. Die Notwendigkeit, dass er hingeht und einfach da ist. Einen Anfang macht.

Seine Hände sind es, die sich zuerst bewegen. Die linke Hand, die sich ausstreckt und meine Wange umfasst, während die vertraut-unvertraute Wärme seiner Haut sich langsam in meinem ganzen Körper ausbreitet. Und sein Körper bewegt sich als Nächstes, die andere Hand, die meine Schulter greift, uns zusammenzieht, die langen Jahre überbrückt, die wir getrennt waren, indem er die kurze Entfernung zwischen uns zurücklegt.

Ohne nachzudenken, lasse ich meine Augen zufallen und meinen Körper gegen den seinen schmelzen. Leicht. Einfach. Meine Arme umschlingen ihn und ziehen ihn nahe heran, versuchen, all die kleinen Lücken abzudichten, die immer noch zwischen uns klaffen.

Es gibt ihn immer noch, diesen einzigartigen Platz in der Welt, an dem wir perfekt zusammenpassen. Wenn wir nicht an alles andere denken, nicht an alle anderen, dann passen wir genau hierher, so gut, dass wir eins sein könnten.

Ich trete als Erste zurück. Drücke ihn leicht von mir und trete aus seiner Reichweite. Das ist es nicht mehr, was wir miteinander tun. Es mag wohl sein, dass ich seine Frau manchmal hasse, aber noch schlimmer ist die Verletzung durch das, was er getan hat. Weil *er* es getan hat. Weil er es tun konnte. Das kann ich niemals mehr vergessen.

»Das Gästezimmer ist schon bereit, aber ich hol dir noch ein paar frische Handtücher«, sage ich, indem ich Augenkontakt vermeide. Seine rechte Hand hebt sich, um den Flecken hinter seinem Ohr zu berühren. Auch Leo hat das getan. *Tut* das. Reibt kräftig an der Stelle hinter seinem Ohr, fährt dann langsam mit dem Zeigefinger darüber. Normalerweise tut er das, wenn er etwas haben will – zum Beispiel, wenn er eigentlich nicht an die PlayStation darf und doch spielen will, oder wenn er am Sonntagmorgen zu Keith und mir ins Bett schlüpfen möchte, oder einen Ausflug in den Park machen, obwohl es draußen regnet.

»Ich muss, ähm, Stephanie anrufen«, sagt Mal jetzt, »sie hat am Flughafen auf mich gewartet.«

Ich hasse es, dass ihr Name in meinem Haus ausgesprochen wird. Es ist völlig irrational, sich darüber aufzuregen, aber ich hasse es trotzdem. Es versetzt sie hierher, macht sie zu einer realen Präsenz in meinem Leben. »Ja, klar«, sage ich und muss die Worte aus der Kehle würgen.

Ich bin schon an der Tür, übertrete gerade die Schwelle, als er wieder spricht, leise und ruhig. »Wie lange, soll ich sagen, dass ich bleibe?«

Ich drehe mich nicht um. Was er mein, ist, wie lange es mit Leo noch dauert. Wann unser Sohn meiner Meinung nach geht.

»So lange du willst«, sage ich, bevor ich weitergehe, obwohl ich doch hätte sagen sollen: »So lange es eben dauert.«

42

Mein schönes Make-up, mein Parfüm in limitierter Auflage, meine Lieblingsoutfits und meine teuerste Unterwäsche (das Zeug, für das man mehr zahlt, je weniger da ist): Mal hat alles.

Fünfzig Meilen von hier entfernt in Brighton. Und er

weiß nicht mal, wann er es zurückbringt. Mein Plan, meinen Ehemann neu zu verführen, »ein unverwechselbares Geschöpf zu werden« – ich habe das irgendwo gelesen, wo, kann ich mich nicht erinnern –, ist grandios gescheitert.

»Aber was soll ich denn anziehen?«, frage ich ihn und erschrecke selbst, als ich den weinerlichen Unterton in meiner Stimme höre.

»Die Vorhänge im Gästezimmer von mir aus«, erwidert er. Ich tadele ihn nicht. Ich spiele die Zicke, weil es leichter ist, als ihm zu sagen, dass ich bei ihm sein möchte. Dass ich entsetzt bin über das, was mit Leo vielleicht passieren wird, und dass ich da sein möchte, um zu helfen, so gut ich kann. Er würde mich abweisen müssen, und ich kann es nicht ertragen, das zu hören.

»Bist du sicher, dass du nicht einfach meine Sachen vorbeibringen und dann zurückfahren kannst?« Ich komme mir falsch vor, aber es ist so viel einfacher, als zuzugeben, dass ich verletzlich bin und Angst habe. Schlechtes Benehmen oder Sex sind immer die besten Mittel, sich zu verstellen.

»Möchtest du, dass ich einfach auflege?«

»Nein.« Ich seufze. »Wirst du denn die ganze Zeit bei Nova bleiben?« Eigentlich will ich fragen, wie es Nova geht. Wie sie damit zurechtkommt. Aber das würde unaufrichtig klingen. Mal weiß nicht, dass ich, nachdem sie aus unserem Leben verschwunden war, es tief bereut habe, was ich getan hatte. Als er die ganze Zeit traurig war, weil er sie als Freundin verloren hatte, begann ich, alles in einem klareren Licht zu sehen. Ja, wahrscheinlich waren sie verliebt ineinander, aber Mal brauchte Nova auf eine Weise, wie er mich nie brauchen würde. Sie war sein Fundament, die Basis dessen, was ihn ausmachte.

Ihr war es zu verdanken, dass er die Kraft hatte, bei mir der zu sein, der er war. Ich war deswegen nicht so eifersüchtig, wie ich gedacht hätte, denn es hatte mehr mit Gewohnheit zu tun als mit der Liebe, vor der ich solche Angst gehabt hatte.

Erst in den Monaten, nachdem wir mit Nova gebrochen hatten, begann ich das zu verstehen. Jetzt kann ich zurückblicken und sehen, warum sie für ihn so wichtig war, als wir uns das erste Mal getroffen haben. Warum er die ganze Zeit über sie geredet hat. Er brauchte es, dass sie ihm zuhörte. Niemand, wurde mir klar, hörte ihm so zu, wie sie es tat. Ich hatte es nicht gekonnt, ich war in der Vergangenheit nicht da gewesen. Seine Mutter war nicht fähig, ihm zuzuhören, sein Vater war nicht da, seine Schwester nicht alt genug, er hatte keine echten Freunde, aber Nova war immer da und hörte ihm zu. Sie lobte ihn, sie beglückwünschte ihn, sie hatte Mitleid, sie riet ihm zu oder ab, sie tadelte ihn, sie hörte einfach zu.

Viele Leute sind sich nicht darüber im Klaren, wie wichtig es ist, gehört zu werden. Ich hörte ihn, ich hörte ihm zu, aber ich war keine Gewohnheit. Ohne Nova begann er, sich in sich selbst einzurollen, wie eine Blüte, die den umgekehrten Weg geht. Alle Blütenblätter, die Seiten von ihm, die ich gekannt hatte, begannen vor mir wegzuweichen – fast als hätte er nicht mehr das Vertrauen, er selbst zu sein. Es war nicht einfach nur, dass er wütend auf mich war – das natürlich auch –, sondern es war, als hätte er seine Basis verloren, als hätte er alle Ähnlichkeit mit dem verloren, der er zu sein glaubte, und als müsste er alle Zeit und alle Kraft dafür aufwenden, sich zusammenzuhalten.

Das war der Grund, warum er die ganze Zeit weinte,

warum er mich nicht mehr anfasste für mehr als ein Jahr, nachdem sie aus unserem Leben verschwunden war. Er hatte sich selbst verloren, als er sie verlor.

Sie braucht ihn jetzt, und ich will, dass er in der Lage ist, für sie da zu sein, ohne zu denken, dass ich ein Problem damit haben könnte. Aber das kann ich ihm nicht sagen. Ich bin nicht fähig, ihm das zu sagen.

»Morgen werde ich mir ein Hotel suchen«, sagt er genervt. »Bist du jetzt zufrieden?«

»Ich hab ja nur gefragt«, erwidere ich.

»Sieh mal, ich muss jetzt Schluss machen. Ich weiß nicht, warum du dich so benimmst, aber es geht mir auf die Nerven. Ich werde morgen mit dir reden oder so. Hoffentlich sind wir dann beide in einer besseren Gemütsverfassung.«

»Hoffentlich«, echoe ich. »Ich liebe dich.«

»Hm-hm«, erwidert er und legt auf.

Das Haus ist so leer.

Es ist zu spät, um ins Fitnesscenter zu gehen. Es ist zu spät, um jemanden anzurufen und zu fragen, ob er vorbeikommt oder wir uns auf einen Drink treffen. Es ist zu spät, um Mal zurückzurufen und ihm zu sagen, dass es mir leidtut, und dass ich jederzeit kommen kann, um ihn zu unterstützen.

Ich sitze auf der Treppe und sehe mich in meinem Hausflur um, und mir wird bewusst, dass es viel zu spät ist, um die Wahrheit zu sagen und alles besser zu machen.

43

»Ich wusste, dass ich dich hier finde«, sagt Mal über das Geräusch der stürmischen Wellen hinweg.

Ich dachte, er sei schon vor Stunden schlafen gegangen. Nachdem ich ihn in das Zimmer geführt hatte, in dem Cordy und ich vor ein paar Tagen geschlafen hatten, war ich nicht zur Ruhe gekommen.

Es ging einfach nicht.

Mal war in meinem Haus, und das ließ alles in einem endgültigeren Licht erscheinen, als ob Leos Zustand, die Frage, ob er aufwachen würde oder nicht, auf eine schreckliche, unvermeidliche Schlussfolgerung zurasen würde.

Während ich im Bett lag und an die Decke starrte und auf Keiths nächste SMS wartete, hatte ich angefangen, mich zu fragen, ob Mals Anwesenheit nicht auch ein Wunder bewirken konnte. Ob sie Leo zur Umkehr bewegen konnte. Oder ob das, was mit Leo geschah, Teil irgendeines großen, von langer Hand vorbereiteten Plans war, um mich und Mal wieder zusammenzubringen. Uns wieder zu vereinen.

Und an diesem Punkt hatte ich – die große Fürsprecherin für den Glauben an das Schicksal und all das, was da draußen ist – gewusst, dass ich verrückt wurde, hatte die Decke zur Seite geworfen und war aus dem Bett gestiegen. Es war am besten, mir am Strand die verrückten Gedanken von der Seele zu laufen. Aber ich war nicht weit gekommen, sondern kurze Zeit später auf der dunkelgrünen Eisenbank gelandet, wo ich nun saß und mich an die Zeiten erinnerte, als ich hier oft mitten in der Nacht mit meinem neugeborenen Baby gesessen und geweint hatte.

In der Nacht ist es hier spektakulär. Wenn es dunkel ist und still und um einen herum nur der Nachthimmel prangt mit seinen unzähligen kleinen, blinkenden Nadelstichen von Sternen. Es ist ganz anders, als wenn man nur aus dem Fenster sieht oder ein Bild anschaut. Es kommt mir immer so vor, als stünde ich am Rand der Welt und spürte, wie diese sich nach und nach um mich herumwickelt, damit ich nicht falle. Sie breitet sich aus, vor mir, über mir, hinter mir, lässt mich Teil ihrer Größe werden.

Ich bin hierhergekommen, weil ich mich hier in der Weite verlieren kann. Es gibt hier keinen Platz für verrückte Gedanken.

»Warum wusstest du das?«, frage ich, während er sich auf der Bank neben mir niederlässt.

»Ich hörte die Tür, habe aber dein Auto noch dastehen sehen, daher nahm ich an, dass du zum Strand bist.«

»Ich hatte ein plötzliches Bedürfnis, dieses Schild hier zu sehen.« Ich nickte zu dem Schild hin, auf dem »VON DEN WELLENBRECHERN FERNHALTEN« stand und das auf dem dunkelgrünen Eisengitter angebracht war (die Farbe der Eisengitter zeigte, ob man in Brighton oder in Hove war: blaugrün für Brighton, dunkelgrün für Hove). »Das war für ziemlich lange Zeit eine ganz gute Beschreibung für mein Liebesleben, und ich rufe es mir gern immer mal wieder ins Gedächtnis.«

Ich sehe Mal nicht an, aber ich spüre, wie sich die Atmosphäre um ihn herum erwärmt, als er lächelt.

»Wie geht es dir?«, fragt er sanft.

Die Leute werden mich das noch oft fragen in den kommenden Wochen. Und was soll ich darauf antworten? Eine Halbwahrheit wie »Ich halte durch!«, damit sie sich besser fühlen? Etwas, das näher an der Wahrheit ist wie »Ich fühle mich haltlos!«, was sie dazu bringen würde, mich trösten zu wollen? Oder gar nichts, womit ich ihnen die Möglichkeit gebe, sich selbst Gedanken zu machen und mich meinen Gefühlen zu überlassen, ohne sich darauf einstellen zu müssen. »Was glaubst du denn?«, frage ich ihn.

»Dumme Frage.«

»Ja, stimmt.«

Die Wellen füllen die Stille zwischen uns, indem sie fast gewaltsam über den Kies rollen und dann wieder zurückspülen.

»Es tut mir leid«, sagt er.

Es tut mir leid.

Es tut mir leid.

Es tut mir leid.

Es wird über die Wellen hinausgetragen und zerstäubt in der majestätischen Weite des Himmels. *Es tut mir leid.*

»War's das?«, frage ich, nachdem die Worte in der Luft um uns herum verklungen sind. Ich mache eine leichte Drehung, um ihn anzusehen. »Ganz ehrlich, war's das? Kein groß inszeniertes Geständnis, kein tief verstörtes Flehen um Verzeihung, keine dahingestammelte Erklärung?« Ich zucke verzweifelt die Achseln. »Nicht mal ein kleiner Kniefall und ein Schuss Selbstgeißelung? Hätte ich nicht wenigstens ein paar Tränen und eine Rotzglocke verdient, während du schluchzend vor mir zusammenbrichst?«

Natürlich antwortet er nicht, und ich drehe mich schnell wieder um und schaue aufs Meer. Schon viel besser, der Anblick! Schöner, unkompliziert. »Weißt du, alles, wofür du dich nicht wirklich ins Zeug legen musst, ist ehrlich gesagt eine Beleidigung für mich.«

»Gott, Nova, wenn du wüsstest, wie leid mir das alles getan hat …«

»Dann würde ich was? Dir vergeben? Mitleid mit dir haben? Nur für den Fall, dass es darüber noch den Hauch eines Zweifels gibt: Du solltest wissen, dass du nicht das Ein und Alles in meinem Leben bist. Vor allem jetzt nicht.«

Mals Haltung neben mir entspannt sich plötzlich. »Wenn ich mir jetzt noch mal durch den Kopf gehen lasse, was ich damals gesagt habe«, sagt er, »dann kann ich verstehen, dass du mich für einen Wichser gehalten hast. Und immer noch hältst, natürlich. Ich habe dich im Stich gelassen, ich habe unseren Sohn im Stich gelassen, und jetzt glaube ich, dass ein paar Worte alles ändern und es wiedergutmachen.«

»Es ist immerhin ein Anfang«, erwidere ich.

»Nein, ist es nicht. Es ist erbärmlich.«

Meine Augen fallen zu, und ich drücke sie fest zusammen, während ich mir die Schläfen massiere. »Ich sagte Selbst*geißelung*, nicht Selbstmitleid. Meine Güte, Mal, müssen wir das jetzt tun? Hätte es nicht warten können bis zu irgendeinem anderen kritischen Moment, wenn wir über irgendwas Tiefes und Bedeutungsvolles reden müssen und dann kommt alles heraus: Wie leid es dir tut, wie es mir nie gelungen ist, dich richtig zu hassen, wie unsere Freundschaft sich so lange versehentlich im Schmerz gesuhlt hat und das Schöne unzerstörbar ist, sodass ich dir in meinem Herzen schon längst vergeben habe? Können wir nicht einfach warten, bis der geeignete Moment im Drehbuch auftaucht, statt es jetzt zu erzwingen?«

Ich spüre, wie sich sein Gesicht zu einem schiefen Lächeln lockert. »Ich vergesse immer, dass du Psychologin bist und dich gar nicht so leicht einwickeln lässt, wie die Leute immer meinen.«

»Das ist nicht, weil ich Psychologin bin, sondern weil ich Schwachsinn erkenne, wenn ich ihn höre.« Ich atme tief ein, und das Salz in der scharfen, kalten Luft schießt durch mich hindurch, schnell und wohlschmeckend, schmerzhaft prickelnd.

»Ich denke jeden Tag an dich«, fährt er fort. »Und ich denke an ihn. Leo.« Es ist das erste Mal, dass ich Mal den Namen seines Sohnes aussprechen höre. Es klingt seltsam, irgendwie unnatürlich, denn es ist der letzte Teil seines eigenen Namens, und den sagt er selten. »An manchen Tagen ist es so schlimm, dass ich mitten in der Arbeit ins Auto springen und hier herunterkommen möchte, um dich zu sehen. Manchmal, um dich heimlich zu beobachten, manchmal, um mich vor dir zu Boden zu werfen und deiner Barmherzigkeit zu überlassen.«

Damit will er wohl sagen, dass er nicht unbedingt glücklich vor sich hin gelebt hat, nachdem er mich so gut es geht aus seinem Leben ausradiert hat. Ich – wir – haben immer im Hintergrund herumgespukt und auf seinem Gewissen gelastet. Sein Leben verdunkelt.

»Nova, wenn mir jemand – bevor das alles vor acht Jahren passiert ist – gesagt hätte, dass wir beide uns irgendwann nicht mehr so gut wie täglich sehen würden und dass wir einen Sohn miteinander haben würden, den ich nicht kenne, dann hätte ich ihn für verrückt erklärt. Wie konnten wir nur …«

»Tu nicht so, als hätte ich bei der Sache eine Wahl gehabt. Du hast diese Entscheidung ganz allein getroffen und mich dazu gezwungen, sie zu akzeptieren.«

»Okay, wie konnte ich jemals …«

»Sag mir, warum«, unterbreche ich, während ich mich ihm zuwende. »Sag mir, warum du es getan hast. Dieses ganze Geplapper, dass du jeden Tag an mich gedacht hast, hat nichts zu bedeuten. Sag mir, warum.«

»Ich hab es dir ja gesagt, wir haben es uns anders überlegt.«

»Das ist doch nur eine Ausrede, die du vorgeschoben hast«, sage ich. »Ich muss wissen, warum. Ich habe nie den wahren Grund erfahren, und ich muss ihn wissen.«

Ich sehe, wie er sich in Verteidigungsstellung bringt: Er setzt sich aufrechter hin, sein Körper, zuerst fließend, wird steif und angriffsbereit, um eine Attacke abzuwehren; seine Augen sind hart wie braune Diamanten, sein Gesicht eine unlesbare Maske.

Ich schüttle den Kopf und wende den Blick ab. »Bis du mir sagen kannst, warum, was der wahre Grund ist, Malvolio, haben wir uns in dieser Sache nichts mehr zu sagen.«

Er ist so still wie eine Sphinx, und genauso unergründlich. Ich bin nicht hergekommen, um mir das anzutun. Ich bin gekommen, um den verrückten Gedanken zu entfliehen, mich in der Bewegung des Meeres und der Größe und Vielfalt der Welt zu erden. Ich bin nicht gekommen, um Mal einmal mehr nicht zu verstehen und die ganze Geschichte neu aufzurollen.

»Hier habe ich meinen Mann zum ersten Mal geküsst«, sage ich. »Das letzte Mal, als wir wieder zusammengekommen sind, haben wir uns hier zum ersten Mal geküsst, unten am Strand.« Ich stehe auf.

Das Geländer an der Treppe, die hinunter zum Kieselstrand führt, ist kalt unter meiner Hand, als ich die unebenen, glitschigen Betonstufen hinuntergehe. Ich höre, wie Mal mir folgt, seine Schritte laut knirschend auf den nassen Kieseln, bis wir zum Rand des Wassers kommen. »Amy hat auf Leo aufgepasst, und weil Keith sagte, wir würden richtig einen draufmachen in der Stadt, war sie über Nacht geblieben. Wir sind in die Laines gegangen zum Tapas-Essen – es sind die besten Tapas in Brighton, du solltest irgendwann mal hingehen. Dann sind wir an die Pier.« Ich muss lächeln, während ich von der Erinnerung mitgenommen werde und sie sich vor meinem geistigen Auge ausbreitet wie die Bilder auf einer Kinoleinwand. Alle Farben waren bunt und wundervoll, der Soundtrack strahlte Heiterkeit und Vertrautheit aus. »Da gab es die Möglichkeit, auf einer Tanzmaschine zu tanzen. Keith steckte Münzen in die Maschine und wollte unbedingt, dass ich es mal ausprobiere. Ich tanze furchtbar gern, aber es war so schwer und ich konnte mich kaum halten. Plötzlich waren wir von einer Gruppe von Teenagern umringt, die mit gekreuzten Armen dastanden, auf einem Bein mit abgeknickter Hüfte, wie sie jetzt alle dastehen. Sie sahen mich an mit diesem Blick, der wohl sagen wollte: ›Was machst du denn da, gute Frau, warum gehst du nicht in Sack und Asche, was willst du denn noch, in *deinem Alter?*‹ Ich versuchte es trotzdem weiter, bis die Zeit abgelaufen war. Dann fiel ich praktisch von der Plattform, völlig außer Atem und verschwitzt, und diese Teeniemädchen stürzten sich drauf. Und, mein Gott, sie hämmerten die Maschine in Grund und Boden. Sie hüpften und wanden sich und stellten mich damit völlig bloß. Offensichtlich hatten sie geübt und sich eine Routine erarbeitet. Ich konnte nichts machen, als beschämt abzuziehen. ›Ist schon okay‹, sagte Keith, als wir gingen, ›offensichtlich tanzt du nur zu deinem eigenen Rhythmus. Du musst deswegen nicht glauben, dass alles vorbei ist für dich.‹« Ich verenge die Augen zu Schlitzen, wie ich es damals getan habe. »Ich habe ihm einen kräftigen Schlag auf den Arm gegeben, dem unverschämten Kerl … Dann sind wir am Ufer entlang zurück nach Hause gegangen, bis wir hierherkamen. Zu dieser Stelle. Er hat noch versucht, mir den Oriongürtel und die Kassiopeia zu zeigen. Aber er hatte keine Ahnung, und offensichtlich hatte er nicht daran gedacht, dass ich nicht umsonst Nova heiße und mich gut mit Sternbildern auskenne. Als ich meine Pflicht tat und ihn verbesserte, küsste er mich. Um mich zum Schweigen zu bringen.« Ich drifte in der Erinnerung zurück zu dem Moment. Wie wundervoll er sich angefühlt hatte. Wie schön es gewesen war, wieder in seinen Armen zu sein. Von jemandem geküsst zu werden, den ich wirklich mochte, nach dieser langen Zeit. »Ich wusste, dass es der richtige Moment war. Endlich war ich bereit zu heiraten, wie er es immer gewollt hatte, und zusammen mit ihm Leo großzuziehen. Ein halbes Jahr später haben wir geheiratet, ganz bescheiden – allerdings hatten wir vorher noch zähe Kämpfe, weil er darauf bestand, seine Armeeuniform zu tragen –, und dann verkaufte er seine Wohnung in Shoreham und zog bei uns ein. Wir haben einfach weitergemacht. Unser Leben war nicht sehr außergewöhnlich oder aufregend, aber es war das, was ich wollte. Wir hatten ein ganz normales, glückliches Leben.«

Ich wende mich Mal zu, der mir aufmerksam zuhört, aber kann nicht erkennen, was er denkt. »Es ist alles vorbei. Mein Leben ist verschwunden, und ich begreife nicht, warum. Dauernd schaue ich auf mein Leben zurück, sogar lange zurück, auch noch in die Zeit, bevor Leo geboren wurde, und ich kann nicht ausmachen, wo alles schiefgelaufen ist. Was ich getan habe, damit dies geschehen ist.«

»Du hast gar nichts getan«, sagt Mal mit ruhiger Sicherheit.

»Aber warum geschieht das dann?«, frage ich. »Warum muss ich jetzt jeden einzelnen Moment damit zubringen, zu wünschen und zu hoffen und zu wollen, dass Leo aufwacht und wieder gesund ist? Warum weiß ich so genau, dass, wenn ich auch nur eine Sekunde damit aufhöre …«

»Du meinst, dass in dem Moment, diesem einen winzigen Moment, wenn du nicht jedes Quäntchen deiner Seele darauf verwendest, zu wollen, dass es wieder gut wird, es sogar noch schlimmer kommen wird. Dass etwas, das sowieso schon schlimm ist, gänzlich unerträglich wird. Dass genau in diesem Moment die ganze Welt kollabiert.«

»Deine Mum?«

Er wirkt plötzlich gequält, als er nickt.

Ich habe immer gedacht, ich wüsste, wie Mal sich gegenüber Tante Mer fühlen musste, weil ich mich genauso fühlte. All die Jahre in ihrer Nähe, mit ihren Problemen lebend, ihren Hochs und Tiefs, haben mich zu der Annahme geführt, dass ich ganz bei Mal war. Dass sein Schmerz auch mein Schmerz war. Aber in Wirklichkeit habe ich nur einen Bruchteil davon geteilt, nur einen sehr winzigen Teil davon. Ich konnte immer alles für eine Weile zurücklassen, konnte in der Nacht schlafen gehen, ohne mir Sorgen um Tante Mer zu machen, Mal konnte das nicht. Er war nie dazu fähig gewesen, er hatte es nie gekonnt. Sie konsumierte sein ganzes Leben.

Stephanie. Die große, blonde, blauäugige Stephanie. Ein Bild von ihr ist plötzlich in meinem Kopf. So lebhaft, so klar, es ist fast, als würde sie neben Mal stehen. Das Gefühl ihrer Nähe ist so stark, dass ich ihr süßes, schweres Parfüm riechen, das Rasseln ihrer Armreifen hören, die scharfen Ränder ihrer Aura fühlen kann. Sie ist hier am Strand mit uns. Der Wind weht ihr die Haare ums Gesicht, zerrt an ihren Kleidern.

Mit ihr zusammen zu sein, konsumiert ihn auf genau die gleiche Weise. Vielleicht hatte ich nicht verstanden, warum sie keine Kinder bekommen kann. Wie es sie geformt hat. Vielleicht sollte ich sie gar nicht hassen, denn vielleicht ist sie nicht einfach nur durcheinander, vielleicht ist sie beschädigt. Vielleicht ist sie so versehrt und braucht so sehr jemanden, der für sie sorgt, wie Tante Mer es tut. Und *vielleicht* sollte ich damit aufhören, so verdammt verständnisvoll zu sein. Sie hat keine Mühen gescheut, mich zu verletzen, sie hat mich nie gemocht, sie hat nie versucht, mich zu mögen. Vielleicht sollte ich damit aufhören, sie dauernd mangels Beweisen freizusprechen. Man sollte mit so was immer aufhören, wenn jemand Anstalten macht, einen absichtlich zu verletzen.

»Es ist ihr in letzter Zeit so viel besser gegangen«, sagt Mal, und für einen Moment denke ich, er meint seine Frau. Aber das tut er nicht, er spricht von Tante Mer. »Es hat seit vielen Jahren keinen größeren Vorfall mehr gegeben, aber immer noch lebe ich in ständiger Angst davor. Ein Teil von mir ist überzeugt, dass es ihr gut geht, weil ich – wie hast du es ausgedrückt? – es immer so sehr gewünscht und gehofft und gewollt habe. Es sind nicht nur die Medikamente, die Stabilität, die wöchentlichen Besuche beim Therapeuten;

sondern es ist, weil ich jede Sekunde dazu benutze, unbedingt zu wollen, dass es ihr gut geht.«

»Ich weiß«, erwidere ich. »Jetzt jedenfalls weiß ich es, meine ich damit. Aber ich mache meine eigene Sache nicht sehr gut, nicht wahr? Leo ist nicht …« Ich kann nicht weitersprechen. Ich habe schon so viel zu Mal gesagt, weiter kann ich nicht gehen. Wenn ich jetzt weiterspreche, würde das bedeuten, dass ich zugebe, eines Tages vielleicht in einer Welt ohne Leo leben zu müssen.

Gibt es eine Welt ohne Leo?

»Ja, die gibt es«, erwidert Mal. Ich hatte nicht gemerkt, dass ich es laut ausgesprochen hatte. »Aber ich weiß nicht, ob es eine ist, in der wir beide leben möchten.«

Ungebeten wenden sich meine Mundwinkel nach unten, der Schrecken zuckt durch mich hindurch wie ein einziger, zielbewusster Laserstrahl, und schneidet mich in zwei Teile. Als die beiden Seiten von mir anfangen, auseinanderzufallen, ist Mal plötzlich um mich und hält mich fest, hält mich hoch. Er hält mein Gesicht in seinen großen, warmen Händen, als ob ich etwas sehr Wertvolles wäre, gemacht aus zerbrechlichem Glas, das unter dem leichtesten Druck zerspringen könnte.

»Aber genau das ist der Punkt«, sagt er leise, aber drängend, »wir überleben immer. Nach jedem Niederschlag, jedem alles zerschmetternden Hieb, stehen wir wieder auf. Obwohl wir durch die Hölle gehen, und durch die Hölle gehen, und durch die Hölle gehen, und obwohl es sich genauso anfühlt, als würden wir nichts weiter tun als durch die Hölle zu gehen, schaffen wir es schließlich doch auf die andere Seite. Wir tragen Narben davon. Aber wir überleben. Und dann fangen wir an, uns wieder aufzubauen. Wir sind nie mehr dieselben, aber wir bauen uns wieder auf. Weil all das einfach eine andere Art ist, wie wir uns verändern. Wir müssen uns alle verändern.«

»Ich will mich aber nicht verändern. Ich will nicht durch die Hölle gehen. Ich will einfach nur, dass alles wieder wird, wie es war. Ich will, dass er mich andauernd mit Fragen bombardiert. Ich will, dass er mich in aller Herrgottsfrüh aufweckt und nervt, weil ich mit ihm am Computer spielen soll. Ich will, dass er mich ›Marm‹ nennt, als wäre er Amerikaner. Ich will, dass er mir sagt, ich könnte zwar eine noch bessere Mummy sein, aber für den Moment sei ich ganz okay. Ich will einfach nur alles zurück, wie es war. Ich brauche keine Veränderung. Ich brauche keine Hölle.«

»Ich weiß, ich weiß«, flüstert er die ganze Zeit, während ich rede.

»Ich will meinen Leo zurück. Ganz. Vollkommen. Genau so, wie er war.«

Mals Augen suchen die meinen.

»Lass mich mit dir schlafen«, sagt er.

»Was?!«, quietsche ich. Seine Hände auf meinem Gesicht sind plötzlich kein sanfter Trost mehr, und ich schiebe ihn heftig weg.

»Lass mich mit dir ins Bett gehen, lass mich mit dir schlafen«, wiederholt er.

»Bist du auf Drogen oder so?!«

»Nein …«

»Ich habe meinen Mann schon Gott weiß wie lang nicht mehr an mich herangelassen, warum sollte ich dann mit dir ins Bett gehen? Ausgerechnet mit dir. Ist es das, wieso du hergekommen bist? Sex? Denn wenn es das ist, kannst du gleich wieder nach London fahren.«

»Es wäre kein Sex«, sagt er schnell und meint es anscheinend auch noch so.

»Ach, wirklich? Was wäre es denn dann: Die unausweichliche Verbindung zweier Seelen, die grausam getrennt waren, oder etwas ähnlich Wunderbares und Einzigartiges?«

»Nein, das meine ich nicht. Es wäre eine Möglichkeit, zu vergessen. Eine Möglichkeit der Bewältigung. Ich habe es immer so gemacht – vor allem als ich in Australien war. Wenn ich anfing, mir Sorgen zu machen, was zu Hause los war, habe ich ... Ich bin nicht stolz auf mich deswegen, aber es war eine Möglichkeit, zu vergessen. Für eine Weile fühlst du etwas ganz anderes, und anders als beim Sport oder beim Alkohol ist der Schmerz für eine Zeit lang weg, aber du bist nicht allein und bleibst bei Bewusstsein. Es ist immer noch da, es wartet auf der anderen Seite auf dich, aber für eine Weile vergisst du, wie weh dieses Ding tut. Ich mache es immer noch so, und ich bin immer noch nicht stolz darauf, aber es ist die Wahrheit. Manchmal ist es die einzige Sache, die den Schmerz stoppen kann, wenn auch nur für kurze Zeit. Lass mich das für dich tun.«

Ich durchforsche sein Gesicht, seine Augen, seine Energie, und alles, was ich wahrnehmen kann, ist Aufrichtigkeit, Ehrlichkeit. Er meint es wirklich so. Er bietet mir die einzige Sache, mit der er versuchen kann zu helfen. Er will mir den Schmerz nehmen auf die einzig mögliche Art, die er kennt.

Für einen Moment schwanke ich. Ich will, dass das aufhört. Ich will mit aller Macht, dass diese Agonie und die Furcht und das Warten aufhören. Ich will eine Atempause, eine Befreiung von dem, was mein Leben geworden ist: Krankenhäuser, medizinische Fachzeitschriften, Augen, die sich fragen, wer ich bin. Ein paar Minuten der Normalität offeriert zu bekommen, ist eine Versuchung für mich, ähnlich, wie wenn man dick besohlte Schuhe angeboten bekommt, während man auf einem mit Glasscherben übersäten Pfad wandelt. Man würde fast alles akzeptieren, um den Schmerz zu lindern.

Bist du verrückt?, frage ich mich, meinen Geist schüttelnd, wie ich meine Schultern schütteln würde, wenn ich könnte. »Danke, nein«, sage ich dann. »Nein. All dies ist furchtbar, aber es ist das Blatt, das ich bekommen habe, und ich bin noch immer im Spiel. *Dies* zu tun würde bedeuten, dass ich weiß, dass alles vorbei ist. Und das ist es nicht. Es ist ganz und gar nicht vorbei. Außerdem würde ich damit zu Keith gehen und nicht zu jemand anderem.«

»Es tut mir leid, es war dumm, dir das anzubieten«, sagt er, »aber es ist mir einfach nichts anderes eingefallen … Außerdem war ich auch noch egoistisch damit, denn es ist das, was ich selbst jetzt brauche. Was wir hier leben, ist ein Albtraum. Ich werde vielleicht jemanden verlieren, den ich liebe, auch wenn ich ihn nur von den Geschichten kenne, die meine Mutter mir erzählt hat. Wie kommt es nur, dass ich geworden bin wie mein Vater, ohne dass ich es je darauf angelegt hätte?« Er fährt sich mit den Händen durch die Haare, wobei sein ganzer Körper zittert. »Ich habe dieses Angebot für uns beide gemacht. Wirklich, ich bin wie mein Vater – ein absolut selbstsüchtiger Mistkerl.«

»Komm mal wieder runter, Wacken«, sage ich, indem ich ihm mit meiner Schulter einen leichten Stupser verpasse. »Ich werde dich nicht vögeln, also gib's auf, okay? Und Betteln ist sehr unattraktiv.«

Sein Lachen hallt laut und fest über das Geräusch der

Wellen und das leise Klacken der übereinander gespülten Kiesel hinweg.

Er zuckt kurz zusammen, als ich meine Hand in seine schiebe, aber nach dem ersten Schock schließt er seine Finger um die meinen und schweißt uns fest zusammen. Es fühlt sich so solide und sicher an, seine Hand zu halten, dass eine der Panikketten, die um meine Brust geschnallt sind, sich lockert und ich ein wenig befreiter atmen kann.

»Willst du etwas über Leo erfahren?«, frage ich ihn.

»Absolut.«

Wir stehen da und halten Händchen, mit Blick auf die Sterne und die mit weißem Schaum bekrönte schwarze See, und wir atmen die salzige Luft, während ich ihm alles erzähle, was mir einfällt, über die Person, die mir am liebsten ist in der ganzen Welt.

44

»Du hältst mir doch die Stange, Nova, nicht wahr, wenn ich die Polizei rufe und sage, dass ich einem Einbrecher eins mit dem Wok übergezogen habe und er tot und leichenstarr auf dem Küchenfußboden liegt?«

Mal steht neben dem Herd an die Anrichte gedrückt, ein Topf, der vom Herd genommen wurde, steht neben ihm und scheint dem Aussehen und Geruch nach Porridge zu enthalten, und aus dem Toaster ragen zwei Scheiben gebräunter Toast. Cordy hat sich vor ihm postiert und schwenkt in einer Hand meinen schweren Wok, offensichtlich in der Absicht, ihn Mal auf den Kopf zu schlagen, während der vierjährige

Randle ein silbernes Milchtöpfchen in beiden Händen hält wie einen Schlagstock, mit dem er gleich Mals linke Kniescheibe bearbeiten will.

Mal wirkt wenig beeindruckt, wahrscheinlich in dem Wissen, dass er nichts anderes von Cordy zu erwarten hat. Wer weiß, vielleicht hat er seit dem Tag, als er mit mir Schluss gemacht hat, auf ihre Strafe gewartet, weil ihm immer klar war, dass Cordy die sein würde, die am heftigsten von allen darauf reagieren würde, dass er unsere Familie auseinandergerissen hat.

Dennoch lehnt er sich so weit wie möglich außer Reichweite, denn bei aller Schicksalsergebenheit ist er anscheinend doch nicht unbedingt versessen darauf, es von zwei Seiten gleichzeitig abzukriegen.

Ich war aufgewacht, weil ich einen Tumult gehört hatte, und als ich heruntergekommen war, hatte ich diese Szenerie vorgefunden. Neben mir steht die vierjährige Ria in der Tür und hüpft freudig von einem Fuß auf den anderen, wobei die Bänder an den Enden ihrer Rattenschwänzchen lustig mitschwingen. Es ist offensichtlich, dass sie jede Menge Spaß hat. Und eigentlich muss auch ich lachen, denn was sich meinen Augen hier bietet, ist wahrscheinlich genau das, was Cordy schon immer tun wollte, und zwar mit allen ihren Exfreunden, allen meinen Exfreunden und allen Exfreundinnen von Mal – und wahrscheinlich auch ein paarmal mit ihrem Jack, wenn er sie gelassen hätte. Lieber alles nach außen kehren, als etwas in sich hineinfressen, das ist ihr Lebensmotto. Ich habe davor großen Respekt. Sie und Amy sind sich in dieser Hinsicht sehr ähnlich – sie machen selten eine Erfahrung, die sie nicht sofort an die gesammelte Außenwelt weitergeben. Es muss befreiend sein, so übermütig mit den eigenen Gefühlen umzugehen. Ich rede immer zu viel, sie hingegen handeln und verausgaben sich.

»Warum willst du Malvolio wehtun?«, frage ich Cordy betont ruhig.

»*Warum?*«, wiederholt sie ziemlich fassungslos. »*Warum?* Meinst du das ernst?« Sie nimmt ihre Augen nicht einen Moment von ihrer Beute.

»Ja, ich meine es ernst – warum?«

Mals Blick flattert zwischen ihrer Waffe und mir hin und her; er versucht herauszufinden, ob ich zulassen werde, dass sie ihn schlägt.

»Ich komme heute Morgen völlig ahnungslos herunter, um uns allen Frühstück zu machen, bevor wir ins Krankenhaus fahren, und da steht doch tatsächlich *der hier* und kocht sich Porridge, als wäre er hier zu Hause.«

»Ich habe Nova …«, beginnt Mal.

»*Wer hat gesagt, dass du den Mund aufmachen darfst?*«, fährt sie ihn an, während sie den Wok gefährlich in die Höhe schwingt.

Mal hebt ergebungsvoll die Hände und beugt seinen langen, muskulösen Körper noch weiter zurück.

»Ich weiß wirklich nicht, wie er es wagen kann, sich hier noch sehen zu lassen«, sagt Cordy, als wäre Mal gar nicht im Raum. Sie fühlt sich betrogen, das ist offensichtlich. Sie hat Mal immer vergöttert, weil er sich sein ganzes Leben um sie gekümmert, sie behandelt hat wie seinen Augapfel, als wäre sie tatsächlich seine kleine Schwester, seine Prinzessin. Sie konnte sich immer auf ihn verlassen, und nun fragt sie sich, ob nicht alles Humbug war und sie ihn in Wirklichkeit gar nicht richtig kennt.

»Ich habe ihn gebeten, dass er herkommt«, sage ich, während ich mich gegen den Türrahmen lehne und meine Arme vor der Brust verschränke.

»Warum hättest du das tun sollen?«

»Weil es *mein* Haus ist und ich einladen kann, wen immer ich will.«

»Nachdem er dich dazu gebracht hat, dieses Baby zu kriegen, und dich dann verlassen hat?«, fragt sie.

Mals Kiefer verkrampft sich bei ihren Worten, seine Gesichtszüge werden hart, sein ganzer Körper spannt sich an. Ich hatte ganz vergessen, dass sein Wissensstand der ist, dass sich im Moment alle noch erholen müssen von dem Wissen, dass er Leos Vater ist. Was er nicht weiß, ist, dass seine Frau Tante Mer alles erzählt hat. Und die es wiederum allen anderen erzählt hat. Alle wissen jetzt also Dinge über ihn, die er lieber vor ihnen verborgen hätte. Und genau wie ich werden sie ihn wahrscheinlich nach den wahren Gründen fragen und sich nicht mit Ausreden zufriedengeben.

»Es macht nichts«, sage ich zu Cordy. Natürlich machte es was. Und ob es was machte! Auch wenn ich liebend gern geglaubt hätte, dass es Wichtigeres gab auf dieser Welt, Dinge, die dies hier klein und unbedeutend erscheinen ließen … Die gab es natürlich auch, aber sie machten nichts wett, sie konnten nicht verhindern, dass das, was er getan hat, einen schmerzlichen Bruch bei mir hinterlassen hat, der nie geheilt ist. Aber genau wie ich meiner Familie damals klarmachen wollte, dass ich nun mal keinen Vater für mein Kind hatte und dies kein großes Problem darstellte, so wollte ich ihr jetzt zeigen, wie sie Mal zu behandeln hatte.

Damals hatte ich allen weisgemacht, ich sei wirklich glücklich und zöge es nun mal vor, das Kind ohne den Vater zu kriegen, mit dem ich mich sowieso nicht vertragen hätte –

und war es nicht eine tolle Neuigkeit? So hatten sie alle gewusst, wie sie reagieren mussten: mit Freude, Stolz, Hochgefühl. Ich war glücklich, daher mussten sie es auch sein.

Und daher musste ich jetzt so tun, als hätte ich meinen Schmerz schon längst überwunden, denn sonst wäre ihre gesammelte Wut auf ihn in den Vordergrund getreten und hätte das in den Schatten gestellt, worum es wirklich ging. Ich konnte nicht zulassen, dass das geschah.

»Wie kannst du so tun, als ob das alles nicht geschehen wäre?«, fragt Cordy, plötzlich unsicher, ob sie nicht auch mir eins auf die Mütze geben sollte, um mir wieder Verstand ins Hirn zu prügeln.

»Mal ist Leos Vater. Ich will, dass Leo weiß, dass jetzt alle, die ihn lieben – sein Vater eingeschlossen –, bei ihm sind. Niemand hat Mal gezwungen, herzukommen, er wollte es selbst. Was geschehen ist, ist geschehen. Ich bin froh, dass er jetzt hier ist, weil Leo ihn braucht. Und wenn ich das so sehen kann, dann solltest du das, glaube ich, auch können.«

»Ich bin nicht so leicht herumzukriegen wie du«, mosert Cordy noch etwas weiter, obwohl sie klar verstanden hat, was ich meine: Die Umrisse ihres schlanken Körpers sind weicher geworden, und es scheint auch nicht mehr ganz so unvermeidlich, dass dieser bedrohliche Wok auf Mals Kopf landen wird.

»Nein, das stimmt. Aber du bist ein wundervoller und sehr sensibler Mensch, und ich bin mir sicher, dass du gleich ins Krankenhaus fahren und Mum, Dad und Tante Mer erklären wirst, dass Mal hier ist, und dass sie ihm bitte keine runterhauen sollen, wenn sie ihn sehen.«

»Und was wirst du inzwischen machen?«

»Ich werde Mal hier rausschaffen, bevor Keith nach Hause

kommt, um sich für die Arbeit fertig zu machen, und einen Platz für ihn finden, wo er unterkommen kann.«

Cordy weigert sich immer noch, den Wok zu senken.

»Es ist okay, Cordy, wirklich, ich habe ihm vergeben. Und dann kannst du das auch, bitte.«

»Ich will mal um deinetwillen annehmen, dass das so stimmt«, lenkt sie ein. »Aber du …«, sagt sie in bedrohlichem Ton zu Mal, indem sie den Wok senkt und ihn ihm unter die Nase hält.

Diese Bewegung muss für Randle den Ausschlag gegeben haben, der offensichtlich annimmt, dass das große Hauen nun begonnen hat und seinen Milchtopf mit erstaunlicher Kraft und einem unangenehm lauten Krachen gegen Mals Knie knallen lässt.

Ria hüpft neben mir in die Luft vor Aufregung, Randle lässt den Topf fallen und bricht sofort in Tränen aus, Cordy ist für eine Sekunde geschockt und stocksteif, kommt dann aber in Bewegung, um ihren heulenden Sohn zu trösten, wobei sie meinen Wok unbedacht zu Boden scheppern lässt. Mal knickt ein und sackt auf die Erde, wobei er mit schmerzverzerrtem Gesicht sein Knie umklammert hält und sich verzweifelt auf die Zähne beißt, um nicht laut aufzuheulen. Ria rennt jetzt zu ihrer Mutter, da sie die Liebkosungen, die gerade so großzügig verteilt werden, nicht verpassen will. Alle drei ignorieren Mal.

Meine Familie ist komplett wahnsinnig, beschließe ich. Und es will wirklich etwas heißen, wenn ich, die ich seit einem Monat nicht mehr als ein paar Stunden die Nacht geschlafen habe und am Rande eines mentalen und emotionalen Zusammenbruchs dahinvegetiere, wahrscheinlich die gesündeste Person in diesem Raum bin.

»Du hast mir nicht wirklich vergeben, nicht wahr?«, fragt Mal, als wir uns später auf den Weg zum Café machen.

»Nicht eine Sekunde lang«, erwidere ich ohne Zögern.

45

»Amy, das ist Mal«, sage ich. »Ein alter Freund von mir. Mal, das ist Amy, meine Geschäftspartnerin.« Ich bezeichne sie nicht als Angestellte, weil ihre Freundlichkeit, ihr sonniges Gemüt und ihre Schwerarbeiternatur unabdingbar sind für den Erfolg von Startruck. Und sie ist ja auch nicht einfach nur eine Angestellte. Sie ist eine wunderbare Freundin, die in den letzten paar Wochen weit über das hinausgegangen ist, was ihre Pflicht gewesen wäre. Sie hat jeden Tag das Café rechtzeitig aufgemacht, Gäste bedient, Tische gewischt, die meist lächerlichen Forderungen unserer Medien und Hellseher befriedigt, manchmal selber Zukunftsdeutungen gemacht, die Kasse abgerechnet, das Café wieder geschlossen, den Großhandelsmarkt besucht. Alles ohne ein einziges Wort der Klage. Und auch Leo hat sie besucht, wann immer sie konnte.

»Shakespeare!«, ruft Amy aus, ihre Augen so aufmerksam über Mals Gesicht wandernd, als würde sie am liebsten ihre Finger benutzen, um seine Haut nach wichtigen Anhaltspunkten zu durchstöbern. *»Du* bist Shakespeare!«, grinst sie dann und klatscht vor Freude in die Hände, bevor sie sich eine Locke hinters Ohr schiebt und sich mir zuwendet. *»Er* ist Shakespeare! Es war gar nicht verrückt, was ich vor all den Jahren gedacht habe, ich hatte recht.« Sie fuchtelt mit dem Finger so aufgeregt vor ihm herum, dass ich sie fast ermahnen möchte, sie solle nicht mit nacktem Finger auf angezogene Leute zeigen, wie ich es bei Leo immer tue. »Er ist deine Verbindung zu Shakespeare.«

Mal beäugt sie misstrauisch und fragt sich wahrscheinlich, ob diese große Frau mit den hüftlangen Haaren, der gepiercten Zunge und dem Bauchtattoo noch ganz bei Trost ist.

»Als Amy und ich uns kennengelernt haben, hat sie gedacht, ich sei Schauspielerin«, erkläre ich.

»Aha«, sagt Mal.

»Sie ist ein Medium«, schiebe ich nach.

»Klar«, sagt er mit einem verständnisvollen Nicken, so als hätte ich gesagt: »Sie ist ein bisschen zurückgeblieben.«

»Nein, sie ist wirklich eins«, versichere ich ihm. »Eines der besten.«

Amys Augen weiten sich, und ein noch breiteres Grinsen teilt jetzt ihr Gesicht, während sie puterrot anläuft. Ich hatte ihr das noch nie gesagt. Mal sieht drein wie auch Keith es tut, wann immer ich auf dieses Thema zu sprechen komme – als würde er sich fragen, ob die Hilfe eines Psychiaters mich vielleicht dazu bringen könnte, diesen Unsinn sein zu lassen.

»Als wir uns kennengelernt haben, hielt sie mich für eine Schauspielerin, weil sie mich von lauter Sternen umgeben sah. Dabei kannte sie noch nicht mal meinen Namen.« Ich durchforsche mein Gedächtnis, um die Erinnerung ganz genau wachzurufen. »Sie sagte, ich hätte eine sehr starke Verbindung zu Shakespeare. Und als ich zurückgab, das hätten die meisten Leute, schon allein aus dem Schulunterricht, bestand sie darauf, dass auf Leo das Gleiche zutrifft. Und dann meinte sie noch, es habe was mit der Zwölf oder dem Zwölften zu tun. Und irgendwie auch mit dem Old Vic, oder auch mit einer Person namens Old Vic.«

Ich wusste, dass dieser letzte Hinweis Mal beeindrucken würde. Die meisten Arbeitskollegen seines Vaters hatten Onkel Victor immer so genannt. Mals Gesicht ist tatsächlich bleich geworden, und er mustert Amy jetzt zusehends verunsichert.

»Amy deutet Leuten nur die Zukunft, wenn sie sie wirklich spürt. Wenn sie vor ihr sitzen, und es gelingt ihr nicht, zu ihnen durchzudringen, dann verlangt sie auch kein Geld und erzählt ihnen nichts«, fahre ich fort. »Darum habe ich auch so großen Respekt vor ihr. Ich erlaube nur gewissenhaften Leuten, hier zu arbeiten.«

»Ach, du bist *wirklich* Shakespeare!«, ruft Amy jetzt wieder aus und klatscht in die Hände. »Ich finde es *herrlich*, dich endlich zu treffen.« Wenn Amy irgendwann mal sechzig ist, wird sie sich wahrscheinlich immer noch freuen wie ein kleines Kind. »Ich hab mich immer wieder gefragt, worin diese Verbindung besteht. Vor allem, weil sie mit Leo so stark ist. Hey, war Old Vic vielleicht dein Vater?«

Mal verschließt sich schlagartig in sich selbst, er wird kalt und unnahbar, sein Gesicht eine harte, ausdruckslose Maske. Offensichtlich bleibt er noch immer seinem Grundsatz treu, nicht über seinen Vater sprechen zu wollen. Seine Augen, metallisch und düster jetzt wie ungeschliffene Diamanten, bohren sich geradezu in Amy.

»Amy, ich bin eigentlich hier, um dich zu fragen, ob du mir einen großen Gefallen tun könntest«, sage ich, um das Gespräch für den Moment in eine andere Richtung zu lenken. Ich will nicht, dass sie sich schon voneinander entfremden, bevor sie überhaupt stichhaltige Gründe für eine gegenseitige Antipathie haben.

Sie wendet mir ihr Gesicht zu, hat den Blick aber immer noch fest auf Mal gerichtet. Schließlich taucht sie ihre braunen Augen, die mich immer an einen Whirlpool erinnern, kurz in meine, aber ich kann genau sehen, dass sie es kaum erwarten kann, mit ihrer Aufmerksamkeit zu ihm zurückzukehren. »Hmmm?«, fragt sie zerstreut.

»Mal ist gerade erst angekommen, und wir hatten noch nicht die Zeit, ein Hotel oder Bed & Breakfast für ihn zu suchen. Bei mir kann er nicht bleiben, daher habe ich mich gefragt, ob er vielleicht ein paar Tage bei dir unterkommen könnte? Nur bis wir ein Hotel gefunden haben.«

Ich erwarte ganz selbstverständlich, dass sie Ja sagt; sie ist so ein Mensch, deshalb habe ich sie auch gefragt. Stattdessen schwingt sie ihr Gesicht zurück zu Mal und starrt ihn einen langen, angespannten Moment schweigend an, bevor sie sich wieder mir zuwendet. Sie streckt die Hand aus und ihre langen Finger schlingen sich um meinen Oberarm. »Können wir kurz unter vier Augen sprechen, da drüben vielleicht?« Sie zeigt auf die Tür, die in den hinteren Teil des Cafés führt, und bevor ich antworten kann, hat sie mich schon mit sich gezerrt.

Ich kann Mals Gesichtsausdruck nicht entziffern, als er einen Stuhl herauszieht und sich niedersetzt.

»Das ist Leos Vater, stimmt's?«, fragt sie, als wir ungestört sind.

Ich nicke.

»Und er hat dir das Herz gebrochen, nicht wahr?«

Ich nicke wieder.

»Was macht er dann hier? Warum braucht er einen Platz zum Übernachten?«

Ich habe es ihr noch nicht gesagt. Bei allem, was passiert ist, habe ich ihr noch nicht mitgeteilt, was der Arzt gesagt hat. Alle anderen waren dort, und sie war hier, wie immer, und hat die Stellung für mich gehalten, mich vor dem finanziellen Ruin gerettet; aber daher weiß sie es noch nicht.

Amy hat Leo sein ganzes Leben lang so gut wie täglich gesehen. Der einzige Mensch, der ihn noch öfter gesehen hat, bin ich selbst. Die beiden verbindet eine große Freundschaft, und er liebt es, wenn sie Japanisch mit ihm spricht oder versucht, PlayStation mit ihm zu spielen. Diese Nachricht sollte sie nicht von mir hören. Jemand, der distanzierter ist, objektiver, hätte es ihr sagen sollen. Auch wenn ich ihn für das, was er gesagt hat, hasse, hat es mir doch gutgetan, dass der Arzt seine Mitteilung vor meiner gesammelten Familie gemacht hat. Er hat mich auf diese Weise davor gerettet, diese Aufgabe selbst übernehmen zu müssen, nämlich die Menschen, die Leo lieben, darauf einzustimmen, dass es vielleicht zum Schlimmsten kommt.

»Setz dich lieber mal hin«, sage ich zu ihr.

»Sag's mir einfach«, gibt sie zurück. Es ist ihr klar, dass Mals Anwesenheit bedeutet, dass es keine gute Nachricht sein kann.

Ich muss immer wieder stocken und innehalten, während ich ihr weitergebe, was der Arzt gesagt hat. Ich versuche, es Wort für Wort zu wiederholen, ohne es durch meine eigene Wahrnehmung zu verfärben. Während ich spreche, beobachte ich sie, warte auf den Moment, wenn sie tun wird, was Mum und Cordy getan haben, nämlich in Tränen ausbrechen. Oder was Dad getan hat, ein Stück zurückweichen. Oder was Keith getan hat, nach meiner Hand greifen. Oder sogar, was Tante Mer und ich getan haben, nämlich völlig starr werden.

Amy überrascht mich: Sie nickt langsam, als ich aufhöre zu sprechen; dann fällt sie in Ohnmacht.

Ich schließe das Café hinter mir, nachdem ich einfach nur die Einnahmen vom frühmorgendlichen Andrang der Gäste im Safe untergebracht habe, ohne einen Kassensturz durchzuführen. Ich habe dringendere Angelegenheiten zu erledigen. Mal hat versprochen, sich inzwischen um Amy zu kümmern, sodass ich ins Krankenhaus fahren kann. Ich habe Leo nicht gesehen, seit ich auf dem Rückweg von London gestern Abend kurz vorbeigeschaut habe. Das ist eine lange Zeit für mich. Mal wollte Amy nach Hause fahren – obwohl sie ganz in der Nähe von Poets Corner lebt – und dann bei ihr bleiben, bis sie schläft und bis später Trudy nach Hause kommt.

Sie war völlig apathisch gewesen, und in gewisser Weise beneidete ich sie darum. In den letzten Wochen wäre ich gern einfach aus der Realität ausgestiegen und hätte mich in ein schützendes Kraftfeld aus Ruhe und Sicherheit begeben, um weit weg von allem zu sein. Leider hatte und habe ich diesen Luxus nicht genießen dürfen.

Mein gegenwärtiges Leben ist wie eine Maschine, sie hat viele Teile, von denen alle gewartet werden müssen, sonst bricht sie zusammen. Und das Teil, das derzeit am intensivsten der Liebe und Aufmerksamkeit bedürfte, ist meine Ehe. Seit Tante Mer alle Details über die Leihmutterschaft enthüllt hat, hat Keith aufgehört, über das Allernotwendigste hinaus mit mir zu kommunizieren. Aber ich schaffe es nicht, mich auf ihn zu konzentrieren. Da sind noch all die anderen Komponenten der Maschine, die gereinigt und geölt werden müssen: mich um Amy kümmern, Mal herholen, einfach nur jeden Tag ins Krankenhaus fahren.

Als ich auf den Krankenhausparkplatz einbiege – es gibt eine spezielle Sektion für Eltern und Betreuer von chronisch kranken Kindern –, macht sich ein Gefühl der Erleichterung in mir breit. Für den Rest des Tages muss ich mir über Amy und das Café keine Gedanken mehr machen. Die Erleichterung ist so tief und süß und köstlich, dass ich, während ich auf das hoch aufragende graue Backsteingebäude zugehe, beschließe, Startruck für ein paar Tage geschlossen zu lassen. Es ist wirklich ein wunderbares Gefühl. Ich will darin eintauchen, es aufsaugen, darin herumschwimmen, darin bleiben ein Leben lang. Ich will in etwas untergehen, über das ich mir keine Sorgen machen muss.

Als ich in Leos Zimmer komme, bietet sich mir ein bemerkenswerter Anblick: Mum sitzt, den Blick auf Leo gerichtet, in meinem Stuhl und häkelt. Sie hat den schlafenden Randle auf ihrem Schoß, und sein Kopf ruht auf dem Hügel ihres beeindruckenden Busens. Tante Mer hat auf Keiths Stuhl Platz genommen und liest eine Geschichte vor. Dad hat sich ebenfalls einen Stuhl organisiert. Auf dem Boden liegt eine mit Karos gemusterte Picknickdecke, die mit einem ganzen Arsenal an Spielsachen übersät ist, wobei Ria jedoch so versunken Tante Mer lauscht, dass sie all den Dingen keine Beachtung schenkt. Cordy sitzt im Schneidersitz auf der Decke und blättert in einer Zeitschrift.

Wahrscheinlich ist dies der Grund, warum in den Krankenhausregeln steht, dass nur zwei Leute gleichzeitig zu Besuch kommen dürfen. Wenn es unversehens einen Notfall gäbe, würde das Personal über meine Familie stolpern, um zu Leo zu gelangen. Aber ich finde es schön, dass sie alle hier sind. Dass sie ihr Leben um ihn herum aufgebaut haben, wie sie es immer tun bei besonderen Gelegenheiten, etwa wenn er ein Theaterstück in der Schule hat, oder ein Fußballspiel, oder wenn es sein Geburtstag ist. Sie kommen dann immer alle miteinander herunter nach Hove, nur um mit ihm zusammen zu sein, ihm jeden Wunsch zu erfüllen.

»Hey, Leo«, begrüße ich meinen Sohn. »Ich bin's.« Dann lasse ich meine Augen über alle anderen schweifen und begrüße auch sie. Sie lächeln mich an, jeder auf seine spezielle Weise: Mum strahlend, Dad versteckt, Cordy noch strahlender als Mum, Tante Mer so, als würde sie mir gleich ein Geheimnis verraten, und Ria neugierig.

Cordy hat ihren Charme spielen lassen. Sie hat ihnen gesagt, was notwendig war, damit sie mich nicht mehr so ansehen, als wüssten sie nicht, wie sie mit mir reden sollen, weil mir übel mitgespielt worden war und ich es ihnen nicht gesagt habe, obwohl sie doch dann den Feind schon längst aus ihrem Leben verbannt hätten. Sie hat sie beruhigt, ihnen wahrscheinlich auch mitgeteilt, dass Mal hier ist und ich ihm vergeben habe und er alles wiedergutmachen will. Vielleicht hat sie ihnen sogar gesagt, dass Randle ihm fast die Kniescheibe zerschmettert hätte, und vielleicht hat das ihren größten Blutdurst gestillt. Wie auch immer, Cordy – hervorragende PR-Frau, die sie nun mal ist – hat meine Familie zur Ruhe gebracht. Man wird vielleicht ein ernstes Wörtchen mit Mal reden, aber man wird ihn nicht bei lebendigem Leibe häuten, und im Moment geht es jedenfalls nicht in erster Linie um ihn. Dafür liebe ich meine Schwester.

»Es hat keine Veränderung gegeben«, sagt meine Mutter ruhig, während sie Dad ihre verschachtelte Häkelarbeit reicht. Wortlos legt er sein Kreuzworträtsel zur Seite und nimmt ihren Stoffbeutel vom Boden auf, um Häkelarbeit und Plastiknadel darin zu verstauen. Cordy packt mit Rias Hilfe das Spielzeug in eine ihrer großen Taschen und macht sich dann daran, die Picknickdecke zu falten. Mum wiegt Randle in ihren Armen und fragt sich wahrscheinlich, wie sie aufstehen soll, ohne ihn aufzuwecken.

»Wo ist Malvolio?«, fragt Tante Mer, die sich jetzt auch erhebt und ihr Buch zuklappt.

»Er kümmert sich um Amy«, sage ich. »Sie ist vorhin in Ohnmacht gefallen, als … Mal bringt sie heim und bleibt bei ihr, bis Trudy kommt.«

»Arme Amy«, sagt Cordy. Wenigstens ist Mal schlagartig in jedermanns Wertschätzung gestiegen, weil er sich um sie kümmert, ohne sie überhaupt zu kennen.

»Ruf ihn ruhig an«, sage ich zu Tante Mer. »Er sucht noch nach einem Hotel, wo er bleiben kann.«

»Okay, wir gehen dann mal«, sagt Mum.

»Ja, bis morgen.«

»Kommst du nicht auf dem Nachhauseweg heute Abend noch bei uns vorbei?«, fragt Dad.

»Nein, ich bleibe hier. Ich will Keith Gesellschaft leisten.«

Nach einer weiteren Abschiedsrunde gehen sie. Cordy und die Zwillinge fahren zurück nach Crawley; Mum, Dad und Tante Mer deuten an, dass sie sich Brighton anschauen wollen.

Dann bin ich allein. Mit Leo.

Wie ich es gern habe.

Wenn ich nicht da bin, bin ich froh, dass meine Familie

bei ihm ist, aber jetzt in diesem Moment will ich, dass wir zwei alleine sind. Wie es immer gewesen ist.

46

Gestern Abend, nach dem ersten Glas Wein, habe ich mich weniger leer gefühlt, vor allem weil ich dazu das Radio in der Küche, den CD-Spieler im Esszimmer und den Fernseher im Wohnzimmer angeschaltet habe.

Nach der ersten Flasche beschloss ich dann, auf dem Sofa zu schlafen, weil mein Bett oben im Schlafzimmer viel zu weit entfernt war und kein Mensch drin lag, nicht mal mein Mann.

Die zweite Flasche Wein muss mich jedoch auf die Idee gebracht haben, unserem Dachboden einen Besuch abzustatten, denn als ich später aufwachte, fand ich mich dort auf dem Boden wieder – inmitten von der Babykleidung, die ich damals gekauft und nun um mich herum ausgebreitet hatte wie Ausschnitte aus einem dreidimensionalen Kinderkatalog.

Ich kann mich nicht daran erinnern, wie ich das getan habe, aber es muss wohl so sein. Und meine dick verquollenen Augen sagen mir, dass ich auch geweint haben muss.

Ausnüchterung, Scham und eine warme Dusche (lang, heiß, viel Seife) haben mich dann hierhergeführt. Jetzt stehe ich im Garten, eine Zigarette zwischen die Lippen geklemmt, und bin dabei, jedes einzelne Stück des Teeservices, das Meredith uns geschenkt hat, auf dem Betonweg zu zerschmettern, der von unserem Haus zur Holzhütte hinten im Garten führt.

Damit hat es angefangen, nicht wahr, dass ich diese Tasse zerbrochen habe? Also muss ich beenden, was ich damals ohne Absicht begonnen habe. Es ist mir inzwischen alles klar geworden: Das Teeservice, wo auch immer es herkommt, hat einen Fluch auf sich lasten.

Ich muss daher jede verdammte Scherbe davon aus meinem Haus und meinem Leben entfernen.

47

Ich fahre auf, als es an der Tür klopft.

Ich habe nur gedöst, nicht richtig geschlafen – traumlos, was für ein Segen. Automatisch werfe ich einen Blick auf Leo: Keine Veränderung. Dann stolpere ich zur Tür.

Mein Herz vergisst für ein paar Sekunden zu schlagen, und meine Lungen stocken: Mal.

Ach, stimmt ja, ich hatte ihn gebeten zu kommen. Er will nicht so recht hierher passen – in den letzten Jahren habe ich verlernt, ihn als jemanden zu betrachten, der mir nahesteht.

»Hi«, sagt er; offensichtlich hat er den Schock auf meinem Gesicht gesehen.

»Hi«, sage ich. Anscheinend hat er geduscht und sich die Haare gekämmt, denn seine Locken sehen gezähmt aus und haben sich nach hinten gelegt. Ich hatte ganz vergessen, wie kantig und doch seltsam weich seine Gesichtszüge sind. So viele Jahre lang hatte ich den Wunsch gehegt, seine vollen

Lippen zu küssen, und hatte mich danach gesehnt, dass seine Augen, die eine Nuance dunkler sind als das Braun eines Fuchspelzes, mich so ansehen, wie sie es jetzt tun: sanft, aufmerksam, mich sondierend, als versuchten sie, meine äußeren Schichten abzuschälen und tief in mich hineinzublicken.

Er hat das immer getan, wenn wir für längere Zeit getrennt waren – etwa als ich aus Oxford zurück nach London kam, oder als er aus Australien heimkehrte, oder wenn ich mit Keith im Urlaub gewesen war. Es war, als wollte er sich damit physisch, mental und emotional wieder mit mir bekannt machen. Er sah mich dann immer lange an, streckte die Hand aus, um mich zu berühren, um die Bestätigung zu finden, dass ich echt war. Jetzt, nach all diesen Jahren, war dieses Bedürfnis wahrscheinlich sogar noch größer geworden.

Ganz plötzlich überkommt mich der Wunsch, ihn zu schlagen. Einfach so. Auch, um ihn herauszureißen, ihn daran zu erinnern, warum er hier ist. Vielleicht hat das aber auch schon jemand anders getan, merke ich, als ich ihn näher ansehe: Über seiner linken Wange verläuft ein auffälliger, glühend roter Streifen, als wäre er tatsächlich geohrfeigt worden. »Was ist denn da passiert?«, frage ich, indem ich auf seine Wange deute.

»Hm?«, fragt er, indem er seine Wange berührt. »Oh, das war Mum.«

Tante Mer hatte das getan?

»Die erste Ohrfeige hat sie mir gegeben für das, was ich getan habe. Die zweite dann, weil ich ihr all die Jahre über nicht die Wahrheit gesagt und sie in ihrem falschen Glauben gelassen habe. Die dritte, weil sie meinte, dass es sicher jemanden gibt, der mich liebend gern schlagen, aber es doch nie tun würde. Die vierte, weil ich mir selber eine knallen würde, wenn ich die Gesichter der anderen gesehen hätte, als sie ihnen die Wahrheit sagte. Danach habe ich aufgehört zu zählen.«

Tante Mer?

»Dann brach sie in Tränen aus und sagte, sie hätte nie gedacht, dass sie ein Kind zum ersten Mal ohrfeigen müsste, nachdem es die dreißig schon lange überschritten hat. Und schließlich sagte sie noch, dass sie sich zum ersten Mal in ihrem Leben für jemand anderen schämen musste, und dass diese Scham sehr schmerzvoll für sie war. Um ehrlich zu sein, die Schläge waren leichter zu ertragen als ihre Worte.«

»Ich habe ihr nichts gesagt, das weißt du hoffentlich.« Es musste ihn tief treffen, dass Tante Mer sich für ihn schämte.

»Nein, es war Steph, die es meiner Mutter gesagt hat. Ich weiß nicht, warum, aber sie hat's getan«, gibt er zurück. »Amy geht's übrigens gut. Trudy ist heimgekommen und hat sie ins Bett gesteckt. Sie spricht immer noch kein Wort. Ich habe auch ein Hotel gefunden. Es ist gleich in der Nähe von dem, wo Mum und deine Eltern wohnen.«

Ich nicke.

»Ich hatte gehofft, Leo zu sehen?«

»Ja, sicher.«

»Wirklich?« Er ist überrascht.

»Hast du gedacht, ich würde dich den ganzen Weg hierher locken, um dich ihn dann gar nicht sehen zu lassen?«

»Ich würde es dir nicht übel nehmen.«

»Mal, es geht hier nicht um dich, es geht um Leo.«

Nachdem er die Schwelle zu Leos Krankenzimmer übertreten hat, bleibt er wie angewurzelt stehen. Jeder tut das, wenn er zum ersten Mal herkommt. Die Maschinen, die um das Bett herum stehen, haben etwas Einschüchterndes, sie machen Piep- und Tropfgeräusche, während überall Lichter blitzen und Linien sich über Monitore bewegen. Ein weißer Schlauch führt von einer der Maschinen zum Bett, zu Leos Mund. Manchmal nehmen die Pfleger den Schlauch auch heraus, weil er meistens alleine atmen kann. An seinem Arm hängt ein Tropf. Leo erscheint inmitten der Geräte wie ein Zwerg, klein und zierlich und sehr zerbrechlich.

Mal ist entsetzt, seine Augen sind groß, sein Körper steif, als er mich ansieht. Ich nehme ihn sacht am Arm und führe ihn zu meinem Stuhl.

»Es ist schon in Ordnung, setz dich einfach hin«, sage ich zu ihm, »sag ihm, wer du bist, sprich mit ihm.« Sanft drücke ich ihn hinunter.

»Sieh mal, wer da ist«, sage ich dann zu Leo. »Es ist mein alter Freund, Mal. Er ist der Sohn von Nana Mer. Genau wie du mein Sohn bist, ist er der Sohn von Nana Mer. Und er ist dein anderer Dad. Weißt du noch? Du hast mal geschrieben, dass du zwei Dads hast. Er ist der andere.«

Ich streiche über Mals Arm, um ihm Mut zu machen, dann überlasse ich ihm das Feld, ziehe mich auf die andere Seite des Zimmers zurück und stelle mich an die Tür.

»Ähm, hi, Leo. Ich bin Mal. Ich habe dich gesehen, als du ein paar Tage alt warst. Ich dachte damals, wie klein du bist. Ich wollte dich in den Arm nehmen, und ich war sicher, dass du in meine Handfläche passt. Dann hab ich dich auch bei der Hochzeit deiner Tante Cordy gesehen. Deine Nana Mer zeigt mir immer Bilder von dir.

Ja, und weißt du, wer ich bin? Ich bin der Junge auf dem Bild, das du Nana Mer gezeigt hast. Du hast sie gefragt, wieso ich aussehe wie du. Das bin ich.

Deine Mum hat mir gesagt, dass du PlayStation und Fußball magst. Na ja, ich mag das alles auch. Eines Tages werden wir miteinander spielen, schauen wir mal, wer gewinnt. Ich bin auch ziemlich gut, weißt du. Es gibt kaum jemanden, der besser ist, aber ich bin sicher, du wirst es versuchen.«

Ich liebe Mals Stimme. Die Art, wie er sie moduliert, wie er die Worte betont. Und in diesem Moment liebe ich sie noch mehr, weil dieses Gespräch mit Leo schon lange überfällig ist.

48

»Wir sollten vorsichtig sein, wenn wir Lügen erzählen«, sage ich zu Carole. »Sie sind lebendig. Lügen sind lebendig. Wenn man sie einmal ausgesprochen hat, ziehen sie weitere Lügen nach sich.«

Carole starrt mich an. Sie sitzt mir gegenüber an meinem Küchentisch, eine Zigarette in der einen Hand, ihre Teetasse in der anderen, und starrt mich an. Sie hat nicht wirklich eine Ahnung, wovon ich rede. Aber ich brauche sie. In einem Moment der Klarheit, nachdem ich das Teeservice zerschlagen und das Trinkritual mit der Babykleidung wiederholt hatte, war mir bewusst geworden, dass dies ein Zeichen war und ich mit jemandem reden musste, bevor die Dinge außer Kontrolle gerieten. Von unserer Freundesgruppe ist sie der Mensch, der mir am nächsten steht, glaube ich. In den ersten paar Wochen im College hatten wir ein Zimmer im Studentenwohnheim geteilt, wobei Carole in unserem

Stockbett oben schlief, bis sie schließlich umziehen konnte, weil das Mädchen nebenan lieber wieder nach Hause ging und mit ihrem Freund eine Familie gründete, statt drei Jahre lang mit einem Universitätsstudium zuzubringen. Vielen unserer Kommilitonen ging es so, sie merkten ziemlich schnell, dass das Unileben für sie nicht gemacht war, und so wurden immer wieder Zimmer frei. Eigentlich hätte das Verhältnis zwischen mir und Carole auch von Peinlichkeit und Verlegenheit geprägt sein können, angesichts der Tatsache, dass ich zwei Jahre mit Vince zusammen war und sie ihn dann geheiratet hat, aber so ist es nicht. Die Beziehung zwischen Vince und mir war von Anfang an eine Katastrophe, es hatte uns nur zwei Jahre der Tränen, Tobsuchtsanfälle, Besuche in der Notaufnahme und Drohungen, aus dem College geworfen zu werden, gekostet, bis wir es endlich einsahen. Carole ist ausgeglichen, lieb, anpassungsfähig. Alles, was ich nicht bin.

Erst als Carole die Tasse an ihre Lippen hebt, bemerke ich meinen Fehler. Ich habe den Tee in Kaffeetassen serviert. Ich war einfach nicht ganz bei mir, und in ein paar Minuten wird sie das hoffentlich verstehen und diese kleine Verfehlung nicht später vor den anderen zur Sprache bringen. Wir sind alle ziemliche Luder, ja, und sind uns alle sehr bewusst darüber, dass wir hinter dem Rücken der jeweils anderen ihre Fehler »diskutieren«.

Meine Augen schweifen über das weiße Geschirr mit dem dünnen rosa Streifen am unteren Rand. *Wie konnte ich nur übersehen, dass dies eine ganz andere Nuance von Rosa ist als das am Rand der Untertassen, der Teekanne, des Milchkännchens und der Zuckerdose. Wie nur?*

Ich habe Carole geködert, indem ich sie gefragt habe, ob

wir zusammen joggen gehen; stattdessen hatte ich Tee, Kuchen und ein Päckchen Zigaretten vorbereitet, als sie zu mir kam. Ich war zu vorsichtig, zu scheu gewesen, sie zu fragen, ob sie herüberkommen und einfach nur reden wollte. Sie hätte den anderen vielleicht davon erzählt, bevor ich ihr die Geheimhaltungspflicht auferlegt und sie gebeten hatte, sich mit niemand anderem darüber auszutauschen, was ich ihr erzählen wollte. Carole ist nett. Sie mag Mal und findet es gut, dass wir zusammen sind. Rauch umwölkt Caroles Gesicht, als sie ihn jetzt in Schwaden ausstößt. Unter normalen Umständen würden wir nie hier im Haus rauchen, aber dies sind keine normalen Umstände.

»Carole, ich möchte dir ein Geheimnis erzählen, über eine Lüge, die ich einmal in die Welt gesetzt habe. Wie gesagt eine Lüge, die weitere Lügen nach sich gezogen hat«, fahre ich fort, indem ich meinen Blick vom Geschirr wende. Vielleicht hat sie es gar nicht bemerkt. Vielleicht wird sie gar nicht allen erzählen, wie verwirrt ich bin. »Ich … Bitte, behalte es für dich. Ich … *Bitte.*«

Sie nimmt einen Zug von der Zigarette und runzelt ein wenig die Stirn, während sie nickt und den anderen Arm um ihren Bauch schlägt, als würde sie sich selbst stählen wollen für das, was ich ihr zu sagen habe. »Natürlich.«

»Ich habe meinen Mann belogen. Mal. Ich habe ihn belogen. Einmal. Vor langer Zeit. Es war nur dieses eine Mal, aber diese Lüge konnte nicht alleine bleiben. Sie zog andere Lügen nach sich. Und als ein Resultat dieser Lüge, und der weiteren Lügen, liegt Mals Sohn jetzt im Sterben.«

Caroles Stirnrunzeln vertieft sich, und ihre Augen flackern für einen Moment, während ihre Gedanken zu ihrem Sohn und ihrer Tochter wandern. Sie sind sicher bei ihrem Vater, hofft sie. Ganz bestimmt tun das alle Eltern: Wenn sie von einem kranken, vermissten oder verletzten Kind hören, denken sie schnell an ihr eigenes Kind und hoffen, dass es ihm gut geht. Dass es ihm gut geht und es da ist, wo es sein sollte.

»Es ist meine Schuld, dass der Junge sterben muss«, sage ich zu ihr. Plötzlich, wie durch ein Wunder, liftet sich das Gewicht der Schuld ein wenig. Dieser Teil des Geständnisses hat meine Schuld schon leichter gemacht. Der Rest wird mich hoffentlich noch mehr erleichtern.

Sie rutscht ein Stückchen auf ihrem Stuhl zurück, nur ein Stückchen, während sie sich fragt, was ich getan habe, wie ich dem Jungen wehgetan habe, wie sie reagieren soll, wenn sie herausfindet, dass ich jemand bin, der in der Lage ist, einem Kind wehzutun. Ihre Stimme bebt bei jedem Wort, als sie fragt: »Was ist geschehen?« Ich habe die Richtige gewählt. Sie hat mich gefragt, was geschehen ist, statt »Was hast du getan?«, was bedeutet, dass sie wahrscheinlich von einem Unfall ausgeht. Nicht etwa davon, dass ich etwas absichtlich getan habe. Sie glaubt nicht, dass ich eine Teufelin bin. Und vielleicht heißt das ja auch, dass sie versteht, wenn ich ihr den Rest erzähle.

»Vor Jahren, nicht lange, nachdem ich Mal getroffen habe und es so aussah, als würde es Ernst zwischen uns, und ich merkte, dass er mich bald fragen würde, ob ich ihn heiraten wollte, habe ich zu ihm gesagt, dass ich keine Kinder haben kann.«

Caroles Panik löst sich etwas, ihre Schultern lockern sich. Dann gehen ihre Gedanken zurück zu der Dinnerparty, und Scham kriecht über ihre Züge. »Wirklich?«, fragt sie mit solchem Mitleid in der Stimme, dass ich fast unfähig bin, ihr den Rest zu erzählen.

Vielleicht wird sie mich danach doch noch für eine Teufelin halten. »Na ja, es ist so, dass ich damit eigentlich gemeint habe, dass ich keine Kinder haben *werde.*«

Die Zigarette bleibt ruckartig stehen, auf dem Weg zu Caroles wartendem Mund. Sie hat pinkfarbenen Lipgloss aufgelegt, obwohl wir eigentlich vorhatten, joggen zu gehen. »Was meinst du damit, dass du keine Kinder haben wirst?«, fragt sie vorsichtig, die Zigarette auf den gläsernen Aschenbecher senkend.

Ich beobachte, wie das Ende der Zigarette weiterbrennt, unfähig, ihr in die Augen zu sehen. »Ich meine damit, dass ich vor langer Zeit beschlossen habe, keine Kinder zu haben, weil es ein großes Opfer bedeuten würde, das ich nicht bringen möchte.«

49

Keith ist wirklich entschlossen, nicht mit mir zu reden.

Es schmerzt wie ein Schlag vor die Brust, jedes Mal, wenn ich daran denke. Wir haben immer miteinander geredet, und diese Entwicklung ist niederschmetternd für mich.

In den letzten sechs Tagen haben wir kaum ein Wort gewechselt. Im Krankenhaus bei Leo macht er immer die Nachtschicht, obwohl alle meine Familienmitglieder schon angeboten haben, ihn abzulösen, damit er mit mir zusammen nach Hause gehen kann. Er lehnt aber immer ab, weil er sowieso nicht das Bett mit mir teilen will. Wenn er mir eine SMS schreibt, unterzeichnet er einfach mit »Keith«, kein »Liebe dich« mehr, auch kein »x« für einen Kuss. Ich habe den Verdacht, am liebsten würde er eintippen: »Ich kenne dich nicht.« Gestern Abend wollte ich darauf bestehen, bei ihm zu bleiben, aber er sagte nur: »Nein, geh nach Hause, Leo ist es lieber, wenn du morgen wach bist.« Danach weigerte er sich, weiter mit mir zu sprechen.

Er ist immer noch sprachlos darüber, was ich seiner Meinung nach für ein Mensch bin: Jemand, der ein Baby einfach weggeben hätte können. Jemand, der sein eigenes Kind aufgegeben hätte, wenn die ursprünglich beabsichtigten Eltern es sich nicht anders überlegt hätten. Keith ist der Überzeugung, dass niemand dies tun kann, wenn er danach noch in der Lage sein möchte, mit sich selbst zu leben; er glaubt, eine Leihmutter – ob nun bezahlt oder nicht – müsse der schlimmste Albtraum jedes kinderlosen Paars sein, weil sie am Ende beschließen wird, das Baby selbst zu behalten. Das Wissen, dass ich die feste Absicht hatte, das Kind, das später Leo wurde, nach neun Monaten seinen »richtigen« Eltern zu übergeben, erschüttert ihn zutiefst. Keith mag keine Erschütterungen. Dass Leo im Krankenhaus ist, ist schon schlimm genug. Daher ignoriert er mich und spricht nur mit mir, wenn es absolut notwendig ist.

»Glaubst du etwa, ich würde einfach danebenstehen und zusehen, wie das Baby eines anderen Mannes in dir wächst?«, hatte er mich vor all den Jahren angebrüllt. Alle Gespräche in normaler Lautstärke hatten uns nirgendwohin geführt, also versuchte er, mich mit Schreien zur Vernunft zu bringen. »Es ist ja nicht so, dass ich so tun kann, als wäre es nicht da, wenn du jeden Tag dicker wirst. Wir werden die Straße hinuntergehen, und jeder wird uns ansehen und denken, dass es unseres ist. Was sollen wir sagen, wenn sie uns Fragen stellen, sollen wir sie anlügen?«

»Ich habe dir doch gesagt, es ist mir egal, was andere Leute denken. Was du denkst, ist wichtig, nicht was irgendjemand da draußen denkt.«

»Ich denke, dass es eine ganz schlimme Sache ist, so etwas zu tun.«

»Wie kann es schlimm sein, wenn man es tut, um jemanden glücklich zu machen?«

»Es wird für dich schlimm sein. Nachher wirst du ein völliges Wrack sein.«

»Du meinst wohl, für dich wird es schlecht sein, wenn ich nachher ein Wrack bin, weil du dich nicht um mich kümmern willst.«

»Warum redest du, als hätte ich kein Recht, mir Sorgen darüber zu machen, was dies alles zwischen uns verändern wird? Du wirst nichts trinken können, dir wird dauernd schlecht sein, sie werden ständig hier herumhängen, um dich zu sehen. Dein Körper wird sich verändern, du wirst nicht mehr so viel tun können. Ich werde miterleben, wie dieses Baby sich bewegt, und wir werden nur weiß Gott wann Sex haben. Und nach all dem werden wir am Ende nicht mal ein Baby haben, das die Sache wert gewesen ist.«

»Ist es das, worum es dir wirklich geht? Sex?«

»Lucks, wenn du denkst, dass ich mit dir vögeln kann, während ich andauernd erinnert werde, dass du von jemand anderem schwanger bist, dann kennst du mich nicht sehr gut.«

»Wir kommen einfach nicht weiter«, sagte ich. Er hatte recht, es war sinnlos, es abzustreiten. Ich hatte keine Rücksicht auf ihn genommen, als ich zugestimmt hatte. Ich hatte nicht gedacht, dass das notwendig war, weil ich angenommen hatte, dass er verstehen würde; dabei hatte ich ihn im

Grund um nichts anderes gebeten, als unsere Beziehung für fast ein Jahr auf Eis zu legen, während ich zwei Fremden den größten Wunsch erfüllte. Ich hätte ihn dazu befragen sollen, oder mich darauf vorbereiten, ihn zu verlieren.

»Gut, dann lass mich die Karten offen auf den Tisch legen: Wenn du es tust, dann ...« Er hielt inne, denn er wollte es nicht tun. Es war nicht sein Fehler. Sie waren nicht seine Freunde, er war nicht mit einem von ihnen aufgewachsen, warum hätte er sein Leben drastisch ändern sollen für Leute, mit denen er sich nicht wirklich verbunden fühlte? Und warum hätte er derjenige sein sollen, der unsere Beziehung beendete?

»Ich werde es tun. Ich liebe dich, aber ich werde es tun. Ich habe mein Wort gegeben, und das werde ich halten. Dann ist es wohl aus zwischen uns.« Ich hätte so gern geweint in dem Moment. Wenn er später gegangen wäre, würde ich zusammenbrechen und Rotz und Wasser heulen.

Er musterte mich von Kopf bis Fuß, langsam, als versuchte er, sich jedes einzelne Detail von mir einzuprägen. »Ich gehe und hole mein Zeug.« Als er mit zwei Sporttaschen mit Kleidung und Büchern und CDs und anderen Dingen zurückkam, die er bei mir zu Hause gelagert hatte, warf er mir noch einen eindringlichen Blick zu. »Ich habe mir immer wieder gesagt, dass ich mich nicht mehr mit dir einlassen sollte«, sagte er. »Denn jedes Mal, wenn wir Schluss machen, brauche ich ein wenig länger, um über dich hinwegzukommen.«

»Mir geht es genauso«, erwiderte ich und spürte, wie sich meine Mundwinkel nach unten zogen. Ich wollte, dass er ging, bevor ich anfing zu weinen. Denn jedes Mal, wenn wir uns trennten und ich anfing zu weinen, endete es damit, dass er mich tröstete und wir im Bett landeten und ich danach noch mal weinen musste.

Das nächste Mal, als wir uns wiedersahen, hatte er beschlossen, mich zu besuchen, weil er in West Sussex lebte und herausgefunden hatte, dass ich nach East Sussex gezogen war. Ich sagte ihm sofort, dass ich einen Sohn hatte, und als er hörte, wie alt er war, nahm er einfach an, dass ich dann doch beschlossen hatte, das Baby zu behalten.

»Bitte, sprich mit mir«, sage ich später zu ihm. Die anderen sind schon vor ein paar Stunden gegangen, und ich habe Leo vorgelesen und versucht, mir zu überlegen, wie ich die Sache mit Keith in Ordnung bringen kann. Er hat seine Uniform an, und zum ersten Mal überhaupt bin ich versucht, ihn über seinen Job auszufragen, sodass er mir eine elaborierte Erklärung geben kann, warum er meine Fragen nicht beantworten kann und will. Ich will seine Stimme hören, ich will, dass er mehr als ein paar Sekunden lang Worte an mich richtet. Er ist gerade im Begriff, seine Jacke ausziehen, zieht sie aber jetzt mit einem Achselzucken wieder hoch. Ich habe plötzlich Angst, dass er wieder gehen wird. Stattdessen fragt er, den Blick auf Leo gerichtet: »Worüber?«

»Über alles. Sprich mit mir, bitte hör auf, mich zu ignorieren.«

Er wendet sich mir langsam zu, und ich sehe, dass er nicht wütend auf mich ist, sondern verwirrt und unsicher. Er weiß nicht, wie er mit mir reden soll. Er scheint mit seinem ganzen Körper zu seufzen, und das erinnert mich daran, wie stark er ist. Muskulös, groß, ruhig, selbstbewusst, stark – auf eine so andere Art als die meisten Männer, mit denen ich zusammen war. Er ist aufrichtig, und das verleiht ihm Stärke. Nichts, was er sagt, ist unehrlich oder versponnen, und das gibt ihm Stärke. Das ist auch der Grund, warum er so verletzt ist – ich habe ihn nicht wirklich angelogen, aber wenn ich fähig war, die ganze Wahrheit vor ihm verborgen zu halten, nimmt ihm das die Sicherheit darüber, wer ich bin.

Darum hat er aufgehört, mit mir zu reden: Er denkt darüber nach, wie es insgesamt mit meiner Ehrlichkeit ihm gegenüber bestellt ist. Er nickt zur Tür hin. »Draußen.«

Er will das nicht vor Leo machen. Er will nicht vor Leo sagen, dass … was, dass es vorbei ist?

Wir gehen hinaus, und in dem weiten, hell erleuchteten Korridor draußen vor Leos Krankenzimmer lehne ich mich gegen die Wand gegenüber, sodass ich immer noch durch die offene Tür schauen, Leos Bett und ihn selbst im Blick behalten kann. Keith baut sich groß vor mir auf. Er stellt sich vor mich, stützt sich mit einem Arm an die Wand über meinem Kopf, sodass sein Körper wie ein Schutzschild für mich wirkt. Man kennt das von Männern in Clubs und Bars, die das mit ihren Frauen machen, um ihr Territorium zu markieren, um zu zeigen, dass eine Frau ihnen ganz allein gehört.

»Ich würde gern wissen, ob ich mich schlecht fühlen soll, weil ich ein Problem mit dem habe, was du tun wolltest«, sagt er.

»Natürlich nicht. Es ist nur so, dass ich es einfach tun musste«, erwidere ich. »Nicht jeder könnte das.«

»Aber es handelte sich um Leo. Wie hättest du zusehen können, wie er bei jemand anderem aufwächst, wenn du weißt, dass er dein Sohn ist?«

Ich zucke die Schultern. »Ich weiß nicht, ich hätte es einfach getan.«

»Du hättest dein eigenes Herz gebrochen, um zwei andere

Menschen glücklich zu machen«, sagt er. »Aber von mir willst du partout kein Baby haben. Was soll ich denn nur denken, wie soll ich noch mit dir sprechen?«

»Ich will doch ein Baby von dir«, protestiere ich.

»Wenn wir uns hier lieben könnten, jetzt gleich auf der Stelle, würdest du Panik bekommen. Du würdest alles tun, um es zu vermeiden.«

Mein Herz galoppiert, es dröhnt in meinen Ohren, ich bin überzeugt, dass er es hören kann, es fühlen kann, weil er so nah bei mir steht, und dann wird er wissen, dass ich Angst davor habe, noch ein Baby zu bekommen.

»Es ist doch so, nicht wahr? Wir beide wissen, dass das anfing, lange bevor Leo krank wurde.«

Jetzt, wo er weiß, was passiert ist, dass ich durch die Schwangerschaft meinen engsten Freund verloren habe, könnte ich ihm erklären, warum ich Angst habe. Ich weiß, sie ist irrational, ich weiß, ich werde sie irgendwann überwinden können, aber im Moment kann ich es nicht. Und ich kann es Keith nicht erklären, weil er nicht verstehen wird. Er wird finden, dass ich Zicken mache, und ich kann den Gedanken nicht ertragen, jemandem meine Ängste zu enthüllen und dann abgelehnt zu werden.

»Ich will Kinder mit dir, aber ich bin noch nicht bereit dafür.«

»Wann wirst du bereit sein, Lucks? Du bist siebenunddreißig, ich bin sechsundvierzig, die Zeit ist nicht auf unserer Seite.«

Ich sehe ihm in die Augen, sie sind tief dunkelbraun, fast schwarz. Als wir uns kennengelernt haben und ich in ihn verknallt war, vergaß ich immer, was ich sagen wollte, wenn ich in diese Augen sah. Ich musste immer wegsehen, denn sobald ich seinem Blick begegnete, fing ich an zu nuscheln und herumzustammeln, und das war unglaublich peinlich.

»Ich weiß nicht, wann ich bereit sein werde«, sage ich. »Aber ich will es wirklich. Ich gebe dir mein Wort.«

»Lass uns später noch mal darüber sprechen. Wenn es Leo besser geht, können wir vielleicht wieder darüber reden, und vielleicht kannst du mir dann sagen, wovor du solche Angst hast. Wir sehen dann, was wir damit anstellen können. Klingt das fair für dich?«

Ich nicke. Ich vergesse manchmal, dass er zwar wie ein richtig harter Kerl erscheint, aber dass er mich liebt. Und weil er mich liebt, versucht er mich zu verstehen. Es ist meine eigene Angst, die mich davor zurückhält, mit ihm zu reden. Denn auch wenn es irrational ist und nicht das, was er hören will, liebt Keith mich schon so lange, dass er eine Möglichkeit finden würde, damit wir beide damit zurechtkommen. Ich würde für ihn dasselbe tun. Das ist das Wichtigste an unserer Liebe.

Er küsst mich auf die Stirn, ein wundervoller, keuscher Segen. Er küsst mich auf die Nase, eine sanfte Berührung zum Zeichen seiner Liebe. Er küsst mich auf die Lippen. Und er will nicht mehr. Er will keinen Sex, er will nicht, dass ich körperlich mit ihm auf einer Wellenlänge bin, und das ist es, was ich in diesem Moment brauche. Ich will einfach nur, dass er mich liebt, ohne irgendwelche Erwartungen. Ohne dass er will, dass ich mit Leo umgehe wie er es tut, ohne dass er will, dass wir eine Zukunft planen, ohne dass er will, dass ich nicht fähig gewesen wäre, mein Kind wegzugeben. Dies hier ist wundervoll. Mit ihm so zusammen zu sein ist ein kleines Stück vom Himmel, wie wir es lange nicht gehabt haben.

Wir haben den Himmel, also was soll's, wenn bald die Hölle losbricht.

In diesem Moment fangen die Maschinen in Leos Zimmer hektisch an zu piepsen, die Linien und Zahlen auf den Monitoren blinken. Eine Krankenschwester kommt gerannt, gefolgt von zwei Ärzten und einer weiteren Schwester. Ich mache Anstalten, mich ihnen anzuschließen und zu Leo zu eilen, aber Keiths starke Hand hält mich zurück. Er will, dass ich sie ihren Job machen lasse.

»Noch nicht«, will ich schreien, aber da ist kein Laut. »Noch nicht, noch nicht, ich bin nicht bereit.«

50

Du denkst wahrscheinlich, dass ich selbstsüchtig bin. Dass ich es nicht verdiene, einen liebenden Mann und ein schönes Zuhause zu haben, wenn ich ihn bei einem so wichtigen Thema wie Kinderkriegen anlügen kann. Du glaubst vielleicht, dass es für eine Frau, die behauptet, ihren Mann zu lieben, keine Art ist, sich alle drei Monate heimlich Verhütungsspritzen geben zu lassen und gelegentlich auf der Arbeit in der Toilette einen Schwangerschaftstest zu machen. Aber du verstehst nicht. Die Lüge ist nun mal da, und jetzt kann ich sie nicht mehr zurücknehmen.

Ich … Ich habe eine Krankheit. Eine Störung, nennt man das jetzt. Man hat jetzt einen netten Namen dafür, und jede zweite Berühmtheit scheint daran zu leiden und bei jeder Gelegenheit vor aller Welt darüber zu sprechen, aber als ich herausgefunden habe, was ich hatte, schien es mir gar nicht glamourös. Das ist es auch nie gewesen, und ich verstehe nicht, wieso diese Leute, die es angeblich haben, nicht so darunter zu leiden scheinen, wie ich es tat. Wie ich es noch tue. Als ich herausgefunden habe, dass ich diese Störung habe, war es der Anfang vom Ende für mich, soweit ich das überblicken kann.

Ich war mir immer bewusst, dass ich anders war, dass ich nirgendwo richtig reinpasste. Ich sah die Welt nicht wie die anderen Mädchen, mit denen ich zur Schule ging, dabei wollte ich doch nichts mehr als das. Als ich dreizehn war, starb Duke, unser Familienhund, und wir zogen in eine neue Stadt. Dort wurden die Unterschiede offensichtlicher.

Ich fand das Leben manchmal so schwer. Kleine Dinge – eine schlechte Note, ein böses Wort von meiner Mutter, die Probleme in Polen – ließen mich buchstäblich zu Boden gehen, und ich war dann unfähig, mich zu bewegen, weil es so wehtat, wirklich körperlich weh. Ich weinte viel. Zum Beispiel verbrachte ich Stunden schluchzend in meinem Zimmer, nur weil meine Mutter mir gesagt hatte, ich solle meine Tasche nicht bei der Tür auf dem Boden stehen lassen. Ich wusste nicht, was mit mir los war. Meine Mutter nahm mich immer wieder mit zum Arzt, um herauszufinden, was mit mir nicht stimmte. Warum ich nicht war wie andere Kinder, nicht mal wie mein Bruder und meine Schwester, aber der Arzt sagte immer, dass es einfach die Hormone waren, oder auch nur schlicht Ungezogenheit. Jedenfalls etwas, dem ich irgendwann entwachsen würde. Bei diesen Gelegenheiten redeten sie über mich, als wäre ich gar nicht im Zimmer. Ich lernte bald, dass ich nicht ich war, sondern eine Zusammensetzung von Verhaltensweisen, die niemand mochte.

Wenn ich die ganze Zeit down gewesen wäre, wäre es vielleicht gar nicht mal so schlimm gewesen. Jedenfalls nicht für sie – meine Eltern, meine Geschwister, die paar Leutchen, die ich in der Schule vage als Freunde bezeichnete. Wenn ich die ganze Zeit down gewesen wäre, hätten sie einfach sagen können, dass ich schlecht gelaunt bin.

Niemand machte sich die Mühe, zu verstehen, dass ich mich in den anderen Zeiten nicht einfach absichtlich schlecht benahm. In diesen anderen Zeiten, den Zeiten, für die ich in Wahrheit lebte und nach denen ich mich ständig sehnte, war die Welt ein wunderbarer Ort. Alles vibrierte, die Farben waren schillernd und bunt und man konnte sie fast berühren, so greifbar waren sie.

Ich tanzte dann immer hinten im Garten, schleuderte meine Arme hoch in die Luft, warf den Kopf zurück und wiegte mich zu der Musik, die ich im Geiste hörte. Ich hätte diese Musik aufschreiben wollen, oder sie laut heraussingen und sie in der Luft aufnehmen. Alles nur, damit auch die anderen Leute sie hören konnten, sich zu ihrem Rhythmus bewegen und dabei genauso glücklich sein konnten wie ich. Ich hatte so viel Energie. Ich konnte ewig rennen. Ich zeichnete und malte. Ich war verliebt in die Welt. Ich war verliebt in alles und jeden.

Euphorie raste durch meine Venen. Wenn du zu dem Überflieger, den ich sowieso schon hatte, noch ein paar Dosen Cidre und ein wenig Cannabis hinzufügst, dann hast du mich mit fünfzehn.

Mit fünfzehn wurde ich auch schwanger.

Ich weiß nicht genau, wann. Es ist so eine Sache mit diesen Phasen: Ich erinnere mich lebhaft an die Gefühle, aber kaum an die Einzelheiten. Die Ränder verschwimmen in meinem Kopf, ich habe große Gedächtnislücken; Erinnerungsfetzen.

Ich weiß jedoch, dass der Vater einer von drei Männern sein musste, denn im Laufe eines Monats hatten sich mir drei verschiedene Männer genähert. Ich war wieder mal völlig down, fühlte mich schrecklich, war kaum in der Lage, mich jeden Tag anzuziehen und zur Schule zu gehen. Einer dieser Männer muss mir nachgegangen sein zur Schule, denn er wartete draußen vor dem Schultor auf mich, rief meinen Namen, blies mir Küsse zu, berührte sich. Er ging erst weg, als der Sportlehrer drohte, die Polizei zu rufen. Ein weiterer trat in einem Süßigkeitenladen hinter mich, rieb sich an mir und flüsterte mir Sachen ins Ohr. Den dritten Mann sah ich, als ich auf den Bus wartete und er auf mich zukam, das Grinsen des Wiedererkennens auf seinem Gesicht. Ich wusste, was ich getan hatte. Die ekelerregenden Dinge, die der zweite mir ins Ohr geflüstert hatte. Ich wandte mich um und rannte los.

Danach fing ich an, blitzartige Eingebungen zu haben. Ich war in einem Auto, während ein Mann an meinen Kleidern zerrte und sich auf mich wälzte. Ich war in einem fremden Haus, mein Gesicht gewaltsam aufs Bett gedrückt, während jemand hinter mir etwas tat, das unglaublich wehtat. Es lag jemand auf mir, er erdrückte mich fast, während er sich vor und zurück bewegte. Da wurde ich wahrscheinlich entjungfert. Ich habe mich nie mehr daran erinnern können, wann und wie es genau geschah.

Meine Mutter erriet, dass ich schwanger war, als ich zweimal meine Tage nicht bekommen hatte. Sie war nicht mal wütend, so groß war ihre Angst, dass mein Vater es herausfinden könnte. Sie brachte mich zum Arzt, um Gewissheit zu haben. Unser Hausarzt war im Urlaub, und seine Vertretung war eine Frau, was damals noch selten vorkam. Als meine Mutter – ich werde nie vergessen, dass sie dabei weiß wie ein Bettlaken war und die ganze Zeit zitterte – der Ärztin mitteilte, dass sie glaubte, dass ich schwanger war, bat die Ärztin meine Mutter, uns allein zu lassen. Es war offensichtlich, dass meine Mutter, die extra ihren besten Mantel und ihre beste Handtasche ausgesucht hatte, nicht gehen wollte, aber sie gehörte noch zu der Generation, die einer Respektsperson niemals widersprochen hätte.

»Kann es denn sein, dass du schwanger bist?«, fragte die Ärztin freundlich.

Ich nickte.

»Hast du es deinem Freund schon gesagt?«, fragte sie.

»Ich habe keinen«, antwortete ich.

»Weißt du, wer der Vater sein könnte?«

Ich schüttelte den Kopf.

Da veränderte sie sich und wurde sehr besorgt. »Hat jemand dir wehgetan? Dich gezwungen?«

»Ich kann mich nicht erinnern«, sagte ich zu ihr. »An nichts. Ich kann mich an viele Dinge nicht erinnern. Ich weiß nicht, wie das passiert ist.«

»Du vergisst also viele Dinge?«, fragte sie.

Ich sagte ihr alles. Als ich einmal begonnen hatte zu reden, konnte ich nicht mehr aufhören, es kam einfach herausgestolpert in einem heillosen Durcheinander, das Weinen, das Tanzen, das Glück, das Trinken, das war, als würde ich mir reine, überströmende Freude in die Kehle schütten, die Gedächtnislücken, die Flashbacks mit diesen Männern.

Als ich fertig war, stellte sie mir weitere Fragen. So viele Fragen.

Und ich dachte … Ich weiß nicht, ich hoffte wohl, dass sie mir am Ende Antibiotika verschreiben würde oder so, oder dass sie sagen würde, dass ich in ein paar Jahren aus dem Ganzen herausgewachsen wäre, wie es die anderen Ärzte getan hatten.

Stattdessen machte sie mein Leben zunichte. Sie sagte mir, und auch meiner Mutter, in Worten, die wir beide verstehen konnten, dass ich nicht »normal«, dass ich krank im Kopf, dass ich eine Laune der Natur war … Nein, das hat sie nicht gesagt, natürlich nicht. Sie gab sich alle Mühe, mir zu vermitteln, dass es nicht mein Fehler war, dass viel mehr Leute, als wir uns vorstellen konnten, das hatten, was ich hatte, dass es mich nicht daran hindern würde, ein normales Leben zu führen.

Ich war fünfzehn, alles was ich wollte, war, dazuzugehören, wie alle anderen zu sein, und jetzt sagte sie mir, dass ich das nie haben würde. Ich war abgestempelt. Gebrandmarkt.

Sie war sich nicht hundertprozentig sicher, welche Diagnose sie stellen sollte, da es nicht ihr Spezialgebiet war, daher wollte sie mich an einen Psychiater überweisen. Er würde dann weitere Tests machen, um mir Sicherheit geben und mir auch die richtigen Medikamente verschreiben zu können.

Ich war damals bereit, alles mitzumachen. Ich hatte das Wort »Medikamente« gehört, und ich war mir sicher, dass es mir dann besser gehen würde. Es würde alles eine schreckliche Erinnerung werden, etwas, das ich in meine Vergangenheit wegsperren konnte. Alles, was ich tun musste, war ein gutes Mädchen sein, mitmachen, die Tabletten nehmen, gesund werden. Mein Vater war entschlossen, für einen wirklich guten Psychiater zu zahlen, damit alles schneller ging. Man würde mir dann die Tabletten in den Hals stopfen, und ich würde aufhören, ihm ein Dorn im Auge zu sein.

Später warteten meine Eltern geduldig im Wartezimmer des Psychiaters, der festen Hoffnung, dass es der Mühe wert war. Und ich begab mich brav in sein Sprechzimmer, beantwortete alle Fragen, tat alles, was er verlangte, denn dann würde ich bald wieder normal werden.

Ich weiß nicht, wer bestürzter war, meine Eltern oder ich, als wir zu hören bekamen, dass »Medikamente« für immer bedeutete. »Medikamente« bedeutete regelmäßige Blutuntersuchungen, ständige Arztbesuche, die eventuelle Notwendigkeit, mit der Zeit die Tablettendosis zu erhöhen. »Medikamente« war keine Schnellreparatur. Oder eigentlich gar keine Reparatur. Es hieß einfach nur, dass es mich davon abhielt, außer Kontrolle zu geraten.

Ansonsten wollten sie, dass ich mit diesem Mann, diesem Psychiater, darüber redete, wie ich mich fühlte.

Wie soll man sich denn fühlen, wenn man gesagt bekommt, dass man psychisch krank ist und eine lebenslange Strafe aufgebrummt bekommt, die aus Pillen und nochmals Pillen, Ärzten und nochmals Ärzten besteht?

Meine Mutter schickte mich für längere Zeit zu meiner Tante, damit ich eine Chance bekäme, alles zu verarbeiten, wie sie zu meinem Vater sagte. Aber in Wirklichkeit war es, um dieses andere Problem zu erledigen. Um mich noch weiter auszuhöhlen.

Und da mein Vater wenig Lust hatte, weiterhin einen Psychiater (»Quacksalber«) zu bezahlen, willigte er ein.

Als ich zurückkam, trat ein weiterer Begriff in mein Leben: »Suizidgefährdung.« Von da an lebte ich in einem Gefängnis ohne geschlossene Türen. Jede meiner Bewegungen wurde genauestens überwacht. Ich musste die Tabletten in Anwesenheit meiner Betreuer einnehmen. Alle wussten, was gut für mich war, aber niemand fragte mich je, was ich selbst eigentlich dachte oder wollte.

Ich weiß, dass sie einfach nur besorgt um mich waren, aber niemand schien auf die Idee zu kommen, dass man vielleicht auch mal meine Zustimmung hätte einholen können. Vielleicht war es wirklich notwendig, dass man mich sorgfältig überwachte, aber ab und zu hätte mich einfach jemand *fragen* sollen.

Ich war völlig schockiert, als sie mich dann nach London aufs College gehen ließen; meine jahrelange Folgsamkeit und Sanftmut hatten sie offensichtlich davon überzeugt, dass ich ohne Bedenken auf die Welt losgelassen werden konnte. Und ich schaffte es tatsächlich. Nur ein paarmal kam ich nahe an den Abgrund, nur ein paarmal versuchte ich, das Grau zu stoppen. Es ging mir gut. Routine, Übung, Medikamente, Unabhängigkeit, die Fähigkeit, nicht zu viel zu tun oder auf zu viel zu hoffen zahlten sich aus.

Ich war extrem vorsichtig mit Sex. Wenn ich Freunde hatte, benutzten wir immer Kondome, weil ich ihnen nie sagte, dass ich die Pille nahm. Ich wollte es auf keinen Fall riskieren, wieder schwanger zu werden. Wenn das passierte, würde ich vielleicht meine Medikamente und damit auch mein fragiles Gleichgewicht opfern müssen, neun Monate lang, um sicherzustellen, dass das Baby gesund war. Oder, schlimmer noch, es würde werden wie ich.

Ich habe Mal gesagt, dass ich keine Kinder haben kann, weil es einfacher war, als ihm zu erklären, dass ich das Risiko nicht eingehen wollte. Er wusste zwar alles über meinen

Zustand, auch über die Dinge, die ich in den manischen Phasen angestellt hatte, aber ich wollte nicht, dass er hoffte, ich würde meine Meinung ändern. Ich würde meine Meinung ja tatsächlich ändern, auch das war mir klar; aber wenn ich eine Lüge hatte, die mich an meine Entscheidung gebunden hielt, würde ich erst gar nicht in Versuchung kommen, ein Kind zu kriegen.

Man geht davon aus, dass meine Krankheit genetisch bedingt ist. Jedenfalls kursiert sie in Familien. Wo auch immer sie herkommt, wie auch immer sie erklärt wird, ich wollte sie auf jeden Fall nicht auf mein Kind übertragen. Dieses Risiko wollte ich nicht eingehen – vor allem, weil die Veranlagung auch in Mals Familie vorhanden ist. Die Gewinnchancen standen nicht sehr gut für mich.

Ich hatte gesehen, was die Krankheit mit meinen Eltern gemacht hat. Wie sie Frieden, Glück und Sicherheit von meiner Mutter abzog; wie sie meinen Vater mit Groll und Bitterkeit erfüllte. Jedes neue Vorkommnis brachte sie mehr auseinander. Ich wollte nicht, dass das auch mit Mal und mir geschah.

Dann sah ich diese Frau mit dem Jungen im Supermarkt und wollte plötzlich ein Baby und konnte keins haben: Also kam die Todessehnsucht wieder zurück. Als ich mit Mal darüber redete, versuchte er, alles zu reparieren, wie er immer versuchte, alles zu reparieren. Sogar solche Dinge, die man besser erst gar nicht versuchen sollte zu reparieren.

»*Ich* bin die, die verzweifelt ein Baby wollte«, sage ich zu Carole.

»Wie bitte?«, fragt sie. Sie ist die ganze Zeit still und schweigsam gewesen, hat meine Geschichte aufgenommen, ohne dass auf ihrem Gesicht das kleinste Anzeichen einer

Verurteilung erschienen wäre. Ich habe sie sorgfältig studiert, immer in Erwartung des Moments, in dem ein Detail meiner Enthüllungen sie so schockieren würde, dass sie mich verurteilte. Aber nichts dergleichen ist geschehen. Keine Spur davon.

»Weißt du noch, dass ich bei der Dinnerparty darüber geredet habe, dass eine Frau, die uns nahesteht, ein Baby haben wollte? Diese Frau war ich selbst, niemand sonst. Und Mals Freundin, seine beste Freundin aus Kindertagen …«

»Die schwarze Frau, die du mir bei der Hochzeit vorgestellt hast?«

»Ja, genau. Sie hat sich bereit erklärt, ein Baby für uns auszutragen. Dann aber bekam ich Angst und wurde eifersüchtig, und ich änderte meine Meinung und damit auch Mals Meinung, weil ich ihn zwang, sich zwischen uns zu entscheiden – aber da war sie schon längst schwanger. Sie ist dann weggezogen und hat das Baby bekommen.«

Carole runzelt die Stirn, ihr Gesicht ist jetzt eine einzige geriffelte Verwirrung. »Und dieses Kind liegt im Sterben?«

»Das glauben die Ärzte, ja. Es könnte schon sehr bald so weit sein. Mal ist jetzt dort, um ihn noch einmal zu sehen, bevor … bevor es passiert.«

»Du hast diesen Jungen noch nie gesehen?«

Ich schüttle den Kopf.

Ihr Stirnrunzeln wird noch tiefer, als sie ihre Zigarette ausdrückt. »Ich verstehe immer noch nicht, wieso das alles deine Schuld sein soll?«

Warum kann sie nicht sehen, was für mich so offensichtlich ist?

»Wenn ich nicht gelogen hätte, hätte Nova nie Mals

Sohn bekommen, und dann würde er jetzt auch nicht sterben müssen. Wenn ich nicht gelogen hätte, würde keiner von uns das jetzt durchmachen müssen, weil Leo nie geboren wäre.«

»Oh, Stephie!« Carole schiebt schabend ihren Stuhl zurück, steht auf und kommt zu mir, um mich von hinten an ihren weichen Busen zu drücken und in ihren Moschusduft einzuhüllen. »Lass mal besser die Kirche im Dorf.«

»Aber …«

»Du hast Schuldgefühle, das ist alles. Nichts von alledem ist dein Werk. Es tut mir leid, dass ich das so sagen muss, aber du bist nicht allmächtig. Du bist es nicht, die die Ordnung im Universum kontrolliert. Wir schauen doch alle dauernd auf unser Leben zurück und könnten so vieles besser machen, was wir getan haben. Wenn ich mich nicht so hässlich und unattraktiv und wie ein altbackenes Hausmütterchen gefühlt hätte, hätte ich mich sicher nicht von Vinces bestem Freund verführen lassen, und dann würde ich heute nicht immer Sophie anschauen und mich fragen, wer wirklich ihr Daddy ist.«

Mir fällt die Kinnlade auf den Tisch. »Du und Dan?«

»Jawohl, aber lass uns lieber nicht darüber reden. Und zwar am besten nie. Stephie, Liebe, du musst ja völlig fertig sein, weil du dich so machtlos fühlst. Den ganzen Tag hier allein rumzuhängen, hilft da sicher nicht weiter. Es ist doch wirklich nicht dein Fehler.«

»Ich will nicht, dass er stirbt.«

»Natürlich nicht.«

»Ich vermisse ihn noch immer. Obwohl ich ihn nie kennengelernt habe und ich selbst dafür gesorgt habe, dass er nicht mein Sohn ist, vermisse ich ihn noch immer. Fast jeden Tag. Ich tue so, als wäre es nicht so, aber das ist nicht wahr. Er fehlt mir so sehr.«

»Oh, Süße.«

»Er ist das Loch in unserem Leben. Wenn er stirbt … Ich könnte es nicht ertragen. Es wird Mal zerstören, und von mir selbst wird dann auch nicht viel übrig sein.«

»Ich verstehe dich, Süße.«

»Ich will, dass er wieder gesund wird.«

»Ich weiß, was wir tun werden«, ruft Carole aus, plötzlich ganz Geschäftsfrau. »Du rufst Mal an und fragst ihn, wie es Leo geht. So heißt er doch, stimmt's, Leo? Okay, du rufst also Mal an und fragst ihn, und du sagst ihm auch, dass du dir Sorgen machst und ihn bittest, dich gleich anzurufen, wenn es eine Veränderung gibt.«

»Das wird er aber nicht tun. Ich war vor ein paar Tagen am Telefon so zickig zu ihm, dass er mich nicht mal mehr angerufen hat seitdem, so sauer war er.«

»Nein, Mal ist nicht so. Er ist wahrscheinlich einfach durcheinander und hat Angst. Sag ihm einfach, dass du dir Sorgen machst. Und dann pack ein paar Sachen zusammen und komm für ein paar Tage zu uns, bis Mal wieder da ist.«

»Aber ich weiß gar nicht, wann er wiederkommt.«

»Macht nichts. Das Letzte, was du jetzt brauchst, ist die Einsamkeit.«

Ich schniefe meine Tränen zurück und lasse zu, dass sie mir eine durchweichte Haarsträhne aus dem Gesicht streicht. »Ist das ein guter Plan?«

Ich nicke.

»Schön.«

»Danke, Carole. Danke, dass du mir zugehört hast und dass du so nett zu mir bist.«

Sie schüttelt den Kopf. »Spar dir deinen Dank. Das ist doch eine Selbstverständlichkeit, wenn man befreundet ist.«

Ist es das wirklich? Das einzige Mal, dass ich sowas wie eine Freundschaft hatte, die über Dinnerpartys und gemeinsames Joggen und die üblichen Telefonate hinausging, war, als Nova mir ihre Freundschaft anbot. Ihr Angebot war immer einseitig gewesen – sie hatte vieles mit mir geteilt, während ich nicht mal im Traum daran dachte, dasselbe zu tun. Ich hatte sie aus den offensichtlichen Gründen immer auf Armeslänge von mir weggehalten.

»Unsere Freundesgruppe mag vielleicht etwas oberflächlich erscheinen, aber in Zeiten der Krise sind wir füreinander da«, sagt Carole. »Das weißt du doch, nicht wahr?«

Ich starre sie an, fassungslos, denn ich hätte das nie für möglich gehalten. Ich konnte mir nicht mal vorstellen, ihnen auch nur leise unangenehme Dinge anzuvertrauen, geschweige denn, sie in einer Krise um Hilfe zu bitten. Unter normalen Umständen, wenn Mal hier wäre, hätte ich Carole niemals eingeweiht, nie den Versuch gemacht, mit ihrer Hilfe das aufzuhalten, was ich befürchtet hatte. Ich hätte mich keinem Menschen anvertraut.

»Nicht wahr?«, wiederholt sie, und in ihren Augen macht sich Schrecken breit. »Mein Gott, Stephie. Ich habe immer gedacht, du wärst diejenige von uns, bei der immer alles in bester Ordnung ist. Aber du bist ja genauso kaputt wie wir alle.«

»Das klingt ja fast nach Schadenfreude.«

»Oh, das ist es auch. Jetzt muss ich endlich nicht mehr denken, dass es da draußen alle besser haben als ich. Jeder, wirklich *jeder* sitzt doch irgendwie auf seine Art in der Scheiße. Ich finde das eigentlich ganz wunderbar. Komm jetzt, beeil dich. Pack ein paar Sachen zusammen, und dann ziehen wir los.«

Normalerweise mag ich es nicht, wenn andere Leute mir sagen, was ich zu tun habe, aber in diesem Moment, wo alles um mich herum zusammenbricht, ist es das Beste, was mir passieren kann. Es gibt nichts, was angenehmer und beruhigender sein könnte. Vor allem auch, weil es ihr völlig egal zu sein scheint, was ich ihr über mich erzählt habe. Ich habe einem anderen Menschen reinen Wein eingeschenkt, und es hat nichts daran geändert, was er für mich empfindet. Sie hat nicht mal was dagegen, mich in der Nähe ihrer Kinder zu haben. Sie denkt, ich sitze genauso in der Scheiße wie sie. Sie hält mich für das, was ich immer sein wollte: normal.

»Auf dem Weg zu mir nach Hause«, sagt sie, während sie das Geschirr ins Spülbecken stellt, »werde ich bei einer Kirche halten, um eine Kerze anzuzünden und ein Gebet zu sprechen. Ich bin sicher, seine Mutter würde sich darüber freuen.«

51

Ich habe nicht gebetet.

Mum hat es getan, das weiß ich. Ich glaube, wenn sie nicht redet, tut sie nichts anderes als häkeln und beten. Auch die anderen haben es wahrscheinlich getan, nur ich nicht. Ich habe nicht gebetet, weil ich noch nicht so weit bin.

Wenn ich anfange zu beten, dann werde ich Gott nicht

bitten, Leo wieder gesund zu machen, sondern das zu tun, was das Beste für Leo ist. Nicht das Beste für mich, sondern das Beste für Leo. Und ich werde Ihn bitten, dass Er sich um Leo kümmert, wenn er uns verlässt.

Die meisten Leute sind überrascht, dass ich Psychologin bin, ein großes Interesse an Esoterik habe und auch noch an Gott glaube. »Was ist denn mit all den schrecklichen Dingen, die die Religion auf dem Kerbholz hat?«, fragen sie mich, als hätte ich auf alles eine Antwort. Für mich ist mein Glaube unabhängig von »der Kirche« und einer bestimmten Religion. Unabhängig von dem ganzen Zeug mit »mein Gott ist besser als dein Gott«, der sich durch die Weltgeschichte zieht.

Mein Glaube an Gott ist etwas sehr Persönliches, ich muss niemanden unter Druck setzen, damit er mit mir übereinstimmt, denn ich glaube, was ich glaube, und ich versuche, danach zu leben. Mein Glaube an Gott bedeutet, zu versuchen, in diesem Leben der bestmögliche Mensch zu sein, und zu wissen, dass ich die Leute, die ich liebe, im nächsten Leben wiedersehen werde – ob nun als reinkarnierte Seele hier auf der Erde oder als ich selbst im Himmel. Das ist es, worum es für mich im Leben und auch danach wirklich geht: bei den Leuten zu sein, die ich liebe.

Ich muss anfangen zu beten.

Ich stehe in der äußersten Ecke des Raums, sehe zu, wie sie an meinem Sohn herumdoktern und versuchen, ihn zu stabilisieren. Und ich weiß jetzt tief in meiner Seele, dass ich anfangen muss, zu beten. Um das zu bitten, was in diesem kritischen Moment am besten für ihn ist, und darum zu bitten, dass man sich um ihn kümmern möge, wenn es das Beste für ihn ist, zu gehen.

Ich muss anfangen zu beten für den kleinen Jungen, der mir nie hätte gehören sollen. Mit dem ich fast acht Jahre lang gesegnet war. Eigentlich hätte ich ihn nicht mal für einen Tag haben sollen, aber ich hatte ihn mehr als sieben Jahre lang. Es ist aber nicht genug. Es ist nicht mal beinahe genug. Man will mich berauben.

Ich muss anfangen zu beten.

Aber ich kann nicht.

Ich bin nicht bereit.

Wahrscheinlich werde ich es nie sein.

Es darf doch nicht jetzt geschehen, bitte nicht schon jetzt.

Ich schließe die Augen, spüre den Sturm um mich herum: die Geräusche der Maschinen; die Instruktionen, gerufen in Worten, die ich aus Zeitschriften wiedererkenne, aber nicht verstehe; die professionelle, sehr kontrollierte Panik. Es fühlt sich an, als dauerte es schon Stunden. Wahrscheinlich sind es erst zehn Minuten, aber jede Einzelne davon fühlt sich an wie lange, ausgedehnte Stunden. In denen sie ihn nicht zurückholen konnten. In denen er vielleicht wirklich gegangen ist und sie ihn nicht zurückholen und ihn hier halten können.

Die Stille im Zentrum des Sturms ist Leo. »Ich bin bereit zu gehen, Mum«, höre ich ihn sagen.

Das ist es, was die Träume versucht haben, mir zu sagen; das ist es, was mein eigener Geist versucht hat, mir mit den Träumen zu sagen: Das Beste für Leo ist nicht das Beste für mich. Ich mag versuchen, ihn hier zu halten, indem ich mich fest an ihn klammere, weil es nun mal das ist, was ich will; aber es ist nicht das, was er braucht. Vielleicht muss ich ihn gehen lassen und sehen, ob er trotzdem bleibt. Aber ihn gehen zu lassen, ist in diesem Moment zu viel verlangt. Ich brauche mehr Zeit.

Bitte. Das ist mein Gebet. Ich brauche mehr Zeit. Nicht einmal für immer, einfach nur mehr Zeit.

Ich öffne die Augen, weil es wieder still ist, das erzwungene Verstummen der Aktivität. Die Ärzte und Schwestern halten inne, sie warten. Warten, um zu sehen.

Biep-biep-biep, machen die Maschinen. Biep-biep-biep.

Sie zählen seine Herzschläge aus. Zählen die Zeit aus.

Als ich etwa zwölf war, hatte ich zu Mal und Cordy gesagt, ob sie es nicht komisch fanden, dass unser Herz nur eine bestimmte Anzahl von Schlägen hat, und dann stirbt man. Und niemand weiß, wie viele Male das eigene Herz schlagen wird, bis das geschieht. Mal hatte genickt und es auch komisch gefunden, aber Cordy war in Tränen ausgebrochen und losgerannt, um mich zu verpetzen; sie hatte gedacht, ich hätte gesagt, dass ihr Herz bald aufhören würde zu schlagen.

Ich sehe zu, wie die Linien auf dem Monitor der Welt mitteilen, dass das Herz meines Sohnes noch schlägt, dass er das Ende nicht erreicht hat, noch nicht.

Als ich den Blick von dem Monitor wende, weg von den hüpfenden, siegreichen Linien, die uns informieren, dass er noch da ist, sind nur noch vier von uns im Zimmer: Leo, Keith, ich und der Arzt mit dem jungen Gesicht und der alten Seele in den Augen.

Er starrt mich über das Bett hinweg an, ich starre zurück. Da sind wir wieder, zwei intime Fremde, unweigerlich miteinander verbunden.

Ich weiß, er wird es wieder tun, er wird etwas sagen, das ich nicht hören will.

Er weiß, ich werde ihm sagen, dass er unrecht hat. Nur wird er dieses Mal ein wenig sicherer klingen, und ich ein bisschen weniger überzeugend. Leo wird schließlich entscheiden.

»Mrs. Kumalisi«, beginnt er.

Ich hasse dich, denke ich zu ihm gewandt, über die schlafende Gestalt meines Sohnes hinweg. Es passiert nicht oft, dass ich einen Menschen hassen kann, aber dich hasse ich.

52

Keith ist der Meinung, ich solle trotz der späten Uhrzeit meine Familie anrufen, um ihnen mitzuteilen, was der Arzt gesagt hat.

Wir stehen in einer Ecke des Krankenzimmers und diskutieren erregt im Flüsterton.

Wenn ich sie nicht anrufe, meint er, dann lüge ich *wieder*. Mein Mann hält mich für eine Lügnerin, weil ich mich dafür entschieden habe, bestimmte Dinge nicht zu sagen. In gewisser Weise hat er wohl recht damit, aber ich unterschlage diese Dinge ja nicht, um einen persönlichen Gewinn zu erzielen. Wenn ich etwas nicht sage, tue ich das, um jemand anderen zu schützen. Aber für Keith ist Lügen gleich Lügen, egal, welche Motivation dahinter steht. Das ist nun mal seine Weltsicht, die sich von der meinen unterscheidet: Falsch ist falsch und richtig ist richtig, und dazwischen gibt es nichts. Sie verleiht ihm diese ungewöhnliche Charakter- und Überzeugungsstärke in allem, was er tut, aber sie hat auch etwas Irritierendes und erinnert mich jetzt daran, warum Keith mir manchmal tierisch auf die Nerven geht.

»Du musst es ihnen sagen.«

»Du willst, dass ich unverzüglich ans Telefon gehe und ein paar völlig verschlafenen und sowieso schon beunruhigten Leuten erzähle, was der Arzt gesagt hat? Dass das Koma jetzt so tief ist, dass er niemals mehr aufwachen wird? Dass wir nur noch höchstens achtundvierzig Stunden haben? Das soll ich den Leuten antun, die ich liebe?«

»Es ist die Wahrheit«, stellt er fest.

»Ja, gut, ich pfeif auf die Wahrheit.«

»Schön für dich«, erwidert er, und in seinem Ton liegen Verachtung und Abscheu.

»Achtundvierzig Stunden, Keith, nicht wahr?«

Er nickt, widerstrebend, auf mich herabsehend von seinem hohen Ross, womit er mir wohl vermitteln will, es sei eine Ehre für mich, dass er mich überhaupt noch zur Kenntnis nimmt, nachdem ich mich so weit erniedrigt habe, in Anwesenheit meines eigenen Sohns etwas so Fundamentales und Reines wie die Wahrheit zu verfluchen.

»Wie, meinst du, sollen sie die nächsten achtundvierzig Stunden zubringen? Mit Heulen und Zähneklappern, sich verzweifelt grämend und wünschend, es gäbe irgendetwas, was sie tun könnten, statt sich so verdammt machtlos zu fühlen? Oder sollen sie hoffen? Sollen sie denken, es sei immer noch möglich, dass alles gut wird? Wie sollen sie den morgigen Tag verbringen, den wahrscheinlich letzten, den sie mit ihm haben? Sollen sie hier herumsitzen, weinen und flüstern, während sie Schwermut und Kummer verbreiten? Oder sollen sie nicht doch lieber plaudern und spielen und lesen und häkeln, als wäre es nur ein weiterer Tag in dieser bizarren Situation? Wie kann ich zulassen, dass Leo von all der Seelenqual umgeben wird, bevor das nicht absolut notwendig ist?«

Mr. Wahrheit sagt nichts. Er weiß, dass ich recht habe, aber genau wie ich würde er sich eher die Zunge abbeißen, als das ganz einfach zuzugeben.

»Niemand wird von ihm Abschied nehmen, bevor es unbedingt sein muss. Ich will, das sie auf diesen letzten Tag zurückschauen und an ihn denken mit Glück, nicht mit Kummer. Am Montag früh werde ich es allen sagen, und dann können sie alle nacheinander reingehen und Abschied nehmen.«

»Du wirst sie dann wieder anlügen müssen, und zwar darüber, seit wann du es weißt«, sagt Keith, womit er wohl eigentlich sagen will, dass ich ja im Grunde recht habe.

Ich werfe ihm durch den düsteren Raum hinweg einen wütenden Blick zu. »Sei bloß froh, dass ich dich liebe, denn manchmal hasse ich dich wie die Pest«, sage ich dann.

»Und ich frage mich manchmal, ob ich dich überhaupt kenne, wenn du Dinge so gut verbergen kannst«, erwidert er, um das letzte Wort zu haben.

»Na, dann gleicht sich das ja wieder aus«, gebe ich zurück, um nicht klein beigeben zu müssen. Bevor er noch etwas antworten kann, marschiere ich durch den Raum und setze mich herausfordernd auf seinen Stuhl.

»Weißt du was, Leo«, sagt Keith zu unserem Sohn, während er sich resigniert auf meinem Stuhl niederlässt, »du hast eine wirklich dämliche Mummy.«

Ich nehme Leos Hand und stelle mir vor, wie er die Augen über unser kindisches Gezänk verdrehen würde, in dem wir uns selbst jetzt noch ergehen. »Du hast immer gewusst, wie schwierig dein Vater ist, nicht wahr, Sweetheart? Na ja, heute ist er wirklich *sehr* schwierig. Ich glaube, ich lasse ihn so schnell nicht mehr an die PlayStation ran.«

Keith wirft den Kopf herum und sieht mich mit solchem Entsetzen im Gesicht an, einen Protestruf schon auf den Lippen, dass ich tatsächlich über ihn lachen muss. Es ist derselbe Ausdruck, den Leo immer hatte, wenn er sich ungerecht behandelt fühlte. Auch Keith fängt an zu lachen, über seine eigene Reaktion. Wir lachen immer weiter, bis das Lachen von Keith irgendwann anfängt, belegt und hicksend zu klingen, und ich in dem Licht, das von draußen hereinfällt, die Tränen in seinem Gesicht sehen kann.

Sein Lachen ebbt ab, und er steht jetzt auf und stolpert über den Stuhl, als er überstürzt das Zimmer verlässt.

Ich lache noch weiter, auch nachdem er gegangen ist. Lasse ihn eine ruhige Ecke finden, wo er sich in Frieden und Einsamkeit das Herz aus dem Leib weinen kann, wo er aufhören kann, ein starker Mann zu sein, mit Prinzipien und einer scheiternden Ehe an der Backe.

Ich lache weiter, denn in dem Moment, wo ich damit aufhöre, wird das einzige Geräusch, das ich höre, diese piepsende Maschine sein, die Leos noch verbleibenden Herzschläge zählt.

53

Alles, was ich tun kann, ist warten.

Rauchen und warten.

Mal hat meine Entschuldigung angenommen, er versucht, zu vergessen, wie ich am Telefon gewesen bin, und er sagt, dass es ihm leidtue und dass er mich vermisst. Er ruft mich an, sobald es etwas Neues gibt.

Alles, was ich tun kann, ist warten. Und rauchen. Und hoffen, dass alles gut wird.

54

Den ganzen Tag schon hatte ich dieses Lied in meinem Kopf, *Perfect Day*.

Es ist ziemlich abgeschmackt, wirklich, in Endlosschleife dieses Lied zu hören und dabei zuzusehen, wie sich alle Leute, die in Leos Leben eine Rolle spielen, um sein Krankenbett versammeln und weitermachen, als wäre alles ganz normal.

Mum häkelt wie eine Weltmeisterin und versucht, Cordy nicht spüren zu lassen, wie sie Randle und Ria eine bessere Mutter sein könnte. Sie denkt nämlich, dass die beiden ziemlich verzogen sind – und sie muss es schließlich wissen, denn ihr Anteil daran, dass sie so übertrieben bemuttert wurden, ist nicht zu unterschätzen.

Dad hat den Stoß mit Kreuzworträtseln aus der mitgebrachten *Times* fertig gelöst und zwischendurch Mal mehrmals beim Kartenspielen geschlagen. Bei jedem Spiel, das Mal verliert, setzt er einen Blick auf, der wohl besagen soll, dass er Dad absichtlich hat gewinnen lassen, aber wir wissen alle, dass das Unsinn ist. Tante Mer, Keith und ich lösen uns beim Vorlesen ab; es sind nicht mehr viele Kapitel übrig, und Keith und ich wissen beide, dass wir das Buch heute abschließen sollten.

Randle und Ria waren bemerkenswert brav: Sie haben entweder der Geschichte gelauscht oder mit dem Spielzeugarsenal auf dem Boden gespielt, zusammen mit Amy und Trudy, die sich den ganzen Tag rührend um die Kinder gekümmert haben.

Cordy hat die Zeit damit zugebracht, Jack zu quälen. Sie hat ihn auf diverse Missionen hinaus in die Welt geschickt, um Dinge zu besorgen, die sie nicht braucht und nicht mal haben will. Wann immer er zu protestieren wagt, hebt sie eine Augenbraue und lässt ihren Blick bedrohlich hinüber zu Mal wandern, ihrem »großen Bruder«. Jack ist dann normalerweise innerhalb von wenigen Minuten unterwegs, und manchmal nimmt er auch eines der Kinder mit. Am Nachmittag kam er wieder und hat Pizza für alle mitgebracht.

Es ist in vielerlei Hinsicht ein perfekter Tag. Ja, wir sind alle in einem kleinen Krankenzimmer zusammengedrängt, ja, die Schwestern und Ärzte haben alle etwas dagegen, und, ja, Leo, das Zentrum der Aufmerksamkeit, schläft tief und fest; aber es ist dennoch ein so vollkommener Tag, wie wir nie wieder einen haben werden.

Wenn sie zurückschauen, dann hoffe ich, dass sie ihn als einen glücklichen Tag erinnern werden. Und ich will, dass Leo seine Familie um sich herum hört, so, wie sie immer gewesen ist, einfach sie selbst.

Das Lied spukt mir immer noch im Kopf herum, als sie alle anfangen, auseinanderzudriften, hinein in den nächsten Abend, bevor sie morgen alle wiederkommen und den neuen Tag beginnen.

Und ich höre es auch noch, als ich mich an Keith wende,

nachdem wir allein zurückgeblieben sind. »Hast du etwas dagegen, hierzubleiben, während ich für ein paar Stunden weggehe?«

Er legt das Buch nach unten aufgeschlagen auf seinen Schoß. »Es war ein guter Tag«, sagt er. Er grinst mich an, genau so wie damals, als ich ihn zum ersten Mal sah und mich in seiner Bar in Oxford um einen Job bewarb. *»Ich wusste, dass du mein Verderben bist, gleich beim ersten Mal, als wir miteinander gesprochen haben«*, hatte er in seiner Hochzeitsrede gesagt. *»Und trotzdem war ich glücklich, weil es wohl keine bessere Art gibt, sich ins Verderben zu stürzen.«*

»Ja, das stimmt«, sage ich und lächle zurück. *Such a perfect day.*

»Du hast recht gehabt, wir haben das verdient. Es ist genau das, was wir gebraucht haben.«

»Hast du wirklich gerade gesagt, dass ich recht hatte? Gib mir das Telefon, ich muss im Himmel anrufen, dass ein Wunder geschehen ist.«

»Mach dir keine Mühe, das Wunder ist erst perfekt, wenn du mir auch mal recht gibst«, sagt er mit einem Lachen. »Schlafen?«

»Wie bitte?«

»Gehst du schlafen?«

»Nein. Ich muss von zu Hause ein paar Sachen für Leo holen. Herumlaufen. Irgendwie meinen Kopf frei kriegen. Ich komme später wieder und dann kannst du heimgehen und bis morgen früh schlafen. Ich übernehme die Nachtschicht.«

»Ja, klar, alles, was du willst.«

Ich ziehe meine Jeansjacke an, hänge mir meine Tasche über die Schulter und gehe dann zu ihm. Groß und aufrecht sitzt er auf seinem Stuhl, als ich mich auf seinen Schoß setze und die Arme um seinen Hals schlinge.

Er starrt mich an, ein wenig verwirrt. Ich nehme mir die Zeit, sein Gesicht aufmerksam in mich aufzunehmen: Seine großen, schwarz-braunen Augen, die breite, flache Nase, die vollen Lippen, seine weiche, mahagonibraune Haut und die wundervollen, fast perfekten Züge, die sein Gesicht ausmachen, sowie die schöne Form seines rasierten Kopfs.

Die weiten Räume zwischen den kleinen Momenten großer Irritation sind mit überwältigender Liebe für ihn gefüllt. Und das ist auch der Grund, warum ich oft so wütend auf ihn sein kann: Ich weiß, dass ich ihn am Ende immer noch lieben werde.

Ich schließe die Augen und warte darauf, dass seine weichen Lippen auf die meinen treffen. Als er mich küsst, ist es so einfach wie durch die Zeit zu fallen. Genau so hat es sich immer angefühlt, ihn zu küssen. Leicht, unkompliziert, ehrlich. Seine Zunge findet die meine, und nun kommt der Augenblick, den ich so exakt kenne, wenn er seine Augen schließt und sich vollständig in den Kuss fallen lässt.

Wir haben uns immer stundenlang geküsst. Einfach nur geküsst. Haben zusammen auf dem Sofa in meiner Wohnung in London gelegen, haben uns geküsst und geküsst und es genossen.

Ich würde das jetzt liebend gern tun. Die nächsten paar Stunden einfach nur damit zubringen, ihn zu küssen und zu küssen, aber das geht nicht. Damals war es eine wundervolle Art, unsere Zeit zusammen zu verbringen; aber jetzt wissen wir beide, dass wir, je länger wir uns küssen würden, uns nachher desto weiter entfernt voneinander fühlen würden.

55

Als er die Tür zu seinem Hotelzimmer öffnet, weiß er es sofort. Mal weiß, warum ich zu ihm gekommen bin. Er weiß, was es zu bedeuten hat.

Er hat es den ganzen Tag über schon gewusst. Einmal hat er meinen Blick aufgefangen und ihn für ein paar Sekunden gehalten, bevor er wieder die Augen gesenkt und es dann den ganzen Tag vermieden hatte, mich anzusehen. Von allen hat er es als Erster herausgefunden.

Ich muss es vergessen. Er hat mir eine Möglichkeit dazu angeboten, und die brauche ich jetzt.

Er tritt zur Seite, um mich hereinzulassen, wobei er sich einen Moment lang an den Türrahmen klammert und kurz die Augen schließt, als würde er eine Stütze suchen.

Das Zimmer ist groß, größer als ich angenommen hatte. Das Doppelbett ist ordentlich gemacht, offensichtlich hatte er gerade im Sessel gesessen und bei ausgeschaltetem Ton ferngesehen. Sein Handy und sein Blackberry liegen auf dem Schreibtisch. Als die Tür ins Schloss klickt, höre ich auf, den Raum zu untersuchen und wende mich ihm zu. Meine Arme sind um meinen Leib geschlungen, meine Tasche hängt an meiner Schulter, meine Haare sind wahrscheinlich vom Küstenwind durcheinandergewirbelt, da ich den ganzen Weg zu Fuß gekommen bin. Ich muss nicht länger stark sein vor Leo, vor Keith, vor meiner Familie, vor den Ärzten und Schwestern. Ich kann von außen wie von innen das derangierte Wrack sein, als das ich mich fühle.

Er hat sich nicht die Mühe gemacht, einen Pullover anzuziehen, bevor er an die Tür gekommen ist, und ich glaube, dass er auf mich gewartet hat. Er hat wohl vermutet, dass ich kommen würde, und doch auch gehofft, dass es nicht so wäre. Aber hier bin ich, und er steht in grauen Jogginghosen und mit nacktem Oberkörper vor mir.

Furcht liegt in seine Augen, auf seinem Gesicht; Furcht und Schmerz und Verständnis, aber sie weichen schnell, werden zur Seite gewischt, damit er dies tun kann. Seine Brust hebt und weitet sich, als er einen tiefen Atemzug nimmt, sich stählend, während er die kurze Entfernung zwischen uns zurücklegt. Auch wenn es ihm bisher gelungen ist, seine Gefühle zu verbergen, zittert seine Hand, als er nach den Knöpfen auf der rot-weiß geblümten Bluse greift, die Leo das letzte Mal, als wir miteinander Shoppen waren, für mich ausgesucht hat.

Er löst die kleinen Perlenknöpfe und schiebt Jeansjacke und Bluse mit beiden Händen über meine Schultern und lässt sie zu Boden fallen. Seine Hände zittern immer noch, als er mir das weiße Unterhemd mit dem pinkfarben glitzernden grinsenden Totenkopf – ebenfalls Leos Wahl – vom Leib schält und fallen lässt. Er zieht mich an sich, lässt mich seinen festen Körper spüren. Während ich seinen Herzschlag fühle, seine Hitze aufnehme, öffnet er meinen schwarzen BH und zieht ihn aus.

Es ist immer noch da.

Ich kann mich immer noch daran erinnern. Bei jedem Schritt vom Krankenhaus hierher hat es mich geplagt. Auch wenn ich dies tue, habe ich nicht vergessen, dass es noch da ist.

Leo …

Mals Finger sind jetzt mit dem obersten Knopf meiner Jeans beschäftigt. Ich konzentriere mich ganz darauf. Auf ihn, der mich aufknöpft. Seine Hände, die meine Jeans aufziehen. Auf das Wegkicken meiner Turnschuhe, auf ihn, der meine Jeans herunterzieht und sie wegzerrt und es schafft, dabei auch noch eine meiner Socken auszuziehen. Ich konzentriere mich auf das Ausziehen der anderen Socke, während er sich wieder aufrichtet.

… wird …

Mals Hände haken sich in den Gummi meines einfachen weißen Slips und ziehen ihn herunter.

… Leo …

Mal hält inne. Zärtlich sieht er auf mich herunter, fragt mich schweigend, ob ich sicher bin. Ob es wirklich so weit gekommen ist. Ob es wirklich keine Hoffnung gibt.

… wird …

Ich erbebe. Das Wort, das folgt, wird wie ein Schauer durch meinen Körper laufen und sich in meinen Geist einzementieren. Es wahr machen. Bestätigen, was der Arzt gesagt hat. Ich will nicht, dass es wahr ist. Ich will vergessen.

Indem er meine Gedanken liest, meinen Körper entziffert, lässt Mal seinen Mund hart auf den meinen treffen und löscht damit den nächsten Gedanken aus. Seine Hand gräbt sich in meine Haare, die andere bohrt sich unten in meinen Rücken und klemmt mich fest, während er mich weiterküsst.

Ich stürze in diesen Kuss mit einer Leidenschaft, die von Kummer und Entsetzen und herzversengendem Schmerz herrührt. Die Haut auf unseren Körpern verschmilzt miteinander, wird durch unseren Kuss fast eins. Ich spüre sein Glied gegen meinen Bauch gedrückt, fest und bereit, und ich greife hinunter, um es zu berühren. Er nimmt meine Hand weg, während er mich noch härter küsst und nach hinten in Richtung Bett bugsiert.

... st ...

Das Wort steigt in meinen Gedanken auf, und ich küsse ihn noch gieriger, um es aus meinem Kopf zu katapultieren. Sein Mund immer noch auf dem meinen, seine Zunge in meinem Mund – er drückt mich hinunter aufs Bett und klettert in einer einzigen Bewegung auf mich.

Er hält eine Sekunde inne, um das Band seiner Jogginghose zu lösen und sie auszuziehen, und dann ist sein Mund wieder auf dem meinen. Langsamer diesmal, tiefer, aber genauso unnachgiebig.

... er ...

Er hält für einen Moment inne, beherrscht sich auf mir. Alles kommt mit ihm zum Stillstand. Unsere Blicke treffen sich, und für einen Moment bin ich verloren. Ich vergesse. Ich verstehe, warum er angeboten hat, das zu tun. Ich bin nicht ich. Ich bin keine Mutter. Ich bin keine Ehefrau. Ich bin nicht ich. Ich bin eine Masse von Atomen. Nur zusammengefügt durch diesen Moment.

Jetzt. Es muss jetzt sein. Bevor ich zurückkomme.

Mal stößt so hart und kraftvoll in mich, dass ich laut aufschreie, und sein Mund kommt jetzt wieder hinunter auf den meinen und saugt den Laut auf, nimmt den kleinen, entweichenden Ausdruck von Schmerz auf in sich selbst.

Ich grabe meine brüchigen Nägel in seinen Rücken, klammere mich an die Muskeln, die sich auf mir bewegen, durchbohre seine Haut. Seine Lippen schließen sich um meine rechte Brustwarze, und er beißt zu, Fetzen von süßem, körperlichem Schmerz jagen durch meinen Körper; er stöhnt laut auf, als ich meine Zähne in das Fleisch unter seinem Schlüsselbein grabe. Seine Hände packen mein Haar und hängen sich daran fest, während er sich weiterbewegt und ich wieder meine Klauen in seinen Rücken schlage. Er ist grob, viel gröber als nötig.

Dies hat nichts mit Vergnügen und Begehren und Lust zu tun. Jeder brutale Stoß schält die Schichten der Realität weiter ab. Eine Abstoßung irdischer Seelenpein. Eine Suche nach dem schwarzen, heißen Zustand puren, segensreichen Vergessens. Wir leiden Schmerzen, und so fügen wir einander Schmerzen zu, um zu vergessen; um eine Masse von unwissenden, ahnungslosen Atomen zu werden.

Sein Mund bedeckt wieder den meinen, er verschluckt mein Wimmern und presst sein Stöhnen in mich hinein. Ich kann spüren, wie es näherkommt. Das Ende. Der Punkt ohne Wiederkehr. Es steigt auf von einem Ort zwischen meinen Beinen, dem Ort, den Mal füllt, und rast durch meine Adern. Ich rase auf den Abgrund zu, er wütet in mir … Ich bin am Abgrund … Ich schwanke … Und dann falle ich. Ich explodiere und sacke herab, und da ist es: das Nichts. Ich bin nichts. Ich bin losgelöst. Ich bin frei.

Frei.

Er rollt von mir herunter und plumpst zurück aufs Bett, um an die Decke zu starren. Gerade hat es sich noch angefühlt, als wären wir eins für immer, und jetzt sind wir wieder zwei. Getrennt. Unvollkommen. Nicht mal unsere schweren Atemzüge sind im Einklang.

»Es tut mir leid«, sagt er.

Ich weiß. Sage ich in meinem Kopf. Ich kann es nicht laut aussprechen. Nichts kann ich laut tun. Ich muss vollkommen still sein, nichts zerwühlen, indem ich spreche oder mich bewege, weil ich, wenn ich wirklich vorsichtig bin, noch beim Vergessen bleiben kann. Meine Kopfhaut prickelt noch von dem festen Griff, mit dem er an meinen Haaren gezerrt hat, mein Mund ist zerschunden von der Härte seiner Küsse, meine Brustwarze brennt von seinem Biss, der Ort zwischen meinen Beinen tut weh von seiner Grobheit. Wenn ich all diese kleinen Schmerzen ganz eng an mich drücke, kann ich immer noch vergessen.

»Ich konnte sie nicht verlassen. Das ist der Grund. Als sie mich vor die Wahl gestellt hat, wusste ich, dass ich sie nicht verlassen konnte. Ich hatte ihr versprochen, es nicht zu tun, und daher konnte ich es auch nicht. Sie ist wie Mum.« Er hält inne. »Sie ist manisch-depressiv.«

Ja, natürlich ist sie das, sage ich in meinem Kopf. Natürlich ist sie das.

Dann erzählt er mir alles. Wie sie es ihm gesagt hat, zum ersten Mal. Wie sie immer versucht, alles unter Kontrolle zu behalten. Die Krisen, die sie hatte über die Jahre hinweg, die schlimmste damals, als er sie mit aufgeschlitzten Pulsadern und einer leeren Flasche Paracetamol sowie einer leeren Flasche Lithium im Bad fand und sie für zwei Wochen ins Krankenhaus musste. Die Abtreibung mit fünfzehn. Dass niemand das jemals erfahren durfte, weil sie solche Angst davor hat, verurteilt und als Verrückte abgestempelt zu werden.

Ich lausche ihm aufmerksam, und mit jedem seiner Worte kommt Stephanie mehr ins Bild.

»Sie hatte plötzlich Angst, dass sie dem Baby wehtun könnte, das ist der Grund, warum sie ihre Meinung geändert hat«, sagt er, wobei seine Worte sich schier überstürzen.

Nein, das stimmt nicht, sage ich in meinem Kopf. Stephanie weiß, dass die einzige Person, für die sie jemals eine Gefahr darstellen könnte, sie selbst ist. Genau wie wir alle eine Gefahr für uns selbst sind, wenn wir Risiken eingehen. Stephanie hatte Angst, dass du dich in mich verlieben würdest. Ich würde dein Baby haben, und du würdest dich in mich verlieben und sie meinetwegen verlassen. Du würdest einfach das Baby nehmen und gehen.

»Ich wusste, dass du nicht daran zugrunde gehst, weil du stark bist, viel stärker als Stephanie. Du hattest all diese Leute um dich herum, die sich um dich kümmern, und du würdest überleben. Steph hat mich und sonst niemanden. Als sie mich vor die Wahl gestellt hat, musste ich mein Versprechen halten. Sie hat niemanden sonst.«

Sie hätte dich niemals gehen lassen. Es hat nie eine Wahl gegeben, weil sie wusste, dass du sie niemals verlassen würdest. Aber sie musste sich sicher sein, als sie die Angst spürte, dass du dich in mich verlieben könntest, sie musste schnell handeln. Sie musste sichergehen, dass die Wahl getroffen war, bevor das Baby geboren wurde. Danach hättest du vielleicht gezaudert. Du hättest vielleicht gesehen, dass da draußen jemand ist, der dich mehr brauchte als sie es tat, und dann wärst du vielleicht gegangen. Das war der Grund, wieso du mich aus deinem Leben ausschließen musstest: Wenn du deinen Sohn kennengelernt hättest, hättest du vielleicht bei ihm bleiben wollen.

Stephanie hatte Angst. Und deswegen, weil sie deiner Liebe nicht vertraute, musste sie tun, was sie getan hat. Ich hasse sie nicht. Ich empfinde Mitleid mit ihr. Nicht wegen ihrer Krankheit, sondern wegen des Mangels an Vertrauen in den einzigen Menschen, der sie immer lieben wird. Selbst wenn du den Wunsch gehabt hättest, mit mir zusammen zu sein, hättest du sie niemals verlassen.

»Jeden einzelnen Tag in den letzten acht Jahren habe ich

dein Gesicht vor mir gesehen und deine Stimme gehört, als du mich angefleht hast, nicht zu tun, was ich getan habe. Es war eine Folter für mich. Ich will, dass du das weißt. Ich habe es niemals vergessen können. Und jedes Mal, wenn ich von dir hörte, oder wenn ich deine Eltern und Cordy sah, war ich ganz krank wegen dem, was ich dir angetan hatte. Ich wusste, dass du stark bist, aber gehasst habe ich mich trotzdem dafür.«

»Es ist in Ordnung«, sage ich, indem ich den Zauber breche, indem ich den Restschmerz, der mich auf Distanz gehalten hat, weggleiten lasse, jetzt, wo ich gesprochen habe und wieder in diese Welt eingestiegen bin. »Ich verstehe. Du hättest es mir damals sagen sollen, aber jetzt weiß ich Bescheid, und ich verstehe, und es ist in Ordnung.«

»Wirklich?«, fragt er, indem er sich mir zuwendet.

»Ja«, erwidere ich. »Ich verstehe, daher kann ich loslassen.« Ich schließe für einen Moment die Augen. »Und im Moment ist es nicht von Bedeutung. Nichts ist von Bedeutung.«

Er rollt zu mir herum, und ich sehe den Flecken auf seiner Brust – leuchtend rot und aufgeraut –, wo ich ihn gebissen habe. Sein Rücken ist sicher mit tiefen, blutigen Kratzern überzogen. Stephanie wird sie sehen. Sie wird sie sehen und Bescheid wissen. Ich will nicht, dass sie es weiß. Und ich will auch nicht, dass Keith eine frische wunde Stelle an meinem Körper berührt und Bescheid weiß. Ich will nicht, dass irgendjemand davon erfährt. Niemand soll in irgendeiner Weise Teil von dem sein, was wir getan haben. Es gehört uns, uns allein.

Ich will überhaupt nichts von alledem, denke ich. Ich will einfach, dass alles wieder normal ist.

Er nimmt mich in seine Arme, kuschelt sich an mich, hält mich eng an sich gedrückt. Dies ist es, wofür ich Mal brauche. »Es tut mir leid«, flüstert er. Er entschuldigt sich nicht für das, was vor acht Jahren passiert ist. Sondern er drückt mir sein Mitgefühl aus für das, was jetzt ist. »Es tut mir so leid.«

Sterben.

Die Ufer in meinem Geist reißen weit auf. Mein Schmerz strömt nach draußen, gefolgt von einem Sturzbach an Tränen, breit und schnell; meine Schreie sind laut und unkontrolliert.

Leo wird sterben.

Ich klammere mich an Mal, als meine Klage ein Tsunami wird, der Schmerz mir das Herz abschält und meine Seele zu Brei zerstampft.

Leo wird sterben.

»Ich weiß«, flüstert Mal in meine Haare, seine Stimme fest und sicher, während er mich in seinen Armen wiegt. »Ich weiß ich weiß ich weiß ich weiß ich weiß.«

56

Mum und Dad sind die Ersten.

Sie halten sich an der Hand, die Finger ineinander verschränkt, als sie die Tür öffnen und zur Seite treten. Dies ist das erste Mal, dass ich sie Händchen halten sehe. Ich weiß, dass meine Eltern eine tiefe Zuneigung, eine grenzenlose Liebe füreinander empfinden, aber dies ist das erste Mal, dass sie es nach außen zeigen. Sie zanken sich andauernd. In der Öffentlichkeit reizbar und auf milde Weise feindselig gegeneinander zu sein, ist für sie völlig normal – tatsächlich haben sie es wahrscheinlich noch nie so lange geschafft, einander nicht zu triezen, wie in diesen letzten zehn Tagen im Krankenhaus. Aber ihre Zärtlichkeit füreinander zeigen sie eigentlich nie.

Als sie einige Zeit später wieder herauskommen, haben sich ihre Hände gelöst: Mums Kopf ruht jetzt auf Dads Schulter, der seinen Arm um sie geschlungen hat. So stützen sie sich gegenseitig, halten den anderen aufrecht. Sie sehen niemanden an, als gehen einfach miteinander den Gang hinunter und um die Ecke; plötzlich sind sie verschwunden, als hätte sie jemand vor unseren Augen weggezaubert.

Cordy kommt als Nächste.

Sie nimmt ihre »Entourage« mit, wie sie sie gern nennt – Jack, Ria und Randle. Bevor sie nach der Türklinke greift, wendet sie sich zu mir. Ihre Augen sind jetzt schon rot, sie sieht zerknirscht und schuldbewusst drein. Ich weiß, was sie denkt, denn wenn ich sie wäre, wenn ich eine Mutter von zwei gesunden Kindern wäre und mir selbst gegenüber stünde, würde ich das auch denken: Es tut mir leid, dass dir das geschieht, aber ich bin froh, dass es meinen Kindern gut geht, und ich hasse mich dafür, dass ich froh bin. Ich will nicht, dass meine Schwester auch noch eine Extralast zu tragen hat, all dies ist schon schrecklich genug. Ich schenke ihr ein Lächeln, sage ihr damit, dass es nicht ihre Schuld ist. Dass ich niemals Groll gegen sie hegen werde, nur weil sie etwas hat und behält, was einst auch ich hatte. Als Antwort drückt sie ihre Finger an die Lippen und bläst mir einen Kuss zu. Meine kleine Schwester macht so was gern, sie ist

Meisterin darin, ihre Gefühle ganz unmittelbar auszudrücken. Ich versuche, noch breiter zu lächeln, bevor sie sich abwendet, um das Krankenzimmer zu betreten.

Als sie wieder herauskommen, trägt jedes Elternteil ein Kind im Arm, die Köpfe der Kinder in der tröstenden Höhle zwischen Hals und Kinnlade von Mama und Papa vergraben. Beide Kinder weinen; die Augen der Erwachsenen sind rot und geschwollen, ihre Körper wirken steif und verängstigt. Auch sie sehen niemandem in die Augen, als sie sich den Gang hinunterbewegen und dann verschwinden, genau wie Mum und Dad.

Dann kommt Amy.

Trudy bleibt stehen wie angewurzelt, Schrecken auf ihrem knabenhaften Gesicht, die Hände gegen die Wand gepresst, während um sie her die Panik wütet. Sie hat Leo gekannt, seit er fünf war, und damals war sie nicht gerade entzückt von Kindern. Leo hat das natürlich gespürt und sich mit ihr angefreundet. Sie verstanden sich gut, weil sie beide eine sehr direkte Art haben, mit den Dingen umzugehen. Erst als sie den Blick zur Seite wendet und mit der Hand nach Trudy sucht, merkt Amy, dass sie allein ist. Sie wendet sich um, aber Trudy schüttelt den Kopf. Amy lächelt sie an, sanft und verständnisvoll wie immer, und hebt dann ihre schlanke Hand, die Armreife klimpernd, um sie nach Trudy auszustrecken. Plötzlich scheint Trudy beruhigt und ganz zahm, sie wirkt wie ein Wildpferd, dem man geheime Worte ins Ohr geflüstert hat, und jetzt macht sie einen Schritt auf Amy zu, ergreift ihre Hand und geht mit ihr zusammen hinein.

Sie halten sich immer noch an den Händen, als sie das Zimmer verlassen. Amys Augen sind trocken, und sie hält sich sehr aufrecht, aber ich kenne sie: Ich kann sehen, dass nur der Wunsch sie hält, nicht vor meinen Augen zu kollabieren. Sie und Trudy gehen davon, an den Ort der Verschwundenen wie die anderen auch.

Jetzt bewegen sich Mal und Tante Mer auf die Tür zu, gleichzeitig erhebt sich Keith von seinem Stuhl. Ich halte ihn zurück. Er will, dass das Warten vorbei ist, er will hineingehen und sagen, was gesagt werden muss, aber er muss noch ein wenig warten. Er ist Leos Vater, es ist nur richtig, dass seine Stimme eine der letzten ist, die Leo zu hören bekommt.

Mal wappnet sich: Wie ein Mann, der im Begriff steht, mit dem Fallschirm aus einem Flugzeug zu springen, nimmt er einen tiefen, tiefen Atemzug, den Blick starr auf die Tür gerichtet. Er schlingt seinen Arm um Tante Mers Schultern, als sie zusammen hineingehen. Aus irgendeinem Grund fällt mir ein, wie ich Tante Mer jahrelang Aunty Merry gerufen hatte, und wie sie mich dann immer anlächelte, als ob ich ein Geheimnis kannte, auf das noch nie jemand gekommen war. Ich habe nur damit aufgehört, weil Mum sagte, dass das klinge, als wäre sie eine Säuferin.

Keith nimmt meine Hand und drückt einen längeren Kuss in meine Handfläche. Ich schrecke auf, wende mich ihm verwirrt zu und sehe zum ersten Mal, erfahre zum ersten Mal das Ausmaß seines Kummers. Tief und weit, bodenlos. Er hat ihn die ganze Zeit in sich verborgen gehalten, nicht nur um mich zu schützen, sondern auch sich selbst. Er hat ihn bewusst verleugnet, versteckt, sich weggeduckt, weil er entsetzliche Angst hat. Eine Art von Angst, die er noch nie zuvor kennengelernt hat. Er war in der Armee, er ist Polizist, er hat den Tod gesehen, er kennt das Böse gut, und doch ist nichts von alldem in der Lage gewesen, ihn so zu

Fall zu bringen wie dies. Nichts war so umfassend wie ein Kind zu verlieren, das er liebt; nichts hat es vermocht, ihm die Zukunft zu nehmen und sie durch Leere zu ersetzen. Das ist der Grund, warum wir nicht fähig waren, einander zu helfen, wir haben beide versucht, unabhängig voneinander stark zu sein.

Ich beuge mich vor und küsse ihn, versuche ihm alle Liebe zu geben, die ich für ihn habe, so gut ich es kann. Ich will, dass er weiß, dass ich ihn liebe. Er soll spüren, dass wir es beide versucht haben, aber dies war viel zu groß für uns: Wir werden es nicht überleben. Selbst wenn ich das mit Mal nicht getan hätte, wurden fast alle Stränge unserer Ehe durchtrennt; zusammen zu warten, um Abschied zu nehmen, ist das Letzte, was wir gemeinsam tun. Wenn das vorbei ist, wird nur die Liebe bleiben. Und es bedarf mehr als der Liebe – egal wie glühend, tief und leidenschaftlich sie auch sein mag –, um zwei Leute zusammenzuhalten.

Die Tür zu Leos Krankenzimmer geht auf, und Tante Mer tritt heraus und zieht sie hinter sich zu. Ihre Augen glitzern, aber sie ist ruhig. Ruhiger als beim Hineingehen: Als wäre alle Furcht und Sorge von ihr gewichen. Sie zieht ihre Handtasche über die Schulter und geht ein kleines Stück den Korridor hinunter, bevor sie mit dem Rücken zu uns stehen bleibt und sich gegen die Wand lehnt. Das hat sie manchmal auch getan, wenn wir sie im Krankenhaus besucht haben: einfach dastehen, ins Leere starren, ihr Körper unnatürlich still. Es sind die Medikamente, versuchten meine Eltern uns immer zu beruhigen, aber ich hatte gar keine Angst. Mal und Cordy schon, aber ich wusste immer, dass sie da war. Ich wusste, dass wir sie irgendwann wiederhaben würden, dass das Stehen und Starren nur ein Ausruhen war.

Nach einiger Zeit kommt Mal aus dem Zimmer. Er ist völlig gebrochen. Er war mein Fels letzte Nacht – stundenlang hat er mich gehalten, während ich zum ersten Mal weinte, hat mich dann heimgefahren, sodass ich noch duschen und mich umziehen und neue Kleidung für Leo mitnehmen konnte, und mich schließlich ins Krankenhaus gebracht. Jetzt ist er nur noch ein Schatten seiner selbst, vernichtet, zerstört. Mit schleppenden Schritten geht er ein kurzes Stück, bleibt dann stehen, fällt mit dem Rücken gegen die Wand, den Kopf nach hinten gebeugt, und dann geben seine Knie nach, und wie ein Stein, der in einen Brunnen geworfen wird, sinkt er schnell und schwer zu Boden. Dort zieht er die Knie an die Brust, hakt seine Finger in seine blonden, welligen Haare und beginnt zu weinen. Laute, unkontrollierte Schluchzer. Er wiegt sich, während er schluchzt, er schürt seine Seelenqual, verliert jede Kontrolle über sich.

Von uns allen ist er der Einzige, für den es zu spät ist. Er hat nie mit Leo gesprochen, ihn nie gehalten, nie einen Moment mit ihm gehabt, den er sein Eigen nennen kann. Tante Mer geht zu ihm, und die Ruhe, die sie ausstrahlt, ist leicht zu erklären: Er ist ihr Baby, ihr kleiner Junge, und er braucht sie. Zum ersten Mal, seit er ein Baby war, ist sie fähig, ihn voll und ganz zu unterstützen. Sie bringt ihn wieder auf die Beine, indem sie ihm sanft zuredet, und dann wirft er seine Arme um sie und weint hemmungslos. Sie reibt seinen Rücken und beschwichtigt ihn, sagt, dass sie weiß, dass es ihm leid tut, und langsam, ganz langsam beginnt die Ruhe, die sie ausstrahlt, auf ihn überzugehen. Als er irgendwann wieder alleine stehen kann, nimmt sie seine Hand, wie die des kleinen Jungen, der er für sie immer sein wird, und führt ihn weg. Ich sehe ihnen nach, wie sie fortgehen und dann verschwinden wie alle anderen.

Keiths Abschied ist kurz.

Er hat Leo ein ganzes Leben zu erzählen, und dafür lässt man ihm keine Zeit. Also sagt er Auf Wiedersehen und zieht sich zurück.

Vor mir gehen der Arzt mit dem jungen Gesicht und der alten Seele und Schwester Melissa hinein, um nach Leo zu sehen. Um sicherzugehen, dass sich alles so entwickelt, wie sie denken.

Als er an mir vorbeigeht, sagt der Arzt, dass es nur noch ein paar Stunden dauern wird, aber ich weiß ganz sicher, dass das nicht stimmt. Ich kenne Leo. Er wird sich jetzt gleich auf den Weg machen.

Ich betrete den Raum, schweiße uns hier drin zusammen und versiegle uns, indem ich die Tür schließe, und es geschieht einfach, dass sich ein Lächeln auf mein Gesicht legt. Es handelt sich immerhin um Leo. Wie kann ich nicht lächeln, wenn ich ihn sehe?

»Hey, Leo, mein Herz, ich bin's.«

57

Ich nehme seine rechte Hand auf, messe und wiege sie in meiner eigenen.

Sie ist rund, kindlich und ganz vollkommen, vier Finger und ein Daumen. Ich habe sie gemacht, in meinem Körper, ich habe diese Finger gemacht. Ich küsse jeden einzeln, verweile etwas, während ich meine Lippen auf die Spitze eines jeden dieser perfekten Finger presse. Ich drehe seine Handfläche auf und drücke einen bestimmten »sternmagischen Wunsch«, wie er das immer genannt hat, in die Grube seiner Hand. Er hat dann immer erst die Hand geschlossen und dann die Augen und sich etwas gewünscht. Er hat mir nie gesagt, was er sich gewünscht hat und ob es sich später bewahrheitet hat, aber da er es immer wieder tat, muss es wohl ein paar einträgliche Resultate gegeben haben. Vielleicht hat er aber auch nur jedes Mal wieder gehofft, dass es beim nächsten Mal besser funktionieren würde.

Jetzt nehme ich seine linke Hand auf, das Spiegelbild seiner rechten, drücke Küsse auch auf diese Finger, diesen Daumen, diese Handfläche.

Dies ist das letzte Mal, dass ich das tun kann. Das letzte Mal.

Wir sagen das so oft, das letzte Mal, ohne uns der Schwere der Worte bewusst zu sein. Der Endgültigkeit. Verbindlichkeit.

Wann werde ich anfangen zu vergessen?, frage ich mich. Ich habe praktisch keine Videos oder Filme von ihm. Nach seiner Geburt habe ich Unmengen von Fotos von ihm gemacht, aber auch das nahm nach einer Weile ab, denn da nur wir beide zum Fotografieren da waren, zog ich es vor, die Zeit damit zu verbringen, etwas zu unternehmen, statt sie auf Fotos zu bannen. In meinem Kopf kann ich seine Stimme hören, und die Worte sind klar, aber manche Wendungen und sein Tonfall sind schon leicht verschwommen. Wie lange, bis seine Stimme völlig verschwunden ist? Wenn nichts in Stein gegraben ist, das ihn mir ins Gedächtnis ruft, wie soll ich mich dann erinnern? Er ist natürlich auf meinem Hochzeitsvideo zu hören, aber das war schon vor über zwei Jahren, und seine Stimme hat sich seitdem verändert, und auch sein Vokabular hat sich ständig erweitert.

Wie lange, bis ich mich an einen bestimmten Gesichtsausdruck nicht mehr erinnern kann? Sein Gesicht in Fleisch und Blut? Jetzt kann ich noch die Augen schließen und mir vorstellen, wie er immer die Nase rümpfte, wenn es Brokkoli gab (»Du weißt, das ist Gift, Mum!«), aber wie er Spinat verschlang, als wäre es sein Lebenselixier. Spielend leicht kann ich mir vor mein inneres Auge rufen, wie er zum Himmel schaute, wenn er nach der Antwort auf eine Frage suchte, oder wie seine Augen sich weiteten und er die Zungenspitze aus einem Mundwinkel streckte, wenn es darum ging, den neuesten Level auf der PlayStation zu erreichen. Ich kann mich suhlen in der Erinnerung an sein Stirnrunzeln über Ungerechtigkeiten – wie zum Beispiel der, keinen Delfin haben zu dürfen. Ich kann mich völlig verlieren im Rückblick auf sein breites Lächeln. Aber wie lange wird das noch vorhalten? Ich dachte, all diese Dinge wären in mein Gedächtnis und mein Herz eingeätzt, aber sind sie das wirklich? Wird die Zeit sie nicht auslöschen, wie sie alle Erinnerungen aufweicht und abstumpft?

Er trägt sein grünes Superheldenkostüm. Es ist sein liebstes Kleidungsstück. Wenn er sich etwas aussuchen könnte, das er jeden Tag anziehen kann, dann wäre es das. Es legitimiert ihn, hinaus in die Welt zu ziehen, um das Verbrechen zu bekämpfen. Die Maske habe ich ihm aber nicht aufgesetzt.

Ich beuge mich hinunter, hauche einen Kuss auf jedes seiner Augenlider. Sie sind geschlossen, die langen Wimpern ruhen sanft auf der Haut unter seinen Augen. Ich drücke meine Lippen auf seine Stirn, verweile dort.

Meine Finger streichen seitlich an seinem Gesicht entlang, und wie immer staune ich, wie weich seine Haut ist. Mein Baby. Mein schönes, schönes Baby.

Ich setze mich in meinen Stuhl, nehme seine rechte Hand und halte sie wieder in der meinen. Fast täglich habe ich diese Hand gehalten – beim Überqueren der Straße, beim Spazierengehen auf der Strandpromenade, beim Streunen im Park, beim Schlendern durch die Straßen. Manchmal auch, wenn wir vor dem Fernseher saßen und er wegen irgendwas Angst bekam und schnell nach mir griff, weil er mich, wie er sagte, beschützen wollte.

Ich drücke seine Hand gegen meine Wange.

»Weißt du, Leo, mir ist etwas klar geworden. Du machst dir doch immer Sorgen um mich, nicht wahr? Ich habe den Eindruck, du bist vielleicht noch da, weil du dir Sorgen um mich machst. Aber ich werde es schon schaffen, und ich möchte, dass du das weißt. Vergiss es nicht. Da sind so viele Leute, die sich um mich kümmern werden. Grandma, Grandpa, Tante Cordy, Nana Mer, Dad, Amy, Trudy, sogar dein anderer Dad. Ich werde dich natürlich vermissen, aber ich will, dass du aufhörst zu kämpfen, wenn es dir wehtut. Ich liebe dich so sehr, und ich will nicht, dass du Schmerzen leidest.«

Ich halte weiter seine Hand, als ich meinen Kopf hinunter auf seine Brust lege, immer noch seine Wärme fühlend, der Druck seiner Hand an meiner Wange.

»Ich liebe dich, und es ist okay, wenn du jetzt gehst. Wir werden uns wiedersehen, ja? Wir sehen uns wieder. Schlaf Gut, Leo, mein Liebster. Schlaf gut, mein schöner Junge.«

Der Rhythmus der Maschine verändert sich. Die Piepser kommen langsamer, die Lücken dazwischen werden länger.

Ich schließe die Augen. Ich wünschte, ich könnte schlafen. Ich wünschte, ich könnte einschlafen und bei ihm sein und ihn ein letztes Mal sprechen hören. Spüren, wie er mich umarmt, sehen, wie er die Augen verdreht und fragt, ob ich jetzt wohl gleich anfange zu weinen.

Ich halte die Augen geschlossen, erlaube mir, wegzudriften.

»Ich liebe dich«, sage ich zu ihm.

Das Piepsen der Maschine wird langsam. Langsamer. Noch langsamer. Dann … Piiiiiiiiiiiiiiiiiiieeepppp. Gleichmäßig. Langsam. Konstant.

Vorbei.

Seine Hand ist kalt, als ich mich irgendwann aufsetze. Mein Gesicht, kalt. Alles kalt.

»Schlaf gut, mein schöner Junge«, flüstere ich ihm zu. »Schlaf gut, mein Schöner.«

58

Es ist Meredith, die mich anruft.

Sie meldet sich mit ihrer weichen Stimme, leise.

Sie fragt mich, wie es mir geht, ob sie kommen und bei mir bleiben soll.

Sie erklärt, dass Mal eine Beruhigungsspritze erhalten hat und jetzt in seinem Hotelzimmer schläft.

Sie weiß nicht, wann sie nach Hause kommen werden.

Sie spricht nicht von einem Begräbnis.

Sie wünscht mir eine gute Nacht; segnet mich mit ihrer Liebe.

Sie hängt auf.

Und ich werde mir bewusst, wie seelenruhig die Welt zum Stillstand kommen kann.

59

Ich sitze am Strand.

Umgeben von der Weite des Nachthimmels, der mit zahllosen Sternen gesprenkelt ist, absorbiere ich das Rauschen der Meeresbrandung.

Ich sehe zu, wie die Sonne aufsteigt.

Ich lausche, wie die Welt zum Leben erwacht: die Möwen, die auf die Wellen herabstürzen, um ihr Frühstück zu fangen; die disziplinierten Jogger, die ihren Routinelauf machen; die noch halb verschlafenen Hundebesitzer, die ihrer Pflicht nachkommen; die Nachteulen, die übermüdet nach Hause stolpern.

Nach Hause.

Ich habe keines mehr. Nicht, wenn er nicht da ist.

Sechster Teil

60

Wir klammerten uns aneinander fest, während wir das steile Kiesbett hinunterstolperten.

Vor uns lag das Meer. Schäumend und zischend, wenn es auf uns zuwallte, sprudelnd und gluckernd, wenn es dann wieder zurückgesogen wurde. Wir kickten unsere Schuhe weg, zogen die Socken von den Füßen und standen dann nebeneinander da, die Füße kalt, in der Erwartung, dass das Meer sie zu schlucken suchte, gespannt, wer es am längsten aushielt, bevor er wegrannte.

Das Meer zog sich zurück, aber er und ich standen fest, zitternd vor Kälte, die Beine dicht beieinander, vor Vorfreude kichernd, weil uns gleich die Flut holen würde. Und dann raste sie auf uns zu. Die Aufregung schüttelte uns durch, als das Wasser kam, dann kreischte ich schon, rannte weg, ich war es, die zuerst klein beigab. Angsthase. Er stand fest auf der Erde, ließ die See immer mehr kommen, bis seine Füße komplett überspült waren von dem grauen, schäumenden Nass. Er schnitt eine Grimasse wegen der Kälte des Wassers, aber er schrie vor Freude und bewegte sich nicht vom Fleck.

Jetzt drehte er sich zu mir, um zu sehen, wo ich war, ich hätte doch an seiner Seite sein müssen.

Ich lachte ihm zu, und er lachte zurück, ein kindliches, glucksendes Kichern.

Mit dem Meer Angsthase zu spielen war unser liebstes Spiel. Immer war ich es, die zuerst wegrannte, und er derjenige, der seinen Mann stand. Der tapferste Junge der Welt.

Jemand beobachtet mich.

Ich weiß, dass alle hier mich beobachten, sich fragen, wie es mir geht, wie ich zurechtkomme, ob ich noch zusammenbreche, ob ich endlich zulasse, dass sie mich trösten, aber diese Augen sind anders, sie mustern mich. Sie sind nicht besorgt, sie sind gespannt. Versuchen mich zu entziffern, zu sehen, was ich denke und fühle; versuchen, sich in die verborgenen Orte meines Geistes einzugraben.

Ich öffne langsam die Augen und sehe, wie sie mich anstarrt. Unsere Blicke treffen sich, genau wie beim letzten Mal, als wir einander zufällig in der U-Bahn begegnet sind, am Tag, als ich beschloss, London den Rücken zu kehren.

Sie sieht angemessen aus: Sie trägt ein einfaches, gerade geschnittenes Kleid, die langen, honigblonden Locken sind zu einem einfachen Pferdeschwanz gebunden, flache, schwarze Schuhe, Perlen um den Hals.

Ich hatte Mal nicht gesagt, dass er sie mitbringen konnte, weil ich nicht mal auf die Idee gekommen war, dass sie das vielleicht wollte. Oder dass sie überhaupt den Mut aufbringen würde, hier aufzutauchen.

Die Tatsache, dass ich sie dabei erwischt habe, wie sie mich anstarrt, bringt sie durcheinander, sie wirkt wie ein Reh, das im Licht von sich schnell nähernden Scheinwerfern gefangen wird. Ihre Wangen röten sich, aber sie sieht nicht weg. Sie weiß, dass ich weiß, was sie getan hat. Sie möchte herausfinden, in welcher Verfassung ich bin, ob sie herkommen und mit mir reden kann. Sie möchte wissen, ob ich mich von ihr abwenden werde, sie anschreien oder eher höflich ihren leeren Worten lauschen werde.

Sie hat keine Ahnung, dass es vollkommen bedeutungslos ist, ob sie mit mir spricht oder nicht.

Jeden Tag, wenn ich aufwache, liege ich auf seinem Bett. Ich schlafe in seinem Zimmer, sein Lieblingslaken – eines, das ich vorher schon in meinem Bett hatte – tröstend unter meiner Wange geschoben. Ich muss in seinem Zimmer sein, so lange es noch nach ihm riecht. Ich will jedes Molekül seines Dufts aufsaugen, bevor er mit der Zeit in der Luft verschwindet.

Keith und ich sprechen kaum miteinander, wenn wir beide im Haus sind. Wir weichen einander aus, machen uns gegenseitig Kaffee, ohne den anderen zu fragen, ob er überhaupt einen will, weil ein Gespräch zu viel wäre. Er ist zwei Tage danach wieder zur Arbeit gegangen und bleibt weg, so lange er kann – oder so lange, bis er weiß, dass ich in Leos Zimmer bin, bei geschlossener Tür, zusammengerollt auf dem Einzelbett, mir einredend, dass ich schlafen kann. Obwohl ich weiß, dass ich Leo wiedersehen werde, wenn ich sterbe, und dass ich ihn eines Tages in meinen Träumen finden werde, kann ich nicht lange genug schlafen, um das zu versuchen. Höchstens eine halbe Stunde treibe ich im Land der Träume umher, und dann bin ich wieder wach bis zum Morgengrauen. Wenn ich die Augen schließe, höre ich immer, wie er mich fragt, warum er nicht so ein breites Bett hat wie ich. »Ich brauche auch viel Platz«, sagt er in meinen Gedanken immer. »Nur weil ich kleiner bin als du, heißt das nicht, dass ich keinen Platz brauche.«

Wenn ich aufwache, höre ich Keith im Wohnzimmer PlayStation spielen. Immer und immer wieder. Ich weiß nicht, ob es ihm irgendein Vergnügen bereitet, aber er spielt bis tief in die Nacht und klettert dann die Treppen hinauf ins Bett. Jedes Mal bleibt er kurz vor der weißen Tür mit dem großen Löwenbild darauf stehen (»Alle Löwen heißen Leo«). Ich hoffe dann immer, dass er hereinkommt, um dies mit mir zu teilen, die Lücke zwischen uns zu überbrücken, aber er tut es nie. Nach ein paar Sekunden geht er weiter und legt sich ins Bett. Am Morgen, während er noch schläft, schleiche ich mich in unser Schlafzimmer, ziehe mich an und gehe aus dem Haus und ins Café.

Ich backe Kuchen, Kekse, Pies und Pfannkuchen wie immer; Backen ist etwas, das ich tun kann, ohne nachzudenken. Ich mache die bestellten Kaffees, Tees und Milchshakes, aber es ist Amy, die sie den Gästen bringt. Ich bediene keine Gäste mehr. Die Leute wollen sonst mit mir reden. Sie fragen mich, wie es mir geht, sie fragen nach meinem Sohn, wenn sie eine Weile nicht da waren, sie versuchen mich zu trösten, wo es doch nichts gibt, was sie tun können.

Ich sitze für gewöhnlich ganz hinten, in dem Sessel, wo ich immer gesessen habe, als er noch ein Baby war, noch bevor ich das Café gekauft habe, und starre aus dem Fenster.

Ich sitze und ordne meine Gedanken.

Ich sitze und versuche, die rauen Ränder meines Schmerzes zu glätten.

Ich sitze.

Dann kehre ich zurück in ein leeres Haus, eines, das von dauerhaftem Verlust widerhallt, und bereite ein Abendessen zu, das weder Keith noch ich verzehren werden. Ich sitze allein in der Küche, ich schiebe das Essen auf meinem Teller herum, es kann Stunden dauern oder auch nur Sekunden, dann kratze ich das Essen in den Mülleimer und wasche den Teller ab. Später sitze ich im Wohnzimmer und sehe fern, oder besser, starre durch den Fernseher hindurch, mein Daumen drückt die Knöpfe der Fernbedienung, bis ich zu einem Programm komme, das meine Ohren und mein Gehirn nicht schmerzt, und dann starre ich durch es hindurch.

Jeden Tag, *jeden* Tag bin ich überrascht, dass die Welt sich nun doch weiterdreht. Es gibt immer noch Nachrichten, es werden noch Zeitungen gedruckt, die Leute gehen und reden und machen Fehler und schaffen wundervolle Erinnerungen. Jeden Tag bin ich aufs Neue überrascht. Jeden Tag frage ich mich, ob irgendjemand merkt, dass die Zeit in Wirklichkeit stehen geblieben ist und sich alle nur einreden, dass sie sich vorwärtsbewegt.

Dies ist mein Leben.

Es hat nichts mit Stephanie zu tun.

Keiths starker, fester Arm legt sich um meine Schultern, und seine vollen, weichen Lippen drücken sich gegen meine rechte Schläfe. Er hat mich seit fast zwei Wochen nicht berührt. Nicht seit dem Tag danach, als ich endlich zurück nach Hause ging und er versuchte, mich zu halten, versuchte, mich in seinen Armen zu halten, wenn ich zusammenbreche, und ich es nicht ertragen konnte, berührt zu werden. Nicht, wenn das Gefühl von meinem Sohn noch frisch war auf meiner Haut, noch sanft eingedrückt in die Kurven meiner Aura. »Ich liebe dich, Lucks«, flüstert Keith.

»Ich liebe dich auch«, erwidere ich.

Wir fühlen es beide.

Wir fürchten es beide. Wenn man jemanden liebt, läuft man Gefahr, ihn zu verlieren. Wie es uns mit unserem Sohn geschehen ist, wie es uns miteinander geschieht. Er bewegt sich weiter zu einem anderen Teil des Zimmers; er kann nicht zu lange in meiner Nähe bleiben, weil es uns bewusst macht, dass wir keine Worte mehr füreinander haben.

Das ist der Grund, wieso Stephanies Sorge, ob sie mit mir

reden soll, so lachhaft ist. Sie existiert gar nicht für mich im Moment. Niemand existiert im Moment für mich.

Die Zeit steht still.

Aber nur für jetzt. Sie wird wieder anfangen zu ticken. Etwas wird geschehen, damit mein Leben wieder anfängt zu ticken. Ich weiß, ich werde einschlafen und ihn wiederfinden, und ich werde wieder hinaus in die Welt gehen wollen. Aber für den Moment kann niemand mich aufscheuchen von dort, wo ich bin.

Vor allem nicht du, Stephanie.

Ich schließe sie aus, indem ich die Augen zumache. Ich will zurückgehen zu jener Erinnerung am Strand. Ich will dorthin zurückgehen, wo ich mit ihm war, bevor sie sich hergeschlichen hat.

Siebter Teil

61

Wie immer trägt sie ihren roten Dufflecoat. Ich sehe zu, wie sie sich hinkniet, sie scheint nicht zu bemerken, dass der Boden feucht und kalt ist, während sie mit ihren Fingerspitzen über die Goldgravur auf dem kühlen, cremeweißen Marmor fährt, wie auch ich es vor ein paar Minuten getan habe. Dann bewegen sich ihre langen, schlanken Finger über die gelbsamtenen Blütenblätter der Rosen, die ich dort hingelegt habe.

Sie hat nie den Verdacht, dass ich es bin.

Sie hebt immer den Kopf und schaut sich um, fragt sich, wer es ist, der die letzten drei Monate alle paar Tage gelbe Blumen hinterlassen hat, aber sie kommt nicht darauf – und warum sollte sie auch? In der ganzen Welt bin ich der letzte Mensch, von dem sie glauben würde, dass er das tut. Niemand weiß, dass ich es tue. Dass ich Teilzeit arbeite, damit ich hier herunterkommen kann.

Ich bin immer vorsichtig. Während ich mit ihm rede, Unkraut oder Blätter zur Seite räume, halte ich ständig mit einem Auge Ausschau nach ihr, stets auf der Hut, den vertrauten roten Blitz zu sehen, der bedeutet, dass ich weichen und mich, wie heute, hinter einem Baum verstecken und gegen den Baumstamm gedrückt warten muss, bis sie gegangen ist.

Sie sieht anders aus. Sie ist immer noch unglaublich schön, aber sie hat sich verändert. Vielleicht ist es die Tatsache, dass ihre Haare in Zöpfen nach hinten gekämmt sind, wie damals, als ich sie zum ersten Mal sah, und auch, als sie mit Leo schwanger war. Oder vielleicht ist es auch, weil sie so erwachsen aussieht. Der Kummer hat sie älter gemacht, sie scheint so weit weg, unnahbar, unberührbar, wie die Erwachsenen mir immer vorkamen, als ich ein Kind war. Es ist gespenstisch.

Jedes Mal, wenn ich sie sehe, möchte ich meine Arme um sie legen und ihr sagen, dass es mir leidtut. Für ihren Verlust, für ihren Schmerz, für das Ende der Welt. Aber am meisten dafür, dass ich nicht ihre Freundin war, wo sie sich so um mich bemüht hat. Seit meine Freundschaft mit Carole so echt und offen und hilfreich geworden ist, bin ich mir bewusst, was meine Ängste vor all den Jahren angerichtet haben. An mich ließ ich sie nicht heran, aber ich habe ihr den engsten Freund genommen. Ich habe sie bestohlen. Jetzt, wo ich endlich nicht mehr nur Mal habe, sondern eine Freundin, auf die ich mich verlassen kann, verstehe ich, wie schmerzhaft das war. Sie hat das nicht verdient.

Auch weiß ich, dass ich es sein sollte, die dort an seinem Grab kniet.

Ich hätte diejenige sein müssen, die Tag um Tag im Krankenhaus verbringt, an seinem Bett sitzt, seine Hand hält und sich wünscht, dass er gesund wird. Ich hätte es sein sollen, die jeden Tag hierherkommt, mit ihm spricht, ihn vermisst wie niemand sonst es könnte. Ich hätte es sein sollen, die herumgeht mit einem kaputten Herzen und einem bodenlosen Loch, dort, wo einst die Mitte der Seele war.

Es tut mir leid. Das ist es, was ich bei der Beerdigung sagen wollte. Das ist es, was ich jetzt sagen will. Es tut mir leid. Es tut mir leid. Es tut mir leid.

62

»Ich werde dich nicht lange aufhalten«, sage ich zu Mal.

Wir sind in einem kleinen Café mit Blick auf die Uferpromenade von Brighton, weit genug weg von Hove, vom Startruck, vom Krankenhaus, um es zu einem anonymen, neutralen Ort der Begegnung zu machen. Wir sitzen einander gegenüber in einer Fensternische, das Meer an unserer Seite, und wir können es sehen, aber nicht hören.

Alles an ihm bringt zum Ausdruck, dass er eigentlich nicht hier sein will, aber als ich ihn vorher angerufen habe, um zu fragen, ob wir uns treffen können, hat er nur gesagt: »Ich bin schon unterwegs«, und zwei Stunden später war er da. Jetzt sitzt er hier, mir gegenüber, angespannt und mit steifem Rücken.

Er hat in den vergangenen drei Monaten immer wieder versucht, mit mir Kontakt aufzunehmen, wie alle anderen auch, aber ich war nicht in der Lage, mit ihm oder sonst jemandem zu reden. Reden reißt die Wunden auf, es führt dazu, dass andere Leute mich trösten wollen, es macht mir Schuldgefühle, weil ich ihnen manchmal ins Gesicht schreien will, wie es mir wirklich geht. Ihnen zeigen, was in mir ist, oder wie es sich die meiste Zeit anfühlt: ein ununterbrochener, niemals nachlassender Schrei in immer der gleichen Stimmlage. Jetzt, wo ich es geschafft habe, mit Mal zu reden, sieht es so aus, als wäre es vielleicht zu spät, weil er nicht hier sein will.

Innerlich muss ich lächeln über die Art, wie eine Locke aus seinen Haaren über seinem rechten Ohr absteht, oder über das Schlafkristall in einem seiner Augenlider, oder über die Härchen seiner linken Augenbraue, die in der falschen Richtung liegen. Instinktiv strecke ich die Hand über den rechteckigen Tisch und hebe den Daumen, um seine Braue zu glätten. Mal weicht schnell vor mir zurück, setzt sich in seinem Stuhl ganz nach hinten, gleichzeitig erschrocken und vorwurfsvoll.

»Entschuldige«, sage ich, indem ich meine Finger in die Handfläche grabe und die Hand dann neben meine Tasse lege. »Leo hat auch dauernd gesagt, dass er meinen Daumen nicht in seinem Gesicht haben will.« Ich kann seinen Namen aussprechen. In kleinen Einzeldosen kann ich über ihn reden, ohne dass das Bedürfnis zu schreien die Oberhand gewinnt.

Mal legt seine Hand auf die meine, ein warmer, weicher Kokon. Ich hebe den Blick und begegne dem seinen, als er meinen Daumen nimmt, meine Hand in seiner Handfläche wiegt, und, ohne seine Augen von den meinen zu lösen, sich mit meinem Daumen über die Augenbraue fährt, bevor er meine Hand wieder auf den Tisch legt. Sobald er sie abgelegt hat, lösen wir uns voneinander: Ich kehre mit meinem Blick zum Tisch zurück, er starrt auf einen Punkt über meiner Schulter.

»Ich … Ich werde dich nicht lange aufhalten«, wiederhole ich. »Ich weiß, dies ist wahrscheinlich der letzte Ort, wo du sein willst.«

Er richtet seinen Blick wieder auf mich, fixiert mich mit seinen warmen, rostbraunen Augen. »Was ich will, ist, auf die andere Seite zu gelangen«, sagt er mit leiser, fast monotoner Stimme. »Zu dir. Ich will meinen Kopf auf deinen Schoß legen und dir zuhören, wie du stundenlang mit mir sprichst, über alles und nichts, weil dies deine Art ist, mir zu sagen, dass alles gut wird. Ich will meine Arme um dich legen, dich nah bei mir halten, dein Gesicht streicheln und dir sagen, dass alles gut wird.«

Ich habe fast vergessen, wie es ist, gehalten zu werden. Wie das Spüren des Körpers eines anderen Menschen mich komplett umfangen kann, dass ich den Punkt vergesse, wo ich selber aufhöre und der andere anfängt. Wenn ich plötzlich die Kraft von zweien spüre.

In den Nächten, in denen Keith und ich in unserem Bett schlafen, berühren wir uns nicht. Wir möchten schon, aber es scheint, wir haben vergessen, wie es geht; wir können uns nicht erinnern, wie es ist, nach jemand anderem zu greifen und ein Teil von ihm zu werden. Wenn unsere Körper sich versehentlich streifen, lassen wir sie da, sich kaum berührend, in der Hoffnung, dass die Erinnerung daran, wie es ist, zusammen zu sein, zu uns zurückkommt; so lange, bis es zur schmerzvollen Mahnung wird an das, was wir verloren haben, und dann rutscht jeder weg an seinen Rand des Bettes. Mal war der letzte Mensch, der mich gehalten hat. In jenem Bett, in jenem Hotelzimmer, in der Nacht, bevor Leo gegangen ist.

»Dies ist das größte Unglück, das wir je erlebt haben, und wir stehen es nicht zusammen durch«, sagt Mal. »Das ist es, was ich will. Nichts anderes wollte ich in den letzten drei Monaten. Du hast also unrecht, dies ist nicht der letzte Ort, wo ich sein will; es ist wohl eher so, dass ich dem Ort, an dem ich sein will, kaum näher sein könnte.«

Ich atme durch die Nase ein und durch den Mund wieder aus, besänftige so die Panik, mit der seine Worte mich erfüllen. Ich habe niemanden nahe genug herangelassen, dass er mir so etwas hätte sagen können. Ich weiß, dass sie alle –

Mum, Dad, Cordy, Tante Mer, Amy, Keith und Mal – denken, dass sie mit unserem kleinen Jungen auch mich verloren haben. Aber ich kann nicht anders. Ich kann nicht mit ihrem Kummer umgehen *und* mit dem meinen. Ich musste das alleine tun.

»Schön, dich zu sehen«, sage ich zu Mal.

»Ja?«, haucht er, während sein Gesicht sich zu einem wunderschönen Lächeln entspannt, das die Fältchen um seine Augen kräuselt, seinen Kiefer weitet und sein ganzes Antlitz erstrahlen lässt. Ich muss den Blick abwenden, den Klumpen in meiner Kehle niederkämpfen. Es war mir nicht möglich, Leo in meinen Träumen wiederzufinden, noch nicht, aber hier ist er, sitzt mir einfach gegenüber und lächelt.

»Ja«, sage ich zu Mal, die Augen immer noch abgewandt. »Schön, dich zu sehen.«

Nach einem Schweigen, das für immer dauern könnte, wenn wir es ließen, spreche ich weiter. »Ich wollte dich aus einem besonderen Grund treffen«, sage ich, indem ich ihn wieder ansehe. »Oder aus zwei Gründen, eigentlich.«

Er wartet geduldig auf meine Erklärung.

»Ich bin schwanger«, sage ich.

Seine Augen weiten sich vor Schock, aber er sagt nichts.

»Wie es aussieht, hatten wir wirklich Sex miteinander, und jetzt bin ich schwanger.«

Er spricht immer noch nicht.

»Wie auch immer, du musst mich kurz entschuldigen, denn im Moment muss ich mich übergeben.«

Er hat bereits Kräutertee mit Zitrone und Ingwer bestellt und eine Scheibe Toast, als ich in meinen Teil der Nische zurückgleite. Offensichtlich hat er sich erinnert, dass ich damit beim letzten Mal die ständige Übelkeit einigermaßen in Schach halten konnte. Auch seinen Kaffee hat er wegbringen lassen. Es ist nicht so schlimm wie beim letzten Mal, als schon ein Anflug von Kaffeeduft mir Übelkeit bereitete, aber gerade nach dem Erbrechen ist mir der Geruch auch diesmal unangenehm.

Ich nippe an meinem Tee und knabbere an der Toastkruste. »Vielen Dank«, sage ich.

»Mir ging gerade durch den Kopf«, erwidert er, »dass ich wohl Supersperma haben muss.«

Das bringt mich zum Lachen, zum ersten Mal seit Monaten, ein richtiges, herzhaftes Lachen.

»Lach nicht«, protestiert er, seine Augen tanzen. »Lass mich erst ausreden. Ich, Malvolio Wacken, habe Supersperma. Zweimal habe ich dich jetzt schon mit einer einzigen Ladung von dem Zeug geschwängert. Ich meine, das erste Mal lag es auch in meiner Absicht, das zweite Mal nicht so sehr, aber es ist trotzdem passiert. Ich schätze also, dass ich Supersperma habe, und vielleicht sollte ich es in Flaschen füllen und verkaufen.«

»Gute Idee«, kichere ich. »Aber die Schwachstelle in deinem Plan ist, dass es so aussieht, als könntest du nur mich schwängern. Und du kannst mir glauben, dass ich es dir nicht abkaufen werde. Nicht, wenn ich es offensichtlich auch umsonst bekomme, du Angeber.«

Nun ist es an ihm, den Kopf auf die Seite zu werfen und so laut herauszulachen, dass ein paar Leute sich nach uns umdrehen. Ich weiß plötzlich wieder, warum ich ihn all die Jahre über geliebt habe. Warum ich ihn immer noch liebe. All die Gründe, die in Momenten wie diesem offensichtlich werden.

»Was sollen wir tun?«, fragt er dann, plötzlich ernst. Seine Augen sind jetzt auf die Region meines Körpers fixiert, die hinter dem Tisch verborgen ist. »Wirst du das Baby bekommen?«

Ich nicke. Seit ich Gewissheit habe, weiß ich ohne Anflug eines Zweifels, dass ich das durchziehen werde bis zum Ende.

Er nickt auch, erleichtert, offensichtlich glücklich. »Okay, in Ordnung. Also muss ich es Steph sagen. Es wird nicht leicht sein, vor allem im Moment, aber ich werde es ihr sagen.«

»Stephanie ist sowieso schon verletzt und krank genug, und so voller Angst, dich zu verlieren. Denkst du, es ist richtig, ihr zu sagen, was wir getan haben, und dann auch noch das?« Ich lege eine Hand auf meinen Bauch. »Sie war immer in Panik, was unsere Beziehung betrifft; was wird es mit ihr anstellen, wenn sie ihre Ängste bestätigt sieht, so bald, nachdem all das passiert ist?«

»Denkst du etwa, ich sollte sie anlügen?«

»Nein, Mal, ich denke nur, dass du warten solltest, bis du alles angehört hast, was ich dir zu sagen habe, bevor du eine Entscheidung fällst, wem du es wann erzählen wirst.«

»Wirst du es denn Keith sagen?«

Ich schüttele den Kopf. »Nein. Es würde ihn mehr schmerzen, als ich ertragen kann. Bevor er es merkt, bin ich schon weg.«

»Weg?«, fragt er.

»Ich hatte dir ja gesagt, dass es zwei Gründe gibt, warum ich dich sehen wollte. Der erste ist, dass ich schwanger bin. Der zweite ist, dass ich beschlossen habe, die Welt zu sehen. Eine Zeit lang zu verreisen. Ich fahre in ein paar Wochen los. Keith weiß es noch nicht. Wenn ich es ihm sagen würde, würde er davon ausgehen, dass wir zusammen gehen, und er würde sich zwingen, mich zu begleiten. Aber in Wirklichkeit würde er das gar nicht wollen. Unsere Ehe ist am Ende, und ich will nicht, dass er sich vergeblich daran festklammert.«

»Eure Ehe ist am Ende?«

»Ich liebe ihn, das werde ich immer tun. Aber er erinnert mich an das, was ich verloren habe, genauso wie das Haus, wie Hove, wie England wahrscheinlich. Es gehört alles zusammen. Ich betrete das Haus, gehe in ein Zimmer, und ich erwarte immer, dort irgendeinen neuen Hinweis zu sehen, dass er da war. Aber die Spielsachen, die er auf dem Boden hat liegen lassen, sind immer noch unverändert. Sein blauer Controller für die PlayStation ist immer noch auf der Konsole. Das Buch, das er gelesen hat, bevor er mir den ultimativen Fahrradtrick gezeigt hat, liegt immer noch aufgeschlagen auf dem Boden im Kinderzimmer. Es ist alles noch genau wie vorher. Und ich bringe es nicht über mich, etwas zu verändern, denn wenn ich das tue, bekomme ich Angst, ein weiteres kleines Stückchen von ihm zu verlieren. Es ist ein tödlicher Schmerz, dieses Haus zu betreten. Es ist ein tödlicher Schmerz, bei Keith zu sein. Ich kann nicht an den Strand gehen, ohne völlig zusammenzubrechen. Ich kann das einfach nicht mehr. Ich muss weg von dort. Neue Erinnerungen schaffen an einem Ort, der nicht schon übersät mit den alten ist.«

»Du bist schwanger.«

Ich zucke die Schultern. »Ja, dann werde ich eben woanders schwanger sein. Aber wie du siehst, solltest du sorgfältig darüber nachdenken, ob du es Stephanie erzählst.

Denn ich will nicht, dass du es ihr erzählst in der Absicht, dass du für dieses Kind ein regulärer Vater sein wirst.«

»Ich könnte dich begleiten.«

»Selbst wenn ich es für möglich hielte, dass du Stephanie verlässt, warum sollte ich wollen, dass du ihr das antust? Zu welcher Art von Mensch würde mich das machen? Wenn ihr beide euch trennt, dann solltet ihr das tun, weil eure Beziehung zu Ende ist, nicht wegen mir und dem Baby.«

Mal starrt mich an, und ich kann seinen Kummer spüren. Ich will ihm nicht ein weiteres Kind wegnehmen, aber ich kann auch nicht hierbleiben. Ich muss mir selbst den Vortritt lassen.

»Ich will nicht, dass du gehst«, stellt er fest. »Bitte geh nicht weg von hier. Bitte verlass mich nicht.«

»Ich wünschte … Ich muss aber gehen. Für mein eigenes Weiterleben. Damit ich anfangen kann, darüber hinwegzukommen. Damit Keith jemand anderen finden kann. Es gibt tausendundeinen Grund, warum ich gehen muss. Ich will damit nicht sagen, dass ich nicht zurückkomme, aber jetzt muss ich gehen. Du verstehst mich doch, nicht wahr?«

Er nickt. »Ich will nicht, dass es so ist, aber ich verstehe dich.«

»Ich will, dass du ihr Vater bist. Diesmal ist es nämlich ein Mädchen. Ich will, dass du ihr schreibst, ihr Bilder schickst, sie anrufst, ich will, dass sie dich von Anfang an kennt. Wir werden das schon hinkriegen. Irgendwie werden wir es hinkriegen.«

»Ja, das werden wir«, stimmt er zu. »Das werden wir.«

Ich stehe auf, ziehe meinen Mantel an, nehme meine Tasche auf. »Auf Wiedersehen, Mal.«

»Ist das nicht genau der Punkt, dass wir uns nicht wiedersehen werden?«

»Ich mag keine Abschiede, daher sage ich Auf Wiedersehen, das macht es ein klein wenig einfacher.«

»Okay. Auf Wiedersehen.«

Ich nicke. »Auf Wiedersehen.«

Als ich in der kühlen, frischen Luft vor dem Café stehe und den Möwen zusehe, die sich in die Wellen stürzen, merke ich, dass ich etwas vergessen habe, und gehe wieder hinein.

Ich schlinge meine Arme um seinen Hals, drücke ihn eng an mich und küsse ihn auf die Wange. »Danke, Mal. Das habe ich noch vergessen, dir zu sagen. Danke für Leo, und danke für diese letzte Nacht. Danke.«

»Du weißt, dass ich dich liebe, nicht wahr?«, sagt er zu mir.

»Ich liebe dich auch. Vielleicht schaffen wir es im nächsten Leben, dass wir es richtig machen und zusammenkommen.«

»Ich glaube nicht an diesen ganzen Unsinn«, erwidert er.

»Nein, aber ich. Das ist genug für uns beide.«

»Es hat keinen Sinn, dagegen anzukämpfen, nicht wahr?«

»Gar keinen.«

Ohne zu denken, ohne zu zögern, kommen unsere Lippen zusammen. Und zum ersten Mal küssen wir uns, weil wir uns lieben. Weil wir uns, zu unserem eigenen Unglück, immer geliebt haben.

Die Glocke an der Cafétür klingelt, als die Tür hinter mir ins Schloss fällt. Ich knöpfe meinen Dufflecoat zu und ziehe meine Tasche über die Schulter.

Das war der zweitschwierigste Abschied, den ich je hatte. Wenn man jemanden so sehr liebt, wie ich Mal liebe, ist es nie einfach, ihn zu verlassen, auch wenn beide wissen, dass es die einzige Möglichkeit ist, noch mal ganz neu anzufangen.

63

»Hi«, sagt er, als ich in die Küche komme. »Wie geht es dir?«

Ich bleibe wie angewurzelt stehen, völlig perplex. Hat er etwa mit mir gesprochen? Mit *mir*? Er hat mich seit drei Monaten nicht nach meinem Befinden gefragt. Seit einer Ewigkeit ist er nicht auf die Idee gekommen, mir eine Frage zu stellen, und sei es auch nur eine rhetorische. Für gewöhnlich spricht er an mich hin oder durch mich hindurch. Nicht *zu* mir. Für gewöhnlich kann er sowieso kaum sprechen, weil er die meiste Zeit weint.

»Mir geht's gut«, antworte ich und widerstehe dem Bedürfnis, einen Blick hinter mich zu werfen, um sicherheitshalber zu prüfen, dass er nicht zu irgendeiner Fremden spricht, die mir zufällig von der Straße ins Haus gefolgt ist. Er sieht mich sogar an, nicht durch mich hindurch wie sonst. »Und wie geht's dir?«

Er hebt die Schultern und lässt sie wieder fallen, in einem kurzen, wegwerfenden Zucken. »Das weißt du doch«, sagt er.

Das ist nicht wahr. Du redest nicht mit mir, daher weiß ich auch nicht, wie es dir geht. Ich kann versuchen, es mir vorzustellen, aber ich weiß es nicht. Ich kann versuchen, mich in dich hineinzuversetzen, aber voll und ganz verstehen kann ich dich nicht.

»Wo bist du gewesen?«, fragt er. Sein hübsches, liebes Gesicht wirkt interessiert. Er weint nicht, merke ich plötzlich, nicht mal innerlich. Er ist hier im Raum und wartet auf eine Antwort von mir.

»Ich habe …«, fange ich an und versuche, mir eine Lüge auszudenken. Wenn er in so kurzer Zeit solche Fortschritte gemacht hat, ist sicher das Letzte, was er braucht, Leos Namen zu hören, daran erinnert zu werden, warum er so traurig ist und warum er nicht mehr mit mir zusammen sein will. »Ich habe Leo Blumen gebracht.« Ich habe genug gelogen. Es ist vorbei. An den alten Lügen kann ich nichts ändern, ohne alles zu zerstören, aber ich kann wenigstens vermeiden, neue zu erfinden. Von nun an keine Lügen mehr. Das schulde ich ihm, ihr, Leo und mir selbst. »Gelbe Rosen. Ich denke immer, dass Gelb seine Lieblingsfarbe war. Ich weiß nicht, ob das stimmt, aber ich bringe ihm alle paar Tage gelbe Blumen.«

Mals rostbraune Augen taxieren mich für einen Moment. Ich kann ihren Ausdruck nicht enträtseln. Sein Gesicht verrät mir nichts darüber, was er denkt. Ob meine Worte ihn zurückgestoßen haben in seinen Kummer, ob er am liebsten hätte, dass ich aus seinem Leben verschwinde.

»Grün«, sagt er. »Seine Lieblingsfarbe war Grün.«

»Oh.«

»Aber ich bin sicher, dass er auch Gelb mochte.«

»Vielleicht.«

»Willst du etwas über ihn erfahren?«

Ich nicke. Natürlich. Ich will so viel wie möglich über ihn erfahren. Selbst die trivialsten, scheinbar unbedeutenden Details, wie etwa, ob er sich vor dem Zubettgehen die Zähne geputzt hat, damit ich mir eine Person dahinter erschaffen kann, eine echte Erinnerung, die aus mehr besteht als nur Fotos. Damit da ein echter Mensch ist, den ich mir nachts vor dem Einschlafen vorstellen kann, bevor ich ihn dann in meinen Träumen besuche. »Ja«, sage ich ruhig. »Ja, unbedingt.«

»Ich weiß nicht sehr viel«, sagt er, sein Blick zu dem Stuhl ihm gegenüber flackert, eine Einladung an mich, mich zu setzen, ein Weilchen zu bleiben. »Nicht so viel, wie ich gern wüsste.«

Ich ziehe den Stuhl heraus und lasse mich darauf nieder, während ich meine Tasche neben mir auf den Boden sinken lasse.

»Ich weiß nur, was Mum und Nova und der Rest der Familie mir erzählt haben. Aber es ist genug.«

Ich nicke ihm zu, verschränke meine Finger und mache mich bereit zum Zuhören.

»Ich frage mich manchmal, ob es möglich ist, jemanden zu lieben, den man nicht mal gekannt hat«, sagt er. »Aber dieses Gefühl habe ich Leo gegenüber.«

Das ist es. Der Rettungsring, den ich ihm zuwerfen wollte, während er am Ertrinken war. Mals Weg zurück ans sichere Ufer. Es war mir nicht klar, dass es auch der meine war.

»Über die Jahre hinweg, wenn Mum mir von ihm erzählt hat, habe ich eine unglaubliche Verbindung zu ihm gespürt. Als ob die einfache Tatsache, von ihm zu hören, Fotos von ihm zu sehen, mit Mum zusammen zu sein, nachdem sie bei ihm war, die Lücke zwischen uns geschlossen hätte.«

Mehr als acht Jahre lang waren Mal und ich am Ertrinken gewesen.

»Mum hat erzählt, dass Leo ihr einmal ein Bild von mir

als Kind gezeigt und gesagt hat, dass Nova ihm versichert habe, der Junge auf dem Bild sehe nur aus wie er, weil Gott manchmal seine Scherze mit den Menschen treibt. Aber Leo glaubte das nicht und behauptete Mum gegenüber, der Junge sehe so aus, weil er später, wenn er groß war, sein Dad werden würde. Damals war er erst fünf. Mum war erstaunt, wie clever er war, aber dann merkte sie, dass er sie austricksen wollte. Eigentlich wollte er herausfinden, wo die Babys herkamen, und er dachte, sie würde es ihm eher sagen, wenn er ihr zeigte, dass er sich mit Vätern auskannte.« Mals Lächeln ist breit, stolz, durchwoben von tiefem Kummer. »So war er, sagt Nova: Schlauer als gut für ihn war. Und für sie.«

Ich strecke die Hand über den Tisch und verschränke meine Finger mit den seinen, und zum ersten Mal seit einer Ewigkeit erwidert er meinen Druck. Indem wir uns fest aneinander klammern, beginnen, zurück ans trockene Land zu schwimmen.

Epilog

Du sollst wissen, dass es mir gut geht.

Ja, *du*.

Jetzt, da du meine Geschichte gehört hast, denkst du vielleicht, dass ich immer noch an diesem Ort voller Schmerz und Kummer bin; aber das bin ich nicht, wirklich, bitte mach dir keine Sorgen um mich.

In diesem Moment sitze ich in einem Park und sehe Dolly beim Tanzen zu. Sie ist nicht einmal zwei Jahre alt, aber sie hat darauf bestanden, einen dicken cremeweißen Pullover anzuziehen, ein blaues Jeanshemd, gelbe Gummistiefel und ein Paar silbrig funkelnder Feenflügel, die viel zu groß für sie sind. Ihre schwarzbraunen Korkenzieherlocken fliegen in alle Richtungen, während sie zu der Melodie tanzt, die sie spontan selbst erfindet.

Wir leben am Stadtrand von Braga in Portugal, und ich arbeite als Englischlehrerin für Kinder auf Privatbasis. Wie ich weiß, nennen mich einige Leute hier die *inglesa preta com o sorriso grande o olhos tristes*, was »die Engländerin mit dem breiten Lächeln und den traurigen Augen« bedeutet.

Du siehst also, ich kann wieder lächeln. Ich weiß nicht, ob mir das auch in England gelungen wäre, wenn ich nicht völlig von vorn angefangen hätte.

Es tut immer noch weh. Es wird auch immer wehtun, aber ich hatte ihn sieben Jahre lang. Ich finde es schade, dass du ihn nicht kennengelernt hast. Du hast nie sein Lachen gehört. Nie die Fragen vernommen, die er in den unmöglichsten Momenten gestellt hat. Nie seine Besessenheit von der PlayStation erlebt, nie seine Theorien über das Leben zu hören gekriegt. Du hast auch nie sehen dürfen, wie sein Gesicht vor Freude strahlte, wenn ich ihm etwas heiß Ersehntes gekauft habe, oder wenn er ein Lied hörte, das ihm gefiel. Du bist natürlich auch nie sein Co-Pilot im U-Boot gewesen. Du hast keine Diskussionen mit ihm führen müssen, wenn er unbedingt einen Delfin, Hai, Löwen oder sonst ein wildes Tier haben wollte. Und du hast nie weinen müssen, weil du ihn zum Weinen gebracht hast. Ich hatte das alles. Ich hatte sogar noch mehr.

Ich wünschte, er wäre noch da. Aber ich hatte Leo sieben Jahre lang. Und ich weiß, dass ich ihn wiedersehen werde. Ich habe das immer geglaubt, und jetzt glaube ich es sogar noch mehr.

Daher mach dir keine Sorgen um mich, bitte. Es geht mir gut. Dolly und mir geht es gut. Sie bringt mich zum Lachen, sie hält mich am Laufen, und eines Tages werden wir zurückkehren. Im Moment finde ich es einfach schön, sie im Sonnenschein spielen zu sehen, ich finde es schön, bei ihr zu sein. Ich bin zufrieden, dass wir einen neuen Ort gefunden haben, der Zuhause heißt.

Es ist wirklich unnötig, dass du dir Sorgen um mich machst; ich schwöre, wir haben die beste Zeit unseres Lebens.

»Ich liebe dich, und es ist okay, wenn du jetzt gehst«, hört er sie durch die Ruhe hindurch sagen. Es ist dunkel hier, aber auch hell. Er kann es nicht sehen, aber da ist Licht.

Er weiß, dass es Mums Stimme ist, denn niemand sonst klingt wie sie. Niemand sonst ist so toll wie seine Mum.

»Wir werden uns wiedersehen, ja? Wir sehen uns wieder.« Sie weint nicht. In ihren Worten sind keine Tränen, daher hat er keine Angst. Wenn es Mum gut geht, hat er keine Angst. »Schlaf gut, Leo, mein Liebster. Schlaf gut, mein schöner Junge.«

»Schlaf du auch gut, Mum«, erwidert er, und geht dann los, um zu schauen, was in dem Licht los ist.

Danksagung

Es gibt so viele Menschen, denen ich zu danken habe, und der Platz reicht nie aus. Aber die meisten Dinge sind mir einen Versuch wert, daher:

Meiner gesamten Familie gebührt großer Dank – ihr wart immer wunderbar und werdet es immer sein.

Jo, Kirsteen, Emma, Jenny und alle anderen bei meinem Verlag, der Little Brown Book Group, danke für alles. Es ist nur eine kleine Geste, aber alles, was ihr getan habt, bedeutet mir sehr viel.

Ant und James – ihr seid so viel mehr als Agenten für mich, und ich danke euch insbesondere, dass ihr euch auf die furchtbar laaaaangen Telefonate mit mir eingelassen habt.

Meine lieben Freunde – ihr wisst alle selbst am besten, wer ihr seid –, ich schätze eure Begeisterung und eure Unterstützung, und ich danke euch, dass ihr mich immer noch mögt, obwohl ich regelmäßig Stückchen von euren Persönlichkeiten und Geschichten klaue, um meine Figuren damit auszustatten.

Und, last but not least, »Die Kinder« – danke, dass ich sechs Monate mit euch leben durfte. Es war eine tolle Zeit.